돈의 여왕

돈의 여왕 2

초판 1쇄 펴낸 날 | 2018년 12월 21일

지은이 | 카루목
펴낸이 | 서경석

편집책임 | 조윤희 편집 | 이예진 디자인 | 고성희
마케팅 | 서기원 경영지원 | 서지혜, 이문영

임프린트 | (MUSE)
주소 | 경기도 부천시 부일로 483번길 40 서경B/D 3F (우) 14640
전화 | 032-656-4452 팩스 | 032-656-4453
이메일 | roramce@naver.com 블로그 | bolg.naver.com/roramce
홈페이지 | http://www.chungeoram.com

발 행 처 | 도서출판 청어람
출판등록 | 1999년 5월 31일 제387-1999-000006호
어람번호 | 제11-0096호

ⓒ 카루목, 2018

ISBN 979-11-04-91862-9 04810
ISBN 979-11-04-91860-5 (SET)

도서출판 청어람은 언제나 여러분의 소중한 작품 투고와 도서 출간 기획 등 다양한 제안을 기다리고 있습니다. chungeorambook@daum.net

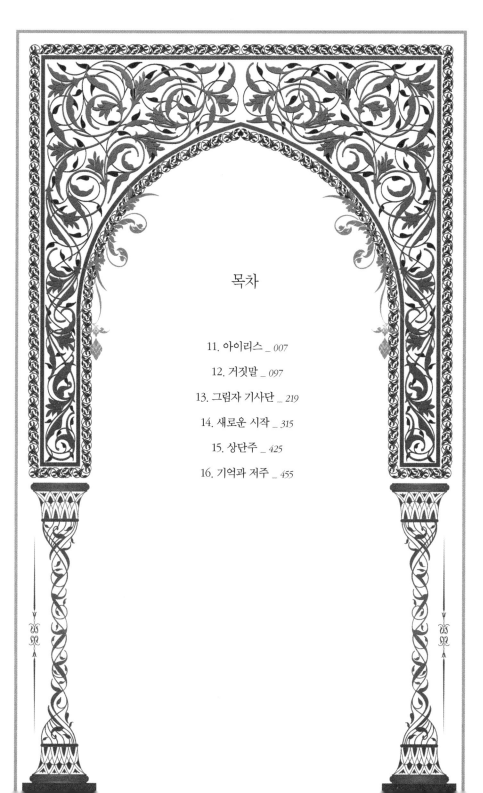

목차

11

아이리스

"준비 다 됐어요?"

연화는 드레스 자락을 말아 쥐고서 뒤를 돌아보았다.

오늘은 황녀의 생일이자, 오클레앙 영애가 사교계에 데뷔하는 날이었다.

연화가 오클레앙 영애로서 행세하는 것에 큰 의미를 두었다면, 황녀의 생일날 데뷔하지는 않았을 것이다. 백작 영애나 되면서 자신을 위한 데뷔 파티를 갖지 않는 것은 격에 떨어진다. 하지만 연화는 귀족적인 삶보다는 다른 것을 중시하는 사람이었다. 그녀에게는 아무래도 상관없는 일이었지만, 테일러는 염려스럽다며 물어보았다.

"준비는 다 되었긴 한데. 정말 괜찮겠나?"

"전 그런 거 신경 쓰지 않는다고, 몇 번이나 말했던 것 같은데요?"

"그랬었지."

테일러는 탐탁지 않은 얼굴로 입을 다물었다.

황녀의 생일 파티엔 고관대작이 많이 참석하니, 그때 얼굴을 드러내 공증을 받는 게 좋을 것 같다고 한 건 테일러면서. 그는 당장 계획을 엎고 싶은 사람처럼 굴었다.

그 정도로 귀족의 체면이라는 게 대단한 걸까. 아니면 저를 진짜 귀족 영애라고 생각하는 걸까. 어느 쪽인지는 모르겠지만, 분명한 건 테일러가 후회하고 있다는 것이다. 연화는 신경 쓰지도 않는 작은 이유 때문에.

연화는 무시하기로 했다. 테일러를 잘못 건드렸다간 점심까지 거르고 치장한 보람이 사라질지도 몰랐다. 테일러를 건들지 않기로 하자, 말을 걸 수 있는 사람이 한 명밖에 남지 않게 되었다. 연화는 구석에 오도카니 서 있는 남자에게 눈짓했다.

"카를은 준비 다 했어요?"

카를이 투구를 덮어쓰며 끄덕인다. 전에도 그랬듯, 그는 황족이란 말에 얼굴을 가리려 했다.

'뭔가 있는 게 틀림없어.'

카를은 황족과 함께 있을 때마다 침묵했다. 그 행동은, 말을 하면 들킨다는 의미이자, 목소리만으로 식별이 가능할 만큼 황족들과 가까운 사이였다는 뜻이다. 하지만 카를은 카이스턴 가에선 더없이 편하게 지냈다. 얼굴을 가리지도, 괜한 침묵을 택하지도 않았다. 카를과 테일러의 행동 반경이 겹치지 않는다는 소리다. 테일러와 카를은 완전히 분리된 인생을 살았다.

연화는 이제까지 얻은 정보를 정리해 보았다.

카를은 검과 글을 배웠다. 기사가 되고 싶어 했고, 조건도 맞았다. 하지만 부친의 반대로 꿈을 이루지 못했다. 기사는 고연봉인 데다 명예롭기까지 한 직종이다. 대부분의 사람들이 선호하는 직을 카를의 아버지는 반대했다. 귀족에게 억하심정이 있거나, 기사가 되는 미래보다 풍족한 삶을 선물해 줄 수 있는 자일 것이다.

그건 책이나 펜 등 사치품을 능숙히 다루는 카를을 보건대 틀림없이 후자일 것이다. 하지만 테일러는 물론이고, 귀족들의 정보를 꿰고 다니는 디온조차도 카를이 누군지 몰랐다는 것은 카를이 대외적인 활동을 하지 않았다는 뜻이다. 어쩌면 얼굴을 가리는 직종을 가졌을 수도 있겠다. 거기에 황족들과는 면을 텄을 거란 조건을 붙이자 범위가 확 좁아졌다.

'황족을 가까이서 모시는 입장이었다던가?'

카를은 검을 능숙히 사용했다. 무슨 일이 생기면 검집에 손부터 올리곤 했다. 기사는 못 되었더라도 검사는 되었을 거고, 황족의 개인적인 업무를 수행하는 자였을 것이다.

'아니면⋯⋯.'

연화는 다른 가능성을 떠올렸다가 실소와 함께 지워 버렸다.

"설마."

생각만으로도 싫은 가정인 데다, 가능성도 낮다. 연화는 밀려오는 불안을 덮으며 거울 쪽으로 몸을 틀었다. 나쁜 감정에 묶여 있느니, 할 일에 신경을 쓰는 쪽이 더 낫다.

연화는 마지막 점검을 위해 거울을 봤다. 조금 뜬 드레스 끝을 내리면서 손을 댈 곳이 없는지 확인했다. 흰 드레스에, 붉은 리본으로 묶은 머리는 화려함보단 청초함을 강조한 것이었다. 과한 장식을 할 필요가 없었다.

굵은 루비가 박힌 목걸이로 치장을 마치자 테일러가 딴지를 걸어왔다.

"너무 허전한 게 아닌가 싶은데."

"화려해야 할 이유가 있나요?"

연화는 고개를 갸웃거렸다.

"그대 이름을 선보이는 자리다. 돋보여서 나쁠 건 없지 않나?"

"저는 신분 보증만 받고 싶어요. 유명해질 생각은 없어요."

유명해진다는 것은 알아보는 사람이 많아진다는 뜻이다. 연화는 필요 이상으로 이 세계에 묶이고 싶지 않았다. 떠날 자의 발걸음은 가벼운 편이 낫다.

테일러는 미간을 좁혔다. 잠시 생각하면서 말을 골랐다. 거래를 좋아하는 그녀가 쉽게 이해할 수 있도록, 손익을 들먹인다.

"황녀의 생일파티엔 많은 귀족들이 참석한다. 인맥을 만들어두면 훗날 큰 도움이 될 거다. 머리가 있는 자라면 누구나 그렇게 생각할걸."

"글쎄. 정말 그럴까요?"

연화는 방실 웃으며 뒤를 돌아보았다. 카를을 보며 한쪽 눈을 찡긋했다.

"카를 생각은 어때요?"

"저는 이견이 없습니다."

카를은 담담히 말했다. 테일러는 어이가 없었지만, 고개만 서너 번 저을 뿐 다른 말은 하지 않았다. 연화는 창문을 열고 아래를 내려다봤다. 맑은 하늘과 정원이 마주하는 길 끝에 마부가 서 있었다. 그가 말갈기를 쓰다듬다 말고 연화에게 손짓한다. 연화는 싱긋 웃으며 다시 창문을 닫았다.

바깥 공기와 분리된 공간을 둘러보면서, 공간을 지배하듯 서 있는 테일러에게 손짓했다.

"시간 되지 않았어요? 슬슬 나가야 할 것 같은데."

테일러는 꾸물거리는 입술을 일자로 쭉 펴고서 걸어갔다. 테일러는 자신의 불쾌함을 침묵으로만 암시했다. 언어로 뱉지는 않았다. 재민이 자신의 인내를 예의라 믿었듯, 테일러 또한 그러했다.

꾹 다물린 입술을 보자, 연화는 장난을 쳐 분위기를 전환해 보고 싶다는 생각이 들었다. 하지만 좁은 마차에서 어색함을 떠안고 가야 할지도 모르기에 그만두었다.

연화는 스륵 넘어가는 풍경들을 보면서 이때까지 준비했던 것들을 되짚어보았다.

테일러가 공고한 날로부터 보름 전부터 오늘까지, 연화는 테일러의 서재에 출입했다. 목표는 오클레앙에 대한 정보였다.

이세계나 차원 이동 같은 책들은 눈여겨보기만 했다. 본래 세계로 돌아가는 방법을 찾는 일은 언제나 중요했지만, 보름 안에 원래 세계로 돌아갈 가능성이 없을 것 같아 미뤄두기로 했다.

보름은 노예 소녀가 오클레앙 영애로 탈바꿈하기엔 충분한 시간이었다. 연화는 파티에 입고 갈 의복부터 오클레앙에 대한 정보, 귀족 영애라면 마땅히 갖추어야 할 기본 소양들을 익혔다.

다행히 이 세계는 원래 세계와 비슷한 점이 많았다. 세계를 지탱하는 몇 가지 설정들 외 대부분의 상식은 현대에서도 통하는 것들이었다.

연화는 자신이 숙지해야 할 부분만 메모해 들고 다니면서 외웠다. 지금은 메모를 가지고 있지 않지만 눈을 감는 것만으로도 어떤 것을 필기해 두었었는지 떠올릴 수 있었다. 종이가 너덜해질 정도로 들여다보고 만진 것이기에.

이만하면 준비는 충분히 했다. 연화는 스스로를 다독였다. 불안은 좋지 않다. 다소 거만해 보일지라도, 자신감 넘치는 쪽이 나았다.

연화는 꽉 쥐어지려는 주먹을 펴 무릎 위에 올려놓았다. 쿠션감 좋은 등받이에 기대앉으면서 잔잔한 미소를 띄워보았다.

'나는 오클레앙 백작 영애야. 불우한 사고로 부모님을 잃고, 혼자서 혼 왕국에서 살았어. 하지만 이번에 카이스턴 공작과 함께 수도로 상경했지.'

로아넨 영애가 천진난만함을 뿜어내는 여자라면, 오클레앙 영애는 소녀다움을 가지고 있지만 감추려고 노력하는 소녀여야 했다. 연화는 대강적인 이미지를 잡아본 뒤 한숨을 쉬었다. 이 세계는 왜 이렇게 어려운 배역만 시키는지 모르겠다.

'그래도 오클레앙 영애가 안 되는 것보다는 낫잖아.'

연화는 위안 삼아 한마디 속살거린 뒤 고개를 주억거렸다.

백작 영애란 직함이 대단한 것은 아니다. 하지만 카틴 상단의 해코지에서 벗어남은 물론, 필요한 정보를 쉬이 얻게 해줄 수 있는 감투였다. 연화는 그 정도 권리만 있으면 되었다. 누리는 게 많으면 의무도 많아지는 법이다.

어느 순간부터 마차가 느려지기 시작했다. 목적지에 당도했다는 뜻이었다. 연화는 가만히 앉아 마부가 황성 문을 지키는 기사들과 대화하는 걸 들었다.

기사들은 마차에 새겨진 문장으로 가문을 짐작한 상태였다. 그들은 정중히 마부를 맞은 뒤, 형식적인 질문을 던졌다. 안에 누가 탑승했는지 확인하는 것이다.

기사들은 카이스턴 공작이 있다는 말은 대강 흘러 들으면서 오클레앙 영애가 있다는 소리엔 고개를 갸웃했다. 그들이 기억을 뒤져 그런 귀족이 있었나 확인했다. 그러느라 마차는 몇 분간 서 있어야 했다. 연화가 인장을 꺼낸 뒤에야 안으로 들어갈 수 있었다.

테일러는 작게 속삭였다.

"미안하다. 네 신분패를 만들었어야 했는데. 잊고 있었어."

연화는 인장을 만지작거리면서 테일러의 신분패를 보았다. 긴

말 없이 보여주는 것만으로도 신분 보증을 할 수 있는 물건이다. 필요하다는 생각이 입술을 움직이게 했다.

"이거, 만드는 데 오래 걸려요?"

"그렇지는…… 않다."

테일러는 손가락을 꼽아보면서 계산을 마쳤다. 통상적인 루트가 아니라, 자신이 사용할 수 있는 루트를 거쳐야 나올 수 있는 일자를 내뱉는다.

"사흘만 기다리면 될 것 같군."

"신분패도 단장이 필요한가요?"

사흘이란 말을 듣자 어쩐지 입이 근질근질해졌다. 카를은 이마를 짚으며 큭 웃음을 터뜨렸다. 테일러는 영문을 모르겠다는 얼굴로 되물었다.

"무슨 소리지?"

"실없는 농담이죠. 아, 곧 내려야 하는 모양인데 준비하는 게 좋겠어요."

마차에서 내리는 소리와 마부에게 명령하는 말소리에, 반가움을 나누는 인사와 신원을 확인하기 위해 분주한 기사들의 목소리가 분주히 섞여 들어온다.

연화는 드레스 자락을 살짝 말아 쥐었다. 테일러는 똑바로 앉아 정면만 응시했다. 몇 분 지나지 않아 마부가 말했다.

"여기서부터는 걸으셔야 합니다."

"알고 있다."

테일러는 무뚝뚝히 대답한 뒤, 먼저 마차에서 내렸다. 단단한 바닥을 짚고 선 뒤엔 연화가 마차에서 내리는 것을 도왔다. 카를은 기사로 동승한 것이었기 때문에 맨 마지막에 내렸다.

"귀하신 존함을 여쭐 기회를 주시겠습니까, 레이디?"

카를을 기다리는 사이, 기사 하나가 셀리나의 신원을 확인하기 위해 다가왔다. 한 손에는 종이를, 다른 손에는 펜을 들고서 묻는다. 종이엔 앞서 지나간 귀족들의 이름이 빼곡히 적혀 있다.

기사는 부탁의 모양새를 취했지만, 그에게 이름을 말하지 않으면 파티장에 출입할 수 없다. 실질적으로는 강제성을 띄고 있는 게 맞았다.

아까 만난 기사들보단 직급이 높을 거란 감이 왔다. 그는 귀족들과 나란히 서서 눈을 맞출 정도의 신분을 가지고 있다. 하지만 대단한 일을 하는 것은 아니기에, 적당히 하찮은 직위를 가지고 있을 것이다.

연화는 적당한 예를 취하기로 했다. 무릎을 굽혀 인사한 뒤, 상냥한 어투로 말했다.

"셀레스티나 오클레앙입니다."

기사는 오클레앙이란 이름에 의문을 표하지 않았다. 의심기 하나 없는 얼굴로 펜을 놀린 뒤엔, 테일러에게도 질문했다. 테일러는 공무적인 일을 처리하듯 대꾸했다. 신분 확인이 끝난 뒤엔 시종이 와서 무기류를 걷어갔다. 테일러는 무덤덤한 얼굴로 검을 내밀었고, 카를은 싫다는 티를 내면서 겨우 검과 이별했다.

안내는 시녀가 했다. 시녀는 귀족들로 북적이는 입구를 피해 건물 뒤쪽으로 돌아섰다.

화려한 장식품들이 걸린 복도 옆으로 수없이 많은 방이 나타났다. 모든 방들은 문이 열려 있었다. 맨 끝 방만이 예외였다.

시녀는 테일러에게 잠시 기다려 달라 말하곤 노크를 했다. 안에서 목소리가 들렸다.

"들어오세요."

문은 테일러가 열었다. 카를은 복도에 남았다. 연화와 테일러는 테이블 쪽을 향해 예를 표다. 시녀는 문을 닫곤 황녀 뒤로 돌아갔다. 두 손을 모으고 공손히 섰다.

황녀는 잔을 내려놓았다. 읽고 있던 책을 덮어 치운 뒤 환영의 미소를 지어 보였다.

"어서 와요, 공."

시녀가 테이블에 앉을 것을 권한다. 테일러는 잠깐 황녀를 노려본 뒤 쯧 소리를 내면서 테이블로 다가갔다. 연화의 의자를 빼어 준 뒤, 그녀보다 조금 늦게 착석했다.

"다음부턴 이런 식으로 부르지 마십시오. 황성은 눈이 많은 곳입니다. 꼬리가 밟힐 수 있습니다."

"벌써부터 저를 걱정하는 건가요? 이거 참. 감개무량한데요."

황녀는 손으로 입가를 가리며 감탄사를 내뱉었다. 테일러가 싫어하는 티를 내자 그녀는 농담이었다며 다시 손을 내렸다.

"그래서 용건을 말하자면요."

황녀가 목소리를 한껏 낮추었다. 테일러가 숨을 죽였다. 잠깐의 정적이 흐른 뒤, 황녀가 활짝 웃으며 말했다.

"없어요."

테일러의 미간에 선 주름이 깊어졌다.

"장난이 지나치십니다."

테일러가 주먹을 쥐었다. 당장 테이블을 내려칠 것처럼 손등에 힘줄이 올라와 있다. 방 안에 살벌한 긴장감이 흐르는데도 황녀는 아무렇지 않은 얼굴로 호호 웃었다.

"말할 용건이 없는 건 진짜인데."

황녀가 입가를 가리기 위해 들었던 손을 뒤집으면서 말을 바꾸었다.

"하지만 공을 부르는 것이 용건이었다는 것도 진짜에요."

"무슨 소립니까."

"공과 함께 파티장에 가는 게 목적이었어요."

황녀는 카이스턴 공작과 함께 파티장에 등장하길 원했다. 만천하가 카이스턴 공작과 황녀와 손을 잡았음을 알길 원했다. 실제로 둘의 사이가 친하지 않고, 대단한 협력을 이끌지 못한 사이라 할지라도 함께 등장한다는 것은 큰 의미가 있다. 사람들은 가시적인 것에 약하다.

"그런데 공은 이미 에스코트할 숙녀분이 계시네요."

황녀가 연화를 눈짓했다.

테일러는 헛기침을 했다. 황녀는 눈치가 비상한 여자다. 그녀는 연화가 로아넨 영애로 가장한 적이 있음을 눈치챌지도 모른다. 테일러는 황녀의 관심을 돌리기 위해 아무 말이나 집어 던졌다.

"전하께서 손을 내밀면 수많은 사내들이 황송해하며 따를 것입니다."

"하지만 공은 아니잖아요."

"전하께서 명하신다면……."

"하겠다구요?"

황녀가 까르르 웃으며 테일러의 이마를 가리켰다.

"공, 그랬다간 당장 반란을 일으켜 버릴 거라고 여기 쓰여 있는 거 알아요?"

테일러는 인상을 찌푸리면서도 반하지 못했다. 그는 정곡을 찔리면 입을 다물어 버리는 버릇이 있었다. 황녀는 분위기를 환기하기 위해 손뼉을 쳤다.

"다른 이야기나 하죠. 이쪽의 숙녀분 소개나 해주세요. 이름이 어떻게 되어요?"

"셀레스티나 오클레앙 입니다, 전하."

"아, 그 사건의 생존자 말이군요."

황녀가 고개를 주억거리며 알은체를 했다. 그녀는 국내 정세에 관심이 많았다. 그녀가 연화 쪽으로 손을 내밀어 악수를 청했다. 연화가 악수에 응하자 황녀는 그녀의 작은 손을 잡고 토닥인다.

"만나서 반가워요, 영애. 말은 많이 들었어요. 카이스턴 저에서 머물고 계신다면서요?"

"사정 때문에…… 어쩔 수 없이 신세를 지고 있습니다."

연화는 눈을 내리깔며 작은 목소리로 대답했다. 황녀의 지위와 분위기에 살짝 겁먹은 척 굴었다. 잘 먹혀들었는지 황녀는 끌끌 혀를 찼다.

"딱하기도 하지. 힘들지는 않아요? 어디가 불편하다거나?"

"친절한 공작님의 은혜를 받아, 부족함 없이 지내고 있습니다. 필요 이상의 과분한 대접에 오히려 송구할 따름입니다."

연화가 힘없이 웃으며 테일러를 돌아보았다. 작게 한숨까지 쉬어주었다. 테일러의 기에 눌려 있으면서도 정중함을 갖추기 위해 노력하는 느낌을 주려 했다.

황녀는 또 혀를 끌끌 찼다. 테일러가 험악한 기세를 뿜어대기 때문일까. 오클레앙 영애는 유난히 약해 보였다.

"공, 인상 풀어요. 누가 공 뒷담화라도 하던가요?"

"하려고 하셨잖습니까."

"이런. 들켰네요."

황녀는 인정했다. 죄책감 한 점 없는 발랄한 어투였다.

테일러는 허, 웃었다. 황족 앞에서 화를 낼 수 없다는 상황이 실소를 이끌었다.

테일러는 '아무렇지 않은 척하기' 기술을 쓰기 위해 차를 마셨다. 무언가를 먹는 것만큼 마음을 비우기 쉬운 행위가 없다. 테일러의 찻잔이 빌 때쯤 예고된 손님이 찾아왔다.

"전하. 알레이스 후작께서 오셨습니다."

"들어오라고 하세요."

얼마 지나지 않아 노크소리가 들렸다. 발소리와 함께 사내 하나가 고개를 숙였다.

"존안을 뵙습니다."

귀가 솔깃할 만큼 달달한 목소리였다. 연화는 저도 모르게 남자를 쳐다봤다. 눈이 마주친 게 민망해서 바로 시선을 돌렸다. 얼굴을 본 건 찰나였지만, 정갈한 외모를 본 것만으로도 그의 정체를 알아버렸다.

레딘 알레이스. 황녀를 짝사랑하는 남자였다.

후작위를 가지고 있지만, 황녀를 사모하는 마음을 채우기 위해 그녀의 호위기사가 되길 자처한 남자다. 애절하게 행동하는 것과 달리, 그에겐 황녀에게 고백했다 차이는 이벤트가 예정되어 있다.

테일러는 후작을 보자 고소를 참을 수 없어졌다. 황녀가 에스코트 운운하던 말이 아직 귀에 맴돌았기에 더더욱 그랬다.

"전하께서도 에스코트 해줄 신사분이 계셨군요."

"미안해요. 공의 기대를 무너뜨려서. 하지만 어쩔 수 없었어요. 저도 우락부락한 근육 마초남보단, 귀족적인 미남이 취향이거든요."

테일러의 이마에 혈관 마크가 돋아났다. 황녀는 로아넨 영애를 흉내내며 혀를 샐쭉 내밀었다. 어쩐지 짜증이 났다. 연화에겐 목숨이 달렸던 일이, 그녀에겐 그냥 장난이다.

"기대한 적 없습니다."

"그랬어요? 왜죠? 저처럼 이렇게 아름다운 미녀를 두고 왜 일찌감치 포기를 한 거죠? 공은 용기 있는 자가 미녀를 얻는다는 속담도 모르나요?"

테일러는 말없이 고개를 돌렸다. 무슨 말을 하든 황녀는 장난을 걸어오리라.

테일러가 짜증을 삼키며 찻잔을 들어 올리자 황녀가 알레이스 후작에게 속닥거렸다.

"경, 봤어요? 목석같을 줄만 알았던 남자가 입 삐죽인 거."

"예, 보았습니다."

"신기하지 않아요? 저 남자가 저런 반응을 보일 수 있다는 거요."

황녀가 양손을 가슴 앞에 모으고서 웃었다. 요즘 공작의 표정이 풍성해졌다고. 장난기를 머금은 입과 달리, 야망을 머금은 눈은 정세를 파악하기 위해 이리저리 굴러간다. 소녀와 숙녀 그 가운데쯤에 속하는 매력이 사내를 사로잡는다. 알레이스 후작은 굴복했다.

"제게는 전하를 모실 수 있는 영광을 누릴 수 있다는 사실이 더 감읍합니다."

"그래, 경의 아부 실력이 나날이 늘어가는 것도 신기한 일들 중 하나네요."

황녀가 깔깔 웃었다. 알레이스는 그녀를 따라 억지로 웃어 보였다.

아부가 아니라고 말해봤자 어차피 황녀는 귀담아듣지 않을 것이다. 알레이스는 황녀 뒤로 움직이는 구름을 보며 때를 가늠했다. 출발의 때가 다가오고 있었다.

❧

"재미없네요."

연화는 주스를 홀짝였다. 황녀와 함께 파티장에 들어선 지 1시간이 지난 지금, 그녀는 지루해 죽을 것 같다는 말이 어떤 뜻인지 알게 되었다.

"나는 오죽하겠어."

테일러가 크크 웃었다. 지겨움에 지쳤다는 듯 몸서리를 치는 시늉까지 한다. 연화는 테일러가 자신의 기분을 풀어주려 한다는 것을 눈치채고는 부러 깔깔 웃어주었다.

1시간 전은 지금과 달랐다. 사람들은 황녀의 등장에 환호했다. 사람들은 황녀를 위해 선물을 바쳤고, 노래를 부르며 춤을 췄다. 모든 것이 흥미롭고 재미있었다. 하지만 구경거리는 오래 가지 못했다. 귀족들은 사교활동에 들어갔다. 젊은 귀족들은 짝을 맞춰 춤을 추러 갔고, 나이가 있는 귀족들은 인맥 활동을 위해 돌아다녔다.

그중 몇은 테일러 쪽으로 다가왔다. 서부는 물론 카로틴 제국을 쥐락펴락하는 공작이다. 한편이 되면 그만큼 든든한 사람이 없다. 그러나 테일러는 자신이 선택한 사람 외엔 관심이 없는 편이었다. 그는 귀찮은 얼굴을 하며 싸늘히 사람들을 내쳤다. 테일러가 얼마나 무섭게 굴었는지, 연화에게 오던 귀족들도 질린 얼굴을 하며 물러섰다. 지금은 이쪽으로 오는 사람이 없는 상태였다.

1시간 전의 연화는 테일러와 같은 생각을 하고 있었다. 타인의 접근을 성가신 것으로 여겼다. 하지만 다가오는 사람을 완전히 쳐 낼 수는 없기에 대화 매뉴얼을 만들었지만 다 쓸데없는 짓이었다. 사람들은 오클레앙 영애에게 관심이 없었다. 파티장엔 수많은 귀족들이 있었고, 그녀는 다른 소녀들에 비해 나은 점이 없었다.

연화는 삼삼오오 모여 떠드는 귀족들을 바라보았다. 모두 즐거워 보이는데 제 주위만 한산하다. 어쩐지 소외감이 들었다. 누려야 할 것을 잃었다는 상실감도 들었다.

연화는 눈을 느리게 깜빡였다. 왜 이런 감정을 느끼는지 깨달았다.

'전엔…… 이렇지 않았으니까.'

홍연화는 달랐다. 날 때부터 대기업 총수 아버지를 두었기에 늘 이목을 끌었다. 야욕을 품고 접근하는 사람들도 많았다.

외부에서는 연화의 아버지가 누구인지 모르는 사람이 많았지만, 파티장에선 입을 열지 않아도 그녀가 누군지 알려주는 사람이 있었다. 그녀는 사교장에서 혼자 있어본 적이 없었다. 이런 일을 겪을 줄은 몰랐다.

홍연화와 셀리나를 구분하지 못한 실책이었다.

연화가 따분해하자 테일러가 손을 내밀었다. 춤추는 사람들을 눈짓하며 제안한다.

"춤이나 출까."

"내키지 않는데요."

테일러와 연화의 키 차이는 어마하다. 연화는 잘 추지도 못하는 춤을 남에게 끌려 다니기까지 하면서 추고 싶진 않았다.

"그대의 기사와 출 수는 없을 텐데."

"비단 카를뿐일까요?"

연화가 주위를 눈짓했다. 파티장을 메운 귀족들에 비해 셀리나는 어렸다. 그녀 나이대의 귀족은 없다시피 했다.

"그럼 별수 없지. 적당히 시간만 때우다 가자고."

"그게 좋겠네요. 언제 퇴장해야 실례가 되지 않을까요?"

연화가 퇴장하는 것은 문제가 되지 않는다. 문제는 그녀와 함께 테일러까지 퇴장한다는 것에 있다. 사람들의 이목은 테일러를 향해 있다. 그가 일찍 자리를 뜨면 안 좋은 소리가 들릴 것이다.

"그대가 쓰러지는 연기를 하면 지금 당장에라도 가능해."

연화는 눈을 흘겼다. 황녀의 생일 파티인 걸 뻔히 알면서 이 남자는 막 나가려고 한다. 테일러는 농담이었다며 하하 웃었다. 두 사람의 주위는 폭풍의 눈처럼 비어 있었다. 나지막한 대화는 멀리 퍼지지 않았다. 두 사람의 대화를 들은 건 카를뿐이었다.

다른 귀족들은 그저 볼 따름이었다. 딱딱하고 냉랭한 표정만 짓던 공작이 낯선 소녀 앞에서 웃음을 터뜨렸다. 많은 사람들이 충격으로 수군거렸다. 몇은 소녀에 대한 정보를 캐기 위해 움직였다.

"어디 사는 아가씨라더냐?"

테일러가 심어둔 사람들이 움직였다. 자연스러우면서도 은밀한 방식으로 소문을 뿌렸다. 반 시각도 지나지 않아 파티장의 모든 사람들이 오클레앙 백작 영애를 알게 됐다. 테일러는 호의적인 정보에 동정론을 섞어 퍼뜨렸다. 가느리며, 연약한 데다 처지까지 딱한 아가씨라고. 연화를 미워해야 할 이유가 없는 귀족들은 여론에 휩쓸렸다.

"가서 말이라도 걸어볼까. 카로틴엔 아는 사람도 없을 텐데."

"여백작이 될지도 모르는 소녀야. 연을 터서 나쁠 건 없겠지."

그중 일부는 연화에게 다가갔다. 그러나 어느 정도 가까워지면 테일러가 노려보았다. 그들은 기함을 하며 물러섰다.

귀족들은 쓰라린 실패를 끌어안고서 수군거렸다. 테일러가 자신들을 경계하는 이유가 무엇일까 추리했다. 오클레앙 가는 카로틴 중부에 위치한 귀족 가문 중 하나다. 그러나 변고로 오클레앙 백작 부부가 죽었고, 백작 영애만 홀로 살아남았다. 오클레앙 가의 지분은 모두 그녀의 것이다.

카로틴 제국 법에 따라, 오클레앙 영애는 성년이 되어야 여백작으로서의 권리를 행사할 수 있게 될 것이다. 그러나 작위를 받기 전에 결혼을 하면 그녀의 권리는 남편에게 넘어간다.

정리를 마친 귀족들은 테일러가 오클레앙 영애를 끼고 도는 이유를 '미래의 신붓감으로 점찍어서'라 판단했다. 테일러와 소녀의 나이 차이가 꽤 나 보였는데도 그랬다. 원래 권력은 비정하고 정략혼에는 나이가 없다. 할아버지와 어린아이가 결혼하기도 하는 곳이 귀족의 세계다.

"서부의 수장으로는 만족하지 못한다는 걸까요?"

테일러는 손익계산을 따지는 인물로 알려져 있다. 그가 중부를 차지하기 위해 잔꾀를 부리는 것일 거란 말이 나왔다. 물론 모두가 이 의견에 모두가 동의하는 건 아니었다.

"어차피 황실을 제외한 온 세상이 그의 것일 텐데. 뭐 때문에?"

그러나 이 의견은 금방 묻혔다. 동조자가 없었기 때문이다.

얼마 안 있어 오클레앙 영애와 관련된 추측성 소문들이 생성되었다. 미래의 공작부인이 될 거라거나, 여백작이 되어 테일러의 가신이 될 거란 말들이었다.

낯선 인물의 미래를 예측하는 일은 신선도 있는 가십거리였지만, 오랫동안 씹고 뜯기엔 지나치게 건전했다. 한마디로 재미가 없었다. 그래서인지 귀족들은 몇 분도 안 가 대화 주제를 바꾸었다. 한 귀족이 샬론테 후작 부인에게 내연남이 있었더라고 운을 띄웠고, 주제는 완전히 바뀌었다.

테일러는 귀족들에게서 시선을 뗐다. 오클레앙 소리를 입 밖에 내는 귀족은 없었다. 지금이 적기였다.

"잠깐, 다녀오지."

심심함을 달래기 위해 주스를 퍼마셨던지라 테일러는 화장실이 급했다. 그래도 지금이라면 셀리나에게 접근하는 귀족이 없을 테니, 안심이었다.

연화는 싱그러운 미소로 화답했다. 테일러는 빠른 걸음으로 사라졌다.

연화는 테일러가 사라지자마자 뒤를 돌아보았다. 기사처럼 반듯이 서 있던 카를이 눈이 마주치자마자 고개를 숙여 키를 맞추었다. 그러자 연화는 카를에게만 들릴 정도로 작게 속삭였다. 귀족 영애 연기에 심취하다 보니 기사역인 그를 신경 써주지 못할 때가 많았다.

"괜찮아요? 많이 덥죠?"

카를이 작게 고개를 끄덕였다. 그는 이번에도 벙어리 기사 설정을 고집했다.

"발코니에서 쉬는 건 어때요? 그곳이라면 투구를 벗어도 될 거예요."

연화가 비어 있는 발코니 몇 곳을 눈짓했다. 카를은 말없이 고개만 끄덕끄덕했다.

카를은 아가씨 말이라면 무조건 따르는 기사님이 되기로 한 모양이었다. 연화는 재미없어하며 시선을 거두었다. 이런 상태의 카를과 대화를 해봤자 지루함만 커질 것이다.

연화는 손에 쥔 음료를 홀짝거렸다. 달짝지근한 복숭아 주스를 넘기면서 정면을 봤다. 아까까진 닿지 않았던 시선 몇 개가 저를 보는 중이었다. 테일러의 영향이었다.

연화는 어떻게 반응해야 할지 몰라 가만히 있었다. 먼저 다가가 인사를 할까. 아니면 다가오기를 기다릴까. 어느 쪽이 예법에 맞을지 가늠할 수 없었다. 결론이 서기도 전에 소년이 다가왔다.

심심함과의 작별이었다. 연화는 잔을 내려놓고 허리를 쭉 폈다.

"안녕하십니까, 영애. 루만티온의 케이안입니다. 영애의 존함을 여쭈어도 되겠습니까."

소년의 볼이 붉었다. 자신만만한 척하려고 했지만 어깨가 조금 죽는다. 하지만 소년 역시 테일러처럼 검사인 듯, 근육이 제법 다부진 몸을 가지고 있었다. 미묘한 중압감을 풍기는 것도 비슷했다.

소년과 테일러와 차이점이 있다면 그가 어리다는 점이었다. 그는 셀리나 또래로 보였다.

"저는 오클레앙의 장녀, 셀레스티나입니다. 소영주님을 뵙게 되어 영광입니다."

연화가 알은 척을 하자, 케이안이 눈을 동그랗게 떴다.

"저를 알고 계셨습니까?"

"풍문으로만 접하였습니다. 그런데 과연 소문대로 용맹을 뽐내는 자태를 갖추셨군요."

"과찬이십니다, 영애."

의례상 칭찬인데도 케이안은 몸을 베베 꼬며 수줍어했다. 케이안 또래 소녀들은 그를 무서워하며 피했다. 어머니 외의 여성에게 칭찬을 받아본 건 처음이었다.

케이안은 엣헴 헛기침을 하며 감정을 추스르기 위해 노력했다. 최대한 멋있게 보일 수 있도록 연습한 모양새로 손을 내밀었다. 생애 처음으로 동년배 여성과 춤을 출 수 있겠다는 기대감이 그를 설레게 했다.

"사실 영애께서 혼자 계신 듯하여 온 겁니다. 실례가 되지 않으신다면 저와 다음 곡……."

"실례다, 꼬마."

비웃는 소리와 함께 몸이 밀쳐졌다. 케이안은 영문을 몰라 주위를 두리번거렸다.

자신이 있어야 할 자리에 카이스턴 공작이 서 있었다. 그가 야수와 비슷한 모양새로 이를 갈며 으르렁거렸다.

"그러니 비켜."

테일러는 연화와 케이안 사이를 손으로 그었다. 이 선을 넘어오면 죽일 거라고 살벌히 노려봐 주기까지 했다. 케이안은 멈칫했지만 물러서진 않는다. 밀려났던 만큼 다가왔다.

"제 태도가 비신사적이었습니까?"

연화 쪽으로 몸을 틀고서 묻는다. 억울함을 호소하는 눈이 초롱초롱하다.

"그렇지 않……."

"그래."

두 사람의 목소리가 엇갈렸다. 연화는 놀라 테일러를 올려다봤다. 그가 케이안을 냉랭히 쳐다보면서 연화를 제 뒤로 끌어당긴다.

"뭐 하는 거예요, 테일러 씨."

연화가 작게 속살거렸다. 인맥을 만들어두면 좋다고 말한 건 자신이면서. 왜 반대를 하는지 모르겠다.

"저건 그냥 루만티온의 애송이일 뿐이야."

연화의 목소리가 테일러의 등에 파묻힐 정도로 작았다면, 테일러의 목소리는 주위의 몇 사람이 들을 정도로 컸다. 케이안이 주먹을 쥐고서 테일러를 노려보았다. 테일러는 같잖다는 듯 코웃음을 쳤다.

"왜 그러지?"

테일러가 턱을 들며 더없이 거만한 얼굴로 손을 내저었다. 애들은 가. 손짓으로 전달된 언어는 케이안의 이마에 힘줄이 돋게 했다. 그가 발끈해하며 나섰다.

"무례하십니다."

"새삼스레 무슨."

카이스턴 가가 서부의 수장이라면, 루만티안 가는 동부의 수장이었다. 두 가문은 오래전부터 서로를 잡아먹고 싶어 안달이 난 상태였다.

이와 관련된 몇 가지 설이 존재했는데, 그중 가장 그럴 듯한 설은 두 가문이 공을 다투다 사이가 틀어졌다는 것이다. 둘 다 무신 가문이고, 카로틴의 개국과 명맥을 함께한 가문인 만큼 설득력 있는 설이었다. 물론 확실치는 않다. 진실은 두 가문의 당사자만 알 따름이다.

두 가문의 골은 카로틴 제국의 역사만큼 깊었다. 테일러가 공석에서 대놓고 으르렁대어도 신경 쓰는 사람이 없는 이유다.

"그대 아버지와 내가 한두 해 싸웠던가?"

테일러가 픽픽 웃었다. 주위를 둘러보라며 어깨를 으쓱인다. 케이안은 그가 시키는 대로 주위를 둘러보았다가 아차 하며 몸을 바로 세웠다. 이 남자의 페이스에 말려들어 봤자 물러서는 결론만 날 뿐이다. 케이안은 깊이 숨을 들이마시고서 소리쳤다.

"가문과 영애는 상관없지 않습니까."

"그 나이에 벌써 건망증을 앓고 있는 가여운 그대를 위해 말해주자면, 오클레앙 영애는 나와 함께 입장했었다."

기억나지 않나? 테일러가 빈정거렸다. 케이안은 이를 악물었다.

테일러는 황녀와 세 걸음 떨어진 곳에 서 있었다. 그는 오클레앙 영애의 손을 잡고 있었다.

파티의 주인공은 황녀였지만, 사람들의 시선은 뒤쪽을 향해 있었다. 카이스턴 공작이 황녀의 뒷배인 양 나온 것이 신기해서이기도 했고, 그가 웬 소녀를 에스코트하고 있어서이기도 했다.

모든 사람들이 자신을 돋보이기 위해 화려한 옷을 입었는데, 소녀는 혼자 수수한 차림이었다. 남의 눈에 띄지 않으려는 차림이 도리어 주목을 받았다. 소녀는 파티장의 모든 것을 신기하게 보면서도 무엇에도 가까이가지 않았다.

케이안은 소녀가 처음 등장할 때부터 눈을 뗄 수 없었다. 그는 거짓으로라도 '그런 것 따위 모른다'며 항변할 수 없었다. 하지만 테일러의 의견에 수긍하고 싶지도 않았다. 그는 분노의 숲에서 반박의 말을 찾아 헤맸다.

"에스코트는 누구나 할 수 있습니다."

"누구나 할 수 있는 것을, 애송이 너는 아무와도 못했지 않나."

케이안이 겨우 뱉은 한마디는 적에게 아무 데미지도 주지 못했다. 케이안은 얼굴을 붉히며 씩씩거렸다.

분하지만 사실로, 많은 소녀들은 사나운 분위기를 풍기는 케이안을 무서워했다. 에스코트는 무슨. 말 섞어본 것도 오늘이 처음이다.

'그렇기에 더 물러설 수 없어.'

케이안은 발끝에 힘을 주었다. 지기 싫다는 승부욕 때문은 아니었다. 그녀가 아니면 안 된다는 마음이 그를 물러서지 못하게 했다.

"설령 그렇다 한들 영애의 사교 활동을 방해하는 것은 바람직하지 못한 처사십니다."

"뭐?"

"모든 자들이 공작님의 행동에 불만을 갖고 있단 말입니다."

케이안이 팔을 넓게 벌린다. 그가 손짓하는 방향에 선 귀족들이 헛기침을 하면서 시선을 피한다. 연화는 황당해하며 테일러를 올려다봤다. 연화는 테일러와 얼굴을 마주하기보단 음식이 놓인 테이블을 보고 있었기 때문에 그가 어떤 얼굴을 하고 있었는지 몰랐다.

테일러는 연화와 눈이 마주치자마자 고개를 돌렸다. 찔린다는 의미다.

생각보다 많은 사람들이 연화에게 관심을 보내고 있었다. 일부는 다가올 기회를 엿보고 있기까지 했다. 대부분이 낯선 사람이라, 두려움이 생기기도 했지만 설레기도 했다.

연화는 케이안 앞까지 사뿐히 걸어갔다. 드레스 끝을 잡고 무릎을 살짝 구부려 인사한 뒤 눈을 맞췄다. 지척에서 본 케이안은 상당히 앳된 얼굴이었다.

"소영주님, 봄을 몇 번 겪으셨는지 여쭈어봐도 될까요?"

"지난봄이 열한 번째였습니다."

생각보다는 많이 안 어리다. 연화가 조금 놀라자, 이번엔 케이안이 되레 질문한다. 셀리나가 그보다 한 살 많다는 걸 안 뒤에는 수줍은 미소를 한가득 머금고서 뒤통수를 긁는다.

"비슷…… 하군요."

아무렇지 않은 척하려고 했지만, 미처 지우지 못한 기쁨이 주위를 물들인다.

연화는 쿡 웃었다. 숙맥 같은 소년이 귀여웠다. 이렇게 순진한 아이를 보게 될 줄은 몰랐다.

'소설 속 세계라서 가능한 걸지도.'

별생각 없이 내뱉은 명제가 그럴싸하다. 연화는 고개를 백 번은 넘게 끄덕이고 남았을 생각을 치우며 손을 내밀었다. 춤 신청을 의미하는 모양새였다. 케이안이 환한 얼굴로 연화의 손을 답삭 붙들었다.

마침 곡이 끝나가고 있었다. 몇몇 커플들이 춤추는 대열에 끼어들 준비를 했다. 연화와 케이안 역시 손을 맞잡고 진입 준비를 했다.

한 발 내뻗는 순간 못마땅함을 가득 품은 소리가 들렸다.

"쳇."

연화는 지나간 발자취를 쫓듯 뒤를 돌아봤다. 테일러와 눈이 마주쳤다.

"공작님."

변질된 호칭에 테일러가 움찔한다. 아닌 척 뻐기면서도 그는 화내는 시늉도 못할 정도로 책잡힌 상태였다.

"왜 그랬는지는 나중에 물을 테니까."

연화는 부러 화사하게 웃어주었다. 부자연스러운 미소만큼 테일러의 양심이 많이 찔리길 바랐는데, 잘 먹혀든 것 같다.

"발코니에서 기다려 주시겠어요?"

그러나 개인적인 질문은 역시 나중이고. 우선은 카를부터 챙겨야겠다.

연화가 턱짓했다. 그제야 테일러는 카를을 발견했다. 내키지 않아 했지만 연화가 한 번 더 웃어주자 질겁하며 물러났다.

"시, 시작했네요."

테일러의 반응을 보느라 춤곡이 시작된 줄도 몰랐다. 연화는 버벅거리는 말소리에 정신을 차렸다. 케이안은 가정교사로부터 어떻게 춤을 추는지에 대해 배웠다. 하지만 다른 것에 신경이 팔려 있는 여성의 이목을 집중시키는 법은 몰랐다.

수줍은 얼굴만큼이나 어색한 목소리가 케이안의 곤란을 알려 주었다. 연화는 겸연쩍은 미소를 지었다.

"어머, 미안해요."

"아…… 아닙니다!"

케이안이 큰 소리를 냈다. 그것 때문에 이목이 집중되자 민망해하며 헛기침을 했다.

자잘한 일 때문에 춤추는 대열에 늦게 진입했지만, 박자를 맞추는 일은 어렵지 않았다. 연화가 초반의 몇 박자를 이끌어주자 케이안은 바로 감을 잡았다.

연화는 케이안의 손을 잡고 한 바퀴 돌았다. 파티장의 모습을 빠르게 훑었다. 찾던 것은 오른쪽에 있었다. 카를과 테일러가 발코니 안으로 들어갔다. 곧이어 커튼이 촥 쳐졌다. 저 안이라면 카를도 안심하고 투구를 벗을 수 있을 것이다.

연화는 위치를 기억하기 위해 발코니를 쳐다봤다. 오른쪽 끝에서 두 번째. 중얼거리면서 턴을 마쳤다. 박자에 맞춰 발을 뻗으면서 고개를 돌리자마자 케이안과 눈이 마주쳤다.

"실례되지 않는다면, 영애."

단정하지만, 조금은 우울한 질문이 떨어졌다.

"카이스턴 공작과는 어떤 관계인지 여쭈어봐도 되겠습니까?"

티 나지 않게 본다고 했는데. 들킨 모양이었다.

연화는 아닌 척 시치미 떼지 않기로 했다. 왜 그런 질문을 하는지 모르겠다는 듯, 눈을 동그랗게 뜨고 케이안을 몇 초간 바라보았다. 케이안이 무안을 느낄 때쯤에야 천연덕스럽게 대꾸했다.

"지극히 많은 고마움을 받아, 되돌려 드려야 하는 관계에요."

"영애가 카이스턴 공작에게 말입니까?"

케이안은 믿을 수 없어했다. 그가 본 바, 카이스턴 공작은 타인을 돕는 사람이 아니었다. 그는 대가를 지불할 능력이 없는 사람에게 빚을 지우는 사람이 아니었다. 어떤 의미에선 계산이 깔끔하다고 할 수 있겠지만, 그는 인간미가 없기로 유명했다.

"우연이 만든 결과였죠."

"우연, 우연이라. 그럴 수도 있겠군요."

케이안이 비뚜름한 미소를 지었다. 물꼬는 언제 어떻게 터질지 모르는 것이다. 오클레앙 영애와 카이스턴 공작이 우연히 만났을 수도 있다. 그러나 상대를 어떻게 대할지 결정하는 것은 우연이 아니다.

'오클레앙 백작 부부가 살아 있었다면 곁에 두지 않았겠지.'

지금의 오클레앙 영애는 별 힘이 없지만, 성년이 되면 괜찮은 권력을 쥘 수 있을 것이다. 테일러는 그때를 생각해 영애를 붙들어두었을 것이다. 이런 계산은 누구나 할 수 있다. 케이안의 아버지 또한 같은 결론을 내리고 그는 아들의 등을 떠밀었다.

케이안은 아버지가 시키는 대로 따랐다. 적당히 말만 걸고 돌아설 생각으로 접근했다. 대부분의 소녀들은 그를 싫어한다. 인정하기 싫지만, 카이스턴 공작이 잘생긴 인기남인 것도 사실이었다. 오클레앙 영애 역시 눈이 있으니 자신을 싫어하리라 생각했다.

하지만 소녀가 말을 받아주자 케이안은 욕심이 생겼다. 마음이 끌렸다. 그러나 자라나던 희망이 카이스턴 공작을 염두에 두는 듯한 소녀를 보자 꺾여 버렸다. 사실은 그게 당연한 것인데. 은연중에 기대한 것이 꺾였기에 더 실망하게 되었다.

연화는 케이안의 표정이 변하는 것을 보았다. 분노가 일렁이더니, 얼마 지나지 않아 허탈을 담는다. 어깨를 축 늘어뜨리고서 한숨까지 쉰다. 연화는 뻔한 질문을 해보았다.

"소영주께선 공작님을 싫어하시나요?"

"그는 손익계산이 철저한 남자입니다. 채무 능력이 없는 자에겐 접근하지도 않지만, 자신에게 빚을 진 이에겐 어떤 식으로든 대가를 받아냅니다. 그의 계산법은 가혹한 데다 잔인하기까지 합니다. 가능하다면 그런 자의 곁에는 가까이 가지 않는 것이 좋지만…… 영애께선, 이미 그 남자를 좋아하고 계신 것 같군요."

연화는 하하 웃었다.

연화는 재민을 좋아했다. 누구도 신경 쓰지 않았던 자신을 외톨이의 늪에서 꺼내주었다. 사심 없이 다가온 사람이자, 처음으로 마음 깊숙이 들여놓은 타인이었다. 이변이 없는 한 앞으로도 함께할 친구이기도 했다. 하지만 그 마음을 테일러에게까지 연결하진 않았다. 테일러는 재민의 아바타였지만, 그 자체는 아니었다.

테일러는 재민이 가지고 있는 특성 중 개인주의적인 면과, 감정적인 부분을 극대화한 캐릭터였다. 그래서 테일러는 지독한 현실주의자로 보이지만, 내키는 대로 돌발 행동을 저지른 뒤 혼란스러워 한다. 그가 재민보다 나은 점이 있다면, 사회적인 지위가 높다는 것뿐일 거다.

연화는 둘의 차이를 알았다. 그렇기에 테일러를 좋다고 말할 수 없었지만 싫다고도 하지 않는 것은, 그에게서 재민의 모습을 발견하기 때문이다. 이 세계에 떨어진 시간만큼 재민을 그리워하고 있기에, 재민의 발자취만큼 테일러가 마음에 들기 때문이다.

연화는 모호한 웃음만 흘렸다. 무어라 설명할 수 없는 감정의 상태는 진짜였기에, 이 표정 역시 진짜였다.

"글쎄요. 이걸 좋아한다고 해야 할지, 싫어한다고 해야 할지. 저도 잘 모르겠네요."

"고민한다는 건 이미 마음이 있다는 증거 아닙니까?"

"제 고민은 호와 불호 두 쪽에 걸쳐져 있는데요. 이걸 호감의 증거라 볼 수는 없지 않을까요?"

물론 테일러는 좋다. 하지만 그에게서 '재민'의 그림자가 엿보였다가 사라지길 반복해서 혼란스러웠다.

케이안이 혼란스러운 눈을 껌뻑였다. 귀엽다. 연화는 그에게 도움을 주기로 했다.

"저는 누군가를 무조건적으로 좋아만 하는 것도 말이 안 된다고 생각하거든요."

"무슨 소립니까?"

"간단한 예시를 들자면, 소영주님의 아버지를 생각해 보세요. 대체적으로는 멋지고 좋아서, 존경해야 할 분이라고 생각하시죠? 하지만 항상 그렇지는 않지 않나요? 서운하고 아쉽다는 감정이 들 때도 있잖아요."

케이안이 눈을 감고 잠시 생각이 잠긴다. 1분도 지나지 않아 뭔가를 떠올렸는지 미간에 주름을 세우고 케이안이 격렬히 고개를 끄덕였다. 그러다 이상함을 느끼고 멈칫했다. 오늘 처음 만난 소녀 앞에서 가족 간의 불화를 인정하다니. 어리석은 짓이었다. 그는 뒤늦게 이성이 돌아온 척했지만 늦었다. 연화는 쿡 웃으며 덧붙였다.

"모두 다 그런 거니 걱정하지 말아요. 소영주님이, 혹은 루만티온 후작님이 잘못해서 그런 일이 일어난 건 아니란 말이에요. 모든 사물에 앞과 뒤가 있듯이, 마음에도 앞과 뒤가 있을 뿐이니까요. 그래서 어떤 부분은 타인에게 호감을 사고, 어떤 부분은 불호를 사죠."

케이안이 눈을 번뜩였다. 민망함은 까칠함으로 승화되었다.

"영애는 제 아버지가 가식적이란 말을 하고 싶은 겁니까?"

"아뇨. 당연한 것을 이상하게 생각하지 마시란 뜻이에요. 아군과 적을 대할 때의 태도가 같을 수는 없는 법이잖아요? 마찬가지로 기분이 좋을 때와, 나쁠 때의 태도가 같지는 않아요. 모든 사람들은 상황에 따라 달리 행동해요. 어떨 때는 앞을, 어떨 때는 뒤를 보여주죠."

그러니 한 사람을 놓고 두 사람이 다른 결론을 내린다고 둘 중 하나가 틀린 것은 아니다. 각자가 어떤 관계를 맺고 있느냐에 따라 다른 대접을 받기에, 평가는 엇갈릴 수밖에 없다.

"그렇군요. 이해했습니다."

케이안은 고개를 끄덕였다. 완벽히 이해한 것은 아니지만 감은 잡았다. 방금 나눈 대화가 멋지고 근사한 주제이라는 것도 알았다. 근육머리라며 타박을 주던 아버지도 케이안이 이런 대화를 했다는 걸 알면 칭찬해 줄 것이다. 거기다 오클레앙 영애와 친해지기까지 하면 금상첨화겠고. 케이안이 얼굴에 미소를 살짝 띠고서 손을 내밀었다.

"한 곡 더 추시겠습니까?"

"좋아요."

무도회에서 나가려면 아직 멀었다. 마다할 이유가 없었다. 연화는 답삭 케이안의 손을 잡았다.

⚜

"늦었군."

발코니 커튼을 걷자마자 무뚝뚝한 소리가 들렸다. 연화는 커튼을 내려놓고 걸었다. 어둠과 바람이 이끄는 대로 걸어가다 장신의 남자와 부딪쳤다. 테일러가 그녀의 어깨를 잡아주며 투덜댔다.

연화는 루만티온 소영주와 춤만 출 생각이었다. 카를과 테일러를 오래 기다리게 할 생각은 없었다. 맞잡은 손을 내려놓고 돌아서려는 순간, 연화는 자신이 잘못된 판단을 내렸음을 알았다. 사방에서 온갖 귀족들이 몰려들었다. 오클레앙 백작이 될 소녀는 그만큼 대단한 가치를 지니고 있었다.

연화는 모두와 적당히 말을 섞으며 천천히 떼어냈다. 최대한 실례가 되지 않는 말들을 골라내다 보니 늦었다. 연화는 헤실 웃으며 위를 올려다봤다.

"화났어요?"

테일러가 서 있다는 건 알겠지만 어둠 때문에 얼굴이 보이지 않았다. 연화는 어둠에 익숙해지기 위해 눈을 깜빡였다. 어둠과 사물들이 구분이 되었을 때쯤에서야, 묵직한 목소리가 들렸다.

"아니."

테일러가 무심한 얼굴을 가로저으며 연화 앞으로 걸어왔다.

"그대의 행동을 이해 못하는 바는 아니니까."

실소와 비슷한 것을 지은 뒤엔, 몸을 틀어 허공을 쳐다본다. 뻥 뚫린 외벽에서 바람이 들어와 테일러의 머리칼을 흩뜨렸다. 테일러는 바람을 음미하듯 눈을 감고 느리게 숨을 내뱉었다. 그게 복잡한 마음을 가라앉히려 한 행동이라는 건 조금 뒤에 알았다.

"루만티온 애송이와의 친분은 그대 인생엔 도움이 될 테지. 가문도 튼실하고, 재능도 있다. 밥만 축내는 식충이 같은 놈들보단 미래가 기대되는 편이기도 하고. 개인적으로는 참 싫은 놈이지만, 객관적으로는 나쁘지 않아."

케이안을 무작정 싫어하기만 하는 줄 알았는데. 머릿속으로는 이런저런 계산을 한 모양이다.

연화는 루만티온에 대한 정보를 잠자코 들었다. 남이 과대평가해 주는데 난 아니라고 말하는 것만큼 멋없는 짓이 또 없다. 고개까지 끄덕여 주면서 듣고 있다 다음 말에 멈칫했다.

"하지만 지금은 내 상대가 안 되는 놈이지. 그런 놈과 싸워봤자 득 될 건 없어."

"그렇게 잘 아시는 분이, 아까는 왜 그러셨어요?"

연화가 어깨를 으쓱했다. 테일러가 후 한숨을 쉬었다. 얼굴을 어그러뜨리더니 큰 손으로 이마부터 턱까지 쓸어내렸다.

"나도 모르겠군."

"이성적이지 않네요."

"그래. 현명하지 않지."

테일러가 씁쓸히 웃으며 음료를 들이켰다. 반쯤 남아 있던 음료수가 단번에 사라졌다. 거칠게 입을 닦으며 잔을 내려놓는다.

아른거리는 달빛이 테일러의 혼란을 일깨워 주고 사라졌다. 어떤 이유 때문인지는 모르겠지만, 테일러는 내키는 대로 한 행동에 후회를 하고 있었다. 이럴 때 필요한 것은 이성과 판단이다.

아까 저지른 짓이 바보 같았고, 그 다음에 한 짓은 더 어리석었다고 후회하기 전에 다음은 어떻게 행동할지 결정해야 한다.

"정리가 필요하세요?"

테일러는 침묵했다. 그러나 침묵은 곧 긍정을 뜻했기에 연화는 입술을 뗐다.

"테일러 씨는 황녀님의 힘이 되어주기 위해 이 자리에 참석하신 거 아닌가요? 그런 만큼 황녀 곁에 머무르셔야 해요. 제 옆이 아니라요. 테일러 씨는 수많은 귀족들에게 제게 물어뜯기건 씹히건 상관하지 않고 내버려 두셨어야 했어요. 제가 귀족들의 세계에 적응할 수 있게요."

"그럴 이유가 있나 싶은데. 그대는 이미 귀족들의 세계가 익숙해 보이는걸."

"타국에서 갓 상경한 오클레앙 영애는 귀족들의 세계가 처음인 걸요. 그러니 어쩌겠어요. 적응하는 척이라도 해야지."

테일러의 손을 잡고 파티장에 들어선 여자는 셀리스티나 오클레앙이다. 사교계가 낯선 소녀인 오클레앙 영애. 그녀를 만든 것이 홍연화이긴 했지만, 그녀는 홍연화여서는 안 되었다. 홍연화를 드러낼 수 없기에 만들어 쓴 가면이었다.

배우의 가면이 벗겨지면 연극을 망치듯, 홍연화 역시 드러나선 안 되었다. 귀족들 앞에 선 홍연화는 오클레앙 영애가 되어야 했다.

테일러는 너털웃음을 터뜨렸다. 호쾌한 웃음 끝엔 자조를 비집어 올린다.

"그래서 내 보호가 방해가 되었다고?"

"솔직히, 아니라곤 못하겠네요."

테일러는 인맥을 쌓기에 좋은 자리라면서 연화를 이곳에 데려왔다. 하지만 막상 귀족들이 다가오자 철벽 방어를 했다. 테일러는 병아리가 잡아먹힐까 봐 노심초사하는 수탉처럼 굴었다. 바깥 세상에서 구를 대로 구른 병아리는 수탉만큼 노련한데도.

"좋은 의도로 하신 행동이었다는 거 알아요."

연화는 테일러가 자신을 위해주는 것이 싫지는 않았다. 결정적인 순간엔 그녀의 뜻을 존중해 준다는 것을 알기에 더욱 그랬다.

연화는 손을 뻗었다. 테일러의 등을 두드려 주고 싶었지만, 키가 닿지 않아서 되는 대로 허리를 토닥였다. 그것만으로도 의미가 통했는지 시무룩하게 굽어 있던 등이 반듯이 펴졌다.

"그대는 참…… 알다가도 모르겠군."

테일러가 연화를 내려다보면서 미묘한 웃음을 머금는다.

"하지만 다행이야."

테일러의 거친 손이 연화의 머리를 쓰다듬었다. 정돈된 금발을 흩뜨린 손이 턱 밑으로 내려와 뺨을 문질렀다.

"이 종잡을 수 없는 모습은 틀림없이 진짜일 테니."

"아까는 모르겠다더니. 파악은 다 하셨네요."

연화가 샐쭉댔다. 테일러는 또 웃었다. 명쾌한 바람이 둘 사이를 어지러이 노닐다 사라졌다.

✣

연화는 잔을 내려놓으면서 큭큭 웃었다. 테일러의 일그러지는 얼굴을 감상하면서 손을 흔들었다.

유쾌한 감정에 젖으면서도 카를을 확인하는 것도 잊지 않았다. 카를은 발코니 밖에 선 사람이 그를 보지 못하게 뒤돌아서 있었다. 그리고 대부분의 사람들은, 기사스러운 갑옷을 입은 그에게 관심이 없다.

"다녀오세요."

테일러는 혀를 찬 뒤에 옷매무새를 가다듬었다. 이상한 곳이 없는 걸 확인한 뒤엔, 앉았던 몸을 일으켰다. 장신의 그가 두 걸음을 걷다가 멈추고는 뒤를 돌아보고선 아쉬움을 토로한다.

"이거 참. 이어달리기도 아니고."

"어차피 거절할 수도 없잖아요."

연화가 발코니 바깥쪽을 손짓했다. 황녀가 보낸 시녀가 다소곳이 손을 모으고 서 있었다. 모양새는 더없이 충실한 시종의 형태를 띠었지만, 눈은 '더 머뭇거렸다간 공작이고 뭐고 강제로 질질

끌고 가버리겠다'는 의미로 번들거렸다. 황녀의 시종이기에 가질
수 있는 시선이다.

완전히 나가기 전, 테일러가 발코니 커튼을 잡고서 물었다.

"기다릴 텐가?"

"글쎄. 장담할 수 없겠는데요."

연화는 어깨를 으쓱였다. 파티장은 충분히 둘러봤고, 대화도
질릴 만큼 나눠봤다. 밖에 나갈 마음도 없다. 이곳에서 기다리라
면 못할 것도 없지만, 만약은 언제 찾아올지 모른다. 그렇기에 연
화는 확답하지 않았다. 말없이 손만 흔들었다.

그것만으로도 불안을 감지했는지 테일러는 마지막 순간까지도
한마디를 남겼다.

"그렇다면 명령하지. 기다려."

커튼이 내려앉으면서 파티장과 발코니가 다시 유리되었다. 불빛
한 점 들어오지 못하는 발코니는 어두컴컴한 공간이 되었다.

연화는 커튼이 완전히 닫혔나 확인하기 위해 끝을 잡아당겼다.
쉬이 팔랑거리지 않을 거란 확신이 선 뒤에야 뒤를 돌아보았다.
파티장을 등지고 있던 카를이 정면을 보고 있었다.

연화는 슬그머니 다가가 카를의 옆에 섰다. 가까이 갈수록 바
람이 거세게 불었다. 바람에 팔랑거리면서 젖혀지려는 드레스를
잡는 게 귀찮아서 대충 말아 한 손에 쥐었다. 그 바람에 정강이가
훤히 드러났지만 개의치 않았다. 답답했던 다리에 바람이 통하자
시원하다는 생각도 들었다.

연화는 그대로 난간에 걸터앉으면서 카를을 쳐다봤다. 경악으
로 벌어졌던 눈이 천천히 이성을 찾는다. 아닌 척하지만 그는 꽤
고리타분한 기사님이었다.

"뭐 하면서 기다렸어요?"

"바람을 쐬고 있었지만……."

카를은 안절부절못해했다. 대놓고 모시는 주인의 다리를 쳐다보는 무례를 범할 수 없는데, 바싹 다가온 연화를 피해 달아날 곳이 없었다. 발코니는 협소한 공간이다. 그렇다고 밖으로 갈 수는 없는 노릇이다. 답답한 투구를 쓰는 일은 내키지 않았다.

연화는 먼 곳을 보려는 카를의 시선을 돌려 제게 고정시켰다. 눈이 마주치자마자 귀밑까지 빨개져선 어쩔 줄 몰라 한다.

카를이 반사적으로 고개를 숙였다가 연화의 맨 다리가 보이자 당황해하며 시선을 올렸다. 장난스레 웃고 있는 연화와 얼굴을 마주하게 되었다. 연화는 쿡쿡 웃으며 카를의 귀를 만지작거렸다.

이 세계에서 만난 사람 중 케이안이 가장 순진한 줄 알았는데. 여기 더한 남자가 있었다.

"왜 그래요? 못 볼 걸 본 사람처럼."

"그, 다, 다리……."

"네. 다리가 왜요?"

연화가 부러 다리를 슬쩍 들어 보였다. 카를이 기함을 하며 뒤로 바싹 물러섰다. 왼쪽 구석 벽에 붙더니 눈을 질근 감아버린다.

"왜 그래요? 제 다리 한두 번 본 것도 아니면서."

연화가 부루퉁한 얼굴을 했다. 함께 여행했다는 것엔 단순히 손만 잡고 길을 걸었다는 의미만 있는 게 아니었다. 알게 모르게 못 볼 것도 많이 공유한 상태였다. 보고도 못 본 척 눈감았을 뿐이다.

"그리고 예전엔 이것보다 짧은 원피스도 많이 입고 다녔잖아요."

"그것과 이건 다릅니다!"

카를이 억울하다며 항변했다. 조금은 필사적으로 보이기도 했다. 그 이유가 다른 것이었다면 진지하게 들어주었겠지만, 시답잖은 문제였기 때문에 연화는 카를의 반응이 재미있기만 했다.

"그럼 이제부터는 같다고 생각해요."

여성용 옷들은 대체적으로 불편했는데, 그중 가장 심각한 것이 파티용 드레스였다. 원래 세계의 드레스는 노출과 센스 사이를 조율하느라 머리를 아프게 했다면, 이 세계의 파티 드레스는 무겁고 치렁해서 입는 것 자체가 불편했다. 춤을 겨우 두 번 추었을 뿐인데도 다리에 땀띠가 나는 게 아닐까 걱정이 될 정도였다.

"지금도 더워서 확 벗어버리려는 걸 참고 있는 중이니까."

연화가 과장스레 손부채질을 했다. 테일러와 대화를 하면서 더운 기는 확 가신 지 오래였지만 바람에 드레스가 확 뒤집어질까 노심초사하는 것보다는 연기를 하는 쪽이 더 나았다.

카를이 벽에서 슬그머니 몸을 떼고 다가왔다. 걱정스레 물었다.

"많이 더우십니까."

"왜요. 제가 정말로 옷을 벗어버릴까 걱정이 돼서요?"

연화가 손을 뒤로 돌려 드레스 끈을 푸는 시늉을 하자 카를이 질색을 했다. 연화는 다시 손을 내리고 큭큭 웃었다.

"농담이니까 걱정하지 말아요. 저는 예의가 없는 사람이 맞지만, 시도 때도 없이 탈의할 정도로 막 나가는 사람은 아니니까."

연화는 난간에 걸터앉은 채로 뒤를 돌아봤다. 구름이 가리지 않은 달빛이 발코니 아래 정경을 비추어냈다. 발코니 아래엔 이름 모를 꽃들이 피어 있었다. 군데군데 큰 나무와 조각상들도 보였다. 본궁 앞의 정원인 모양이었다.

어떤 소설에선 커플들의 밀회가 이루어지는 곳으로 정원을 꼽던데. 밖은 조용했다. 밀회가 이루어지기엔 너무 이른 시간이거나, 종족 번식 본능을 이행하는 것보단 황녀가 더 중한 모양이었다.

바람이 불자 알록달록한 꽃들이 흔들거렸다. 대부분이 져서 봉오리 진 상태였지만, 그래도 예뻤다. 연화는 구경거리를 보자 입이 심심해져서 무의식적으로 옆을 짚었다. 잔이 잡히는 대로 입에 가져다댔는데 입안으로 들어오는 건 없다. 다시 보니 얼음만 남은 빈 잔이었다.

"이거 맛있어요?"

안에서 술 냄새가 났다. 연화는 잔의 주인일 게 분명한 카를을 보며 손에 든 것을 흔들어 보였다. 딸그락 얼음들이 명쾌한 소리를 냈다. 카를이 놀라며 연화에게서 잔을 뺏어들곤 뒤로 숨겼다. 그는 지척에 테일러의 잔이 있음을 몰랐다.

"아가씨께서 드실 만한 것은 아닙니다."

"저도 술 마실 줄 아는데요."

연화가 불만스러운 눈으로 카를을 올려다봤다. 시큼 시원한 술맛을 떠올리자 정말로 먹고 싶어졌다. 그러고 보니 이 세계에 와서 한 번도 술을 마셔본 적이 없었다. 연화는 새삼스러운 사실을 깨달았다.

"주량은 모르지만."

"절대 안 됩니다."

카를이 날카롭게 응수했다. 그가 잔을 들지 않은 손으로 투구를 덮어쓰더니 나갈 준비를 했다.

"다른 것을 가져오겠습니다."

"제가 마시고 싶어 하는데 왜 카를이 나가요. 됐어요. 제가 가져오죠."

연화가 일어서자 카를이 불안해하며 따라오려 했다. 연화는 그를 제지해 다시 앉혔다. 그리곤 손가락으로 스스로를 가리켰다.

"이렇게 어린애한테 누가 술을 주겠어요. 안 그래요?"

연화가 키득 웃었다. 카를은 아무 말도 하지 못했다.

연화는 파티장으로 들어서자마자 커튼을 꼼꼼히 닫았다. 화려한 샹들리에에 적응도 하고, 음료수가 있는 곳이 어디인자 가늠도 할 겸 잠깐 서 있었다.

연화가 없어도 파티장은 잘 돌아갔다. 도란도란한 말소리에 악사들의 연주가 잔잔히 스며들어 갔다. 연화는 사람들 사이를 천천히 걸었다. 음료수만 가지고 돌아갈 생각이었다. 쓸데없이 이목을 끌어 붙들리고 싶지 않았다.

연화는 목적지에 도달해 아무 잔이나 움켜쥐었다. 무심코 시선을 들었다 테일러를 봤다.

테일러는 황녀의 손을 잡고서 홀을 점거 중이었다. 춤추던 귀족들은 두 남녀를 위해 자리를 터주었다. 대다수의 귀족들은 두 사람을 구경했다. 테일러가 은발과 반대되는 까만 정장을 입은 것과 달리, 황녀는 흑발과 반대되는 흰 드레스를 입었다. 두 사람의 복식은 짜 맞춘 듯 잘 어울렸다.

황녀가 뱅그르르 몸을 틀었다. 동시에 흰 드레스가 너울너울 돌아갔다. 아름다운 경관에 몇 사람들이 탄성을 터뜨렸다. 연화는 코앞의 장관에 넋을 놓고 있다가, 다가오는 발소리에 어깨를 바로 세웠다.

"안녕하세요, 오클레앙 영애. 헬렌 뮤센이라고 해요."

유약한 인상을 가진 여자였다. 어린 목소리엔 의지가 별로 없었다. 연화는 눈을 가늘게 떴다. 처음 보는 여자인데, 말을 건 이유를 모르겠다.

"영애께서 입고 계신 드레스가 워낙 독특해서요."

여자는 부채 끝으로 연화의 드레스를 가리켰다. 연화는 멋쩍게 웃었다. 최대한 눈에 안 띄게 대충 입고 온 드레스였지만, 워낙 다들 화려하게 입고 오다 보니 되레 연화 쪽이 눈에 띄고 있었다.

"어디서 맞춘 건지 알 수 있을……."

여자의 말이 뚝 끊겼다. 누군가 또 접근했다. 아까와 달리 오싹한 느낌이 등줄기를 쓱 훑고 지나갔다. 직감적으로 피했더니 연화가 서 있었던 자리에 액체가 쏟아졌다. 정통으로 맞진 않았지만 완전히 피하지도 못했기 때문에 드레스 끝에 보라색 물이 묻었다.

"쥐새끼 같은 게 재빠르긴."

악의 어린 목소리였다. 황급히 뒤를 돌아보자 엘렌이 음료수 잔을 들고 서 있었다. 연화가 가져가려고 빼두었던 잔 중 하나였다. 연화는 드레스 자락을 보며 혀를 찼다. 드레스 끝에 걸치듯 묻은 것이라, 찝찝하다는 생각은 들지 않았다. 그저 한심할 뿐이다.

'여긴 왜 이렇게 고전적인 수법을 쓰는 사람들이 많아.'

영주관의 하녀도 그러더니, 이번엔 엘렌이다. 같잖다는 생각에 말도 나오지 않았다.

연화가 허허 웃자 엘렌이 그녀 옆에 붙은 영애에게 말을 걸었다.

"영애, 그런 것엔 신경 쓸 필요 없어요."

엘렌이 영애에게 손을 뻗었다. 그러나 영애는 엘렌을 피해 몇 걸음 물러섰다. 순간 상황을 파악할 수 있었다.

엘렌에겐 카턴 상단을 일으켜야 한다는 목적이 있었다. 그러려면 귀족들과 인맥을 트고, 카턴 상단의 물품을 홍보해야 했다. 이 파티는 그녀에게 고객 확보를 위한 자리였다. 엘렌은 이 영애를 상대로 영업을 하고 있었지만, 영애는 되레 셀리나가 입은 옷에 관심을 보였다. 이에 보복도 하고, 영애의 시선도 끌어올 겸 일을 저질렀다.

"실례를 저지르고도 사과하지 않다니. 무례하시네요."

테일러가 있을 때는 다가오지도 않았던 여자가 말이다. 연화는 또박또박 발음한 뒤에 엘렌을 매섭게 바라봤다. 여기서 엘렌이 물러서면 봐줄 용의도 있었다.

엘렌은 성큼 걸어가 연화 앞에 섰다. 성난 얼굴을 노골적으로 밀어붙이며 부러 큰 소리를 냈다.

"사과라면 당신이 해야 하는 것 아닌가요?"

다른 귀족들에겐 상냥하게 굴어야 하지만, 셀리나에겐 안 그래도 된다. 좋은 옷을 입고 예쁘게 단장을 했지만 셀리나는 카턴 상단의 짐꾼 노예였다. 운 좋게 황무지에서 살아나 귀족처럼 살 기회를 찾았지만 근본이 어디 가는 건 아니었다.

엘렌은 얼굴을 일그러뜨리며 비죽 웃었다. 셀리나가 가장 무서워하던 얼굴이었다. 채찍을 들 때 엘렌이 짓던 표정이었다.

"인장 도둑 따위가."

엘렌은 목소리를 내리깔며 중얼거린 뒤 반응을 살폈다. 겁먹어야 할 셀리나는 말짱했다. 외려 '너 뭐 하냐'는 식으로 고까운 미소를 지어준 뒤, 역공을 해오기까지 했다.

"그건 본인 소개인가요?"

"당연히 네 얘기지."

"어차피 당신 것도 아니었잖아요."

연화가 방싯 웃으며 엘렌의 가슴께를 쿡 찌른다. 엘렌이 입술 끝을 깨물었다. 불쾌했지만 사실이었다. 셀리나가 인장을 갖는 것은 합당한 일이기도 했다. 그러나 바로 그 사실이 못마땅했다. 엘렌은 신경질적으로 손을 내뻗었다. 논리가 없으니 남은 것은 강짜를 부리는 것뿐이다.

"어쨌든 내놔."

"가져가 봤자 쓰실 수도 없으시잖아요."

연화가 샐쭉 혀를 내밀었다.

"사방팔방 카턴 남작 영애라 이름을 파서놓고. 이제 와서 오클레앙 영애인 척하시겠다라. 연기의 대가라 해도 그건 좀 힘들지 않을까요?"

무엇보다 이미 많은 사람이 셀리나를 오클레앙 영애로 인지한 뒤였다. 엘렌이 아무리 애를 쓴들 누구도 그녀를 오클레앙 영애로 봐주진 않을 것이다. 엘렌은 하, 기가 찬 웃음을 뱉었다. 자신이 원하는 것을 얻지 못한 자가 내뱉는 한탄이 섞였다.

엘렌이 셀리나의 볼을 움켜쥐었다. 보는 눈 많은 곳에서 눈에 띄는 행동을 하면 안 된다는 것을 알지만, 지금은 너무 짜증이 나서 참을 수 없었다. 얄미운 꼬맹이가 볼이 아파서라도 눈물을 찔끔 흘리는 걸 봐야 속이 풀릴 것 같았다.

"살 많이 쪘네. 잘 먹고 잘 자서 기름기 흐르는 것 봐. 팔자 좋다, 응?"

"좋게 봐주셔서 감사합니다. 그런데 영애께서도 살 많이 찌셨네요. 저런. 허리에 주름 잡히는 것 좀 봐. 영애께선 식단 조절을 하셔야겠어요. 요즘은 예전 같지가 않으니까요. 말하자면, 풍채 좋은 여자가 미녀였던 시절은 지나갔다는 뜻이죠."

연화가 엘렌의 옆구리를 가리키며 실실 웃었다. 엘렌이 얼굴을 화악 붉히며 연화에게서 멀어졌다. 볼살을 쥐어 터뜨리듯 움직이던 손도 사라졌다. 연화는 양손으로 볼을 문지르며 주위를 둘러보았다. 알알한 아픔이 가시자 주위가 눈에 들어왔다.

일련의 소란 때문에 춤곡은 멎은 상태였다. 춤을 추던 사람과 구경하던 무리 모두 이쪽을 주시 중이었다. 그중 한 명은 이쪽으로 걸어왔다. 테일러였다.

연화는 환히 웃었다. 참으로 적절한 타이밍이었다.

"그래서 제 신분에 대해 공증이 필요하시다면. 저와 동행한 분을 소개해 드릴까 하는데요."

연화는 테일러 옆에 답삭 붙었다. 어디선가 헉 소리가 들렸다. 뮤센 영애가 놀란 눈으로 입을 틀어막고서 뒷걸음질을 치는 중이었다.

뮤센 영애는는 테일러가 얼마나 대단한 권력자인지 잘 알았다. 그녀는 알아서 엘렌에게서 멀어졌다. 어쨌든 사고를 일으킨 건 엘렌이었다. 그녀와 무관한 척 물러서 있으면 큰 피해는 입지 않을 것이다. 오클레앙 영애의 관심이 엘렌에게 쏠려 있을 때, 빨리 퇴장하는 게 옳았다.

"테일러 씨, 도와주시겠죠?"

"물론."

연화가 가까스로 뻗은 손을 테일러는 거절하지 않았다. 맞잡은 손 아래로 따스한 체온이 전해진다. 테일러는 연화와 함께 한 발 두 발 내디뎌 엘렌에게 다가갔다. 이윽고 그들은 한 뼘 정도의 거리를 남겨두고 멈췄다. 엘렌이 넋이 반쯤 나간 얼굴로 올려다봤다.

엘렌은 떨고 있었다. 테일러의 위치를 알아서인지, 아니면 테일러의 장신에 겁을 먹어서인지는 모르겠지만.

"오랜만이군, 카턴 남작 영애."

테일러가 웃었다. 서늘한 미소가 여러 사람을 철렁하게 했다. 몇 영애들은 설레어했지만, 막상 시선을 받은 엘렌은 비틀거렸다. 당장 쓰러져도 이상하지 않을 만큼 낯빛이 좋지 않았다.

지척에서 본 테일러는 잘생겼지만 차가웠다. 그는 엘렌에게 호의적이지 않았다. 이유는 단순했다. 그는 셀리나의 편이었다. 반면 엘렌의 편은 없었다. 선물을 떠안겨 주며 살갑게 대했던 귀족 영애들마저 그녀의 편을 들어주지 않았다. 비웃거나, 무시했다. 테일러에게 반감을 가진 귀족들도 쉬이 나서진 않았다.

흉흉한 분위기를 뿜는 테일러는 위험하다. 그는 이미 엘렌을 갈아 마실 준비를 끝냈다. 건드려 봤자 고래 싸움에 등 터지는 새우만 될 뿐이다. 테일러는 깊이 심호흡을 하며 엘렌을 내려다보았다. 봐줄 마음 따위, 손톱의 때만큼도 들지 않았다.

테일러는 셀리나에게 발코니에서 기다리라고 했지만, 그녀가 제 말에 따르지 않을 거라는 건 잘 알았다. 그녀 스스로도 장담하지 않았던 약속이었다. 그래도 안전할 거라 속단한 건, 카를이 그녀를 지켜주리라 생각했기 때문이다. 그래서 따로 사람을 붙이지 않는데 그 결과가 이렇게 이어질 줄은 몰랐다.

아이의 볼을 우악스럽게 만지던 엘렌이 떠올랐다. 테일러는 악귀와 같았던 여자를 생각할수록 치가 떨렸다.

셀리나가 엘렌에게서 학대받았다는 건 알고 있었다. 두 사람의 사이가 좋을 리 없다는 것도 알았다. 하지만 황녀까지 있는 파티장에서 설마 별일이 있겠나 생각하고 넘겨 버렸다. 자책했지만 이미 늦었다.

후회는 분노가 되었다. 테일러는 엘렌을 보며 살벌한 미소를 지었다. 흰 목을 졸라 버리고 싶어 손이 꿈틀거렸다. 테일러는 욕망을 자제하면서 고상한 단어들을 입에 올렸다.

"그래서. 머나먼 이국의 남작 영애께서 자국의 백작 영애를 의심하는 이유가 무엇인지 묻고 싶은데. 말해줄 수 있겠나?"

이곳은 파티장이고, 눈앞의 여자는 타국의 귀족이다. 이 여자를 죽이면 많이 곤란해질 거라는 건 이성이 반쯤 나간 상태에서도 알 수 있었다.

"설마하니, 아무 근거도 없이 비방하는 것은 아닐 테니 말이야."

그 설마가 맞는 엘렌은 아무 말도 못했다. 그녀의 얼굴이 더욱 해쓱해졌다.

⚜

귀족들끼리 모욕을 주는 일은 심심찮게 일어났다. 음료를 쏟는 일 역시 흔했다.

별일 아닌 상황은 테일러가 끼었기에 별일이 되었다. 테일러는 엘렌이 한 것을 다 보았다며 큰 목소리로 떠벌렸다. 엘렌은 수치스러워하며 고개를 숙였다. 그 와중에 셀리나를 보면서 이를 갈았는데, 그것 때문에 테일러에게 빌미가 잡혔다. 그녀는 이국에서 온 양심 없고 무례한 아가씨가 되었다.

엘렌은 바들바들 떨었다. 수많은 사람들이 그녀를 비웃거나 노려본다. 대체로 좋지 않은 시선들이다. 생애 처음 겪는 일에 그녀의 무릎이 꺾였다. 풀썩 주저앉은 꼴은 퍽이나 가여웠지만 동정은 없다. 몇몇 영애들이 입가를 가리고서 킥킥 웃었다. 엘렌은 치맛단을 움켜쥐었다. 모멸감에 치가 떨려왔다.

엘렌은 카틴 상단의 공주님처럼 자랐다. 카틴 상단은 대상단급은 아니었지만, 엘렌이 호사스러운 생활을 영위할 수 있을 만큼의 금전력은 갖추고 있었다. 엘렌은 어려서 어머니를 여의었지만, 아버지와 오빠로부터 충분한 사랑을 받았다. 카틴 가의 사용인들은 그녀를 '아가씨'라 부르며 깍듯이 모셨다. 노예들은 허리를 깊숙이

숙이거나 엎드려 절을 했다.

엘렌은 다른 귀족 영애들보다 나은 생활을 했다. 오빠와 함께 카턴 상단을 이끌 상단주로 자랐기 때문에, 보통 영애는 갖지 못하는 자금력과 인맥이 있었다. 수많은 사람들이 엘렌과 친해지고 싶어 안달이었다. 원하는 것이 무엇이냐 물으며 챙겨주는 사람도 있었다. 그렇게 살아왔던 엘렌은, 나라가 바뀌었다고 이런 일을 겪을 줄은 꿈에도 몰랐다.

상황은 간단히 해결될 수도 있었다. 엘렌은 타국의 귀족이었고, 오클레앙 영애는 이제 막 사교계에 첫 발을 디딘 상태였다. 즉, 둘 다 카로틴 사교계가 낯설었다. 이 상황에서, 엘렌이 내숭과 겸양을 섞어 이런 자리가 처음이라 잘 몰랐다며 송구스러워하면 이상하게 생각할 귀족은 아무도 없다. 혀를 좀 찰지언정, 이해는 해줄 것이다.

상대가 다른 귀족이었다면, 엘렌도 상황을 모면할 방법을 모색했을 것이다. 그러나 하필 셀리나였다. 카턴 상단에서 짐을 나르던 꼬맹이였다. 거슬릴 때마다 걷어차고, 심심할 때마다 불러 때리던 노예였다.

그런 노예가 저를 내려다보고 있었다. 한심하고 추할 것이 분명한 제 모습을 보는 소녀의 눈동자는 맑았다. 비웃지 않아서 다행이었지만, 그렇기에 엘렌은 믿을 수 없었다.

'속으론 웃고 있겠지.'

셀리나는 약했다. 당하기만 하는 노예였다. 그러던 것이 황무지에서 살아오더니 귀족 영애가 되었다. 소심하고 유약했던 모습은 온데간데없고, 당당하고 맹랑한 모습을 들이댄다.

달라진 모습은 확실히 셀리나답지 않았다. 노예 중엔 그녀가 셀리나가 아니라 말하는 이도 있었지만 엘렌의 생각은 달랐다. 세상에 저렇게 생긴 사람이 하나 더 있을 리가 없었다. 그것보다는 원 모습을 숨기고 있었을 거란 쪽이 더 그럴 듯했다.

'그렇게 사람을 잘 속이는 꼬맹이니까.'

저 모습도 분명 연기일 것이다. 엘렌은 입술을 깨문 채로 시선을 내려 땅만 바라보았다. 뻔뻔하고 가증스러운 꼬맹이 앞에서 고개를 숙일 순 없었다. 상황이 해결될 기미를 보이지 않자 샤먼이 튀어나왔다. 그가 무릎까지 굽히고서 테일러에게 간청했다.

"아직 어려서 세상 물정을 잘 모릅니다. 자비를 내려주십시오."

모양새는 동생을 구하기 위해 나선 오빠였지만, 실상은 달랐다.

샤먼은 엘렌이 흘린 오물이 카턴 상단에까지 영향을 미치는 것을 원치 않았다. 그녀가 알아서 사건을 해결하길 바랐지만, 더 지체했다간 다 함께 시궁창에 처박힐 상황이었다.

테일러는 말이 없었다. 봐주고 싶지 않아 하는 기색이 역력했다. 연화는 그를 쳐다본 뒤, 저가 나서기로 했다. 엘렌이 미운 건 사실이지만, 그녀의 초라한 모습을 감상해 봤자 감흥은 없다. 보는 눈 많은 곳에서 셀리나의 설움을 풀 수는 없다.

연화는 도도한 미소를 지은 뒤, 자비로운 척 손을 내저었다. 제 잘난 맛에 사는 귀족 영애인 척 굴었다.

"좋아요. 부족한 식견을 채울 기회를 줄 터이니, 이만 가보세요."

샤먼은 즉각 반응했다. 허리가 접히도록 꾸벅거린 뒤 엘렌을 일으켰다. 엘렌은 샤먼과 눈이 마주치자마자 와앙 울음을 터뜨렸다. 샤먼은 그녀를 토닥거리면서 퇴장했다.

최종적으로 소란을 정리한 것은 황녀였다. 그녀는 몇 시간 뒤 선보일 예정이었던 음유시인을 들이도록 했다. 소문이 파다한 예술인이었다. 귀족들의 이목이 돌아갔다. 곱고 선명한 음색이 귀를 기울이게 했다. 사람들이 흩어지기 시작했다.

테일러는 한자리에 계속 서 있었다. 그는 두 사람이 나간 쪽을 쳐다보았다. 테일러의 눈에는 여전히 흉흉한 빛이 어른거린다. 당장 일을 내도 이상하지 않을 것 같은 기세였다.

연화가 테일러를 제지하기 위해 옷자락을 잡아당기자, 그의 시선이 스륵 내려왔다. 살의가 담긴 눈을 코앞에서 보자 섬뜩했다. 연화는 순간적으로 얼었다가 방실 웃었다.

"왜 그래요?"

"그건 내가 하고 싶은 말인데."

걸걸한 목소리는 진심으로 의아스러워 하고 있었다.

"죽도록 미워하던 여자 아니었나?"

"그랬었죠."

셀리나가 말이다. 연화는 뒷말은 덧붙이지 않고 삼켰다.

"앙갚음을 할 수 있는 절호의 기회였다고 생각되는데."

"그래봤자 고상한 말로 심장에 스크래치 몇 개 낼 뿐인걸요."

오클레앙 영애는 귀족 소녀여야 했다. 그녀는 험한 일과 고생에서 완전히 분리되어 살았다. 카턴 남작과 트러블을 일으킬 수는 있지만, 귀족적인 태도를 잃어서는 안 되었다.

테일러는 잠시 생각에 잠겼다. 몇 초 후 그가 알았다며 고개를 끄덕인다.

"하긴. 이곳은 살인을 저지르기엔 좋지 않지."

"저도 한 잔인 하는데, 테일러 씨를 따라가기엔 아직 먼 듯싶네요."

"설마, 보복 한번 안 하겠다는 건 아니겠지."

"미안하네요. 그 설마가 맞아서."

연화는 입을 뾰로통하게 내밀고서 돌아섰다. 두 발자국쯤 떼었을 때였다.

"피를 보는 게 무섭나?"

연화는 저도 모르게 멈춰 섰다. 거기서 확신을 얻은 듯 테일러가 장담조로 첨언했다.

"걱정 마라. 내가 처리해 줄 테니."

"그 말을 들으니까 진짜로 걱정이 되는데, 왜인지 아세요?"

"잘못된 판단을 해서 그렇다."

이 인간이.

연화가 뒤를 돌아보았다. 테일러가 능글능글한 미소로 응수했다.

연화는 황당함으로 벌어지려는 입을 억지로 다물었다. 어이없는 감정은 잠깐이었다. 연화는 피식 웃어버렸다. 이 세계에서 오래 살아남으려면 은원 관계를 확실히 정리하는 게 좋을 지도 모른다.

테일러는 연화의 존재를 모른다. 셀리나가 카로틴에서 오래 살기 위해 귀족 영애가 되려 한다고만 생각하고 있었다. 그의 기준에 따르면 연화는 잘못된 판단을 하고 있는 것이 맞을지도 모르겠다. 연화가 갑자기 웃자 테일러가 의아한 시선을 보냈다. 이번엔 단순한 의문이 아니라, 뭔가 잘못 먹었나 살피는 관찰까지 담겼다.

"왜 그러지?"

"그냥. 재밌어서요."

연화는 눈을 깜빡이면서 테일러의 시선이 향했던 문을 바라보았다. 엘렌이 울던 모습이 아직 눈가에 아른거렸다.

엘렌은 큰소리로 울음을 터뜨리면서도, 끝내 고개를 숙이지 않았다. 엘렌이 버릴 수 없는 최후의 자존심이 셀리나라는 뜻이었다. 남의 눈에 피눈물 흐르게 할 줄은 알아도, 제 눈에 눈물 맺힐 줄은 몰랐겠지. 연화는 고소를 머금었다.

"그래서 그 여자는? 어떻게 할 거지?"

"내버려 둬요. 보복은 매일매일 하고 있으니까요."

연화가 셀리나의 몸에 들어간 이후로, 엘렌이 가져야 할 모든 것이 셀리나의 것이 되었다. 연화가 살아가는 하루가, 엘렌이 누렸어야 했던 하루다. 연화가 이 세계에서 셀리나로 사는 하루하루가 복수인 셈이다.

"저를 죽이고 싶어 안달 난 여자인걸요. 제가 멀쩡히 살아 있는 걸 본 것만으로도 허파가 뒤집어지려고 하던데요, 뭘."

"물론 그랬지만. 그거로는 충분하지 않은 듯싶어서 말이지."

"왜 그렇게 생각하시죠?"

연화는 진지한 의문을 담고 테일러를 올려다봤다. 재민이 그랬듯 테일러 역시 '남 일'에 신경 쓰지 않는 사람이었다. 셀리나를 제 보호막 안에 넣었다 해도 지금 행동은 많이 이상했다. 그가 엘렌을 갈가리 찢어버릴 것처럼 구는 이유를 모르겠다.

연화는 살기가 오른 눈동자를 천천히 살폈다. 아까는 볼 수 없었던 감정을 읽었다. 동정이었다. 테일러는 셀리나를 가엾게 생각했다.

테일러는 셀리나가 불쌍하기에 엘렌이 죽어야 한다고 생각했다. 괴상해 보일 수도 있는 이 문장은, 셀리나의 과거를 알아야만 이해할 수 있었다.

"혹시, 알고 있었나요?"

"고의는 아니었다."

테일러가 연화를 슬쩍 살핀다. 목소리가 한껏 조심스러워졌다.

"불쾌한가?"

"이미 일어난 일이잖아요. 제 감정은 그리 중요하지 않다 사려 되는데요."

연화는 어깨를 으쓱였다.

"하지만 제가 신경 쓰인다면 제대로 된 사과를 해주세요."

테일러는 말없이 서 있었다. 연화는 팔을 위로 뻗어 그의 어깨를 잡았다. 테일러의 시선이 내려왔다. 동공이 정처 없이 흔들렸다. 그가 정말로 양심을 팔아먹은 사람이었다면 연화 앞에서 좀 더 뻔뻔하게 굴었을 것이다. 어쩔 수 없었다, 그러니 받아들여라. 연화는 굴종하는 것 말고는 할 수 있는 게 없었다. 하지만 그는 재민 같은 구석도 있어서 망설이고 흔들렸다. 완전히 비정한 권력자가 되지는 못했다.

연화는 테일러와 자신이 우습고 같잖았다. 권력자를 자처하면서 연화 앞에서는 말랑해지는 테일러나, 그에게서 자꾸 친구의 모습을 겹쳐 보는 자신 둘 다.

그래서 심술궂게 중얼거린다.

"비겁해라."

다시 몸을 홱 틀었다. 연화는 발코니 쪽으로 걸어갔다. 카를을 너무 오랫동안 혼자 두었다. 호위기사가 혼자서 발코니에 있으면 사람들이 이상하게 생각할 것이다.

테일러는 발코니까지 따라왔다. 연화는 뒤로 따라오는 발소리를 모른 척했다. 카를이 연화를 보자마자 다가왔다. 그가 연화를 위아래로 훑더니 얼굴 가득 의문을 담는다.

"음료는……."

"미안해요. 안 가져왔어요."

연화는 멋쩍게 웃으며 두 손을 들어 보였다. 엘렌과 투닥거리고 테일러와 대면하는 사이 뭐 때문에 밖에 나갔었는지 잊었다. 카를은 한숨을 쉰 뒤 투구를 뒤집어썼다. 연화는 그가 나가는 것을 내버려 두었다.

다시 커튼이 팔락였고, 어둠 속엔 연화와 테일러 둘만 남게 되었다. 테일러는 아직 미동이 없었다. 연화는 카를을 따라 나설 것처럼 굴었다. 또각. 굽 소리가 작은 공간을 여지없이 울렸다.

효과는 바로 나타났다. 굵은 손이 연화의 어깨를 틀어잡았다. 걸음을 멈추라 윽박지르듯, 어깨에 가해진 악력이 상당하다.

"놔주시겠어요?"

연화는 인상을 찡그리며 테일러의 손을 털어냈다. 욱신거리는 아픔을 주는 어깨를 주무르면서 가만히 서 있었다. 나갈 생각은 없었기에 한 행동이었지만, 테일러는 다르게 해석했다.

"이제 내 얼굴 따위 보지 않겠다는 의미인가."

"한낱 백작 영애밖에 안 되는 제가 어떻게 공작님을 피해 다닐 수 있겠어요. 당연히 아니죠."

"그런 의미로 하는 말이 아니잖아."

테일러가 한 손에 얼굴을 묻고서 깊이 한숨을 내쉬었다. 정말 말하기 싫었다는 듯, 느릿하게 뒷말을 이었다.

"그래. 내가 그대의 뒷조사를 했어."

"얼마나 알고 있냐는 질문은…… 무의미하겠죠."

연화는 쓴웃음을 지었다. 셀리나의 과거를 들췄다. 연화에겐 대수롭지 않은 사실이다. 셀리나의 감성은 금방 흩어졌다. 진짜로 빈정이 상하고 가슴이 서걱거릴 일은 없는데도 머리가 곤두섰다.

연화는 테일러를 다시 만났을 때를 떠올렸다. 그는 거래라고 말하면서 연화를 옭아맸지만, 그녀와 카를을 끼고 수도로 가는 게 그에게 득이었는지는 모르겠다.

셀리나는 대단한 재주가 없는 꼬맹이고, 카를은 테일러와 으르 렁대며 대립각을 세우던 남자다. 황무지라면 모를까. 인적 많은 카로틴에서 테일러가 그래야 할 이유는 없다. 그는 많은 돈을 가 지고 있었다. 그걸로 제 시중을 들어줄 사람을 구할 수도, 용병을 고용할 수도 있다.

함께 여행해서 득을 보는 건 연화 쪽이다. 테일러는 뛰어난 검 술 실력을 가지고 있다. 덕분에 신변을 걱정하지 않아도 되었다. 그의 신분 덕분에 검문소도 빨리 통과할 수 있었다.

연화는 테일러가 자신이 예상한 대로 행동하면 그가 그런 캐릭 터라 속단했고, 모르는 대로 행동하면 소설 속의 인물이니 예측 이 틀릴 수 있다며 넘겼다. 오만이 잘못된 판단을 하게 만들었다.

테일러가 재민을 기반으로 한 캐릭터가 아니었더라면 상관없었 을 것이다. 누군가가 저를 가엾게 여겨서 은혜를 베풀어주다니. 땅 파서 동전 하나 안 나오는 세상에 보기 힘든 인심이다. 고맙다 고 넙죽 받아들여 마땅하다. 하지만 동정을 보인 게 하필 테일러 였다.

재민은 연화의 생애 첫 친구이자, 이해 관계없이 대등하게 선 사람이었다. 그의 아바타가 저를 동정해서 그랬다니. 홍연화로서 의 자존심이 긁히는 일이다.

"그래서 제가 불쌍해지셨어요?"

"아니야."

"도와주어야겠다고 생각했나요?"

"왜 자꾸 그런 말을 해."

"그러게요."

테일러는 재민이 아닌데. 겹쳐 보는 것을 피할 수가 없다.

이상한 짓이다. 상식 밖의 행동이다. 무례한 짓이다. 수많은 단어들이 머릿속에서 엉켜 연화의 자아를 둘러싸고 힐난한다. 그녀는 할 말이 없다. 스스로도 통념하고 있던 바였다. 알면서도 멈출 수 없는 것이 자신이기에 착잡했다.

"그렇게 덤덤히 말하지 마."

"그럼 어떻게 하죠? 화를 낼까요?"

"그래. 차라리 그게 낫겠군."

"하지만 화가 안 나는데요."

"누가 자신의 뒤를 캐면 화를 내는 게 당연한 것 아닌가."

"당연하다라."

연화가 풋 웃었다. 셀리나가 카이스턴 공작에게 화를 내는 게 당연할 리가. 상상만으로도 우스운 그림이다. 사실은 화라는 감정을 품는 것 자체도 잘못된 거였다. 신분제 사회에서 목 날아가기 쉬운 행동을 하고 있는데도 테일러가 봐주고 있는 거였다. 그렇다면 그보다 더한 짓을 해도 상관없는 것일까. 연화는 확인해 보고 싶었다.

이 남자가 어디까지 나를 봐줄 생각인지. 동정심에 이성을 얼마나 팔았는지도.

연화는 드레스가 돌아가지 않게 한 손으로 움켜쥐고서 몸을 틀었다. 달빛을 등지고서 장난스러운 한마디를 날려보았다.

"그럼 이제 테일러 씨 얼굴 보고 싶지 않다고 목청껏 소리 지르면 되나요?"

"아니. 하지 마."

"아까는 화를 내라 하시더니."

"내가 말하는 '화'는 다른 쪽이었다."

"예를 들자면요?"

"분이 풀릴 때까지 나를 때린다든가."

연화와 달리 테일러의 목소리엔 장난기가 없었다. 언제부터인지는 모르겠지만, 그는 셀리나 한정 바보가 된 모양이다. 확인한 순간 연화는 감정이 수그러들었다. 바보를 상대로 화를 내다니. 그보다 더 바보 같은 짓이 어디 있을까.

뜨거웠던 감정이 사라지자, 장난기만 남았다. 연화는 테일러를 흘겨보았다.

"테일러 씨 그런 취향이셨어요?"

"뭐?"

"농담이었어요."

상대가 정색하는 장난은 재미가 없다. 연화는 다시 테일러를 등지고 섰다. 테일러는 이번엔 연화의 어깨를 붙들지 않았다.

연화의 감정이 식은 것을 눈치챈 것일까. 테일러는 연화의 미적지근한 속을 헤집을 수 있도록 진실스러운 말을 찔러 넣었다.

"다시는 그러지 않겠다."

"바람직한 대사네요."

"진심이다."

"그 말은 아까도 하셨잖아요."

"아까는 반만 진심이었다."

하여간. 말은 잘하지.

연화가 입을 삐죽이자, 테일러가 웃음을 터뜨렸다. 호쾌한 웃음소리가 마음을 흔든다.

테일러와 재민을 완전히 구분하지 못하겠다면, 재민에게도 그랬듯 그에게도 기회를 주는 게 옳지 않을까. 이성인지 감성인지 구분도 못할 것이 속삭였고, 연화는 넘어갔다.

"믿어보죠."

별것 아닌 말에 테일러의 입이 벌어진다. 좋은 선택 한 거라며 장담한다. 사기꾼이 봉 잡았을 때 하는 말 같아 불안해졌지만, 이미 저지른 일이기에 연화는 그냥 넘어가기로 했다.

연화가 어떤 세상에서 왔든, 이 제국을 좌지우지하는 건 테일러였다. 재민을 믿는 만큼 그의 권력을 믿는 것 외엔 다른 도리가 없었다.

✤

재민과 연화의 관계는 천천히 변모했다. 처음엔 서먹하게, 나중엔 은인으로, 좀 더 시간이 지난 뒤엔 말이 제법 통하는 사이로 바뀌었다. 여기까지 오는 건 어렵지 않았다. 문제는 두 사람이 친구가 되면서 발생했다. 대화를 하는 시간이 많아지고, 서로를 알아가면서 싸우게 된 것이다.

연화는 친구를 가져 본 적이 없었다. 친구라 부르는 사람이 없는 건 아니었다. 그녀의 휴대폰에 저장된 번호는 많았고, 전화를 걸고 약속을 잡아 시간을 보낼 상대 또한 존재했다. 그들 모두가 연화에게서 뭔가 바라고 있기에 진정한 친구라 부를 수 없을 따름이다.

수많은 사람들 사이에서 재민만이 예외였다. 재민의 아버지조차도 연화에게 야욕을 드러냈는데, 재민은 연화에게 청탁을 하지 않았다. 그가 바라는 건 함께 놀러 다니는 것 정도다.

상대에게 바라는 게 많은 사람은 비굴해진다. 상대의 비위를 맞춰주기 위해 안달복달한다.

연화는 많은 것을 쥐고 있었다. 대게의 경우 그녀는 '갑'이었다. 누군가와 트러블이 생기더라도, 상대가 고개를 숙임으로써 마무리되곤 했다. 언성을 높이고 싸운 적은 없었다.

"어떻게 되어도 상관없었다고? 겁도 없이 그놈을 따라간 주제에, 나한테 하는 말이, 상관없어?"

연화는 열다섯 가을에 전학을 갔다. 미수라 하나, 홍 회장은 연화를 험한 꼴을 당할 뻔한 학교에 보내고 싶지 않아 했다. 이를 이 의원도 따라 했다. 입으로는 교육 환경을 운운했지만, 연화와 재민을 붙여놓고 싶어 수작부린 것이었다. 연화는 재민과 같이 있고 싶었기에 이 의원의 수작을 적당히 받아넘겼다.

소년 셋은 재민을 폭행한 벌을 받았다. 셋 중 하나는 전에도 잦은 문제를 일으켰던 학생이라 자퇴를 했고, 남은 둘은 전학을 갔다. 초졸 상태로 사회에 내동댕이쳐지게 된 아이는 세상에 반감을 품었다. 세상은 자업자득이라 말했지만, 스스로는 억울했다.

정처 없이 길을 떠돌다가 연화를 보게 됐다. 처음부터 자신과 다른 위치에 있었던 아이를 보자 심술이 돋았다. 아이는 연화에게 못된 짓을 하고 싶었다.

아이는 사과하고 싶다는, 마음에도 없는 헛소리를 하면서 연화를 으슥한 곳으로 유인했다. 연화는 알면서도 따라가 주었다. 연화는 인적 없는 곳에서 그간 배운 호신술을 적극 활용해 놈을 패주었다.

연화는 운동 신경이 뛰어난 편이었다. 석 달 동안, 자기 연민에 빠져 있는 어린애를 때려눕히기엔 충분한 실력을 쌓았다. 피가 묻은 손을 털고 나오는 길이었다. 흔적을 지웠다고 자신했지만, 연화는 결국 재민에게 걸리고 말았다.

재민은 걱정과 불안을 터뜨렸다. 연화가 보복을 하고 돌아왔다고 했지만 들어주지 않았다. 자신을 떼놓고 위험한 곳에 들어간 것 자체를 문제로 여겼다.

"별 일 없었잖아."

"별 일이 있어야 문제야?"

재민이 성을 내며 따졌다.

"너랑 그놈이 같이 사라졌다는 말을 들었을 때, 내 기분이 어땠는지 알아?"

연화는 무표정으로 대꾸했다.

"몰라."

"모른다고?"

"모로 가도 서울로만 가면 된다는 말이 있지. 결과가 좋으니 다 된 거 아냐? 왜 신경 쓰는 건데."

재민은 깊은 한숨을 내쉬었다. 진심으로 몰라서 묻는 건가. 아니면 저를 이겨보고 싶어서 강짜를 부리는 건가. 파악하기 위해 질문을 던졌다.

"내가 그놈을 따라갔으면, 넌 가만히 있었을 거야?"

"넌 안 따라갈 거잖아."

주저 없이 만약을 끊어낸다. 연화는 '일어나지 않는 일'에 대해서는 생각하지 않았다.

계산적인 머리는 수학적인 사고가 필요하지 않은 상황도 논리로 풀려고 했다. 수학 공식을 적용하듯, 상황에 따라 수식을 만들어 결론을 도출해 낸다.

연화는 강간미수범을 따라갈 때를 계산했다. 싸워서 이길 수 있다는 경우만을 생각했기에, 따라갔다. 그녀로선 '나오지 않는 답'을 운운하는 재민이 이상할 수밖에 없었다.

"아. 그래. 그렇지."

재민은 실소를 터뜨렸다. 많이 친해졌나 했는데 갈 길이 멀었다. 그는 지끈한 머리를 감싸 쥐었다. '만약'을 설명해 보았지만 연화는 이해하지 못했다. 협소한 세계의 문은 쉬이 열리지 않았다. 재민은 포기하고 자리를 떴다.

이후 일주일 간 두 사람은 뚝 떨어져 지냈다. 재민은 먼저 다가갈 생각이 없었고, 연화는 누군가에게 손을 내미는 게 어색한 사람이었다. 이도저도 못하고 시간만 흘렀다.

재민은 관계가 아예 끝나겠다 싶어 먼저 나서기로 했다. 연화에게 전화를 걸었지만 받지 않았다. 학교라서 안 받나 싶어 쉬는 시간 그녀의 교과서 안에 쪽지를 넣었다. 약속 장소와 시간을 적은 쪽지였다.

연화는 착실한 학생이었다. 어떤 일이 있어도 교과서를 펼 거라고 생각했다. 그러나 그녀가 쪽지를 버릴 줄은 몰랐다. 재민은 쓰레기통에 들어간 쪽지를 보고 욱했지만 참았다. 연화를 만날 수 있는 방법은 많았다. 그녀의 생활 패턴은 단조로웠다.

재민은 연화가 하교하는 때를 노렸다. 얼굴을 보자마자 일단 붙들었다. 연화는 순순히 서주었다. 하지만 시선은 땅에 내리꽂혀서 올라올 줄을 몰랐다.

그 의미를 알 것 같았다. 재민은 숨을 흡 들이켰다.

"이제 쳐다보기도 싫어졌어?"

"그럴 리가. 세화 그룹을 이렇게나 잘 도와주시는 이 의원님 아드님인걸. 왜 보기 싫겠어."

"그런 뜻이 아니잖아."

빈정거리는 말을 듣자 심장이 막히는 것 같았다. 재민은 깊은 한숨을 쉬었다. 여기서 뻣뻣하게 굴어봤자 얻을 것도 없었다. 재민은 먼저 백기를 들었다.

"그래. 내가 먼저 화를 냈지."

"이제 와서 누가 먼저 시작했는지를 가리는 게 무슨 의미가 있겠어."

연화는 씁쓸히 웃었다. 그녀가 재민의 어깨 너머 허공을 바라본다. 아이들이 모두 빠져나간 학교는 조용했다. 지나가는 사람이 몇 있지만 누구도 둘에게 관심을 갖지 않는다.

연화는 지나가는 사람들을 쳐다보았다. 대체로 무표정하고, 일부는 즐거워 보인다. 그들은 모두 바삐 어딘가로 걸어서 사라져간다. 걱정거리가 있는 것처럼 보이는 사람은 없다. 대다수가 가지고 있지 않아 보이는 것을 재민이 했다고 한다. 연화는 그 이유가 의아스러웠다.

"그래서 나를 걱정했다고."

"어."

"난 어린애가 아닌데."

"알아."

"너보다도 강하고."

"그래. 너와 싸우면, 아마 내가 너한테 지겠지"

"알면서 나를 걱정하는 이유는 뭔데."

재민은 말이 없었다. 연화는 이전에 짐작해 둔 이유를 뱉었다.

"내가 불쌍해?"

"나는……."

"그래서 자꾸 신경이 쓰여?"

"왜…… 그런 말을 해."

"동정받고 싶지 않으니까."

연화는 주먹을 꽉 쥐었다. 가려두었던 밑천을 드러내 보인다. 어둠과 닮은 심연이 재민의 앞에서 쩍 벌어져 제 속을 보인다.

"초라해 보이고 싶지 않아."

연화에게 재민은, 처음으로 동등한 위치에 선 사람이었다. 연화는 그에게 형편없는 사람이 되고 싶지 않았다. 아무것도 아닌 사람이 되지 않았으면 했다. 재민과 하는 모든 일이 생소했다. 연화는 어떻게 해야 할지 알 수 없었다. 허둥대는 연화와 달리 재민은 능숙했다.

재민과 함께 있으면 즐거웠지만 한편으론 무서웠다. 많은 부분에서 서툰 저를 싫어하지 않을까 신경이 쓰였다. 연화는 불안할 때마다 재민의 얼굴을 확인했다. 환히 웃는 얼굴은 진심으로 연화와 함께하는 시간들을 즐기고 있었다. 그는 연화를 싫어하지 않았다. 안도가 드는 한편 불안했다.

두 사람이 함께 걷는 길은 재민의 마음으로 만들어졌다. 불확실하고 변할 수 있는 요소 위에 위태로이 세워졌다. 연화는 그가 마음이 변했다며 돌아설까 두려웠다.

"너는 아무것도 안 바라잖아."

"그게 싫었어?"

"아무것도 줄 수 없는 홍연화는 보잘 것 없으니까."

"설마."

재민이 웃는다. 무슨 바보 같은 소리를 하냐는 눈이다. 연화는 어깨를 늘어뜨렸다. 다 터뜨리고 나니 긴장이 풀렸다. 홀연해진 심장이 좀 더 깊은 것을 끄집어내 던졌다.

"받은 만큼 주는 것이, 나는 편해."

쓸모가 있었으면 했다. 버림받지 않았으면 했다. 일방적으로 이용만 당하는 처지가 되더라도 상관없었다. 어떤 식으로든 함께 했으면 했다. 지금과 같은 관계를 유지할 수 있다면 연화는 아무래도 좋았다.

"하지만 너는 내게 원하는 것이 없지."

무엇도 원하지 않는다는 말을 달리 표현하면, 연화의 무엇도 필요도 없다는 뜻이다.

연화는 인간관계를 맺는 일에 서툴렀다. 어렸을 때부터 지금까지, 진심으로 다가오는 사람이 없었기에 당연했다. 대부분의 사람들은 그녀의 배경을 보고 접근했다. 연화는 자신에게 오는 사람들은 무언가를 바라기 때문이라고 생각하게 되었다. 깨달음이 절대 명제가 된 케이스였다.

연화는 거짓된 인간관계를 이어가면서 외로움을 채웠다. 그러다 재민을 만났다. 처음으로 진짜 다정함과 진짜 관심을 받게 되었다. 놓칠 수 없었다. 하지만 연화는 어떻게 해야 그 감정을 받을 수 있는지는 몰랐다. 전례에서 그와 비슷한 것을 찾아보려고 했으나 모두 재민과는 달랐다. 무의미한 짓이라는 걸 알면서도 없는 것보다는 낫기에, 그에 비추어 재민을 재단했다.

"이제까지 네 옆에 있었던 사람들과는 다를 거야."

연화의 손이 가늘게 떨렸다. 재민은 손을 뻗어 떨림을 움켜쥐었다. 체온이 닿았다고 떨림이 바로 안정되지는 않았지만, 조금 전보다는 확실히 덜했다.

재민은 외로움쟁이의 볼을 손등으로 쓸었다. 연화는 새침한 척서 있으면서도 재민이 손을 움직이는 대로 고개를 움직인다. 어떻게든 온기를 쬐려고 움직이는 걸 보자 공연히 웃음이 돌았다.

"약속해. 내가 먼저 떠나는 일은 없을 거야."

재민이 새끼손가락을 내밀었다. 유치원 꼬마들이나 하던 손가락 약속이다. 연화는 유치하다고 투덜거리면서도 재민의 새끼손가락에 자신의 새끼손가락을 감았다. 창피함보다는, 앞으로 지속될 온기를 갖는 것이 더 중요했기 때문에 그리했다.

재민은 정말로 약속을 지켰다. 중학교를 졸업하고 고등학교를 지나 성인이 되었어도 두 사람은 계속 함께였다.

별일이 없길 바라지만, 설령 있더라도 두 사람은 계속 친구일 것이다.

⚜

"카이스턴 저엔 얼마나 머무를 예정이십니까."

갑작스러운 질문이었다. 연화는 화들짝 놀라 뒤를 돌아보았다가, 카를이 따라오고 있었다는 것을 상기하고서야 안도했다. 밤이었고, 몹시 어두웠다. 사방을 분간할 정도는 되어서 둘은 낮의 기억을 떠올리며 걸었다. 황성 밖으로 나가는 길을 찾아내야 마차를 탈 수 있다.

마부더러 마차를 몰고 와달라고 해야 하는 게 맞는 일이지만, 황성 파티는 아직 끝나지 않았다. 연화와 카를은 몰래 빠져나가는 중이었다. 그런 마당에 마부를 불러 파티 홀에 말발굽소리와 채찍소리를 들려줄 수는 없는 노릇이다.

테일러와 함께 있었다면 길을 수월히 찾았겠지만, 그는 온 사방에서 주목하는 인사다 보니 도망이 불가능했다. 그는 적당히 때를 보다가 퇴장하기로 했다.

어디로 가야 출구인지 고심하면서 걷느라 카를이 따라오는 것도 잊었더랬다. 연화는 스스로의 바보 같음을 비웃어준 뒤, 카를의 질문에 되레 반문했다.

"그건 왜 묻죠?"

길 찾기에만 집중하고 싶어서 대강 던진 말인데, 연화는 뱉는 순간 얼마나 뻔한 질문이었는지 깨달았다. 카를은 테일러를 싫어한다. 그러나 연화는 카이스턴 저에서 테일러와 자주 만나고 있다. 카를은 당장 카이스턴 저를 떠나고 싶었지만, 그럴 수 없다면 카운트 다운이라도 하길 원했다.

연화는 턱을 쓰다듬으면서 잠깐 고민했다. 그러나 카를이 원하는 대답을 해줄 수는 없었다.

"명확한 기간을 이야기해 주긴 어렵네요."

연화는 내일 해가 뜨는 즉시 카이스턴 가 서재에 출입해 이 세계와 관련된 책들을 읽을 생각이었다. 서재가 워낙 크니, 돌아갈 수 있는 방법이 적힌 책이 있지 않을까 기대가 됐다. 설령 없다 하더라도 힌트 정도는 얻을 수 있을 것이다.

관련 자료를 모두 읽고 필사하려면 시일이 얼마나 소요될 지 알 수 없었다. 방대한 자료 중 원하는 키워드를 담은 책만 골라 읽어도 2주는 넘게 걸릴 것이다.

"그렇습니까."

카를은 실망해서 고개를 툭 떨구었다. 싫음만을 피력하는 얼굴을 보자 죄책감이 밀려왔다. 연화는 심장 언저리가 따끔거리는 듯해서 카를의 얼굴에서 시선을 뗐다. 길에만 관심이 있는 척 먼 곳을 보았다.

카를은 연화가 서재에 출입하려는 이유를 모른다. 연화가 어디로 돌아가려 하는지도 모른다. 말해봤자 이해하지 못할 것이다. 그렇기에 그녀는 굳이 입술을 열어 머리를 아프게 할 짓은 하지 않았다.

연화가 할 수 있는 일은 권유뿐이다. 선심인 척 포장한 위선을, 너를 위해서 하는 말이라며 그럴싸하게 포장해 등 떠밀어주는 게 전부다.

"그래서 하는 말인데, 카를. 싫으면 떠나도 돼요."

카를의 동공에 파문이 일었다. 어둠 속에서도 그의 파란 눈동자가 움직이는 게 잘 보였다. 그가 당황의 숨을 들이켜더니, 성큼 걸어와 연화와의 거리를 줄였다.

쓰러지면 안길 것 같은 거리에서 카를은 덤덤한 척 말했다.

"싫지 않습니다."

연화는 깍지를 끼고서 카를을 올려다봤다.

"어머, 정말요?"

"예."

"그럼 테일러 씨와 사이좋게 지낼 수 있단 말이군요."

바로 카를의 얼굴이 일그러졌다. 곧 죽어도 '그렇다'는 한 마디를 할 수 없는 카를의 입술이 파들거렸다. 연화는 키득 웃으면서 뒷짐을 졌다.

연화가 움직이자 카를도 걸음을 옮겼다. 그가 일정한 보폭을 유지해 따라오면서 또 물었다.

"그자의 옆에 머무시는 이유가 뭡니까."

"그가 필요했으니까요."

구체적으로 말해주지 않았는데도 카를은 답을 찾아냈다.

"오클레앙 영애가 되는 것, 말씀이십니까?"

"그만큼 확실하게 해줄 수 있는 사람이 또 있나요?"

카를은 곰곰이 생각한 끝에, 답을 냈다.

"황제가 있습니다."

"전에도 느낀 건데, 카를은 불가능한 소리를 아무렇지 않게 하는 능력이 있네요."

전에는 황실의 책을 운운하더니 이번엔 황제다. 카를은 자신이 황족과 관련이 있음을 드러내면서 자각도 없어 보였다. 연화는 그가 걱정됐다. 카를은 숨기려 애를 썼지만, 머리를 조금만 굴릴 줄 아는 사람이라면 그와 황실이 연관되어 있음을 눈치챌 것이다.

카를이 황실과 관련이 있음을 알아도 보호해 줄 수 있는 사람이 있다. 연화는 그 사람을 입에 올렸다.

"카를은 테일러 씨와 친하게 지낼 생각 없어요?"

"첫 단추부터 잘못 끼운 만남이었습니다."

"그럼 첫 단추를 풀고 다시 끼우면 되잖아요."

"인연의 단추는 일회성입니다. 일반 의복과 다릅니다."

"그런 것치고는 꽤…… 친해진 것 같은데요?"

아까는 같이 술도 마셨으면서 말이다. 연화가 흘겨보자 카를이 손까지 내저으며 항변했다.

"그건…… 그냥 분위기를 맞춰주느라고."

"호오. 그런 걸 신경 쓸 정도의 사이는 되었다는 뜻이군요."

카를과 테일러는 볼 때마다 으르렁거렸지만, 그어놓은 선을 넘진 않았다. 두 사람은 늘 일정 거리를 유지했다. 악화되는 법이 없었다.

"저는요, 카를이 테일러 씨와 친하게 지냈으면 좋겠어요."

"카이스턴 저에 오래 상주하실 생각이십니까?"

"아니요. 카를, 저는 카를이 외롭지 않기를 바라서 그래요."

"제 옆에는 아가씨가 있습니다."

"물론 지금은 그렇죠. 하지만 그게 영원하지 않다는 거 알잖아요."

언제가 되었든 연화는 이 세계를 떠날 것이다. 연화는 그때를 그려보았다. 테일러는 공작이고 가진 것도 많으니 알아서 잘 살아갈 것 같지만, 카를은 그럴 것 같지 않았다.

카를의 옆엔 아무도 없다. 어느 날 만난 소녀를 삶의 이유로 삼을 만큼 외롭게 살았다. 누구도 그의 옆에 있지 않게 되면 최악의 선택을 할지도 몰랐다. 그러니 연화는 카를이 마음 맞는 사람과 함께했으면 좋겠다고 생각했다. 가능하다면 그게 테일러였으면 했다. 카이스턴 가의 기사만 되어도 주거 문제와 직장 문제가 단번에 해결되니까.

카를은 처음 듣는 이야기인 척하지 않았다. 덤덤히 응수했다.

"지금 떠나실 겁니까?"

"당장은 아니지만요."

일단 방법을 몰라서 못 간다. 연화는 그 사실이 못내 허탈해서 하하 웃었다. 카를은 허무를 느끼고 입을 닫았다.

밤길은 고요했다. 말하는 사람이 아무도 없었기에, 고요함이 한층 짙어졌다.

풀벌레 소리와 발자국 소리가 크게 들렸다. 제가 내는 구두 굽 소리에 흠칫 놀랄 정도였다.

황성은 컸지만 길은 일직선이었다. 연화는 아래로 내려가는 길을 발견했다. 마차를 타고 왔던 길이다. 걷기만 하면 입구가 나올 것이다.

"카를과 함께해서 좋았어요. 지금도 그래요. 카를이 필요해요. 하지만 카를이 떠났으면 좋겠다고도 생각해요."

연화는 이 길이 확실하다는 마음이 선 뒤에야 뒤를 돌아보았다. 눈이 마주치자 카를이 고개를 숙였다. 연화는 그의 손을 끌어당겨 악수를 한 뒤 놓아주었다.

"그러니까 잘 생각해 보았으면 좋겠어요."

그게 연화의 진심이었다. 그러나 이유를 설명해 주지 않았기에 그릇되었다.

연화는 귀를 쫑긋 세웠다. 뒤따라 오는 발소리가 없었다. 카를은 연화가 내려가는 것을 보고만 있었다. 발걸음을 옮겨도 따라올 기미가 없다.

연화는 한참 후에야 뒤를 돌아보았다. 카를이 없다. 섭섭함이 치밀어 올랐지만 억지로 눌렀다. 진작 보냈어야 할 사람을, 같이 있는 게 좋다고 붙들고 부려 버렸더란다. 그런 주제에 이별의 상실까지 안겨줄 수는 없는 노릇이다.

"나와 함께 왔던 길을 혼자 되돌아가는 건 슬프잖아."

연화는 서늘한 마음만큼을 달래기 위해 공연히 중얼거려 보았다. 내뱉어보니 비겁하고 비참한 변명에 불과했다.

연화는 침울한 다리를 억지로 움직였다. 마차가 보였다.

✤

연화는 마차에 앉아 심호흡을 했다. 마부는 화장실에 갔다. 카를은 정말로 떠나 버렸는지 기척을 읽을 수가 없었다. 그 외에 마차로 다가오는 사람은 없었다.

상황을 간략히 축약하자면 이렇다. '도와줄 사람이 없다'.

연화는 여유로운 척 등받이에 몸을 기대고 앉았다. 초조함을 상대에게 보일 이유가 없었다. 양손을 자연스럽게 늘어뜨리면서 자신만만한 미소를 띠었다.

드레스를 입느라 무기류를 가져오지 않았다. 연화가 지금 할 수 있는 일은 허세를 부리는 것뿐이었다. 밀폐된 공간에서 적과 조우한 상황이 좋진 않았지만, 상대가 공격할 의사를 드러내지 않았다는 것에 희망을 걸어보기로 했다.

"간만에 뵙네요."

샤먼은 잠깐 동안 말이 없었다. 몇 초 후 그가 수긍했다.

"그렇군."

"1달 만인가요?"

"2달 만이다."

샤먼은 미간에 주름을 잡으면서도 연화의 말을 정정해 주었다. 담담한 목소리였다. 샤먼이 이성을 유지하고 있음을 뜻했다. 그렇다면 민감한 부분을 찔러도 좋지 않을까. 연화는 태연한 척 한마디를 던졌다.

"제게 용건이 있으실 리는 없고. 항의하러 오셨나요?"

불과 몇 시간 전 엘렌은 파티장에서 공개적으로 망신을 당했다. 가만히 있는 사람에게 시비를 걸다 그리 된 것이니 자업자득이었지만 샤먼은 생각이 다를 수도 있었다. 그는 엘렌의 가족이니까.

샤먼의 눈썹이 구부러졌다. 못마땅한 눈으로 잠시 연화를 응시하는가 싶더니 혀를 찼다. 이내 천천히 고개를 젓는다.

"확인하러 왔을 뿐이다."

"무엇을요?"

"네가 셀리나가 맞는지를."

이제 와서 그걸 왜? 연화가 눈을 가늘게 떴다. 샤먼이 첨언했다.

"엘렌에게 당한 것 많은 네가, 절호의 기회를 스스로 놓칠 리 없을 거라고 생각했으니까."

연화는 감탄사를 흘렸다. 엘렌의 오빠인 것치고는 양심이 있다. 연화는 샤먼의 눈을 들여다보며 씩 웃었다.

"그래서 어떤 것 같아요?"

"……잘 모르겠군."

샤먼이 혼란스러운 눈을 깜빡인다. 연화는 키득 웃었다.

"제가 누구인지가 중요한가요?"

"카이스턴 공작 옆에 붙은 여자가 카틴 상단을 적대시하는가에 대한 여부가 더 중요하지."

샤먼은 카틴 상단을 이끌고 카로틴에 왔다. 지금은 귀족들 사이를 돌아다니며 카로틴의 동향을 파악 중이었다. 카틴 상단은 카로틴 수도까지 오면서 막대한 자금을 썼다. 이문 없이 퇴각할 수는 없었다.

결국 샤먼은 엘렌 때문에 연화를 찾아온 게 아닌 셈이다. 샤먼에게 엘렌이 그리 대단치 않은 존재라는 뜻이기도 했다.

"그래서 답을 말해 드려요?"

"그래."

샤먼이 검을 빼들었다. 검 끝을 연화의 목에 가져다댔다.

"답은 어느 쪽이지?"

연화는 잔잔한 미소를 머금었다. 샤먼이 개인적인 감정보단 상단의 이익을 내세운다면, 대화의 여지가 있다.

연화는 검신을 훑었다. 끝이 제법 날카로운 게 자칫 움직였다간 피 볼 기세다. 당장 셀리나의 목을 벨 수 있음에도 샤먼은 움직이지 않았다. 그는 원하는 게 있었다. 한마디 해주는 건 정말로 쉬운 일이었다. 카틴 상단에 누가 되는 일 없도록 하겠다고, 너희들에겐 아무 유감이 없다고 말해주면 샤먼은 물러갈 것이다.

연화는 그 사실을 알고 있기에 더욱 말하기 싫었다. 셀리나의 원한을 살 정도로 심한 일을 자처한 것은 그들이다. 알고 있다면 마땅히 사과를 해야 하는 게 아닌가. 분노가 끓어올랐다.

연화는 일갈하려는 것을 참았다. 검을 보면서 감정을 가라앉혔다. 화내는 대신 방글 웃었다. 이런 일 따위 진작에 예상했다는 것처럼 굴었다.

"검을 들이대서 얻은 답은 신빙성이 떨어진다고 생각하지 않나요?"

'살고 싶다'는 바람이 어떤 말이든 하게 만드니까. 샤먼이 미간을 찡그렸다.

"상관없어."

샤먼이 검을 휘두른다. 연화는 고개를 틀어 옆으로 피했다. 샤먼의 검은 연화의 머리가 있었던 곳에 꽂혔다.

샤먼은 셀리나가 카턴 상단을 어떻게 생각하는지는 관심 없었다. 그는 셀리나가 카턴 상단을 싫어하지 않는다는 말을 하길 바랐다. 진심이든 겁에 질려서든 제가 원하는 답을 얻기 위해 온 거다.

조금 위협해 주면 셀리나가 꼬리를 말거라 생각한 모양이었다.

연화는 웃음을 터뜨렸다. 한심하고 어이없다. 저를 찾아오면서 다양한 경우의 수를 강구해 온 줄 알았다.

좋은 점도 있었다. 샤먼은 아직까지도 셀리나를 얕잡아보고 있었다. 반격할 기회가 있었다.

"현명치 못한 결단이세요. 왜냐하면 저도…….

연화는 말꼬리를 늘리는 척하면서 일어섰다. 한 손으로는 샤먼의 검 손잡이를 움켜잡아 그가 검을 뽑지 못하게 했다. 다른 손으로는 주먹을 말아 쥐고 샤먼의 턱 아래를 때렸다. 사람이 잘못 맞으면 죽을 수도 있다던 부위다.

셀리나의 힘으로 힘껏 때려봤자 살인할 정도의 악력은 아닐 것이다. 하지만 샤먼을 쓰러뜨리기엔 충분했다. 샤먼은 마차 천장에 머리를 부딪치면서 나가떨어졌다. 잡고 있던 검은 놓쳤다. 그는 상인은 되어도 검사는 못 되는 모양이었다.

샤먼이 황급히 일어서려 했다. 연화는 그가 일어서지 못하게 배를 꾹 밟았다. 샤먼이 컥 소리를 내며 몸을 웅크린다. 그 틈을 타 검을 뽑았다.

연화는 샤먼이 하듯, 그의 목젖에 검을 들이대며 아까 끊겼던 말을 이었다.

"한 실력 하거든요."

샤먼은 아무 말이 없었다. 연화에게 밟혔던 배가 아픈지 거친 숨만 쌔액쌔액 몰아쉬었다.

연화는 샤먼의 배에 걸터앉아 그의 얼굴 가까이 검을 들이댔다. 셀리나의 무게를 온몸으로의 받게 된 샤먼이 켁 소리를 냈지만 연화는 못 들은 척했다.

"하지만 저는 당신보다 자비롭고 경우 있는 귀족이니까. 선택지를 둘 드릴게요."

"이게 귀족적인 방법인가?"

"싫으면 당장 목 따드릴게요. 저도 이런 짓 하는 것보다 그쪽이 더 편하고 좋거든요."

죽은 자는 말이 없으니 말이다. 연화는 검 끝으로 샤먼의 목젖을 살짝 찔렀다. 실금 같은 상처가 나다 말았는데도 샤먼은 목숨의 위협을 느낀 듯했다. 얼굴이 새파래졌다.

"귀족을 살해하면……."

"저런. 제가 누구의 에스코트를 받았는지 벌써 잊으셨나 봐요."

연화가 이야기해 주자 샤먼의 얼굴이 일그러졌다. 그가 작게 카이스턴 공작이라고 중얼거렸다. 연화는 바로 그거라며 고개를 끄덕여 주었다.

일이 벌어졌을 때, 테일러가 연화의 뒷일을 감당해 줄지는 알 수 없다. 불확실한 정황을 써먹을 수 있는 건 샤먼이 테일러를 잘 모르기 때문이다.

"이제 말이 좀 통하겠네요."

연화는 긴 숨을 돌렸다. 손에 고인 땀을 드레스 천에 대충 문지른 뒤 검을 고쳐 잡았다.

샤먼은 말없이 연화를 노려보았다. 싫음과 경멸이 가득한 눈이 그가 셀리나를 어떻게 생각하고 있는지 알려주었다.

연화는 손가락을 둘 접어 보여주었다.

"잘 선택하세요. 인생의 분기점일지도 모르니까. 첫 번째는 철천지원수가 되기로 하는 거구요. 두 번째는 이제부터 아는 척하지 말고 살자는 거예요."

말이 두 개의 선택지지 실질적으로 남겨진 선택지는 하나밖에 없었다. 샤먼은 눈을 가늘게 떴다.

"안면 몰수를 하잔 말인가?"

"그게 최선 아닌가요?"

서로의 앞길을 방해하지 않는다. 셀리나에겐 최악의 선택지일지도 모르는 것은, 홍연화에겐 최적일 수 있었다. 그리고 샤먼에게도 나쁜 선택지는 아닐 것이다. 연화는 확신했고, 그래서 내뱉었다. 샤먼은 의외의 선택지라는 것에 좀 놀랄지언정, 꺼려하진 않았다. 예상대로였다.

"제가 당신과 좋은 사이가 되자고 하면, 믿을 수 있으세요?"

"전혀."

"그러니까요."

샤먼은 잠깐 동안 생각에 잠겼다. 셀리나와의 은원 관계를 지우는 것과, 그녀와 협력 관계를 맺는 경우를 고려한 뒤 결론을 내렸다.

"납득할 수 없어."

샤먼이 손을 뻗어 검날을 움켜쥐었다. 그의 손목을 타고 피가 흘러내렸다.

붉은 것에 연화가 멈칫했다. 샤먼은 검날을 쥔 손에 힘을 주어

끌어당겼다. 연화는 검 손잡이를 움켜쥐면서 뒤로 물러섰다. 샤먼의 목 끝을 겨누던 검 끝이 흐트러졌다.

샤먼은 검날을 놓고 덤벼들었다. 그가 연화의 허리를 끌어안고 마차 바닥으로 넘어뜨렸다. 순간적인 충격에 연화의 손에서 검이 떨어졌다. 샤먼이 검을 잡기 위해 손을 내뻗었다.

연화는 무릎으로 샤먼의 명치를 올려쳤다. 샤먼이 컥 소리를 내며 연화 위로 엎어졌다. 연화는 샤먼이 그랬던 것처럼 손을 뻗었다.

검 손잡이를 잡았다 싶었을 때, 샤먼이 연화의 복부를 주먹으로 쳤다. 눈앞이 하얗게 점멸하는 고통이었다.

연화는 몸을 동그랗게 말고서 헉헉 숨을 몰아쉬었다. 그사이 샤먼이 몸을 일으키려고 했다. 연화는 샤먼의 머리털을 움켜잡았다. 금발을 사정없이 쥐어뜯자 샤먼이 신음을 흘리면서 연화의 손을 떼어내려 했다. 그러느라 검으로 가는 손이 비었다.

연화는 발끝에 검 손잡이를 걸었다. 발로 검을 띄워 잡으려 했다. 검손 잡이가 연화의 손에 닿는 순간 샤먼이 발로 검신을 걷어찼다. 검은 마차 창밖으로 날아가 떨어졌다.

두 사람은 망연한 얼굴로 창밖을 바라보았다. 그러기도 몇 초. 누가 먼저라 할 새도 없이 서로에게 달려들었다. 상대 위에 올라타 우위를 점거하기 위해 몸싸움을 벌였다.

두 사람은 정신없이 움직이느라 마차 문이 열린지도 몰랐다. 머리 위로 시원한 바람이 부는 것을 느꼈을 때는 누군가가 샤먼을 끌어내리고 있었다.

샤먼은 바닥에 내동댕이쳐졌다. 그가 얼떨떨한 얼굴로 연화를 쳐다봤다. 연화는 어깨를 으쓱였다. 나는 아무것도 안 했다.

샤먼이 고개를 젖혀 뒤를 보았다. 그 위를 연화의 시선이 따라갔다. 두 사람이 거의 동시에 상대를 확인했다. 카를이 투구를 벗어 얼굴을 드러냈다.

"네놈은……!"

샤먼이 가래가 끓어오르는 듯한 목소리를 냈다. 연화는 입만 벌렸다. 카를이 올 줄은 몰랐다. 그가 영영 가버린 줄 알았다.

카를이 샤먼의 배를 걷어찼다. 샤먼은 멍하니 있다 얻어맞았다. 카를이 한 번 더 걷어차려 하자, 샤먼은 몸을 꿈틀거리며 벗어났다. 양팔을 땅에 짚고 네발로 기어 카를에게서 벗어났다.

샤먼은 카를이 자신을 쫓지 않는다는 걸 알고서야 똑바로 일어섰다. 한 발 때리려는 순간 샤먼의 발 옆에 검이 날아와 꽂혔다. 샤먼의 검이었다.

"깜빡하신 것 같기에."

샤먼이 자신의 검을 뽑았다. 집 나갔던 이성이 돌아왔다. 마차 안에서 귀족 소녀와 난투를 벌였다는 소문이 퍼지면 서로에게 좋을 게 없다. 셀리나는 입을 다물 것이다.

카이스턴 공작이 이 사실을 모르는 게 천운이었다. 그는 누가 볼세라 허겁지겁 자리를 떴다.

카를은 연화에게 손을 내밀었다. 연화가 그 손을 잡고 일어서자, 카를이 그녀의 드레스를 털어주었다. 그러나 마차 바닥이 워낙 깨끗했기에 묻은 것은 없다. 몸싸움을 하느라 좀 흐트러졌을 뿐이다. 연화는 말려 올라간 드레스 끝을 잡고 내렸다.

정돈이 되었다 싶자, 카를이 드레스에서 손을 뗐다. 정수리가 보이도록 고개를 숙인다. 연화는 새초롬히 눈을 흘겼다.

"왜 왔어요?"

"오면 안 되었던 겁니까?"

담담한 목소리로 되레 반문한다.

"생각을 해보라 하셨잖습니까. 그래서 생각했고 결론을 내렸습니다."

"카를이 떠나길 바라서 한 말이었어요."

"제가 싫으십니까? 그래서 버리시는 겁니까?"

카를의 눈동자로 아픔이 스며들었다. 똑바로 응시하기 힘들었다. 연화는 시선을 땅에 박았다.

"그건 아니에요."

연화는 숨을 깊이 들이마시면서 떨림을 진정시켰다.

카를은 연화가 어떤 말하든 절대적으로 따라줄 충직한 기사님이었다. 연화가 진심으로 카를에게 떠나라 말한다면, 그는 슬퍼하면서도 그리 할 것이다. 그런 남자였다. 하지만 막상 멍석이 깔아지자 연화는 입술이 떼어지지 않았다.

카를이 떠났으면 좋겠다. 그가 행복해지길 바란다. 하지만 다시 돌아온 그를 보자 욕심이 생겼다.

이 세계를 떠나는 순간까지 카를이 옆에 있어주었으면 했다. 이기적이고 추악한 바람이었다. 외로운 홍연화의 욕망이었다. 연화는 주먹을 쥔 손을 아래로 늘어뜨렸다. 자존심 때문에 꾹 눌러 담고 있던 말이 불거져 나왔다.

"나는…… 아무것도 해줄 수가 없기 때문에."

셀리스티나 오클레앙은 이제 막 귀족 영애가 되었다. 그녀는 카를의 미래를 황금빛으로 만들어줄 수 없었다. 카를을 황실로부터 지켜줄 수도 없다.

연화와 함께하는 한, 카를은 투구 쓰는 이름 없는 기사로 살아야 할 것이다.

그것도 연화가 사라지면 누리지 못할 것들이었다. 어느 여름밤 꿨던 꿈처럼 사라질 것이다.

"왜 그런 말씀을 하시는 겁니까."

카를이 다가왔다. 그가 연화와 한 발자국 떨어진 곳에서 멈췄다. 무릎을 살짝 굽혀 연화와 눈높이를 맞춘다. 연화는 카를의 이마로 흘러나온 머리를 넘겨주었다.

"카를은 이렇게 유능한데, 저는 무가치한 것 같아서요."

카를은 무슨 소리냐며 고개를 화닥닥 저었다.

"그렇지 않습니다."

"아니에요?"

연화는 한쪽 눈썹을 구부렸다. 홍연화도 싸움으로 꿀린 적은 없는데, 카를에 비할 바는 아니었다. 카를은 대륙 제일 검이라는 테일러와 대응하게 싸울 정도였으니, 숨겨진 실력을 따지면 만만찮을 것이다.

"그 실력으로는 로열 가드(royal guard)도 할 수 있을 텐데요."

로열이라는 단어에 카를이 움찔한다. 놀란 것은 잠깐이었다. 그는 금방 표정을 수습하고 뚱한 목소리로 대꾸한다.

"흥미 없습니다."

"정말요?"

연화가 재미있다는 눈을 하고서 카를을 쳐다봤다. 그는 거짓말에 능숙치 못한 사람이었다. 끝까지 시치미를 떼지 못했다. 카를이 주위를 둘러보았다. 마부는 아직도 오지 않았다. 그는 주위에 아무도 없음을 확인한 뒤에야 작은 목소리로 말했다.

"……어디까지 알고 계시는 겁니까."

"안 건 아니고. 조금 눈치챈 것뿐이에요."

연화는 카를이 '황실'에 대해 말했던 것들을 모두 이야기해 주었다. 카를이 아차 하며 이마를 감싸 쥐었다.

"추궁하려는 건 아니에요. 그렇게 대단한 사람이 왜 내 옆에 있으려 하는 건지 궁금했을 뿐이니까."

카를은 눈을 이리저리 굴리며 생각에 잠겼다. 입술을 달싹이며 할 말을 골랐다.

비밀을 들킨 자답지 않게 금방 평정을 되찾는다. 카를이 주먹 쥔 손으로 가슴을 짚고서 고개를 숙였다.

"기사의 맹세는 평생 단 한 명의 주군에게만 올리는 것입니다. 저는 그 맹세를 아가씨에게 바쳤습니다. 아가씨께선 그만큼 특별한 분입니다."

"카를은 원래 주군으로 모시고 싶었던 사람이 따로 있었다면서요. 카를의 맹세는 그 사람에게 가야 하는 것 아닌가요?"

연화는 은근한 물음을 던졌다. 웃는 낯을 유지하는 것과 달리, 속은 전혀 웃고 있지 못했다.

치졸하다, 홍연화. 마음 속 깊은 심연이 속살거렸다.

카를을 버리려 한 것도, 카를을 믿지 않는 것도 자신이다. 그를 밀어내고 쳐 낸 주제에, 카를이 다른 사람을 담았다고 따지면 안 된다. 알면서도 입을 놀리는 걸 멈출 수 없었다. 연화는 얄궂은 미소로 시커먼 속을 감쌌다. 상대를 위하는 척 위선도 한가득 품었다.

"우리의 서약엔 공증인이 없었어요. 제가 무효로 해줄 수 있어요."

카를은 연화의 심연을 들여다봤다. 의문을 품고서 흔들렸던 파란 눈동자가 반달로 휘어진다. 카를이 웃었다. 그가 허공을 바라보았다. 그 잠깐 사이 카를이 과거에 다녀왔음은, 조금 뒤에 알았다.

"그분은 적이 많았습니다. 여러 번 위험한 위기에 처하셨지만, 제가 나선 적은 없었습니다. 그분 곁엔 저보다 뛰어난 수하가 많았으니까요. 저는 다른 사람이 움직이는 걸 지켜보기만 했습니다."

누군가에게 필요한 사람이 되는 것.

누군가가 자신을 필요로 해주는 것.

그래서 이 세상에 살아갈 이유가 있는 것.

카를은 그것을 바랐다.

"하지만 아가씨의 위험은 기다리지 못하겠습니다. 생각을 할수가 없습니다. 이미 몸이 먼저 움직이니까요. 말재주가 좋지 않은지라, 이런 걸 뭐라고 설명해야 할지는 모르겠습니다."

카를이 연화의 얼굴로 손을 뻗었다. 연화는 반사적으로 눈을 슬쩍 감았다 떴다.

카를이 연화의 머리칼을 손가락에 뱅글 말았다. 그가 금발을 만지작거리다 놓았다. 카를의 손가락에 감겼던 대로 구부러지는가 싶던 금발이 다시 펴졌다.

"아무 생각 없이 걷다가도 아가씨와 닮은 분을 보면 쳐다보게 됩니다. 금발 머리만 같아도, 걷는 모습만 비슷해도 시선이 따라갑니다. 하지만 길 가는 사람 누구를 보고 그분과 닮았다고 생각한 적은 없습니다. 지금은 그분이 어떻게 생기셨는지도 모르겠습니다."

떠올리려 해도 기억이 안 납니다. 카를이 그렇게 덧붙이며 웃었다.

"그래서 저는, 아무래도 상관없어졌습니다."

카를이 무릎을 굽혔다. 기사 서임을 했을 때와 같은 눈으로 연화를 올려다봤다. 그때와 다른 점이 있다면, 카를이 절박하게 굴지 않는다는 점이다.

"이런 이유로는 납득이 안 되십니까."

카를은 연화의 심연을 정확히 꿰뚫어보았다. 어리광과 두려움이 범벅된 것을 잡아 다독였다.

위로를 받은 연화의 심장이 팔딱 뛰었다. 이제 아무려면 어떠냐고 말한다. 포근한 안식에 만족하자고 속삭인다.

연화는 입술을 깨물었다. 겨우 먹었던 결심이었다. 물러서는 안 된다.

하지만 카를을 보자 말이 나오지 않았다. 연화는 숨을 크게 들이마셨다 내쉬었다. 카를의 뒤편, 멀리 있는 어둠을 보면서 마음을 다잡았다.

"나는 아무것도……."

"주실 수 없다는 말이라면 듣지 않겠습니다."

카를이 검지로 연화의 입술을 막았다. 연화는 놀란 눈으로 그를 쳐다봤다. 연화가 말하는 대로 물러서기만 하던 카를이 오늘은 완고하게 나왔다.

"아가씨께서는 제가 필요하다고 하셨습니다. 그 말이 진심이라는 것을 알고 있습니다. 그것만으로도 충분합니다."

카를의 연화의 손을 끌어당겨 잡았다. 카를의 맥박과 체온이 전해졌다. 바깥바람을 쐬어서 식었던 손이 따스해졌다. 어느 정도 온기가 전해지자 카를이 손을 놓았다.

"그러니 불안해하지 마십시오."

연화는 사라지는 온기가 아쉬워 괜히 손을 싹싹 비볐다. 그러나 스스로의 온기로는 손을 데울 수 없었다. 손을 꼼지락거리다 카를을 봤다. 눈이 마주치자 그가 입꼬리를 올린다.

"버려짐을 두려워하며 사는 사람은 저만으로 족하니까요."

연화는 말없이 고개를 숙였다. 몹쓸 짓을 한 기분이다.

연화는 마차 쪽으로 한 발 뻗다 뒤를 돌아보았다. 카를의 그림자 속에 자신의 그림자가 완전히 겹쳐졌다. 카를이 제 마음을 알아채고 맞춘 것이 단순한 일 같지가 않았다. 불길함이 엄습했다. 연화는 심장에 대고 바로 부정했다.

카를은 2황자가 아니다. 자신의 과거가 아니다.

연화는 억지웃음을 지었다. 그림자가 닮았다고 카를을 의심하다니. 셀리나의 몸에 몇 달 들어가 살았다고 진짜로 소녀가 된 모양이다. 연화는 불안을 훌훌 털었다.

어둠에 잠식된 사이, 심장을 파먹은 심연이 고개를 들었다. 심연에 유혹당한 심장이 '잠깐 동안이라면 괜찮지 않냐'며 유혹한다. 연화는 이기적인 심장에 냉소를 날렸다. 하지만 결국은 이길 수 없었다. 연화는 카를의 손을 잡았다.

합쳐졌던 그림자는 갈라서는가 싶더니 각자의 등 뒤로 숨었다. 멀리서 빛이 오고 있었다. 빛은 램프를 든 테일러였다. 그가 손을 흔들었다. 그 뒤로 마부가 느린 걸음으로 따라왔다.

"내가 너무 늦었나?"

연화는 고개를 저었다. 마음 깊이 안도했다. 그가 늦게 와서 다행이었다.

"귀찮은 일에 휘말렸어."

테일러는 램프를 마부에게 건네준 뒤 탑승했다. 비싼 마차엔 소란의 흔적이 남지 않았다. 테일러는 아무것도 몰랐다.

테일러는 허리에 매고 있던 검을 빼 카를에게 건네주었다. 황성에 들어올 때 카를이 냈던 검이다. 그는 카를이 검을 차는 걸 보며 팔베개를 했다. 등받이에 몸을 묻으며 나른한 숨을 내뱉었다.

"그 오리, 벌레들을 한가득 물고 있더라고."

웬 오리? 연화가 못 알아듣자 테일러는 '카턴'을 입에 올렸다. 연화는 그제야 알은체를 했다. 카턴 상단을 상징하는 문양은 흰 오리였다.

카로틴에서 카턴 상단은 낯선 집단에 불과하지만, 혼 왕국에선 이름 있는 상단이었다. 그 이름값을 보고 타국의 귀족들이 접근하는 경우가 있었다. 그래봤자 테일러 눈엔 별 볼 일 없는, 정말로 잡벌레 같은 자들이겠지만.

"그래서 어떻게 하셨나요?"

"벌레들에게 깨달음을 주었지. 오리 입에 들어앉아 봤자 삼켜지기밖에 더 하겠냐고."

해석하면 '카턴 상단은 너희를 이용하고 버릴 테니 손을 떼라' 정도가 되겠다.

"흐음, 그렇군요."

"마음에 안 드나?"

"그럴 리가요. 아주 잘하셨어요."

샤먼은 연화가 내민 평화 협정을 거절했다. 연화를 협박해 제 뜻을 이루려다 카를의 손에 끌려 나갔다. 그런 자의 불행이다. 반겨 마땅하다.

연화가 대충 말하고 입을 닫아버리자 테일러가 툴툴댔다.

"감사함을 느낀다면 좀 더 진정성이 느껴지는 말로 칭찬해 주었으면 하는데."

"영혼 없는 찬사라도 괜찮으시다면야."

"그대. 마음에 든다고 하지 않았나?"

"그렇긴 한데, 그건 테일러 씨의 위대함을 느껴서가 아니라, 통쾌함 때문이라서요."

테일러는 이해하지 못했다.

연화는 테일러처럼 등받이에 몸을 기댔다. 눈을 감고서 엘렌과 샤먼의 모습을 떠올렸다. 뻔히 보이는 광경에 실실 웃음이 나왔다. 두 사람이 어쩌고 있을지 상상이 됐다.

⚜

짜악-.

고왔던 얼굴에 붉은 손자국이 났다. 다른 때라면 왜 때리냐며 악을 썼을 엘렌은 조용했다. 그녀는 입 안쪽 살을 깨물며 바닥을 내려다보았다. 샤먼은 씩씩거리며 한 번 더 손을 치켜 올렸다. 마음 같아선 서너 번 더 때려주고 싶었지만, 때릴 곳이 없었기에 참았다.

샤먼의 동생은 사랑스럽고 예뻤지만 머리가 나빴다. 샤먼은 그녀의 어리석음을 이용한 적도 있었다. 그렇기에 그녀의 바보짓을 적당히 뒷수습해서 넘겼지만 오늘은 아니었다.

샤먼은 책상 위의 서류들을 집어 던졌다. 종이뭉치들이 날아가 엘렌의 발치에 널브러졌다. 그의 아버지가 어렵사리 만든 카로틴의 연줄들이었다. 돈과 아부로 관계를 유지하고 있던 자들은 쉬이 돌아섰다. 카로틴의 귀족들은 카이스턴 네 글자에 바들바들 떨었다. 공작가와 척을 질 수 없다며 발을 뺐다.

샤먼은 카로틴에서 물러설 수 없었다. 카로틴은 대륙의 반을 차지하는 거대한 제국이었다. 그곳에서 고객을 확보해야 카턴 상단을 대상단으로 만들 수 있었다.

샤먼은 엘렌과 함께 파티장에서 퇴장했지만 황성을 완전히 떠나지 못했다. 미련이 그를 미적거리게 했다. 파티장을 나오는 귀족들을 붙잡고 하소연이라도 해볼 참이었다.

그러던 샤먼이 혼자 걸어오는 셀리나를 보게 된 건 순전히 우연이었다.

처음엔 검을 빼들 생각이 없었다. 악감정을 터뜨릴 셀리나를 달랠 생각만 했다. 좋은 말로 어르고 보듬어서 요리할 생각이었다.

셀리나가 유들유들하게 웃을 줄은 몰랐다.

셀리나는 샤먼에게 제의를 했다. 모르는 척하자고 했다. 믿을 수 없었다.

셀리나는 카턴 상단의 노예로 설움의 세월을 살았다. 황무지에 버려져 죽을 뻔한 적도 있지만, 잘 살아남아서 백작 영애가 되었다. 무슨 영문인지 카이스턴 공작이란 뒷배까지 얻었다. 그런 마당에 엘렌이 명분을 만들어줬다.

복수의 조건이 맞추어졌다. 바보가 아닌 이상 가만히 있을 리 없다.

샤먼은 검을 빼들었다. 협박을 하려 했다. 하지만 셀리나는 겁먹지 않았다. 노예일 때와는 달랐다. 샤먼은 셀리나를 죽이려고 덤벼들었다. 하지만 그마저도 갑자기 나타난 남자 때문에 성공하지 못했다.

불쾌한 기억을 곱씹을수록 기분이 가라앉았다. 이 모든 일이 엘렌 때문이라 생각하자 괘씸함이 치솟았다.

엘렌이 셀리나를 긁지 않았다면, 셀리나는 반응하지 않았을 것이다. 카턴 상단의 노예로 산 과거는 그녀의 오점이다. 그녀는 그 점을 드러내지 않을 것이다. 하지만 파티장에서 받은 모욕은 다르다. 셀리나는 카턴 상단을 비방할 수 있는 권리를 얻었다.

셀리나가 어떻게 행동할지는 모르겠다. 호의적으로 나오지 않을 거라는 건 분명했다.

샤먼은 뒷짐을 지면서 돌아섰다. 더는 엘렌의 얼굴을 보고 싶지 않았다.

"앞으로 대외 활동은 금지다."

엘렌이 눈을 홉뜨고서 샤먼을 올려다봤다. 굳은 입매가 농담이 아님을 알려주었다. 엘렌이 샤먼의 팔을 잡고 늘어졌다. 대외 활동 금지는 곧 근신 처분이었다.

"하지만 오빠도……!"

샤먼은 짜게 식은 눈으로 엘렌을 내려다봤다. 엘렌은 샤먼이 셀리나를 따로 만났다는 것을 알고 있었다. 그 사실을 입에 올리면서 덩달아 샤먼을 깎아내리려는 입술이 얄미웠다. 샤먼은 거칠게 그녀의 손을 떼어냈다.

"시작은 네가 한 것이었다. 너 때문에 우리 상단이 얼마나 큰 손실을 입었는지를 자각해라."

엘렌은 멀어져 가는 샤먼의 뒤통수를 바라보았다. 친오빠의 차가운 얼굴에 가슴이 시렸다.

엘렌은 바닥에 주저앉았다. 고급 화장품으로 잘 가꾸어 매끈한 볼 위로 눈물이 흘러내렸다.

처음으로 아가씨의 눈물을 보게 된 하인들이 우왕좌왕했다. 그중 하나가 손수건을 건넸다. 엘렌은 빽 소리를 지르면서 손수건을 잡아 던졌다. 허공을 날던 손수건이 바닥에 떨어졌다. 형편없이 구겨진 모양새가 제 모습과 같았다. 엘렌은 목청껏 울었다.

서러운 밤이었다.

"괜찮으십니까?"

웨이휠이 환궁하자 시종장이 조심스레 그의 눈치를 보았다. 웨이휠의 안색은 새빨갰고 호흡은 거칠었다. 웨이휠의 가신은 시종장에게 최대한 심기를 맞춰 드리라고 특별 언질을 했다. 하지만 그런 말을 들을 필요가 없을 정도로 웨이휠의 상태는 별로였다.

"괜찮다."

웨이휠은 귀찮다는 듯 손을 내젓곤 방으로 들어갔다. 시종장은 웨이휠을 따라 들어가려 했지만, 웨이휠은 그의 앞에서 문을 닫아버렸다.

"후우⋯⋯."

웨이휠은 방에 들어와서야 긴 한숨을 내쉬었다. 연거푸 마른세수를 한 뒤 힘없이 의자에 앉았다.

"국경지대에 감시 초소를 늘리는 건 어떨까."

"새로운 관개수로를 파는 것도 좋을 것 같은데."

"코르타에 기근이 들었다니 세금을 깎아주는 건⋯⋯."

오늘 회의에서 웨이휠은 여러 안건을 냈다. 이전부터 많은 사람들이 필요하다 생각했던 의견들이었다. 사람들은 반대를 하지 않았다. 그냥 듣지 않았을 뿐이다. 대신들은 웨이휠의 말을 무시하고 자신들이 하고 싶은 말을 꺼냈다. 몇 번은 웨이휠의 말을 못 들은 척 넘기기도 했다. 정무회의는 황태자가 참석할 수 있고, 그곳에서 황태자의 말은 황제 다음으로 의미가 있는 것인데도 그러했다. 황제는 모든 상황을 가만히 관망했다. 주름이 깊게 파인 눈은 마냥 피곤해하는 것 같기도 했다. 하지만 그는 웨이휠에게 신호를 보내고 있었다. 순순히 권력을 넘겨주지 않을 것이라고.

이 상황에 분개하는 건 웨이훨의 측근인 노리안 후작 정도였
다. 그는 무례하다, 옳지 못한 처사다 따위의 말을 중얼거렸지만
사람들이 그의 말도 함께 무시하자 욕설을 뱉었다. 그러자 기다렸
다는 듯 근위대가 그를 끌고 갔고, 이후 웨이훨을 위해 입을 떼는
사람은 없었다.

황제는 웨이훨을 압박하고 있었다. 그가 스스로 포기해서 백기
를 들 때까지.

'그러나 포기하지 않아.'

물러서는 순간, 웨이훨을 기다리는 건 낭떠러지뿐이다. 권력을
잃은 후계자의 말로는 죽음뿐이다. 하지만 자신이 버틸 수 있을
까. 황제의 마음을 돌릴 수 있을까. 웨이훨은 침대에 누워 이불을
머리 끝까지 뒤집어썼다. 생각할수록 미래는 막막하고 앞이 보이
지 않아 그는 울음을 꾹 삼켰다.

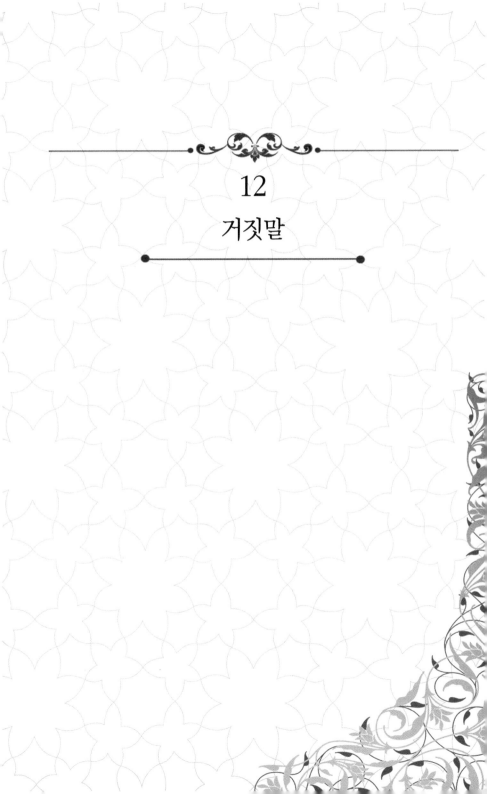

12
거짓말

"어떠신가요?"

연화는 레온 후작 영애에게서 서너 발자국 물러나 섰다.

전신 거울 뒤편 배경으로 존재했던 셀리나가 사라졌다. 레온 영애는 드레스 단을 잡고 빙그르르 돌아보았다. 화려한 드레스 위에 얹힌 장식들이 반짝거렸다. 그녀가 두 손을 모으고서 감탄했다.

"대단해요! 멋져요!"

"감사합니다."

"어쩜 이리 눈썰미가 좋은가요. 영애, 어디서 살롱 운영해요?"

오클레앙 영애는 10년 전 변고에서 겨우 살아남았다. 그녀에겐 가족도 친척도 없었다. 가진 것은 돈과 신분뿐인 데다 오클레앙 가주로의 권리는 성년이 되기 전까지 묶였다.

성년이 되기 전까지 오클레앙 영애는 가주가 될 준비를 하거나, 좋은 남편감을 물색해야 했다. 살롱을 운영할 처지가 못 되었다.

뻔히 알면서도 이런 말을 하는 건 듣기 좋으라고 하는 칭찬이었다. 연화는 수줍은 척 웃었다.

"과찬이세요."

레온 후작 영애는 셀리나를 귀여운 소녀로만 보았다. 그녀가 연화의 머리 위를 쓰다듬고는 물러섰다. 이곳은 황성이었다. 정확히 말하자면 황녀가 기거 중인 봄의 궁이었다. 현재 이곳에선 티 파티를 진행 중이었다. 황녀를 비롯 여러 영애가 모여 담소를 나누기 위해서였다. 황녀는 여러 영애를 초대했고, 그중 한 명이 연화였다.

오클레앙 영애의 뒤에 테일러가 서 있다는 소문이 나자 황녀는 자신의 뒤에 테일러가 있음을 공고히 하기 위해 연화를 초대했다.

티 파티는 파티와 달리 가벼운 사교 모임이다. 재미난 화젯거리를 입에 올리면서 달콤한 디저트와 향긋한 티를 즐긴다. 상대의 옷차림을 확인하고 스타일을 보완해 주어야 할 이유가 없었다. 그러함에도 연화가 영애들의 코디를 해주게 된 원인은 두 가지다. 첫 번째는 귀족 영애들의 화두가 떨어졌다는 것이고, 두 번째는 연화가 사교계의 풍문에 어둡다는 것이다.

황녀는 연화에게 색다른 이야기를 요구했다. 거기에 다른 귀족 영애들이 가세했다. 그녀들은 카이스턴 가와 관련된 이야기를 바랐다. 오클레앙 영애가 카이스턴 가에서 신세를 지고 있음을 모르는 귀족이 없었다.

카이스턴 가에 대한 비밀을 못 털 것은 없었다. 연화는 재민의 설정집을 본 사람이다. 다만 껄끄러울 뿐이다. 테일러와 재민이 닮았기에, 그의 비밀을 터는 것이 재민의 비밀을 터는 것과 같이 생각되기 때문이다.

화두를 돌릴 수밖에 없었는데, 마땅한 게 없었다. 셀리나의 노예생활을 말해줄 수도, 홍연화로서의 기억을 털 수도 없는 노릇이었다. 이것도 저것도 불가능하다고 생각했을 때 황녀의 목걸이가 연화의 눈에 들어왔다. 화려하지만 입고 있는 옷과는 어울리지 않는 장신구. 보자마자 할 말을 찾았다.

세화 그룹은 여러 계열사를 거느린 대그룹이지만 본 뿌리는 의류 산업이었다. 연화의 할아버지는 수도 외곽에 작은 양복점을 차렸고, 세화 그룹은 거기서부터 시작했다. 지금은 여러 분야에 손을 대고 있지만, 연화의 할아버지는 세화의 본 뿌리가 기억되길 원했다. 그는 차기 후계자들에게 작은 옷가게를 창업해 보라 했다.

연화의 아버지는 그 정신을 그대로 물려받았다. 연화가 쇼핑몰을 운영한 것은 이 때문이었다.

근 1년 동안, 연화는 쇼핑몰 경영자로서 코디 센스를 길렀다. 이름 있는 스타일리스트들을 따라갈 정도는 못 되겠지만, 그들에게 욕먹지 않을 정도는 되었다. 그래서 장신구 몇 개를 바꾼 것만으로 사람이 달라지자 영애들이 반색했다. 저도 해달라며 여러 영애들이 손을 들었다. 사교계에서 돋보이고 싶은 그녀들의 욕망은 강렬했다.

연화는 여러 사람 중 가장 신분이 높은 영애를 골랐다. 바로 로슈튼 공작 영애였다. 왜 자신을 뽑지 않았냐며 투덜대던 영애들이 상대를 확인하고 납득했다.

공작 영애 다음으론 후작 영애를 꾸며주었다. 연화는 지쳐 갔지만, 영애들의 열망은 식지 않았다. 레온 후작 영애가 물러서자 카프스 백작 영애가 일어섰다. 그녀는 레온 후작 영애보다 작위가 낮았기에 차례를 기다리고 있다 나온 것이다.

"저도 봐줄 수 있나요?"

사실은 좀 귀찮았다. 하지만 앞서 황녀를 비롯 여러 영애들은 봐줘 놓고 안 된다며 돌아설 수는 없는 노릇이었다. 연화는 접대용 미소를 띠웠다.

"안 될 리가 있나요. 이쪽으로 오세요."

카프스 백작 영애가 들뜬 걸음을 옮겨 거울 앞에 섰다. 연화는 그녀의 주위를 빙글 돌면서 스타일을 확인했다.

카프스 백작 영애는 까만 실내 드레스를 입었다. 옷의 재질은 고급스럽지만 특별한 장식이 없어 밋밋했다. 그녀는 지나치게 수수해 보이는 것을 막기 위해 팔찌와 목걸이 등을 착용했다.

이대로도 괜찮았고, 딱히 손볼 곳은 없었다. 굳이 바꾼다면 첨가가 아니라 변신을 해야 할 터였다.

"여기 계신 분 중에서 닮고 싶은 분이 있나요?"

획기적인 변화를 주기 전엔, 본인이 원하는 스타일이 무엇인지 물어봐야 한다. 그래야 나중에 욕을 안 먹는다. 하여 연화는 테이블 쪽을 가리켰다. 여성들이 카프스 영애를 재촉한다. 아무래도 상관없다면서, 사실은 자신이 선택되길 바라고 있다. 자신을 닮고 싶어 하기를. 저더러 예쁘다 말해주길 원한다.

카프스 백작 영애는 분위기를 읽었다. 잠깐 주저했다. 앞으로의 사교계 생활에 득이 될 선택을 할 것인가. 아니면 소신대로 선택할 것인가.

갈등은 오래 가지 않았다. 아름다워지고 싶다는 본능이 승리했다.

"저는 샤이렌 영애처럼 되고 싶어요."

"어머나."

지목받은 영애가 감탄사를 흘렸다. 선택받지 못한 영애들은 샤이렌 백작 영애를 위아래로 훑더니 이내 납득했다. 샤이렌 영애는 다른 영애와 달리 섹시한 스타일이었다. 영애들은 자신이 선택되지 않은 것을 코드가 다른 것으로 받아들였다. 굴욕적이지 않았기에 질시가 없었다.

"가능한가요?"

카프스 영애가 물었다. 연화는 그녀의 전신을 훑었다. 어딜 어떻게 손보면 좋을지를 계산했다. 밑그림이 완성됐다. 연화는 자신만만하게 웃어보였다.

"물론이지요, 영애."

일단 카프스 영애의 장신구를 모두 해체했다. 스타일을 완전히 바꿔야 한다. 기존에 착용했던 장신구들이 쓸모없어졌다. 까만 드레스만 남겨 놓고 가위를 들었다. 다른 영애들과 달리 카프스 영애는 스타일 자체를 바꾸는 것이기에 필연적으로 옷에 변화를 주어야 했다.

"영애, 제가 옷에 손을 대어도 괜찮을까요?"

"상관없어요. 그렇게 아끼는 옷도 아니었답니다."

허락이 떨어지자마자 연화는 가위질을 했다. 어깨 끝에서 팔뚝 중반까지만 잘라냈다. 옷이 흘러내리지 않게 잘라낸 부분을 두 번 묶어 매듭지었다. 목 부분에도 손을 댔다. 쇄골 부분을 드러냈다.

다음으로는 연화는 하체를 건드렸다. 양 드레스 끝을 접어 올려 주름을 만들었다. 주름 끝엔 포인트를 만들었다. 아까 잘라낸 천을 리본으로 만들어 박음질했다. 헐렁했던 드레스가 딱 달라붙으면서 날씬한 허리와 다리선이 드러났다.

"세상에나."

샤이렌 영애가 감탄했다. 다른 영애들은 조용히 연화가 하는 모양새를 바라보았다. 다음을 기다리는 눈이 반짝거렸다.

연화는 여러 장신구를 들었다 놓은 끝에 하나를 골랐다. 흑요석이 아름다운 귀걸이였다.

마무리로 메이크업까지 손봐주었다. 메이크업을 새로 하면 오랜 시간이 걸리기에, 보완하는 선에서 그쳤다. 눈썹을 덧그리고 레드립을 발라주었다. 대세라는 쇄골 메이크업도 해주었다. 모든 작업을 끝낸 뒤엔 카프스 영애에게서 물러섰다. 카프스 영애는 물론 다른 영애들까지 다가와 달라진 모습을 감상했다.

원래 세계에선 특별할 게 없는 패션을, 이 세계에선 누구도 시도하지 않았던 모양이다. 여기저기서 감탄사가 흘러나왔다. 그녀처럼 스타일 변신을 원하는 영애도 있었다.

"저도 다시 했으면 하는데요. 저렇게."

"어머, 저도요."

연화는 어색하게 웃었다. 그녀들을 매몰차게 거절할 수 없는 처지가 서글펐다. 괜히 열심히 했다는 자괴감이 몰려왔다.

'내가 왜 여기에 왔더라.'

피곤하다는 생각은 회의감으로 이어졌다.

연화는 황녀의 티 파티에 갈 생각이 없었다. 엘렌이라면 모를까. 그녀는 황녀와 친분을 쌓고 싶지 않았다. 그럴 시간에 돌아가는 방법을 찾는 게 이득인데. 그럴 수 없어서 참 아쉬웠다.

티 파티에 오기 전. 오늘은 독서하기 좋은 날이었다. 날은 적당히 선선했다. 햇볕은 글씨 읽기 딱 좋은 각도로 비춰들어 왔다. 저택은 조용했다. 테일러는 오랜만에 자신의 영지를 시찰한다고 서부로 떠났고, 디온은 수행을 위해 따라갔다.

빈 저택은 노집사가 맡았다. 그는 연화를 방해하지 않았다. 연화는 여유롭게 독서를 즐겼다.

황녀가 연화를 찾아온 건 오후였다. 늦게 점심을 먹고 부른 배를 다독이며 몇 페이지를 넘겼을 때였다. 노집사가 황녀의 방문을 알려왔다.

주인이 없으니 손님을 거절해도 되건만, 상대가 황녀다 보니 받아들인 모양이었다. 하지만 황녀를 응대할 사람이 없었기에 집사는 연화를 찾아왔다. 연화는 일단 손님을 맞았다. 책을 치우고, 옷매무새를 가다듬었다. 루디에겐 차를 준비해 달라고 했다. 서재 사건 이후 연화를 살갑게 대하지 않는 루디였지만, 시키는 일에는 따랐다. 그녀가 사라지자마자 황녀가 들어왔다.

"잘 지냈나요?"

연화가 맞이할 줄 알았다는 듯, 방실 웃는 황녀의 얼굴엔 위화감이 없었다.

얼마 안 있어 루디가 차를 끓여왔다. 연화는 차를 황녀에게 권하면서 가벼운 담소를 나눴다. 날씨나 안부 같은 형식적인 대화가 이어갔다. 본론이 나온 것은 10분쯤이 지나서였다.

"오늘 제가 티 파티를 주최할 건데요."

"송구합니다만, 오늘 저는 바빠서."

"초대도 안 했는데 거절하는 건가요?"

황녀가 입가를 가리며 호호 웃었다. 당황스러움이 묻어나 있다.

"주최자가 할 말이란 뻔하니까요."

"요 며칠 간, 영애께선 어떤 사교 모임에도 참석하지 않으셨지요. 오늘도 다르지 않을 듯한데. 그런데도 바쁘다는 핑계를 대는 건가요?"

"저택 안에서 할 수 있는 일도 많답니다, 전하."

연화는 능글맞게 웃어주었다. 근래 제왕학을 복습하느라 바쁜 황녀는 반박을 하지 못했다. 그녀는 턱을 짚고서 잠깐 상념에 잠겼다. 그러다 이해할 수 없다는 얼굴로 고개를 들었다.

"제 초대를 거절하는 이유가 뭔가요?"

이유는 있었지만, 오클레앙 영애의 입에서 나올 만한 답은 아니었다. 연화는 방실 웃은 뒤 아무 말이나 주워섬겼다.

"저는 은둔형 외톨이거든요."

"놀라운 일이네요. 제 탄신일 날 본 영애는 전혀 그렇지 보이지 않았는데."

"그때야, 카이스턴 공작님께서 지켜주셨으니까요. 듬직한 손을 잡고 있으니 세상 무엇도 두렵지 않더군요."

두려움은 내부적인 요인이다. 입 밖에 내지 않는 한, 타인이 알 방법이 없다.

황녀는 믿을 수 없다는 얼굴을 했지만 연화가 재차 우기자 따지지 않았다. 황녀는 잠깐 고심하더니 또 말했다

"영애. 두려움은 두려움으로 이겨야 한다는 말 들어본 적 없나요?"

"죄송합니다, 전하. 금시초문이에요."

"혼 왕국 사람들은 기개가 없다더니. 정말인가 봐요."

"네, 정말로 그런가 봐요. 제가 들은 말은 '두려운 일은 피해라'였거든요."

황녀의 미간에 주름이 잡혔다. 자신이 원하는 것을 성취하지 못한 자의 분노였다.

"정녕, 안가겠다는 건가요?"

연화는 침묵했다. 그것이 곧 긍정이었다.

"좋아요. 그럼 더는 부탁하지 않겠어요."

황녀는 심통 난 얼굴로 일어섰다. 나가려는 듯, 뒤돌아 걸어갔던 그녀가 문을 잠갔다.

노집사는 자신의 할 일을 하러 갔고, 루디는 시킬 일이 없다면 나가보겠다며 자리를 피했다. 카를은 황녀가 나타났다는 말을 듣고 내뺐다. 그러니 이 넓은 방 안에 있는 것은 둘뿐이었다. 황녀는 그 사실이 흡족한 듯 사방을 둘러보며 웃었다.

"대신 협박을 하죠."

황녀가 성큼 걸어와 다시 자리에 앉았다. 팔짱을 끼고서 연화를 내려다봤다.

"영애. 사칭죄와 기만죄로 목을 내놓겠어요, 아니면 저를 따라나서겠어요?"

날 때부터 지배자였던 여인은 타인을 압박하는 것에 능숙했다. 연화의 입술이 파리해졌다.

"무슨 말씀이신가요."

연화는 당황을 숨기지 않고 황녀를 올려다봤다.

"우리, 전에 만난 적 있죠?"

"물론 그랬죠. 황녀 전하의 탄신일 날……."

"아니요. 그보다 더 전에."

황녀가 과거를 끄집어냈다. 시간과 함께 녹아내려야 할 일이 들추어졌다.

"당신은 스스로를 데이지 로아넨 영애라 소개했죠."

연화는 황녀를 쏘아보았다. 찔린 속내를 감추며 자기 세뇌를 했다.

셀레스티나 오클레앙은 그런 적이 없다. 황녀는 지금 사실 무근한 모함을 하고 있다. 백작 영애가 남작 영애 행세를 했다고 말하다니. 세상에 이런 모욕이 또 어딨나. 하지만 백작 영애가 황녀에게 화를 낼 수는 없는 노릇이다. 연화는 순간적인 감정에 휩쓸린 척했다.

몇 초 뒤, 연화는 황녀에게서 시선을 떼 허공을 보았다. 아직 화가 식지 않았다는 양, 손부채질을 했다. 입으로 후우후우 얇은 숨을 내뱉었다. 잠시 뒤 안정을 찾은 것처럼 또렷이 눈을 떴다.

"농담이 지나치세요."

"그런 적 없단 말인가요?"

황녀가 눈을 치켜떴다. 연화는 가볍게 눈을 흘기며 호호 웃었다. 별 희한한 소리를 다 들었다는 듯 말이다. 능청스러운 연기는 충분히 했는데 황녀가 물러서지 않는다. 연화는 한숨을 쉬었다. 별 수 없다며 고개를 절래 흔들었다. 마지못해서 말하는 척 한마디를 흘렸다.

"설명이 필요하신가요?"

황녀가 고개를 끄덕였다.

테일러는 황녀의 눈치가 비상하다고 했었다. 황태자는 걱정하지 않아도 되지만, 황녀는 주의해야 한다고. 연화는 그 말을 들었을 때부터 이런 일이 있을 거라 예상했다. 둘러댈 말은 잔뜩 준비되어 있었다.

"첫 번째로, 데이지 로아넨 영애는 성인이에요. 하지만 저는 12살밖에 안 됐어요. 나이만 봐도 설명이 되지 않나요? 제가 로아넨 영애라니. 말도 안 돼요. 두 번째로, 저는 오클레앙 가의 인장을 가지고 있어요. 백작 영애인 제가 왜 저보다 두 단계나 낮은 남작 영애를 사칭하겠어요? 그리고 세 번째로, 제가 데이지 로아넨인 양 행세해서 얻을 이득이 뭐가 있단 말인가요. 황녀께서도 아실 거예요. 차기 공작부인이 되는 것보단 차기 백작이 되는 게 더 낫다는 걸. 설마하니 카이스턴 가의 지원을 받기 위해서 제가 그런 일을 했다고 생각하시는 건 아니겠죠? 물론 공작님의 후원을 받으면 좋기야 하겠지만, 아니라도 상관없어요. 차기 백작이 될 제 뒤에 서겠다는 귀족은 많으니까."

앞의 세 가지는 애피타이저. 있어 보이려고 붙인 말에 불과했다. 이렇게 생각해도 그만, 저렇게 생각해도 그만인 것들이다.

메인 요리는 그 다음이다. 연화는 목소리 끝에 힘을 주었다.

"그리고 마지막으로. 네 번째. 이런 말 참 싫어하시겠지만, 황녀님의 의심을 푸는 게 중요하니까, 할게요. 카이스턴 공작가는 황실과 견주어도 꿀리는 곳 하나 없는 가문이에요. 황녀님은 물론이고, 공작님 역시 이 사실을 알고 계시죠. 그런 분이 황실의 눈을 가리기 위해 저와 짜고 사기 행각을 벌였다구요? 성공 가능성도 낮고, 후탈도 많은데도요? 황녀께서 영민하신 분이라는 건 알았지만 상상력까지 풍부하시다는 건 미처 몰랐네요."

황녀는 반쯤 식은 차를 들이켰다. 빈 찻잔을 다시 채우면서 웃었다.

"변명이 길군요, 영애."

연화는 말없이 어깨만 으쓱해 보였다. 좋을 대로 생각하라는 몸짓이다.

황녀는 턱을 괴면서 무언가를 골몰히 생각한다. 연화는 그녀의 상념을 방해하지 않았다.

잠깐의 정적이 흐른 뒤, 황녀가 턱에서 손을 떼더니 탁자를 다그닥다그닥 두드려 연화의 이목을 집중시켰다.

"저 역시 영애의 말을 반박할 정황들을 가지고 있어요. 첫째로, 로아넨 영애는 얼굴과 체형을 가리고 나왔어요. 나이를 짐작할 수 없는 상태였죠. 그리고 둘째. 영애도 말했듯 카이스턴 공작가는 대단한 가문이에요. 제가 그 위세를 탐낼 만큼 말이죠. 그런 가문의 후원을 받는 게 정말 영애에게 이득이 되지 않을까요? 영애와 카이스턴 공작 사이에 모종의 거래가 있었을 거라 생각하면, 말이 안 될 것도 없죠."

"그 말씀을 듣고 보니, 제게 이득이 되는 게 없다고 할 수는 없겠네요. 하지만 공작님 입장을 생각해 봐요. 12살 어린애를 성년인 척 꾸미는 게 공작님이 할 수 있는 최선일까요?"

연화는 테일러가 이상행동을 하는 이유를 모른다. 그녀가 아는 건 원작에서 가짜 신부 역을 한 게 엘렌이란 것뿐이다. 답은 재민만이 알고 있을 것이다. 고민해 봤자 답이 나오지 않는 난제를 풀이유는 없다. 뭉텅이채로 넘겨 상대의 머리를 골 아프게 만드는 것만으로도 가치는 충분하다.

"저라면 진짜 영애와 결혼을 해버리겠어요. 어설프게 약혼의 형태를 취해봤자 번거롭기만 하니까요. 정략혼이든 뭐든 결혼을 해서 유부남이 되면. 누가 뭐라고 하겠어요. 카이스턴 공작 부부에게 말이죠."

황녀는 말이 없었다. 이제 확인 사살을 할 차례였다.

연화는 황녀가 말을 열 때까지 기다렸다. 당연한 침묵을 즐긴 뒤 손가락을 튕겼다. 인내의 끝이었다.

"이견 있으신가요?"

"이견은 없고, 증거는 있어요."

황녀가 찻잔을 들었다. 빠른 속도로 찻물을 비웠다. 물에 빠진 사람이 지푸라기라도 잡으려고 허우적대는 모양새였다.

"데이지 로아넨 영애는 하늘에서 떨어진 사람 같더군요."

연화는 두 손을 모으며 감탄했다.

"병 때문에 외모가 망가지셨다고 하던데. 아니었나 봐요. 황녀께서 그리 극찬을 하시는 걸 보면."

"그런 뜻이 아니에요, 영애."

황녀의 미간이 구부러졌다.

"로아넨 영지민 중 로아넨 영애를 아는 사람은 한 명도 없더군요. 정말로 로아넨 영애가 실존했다면, 성년이 될 때까지 한 번도 저택 밖으로 나오지 않았다는 건데. 말이 안 되지 않나요?"

"전 그럴 수 있다고 생각하는데요. 영애께선 편찮으신걸요."

"네. 저도 처음엔 그리 생각했어요. 그래서 로아넨 가에서 일했다던 하녀를 만나봤어요. 한데 그녀가 그러더군요. 로아넨 남작 영애를 본 적이 없다고. 몸이 아파 온종일 저택에 있는 영애를 저택의 사용인이 못 봤다니…… 이상하잖아요."

"로아넨 영애는 스스로 걷지 못하시는 분이에요. 그런 분이 저택 안을 활발하게 돌아다니셨을 리 없어요. 움직이시더라도 거처와 가까운 장소만 돌다 마셨겠죠. 그리고 사용인들 역시 그럴 테구요. 각자의 활동 반경대로만 움직이잖아요. 하녀가 로아넨 영애를 못 봤을 가능성은 충분히 있다고 생각하는데요."

연화는 손을 탁자 위에 올려놓으면서 황녀를 살폈다. 명확한 증거가 나오길 기대했지만, 황녀는 입을 열지 않는다. 그녀가 가진 패가 여기까지임을 뜻했다.

"수상함을 감지했다는 말이, 증거는 아니지요."

연화는 한 쪽 눈썹을 치켜 올렸다.

"그래요. 영애가 말했다시피 아직은 심증이에요. 하지만 제대로 된 수사가 들어간 후에도, 이 정황들을 심증이라고 부를 수 있을까요?"

황녀가 여유로이 웃으며 몸을 뒤로 빼 앉았다. 머리 뒤로 깍지를 껴서 팔베개를 한다. 비스듬해진 시선은 연화를 보고 있지 않았다.

"로아넨 영애와 관련된 기록을 모두 훑고, 관련자들을 조사할 거예요. 대질 심문은 당연히 있어야겠죠. 아직까진 영애의 행적만 살폈는데, 카이스턴 공작의 행적과 꽤 비슷하더군요. 이걸 캐면 아주 흥미로운 결과가 나올 것 같아요. 영애는 어찌 생각하나나요?"

연화는 인상을 구겼다.

다른 황족이 그랬다면 모르쇠로 나오겠는데. 하필 상대가 황녀였다. 사실 황녀에겐 그림자 기사단이 있다. 그림자 기사단은 황실의 명령을 비밀리에 수행하는 집단이었다. 기사단이란 번듯한 이름을 달고 있지만, 이들은 결사대에 가깝다.

그림자 기사단의 최종 명령권자는 황제였다. 그러나 황제는 그림자 기사단에 관심이 없었다. 황녀는 황제에게 그림자 기사단을 지휘할 수 있는 권한을 달라고 했다. 그 청은 흔쾌히 받아들여졌다.

시일은 좀 걸리겠지만, 그녀는 자신이 고대하는 증거를 잡을 수 있을 것이다.

물론 증거를 잡았다고 황녀가 날뛰는 일은 없다. '가짜 신부' 사건을 이슈화해 봤자 카이스턴 가가 입는 타격은 전무하다. 테일러의 위상만 좀 깎이고 말 텐데, 그와 손을 잡은 황녀로선 손해가 아닐 수 없다. 그렇다고 셀리나의 목을 칠 수도 없다. 테일러와의 협력이 중한 지금 괜한 트러블을 만들어 척을 질 수는 없는 노릇이다.

황녀가 할 수 있는 일은 정해져 있다. 신경을 긁거나, 은근한 뒷소문을 내는 것 정도다.

무시해 버릴 수 있는 문제에도 신경이 쓰인 건, 한 가지 의문이 떠올라서였다.

'내가 떠나면, 셀리나는 어떻게 되는 거지?'

원래 세계로 돌아간 홍연화는 행복해질 것이다. 하지만 셀리나는 지금 삶이 마음에 안 든다고 다른 곳으로 떠날 수 없다. 그녀는 연화가 한 일 들을 받아들이고, 현재에 적응해야 했다.

연화는 셀리나의 능력에 큰 기대를 걸지 않았다. 셀리나는 수년을 노예로 굴종하며 살았다. 괜히 똑똑한 척, 머리 굴리는 척 굴었다간 셀리나가 곤란해질 수 있다. 연화는 불안함을 가장하기 위해 눈을 이리저리 굴렸다. 괜히 손을 꿈지럭대다 테이블 아래로 숨겼다. 애써 웃는 척하며 물어보았다.

"수사는 확정인가요?"

"아직 안 정했어요."

자신이 주도권을 잡았다고 생각한 것일까. 황녀의 얼굴이 밝아졌다. 연화는 황녀가 알아서 착각하도록 내버려 뒀다. 연화는 느릿하게 일어섰다. 앉느라 조금 구겨졌던 치맛단을 턴 뒤, 화장대 앞에 앉아 머리 모양을 확인했다.

갈 준비를 끝낸 뒤엔 다시 뒤를 돌아보았다. 연화는 뒷짐 진 채 서 있던 황녀와 눈이 마주쳤다. 머뭇거리면서, 입술 끝에 마지막 희망을 걸었다.

"그런데 제가 카로틴에 온 지 얼마 안 되어서요. 귀족 영애들을 만족시킬 수 있을까 우려가 되는데……."

"괜찮아요. 영애에게 그런 걸 기대하는 사람은 아무도 없으니까. 화두를 이끄는 건 다른 영애들이 할 거예요. 영애는 조개처럼 입만 다물고 있다 와도 돼요."

황녀가 확신조로 말했다. 어린 영애에게 뭘 바라겠냐고.

실제로도 티 파티의 초반은 황녀가 말한 대로 흘러갔다. 화두가 끊겼을 때, 황녀가 연화를 보지만 않았더라면 다른 영애들은 연화에게 신경 쓰지 않았을 터였다. 결국 황녀는 자신의 말을 지키지 않은 셈이다.

✣

연화는 듀렌 영애의 치맛단을 잡아주며 속으로 투덜댔다.

'완전 속았어.'

그래도 불쾌하진 않았다. 영애의 감탄을 기분 좋게 흘러들을 수 있었다.

드레스의 모양새를 바꾸고, 액세서리로 장식해 아름다움을 끌어낸다. 원래 세계에서 했던 일과 비슷하다는 점이 미미한 흥분을 불러 일으켰다. 물론 아주 같지는 않았다. 모델에게 옷을 입힌 뒤엔 촬영을 한다는 것과, 사이트에 업로드해야 한다는 점. 그리고 경영적인 면을 생각하지 않아도 된다는 점에서 많은 차이가 있다.

듀렌 영애의 치장이 끝나면서, 모든 영애들의 스타일 변신이 끝났다. 연화는 듀렌 영애의 찬사를 들으면서 자리에 앉았다. 연화는 찻잔을 들면서 창문을 보았다. 해가 지고 있었다. 벌써 저녁때였다. 몇 시간을 움직였는지 모르겠다. 목이 말랐다.

연화가 찻잔을 잡자, 샤이렌 영애가 주전자로 잔을 채워주었다. 레온 영애는 쿠키 접시를 연화 쪽으로 밀어주는 광영을 베풀었다.

연화는 주어지는 친절을 받아들였다. 오독오독 쿠키를 씹어보았다. 참 달았다.

"수고했어요."

연화가 기력을 채우는 동안 황녀는 다양한 화두들을 꺼냈다.

설마가 사실로, 화젯거리가 떨어졌다는 말은 거짓이었다. 황녀는 확실한 것을 원했다. 오클레앙 영애가 자신의 사람임을 보여주길 원했다. 결국 이 자리에 온 순간부터 황녀의 계략은 완성된 것이다. 연화는 헛웃음을 지었다.

황녀는 말재간이 있었다. 별것 아닌 이야기를 하는데도 왠지 재미있었다.

사교계 이야기와 귀족들의 개인사에 이어, 정치적인 이야기까지 물 흐르듯 자연스럽게 흘러갔다. 한 귀로 흘려들으려던 연화는 어느 순간부터 귀를 기울였다. 그러다 엘렌 이야기가 나왔다.

"전 그렇게 교양 없는 영애는 처음 봤어요. 무례하다고 할까요. 야만적이라고 할까요. 어떤 설명을 써야 할지는 모르겠지만, 한 가지는 확실하더군요. 혼 왕국에서 온 아가씨답다는 거예요."

카로틴 제국민들은 다른 나라 사람들을 깔보는 경향이 있었다. 대륙의 유일무이한 제국 사람이라는 긍지가 그들의 콧대를 높게 만들었다.

"혼 왕국 아가씨래요? 어쩐지. 그 근본 없음이 어디에서 왔나 했어요. 카로틴엔 그런 영애가 없잖아요."

영애들은 황녀의 말에 수긍했다. 엘렌을 욕하기도 하고, 혼 왕국의 이야기를 늘어놓기도 했다.

대체로 부정적인 이야기였다. 연화는 대부분의 말들을 한귀로 듣고 흘렸다. 황녀가 이야기를 할 때에만 귀를 세웠다.

"그러고 보니 그 영애의 오라비가 상단주라더군요. 이번에 제국으로 넘어온 것도 상단 활동을 위해서라고 해요. 다들 알고 있었나요?"

"전혀요. 하지만 이해는 가네요. 어쩐지…… 저한테 드레스 어디서 맞췄냐고, 자기가 더 좋은 곳을 소개시켜 줄 수 있다고 자꾸 치근거리더군요. 제가 걸친 것보다 별로인 옷을 입고서 그러는 게 같잖아서 무시했지만."

로슈튼 영애가 첨언했다. 다른 영애들 역시 비웃었다.

"얼마나 좋은 옷을 팔려나. 좋게 생각해 주려고 해도 영 기대가 안 되는데요. 차림새를 보아하니 센스도 없는 것 같던데 말이에요."

샤이렌 영애가 '센스' 부분에서 연화를 쳐다보았다. 다른 영애들의 시선 역시 따라온다.

연화는 기대에 찬 눈빛들이 부담스러웠다. 엘렌보다 좋게 봐주는 건 감사하지만, 살롱 같은 것을 운영할 생각은 없기에 연화는 모른 척했다. 연화가 쿠키를 먹기 위해 접시 근처를 더듬거렸다. 잡히는 것이 없어 아래를 보니, 접시가 비어 있었다.

"이거 참 맛있는데. 더 먹을 수 있을까요?"

시녀가 접시 그릇을 받아들고 사라졌다. 연화는 시녀가 사질 때까지 쳐다봤다가, 문 닫히는 소리를 들으면서 시선을 바로 했다. 여러 영애들과 시선을 마주하자마자 너스레를 떨었다.

"제 얼굴에 뭐가 묻었나요?"

"아니에요."

가벼운 웃음소리와 함께 시선들이 흩어진다. 연화는 아무것도 눈치채지 못한 척 같이 따라 웃었다. 조금 피곤했다.

티 파티는 해가 질 무렵이 되어서야 끝이 났다. 모든 영애들이 각자의 마차의 마차를 타고 귀가했다.

마지막으로 연화만 남았을 때 황녀가 일어섰다. 연화는 왔을 때 그러하였듯, 돌아갈 때도 황녀의 마차를 쓰게 되었다. 다른 귀족이라면 황송해할 일이었으나, 연화는 무감정하게 받아들였다. 광영이고 뭐고 다 됐으니 어서 쉬고 싶었다.

한참 덜컹거리던 마차가 멈췄다. 인적도 불빛도 없이 어둠만 가득한 곳이었다.

황녀가 연화의 어깨를 잡아 흔들었다. 연화는 멍한 눈으로 황녀를 쳐다봤다. 잠깐 졸다 일어난 탓에 상황 파악이 되지 않았다.

"이곳이에요."

상냥한 목소리였다. 연화는 의심 한 번 하지 않고 내렸다.

뒤늦게 아무것도 없는 곳에 내렸다는 것을 깨달았다. 오싹한 공포심이 들었다. 연화는 뒤를 돌아보았지만 마차는 이미 떠나고 없었다. 허둥대고 있을 때 발소리를 들었다. 어둠속에서 다가오는 장신이 익숙했다. 어두운 탓에 얼굴이 보이지 않았음에도 연화는 상대를 알 수 있었다.

"어떻게⋯⋯."

"말발굽 소리를 들었습니다."

담담한 목소리는 틀림없는 카를이었다.

연화는 손을 내밀었다. 카를이 고개를 숙였다. 손끝에 닿는 그의 뺨이 차가웠다.

"얼마나 오래 서 있었던 거예요?"

연화는 양손을 싹싹 비벼 열기를 만들었다. 이 열기가 전해지길 바라며 카를의 뺨을 어루만졌다.

카를은 얌전히 주어지는 온기를 받았다. 몇 분이 흘렀을까. 그가 느릿느릿 입술을 뗐다.

"안 오실 줄 알았습니다."

카를이 연화의 양 손목을 잡았다. 자신의 뺨에서 떼어내더니, 양 손목에 번갈아 입을 맞추었다.

"저를 두고 영영 가버리신 줄 알았습니다."

"……안 가요."

한시적인 말에 불과할 지라도. 지금 이 말은 진심이었다.

"다행입니다."

카를이 웃었다. 그가 길을 안내하겠다며 앞서 걸어갔다. 그러다 다시 멈춰 섰다. 불안함을 담고서 뒤를 돌아본다. 엄마가 따라오는지 확인하는 아이 같았다.

연화는 카를의 옆으로 다가갔다. 그의 손을 끌어당겨 맞잡았다. 상흔이 가득한 손등을 엄지로 쓸었다.

카를은 당황해하면서도 손을 빼지는 않았다. 연화가 발을 떼자, 카를이 그녀의 보폭에 맞추어 느릿하게 걸었다.

"별일 없었죠?"

"별일은 아가씨께서 겪으셨잖습니까."

카를이 연화와 눈을 마주했다. 깜빡이는 동공 안쪽으로 미처 보지 못했던 감정을 읽었다. 미안함이었다. 카를은 연화 혼자 황성에 보낸 것을 미안해하고 있었다.

연화는 피식 웃었다. 지금이 몇 시인데. 아직까지 그런 생각을 하는 건지 모르겠다.

연화는 정면, 언덕을 쳐다봤다. 카이스턴 저택이 보였다. 몇 개의 방에서 새어 나온 불빛이 길을 가르쳐 주었다.

연화는 저택을 배경으로 뒤를 돌았다. 어서 오라며 카를의 손을 끌어당겼다. 그의 죄책감을 생기발랄함으로 덮었다.

"별일이라니. 전 오히려 재미있었는데요."

일부러 웃었다. 피곤함은 삼켰다.

"그렇습니까."

"네."

저택까지는 거리가 좀 있었다.

연화는 카를을 이끌면서 이야기보따리를 하나씩 풀었다. 대부분 황녀에게서 들은 이야기였다. 정치 현안과, 사교계 소문 등 갖은 이야기가 순서를 정하지 않고 두서없이 튀어나왔다.

황제가 이번에 방역을 검토 중이라더라. 다음 달에 레미프 후작이 어린 신부와 재가를 한다더라. 카턴 상단이 수도에 자리를 잡았다더라. 그러나 장사가 안 되어 채권을 발매 중이라더라.

거의 시답잖은 말들이었다. 한 번 흐르고 말 것들을, 카를은 진지하게 들어주었다.

연화는 티 파티에서 쌓인 피로만큼 많은 말들을 쏟아냈다. 재잘대는 목소리와 나직한 추임새가 길 위를 떠돌다 흩어졌다. 말이 쌓였던 곳에 두 사람 분의 발자국이 찍혔다. 한 줄로 쭉 이어가던 자국이 목적지에 닿았다. 연화의 발자국이 먼저 저택을 넘었다.

"아, 그리고 말인데요."

카를이 고개를 홱 돌아보았다. 그 바람에 아래를 살피지 못했다. 연화는 저택 문턱에 걸려 휘청거리는 카를을 잡아주었다.

"사라진 2황자 이야기도 했었어요."

카를이 연화를 따라 한 발을 옮기다 멀고 멈칫했다. 그가 연화를 쳐다봤다.

순간, 구름에 가려져 흐릿했던 달이 모습을 드러냈다. 달빛이 두 사람의 머리 위로 떨어졌다. 연화는 카를의 얼굴을 쳐다봤다.

동공이 이리저리 흔들린다. 입술이 벌어졌다 다물어지길 반복했다. 새어 나오지 못한 단어들이 뭉쳐졌다 흩어진다. 목젖이 꿀렁거리며 서너 번 침을 삼킨다.

"카를?"

연화와 눈이 마주치자마자 카를이 멈칫했다. 그가 느리게 눈을 깜빡이더니 깊은 숨을 토해낸다.

"왜 그렇게 놀라요?"

"……발에 돌이 걸렸습니다."

카를이 휘청거렸다. 연화는 그를 잡아주었다.

"그런데 2황자는 왜 사라졌을까요? 제 생각인데, 자의는 아닐 것 같아요. 먹을 거 입을 거 다 누린 황자가 왜 잠적하겠어요?"

카를은 아무 말이 없었다. 묵묵히 걷기 시작했다.

"모두 황태자가 범인이라고 생각한대요. 2황자가 사라져서 이득을 볼 사람이 그밖에 없어서라더군요. 하지만 뚜렷한 물증이 있는 건 아니라서 다들 짐작만 한대요. 하지만 황제까지도 그렇게 생각하고 있다니까, 확정이라 봐도 되지 않을까 싶어요."

"그렇군요."

카를이 무감정하게 대꾸했다. 그가 무심히 한 발을 옮겼다. 그가 걷는 대로 짓눌린 꽃들이 바스락 힘없는 비명을 질렀다.

카를은 자신이 꽃밭을 횡단 중인 것도 몰랐다. 정면을 보면서 씩씩하게 걷는 상체와 달리 하부는 꽃물로 엉망진창이었다. 카를은 수십 송이의 꽃을 아작 낸 뒤에야 정신을 차렸다.

카를이 슬그머니 꽃밭 아래로 내려왔다. 연화를 돌아보는 눈이 한층 안정되어 있었다.

"한데 다들 그걸 실종 사건이라 부릅니까?"

"아, 네. 시체가 나오지 않아서 그렇대요. 1황자가 범인이라면 살해당했을 가능성이 높은데도요. 다들 희망을 걸고 싶은 거겠죠."

카를은 그렇구나 중얼거리며 또 고개를 끄덕였다. 저벅 걷는 소리가 유난히 크게 들렸다.

　정적으로 점철된 저택 안에선 어떤 소음도 들리지 않았다. 그리 늦은 시간도 아니라서 아직 잠들지 않은 사용인이 꽤 있을 텐데도 나와 보는 사람이 없다.

　무례한 응대였지만 연화와 카를은 신경 쓰지 않았다. 듣는 귀가 없기에 은밀한 이야기도 거리낌 없이 할 수 있었다.

　"카를은 2황자 얼굴 본 적 없어요?"

　"예?"

　카를이 화들짝 놀란다. 연화는 쿡쿡 웃었다.

　"황성에 대해 잘 안다고 했으니까 묻는 거예요."

　카를이 아, 탄성을 낸다. 무덤덤한 이 남자가 '황'자가 들어간 단어에는 이렇게 반응한다. 연화는 우스운 한편 의아했다. 황성에서 대체 무슨 일을 겪었기에 이러는 걸까.

　호기심과 의문을 담아 쳐다봤다. 카를이 느릿하게 고개를 돌린다. 왼쪽으로 틀었던 고개가 오른쪽으로 향하는 걸 보고서야, 연화는 그가 부정했음을 깨달았다.

　"저는 보지 못하였습니다."

　"그래요?"

　"저뿐만 아니라 그 누구도 보지 못했을 겁니다."

　강렬한 확신조였다. 연화는 고개를 갸웃거렸다.

　"2황자가 유폐되었다는 말은 못 들었는데요."

　"그런 게 아니라, 2황자가 스스로 얼굴을 가리고 다녀서 그렇습니다."

　"얼굴이 콤플렉스래요?"

　"카로틴 황가의 전통입니다. 황위에 도전하지 않을 것이며, 황실의 가신으로서 살겠다는 뜻을 표하기 위해 가리개를 착용하고 다녔습니다."

연화는 턱을 쓰다듬었다.

"2황자가 언제부터 가리개를 착용했는지 알아요?"

"15살 때부터입니다. 그때는 본인의 궁을 벗어날 때만 착용했습니다. 그러다 1황자가 황태자가 되고 난 뒤부터는 상시 착용했지요."

2황자는 1황자가 황태자로 내정되기 전부터 항복 의사를 보였다. 패해서 고개를 수그린 게 아니었다. 그냥 싸울 마음이 없는 거였다.

뭔가 이상하다. 실타래들이 꼬여가는 기분이다. 중요한 것을 놓치고 있는 것 같았다. 하지만 연화는 무엇이 중요한 것인지 감이 오지 않았다.

연화는 잔가지라도 긁어모아 대강 던져 보았다. 뭐라도 걸려라 싶어서였다.

"그럼 황태자에게 그를 죽일 이유가 없는 것 아닌가요?"

"황태자는 2황자를 좋아하지 않았습니다. 2황자가 몸을 낮추고 복종의 뜻을 비춰왔으나 늘 의심하고 경계했습니다. 그에게 있어 2황자는 혈육이 아니라 경쟁자에 불과했을 겁니다."

"그래서 황태자가 범인일 거란 거네요."

카를이 고개를 끄덕였다. 연화는 카를의 손을 놓고 뒷짐을 졌다.

느릿하게 걸으며 생각을 정리했다. 카를이 말한 정황을 한마디로 축약하자면, 황태자가 의심병에 걸려서 일을 쳤다는 게 된다.

연화는 허공 아무 곳을 쳐다보았다. 까만 시야가 기억을 끄집어냈다.

황태자에 대해 조사했던 서류가 떠올랐다. 연화는 그의 성격에 비추어 상황을 판단해 보았다.

　황태자는 첫인상으로만 데이지 로아넨을 재단했다. 제게 호의적인 상대로만 보았다. 황태자가 연화의 정체를 의심하지 않은 건 그가 아둔해서이기도 하지만, 처음 받은 인상을 바꾸지 않았기 때문이기도 했다.

　연화는 눈을 느리게 감았다 떴다. 2황자를 주적으로 삼고 끝없이 미워했을 황태자가 보인다. 2황자가 어떻게 행동하든 다 꿍꿍이가 있을 거라고, 끝없이 의심했을 남자. 스스로 만든 방에 틀어박혀 나올 생각도 않았겠지.

　연화는 밑그림이 완성 된 뒤에야 다시 카를을 봤다. 순간 이질적인 것을 깨달았다.

　카를의 대답은 잘 정돈되어 있었다. 필요한 정보만 나열했음은 물론, 인과를 뚜렷이 구분했다. 카를이 두 황자에 대해 많은 생각을 했기에 나올 수 있는 대답이었다.

　"그런데 카를. 꽤 자세히 알고 있네요."

　"그, 그런 게 아니라 저는……."

　"왜 그렇게 놀라요? 그냥 감탄한 건데."

　카를이 정색했다. 계속 건드렸다간 삐질 기세였다.

　연화는 황급히 손을 뻗었다. 카를은 오른팔이 뒤로 당겨지자 잠깐 멈췄다. 연화가 다가올 때까지 기다려 주었다.

　타박타박. 둘인 듯 하나인 듯한 발소리가 이어졌다. 연화는 정면을 보면서 공상에 잠겼다. 우선 스스로에 대해 생각했다.

　티 파티에서 황녀가 했던 말을 되짚고, 자신이 실수한 게 없는지 돌이켜 보았다. 서너 번 되짚었지만 유념할 점은 없는 것 같았다. 안도와 동시에 주제를 바꿨다.

　이 생각 저 생각 꼬리를 물며 이어졌던 것이 '황태자'에서 멈췄다. 바로 2황자 실종 사건이 떠올랐다. 연화는 원작에서 이 사건이 어떻게 끝났는지 기억해 냈다.

황녀는 2황자 수색에 적극적으로 나섰다. 그녀는 자신의 인맥을 몇 가지 기준으로 나누었고, 조건이 맞는 자에게만 수색을 지시했다. 중복되는 조건을 지우고, 자잘한 것을 긁어내면 세 가지만 남는다. 군대가 있을 것, 황태자와 사이가 나쁠 것, 자신을 여제로 만들기로 협력한 사람일 것. 그중엔 테일러도 있었다.

테일러가 황자를 수색한 건 영지 시찰을 끝낸 뒤였다. 황녀의 명을 받은 귀족들이 황성과 카로틴 수도만 뒤질 때 테일러는 혼자 국외를 뒤졌다.

다른 자들이 황성의 흔적만 붙들고 끙끙거릴 때, 테일러는 황무지에서 2황자의 흔적을 찾아냈다. 황녀가 2황자의 실종에 관심을 가지고 추적을 명하는 것은 2황자가 살아 있기를 바라서다. 두 사람은 같은 어머니 아래에서 태어나 외로운 궁에서 서로를 의지하며 자랐다. 그러나 책에서 2황자는 죽은 채로 발견된다. 인적 없는 황무지에서 죽은 터라 사체 발견이 늦었다. 하지만 틀림없는 2황자였다고 전해진다.

황녀는 2황자의 죽음을 공표했다. 그와 동시에 황태자가 2황자를 죽였음을 확정하는 증거를 내놓았다. 그래서 황태자는 완전히 궁지에 몰렸다. 반대로 황녀의 지위는 급부상했다. 황녀가 황위를 계승할 가능성이 대두되었다. 제국민들 사이에 황녀의 이름이 오르내리기 시작했다.

소설로 보았을 때는 아무 생각 없이 읽어 넘겼던 장면들인데. 코앞에 지나가는 걸 직접 목격하자 연화는 다른 생각이 들었다.

2황자의 죽음을 발표함과 동시에 황태자를 아래로 끌어내린 뒤, 황녀가 황태자를 대체할 수 있음을 알린다. 2황자는 죽었고 황태자는 범죄자니 열외로 치면, 황위를 계승할 사람은 황녀밖에 남지 않게 된다. 황녀는 스스로를 유일무이한 후보로 내세웠다. 때문에 누구도 여성은 황위에 오를 수 없다고 말하지 않았다.

계획을 세우는 것까진 쉬울 수 있지만 실현은 어렵다. 적절한 타이밍을 두고 기획한 사건들을 하나씩 터뜨려야 한다. 너무 작위적으로 보이지 않게 신경 쓰는 동시에 적의 동향까지 살피면서 말이다.

누가 기획한 일인지는 모르겠으나 기회를 노리는 눈이 대단한 건 알겠다. 생각할수록 감탄이 새어 나왔다.

'테일러인가. 아니면 황녀 본인?'

연화가 이 세계에서 만나본 사람은 몇 없다. 그중 그 정도의 힘과 머리가 있는 사람은 정말로 드물다. 그래도 나름 후보군을 둘이나 두고 생각해 봤지만 답을 알 수 없었다. 연화는 머리를 가볍게 흔들어 상념을 치워 버렸다. 어차피 황녀가 여제가 될 때까지 이 세계에 있을 마음은 없었다. 상관할 바 없는 문제였다.

연화는 저택에 다다랐다. 입구에 기사가 하나 서 있었다. 기사가 연화와 카를을 흘끔 훔쳐보곤 문을 열어주었다.

연화는 기사를 지나쳐 안으로 서너 걸음 걸어갔다 다시 뒤를 돌았다. 테일러와 같은 은발 머리를 지닌 기사를 보자 의문이 흘러나왔다.

"그는 언제 올까요?"

기사는 말이 없었다. 어차피 대답을 듣기 위해 던진 질문은 아니었다. 기다리지 않고 걸음을 뗐다.

서늘한 밤공기가 걸음마다 떨어져 내렸다. 이내 실내 공기와 섞여 내렸고, 아무것도 남지 않게 되었다.

⚜

테일러는 사흘이 지난 뒤에야 돌아왔다. 점심과 저녁의 중간 어디쯤에 속하는 시간이었다.

말발굽 소리와 마부의 목소리가 들리자마자 저택의 사용인들이 주인을 맞으러 갔다. 그들의 주인은 저택 문간에 들어서자마자 사용인들의 인사는 듣는 둥 마는 둥 하고 집무실로 들어갔다. 일은 안 하고 연화부터 호출했다.

연화는 필사 중이던 종이 위에 책을 거꾸로 엎고는 디온을 따라갔다.

테일러는 연화를 보자마자 위아래로 훑었다. 뭔가를 탐색하는 눈이 맹렬했다. 이상한 곳을 찾지 못했기에 탐색은 중단됐다. 그러나 거둬지지 않은 의심이 목소리에 묻어나왔다.

"다친 곳은 없나?"

"다칠 일이 뭐가 있겠어요."

연화가 멋쩍게 웃었다. 테일러는 말이 없었다. 그가 어느 한 곳을 뚫어져라 주시했다.

"왜 그래요?"

"손."

연화는 아무 생각 없이 손을 내밀었다. 테일러가 손을 잡고 끌어당기더니 꼼꼼히 살핀다.

학대에 가까운 노동의 흔적이 담긴 손이다. 테일러는 손등에 그어진 상흔들을 엄지로 문지르며 연화와 눈을 맞춘다.

"이거……."

"원래 이랬잖아요."

황무지에서 다 봤으면서 뭘 새삼스레. 연화는 과거를 상기시켜

주었다.

"아."

테일러가 아차 하며 연화의 손을 놓아주었다. 귀 밑이 살짝 붉어졌다.

이번엔 연화가 테일러를 살폈다. 흰자위에 실핏줄이 올라와 있다. 가까이서 보기 위해 까치발을 들자, 까슬해진 피부가 보였다.

"그런데 테일러 씨야말로 괜찮은 거예요? 피곤해 보이시는데."

"누가? 내가?"

테일러가 집게손가락으로 스스로를 가리켰다. 연화는 고개를 끄덕여 주었다. 테일러가 요상한 눈을 했다.

"어딜 봐서."

"어디를 봐도 그렇게 느껴지는데요."

테일러가 큼, 흠 헛기침을 했다. 농담이라도 아니라는 한마디를 안 한다.

테일러가 동의한 것은 한참의 정적이 흐른 뒤였다.

"그래. 요 며칠 새 한 잠도 이루지 못했어."

"영지 시찰이 그렇게 힘든 일인 줄은 미처 몰랐네요."

"아니. 그대 때문에 못 잤다."

"전 아무것도 안 했는데요?"

"아니. 했어."

그러니까 뭘. 연화는 억울한 눈을 했다.

연화는 말해보라며 테일러를 채근했다. 테일러는 말할 것처럼 입술을 달싹이면서도 끝내 한마디도 하지 않았다.

'입 밖에 낼 수 없을 정도로 민망한 사유인가?'

그렇지 않고서야 테일러가 머뭇거리는 이유를 설명할 수가 없다. 연화는 골똘히 생각했다. 여러 답안지 중 세 번째로 해괴한

답을 제출했다.

"혹시 제가 테일러 씨 꿈에 나타나 요들송을 불렀나요?"

"무슨 헛소리를."

테일러가 바로 정색했다. 그가 또 헛기침을 했다.

"황녀가 황성으로 끌고 갔다기에."

연화는 눈을 동그랗게 떴다.

"어떻게 알았어요?"

"이 저택이 누구의 것이라고 생각하나."

그도 그렇다. 연화는 옳은 말이라며 고개를 주억거렸다가, 새롭게 알게 된 사실에 멈칫했다.

"테일러 씨는 황녀를 신뢰하지 않는군요?"

"누가 믿겠나, 그런 여자."

테일러가 기함을 했다. 연화는 쿡 웃었다.

"하지만 황녀와 한 배를 타셨잖아요."

"딱히. 믿음직해서 손잡은 건 아냐."

"너는? 그 여자를 믿나?"

"물론 저 역시 믿지는 않아요."

"그럼 티 파티는 왜 갔지?"

"황녀께서 직접 초대하셨거든요. 백작 영애 된 자로서 거절할 수 없었어요."

"가지 않을 수 있었을 텐데."

티 파티는 강제성을 가진 모임이 아니다. 귀족 여인들이 대화를 나누는 사교의 장이다.

테일러도 귀족이다 보니 티 파티의 특성을 알고 있고, 그래서 이상한 점을 잡고 늘어질 수 있었다. 연화는 괜히 삐기지 않기로 했다.

"그렇기는 한데. 약점을 잡혀 버려서요."

연화는 자잘한 부연 설명은 뺐다. 연화가 황녀에게 들키면 안 되는 일은 하나뿐이다.

테일러는 담담히 수긍했다.

"그랬군."

"알고 있었어요?"

"아마도."

어중간한 대답이었다. 연화가 불퉁한 시선을 보냈다.

"알았으면 안 거지. 그게 뭐예요."

"어쨌든 다음엔 가지 마. 또 초대장 나부랭이가 오면 나한테 알리고."

테일러는 말없이 뒷짐을 지고 돌아섰다. 할 말이 있는 얼굴이었지만, 결국 깊은 속내는 꺼내지 않았다. 연화는 고개를 저었다.

테일러의 속내를 알 수 없었다.

연화는 테일러가 무슨 생각을 했는지는 일주일이 지나서야 알게 되었다.

디온이 연화를 데리러 왔다. 그의 눈은 죽어 있었다. 테일러가 그를 잔뜩 부려먹는다는 말이 사실인 모양이었다. 그렇게 좋아하던 장난도 치지 않았다. 그러나 제 소임은 다했다.

디온은 연화를 집무실까지 데려다주었다. 도착한 뒤에는 문을 열어주었다.

테일러는 책상 위에 걸치듯 앉아 있다가 연화가 들어오는 것을 보자마자 일어섰다. 그가 그녀를 집무실 한구석에 위치한 소파로 안내했다.

가죽 소파 두 개가 테이블을 두고 마주 보게 놓여 있었다. 테이블 위엔 서류 뭉치들이 올라와 있었다.

테일러는 그중 하나에 앉았다. 맞은편에 연화가 앉자마자 화두를 꺼냈다.

"오클레앙 저택에 들를 생각 없나?"

말문을 튼 것도 갑작스러운데 하는 말은 생뚱맞다. 연화는 실낱만큼 베어 물고 있던 미소를 흩뜨렸다. 연화가 고개를 한 쪽으로 살짝 기울였다. 비스듬해진 시선으로 테일러를 보았다.

"갑작스러운데요. 이유를 설명해 주실 수 있으신가요?"

테일러는 서류 뭉치 중 제일 왼쪽에 있는 것을 짚었다. 수백 장은 되어 보이는 종이를 연화 쪽으로 내밀었다.

"자."

연화는 위의 몇 장만 집었다.

마구 휘날려 쓴 문장들이 보였다. 거칠게 날려 쓴 악필인 데다 글씨 크기가 들쭉날쭉했다. 그래도 읽는 데 어려움은 없었다.

-제온 후작이 파티. 자신의 생일을 기념하기 위한 것. 제온 후작의 지인을 비롯 소수의 귀족들이 초청받음. 오크만 파티. 티깅을 초청하지 않음. 제온 후작이 부인에게 '티깅'에 대해 물음. 제온 영애가 티깅을 '어린애'라 지칭. 제온 후작, '공작에게 잘 보이려면 어쩔 수 없다며 함음.

영문을 알 수 없는 말들이 이어졌다. 연화는 종이를 테이블 위에 내려놓았다.

"이게 뭐죠?"

"그대에 대한 소문."

그만 걸 왜. 연화가 눈을 좁혔다.

"그대는 확실한 것을 좋아하니까."

"맞춰주는 건 감사한데, 저는 이런 거 알고 싶지 않았는데요."

"사교계에서 그대를 어찌 대할지 알아두면 앞으로의 행동 노선을 결정하는 데 도움이 되지 않겠나?"

"그렇다 쳐도 이건 너무 많은데요."

슬쩍 보기만 했는데도 분량이 엄청나다. 장수만 해도 몇백 페이지는 될 것 같다. 그런데다 모든 페이지가 빽빽했다.

"다 읽을 필요는 없어. 아무 페이지나 꺼내 읽어도 정황은 충분히 파악할 수 있을 테니."

연화는 내려놓았던 종이를 다시 집어 들었다. 대충 읽고 넘기는 데도 시간이 소요됐다. 읽는 동안 하녀가 들어와 찻잔 두 개를 테일러와 연화 앞에 두었다. 열 페이지쯤 읽었을까. 찻잔을 들이켜도 입안으로 들어오는 것이 없었다. 연화는 빈 찻잔을 내려놓았다. 동시에 자료 읽기를 멈췄다.

종이엔 사람들이 '오클레앙 영애'를 어떻게 말했는지가 적혀 있었다. '타깃'은 연화였다.

연화에 대해 말한 사람은 많았지만, 평가는 같았다. '세상 물정 모르는 어린애지만, 이용 가치는 무궁무진함.' 같은 말이 반복되었기에 더 이상 읽는 것은 무의미했다.

"익히 예상했던 반응이네요."

테일러 역시 동의했다.

"그래. 모두가 그대를 공작가에 속한 사람이라고 착각하고 있다. 차기 공작부인으로 보고 있는 사람도 있지. 하지만 그대가 오클레앙 저택에 방문하고, 백작이 되기 위해 준비하고 있음을 알린다면 소문도 달라질 거다. 너와 나를 동일시해서 괜한 수작을 부리는 일도 없을 거고."

"수작이요?"

"가령. 푼돈 쥐어주고 청탁을 한다든가."

연화는 푸핫 웃었다.

"걱정 말아요. 뇌물받을 생각은 없으니까."

"아니. 뇌물은 받아."

"……음?"

"돈이니까. 아깝잖아."

"그럼 청탁을 들어줘야 하잖아요."

"무시해."

"그럼 돈도 받으면 안 되죠."

"무슨 상관이야. 내가 더 센데."

"테일러 씨야 그렇지, 저는 아니거든요."

이 남자는 때때로 연화와 자신의 지위가 얼마나 다른지 망각하곤 했다.

연화는 손을 쫙 펴 테일러에게 건네는 시늉을 했다. 뇌물을 받은 적은 없기에 손은 빈손이었다.

"그러니까 뇌물받으면 모두 테일러 씨에게 드릴게요."

"필요 없다, 그런 푼돈."

"아깐 아깝다면서요."

"그러니까 네가 가지면 되잖아."

"그럼 저는 뇌물 수수범이 되는데요."

"괜찮아."

밑도 끝도 없는 대화가 이어졌다. 더 이상의 헛소리는 사절이었다.

연화는 짝 손뼉을 쳐 분위기를 환기했다.

"뇌물 이야기는 그만하죠. 진심으로 제가 뇌물을 받을 사람이라고 생각하신 건 아니잖아요."

"그러지."

테일러의 눈에서 장난기가 걷혔다. 그가 크흠 헛기침을 했다.

"정리하자면. 네가 차기 오클레앙 백작이 될 것임을 피력해야 귀찮은 일에 휘말리지 않을 거란 소리다. 뇌물은 하찮은 문제야. 현실은 그보다 더 하찮고 자잘하지."

"예를 들면요?"

"원치 않는 사교 모임에 끌려가 얼굴 마담 역할을 한다던가."

"그걸 아직도 염두에 두고 있었어요?"

연화가 엑 소리를 냈다.

물론 좋아서 참석한 티 파티는 아니었고, 참석해서 피로만 잔뜩 얻고 온 모임이었지만 불쾌하게 생각하진 않고 있었다. 특별히 나쁜 일을 당한 건 아니었기에. 사실 요 며칠 동안은 잊고 있었다. 황녀가 같은 일로 부른 적이 없었기에 더 그랬다.

테일러는 뚱하니 내뱉었다.

"신경 쓰였으니까."

"제가 티 파티에 참석한 게요?"

"……나 때문인 것 같았으니까."

테일러가 긴 한숨을 토해냈다. 느릿느릿, 자책과 후회가 버무려진 단어들이 얹어졌다.

"내가, 그 여자를 선택해서 네가, 그렇게……."

테일러가 말을 하다 말고 머리를 마구 헝클어뜨렸다. 은발머리가 삐죽삐죽 솟았다.

"젠장. 이런 말은 왜 한 건지."

연화는 테일러에게서 시선을 뗐다. 남의 자학을 보는 건 괴로운 일이다.

잠깐의 어색함을 모면할 아이템을 찾았다. 손을 뻗자 찻잔이 잡혔다. 손잡이에 검지를 걸고 찻잔을 입으로 가져갔다. 그러나 찻잔은 아까부터 비어 있었다.

테일러가 빈 잔을 들고 뭘 하냐는 시선을 보낸다. 망했다.

어색함은 오래 가지 않았다. 테일러가 쿡 웃음을 터뜨렸다. 뻘 짓에 대한 대가였다. 연화는 찻잔을 다시 내려놓았다.

"근데 저요. 오클레앙 저택은 한 번도 가본 적이 없거든요."

연화는 괜히 쭈뼛거렸다. 낯선 장소를 꺼리는 소녀처럼 굴었다. 진짜 셀레스티나 영애도 오클레앙 저에 들른 적이 없을 테니, 당위성은 충분했다.

테일러가 웃었다.

"알아서 찾아가라 말한 적 없어."

"아니, 그걸 걱정한 게 아니라……."

연화는 자신이 가짜임을 들킬까 봐 걱정이 됐다. 다른 사람들은 몰라서 속는다지만, 오클레앙과 연관된 사람이라면 구분할 수 있을지도 몰랐다. 귀족 중엔 그만한 눈썰미가 있는 사람이 없다는 건 알고 있다. 있다면 진작 찾아와 깽판을 부렸으리라.

연화는 오클레앙의 사용인들이 꺼림칙했다. 그들은 진짜 오클레앙 영애를 알아볼 수 있을 것이다. 연화가 여태까지 그들을 신경 쓰지 않은 이유는 귀족이 아니기 때문이다. 사교계에서 마주칠 리 없지만 그들이 있을 저택을 직접 방문하는 건 다른 문제다. 제 발로 호랑이 굴에 입성하는 거다. 하지만 테일러에게 이런 사정을 말할 수는 없었다. 거짓말쟁이가 되어도 좋으니, 그가 셀리나를 귀족이라 생각해 주었으면 했다.

연화는 다른 이유를 찾기 위해 머리를 굴렸다. 어눌한 것을 가져다 대충 붙였다.

"저택에 가면 제가 누구인지 소개해야 하잖아요?"

"그런데?"

"저는 카로틴 수도에 도착하자마자 오클레앙 저택은 들르지도 않고 테일러 씨의 저택부터 방문했어요. 지금은 아예 이곳에 묵으며 신세를 지는 상태구요. 그런 주제에 이제 와서 오클레앙 영애로서 권리를 행사하겠다고 저택을 찾아가면 아무래도……."

인상이 나쁘지 않을까요. 연화가 조심스레 말했다. 논리적으로 반박할 수 없기에 소녀의 감성을 끌어 쓸 수밖에 없었다. 테일러는 또 웃었다.

"걱정 마라. 저택엔 아무도 없으니까."

태연히 덧붙인 말이었다. 뜻을 파악하는 데엔 시간이 좀 걸렸다.

"아무도 없다니…… 그게 무슨 뜻이죠?"

"말 그대로야. 오클레앙 백작 부부가 죽은 날을 기점으로, 모든 사용인들은 해고되었다. 오클레앙 저택엔 아무도 없어."

연화는 고개를 갸웃했다. 테일러가 거짓말을 하는 것 같지는 않았지만, 그렇기에 더더욱 이해할 수 없었다.

오클레앙 백작 부부는 갑작스러운 변고를 맞아 죽었다. 당시, 그들의 나이는 20대 중반이었다. 죽음을 생각하지 못할 나이였다. 유언장 따위를 작성했을 리가 없다. 그들의 사후 재산 분쟁이 대두되었을 가능성이 높다.

한국의 경우만 해도 그렇다. 연화는 고모가 죽었을 때를 떠올렸다.

억대 재산가에 독신이었던 고모는 어느 날 갑자기 교통사고로 죽었다

억대 재산가가 유언장 없이 죽자, 수많은 사람들이 고모의 장례식을 찾아왔다. 바쁘다며 내빼던 사람들에, 사돈에 팔촌이라는 사람까지 찾아와 고모의 죽음에 조의를 표했다. 슬픈 가면을 쓰고서 속으론 어떻게 하면 자신의 몫을 챙길 수 있을까 전전긍긍했다.

오클레앙 가는 대단히 명망 높은 가문은 아니었지만, 여타 백작 가문과 비교해 꿀리지 않을 정도는 되었다. 중부에 영지를 가지고 있으며, 수도에 대저택을 가지고 있다. 작위 있는 귀족이니 모아둔 재물도 제법 있을 터였다.

친척 중 탐욕에 눈 돌아간 사람이 한둘쯤 나타나야 정상인데. 누구도 저택을 소유하지 않았다니. 희박하긴 하지만, 그런 일이 일어날 수 있는 상황이 있긴 했다. 연화는 한 가지 가능성을 제기했다.

"오클레앙 백작은 외동이었나요?"

"아니. 아래로 남자형제만 셋이라더군."

테일러가 종이 더미 속에서 무언가를 내밀었다. 오클레앙 백작 가의 가계도였다.

오클레앙 백작은 누나 둘, 동생 셋을 가졌다. 실정을 알수록 알쏭달쏭해졌다. 하지만 여기에도 '만약'의 상황이 있었다.

"모두 죽었나요?"

"그럴 리가. 가끔 생각하는 거지만, 너도 한 잔인 하는 것 같군."

"아무렴 제가 테일러 씨를 따라잡을 수 있겠어요."

연화는 입가에 손을 대고 호호 웃었다. 테일러의 미간에 주름이 잡혔다. 연화는 헛기침과 함께 웃음기를 거뒀다.

"어쨌든, 이 사람들은 상속권이 없단 말이군요."

"있을 리가 없지."

테일러가 연화를 눈짓했다.

"여기. 오클레앙 가의 후계자가 살아 있는데."

몇 초 뒤, 연화가 아하 탄성을 내뱉었다. 조금 더디긴 했지만, 겨우 테일러의 말을 이해할 수 있었다.

"여기선 직계만 상속권을 가지나요?"

"혼 왕국은 다른가 보지? 제국은 그렇다. 이곳에선 자식의 상속권만 인정되지."

"자식이 없으면요?"

"전액 국고로 환수된다."

연화는 눈을 깜빡였다. 제국씩이나 되는 나라가 이렇게 단순한 법체계를 가지고 있을 줄은 몰랐다. 놀라웠지만 그냥 이해하기로 했다. '소설 속 나라'란 단어는 많은 상황을 별것 아닌 것으로 치부하게 만드는 힘이 있었다.

연화는 테일러에게 들은 것을 정리해 보았다.

오클레앙 영애는 오클레앙 백작가의 유일 상속인이다. 그녀는 오클레앙의 모든 것을 상속받게 되었다. 하지만 변고를 당할 당시 오클레앙 영애는 혼 왕국에 있었기 때문에, 그녀가 돌아올 때까지 모든 유산은 국가에 맡겨졌다.

모든 권리를 되찾으려면 인장과 신분패를 들고 카로틴 재무처를 찾아가야 한다. 하지만 그마저도 할 필요가 없었다. 테일러는 알아서 모든 행정 절차를 밟아버렸다. 그야말로 몸만 움직이면 되는 상황이다. 상황이 명료해졌기에 목표에 초점을 맞출 수 있었다.

연화는 턱을 짚었다. 실소유주는 있으나 아무도 없는 저택이라. 대충 그림이 그려졌다.

"지금 오클레앙 저택은 폐가나 마찬가지겠네요."

"그렇겠지."

저택에 들어서는 순간 '너 가짜'라고 외치며 달려들 사람은 없는 셈이다. 연화는 안심이 되는 한편, 다른 의문이 피어올랐다.

"그럼 영지는요?"

"영지대리인이 관리 중이다만."

"대리인이라구요?"

연화가 눈을 동그랗게 떴다. 영지를 관리하는 건 번거로운 데다 귀찮은 일이었다. 몇몇 귀족들은 가신들을 대리인으로 세워 대신 영지를 관리하게 했다. 테일러 또한 그중 하나였다.

오클레앙 백작도 그런 귀족 중 하나였던 걸까. 묻자마자 테일러가 부인했다.

"오클레앙 백작은 대리 통치를 하지 않았더군. 지금의 대리인은 카로틴에서 파견한 사람이다."

"말하자면 나라 녹을 먹는 관리란 거네요."

"네가 오클레앙 백작이 되면 물러날 사람이지."

대리인은 오클레앙 백작이 죽은 뒤 파견된 관리였다. 그는 오클레앙 백작가와 무관한 사람이었다. 그에겐 셀리나가 오클레앙 사람인지 아닌지 판단할 능력이 없다. 그리고 오클레앙 백작의 형제들은 수도에 없었다. 모두 지방 귀족들로, 각자의 생활을 꾸려 가는 중이었다.

오클레앙 백작과는 서먹한 사이였다. 백작의 변고를 들었음에도 수도에 올라오지 않을 정도였다. 그들이 수도 사교계에 행차할 가능성은 낮았다.

연화는 남몰래 안도했다. 수도엔 '진짜 오클레앙 영애'를 구분할 사람이 없는 모양이다.

이 세계는 이제 엘렌을 중심축으로 돌아가진 않지만, 그녀를 보호하기 위해 만들어졌던 시스템은 아직 건재했다.

"흐음⋯⋯."

상념 끝에 침음성이 끼어들었다. 테일러가 연화를 내려다보고 있었다. 재미있다는 시선이다.

"왜 그렇게 보세요?"

"저택에 갈 마음이 있나 물어볼 생각이었는데. 지금 보니 안 물어봐도 될 것 같아서 말이야."

연화는 멋쩍게 웃었다. 안도한 것을 티내지 않으려 했건만 들켜버렸다. 무안함과 민망함이 올라왔다.

테일러는 연화의 뺨에 오른 홍조를 모른 척했다.

테일러가 가운데에 있는 종이 뭉치를 집어 건넸다. 연화는 황급히 받아들였다. 어색한 감을 지우기 위해 부랴부랴 첫줄을 읽었다. '오클레앙 재산 현황.' 읽기 편한 활자체가 눈에 들어왔다. 아래엔 보고서를 작성한 사람의 이름이 적혀 있었다. 디온 에스카. 확인하면서 앞장을 넘겼다.

보고서는 친절했다. 목차와 페이지수를 기입해 원하는 부분만 쉽게 찾아볼 수 있도록 했다.

각 항목은 파트별로 나뉘어 정리되어 있었다. 중요한 부분은 큰 글씨로 따로 정리해 두었고, 세세한 부분은 뒤로 빼놓았다. 디온의 장난기는 한 줌도 찾아볼 수 없는 보고서였다. 테일러가 디온의 장난을 귀찮아하면서도 옆에 두는 이유를 알게 되었다.

연화는 보고서를 반쯤 본 뒤 다시 고개를 들었다. 바로 테일러와 눈이 마주쳤다. 테일러는 연화가 언제 보고서를 다 읽나 살피고 있었다. 연화는 보고서를 덮었다.

"테일러 씨는 이거 다 읽으신 거죠?"

테일러는 바로 질문의 의도를 눈치챘다.

"상관없다. 가져가서 읽건, 불쏘시개로 쓰건."

테일러가 손을 내저었다. 가져가도 좋다는 제스처였다. 연화는 보고서를 제 무릎 위에 올려두었다.

"그런데 내용이 꽤 상세하던데요. 재산 현황은 그렇다 치고…… 고용인 정보라니. 오클레앙 가의 사용인들은 10년 전 변고 때 모두 해고되었다고 하지 않았나요? 아직까지 정보가 남아 있었던 건가요?"

"녀석이 재주껏 잘 했겠지."

테일러가 어깨를 으쓱였다. 무덤덤한 목소리로 툭 내뱉었다. 아무렇지 않아하는 태도에서 디온에 대한 신뢰가 보였다.

"참고로, 재물 쪽 정보는 믿지 않는 게 좋을 거다."

"왜죠?"

"돈에는 이름이 없으니까."

연화가 빠르게 눈을 깜빡였다. 테일러가 부연 설명을 덧붙였다.

"토지나 집은 소유주가 명백하지만 돈은 아니니까."

"일리 있는 말씀이시네요."

연화는 재물 파트를 뺐다. 보고서가 홀쭉해졌다. 가져가서 읽으려던 계획을 변경하기로 했다.

연화는 여남은 페이지를 홀랑홀랑 넘겼다. 다 읽은 뒤엔 다시 고개를 들었다.

"그래서 오클레앙 저택엔 언제 방문하신다구요?"

테일러가 손을 내밀었다. 그가 연화를 붙잡고 일으켰다. 그러고는 확정된 선고를 내렸다.

"지금."

✤

오클레앙 저택은 카이스턴 저택과 비슷한 점이 많았다. 둘 다 수도 외곽에 있었으며, 인적이 드문 땅에 홀로 세워졌다. 교통편이 별로인 것도 똑같았다. 그래도 카이스턴 저택으로 가는 길은 잘 정돈되어 있었지만, 오클레앙 저택 앞길은 비포장도로였다.

30분 정도 광란의 흔들림이 있었다. 마차가 목적지에 도착했음에도 어지러움에 쉬이 일어날 수 없을 정도였다.

"괜찮나?"

먼저 정신을 차린 것은 테일러였다. 그가 걱정스러운 눈으로 연화를 살폈다. 연화는 하나도 안 괜찮은 얼굴로 대꾸했다.

"……네."

연화는 테일러의 손을 잡고 마차에서 내렸다. 일단 땅바닥에 발이 닿고 나니 울렁거림이 덜했다. 연화는 크게 심호흡을 하면서 마차 안을 쳐다봤다. 카를이 느릿느릿 걸어 나와 연화의 뒤에 섰다. 입술이 파랗게 질려 있었다. 셋 중 가장 상태가 안 좋아 보였다.

연화는 말없이 물통을 건넸다. 카를이 뚜껑을 여는 걸 보면서 그녀는 고개를 돌렸다. 그녀는 카를이 진정될 때까지 잠시 기다렸다.

오클레앙 담장은 흰 벽돌로 이루어졌다. 담장 중앙엔 문이 달려 있었다. 잠겨 있진 않았다.

테일러는 먼저 대문 안으로 들어갔다. 안의 동태를 살핀 뒤에, 괜찮다며 손짓했다. 연화는 카를의 손을 잡고 테일러 뒤를 따라갔다.

얼마 걷지 않아 잡초가 무성한 화단들을 발견했다. 잡초는 셀리나의 키만큼 자라 있었다.

잡초들 사이로 나무 둥치들이 보였다. 과거 정원사의 손길을 받고 화려하게 피어났을 나무들은 나무꾼들의 손에 비명횡사했다. 화단들 사이로 산책로가 나 있었다. 산책로 끝에 공터가 나왔다. 공터 중앙엔 분수대가 있었고, 분수대 앞엔 벤치 서너 개가 놓였다.

분수대 중앙엔 석조로 만든 백조가 앉아 있었다. 백조 이곳저곳에 연회색 얼룩이 져 있다. 퀴퀴한 냄새도 났다. 그러함에도 백조의 아름다움을 지우지는 못했다. 연화는 홀린 듯 백조를 바라봤다.

백조 분수대에서 서른 걸음쯤 떨어진 곳에 은회색 건물이 있었다. 오클레앙 저택이었다. 저택 문은 굳게 닫혀 있었다. 테일러가 손잡이를 잡고 세게 흔들어보았지만 열리지 않았다.

테일러는 문을 살폈다. 문엔 백조가 양각되어 있었다. 하늘을 향해 고개를 쳐들고 날개를 쭉 편 모습이 당장 날아오를 것 같다. 테일러는 백조 여기저기를 눌러보았다. 이내 이상을 감지했다.

"여기."

테일러가 백조의 눈을 꾹 눌렀다.

"모양이 좀 이상한데."

"저는 잘 모르겠는데요."

연화가 고개를 갸웃거렸다. 백조의 눈은 셀리나의 키로 들여다볼 수 없는 곳에 있었다. 연화가 까치발을 들고 낑낑거리자 카를이 그녀를 들어 올려 주었다.

"고마워요."

연화는 카를에게 가벼운 인사를 던진 뒤 백조의 눈에 집중했다. 새까맣게 파인 구멍 안에 또 다른 백조가 들어 있었다.

백조가 별을 물고 있다. 백조 아래엔 작게 '오클레앙'이라 쓰여 있었다. 익숙한 문양이었다.

연화는 설마설마하면서 품을 뒤졌다. 오클레앙 인장을 꺼내 확인했다. 설마는 사실이었다. 두 문양이 똑같았다. 연화는 인장을 백조 눈에 맞춰 넣었다. 튀어나온 부분과 들어간 부분이 딱 맞물렸다.

철컥, 뭔가 눌리는 소리가 들렸다. 연화는 집 열쇠 돌리듯 인장을 돌렸다. 문이 열렸다. 인장을 회수한 뒤엔 카를의 팔에서 뛰어내렸다. 사뿐히 바닥에 착지했다. 테일러는 몇 초 동안 굳어 있었다. 문이 열린 것이 믿기지 않는 듯했다. 그가 어벙한 얼굴로 문 너머를 응시하며 작게 중얼거렸다.

"어쨌든 오클레앙 사람이 맞다는 말이지."

개미 목소리만큼 작은 소리였다. 연화는 테일러의 말을 듣지 못했다.

연화는 저택 안으로 들어서다 말고 뒤를 돌아보았다. 테일러가 움직일 생각을 않는다. 그녀는 테일러의 등을 툭 쳤다.

"안 들어가요?"

테일러가 움찔하고는 순간적으로 굽혔던 허리를 다시 폈다.

"아니."

대답은 했지만 행동이 굼떴다. 연화는 그를 내버려 두고 먼저 한 걸음 걸어갔다.

안에선 오랫동안 밀폐된 공기의 냄새가 났다. 움직이는 방향대로 먼지가 흩날렸다. 연화는 손으로 희뿌연 것을 쳐 내면서 걸어갔다. 발견한 창문마다 모두 열어젖혔다. 바깥의 공기가 밀려들어왔다. 상쾌한 공기를 체감하자 이곳의 공기가 얼마나 더러운지 체감이 됐다.

연화는 창가를 등지고 섰다. 저택 안에 아무도 없음을 재차 확인했다. 여유를 갖고 안을 관찰했다.

방은 고급스러운 가구로 가득 차 있었다. 군데군데 사치품들이 눈에 띄었다. 고개를 젖혀 올려다본 샹들리에는 깨진 곳 하나 없이 온전했다.

"특별한 건 없네요."

손 닿는 모든 곳에 먼지가 있다는 것을 제외하면, 여느 저택과 다를 게 없어 보인다.

저택을 폐쇄하기 전 청소를 하고 간 것일까. 먼지는 모든 사물 위에 고르게 내려앉아 있었다.

연화는 손뼉을 쳐서 손에 묻었던 먼지를 털어냈다. 짝짝 소리가 고요한 저택을 울렸다.

연화는 저택을 둘러보았다. 살펴볼수록, 사람이 오랫동안 살지 않았음을 확인할 수 있었다. 화장실은 바싹 말라 물기가 없었으며, 주방엔 식재료가 일체 없었다. 접시들은 가지런히 정리되어 있었다.

연화는 식칼을 잡아보았다. 오랫동안 사용하지 않은 것일까. 녹이 슬어 있었다.

연화가 신기해서 날을 만져 보는데, 카를이 다가와 칼을 뺏었다. 그는 셀리나의 키로는 절대 닿을 수 없는 찬장에 칼을 집어넣었다.

연화는 돌려달라는 뜻으로 손을 내밀었다. 카를은 묵묵부답이었다. 담담한 얼굴로 고개를 젓는다. 연화는 하하 웃음을 터뜨렸다. 여태까지 제가 하는 말이면 대부분 들어주었던 카를이 웬일로 단호하게 거절한다. 뜻밖이었고, 의외였다. 한편으론 어이가 없었다.

"설마 지금, 위험하다고 생각한 건 아니죠?"

셀리나는 황무지에 떨어질 때부터 단검을 가지고 있었다. 연화는 단검으로 토끼를 손질했었다. 카를의 경계는 새삼스러운 것이었다.

"칼은 장난감이 아닙니다."

"그래도 다루는 사람이 잘 다루면 괜찮…… 지만. 알았어요. 어차피 오래 만지려던 건 아니었으니까."

카를이 험악한 얼굴을 한다. 평소 담담한 그가 감정을 터뜨리려고 했다. 감당하고 싶지 않은 상황이다. 연화는 시답잖은 소품에서 관심을 거두기로 했다. 저택은 넓었고, 둘러볼 곳은 많았다.

연화는 주방을 나왔다. 그 다음으론 하녀들의 방이 이어졌다.

작은 방 수십 개가 다닥다닥 붙어 있었다. 침대와 책상 등 생활에 필요한 최소한의 가구만 배치된 방들이었다. 고시원 같기도 했다. 똑같은 형태의 방만 계속 이어졌다. 테일러는 서너 번 하품을 했다. 종래엔 다른 곳을 둘러보겠다고 했다.

"혼자 가시게요?"

테일러가 픽 웃었다.

"그대는 내 별칭을 모르나?"

자신만만한 목소리였다. 연화는 바로 납득했다. 제국에서 알아주는 최고의 검사가 바로 그였다. 재민의 설정상 그보다 강한 남자는 없었다. 혼자서 괴한을 만나더라도 허망하게 죽지는 않을 터였다.

"1시간 뒤, 이곳에서 다시 만나기로 하지."

테일러는 짤막한 선고와 함께 사라졌다. 계단이 있는 방향이었다.

카를은 테일러가 간 쪽은 쳐다보지도 않았다. 말없이 반대방향으로 몸을 튼다. 연화는 어깨를 한번 으쓱인 뒤 카를을 따라갔다.

공용화장실을 끝으로 사용인들의 공간도 끝이 났다. 복도 끝은 막혀 있었다.

두 사람이 왔던 길을 다시 돌아가자 큰 홀이 나타났다. 홀은 여러 복도와 계단을 잇고 있었다. 연화는 잠깐 고심한 뒤 오른쪽 복도로 들어갔다.

첫 번째 방은 집무실이었다. 방의 한 면은 책장이 차지했다. 책장 아래엔 화분이 놓여 있었다.

오랫동안 보살핌을 받지 못한 꽃은 바싹 말라 있었다. 추했다. 연화는 꽃대를 뽑아 쓰레기통에 던진 뒤 카를을 쳐다봤다.

집무실에 들어선 순간부터 지금까지, 카를은 책상 앞에서 뭔가를 응시 중이었다.

"뭐 해요?"

연화는 카를 옆으로 다가갔다. 카를이 들고 있는 것은 인장이었다. 그가 셀리나 눈높이에 맞춰 손을 내렸다. 인장에 부엉이가 양각되어 있었다. 연화는 알았다며 생긋 웃었다.

"황가의 문양이네요?"

"아닙니다."

"아니라구요?"

카를이 자세히 보라며 연화의 손에 인장을 쥐어주었다. 오클레앙 인장과 달리, 이 인장은 검은색이었다. 귀여운 양각을 엄지로 문지르며 살폈다. 바로 이상한 점을 발견했다.

"천을 물고 있……."

연화는 입을 다물었다. 검은색. 부엉이. 천. 단편적인 조각들이 맞춰진다.

소설에 이 인장이 묘사된 곳이 있었다. 황녀 파트에서였다. 황녀는 가신들에게 비밀스러운 지령을 내릴 때만 이 인장을 사용했다. 신분을 감추기 위한 의도도 있었지만, 그림자 기사단에 속했다는 소속감을 강화하기 위한 의도가 더 컸다.

가신들 역시 비밀 지령에 답신을 보낼 때는 같은 인장을 사용했다. 보스와 부하의 도장이 같으면 혼선이 생길 수 있었기에, 잉크색으로 서로를 구분했다.

오클레앙 백작의 색은 회색이었던 모양이다. 인장 근처에 회색 잉크가 놓여 있다.

연화는 괜히 주위를 둘러보았다. 둘 외에 아무도 없는 것을 재차 확인한 뒤 인장을 책상 위에 올려두었다.

"여기 있었죠? 이거."

"예. 한데……."

그냥 두고 가시는 겁니까? 카를이 믿을 수 없어 했다.

"제가 상관할 바는 아니라고 생각돼서요."

"오클레앙 영애가 되시려는 것 아니었습니까?"

"그랬죠."

연화가 즉답하자마자 카를이 인장을 집어 들었다.

"버려야 합니다. 아니, 태워야 합니다. 아가씨께서는 이 도장의 실체를 모르시겠지만, 이건 아주 성가시고 귀찮은……."

"알아요. 그림자 기사단. 그리고 그 수장이 누구인지도."

연화는 비죽 웃었다. 실로 음험한 미소였다.

"하지만 그림자 기사단은 전대 백작이잖아요. 제가 아닌걸요."

"그런 말로 황녀가 납득할 리 없습니다."

"하지만 거래를 할 여지는 줄 수 있겠죠."

카를이 쓰레기통까지 걸어가다 멈칫했다. 천천히 뒤를 돌아본다. 그가 고철이었다면 '끼기긱' 소리가 들렸을 법한 움직임이었다.

"황녀와 거래를 하시겠다는 말씀이십니까."

"똑똑하고 유망하니까요. 평소에 무슨 생각을 하고 사는지 알기 어렵다는 게 단점이긴 하지만."

황녀는 책략가형 군주였다. 수하들을 장기말처럼 움직여 목표를 성취한다.

황녀의 수하가 되면 굳은 일에 시달릴 것이다. 불행할지도 모른다. 하지만 최소 배곯는 일은 없을 터였다. 황녀는 인정이 있었다. 대화를 걸면 어떤 식으로든 받아주는 사람이다. 냉혹해 보이지만 사실은 나름의 철칙을 가지고 움직인다.

"한 사람의 인생을 맡기는 것 정도는 괜찮지 않을까 싶어서요."

연화가 후후 웃었다.

"누구를, 말씀이십니까?"

"있어요. 그런 사람."

노예로 태어나 굴종하는 것만 배운 가엽고 딱한 셀리나.

셀리나는 황녀를 만족시키지는 못할 것이다. 하지만 황녀를 배반하지는 못하리라. 그만큼 멍청하고 어리석기에. 황녀가 눈이 있다면 그런 셀리나를 알아볼 거다. 하지만 카를에게 이리 말할 수는 없는 노릇이다. 자신은 이방인이고, 이 몸뚱이는 저와 아무 상관없는 것이라 남겨두고 가야 한다는 말을 어떻게 이해시킬 수 있을까.

연화는 그냥 씩 웃었다. 유들한 말로 카를의 의문을 흘러 넘겼다.

"너무 오래 있었네요. 둘러볼 곳이 많은데 말이죠. 어서 가요."

연화는 발랄히 걸음을 뗐다. 카를은 고개를 갸우뚱하면서도 연화를 따라갔다.

다음 방은 응접실이었다. 중앙에 큰 테이블이 놓였고, 벽면엔 장식장이 붙어 있었다.

장식장 안엔 티세트가 진열되어 있다. 사용감은 일체 느껴지지 않았다. 장식용으로 사들인 집기인 듯했다. 카를은 높은 선반들을 살폈다. 닫혀 있는 곳은 부러 열어도 본다. 대부분의 선반들이 비어 있었다. 나오는 것은 먼지와, 찻잎 부스러기 정도였다.

연화는 테이블 아래를 살폈다. 괜히 카펫을 뒤집어보았다. 매끌매끌한 바닥재가 드러났다. 이상한 점은 없었다. 연화는 카펫을 다시 원래대로 돌려놓았다. 그 바람에 카펫에 붙어 있던 먼지들이 붕 떠올라 시야를 어지럽혔다.

연화는 잔기침을 하면서 뒤를 돌아봤다. 카를은 계속 위쪽 선반들을 뒤지고 있었다. 큰 소득은 없어 보였다. 연화는 계속 먼지를 쳐 내면서 장식장과 마주 보고 있는 벽으로 걸어갔다

가구 없이 작은 풍경화 몇 점과 큰 인물화 한 점이 걸려 있었다. 모두 유화였다. 풍경화들의 주제는 초목이었다. 평범하기 그지없었다. 연화는 초상화만 관찰했다.

10살 정도 되어 보이는 소년이 백조를 껴안고 있다. 소년은 웃고 있었고, 백조는 편안해 보였다. 보는 사람을 행복하게 만드는 그림이었다. 연화는 무심코 백조를 쓸었다. 소년의 팔에 얼굴을 묻은 백조가 웃고 있는 것 같았다. 한참 뒤에야 정신을 차리고 손을 털었다. 그러나 손에선 아무것도 떨어지지 않았다.

연화는 손바닥을 쫙 폈다. 눈을 크게 뜨고 확인했다.

'먼지가 없어?'

액자는 깨끗했다. 테두리는 물론 유리까지 반들반들했다. 혹시

나 해서 살펴본 풍경화는 먼지로 엉망이었다. 먼지가 없는 건 인물화뿐이다.

연화는 액자 주위를 기웃거렸다. 두드려도 보고 눌러도 봤다. 마지막으로 액자를 밀쳐 보았다.

액자가 들리면서 숨겨진 공간이 드러났다. 성인에겐 작은 공간이었지만, 셀리나 한 몸이 들어가기엔 적당한 크기였다.

연화는 팔부터 뻗어 벽면을 짚었다. 차가운 돌벽이 느껴졌다. 바닥 역시 쓸어보았지만 돌의 느낌만 날 뿐, 이상한 점은 없었다. 연화는 한 발 두 발 천천히 내디뎠다. 완전히 공간 안에 들어왔을 때, 밀쳐졌던 액자가 제자리를 되찾았다. 연화는 깜짝 놀라 뒤를 돌아보았다.

설마 싶어 액자를 건드려 보았다. 힘주는 대로 액자가 들썩거렸다. 갇힌 건 아니었다. 연화는 다시 몸을 틀었다. 안으로 들어갔다.

좁았던 입구와 달리 안은 넓었다. 어둡지도 않았다. 천장에 뚫린 구멍에서 적당량의 빛이 들어왔다. 빛들은 통로의 벽을 비추었다. 벽엔 초상화들이 걸려 있었다. 초상화 아래엔 이름을 적은 명패를 붙여놓았다.

연화는 바깥쪽 초상화의 이름을 읽었다. 캘틴 오클레앙. 오클레앙 초대 백작이다.

맞은편 벽엔 캘틴 오클레앙 아내의 초상화가 걸려 있었다. 고고한 귀부인이 고혹적인 눈웃음을 친다. 연화는 수많은 백작들을 살펴보았다. 모두 밝은 금발과 다홍빛 눈을 가지고 있다. 오클레앙 가의 특성인 모양이었다.

반면 백작 부인들의 외양은 제각각이었다. 스타일 역시 가지각색이었다.

연화는 마지막 초상화 앞에서 멈췄다. 전 오클레앙 백작 부인이었다. 진짜 오클레앙 영애의 어머니였다. 연화는 한참 여자를 주시했다. 탐스러운 금발과 영롱한 눈동자가 기묘한 분위기를 연출했다. 미묘한 웃음을 짓고 있었기에 신비감이 더했다. 하지만 이상하게도, 여자에게서 익숙한 느낌을 받았다. 틀림없었다. 연화는 이 얼굴을 본 적이 있었다.

'어디였더라?'

연화는 집중하느라 발자국 소리를 듣지 못했다. 갑자기 말소리가 들려서 깜짝 놀랐다.

"여기 계셨군요."

연화는 헉 소리를 냈다가, 목소리의 주인이 낯익다는 걸 깨달았다. 그녀가 푸우 긴 심호흡을 했다. 긴장 풀린 헛웃음을 흘리며 뒤를 돌아보았다. 카를이 서 있었다. 불안스레 흔들리던 눈동자가 안정을 되찾았다. 카를의 두 눈이 똑바로 연화를 담는다. 하지만 손은 아직 불안정했다.

카를이 연신 주먹을 쥐었다 폈다 하며 초조함을 드러냈다. 연화는 그의 손을 잡았다. 카를의 두려움과 악수를 했다.

황녀와 티타임을 가진 날, 연화는 카를을 안정시킬 때 손을 잡아주면 좋다는 걸 깨달았다. 이후로 그녀는 짬이 날 때마다 카를의 손을 잡아주었다.

연화의 손이 닿을 때마다 움찔하던 카를은 이제 놀라지도 않는다. 덤덤히 타인의 체온을 받아들인다. 이제 카를의 손은 떨리지 않았지만 연화는 그의 손을 놓지 않았다. 반대쪽 손도 맞잡았다. 양손을 끌어당기자 카를의 시선이 내려왔다.

카를이 불안해한 이유는 뻔하다. 연화는 그와 눈을 맞추면서 방실 웃었다.

"제가 가버린 줄 알았어요?"

카를이 침묵으로 긍정했다. 연화는 맞잡은 손을 흔들었다. 카를의 어깨가 덩달아 흔들거린다.

"그럴 리가 없잖아요. 테일러 씨와 복도에서 만나기로 약속도 했는걸요."

"예. 그랬었지요."

하지만 당신을 믿을 수 없어서. 카를이 작게 덧붙인다. 연화는 맞잡았던 손을 놓았다. 미안함이 피어올랐다. 그녀는 카를을 등지고 섰다.

등 뒤로 카를의 불신이 쏟아졌다. 연화는 말없이 입술을 깨물었다.

카를의 의심은 당연했다. 연화는 계속 떠날 거라는 암시를 주었고, 대놓고 등을 떠민 적도 있었다. 그는 모든 일을 겪으면서도 연화의 옆에 있어주었다. 옆에 있게 해달라고 했다. 결말이 어찌 날지 알면서도. 카를이 연화의 곁에 하루 더 머물기 위해 감당해야 하는 공포는 어느 정도일까. 그녀는 짐작할 수 없었다.

연화는 침묵했다. 위로를 해주겠다고 카를의 손을 잡았던 것이 민망하게 느껴졌다.

연화가 괜히 손을 움찔거리자, 이번엔 카를이 그녀의 손을 잡았다. 차가운 온도가 연화를 진정시켜 간다. 카를은 연화에게 배웠던 그대로 그녀를 위로하고 있었다. 서툴지만 그래서 더 절절한 위로였다.

연화는 가만히 있었다. 손가락 하나라도 잘못 움직이면 카를이 괜히 놀랄까 싶어서였다.

어색한 분위기 속에서 먼저 말문을 연 건 연화였었다. 카를은 연화의 말을 받아주는 쪽이었다. 늘 그랬기에, 연화는 카를이 먼저 말을 걸어와서 놀랐다.

"닮으셨습니다."

카를이 연화와 맞잡지 않은 손으로 초상화를 가리켰다. 백작 부인의 초상화를 몇 초간 바라본 뒤엔, 연화를 눈짓한다.

"그런가요?"

연화는 셀리나의 얼굴을 떠올려 보았다. 허공에 이목구비를 그린 뒤 초상화와 맞춰보았다.

눈매와 코 등 전체적인 인상이 많이 비슷했다. 카를이 말해주기 전까진 어째서 눈치채지 못했는지 의아스러울 정도였다.

"그대는 제법 적합하다고도 생각되고."

연화는 테일러가 했던 말이 떠올랐다. 영주관에서 사기를 친 날, 테일러는 백작 부인을 만났다고 했다. 그는 불안해하는 연화에게 그렇게 한마디를 덧붙였다. 그때 연화는 테일러가 오클레앙가에 관심이 없어서라 그런 거라 여겼다. 셀리나의 얼굴이 백작 부인과 닮아서일 줄은 몰랐다.

'그러고 보니……'

연화는 뒤를 돌았다. 백작들의 초상화를 훑어보았다.

멀리서 쭉 훑어보니 공통된 부분이 더 눈에 띄었다. 셀리나 역시 그들처럼 금발에 다홍빛 눈을 가지고 있었다.

사교계에서 만난 귀족들 중 셀리나가 오클레앙 영애임을 의심하는 사람은 아무도 없었다. 오클레앙 백작 부부는 수도의 귀족이다. 살아 있을 때는 사교활동을 활발히 했을 테니, 그들의 얼굴을 기억하고 있을 사람이 두엇은 될 텐데도.

이런 이유가 숨어 있을 줄은 몰랐다. 과연 의심을 종식시킬 만한 얼굴이다.

"대단한 우연이네요."

"……우연, 입니까?"

카를이 '우연'에 강조를 준다. 진짜 오클레앙 영애는 아니냐고 묻는다. 연화는 어깨를 한번 으쓱였다. 별스럽지 않은 듯 대꾸했다.

"우연이겠죠."

"그렇습니까."

카를은 재차 묻지 않았다. 뒷짐을 지고서 초상화를 쳐다봤다. 연화는 그의 옆에서 같은 자세로 초상화를 바라봤다. 셀리나와 닮았다고 생각하자 백작 부인이 정말 셀리나로 보였다. 카를 역시 같은 것을 느낀 듯 셀리나의 얼굴을 힐끔거렸다. 연화는 모른 척 초상화 감상에만 집중했다.

정적을 깬 것은 테일러였다.

"어디 있나?"

테일러가 복도를 돌아다니고 있었다. 이 방 저 방 문을 열며 두 사람을 찾아다니고 있었다.

연화는 퍼뜩 정신을 차렸다. 초상화 앞에서 정신을 놓고 있었다.

연화는 카를 손을 잡고 나왔다. 급하게 움직인 탓일까, 인물화가 뒤집어지려 하자, 카를은 양손으로 액자를 잡았다. 액자가 원래의 자리를 찾음과 동시에 테일러가 응접실 문을 열었다. 그가 두 사람을 보며 반색했다.

"여기 있었군."

테일러가 성큼 걸어오면서 응접실을 둘러보았다. 테이블과 장식장을 쳐다보더니, 마지막으론 인물화를 쳐다봤다.

기민한 관찰력으로도 수상함을 발견하지 못했다. 테일러는 고개를 갸웃거렸다.

"뭘 하고 있었나?"

"그냥. 이 그림이 마음에 들어서요."

연화는 어색한 웃음을 터뜨렸다. 옆에서 카를이 고개를 끄덕거린다. 테일러는 의심스러운 눈으로 두 사람을 쳐다보았다. 그러나 테일러는 의혹의 뿌리를 찾지 못하고 돌아섰다. 응접실을 나서기 전 그가 한 번 더 뒤를 돌아보았다. 복도를 눈짓하며 물었다.

"더 둘러볼 텐가?"

"아뇨. 이제 돌아가야죠."

연화가 창문을 보며 웃었다. 따사로운 햇볕을 제공해 주던 해가 지고 있었다. 어두워지면 저택 안을 탐사하기가 힘들다. 셋 중 양초나 전등을 구비한 사람은 없었다.

테일러가 알았다며 고개를 끄덕였다. 연화는 테일러와 보폭을 맞췄다. 행여 그가 인물화를 관찰하러 갈까 싶어 황급히 화두를 만들어냈다.

"2층은 어땠어요?"

"특별한 건 없더군. 중간에 오클레앙 부부의 침실이 있긴 했지만. 그 외에는 모두 빈방이었다."

"그랬군요."

"너는? 어땠나?"

바로 테일러의 반문이 떨어졌다. 연화와 달리, 그는 진심으로 궁금해하고 있었다.

연화는 달싹이려던 입술을 깨물었다. 집무실에선 검은 도장을 발견했고, 응접실의 비밀 공간에선 셀리나와 닮은 초상화를 봤다.

말해야 마땅한 것을 침묵한 이유는, 한 가지 가정 때문이다.

'셀리나가 진짜 오클레앙 영애라면?'

카를 앞에서 한 번 부인했던 의혹이었다. 그럴 리 없다고 생각했던 단서는, 초상화와 셀리나의 차이점을 확인하면서 커져 갔다. 재민은 셀리나를 엑스트라로만 사용했다. 셀리나는 황무지에서 죽었고, 이후 등장하지 않는다. 재민의 설정집에 셀리나가 없는 이유다.

어머니가 누구인지, 언제 노예가 되었는지 알 수 없다. 연화가 아는 건 소설 앞장에 묘사된 딱 한 페이지뿐이다.

재민이 셀리나의 설정을 짜지 않은 건 당연했다. 셀리나는 한 번 쓰이고 말 단역이었다. 가치가 없는 인물이기에 신경 쓰지 않았다. 하지만 이 세계에선 셀리나도 자신이 주인공인 인생을 살아간다. 더 나은 삶을 살기 위해 발버둥을 치고, 내일을 그리며 꿈을 꾼다.

재민이 쓰지 않은 모습은 이 세계에서 어떤 식으로든 존재했다. 그가 모르는 뒷이야기가 얼마든지 있을 수 있다. 셀리나가 원래 노예가 아니었을 수도 있고, 그녀가 원래부터 오클레앙 영애일 수도 있었다. 그러나 아직은 가정에 불과했다.

진실이 무엇이냐에 따라 패를 활용하는 방법도 달라지기에, 연화는 초상화를 침묵하기로 했다. 테일러가 적이 아니었고, 그가 연화를 추궁 중인 것도 아니었기에 내린 선택이었다.

'그리고 다음 기회가 있으니까.'

지금은 탐사하러 왔지만, 앞으로 셀리나는 오클레앙 영애로서 저택에 들어와 살아야 한다. 초상화를 관찰할 기회는 얼마든지 있었다.

연화는 입을 쭉 내밀고 불만에 가득 찬 얼굴을 했다. 절레절레 고개도 흔들어주었다.

"마찬가지예요. 집무실이나 응접실이나 너무 평범해서 하품이 나올 정도던데요."

테일러는 의심 없이 받아들였다. 그럴 줄 알았다며 픽 웃는다.

연화는 남몰래 안도의 한숨을 내쉬었다. 엄청난 비밀을 숨긴 것처럼 심장이 빠르게 뛰었다. 연화는 심장 소리가 너무 클까 싶어, 심장이 있을 왼쪽 가슴 위를 꾹 눌렀다. 천천히 심호흡을 하면서 제 호흡을 되찾았다.

아군을 속이는 일은 적을 속이는 것보다 더 힘들다.

❧

"이 책이 맞습니까?"

카를이 책 한 권을 빼들고서 뒤를 돌아보았다. 녹색 표지에 금박으로 제목이 입혀져 있다.

마법과 이동의 상관관계. 책 두께만큼 삭막한 제목이다. 다른 사람이라면 질색을 하며 쳐 냈을 책을 연화는 웃으면서 받아들였다.

"맞아요. 고마워요."

연화는 책을 디온에게 건넸다. 디온은 책 제목을 장부에 기입한 뒤 책 수레에 올려두었다. 수레엔 책이 한가득이었다. 세 사람이 있는 곳은 카이스턴 가의 서재였다. 연화는 제목을 불렀고 카를은 책을 찾았다. 카를의 키는 상당히 큰 편이었다. 그는 높은 곳에 꽂힌 책을 쉬이 빼내었다.

디온의 역할은 감시였다. 두 사람이 비밀 문서들이 꽂힌 서가에 가지 못하게 하는 한편, 일반서 중에 금서가 발견될까 싶어 온 신경을 곤두세웠다. 요 며칠간 연화는 독서에 열을 올리고 있었다. 황녀는 찾아오지 않았고, 테일러는 일을 처리하느라 바빴다. 오클레앙 저택은 수리 중이었기 때문에 탐사하러 갈 수도 없었다.

다른 할 일이 없자 연화는 돌아가는 방법을 찾기로 했다.

연화는 매일 수십에 달하는 책을 대출하고 반납했다. 책은 상당히 무거운 물건이다. 낱권은 가벼울지라도 여러 권이 모이면 무게가 상당하다. 특히나 연화가 빌린 책들은 마법서나 역사서들로, 대부분 두꺼운 것들이었다.

서재에서 읽을 수 있다면 좋을 텐데, 디온은 허락하지 않았다. 그렇기에 연화가 서재에 들르는 시간은 새벽 해가 뜬 직후였다. 디온이 연화의 서재 출입을 번거롭게 만들기 위해 자신이 업무를 볼 때는 출입하지 말아달라는 조건을 걸었기 때문이다.

디온은 매우 이른 시간과 매우 늦은 시간에만 쉰다. 둘 중 후자는 너무 어두운 시간이라 책을 운반하기엔 부적합했다. 선택지는 하나밖에 없었다.

디온이 졸린 눈을 비비며 기지개를 폈다. 디온은 크게 하품을 하면서도 책 수레에 책이 하나씩 얹어질 때마다 입을 벌렸다. 턱뼈가 빠질까 염려가 될 정도였다.

"이걸 다 읽으시겠단 말입니까? 그것도 내일까지?"

"네."

연화는 별스럽다는 듯 대꾸했다.

책 수레에 얹어진 양이 엄청나긴 했지만, 연화에겐 문제될 것이 없었다. 그녀는 정독이 아니라 속독을 했고, 전문을 공들여 읽지 않고 목차에서 필요한 부분만 뽑아 읽었다. 그녀가 한 권당 투자하는 시간은 매우 적었다.

디온은 기괴한 표정을 지었다. 그가 연화를 위아래로 훑었다.

책 귀신을 보는 눈이다.

연화는 길게 설명해 주지 않았다. 돌아가는 방법을 찾는 것은 언제나 최우선 목표였다. 홍연화로서 아침을 맞을 수 있는데, 디온의 놀람이 무어가 대수일까.

"문제 있나요?"

연화는 어깨를 으쓱였다. 테일러는 서재 출입을 허락했다. 연화는 디온이 시키는 대로 기밀 서류가 꽂힌 곳엔 얼씬도 하지 않았다. 문제가 있을 리 없었다.

디온은 한숨을 내쉬었다. 그가 양손으로 제 머리를 마구 흩뜨렸다. 테일러가 그러듯, 그 역시 헝클어진 머리를 정리할 생각도 않고 그대로 연화를 쳐다봤다. 못마땅하다고 말하고 싶은데 받아칠 근거는 부족한 모양이다.

"물론 없습니다만……."

연화는 부정을 듣자마자 돌아서서 바로 다음 권을 지목했다. 카를이 책을 꺼내주는 것을 받아 또 책 수레에 내려놓았다. 다른 책들 위에 안착하는 듯싶던 책이 수레 아래로 미끄러졌다.

바닥에 떨어지려는 책을 디온이 구둣발을 들어 막았다. 그가 책을 쳐 올려 수레에 넣으며 투덜거렸다.

"손님방에 책으로 만든 무덤이 생길까 싶어 말입니다."

너 안 읽고 처박아둘 생각이잖아. 그렇게 쨍알거리는 목소리가 들리는 듯했다. 연화는 그의 빈정거림을 못 알아들은 척하며 부러 감탄사를 터뜨렸다. 디온의 장난을 받는 방식 중엔 바보 행세도 있다.

"어머, 그거 참 운치 있겠는데요."

디온의 미간에 주름이 몇 가닥 생겼다 옅어졌다. 디온은 바로 반박할 말을 찾았다.

"아가씨께선 참으로 독특한 미적 감각을 가지고 계시군요. 저로선 따라갈 수 없어 안타깝습니다."

디온이 고개를 젓는다. 안타깝다는 말과는 달리 입꼬리는 올라가 있다. 자신의 장난이 먹히지 않자 그가 강도를 높였다. 너 참 별종이란 뜻이다. 물론 타격은 없었다. 디온이 애쓰고 있다는 생각이 들자 연화의 입에서는 비실비실 웃음이 새어 나왔다. 연화는 웃음을 참기 위해 부러 먼 곳을 바라보았다.

진정이 된 뒤엔 디온과 눈을 맞추었다. 연화는 눈을 동그랗게 뜨고 스스로를 가리켰다. 금시초문인 척 물었다.

"제가요?"

"저는 잉크 냄새와 종이 냄새에서 운치를 느낄 수 없기에 드리는 말씀입니다."

디온이 하품을 했다. 무척이나 피곤해보였다.

미안한 마음은 들지 않았다. 디온이 새벽마다 고생하는 건 스스로 부린 잔꾀의 대가다.

"정말 안타깝네요. 이 서재를 만드신 분은 그 운치를 느끼셨던 것 같은데 말이에요."

카이스턴 가의 서재는 가문의 역사와 함께 내려왔다. 처음 디온은 서고를 소개할 때 자랑스러워했었다. 대저택의 집사로 살았던 날들은 디온의 발목을 잡았다.

디온은 움찔했다. 연화는 낭랑한 한마디를 덧붙였다.

"노력하셔야겠어요, 집사님."

"······예."

디온의 얼굴이 와그작 구겨졌다. 통쾌하긴 했지만, 이걸론 부족했다. 새벽마다 피곤을 감수해야 하는 사람은 그뿐만이 아니다.

연화는 디온의 얼굴을 보며 대놓고 비웃을 수 없었다. 그것은 하수의 장난이다. 게다가 스스로의 장난을 인정하는 셈이다. 다 된 법에 재를 뿌리는 거나 마찬가지다.

이 장난은 마무리까지 능청스러워야 한다.

연화는 주위를 둘러보았다. 바로 적당한 타깃을 찾았다.

"카를 생각은 어때요? 이곳의 운치가 나쁘다고 생각해요?"

카를이 책을 빼내다 말고 뒤를 돌아보았다. 그가 연화를 본다. 그러기를 몇 초, 정황을 파악하기 위해 고개를 돌린다. 그는 디온을 발견했다. 상황을 파악한 건 순식간이었다.

"저는 좋습니다."

카를이 설핏 웃었다. 드문 미소였다. 연화는 그를 따라 웃었다.

디온의 얼굴은 이루 말할 수 없이 구겨졌다. 형상기억합금이된 금속도 저 정도로 망가지면 복구되기 어려울 것 같은데. 디온은 차분히 본 모습을 되찾았다. 대저택의 집사다웠다.

디온은 장난을 끝냈다. 여기서 장난의 강도를 더 높이면 무례가 되는데, 주인과 친밀한 관계인 손님을 건드렸다 맞을 역풍이 두려운 모양이었다. 그는 아무 생각 없이 사는 것 같지만 사실은 꽤나 약은 사람이다. 대신 이것도 저것도 안 되자 디온이 구시렁거리기 시작했다. 속삭이듯 작은 목소리였다. 억양이 날선 것을 보아 욕 비슷한 말을 하는 모양이다.

연화는 못 들은 척을 해주었다. 빌릴 책은 아직 많이 남아 있었다.

연화는 몇 권의 책을 더 불렀다. 카를이 모든 목록을 완수한 것을 확인한 뒤에야 다시 디온을 쳐다봤다. 쉼 없이 달싹이던 디온의 입술이 일자로 꾹 다물려 있다.

"다 됐어요."

디온은 말없이 하인들에게 손짓했다. 책 운반은 하인들의 일이었다.

하인들이 책 수레를 끌기 시작했다. 디온은 뒷짐을 지고서 뒤를 따라갔다. 손님방에서 서고까지는 상당한 거리가 있었다. 가는 중간, 하인들이 디온에게 꼭 이런 짓을 해야겠냐는 눈빛을 보낸다. 그들 중 몇이 늘어져라 하품을 했다. 새벽 운동을 힘겨워하는 사람은 많았다.

디온은 그들의 항의를 묵살했다. 그저 하인들을 재촉해 손님방까지 인도할 뿐이었다.

디온은 대저택을 총괄하는 집사이자, 정보관이었다. 이 저택에서 디온만큼 테일러의 신임을 받는 자는 없다. 저택에서 일하는 사람치고 디온을 거스를 수 있는 자는 없었다. 하인들은 책수레에 담긴 책을 모두 손님방까지 옮긴 뒤 빈 수레엔 어제 연화가 빌렸던 책들을 담았다. 디온은 하인들 옆에서 대출과 대여 목록을 살피며 이상이 있는지 확인했다. 그러느라 1시간이 소요됐다. 모든 일이 끝난 뒤, 디온은 아침 식사를 하러 갔다. 하인들은 흩어졌다.

얼마 안 있어 루디가 들어왔다. 간단한 요깃거리를 가져왔다. 연화는 카를과 함께 조용히 아침 식사를 끝냈다.

식사를 끝낸 뒤 연화는 방에서 심호흡을 했다. 집중을 하려면 어수선함을 가라앉혀야 했다.

연화는 아무 책이나 빼들었다. 의자에 앉으면서 제목을 봤다. 카로틴 건국사. 역사와 신화 중간쯤에 속하는 책이다.

근래 연화가 역사서들을 읽는 이유는 황태자가 이렇게 말했기 때문이었다.

"역사서에 따르면, 카로틴 초대 여제께선 이세계인이었다고 하더군. 카로틴 건국사 첫 줄은 '하늘문이 열리고 여인이 내려와 나라를 세웠다'로 시작된다."

웨이휠 황태자만의 생각은 아닌 듯, 카로틴 건국사들 중 태반은 여제가 여신의 부름을 받고 왔다는 말로 시작했다. 드물게 이 이야기는 여제에 대한 우상화에서 온 결과물이고 실제는 달랐을 거라며 기록을 재해석해 놓은 책도 있었다.

연화는 학술적인 해석을 보려는 것이 아니었기에 그런 책은 모두 걸렀다. 그리고 다행히도, 이 책은 여제의 신화적인 면모를 충실히 담아놓았다.

-태초의 대륙은 아리아드네 여신의 것이었다. 여신은 인간들에게 풍요와 지혜를 가르쳐 주었다. 인간들은 여신에게 탄복했다. 그중 몇이 여신의 가르침을 대륙에 퍼뜨리기 시작했다. 여신의 신도들이었다. 신도들은 모두⋯⋯.

(중략)

여신의 손길을 바라는 차원계는 많았다. 여신은 이 세계를 떠나야 함을 알았다. 그녀는 자신을 대신해 이 세계를 통치할 자를 찾기로 했다.

여신은 세상을 안정시키려면 지혜가 있어야 한다고 생각했다. 그녀는 세 가지 질문을 했으나, 정답을 맞히는 자가 없었다. 여신은 낙심하고 사라졌으나⋯⋯.

(중략)

여신은 다른 세계에서 적합자를 찾았다. 여신은 적합자와 함께 대륙에 내려왔다.

실로 여신의 분신다운 여인이었다. 검은 눈과 검은 머리는 여신과 같았으며, 지혜를 머금은 입술은 총명한 말만 담았다. 그녀는 여신의 뒤를 이어 세계를 다스렸다. 그녀가 세운 나라는 카로틴이었다.

그녀는 카로틴의 초대 여제로서 대륙에 평온을 가져왔다. 그녀는 여신의 가르침을 담아 노래로 만들었다. 그 노래는 다음과 같다.

하단부엔 황태자가 가르쳐 준 시가 실려 있었지만 전문은 아니었다. 황태자 말대로 황족들만 열람할 수 있는 시라는 말이 맞는 모양이었다. 연화는 계속 책을 넘겼다. 저자는 여제의 이름이 비석에 남겨져 있다고 했다. 그는 비석에 새겨진 문자를 책에 실었다. 연화는 삐뚤삐뚤한 세 글자를 손끝으로 따라 그려보았다.

–유하영.

틀림없이, 그것은 한글이었다. 이 세계에서는 절대 볼 수 없었던 문자였다.

카로틴 황실은 정보 검열을 했다. 그들이 가장 민감하게 다루는 정보는 카로틴 여제와 관련된 것들이었다. 시중에 풀린 역사서들은 황실이 제공한 정보를 기초로 하여 작성되었다.

이 책의 뒷면엔 가격표와 황실의 인장이 찍혀 있다. 판매 허가가 떨어진 책이었다. 그렇다면 황실에서 이 책을 통과시킨 이유는 무엇일까. 황실 정보관들은 꼼꼼하다. 검열을 대충 했거나, 귀찮다고 대강 넘겼을 가능성은 없다. 연화는 몇 가지 가정을 세워 보았다.

1. 저자가 여제를 신성화하기 위해 꾸며낸 문자라고 생각했다.
2. 여제의 이름이 읽을 수 없는 언어로 적혀 있었기에 '여제의 신격화

추진'에 문제가 되지 않았다.

3. 이 비석은 원래 공개된 것이었다. 때문에 저자가 책에 비석의 문양을 넣어도 괜찮았다.

정답이 무엇인지는 모르겠지만 어쨌든 한글이 여기 있었고, 저자는 '유하영'이 여제의 이름이라 주장하고 있다. 연화는 세 글자를 뚫어져라 쳐다보았다. 무척 낯익은 이름이다. 바로 재민의 어머니의 이름이었다.

'우연일까.'

연화는 눈을 천천히 감았다 뜨면서 한 번 더 이름을 확인했다.

세상에 같은 이름을 가진 사람이 많음에도, 연화는 그녀가 맞을 거라 확신했다. 이유는 하나다. 유하영은 실종되었던 적이 있다. 흔적도 없는 것처럼 사라졌다가 갑자기 나타났었다.

유하영은 대그룹 회장의 막내딸이었다. 상류층에서는 나름 유명 인사였다. 그런 사람이 사라졌지만, 매스컴은 조용했다. 하영의 아버지가 기사들을 막았기 때문이기도 했고, 하영이 사라진 것을 가출로 결론지었기 때문이기도 했다.

사건을 제대로 짚어보려면 하영의 인생을 조금 살펴보아야 한다.

하영은 소설가였다. 나름 유망한 여자였고, 괜찮은 수입을 가지고 있었다. 그러나 그녀의 아버지가 정치에 줄을 대고 싶어 했기에, 하영은 이 의원과 결혼을 했다.

자유로운 성향을 지닌 하영과 달리 이 의원은 구시대적인 사고관을 가지고 있었다. 그의 사고관에 의하면, 기혼 여성은 가사와 육아에 혼을 쏟아야 하며, 상시 남편의 심신을 살피고 위로해 주어야 했다. 소설가로서의 삶은 결혼생활을 하면서 접어야 함은 물론이었다.

그건 하영이 납득하기 어려운 사고관이었다. 그녀는 결혼을 망설였고, 결혼한 뒤에는 이혼을 고려했다. 하지만 그 시대 어른들은 이혼을 죄악으로 여겼다. 남자에게 심각한 결격 사유가 없는 한 참고 살라고 했다. 하영은 부모님 말씀은 잘 듣는 딸이었기에 묵묵히 따랐다.

게다가 이 의원이 남다른 사고관을 소유한 것도 아니었다. 그 시대 남성들의 사고관은 원래 그 모양이라 하영은 체념했다. 그녀의 결혼생활은 평범하게 흘러가는 듯했다. 그러나 본래 한쪽이 희생해서 이어가는 관계는 오래가지 않는 법이다.

결혼한 지 10년차 되는 날, 하영은 폭발하고 말았다. 출산 때문에 망가진 몸은 잘 움직여지지 않는데 육아는 늘 고되고 집안일은 끝이 없다. 짜증과 답답함을 남편에게 호소해 보았지만, 돌아오는 반응은 시큰둥했다.

남편은 자신이 바깥일을 하는 것처럼 아내는 무조건 집안일을 해야 한다고 생각했다. 그녀가 집안일을 하면서 생긴 힘듦은 그녀 혼자 감당해야 한다고 생각했다.

재민의 집은 늘 시끄러웠다. 재민은 백년 전쟁을 보는 것 같다고 했다.

사라지기 몇 주 전, 하영은 짐을 싸고 친정에 갔다 돌아오길 반복했다. 사라진 날도 친정에 가는 것처럼 짐을 바리바리 싸들고 사라졌다. 가출이라 단정 지을 만했다. 그러나 하영은 친정에 가지 않았다. 누구도 그녀를 찾지 못했다.

하영은 4년 뒤에 나타나 이혼을 요구했고, 이 의원은 받아들인다. 그녀가 없는 4년, 이 의원은 홀로 재민을 키우면서 아내의 빈자리를 채웠다. 새삼 그녀를 받아들여 시끄러운 생활을 할 이유가 없었다.

과거엔 '그랬었구나' 하고 받아들였던 사건이었지만, 뜯어보니 무심코 넘길 수 없는 부분이 있었다. 사람이 4년 동안 잠적하는 것은 쉬운 일이 아니다. 게다가 하영의 아버지와 남편은 상당한 재물과 권력을 쥐고 있었다. 그들의 눈을 피해 숨는 것은 어렵다.

연화는 테이블을 두드리며 상념에 잠겼다. 따다닥, 딱. 손가락을 움직이다 멈췄다. 모든 상황이 한 가지 가정을 두고 정리되기 시작한다.

'단순한 가출이 아니었다면?'

유하영이 소설 세계에 들어왔었던 거라면, 모든 상황을 간단히 설명할 수 있다.

유하영은 자유를 추구했지만, 실제 성격은 꼼꼼하지 못하다. 그녀를 추격한 자들은 이 점을 알고 있었다. 그녀를 쉬이 찾을 수 있을 거라 생각했기에 사건을 은폐했다. 그러나 하영은 완전히 다른 세계에 있었다. 추적 자체가 불가능했다.

이후 무슨 방법을 썼는지는 모르겠지만 유하영은 원래 세계로 돌아갔다. 4년이나 걸리긴 했지만 어쨌든 한국 땅을 밟을 수 있었다. 남편에게 이혼을 요구한 이후 그녀는 새로운 삶을 살고 있다.

'나도 돌아갈 수 있을까.'

돌아갈 수 있다. 재민을 만날 수 있다. 눈앞에서 놓친 성취를 움켜잡을 수 있다.

연화는 한 마디씩 되새겨 보았다. 순식간에 기쁨이 몰아치기 시작했다. 손끝으로 흥분이 몰려들었고, 심장이 거세게 맥박을 쳤다. 내가 여기 있노라고, 너는 잘할 수 있노라고 온몸의 세포가 깨어나 한 목소리로 외친다. 감정의 상자가 거세게 요동을 친다. 숨기지 못한 기쁨이 얼굴 가득 새어 나왔다. 연화는 이 감정의 이름을 안다.

희망이었다.

물론 희망을 가진다고 해결책이 생기는 건 아니다. 나도 할 수 있다는 낙관적인 생각을 가질 수 있게 해줄 뿐이다. 여제가 정말로 재민의 어머니였는지는 아직 밝혀지지 않았고, 차원 이동을 할 수 있는 방법 또한 모른다.

다행히 희망은 단서를 걸고 있었다. 방향성을 수립할 수 있었다.

여제가 재민의 어머니였든 아니든 차원 이동자임은 분명하다. 모든 역사서는 여제가 다른 세계에서 왔다고 기록했다.

'오는 방법이 있으면 가는 방법도 있겠지.'

연화는 책을 더 넘겨보았다. 여제의 업적들을 설렁설렁 넘기면서 차원 이동과 관련된 문구가 없나 살폈다.

십여 페이지쯤 지났을까. 여제가 세계를 떠날 준비를 했다.

-약속의 때가 도래하였다. 여제는 세계수에게 약속을 알렸다. 세계수는 여제의 약속을 노래로 만들어 불렀다. 하늘에 구멍이 열렸다. 빛의 기둥이 세계수 앞에 내려왔다. 빛이 여신의 형상을 갖추었다. 여신의 강림이었다.

여제는 세계수의 노래를 이어 불렀다. 고운 가락이 하늘과 땅을 울렸다. 여제에게서 풍요를 받은 백성들이 여제의 노래를 따라 불렀다.

여신은 흡족해했다. 여신이 여제의 손을 맞잡았다. 여신에게서 흘러나오던 빛이 여제를 감쌌다. 빛이 점점 강해지기 시작했다. 빛이 세상을 잠식했다 사라진 자리엔 아무도 없었다.

이후 누구도 여제를 보지 못했다.

몹시 신화적인 설명이었다.

연화는 이게 전부인가 싶어 다음 장을 넘겨보았다. 다음 장은 공백이었다. 한 장 더 넘기자 새로운 챕터가 나타났다. 새 챕터는 여제의 아들을 이야기했다. 더 이상 여제의 이야기는 없었다.

연화는 필사된 종이들을 넘겼다. 맨 끝에 황태자가 적어준 시가 있었다. 필체가 아름다워 간직하고 있던 것이었다.

알쏭달쏭한 문구는 여전히 해석이 불가능했다.

연화는 화려한 필기체의 흔적을 하나씩 훑었다. 글씨를 쓰던 황태자가 떠오른다. 그가 시를 쓰며 무슨 말을 했었는지도 떠올랐다.

"이 시는 여제의 것은 아니다. 여제께서 이 세계에 도착했을 때 신께서 내려주신 교지라더군. 하지만 나는 이 시에 교훈 이상의 의미가 있지 않을까 생각한다. 어쩌면 이 시가 세계를 넘어가는 방법일지도 모른다고. 여제께선 원래 세계를 그리워하셨고, 그럴 때마다 이 시를 되새기셨다고 하더군. 그래서 나는 신과 여제께서 거래를 한 것이 아닐까 한다."

황태자의 말이 맞다면 이 시는 세계수가 부른 '약속의 노래'가 된다. 그러나 역사서는 이 시를 여신의 가르침이라 말한다. 둘 중 한 사람이 틀렸을 텐데. 한 사람은 여제와 관련된 정보를 모두 틀어쥘 수 있는 황족이고, 다른 사람은 평생을 이 문제에 매달린 역사학자다 보니 어느 쪽이 옳다 결론 내릴 수 없었다.

'둘 다에 속했을 수도 있고.'

혹은 둘 다 틀렸을 수도 있다.

다른 의견도 많았다. 시가 약속의 노래라 주장하는 자도 있었고, 단순한 계몽적인 시로 보는 자가 있는가 하면, 군사 암호라 주장하는 자까지 있었다.

결국 뚜렷한 답은 없는 셈이다.

이에 뚜렷한 의견을 가지려면 깊은 연구를 해야 한다. 필연적으로 상당한 시간이 소요될 것이다. 하지만 연화는 이곳에 오래 머무를 마음이 없었다. 그래서 다른 역사서들도 뒤져 보았다. 그리고 다수결의 원칙대로 시를 '약속의 노래'로 결론지었다.

연화는 역사서 몇 권을 더 읽었다. '차원 이동'과 관련된 단서를 한 조각이라도 찾아내려 아등바등했다. 모든 역사서는 여제에 귀환을 신화적으로 설명해 놓았다. 허무맹랑해 보이는 이야기에도 기본 뿌리가 있었다. 연화는 공통점만 따로 뽑아 정리했다.

─세계수를 만난다. 세계수 앞에서 노래를 부른다. 세계수 앞에 다른 세계로 갈 수 있는 마법진(혹은 빛무리)가 생긴다.

과정을 정리하자 목록도 정리되었다. 연화는 목록들을 다른 종이에 정리했다. 번호를 붙이고 순서를 정했다. 지금 할 일이 생겼다.

연화는 역사서들을 제쳐 두었다. 첫 번째 목록이 머릿속에서 반짝거렸다. 선결 과제를 정하자 상황이 명료해졌다. 불가능한지 가능성이 얼마나 되는지는 생각하지 않았다. 무조건 돌아가야 하기에, 이 일은 해야 한다.

연화는 종이를 품 안에 집어넣었다. 돌아갈 때까지 이행해야 하는 목록들이었다. 흘깃, 살짝 삐져나온 종이가 첫 번째 목록을 보여주었다가 다시 들어갔다.

-1. 세계수의 위치를 찾을 것

✤

세계수와 관련된 학설은 많았다. 고대의 학자들은 세계수를 전설속의 존재로 치부했다. 하지만 근래 들어 세계수가 실존한다고 말하는 의견이 많아졌다. 그 의견 안에서도 신비스러운 영물로 보는 시선과, 단순히 오래된 나무로 보는 시선이 갈렸다. 어쨌든 세계수가 실존하는 건 확실했다.

세계수는 역사서 이곳저곳에서 튀어나왔다 사라지길 반복했다. 그러다 근 100년 동안은 세계수 이야기가 아예 나오지 않았다. 세계수가 가장 많이 나오는 시기는 여제가 집권했던 카로틴 초기 100년이었다. 여제는 세계수 앞에 나타나 세계수 앞에서 돌아간다.

역사서는 세계수는 말을 할 수 있는 신성스러운 나무로 묘사했다. 나라에 큰 악재가 있으면 경고하는 능력도 있었다. 세계수 덕분에 위기를 모면한 여제가 세계수 앞에서 제례를 올렸다.

-흉적으로부터 카로틴을 보호하니, 여제께서 크게 기뻐 하시여 세계수를 찾으셨다. 과일로만 이루어진 상을 차리시고 절을 올렸다.

여제의 제례 장면은 한국의 '제사'와 흡사했다. 여제가 한국인이어서인지 아니면 이 세계의 제례 풍습이 원래 이 모양이어서인지는 모르겠다.

한 상 가득 과일을 대접받은 세계수는 크게 기뻐했다. 여제의 부탁을 들어주겠다고 했고, 여제는 세계수의 나뭇가지를 원했다.

세계수의 나뭇잎에는 '예언'이 깃들어 있었다. 잎을 간직한 자는 미래를 예지할 수 있었다.

여제는 세계수의 가지를 가신들에게 하사했다. 세계수는 여신이 남겨놓은 영물이었고, 여제는 여신에게 선택받은 인간이었다. 상징성이 큰 이벤트였다. 많은 가신들은 나뭇가지를 하사받고 싶어 했다. 가지의 수는 유한한데 영광을 누리고 싶은 자들은 너무도 많았다.

여제는 아주 큰 공을 세운 가신에게만 가지를 하사했다. 당대의 개국공신들이 많이 받았다. 그러나 그중 대부분의 가문들은 멸문해 사라졌다. 아직까지 명목을 잇는 공신 가문은 손에 꼽힐 정도로 적었다. 연화는 세계수를 받은 가문들과 남은 가문들 목록을 대조했다. 그중 한 가문에 눈에 띄었다.

레온 후작가였다.

레온 후작은 권력 유지에 대단한 야망을 가진 자였다. 동시에 안정을 지키려는 욕망이 대단해서, 대외적으론 중립노선을 지키면서 유망한 귀족들과 선을 대어 가문의 명목을 이으려 했다. 그의 딸은 아버지의 뜻을 그대로 물려받았다.

오클레앙 영애는 막 떠오르는 사교계의 별 같은 존재였다. 지금은 그냥 백작 영애지만, 장차 백작이 될 터였다. 게다가 그녀의 뒤에 카이스턴 공작이 있었다. 그런 데다 레온 후작 영애는 아버지에게 그녀가 만만하고 순진한 상대 같다고 귀띔해 주었다. 레온 후작에게 오클레앙 영애만큼 좋은 먹잇감이 또 없었다.

오클레앙 영애는 아직 카이스턴 가에 머무는 중이었기에, 초대장은 카이스턴 저택으로 보냈다. 그러는 김에 카이스턴 공작도 초대했다. 오클레앙 영애와 카이스턴 공작이 함께 초대를 받아들인다면, 레온 후작 입장에서 이보다 더 좋은 일은 없었다.

연화는 사교 모임을 가질 생각이 없었다. 받은 초대장은 바구니에 아무렇게나 방치해 두었다.

후에 바구니를 뒤져 초대장을 찾느라 시간이 조금 걸렸다

–영애, 밖으로 출입을 하지 않는다는 말을 들었어요. 어디 아픈 것은 아니죠? 카이스턴 가에 의사가 들락거렸다는 말은 들은 적이 없으니까, 역시 아니겠죠. 그렇다면 그냥 우울한 건가요? 케시가 그러는데, 그런 일엔 단것을 먹으면 도움이 된다더군요.

연화는 초대장을 뒤집어보았다. 뒷면에 초콜릿이 붙어 있었다. 예쁜 장식을 달았을 초콜릿이 더운 날씨를 견디지 못하고 녹았다. 연화는 인상을 쓰며 다시 초대장을 뒤집었다.

이후 시답잖은 안부와 가십거리가 이어졌다. 본론은 끝에 나왔다. 자신의 저택에서 열리는 파티에 참석해 줄 수 없겠냐는 거였다.

연화의 목적은 세계수였다. 여제가 하사했다는 가지를 보고 싶었다. 여제의 흔적을 찾는 게 여제가 남긴 시를 해석하는 데 도움이 될 것 같았다.

연화는 바로 답장을 썼다.

레온 영애가 그랬던 것처럼 시시콜콜한 이야기를 적어볼까 했지만, 연화는 카로틴 사교계에서 어떤 이야기가 유행중인지 몰랐다. 결국 그녀는 간단한 인사말을 남길 수밖에 없었다.

–초대해 주셔서 더없는 광영입니다.

조금 미숙했지만, 연화는 그래서 더 마음에 들었다. 막 사교계

에 발을 들인 지 얼마 안 된 어린 영애가 보낼 법했다.

사교 모임의 주최자는 행사에 참석하겠다는 의사가 표명된 답신만 받으면 되었다. 그런데 레온 영애는 답신의 답신을 보냈다. 과잉 친절과 함께 테일러의 참석 유무를 물었다. 상대가 제 앞에서 설설 기고 있다 하나 어쨌든 후작가의 영애였다. 어떤 대답을 할지 훤히 보였다. 연화는 파티 당일 날 형식적인 물음을 던졌다.

테일러는 별 시답잖은 걸 물어본다는 얼굴로 한마디 했다.

"안 가."

연화는 알았다며 돌아섰다. 집무실 문고리를 잡았다. 한 발 복도로 내딛자 테일러가 물었다.

"······갈 건가?"

"그렇다면요?"

연화가 고개를 갸웃했다. 갑자기 테일러가 일어섰다. 넥타이를 벗더니 셔츠 단추를 끄르기 시작한다. 순식간에 맨가슴이 드러나기 시작했다.

연화는 악 소리를 내며 두 손으로 눈을 가렸다.

"뭐 하는 거예요?"

"옷 갈아입잖아."

"그럼 좀 나가라고 하던가요!"

"내가 왜?"

테일러가 어깨를 으쓱했다.

"네가 본다고 닳는 것도 아닌데."

"그런 문제가 아니잖아요."

"그럼 무슨 문제가 있는데?"

테일러가 눈을 깜빡인다. 정말로 영문을 모른다는 듯 태연히 연화와 눈을 마주한다. 이내 뭔가를 알았다는 듯 씩 웃었다.

"아, 그건가?"

불길한 미소였다. 연화는 슬금슬금 뒤로 물러섰다. 열 발자국 밖에 안 떼었는데 등 뒤로 딱딱한 벽이 닿았다. 연화는 복도 끝 벽에 붙었다. 더 이상 물러날 곳도 없는데 테일러가 다가왔다. 테일러가 한 팔로 벽을 짚었다. 맨가슴이 연화의 코앞에서 아슬한 거리를 유지했다.

연화가 얼굴을 붉히며 고개를 돌리자 테일러가 쿡쿡 웃었다. 능청스러운 웃음이었다.

"걱정 마라, 나는 어린애를 상대로는 전혀 그럴 마음이……."

"비켜요."

연화는 테일러를 밀쳤다. 바위산 같던 몸이 순순히 밀려났다. 연화는 후다닥 집무실로 들어갔다. 테일러가 멀뚱한 눈으로 연화의 움직임을 쳐다보았다. 몇 초 뒤, 테일러가 픽 웃으며 연화를 따라 집무실에 들어오려 했다. 연화는 그가 집무실 문턱을 밟기 전 아무거나 집어 던졌다.

무언가가 테일러의 몸에 맞았다 튕겨나갔다. 소파위에 올려두었던 쿠션이었다. 테일러가 쿠션을 주워들고서 어벙한 표정을 지었다.

그것도 잠시 테일러가 다시 안으로 들어오려 했다. 연화는 나머지 쿠션들도 모조리 집어 던졌다.

"나가요, 나가."

테일러는 아무 생각 없이 쿠션 세례를 받았다. 얼마 안 있어 정신을 차리고 항변했다.

"앗, 잠깐. 나 지금 바지만 입고 있…… 게다가 여긴 내 집무실이잖아."

"누가 봐도 안 닳는다면서요?"

연화는 혀를 샐쭉 내밀었다. 테일러가 황망한 얼굴을 했다. 그가 '뭐' 하고 되물었다.

연화는 대꾸 않고 문을 잠갔다. 테일러가 쾅쾅 문을 두드리며 열어달라 했다. 연화는 신경 쓰지 않았다.

집무실 책상 뒤엔 종이 달려 있었다. 연화는 종을 잡아당겼다.

손님방에도 똑같이 생긴 종이 있다. 손님방의 종을 당기면 루디가 왔다. 그러나 집무실의 종을 당기자 디온이 왔다. 디온은 반나체 상태의 테일러를 흘긋 쳐다보곤 집무실 문을 두드렸다. 연화는 한 마디만 했다.

"카를 좀 불러주세요."

얼마 안 있어 카를이 나타났다. 그가 닫힌 문과 테일러를 보고 인상을 썼다.

"대체 뭘 한 겁니까?"

"아무것도 안 했어."

테일러가 어깨를 으쓱했다. 카를이 비웃듯 대답했다.

"당연히 그랬겠죠."

카를이 테일러의 하부를 쳐다봤다. 노골적인 경멸이 묻어 있다. 테일러가 한 쪽 눈썹을 찡그렸다

"뭔가, 그 시선은?"

"여기 인간의 탈을 쓴 짐승이 있는 것 같아서 말입니다."

"아무것도 안 했다니까."

"아무것도 안 하셨다고 했기에 인면피를 썼다 말씀드린 겁니다."

카를이 얄궂게 한마디를 덧붙였다. 테일러의 이마에 혈관이 두둑 솟았다. 그가 카를을 노려보았다. 카운터펀치를 날릴 기세였다.

분위기가 더 흉흉해지기 전 문이 열렸다. 연화가 문틈 사이로 테일러의 옷을 던졌다. 옷은 테일러의 머리 위에 안착했다. 연화는 테일러가 옷을 입는 걸 보며 카를에게 손을 내밀었다.

"들어와요."

카를이 집무실 소파에 앉았다. 얼마 안 있어 테일러가 들어왔다. 탈의 속도만큼 착의도 빨리 했다. 그가 순식간에 넥타이를 매고 카를 맞은편에 기대듯 앉았다.

테일러가 카를을 곁눈질 하며 씩 웃었다.

"그대는 겁이 많군."

"신변에 위협을 느끼면 누구나 똑같이 행동하지 않을까요?"

"그래서 쿠션을 던지고 문을 닫았다고? 정말 그걸로 그대 몸을 지킬 수 있었을 거라고 생각하나?"

테일러가 음흉한 표정을 지었다. 카를이 슬며시 검집에 손을 가져다댔다. 여차하면 검을 뽑을 기세였다. 디온이 카를의 눈치를 보며 검 자루를 잡았다. 그는 카를과 일대일로 싸워 이길 실력이 없었다. 선수를 칠까, 아니면 조용히 있을까 갈등했다.

연화는 입가에 검지를 가져다대며 훗 웃었다.

"물론 아니죠. 하지만."

"하지만?"

"상대가 테일러 씨였으니까요."

테일러가 고개를 젖히며 크게 웃었다. 실로 유쾌하다는 듯. 한참 뒤 테일러는 웃음을 딱 멈추고 진중히 물었다.

"아부인가?"

"기분 좋으세요?"

"조금."

"그렇다면 아부일 수도 있겠네요."

테일러가 또 웃었다. 연화는 카를 옆에 섰다. 손을 내밀어 카를을 일으켰다.

두 사람이 떠나려 하자 디온이 검에서 손을 떼고 문을 열어주었다. 연화는 한 번 더 집무실 문턱을 밟았다. 완전히 나가기 전 다시 뒤를 돌았다.

"말씀드렸듯, 파티 시각은 오늘 저녁이에요. 제가 파티에 참석하는 이유는 개인적인 목적을 성취하기 위해서구요. 테일러 씨에게 참석 여부를 물은 건 주최자의 의문을 풀어주기 위해서였을 뿐이에요."

테일러의 미간에 주름이 몇 가닥 생겼다.

"그래서, 후작 영애와 단둘이 있을 거니 비켜달라고?"

"아주 잠깐이면 돼요."

"그럼 저놈은?"

테일러가 카를을 눈짓했다.

"카를은 제 호위로 따라가는 거잖아요. 반면 테일러 씨는 카이스턴 공작으로 가는 거구요. 갭이 너무 크다고 생각하지 않으세요?"

"몰라. 그런 거."

테일러가 팔짱을 꼈다. 못마땅한 척했지만 '싫다'고 말하지는 않았다. 설득의 여지가 있었다. 이럴 때 필요한 것은 단호함이었다. 연화는 못 박듯 선언했다.

"어쨌든. 파티장에서 제 옆에만 있지는 마세요."

황녀의 파티장에서 테일러는 다른 귀족들이 성가시다며 연화의 옆에만 있었다. 테일러가 매서운 얼굴을 하고 있었기에 많은 귀족들이 쉬이 다가오지 못했다. 용기를 쥐어짜낸 다가온 자들도 오래 머물지 못하고 달아났다.

테일러가 저번과 똑같이 행동한다면 연화는 레온 영애에게서 원하는 것을 얻을 수 없다.

"내키지 않는데."

테일러가 소파에서 일어나 비척비척 걸어왔다. 연화와 다섯 걸음쯤 떨어진 곳에서 멈춘 그가 이죽거렸다.

"그 여자가 얼마나 탐욕스러운지 아나? 야망의 크기로 치면 황녀와 맞먹을 거다. 그래도 황녀는 한편이기라도 하지, 그 여자는……."

"그래서 카를과 함께 가는 거잖아요."

연화가 카를과 잡은 손을 흔들었다. 테일러는 같잖다는 표정을 지었다. 하지만 항변을 하지는 않았다. 사실 위험할 이유가 없었다. 연화가 세계수에 대한 의문을 해결하려는 것처럼, 레온 후작 영애 역시 연화를 이용할 생각으로 초청하는 것이니까. 그녀는 오클레앙 영애를 구워삶아 제 편으로 만들어야 한다. 그녀가 원하는 것은 미래의 오클레앙 백작이지, 오클레앙 영애의 시체가 아니다.

테일러는 집무실 책상에 털썩 주저앉았다. 연화는 그가 펜을 집어 드는 걸 보고 자리를 떴다.

그날 저녁 디온이 직접 연화를 데리러 왔다. 테일러는 마차에서 대기 중이었다. 그는 목적지에 도달할 때까지 아무 말도 하지 않는 걸로 자신이 삐졌음을 피력했다.

연화는 모르는 척했다. 부러 카를과 활기차게 대화를 나눴다. 테일러는 언제쯤 자신에게 말을 걸어주나 기다렸지만 기대대로 되지 않자 더 삐졌다. 그가 마차 안에서 몸을 틀었다.

좁은 마차에서 거구의 덩치가 돌아앉자 마차가 들썩거렸다. 갑작스러운 충격에 마부가 마차를 멈추고 무슨 일이 있냐 물었다.

그는 눈치 없는 죄로 테일러에게 타박을 들었다.

마차는 1시간 뒤 목적지에 도달했다.

레온 후작가는 다른 후작가에 비하면 위상이 적은 편이었다. 초대 후작이 여제를 재정적으로 도왔기에 그 공으로 후작이 되었으나, 이후 대단한 공을 세우지 않은 채로 명맥을 유지해 왔다.

오래전에 멸문했어야 할 가문이 아직까지 유지되는 이유는 레온 가주들에게 실세를 알아보는 눈이 있었기 때문이다. 그들은 당대의 유망주를 알아보고 옆에 붙었다. 덕분에 가문의 세를 유지할 수 있었다.

테일러가 돌아앉은 채로 꿈적도 않고 있었기 때문에, 연화와 카를이 먼저 마차에서 하차했다. 테일러는 마음에 들지 않아 하며 한참 꽁하게 있다 느릿하게 걸어 나왔다. 마부는 빈 마차를 끌고 사라졌다.

저택 입구는 북적거렸다. 레온 후작은 인맥을 중시 여겼고, 레온 후작 영애는 아버지의 가르침을 가슴 깊이 담고 살았다. 레온 후작가와 깊은 교류를 가지는 귀족은 몇 없지만 초대장을 보내면 와줄 사람은 많았다.

손님들이 저택 입구로 들어가면서 초대장을 내밀었다. 검수는 레온 후작 영애가 했다. 그녀는 손님들 하나하나를 확인하며 가벼운 담소를 나눴다. 레온 후작 영애는 대단한 입담을 가지고 있지는 못했다. 그러나 타인의 말을 잘 들어주고, 반응을 잘 해주었다. 대부분의 손님들은 레온 후작 영애의 접대에 만족했다.

이윽고 연화의 차례가 되었다. 연화는 다른 귀족 영애들이 그러하듯이 미묘한 웃음을 머금고서 초대장을 내밀었다.

후작 영애는 초대장을 받아들다 말고 연화를 확인했다. 그런 뒤엔 테일러를 쳐다봤다. 그녀는 헤벌쭉 올라가려는 입 끝을 억지로 내렸다.

레온 영애는 연화에게 먼저 손을 내밀었다. 그녀가 초대한 것은 연화이고, 테일러는 딸려온 것이니 연화에게 아는 척을 한 것이다.

"너무 보고 싶어 매일 손꼽아 기다렸답니다. 오는 길 험하지는 않았나요?"

"수도의 도로 만큼 잘 닦인 길이 또 없지요. 무탈했습니다. 걱정해 주셔서 감사해요."

연화가 양 드레스 끝을 잡고 무릎을 살짝 굽혔다. 귀여워 보이도록 생글 웃어주었다. 후작 영애가 연화의 머리 위로 조심조심 손을 가져다댔다.

연화는 가만히 있었다. 이내 그녀의 손이 연화의 머리 위를 쓰다듬었다. 그녀는 시각적인 것에 약했다.

연화는 몸을 옆으로 뺐다. 후작 영애에게 테일러와 인사할 수 있는 기회를 주었다. 그녀는 기회를 바로 주워 먹었다.

"카이스턴 가에 무한한 영광 있기를. 처음 뵙겠습니다, 공작님. 저는……."

"자기소개는 필요 없다."

테일러가 무뚝뚝하게 대꾸했다. 무안을 당한 후작 영애의 얼굴이 붉어졌다. 테일러는 연화에게 진 것을 엉뚱한 곳에서 풀고 있었다.

연화는 슬며시 테일러의 옆에 붙었다. 그에게만 들리게 작게 속삭였다.

"자꾸 그러면 저택에 갈 때까지 한마디도 안 걸 거예요."

후작 영애를 등지고 섰던 테일러가 다시 몸을 틀었다. 끼기긱 소리가 날 만큼 몹시 부자연스러운 움직임이었다. 그가 후작 영애를 보며 한마디 했다.

"필요 있다."

후작 영애는 어색하게 웃었다. 권력자의 변덕은 장난으로 치부하고 넘기는 게 편했다.

"루이스텔 레온입니다."

"테일러 카이스턴."

마지못해 하는 티가 역력했다. 테일러가 다시 몸을 틀어 저택까지 걸어갔다. 홀에 입장하기 전 그가 물었다.

"이제 됐나?"

"……아니요."

되기는 뭐가 되었단 말인가. 연화가 투덜댔다.

안 하느니만 못한 통성명이었다. 레온 영애는 딱딱히 굳었다. 사람들은 레온 영애의 무엇이 카이스턴 공작의 심기를 거슬리게 했나 궁금해했다. 연화는 괜히 민망해졌다.

"그럼 내가 어떻게 해주길 바라나?"

"좀 상냥하고 다정하게 말하는 방법도 있었잖아요. 다른 영식들이 영애에게 하듯이요."

테일러가 턱을 짚고서 고심했다. '다른 영식처럼'이라. 테일러가 서너 번 중얼거렸다.

불안하다고 생각했을 때, 테일러가 갑자기 허리를 반쯤 굽혀 연화와 눈높이를 맞추었다. 유들히 웃으면서 한 손으로는 가슴을 짚고 다른 한 손은 앞으로 내밀었다.

"아니, 이렇게 아름다운 영애는 처음 보는군요. 자비로운 햇살과 닮은 그대의 머리칼이 나를 숨쉬게 하고, 영롱한 눈동자가 나를 담아 이 세계에 존재하게 합니다. 부디 제게 그대의 이름을 들을 수 있는 영광을 주시고, 그대의 입술이 저를 이 세상에 담아 뿌리는 기적을 허락하게 해주십시오."

테일러는 느끼한 말을 줄줄 흘린 뒤, 몸을 바로 했다. 그가 연화를 보며 눈웃음을 쳤다.

"이렇게?"

"아니요. 그냥 평소처럼 해주세요."

연화는 양손으로 팔뚝을 쓰다듬었다. 소름이 돋아서 견딜 수가 없었다. 무엇보다 쪽팔렸다.

카이스턴 공작은 이 파티장에서 그 누구보다도 시선을 끄는 자였다. 그런 자가 웬 어린애를 상대로 느끼한 말을 줄줄 뱉고 있으니 사람들이 수군댔다.

연화는 마음 같아선 어디 숨어버리고 싶었지만 그랬다간 상황이 더 곤궁해지기에 애써 뻔뻔한 척 굴고 있었다. 테일러가 알쏭한 표정을 지었다. 그가 고개를 저었다. 다 알면서도 모르는 척하는 것이기에 참으로 능청스러웠다.

"그대는 까다롭군."

"테일러 씨는 뻔뻔하세요."

의외의 말을 들었다는 듯 테일러가 눈을 동그랗게 떴다. 이내 그가 쿡 웃었다.

"고맙군."

테일러가 한 번 더 손을 내밀었다. 아까의 느끼함은 한결 사라진 체였다. 연화는 주위를 둘러보았다. 여전히 이목은 집중되어 있었다. 무려 공작의 에스코트였다. 거절할 수 없었다. 연화는 테일러의 손 위에 자신의 손을 겹쳐 올렸다. 마차에서 한 마디도 안 하겠다던 테일러는 사라지고 없었다.

30분 뒤 후작 영애가 홀로 돌아왔다. 파티의 시작이었다. 지각한 손님들의 응대는 집사가 맡기로 했다.

파티가 시작되기 전 후작이 간단한 인사말을 읊었다. 내용은 지극히 식상하고도 뻔한 것이었다. 그 역시 언변이 대단치 못했다. 다른 귀족들과 차이가 있다면, 그는 자신의 능력이 부족함을 알고 있다는 사실이다. 그는 쓸데없는 말로 손님들을 붙잡아두지 않았다.

곧바로 파티가 시작되었다. 악사들이 음악을 연주했다. 첫 춤곡을 추는 사람들이 생겼다. 수다를 떠는 사람도 있었다. 하인들이 와인잔이 든 쟁반을 들고 돌아다녔다. 파티장을 돌아다니는 게 무척 능숙한 듯, 귀족들과 부딪치는 하인이 한 명도 없었다. 그중 하나가 테일러 앞을 걸어갔다.

테일러가 잔 두 개를 낚아챘다. 하나는 제 입에 대고, 한 잔은 카를에게 건넸다. 연화가 사라지려는 하인을 붙들고 손을 내밀었다.

"저도 한 잔 줘요."

테일러가 손짓으로 하인을 다시 내보냈다. 그가 테이블 위에서 과일 주스를 찾았다. 이걸로 대신하라는 듯 연화 손에 쥐어주었다.

"그러다 키 안 큰다."

"쳇."

연화는 입을 삐죽였다. 혼자 오는 게 좋았을지도 모르겠다는 생각이 들었을 때, 이쪽으로 걸어오는 구두소리를 들었다. 또각또각 소리 끝에 낭랑한 여인의 목소리가 걸렸다. 연화는 과일 주스를 마시다 말고 상대를 확인했다.

"여기 계셨네요, 두 분."

레온 후작 영애였다.

"영애, 사교계에서 인맥이 얼마나 중요한지 알고 있나요?"

레온 영애가 웃으며 다가왔다. 연화가 벙한 얼굴을 하자, 그녀가 주절주절 설명을 늘어놓았다. 긴 이야기는 한 줄로 요약할 수 있었다.

'사교계 주요 인사들과 다리를 놓아주겠다.'

카로틴의 귀족으로 살 생각이라면 나쁘지 않은 제안이었다. 그러나 껍데기만 셀리나인 홍연화에겐 무의미한 제안이었다. 게다가 사교계의 인맥을 만들어줄 수 있는 사람은 레온 영애 외에도 많았다. 연화의 뒤엔 그녀보다 많은 인맥을 가진 사람이 서 있었다.

"흠……."

테일러가 미묘한 얼굴을 했다. 설마 저런 말을 받아들이겠냐는 얼굴이다. 연화는 테일러가 사교 인사를 소개시켜 주겠다고 했을 때 거절했다. 그리고 지금도 그런 제안은 필요가 없다. 하지만 지금은 레온 영애에게 얻을 것이 있는지라 딱 잘라 거절할 수 없었다. 오클레앙 영애에게 큰 친절을 베푸는 듯 굴지만, 이 행동으로 이득을 보는 것은 레온 영애다.

이곳에 온 사람들은 이미 레온 영애를 알고 있다. 그들은 레온 영애와 친분을 쌓기보단, 새로운 인맥을 만들길 원한다.

첫 번째 타깃은 테일러가 될 것이다. 모두는 테일러와 한 마디라도 섞길 바란다. 그러나 그것이 쉽지 않기에 오클레앙 영애에게 접근하려 들 것이다. 레온 후작 영애는 누구보다도 그 사실을 잘 알고 있다.

사람들이 오클레앙 영애라는 낯설지만 흥미로운 인물에 관심을 보일 때, 레온 후작 영애가 오클레앙 영애를 이끌고 다니면 사람들은 오클레앙 영애와 친해지기 위해선 레온 영애와의 친분을 강화해야 한다고 생각할 것이다. 오클레앙 영애와 레온 영애 사이에 뭔가 있다는 착각을 하는 사람도 생길 거다.

가장 좋은 그림은 카이스턴 공작과 레온 후작가 사이에 결합이 있는 것처럼 가장하는 거지만, 테일러가 저택 입구에서 대놓고 레온 영애를 냉대했기에 그런 연출을 보이긴 어렵게 됐다. 레온 영애는 결국 차선으로 오클레앙 영애를 선택할 수밖에 없었다.

오클레앙 영애는 많이 어렸다. 미래에는 백작일지 몰라도, 지금은 그냥 영애에 불과했다. 당장 친해진다고 떨어지는 콩고물은 없다. 그러나 많은 귀족들은 후를 보고 오클레앙 영애와 교분을 쌓고 싶어 했다.

레온 영애는 어중간한 친분을 유지했던 귀족들과 깊은 고리를 맺고 싶어 하는 한편, 자신이 오클레앙 영애와 다리를 놓아줄 수 있음을 과시하려 했다. 다른 귀족과 협상을 할 때 '오클레앙 영애와의 연결'은 좋은 거래 품목이 될 것이다.

연화가 많은 사교 모임을 가졌더라면, 사람들은 레온 영애를 중간 통로로 거쳐야겠다는 생각은 하지 않을 것이다. 그러나 요근래 연화는 사교계에 얼굴을 비치지 않았다. 돌아가는 방법을 찾겠다고 안달한 시간은, 레온 영애에게 좋은 구실을 만들어주었다.

모든 상황이 뻔히 들여다보였다. 연화는 잠깐 머뭇거렸다. 승낙과 동시에 피곤한 상황이 펼쳐질 게 눈에 선했다.

레온 후작 영애는 신이 나서 이 사람 저 사람에게 자신이 오클레앙 영애와 함께 있음을 알릴 것이다. 호랑이를 뒤에 세운 여우처럼. 연화는 알고서도 모르는 척 굴어야 한다.

레온 영애가 대단하기에 이리 살갑게 맞이해 주는구나, 나는 혼자서는 이런 사람들과 인사도 못 나누겠구나 중얼거리는 것은 덤이다. 레온 영애를 우쭐하게 만들어야 원하는 것을 얻기 쉬워진다.

레온 영애를 어디까지 만족시켜 주어야 세계수를 볼 수 있을까. 연화가 머릿속으로 주판알을 굴려보는데, 어깨에 손이 얹어졌다.

"가려는 건 아니겠지."

테일러가 연화의 귀에 음험히 속살거렸다. '설마 그러겠냐'는 의문을 전제하고 있다. 연화는 테일러와 똑같은 어조를 가장했다.

"그렇다면요?"

단번에 테일러의 미간에 주름이 섰다.

"나보고는 분명."

"인맥 같은 건 필요 없다고 말씀드렸었지요."

"그런데?"

"하지만 다른 게 필요해서 말이죠."

원하는 것을 빨리 얻기 위해서는 테일러의 도움이 필요하다.

"협조해 주시겠죠?"

연화가 눈을 찡긋했다. 테일러는 탐탁지 않은 얼굴을 했지만 결국 고개를 끄덕였다. 연화는 몸을 똑바로 했다. 레온 영애가 의아한 눈으로 쳐다보았다. 두 사람이 저를 빼놓고 무슨 말을 했나 궁금해하는 눈치다.

레온 영애는 점잖은 귀족답게 의문을 입 밖으로 내비치진 않았다. 그러나 채 닦아내지 못한 호기심이 표정으로 흘러나왔다. 연화는 그녀 보란 듯이 테일러의 팔을 끌어당겼다. 맞잡은 손을 슬쩍 내보이면서 미묘한 웃음을 머금었다.

"공작님께서 기다리는 걸 좀 싫어하셔서요."

테일러가 '내가 언제'라는 얼굴을 했다. 연화는 그의 옆구리를 팔꿈치로 살짝 치면서 작게 '협조'라 중얼거렸다.

테일러는 뒤늦게 뭔가를 눈치챘다. 그가 굳은 얼굴로 한마디를 내뱉었다.

"나는 인내가 없지."

"너무 없으셔서 탈이죠."

연화는 테일러의 말을 받았다. 같은 말을 계속 반복하는 건 앵무새 흉내를 내고 싶어서가 아니다.

연화는 눈을 슬쩍 아래로 떨구었다. 정말 미안한 척, 하지만 어쩔 수 없다는 듯 말했다.

"그래서 말인데요, 영애. 모든 분들을 만나 뵙는 건 어려울 것 같아요."

몇 시간이고 남의 손에 이끌려 시답잖은 '인사'나 하고 다니는 건 사양이었다.

레온 영애가 머리를 굴렸다. 제가 원하는 대로 일을 진행할 수는 없게 되었다 하나 손해 볼 건 없었다. 파티장에 있는 모든 사람이 중요하진 않았다. 레온 후작가에게 득이 되거나, 실효성 있는 거래를 할 수 있는 자는 몇 안 된다.

레온 영애는 몇 사람들을 꼽아보았다. 나이와 작위가 제각각인 사람들이 나타났다. 다른 영애라면 이상한 기준으로 사람을 소개시켜 준다고 따질지도 모르겠다. 하지만 상대는 12살밖에 안 된 영애다. 의문을 제기할 리 없었다. 레온 영애는 모든 계산을 마쳤다.

"알았어요. 그렇다면, 뭐."

레온 영애가 승낙했다. 테일러는 못마땅해하면서도 떨어져 주었다. 테일러가 사라진 자리는 카를이 채웠다. 투구를 쓴 자가 갑자기 따라오자 레온 영애가 의문에 찬 시선을 보냈다. 연화는 카를의 정체를 해명해 주었다.

"제 호위예요."

레온 영애가 긴장을 누그러뜨리고 웃었다.

"상당히 융통성 없는 기사님을 데리고 다니시네요."

레온 영애가 카를의 갑옷을 지적했다. 가문의 기사의 주 임무는 호위다. 언제 어디서든 비상 상황을 대비할 수 있도록 준비를 갖추는 것은 맞다. 그러나 주인 곁을 따라다니며 사교장에 출입하는 기사는 가벼운 파티 정장을 입는 것이 관례였다. 파티에 어울리기 위해서였다. 갑주를 입은 기사는 그뿐이었다. 생뚱맞기 그지없었다.

연화는 부채를 쫙 폈다. 이 파티장엔 황녀와 면식이 있는 귀족이 많다. 카를이 투구를 벗고 얼굴을 내보일 리 없다. 그렇다고 옷은 다른 기사들처럼 입고 얼굴에만 투구를 쓰라고 할 수도 없는 노릇이다.

연화는 당혹스러운 웃음이 새어 나오려는 입가를 부채로 가렸다.

"하지만 그만큼 강하답니다. 그래서 떼어놓을 수가 없어요."

"그래 보이는군요. 갑옷 아래로 상당한 수련의 흔적이 느껴져요."

레온 영애가 감탄했다. 여차하면 카를의 갑주를 벗겨볼 기세였다. 연화는 카를을 평범한 기사로만 소개했다. 그러자 레온 영애는 바로 흥미를 잃었다. 그녀가 시큰둥한 얼굴을 하며 시선을 뗐다. 연화는 남몰래 안도했다.

"그럼 어느 쪽부터 둘러볼까요. 영애, 이 중에서 소개받고 싶거나 관심 있는 사람 있어요?"

레온 영애가 슬며시 연화의 손을 잡아온다. 제법 야무지게 깍지를 낀다. 연화는 손가락 사이로 레온 영애의 손가락이 얽혀든 뒤에야 그녀가 제 손을 잡았음을 알았다.

　여기서 왜 이러냐며 떼어놓아 봤자 좋을 건 없었다. 연화는 계속 눈치채지 못한 척했다. 레온 영애가 가리키는 대로 파티장을 훑었다.

　바로 목표를 포착했다. 연화가 파티장 오른편을 가리켰다.

　"저분이요."

　레온 영애가 연화를 따라 고개를 돌렸다. 그녀는 연화와 다른 눈높이를 가지고 있었기에 목표물 발견에 실패했다. 그녀가 고개를 갸웃거렸다.

　"누구를 말씀하시는 건가요, 영애?"

　"빨간 정장을 입은 어린 신사분을 말하는 거랍니다."

　레온 영애가 고개를 숙였다. 곧이어 그녀 역시 목표물을 발견했다. 상대가 이쪽을 뚫어져라 보고 있었기에 찾는 게 어렵진 않았다. 레온 영애가 후후 웃었다. 오묘한 웃음을 지으며 속삭였다.

　"저분의 이름이 궁금한가요?"

　"아니요. 이름은 이미 알고 있어요."

　연화는 잔잔히 웃으며 덧붙였다. 소년의 이름은 케이안 루만티온이다. 레온 영애가 고개를 갸웃했다.

　"어떻게……?"

　"황녀님 탄신일에 뵌 적이 있어서요."

　특별할 것 없는 기억이라 잠시 잊고 있었던 과거는 강렬한 눈빛 앞에서 되살아났다.

　"그때 저분과 춤을 추었었죠."

　"어머나. 그랬었군요."

　레온 영애가 감탄사를 터뜨렸다. 은근한 웃음을 담고서 연화를 내려다본다. 그게 사교계에 막 발을 들인 소녀를 보는 눈이었다. 루만티온 가는 동부를 꽉 주름잡고 있는 가문이다. 카이스턴 가보다는 약하지만, 적잖은 권력을 쥔 가문이다. 가까이해서 나쁠 게 없었다. 더구나 케이안은 루만티온 후작의 맏아들이자 그 뒤를 이어 후작이 될 것이 확실시 된 소년이었다. 그의 가치는 오클레앙 영애만큼이나 무궁무진했다.

레온 영애가 군침을 삼켰다. 루만티온 후작은 사람을 가려 사귀는 것으로 유명했다. 손익 계산을 따지는 게 아니라, 소수의 귀족과 깊은 친분을 쌓으려했다.

루만티온 후작의 아들은 아버지와 비슷한 성미를 가졌다. 친해지기 까다로운 상대였다. 그러나 중간에 오클레앙 영애가 있었다. 그녀를 다리로 삼아 친분을 쌓을 수 있을지도 모르겠다. 좋은 기회였다.

레온 영애는 한 걸음 떼려던 것을 멈췄다. 목표물이 움직이고 있었다. 그런데 궤적이 너무 뻔하다 보니 외려 의심스러웠다.

"그런데 이쪽으로 오는 것 같……."

레온 영애가 말을 다 끝내기도 전에 빨간 정복이 도착했다. 소년이 연화와 눈을 마주치며 씩 웃었다. 반가워하며 손을 내밀었다.

"오랜만입니다, 영애."

연화는 얼떨결에 케이안의 손을 잡았다. 얼떨떨한 감정은 순식간이었다. 연화는 레온 영애를 흘긋 쳐다보았다. 그녀가 무엇을 원하고 있는지 훤히 보였다.

연화는 일단 환히 웃었다. 더없이 반가운 상대를 만났다는 듯 살갑게 굴었다.

"이런 곳에서 뵙게 될 줄은 몰랐어요."

"저 역시 그러합니다."

케이안이 함박웃음을 지었다. 숨길 수 없는 기쁨이 들어왔다. 연화와 달리 그의 감정은 진짜였다.

"영애께선 근래 사교계 출입을 하지 않으신다고 들어서……."

"언제까지고 카이스턴 공작님께 신세를 질 수는 없는 노릇이니까요. 오클레앙의 모든 것을 되찾아 재정비하느라 무척 바빴답니다."

사실 그 일을 해주는 건 테일러였다. 하지만 사교계엔 자세한 사정은 퍼지지 않았다. 케이안은 그냥 그렇구나 고개를 끄덕였다.

"아버지께서 말씀하시길, 오클레앙 저택이 무척 아름답다고 하셨습니다. 깨끗하고 단아한 아름다움을 가진 곳이라더군요."

"네. 말씀하신 대로 저택의 외벽은 하얀색이지요. 하지만 오랫동안 방치된 터라, 아름답다고 말할 수는 없는 상태랍니다. 그래도 많은 자들이 이전의 아름다움을 되찾기 위해 노력하고 있으니 머지않아 그 위상을 찾을 수 있을 듯싶어요."

케이안은 저택에 초대받고 싶어 하는 마음을 은근한 형태로 드러냈다. 연화는 저택이 수리 중이란 핑계로 케이안의 요구를 막았다. 대화는 부드러우면서도 자연스럽게 진행되었다. 케이안은 연화의 거절을 눈치채지 못했다.

"얼마나 아름다울지, 기대가 됩니다. 아버지께서 하루가 멀다 하고 오클레앙 저택 이야기를 꺼내시거든요."

케이안은 이번엔 꽤나 노골적으로 요구를 해왔다. 계속 거절하려니 어색했다. 연화는 난감한 미소를 지었다. 아직 셀리나는 어렸다. 혼담이 오갈 연령대는 아니었다. 그러나 둘 다 미혼자였고 연배가 비슷했다.

장차 백작이 될 소녀와, 후작이 될 소년이라니. 엮기가 너무 좋앉다. 게다가 소년은 은연중에 호감을 표시하고 있기까지 했다. 연화는 떠나야 했고, 셀리나의 마음은 모른다. 큰 사고를 벌이진 말아야 했다.

후에 염문이 돌 수도 있는 소문은 잘라내어야 했다. 케이안을 오클레앙 저택에 초대해서는 안 되었다. 하여 연화는 말을 돌리기로 했다. 일명 딴청부리기였다. 이야기의 흐름과 크게 다르지 않은 소리를 하면서도, 은근한 뉘앙스를 풍기는 말은 막아버린다.

케이안이 용기가 있었다면 직접적으로 요구를 했겠지만, 그는 오늘로 오클레앙 영애와 두 번 만나는 것이었다. 오클레앙 영애와 친하진 않았다. 대놓고 청을 하기엔 껄끄러웠다.

"루만티온 후작님께선 오클레앙 저택에 자주 들르셨나 보군요."

"오클레앙 백작님과 돈독한 우정을 쌓으셨다고 들었습니다."

케이안은 아쉬워서 입을 쩝쩝 다시면서도 욕심을 접었다.

"그러셨군요. 한데 저는 루만티온 저택에 대해 들은 바가 없어서요. 설명해 주실 수 있으신가요?"

"어려울 것 없지요. 저희 저택은 오클레앙 저택과 다르게 검은빛을 띠고 있는데……."

케이안이 주절주절 저택 이야기를 늘어놓았다. 정원의 크기는 얼마나 되고, 저택은 얼마나 크며, 방은 몇 개인지 등 실없는 이야기를 했다. 연화는 흥미로운 척 추임새를 넣으며 고개를 끄덕거렸다. 드물게는 질문을 했다. 케이안은 이따금씩 '이게 아닌데' 같은 생각을 했지만 연화가 계속 저택 이야기를 부추기자 아까 무슨 생각을 했는지 잊어버리고 이야기에 몰두했다.

케이안은 가문에 대단한 자긍심을 가지고 있었다. 그 부분을 적당히 치켜세워 주면 혼자 신나서 줄줄 정보를 흘려보냈다.

연화는 어느 정도 시간을 끈 뒤에 저택 이야기를 마무리했다. 케이안은 흡족한 얼굴로 입을 다물었다. 오클레앙 저택에 방문해 보고 싶다는 마음은 사라지고 없었다. 그리고 연화는 레온 영애를 슬쩍 끌어다 케이안 앞에 놓았다. 레온 영애와 케이안을 연결해 주는 시늉이라도 해야 가지를 보여달라는 말을 꺼내기 쉬워진다.

기다리는 동안 지루했는지 레온 영애가 하품을 하려 했다. 그녀는 결례를 아는 영애였다. 입술을 살짝 깨물며 하품을 참아냈다.

"아실지 모르겠지만, 소영주님. 이분은."

"압니다. 레온 후작 영애라는 것쯤은."

연화가 놀란 눈을 했다. 케이안이 부연설명을 덧붙였다.

"이 파티를 개최하신 분이잖습니까. 모를 리가 없지요."

케이안이 비틀린 미소를 지었다. 물론 순간적인 표정이었다. 하지만 이때까지 케이안은 연화에겐 호감 어린 미소를 짓고 있었기 때문에, 순간적인 뒤틀림이 대조되어 잘 보였다.

연화는 레온 영애를 슬쩍 쳐다봤다. 그녀는 아까처럼 잔잔한 미소를 짓고 있었다. 케이안의 표정 변화를 감지 못한 것인지, 혹은 알고도 모르는 척하는 것인지는 모르겠다. 어쨌든 케이안에게 레온 영애와 친하게 지낼 마음이 없다는 건 확실했다. 연화는 따로 케이안과 친분을 쌓을 마음이 없었다.

연화는 레온 영애를 잡았다. 살짝 잡아끌자, 레온 영애가 순순히 물러선다. 그녀의 미소는 포커페이스인 듯, 조금도 흐트러지지 않았다.

"사정상 이곳에 오래 머무를 수 없어서요."

케이안이 뒤를 돌아보았다. 그는 바로 테일러를 발견했다. 그가 어마무시한 시선을 보내고 있었다. 다른 설명이 없었음에도 케이안은 대강의 사정을 눈치챘다. 그가 다음을 기약하자며 연화를 놓아주었다.

연화는 다른 곳으로 걸었다. 목표를 정해놓고 걷는 건 아니었다.

케이안에겐 홀에 오래 있을 수 없다고 하면서 그의 옆에서 다른 귀족을 소개받을 수는 없었다. 케이안과 멀리 떨어진 곳에 있으려다 보니 파티장 구석에 있게 되었다.

오래 기다리지 않아 한 귀족이 다가오는 것을 보았다. 파티의 시작을 알리던 얼굴이 무척이나 낯익었다. 레온 후작이었다.

레온 후작이 레온 영애를 보며 다정히 말을 건다. 다정한 제스처와 대화가 오간다. 얼마 안 있어 그가 연화를 보고선 놀란 척을 한다. 낯선 사람을 본 것치곤 과한 반응이었다. 의도된 애드리브가 있음을 알았다.

"처음 보는 영애이신데. 존함을 여쭈어봐도 되겠습니까?"

처음은 개뿔. 후작은 정보원을 통해 셀리나의 얼굴을 알고 있다. 외모 외의 정보는 그의 딸이 전달해 주었다. 테일러는 그들이 셀리나에 대한 정보를 얻었음을 알려주었다. 첩보활동으로 입수한 사실이었다. 연화는 비죽 올라가려는 입꼬리를 내렸다.

후작씩이나 되는 남자가 백작 영애의 눈치를 보는 이유는 명명백백했다. 연화는 방실 웃었다. 후작의 과대우에 어쩔 줄 몰라 하면서도, 과하게 기뻐하면 안 된다는 것을 아는 것처럼 굴었다.

연화는 설핏 눈을 내리깔았다. 헤벌쭉한 얼굴을 내렸다 다시 들면서 표정을 감추었다.

사교계에 능숙해지려 노력하고 있지만, 그래도 아직은 미숙한 어린아이인 것을 보여주었다. 그들에게 이용할 여지가 있을 같다는 생각이 들 정도로만. 딱 그 정도의 연출만 보였다.

"셀리스티나 오클레앙입니다. 수도에 머문 지는 얼마 되지 않았습니다."

"아…… 그…….."

후작이 머리를 가다듬으며 뭔가 생각하는 척을 했다.

"변고는 들었습니다. 안타깝게 생각합니다."

후작이 슬픈 얼굴을 만든다. 고까웠다. 뒤늦게 생각난 척하는 것이 웃겼다. 연화는 자꾸 비틀어지려는 입매를 가다듬었다. 그러나 표정 유지가 어려웠다. 연화는 고개를 떨구었다. 조소로 가득한 얼굴을 슬픔에 가득찬 쪽으로 바꿀 수는 없었지만, 슬픈 척 목소리를 낼 수는 있었다. 연화는 침울한 척 말했다.

"……기억해 주셔서 감읍할 따름입니다."

다행히 후작과 영애는 별다른 의심을 하지 않았다. 후작은 몇 마디 더 위로의 말을 내뱉었다. 그러면서 오클레앙 백작에 대한 이야기를 하거나, 변고와 관련된 소문을 읊었다. 끝없이 쏟아져 나오는 과거사에 연화는 짜증이 났다. 따분함에 지친 연화가 연기고 뭐고 집어치우자는 생각을 했을 때, 후작이 다정히 연화의 어깨를 두드렸다.

"오클레앙 백작이 살아 있다면 올해 서른을 넘겼을 겁니다. 저와 비슷한 연배인데, 알고 있습니까?"

"아니요. 몰랐어요."

연화는 왜 이런 말을 해주는지 모르겠다는 얼굴로 후작을 쳐다보았다. 하지만 그의 의중이 어느 정도 잡혔다. 후작은 하찮은 감성팔이로 오클레앙 영애의 마음을 사로잡을 속셈인 듯했다. 불우한 과거를 읊어 셀리나를 세상에서 가장 불쌍한 아이로 만든 뒤, 나는 너의 아버지와 비슷한 연배를 가졌으니 나를 아버지처럼 대해도 된다며 자비로운 척 굴 것이다.

진짜 셀리나라면 어떻게 받아들일까. 가식을 진심으로 받아들이고 다정함에 취할까. 아니면 내 진짜 혈육은 어머니뿐이었고 저 사람은 내 가족이 아니라며 꺼려 할까. 연화는 답을 알 수 없었다.

후작의 호의를 받아들여선 안 된다는 건 분명했다. 장단에 어울려 맞춰주는 즉시 피곤한 일에 시달리게 될 것이다. 원치 않는 청탁으로 힘들어질 것이고, 이용당할 것이기에 고달파진다

다행히 모두 끊어낼 기회가 있었다. 후작은 연화에게 존칭을 해주고 있었다. 아직까지, 연화와 그는 남남이었다.

연화는 태연히 덧붙였다.

"저는 아버지의 얼굴을 기억하지 못해요."

변고는 오클레앙 영애가 갓난아기일 때 일어났다. 얼굴을 기억하는 쪽이 더 이상한 일이다.

"그렇겠지요. 하나 영애의 아버지가 살아 있었다면 저와 비슷했을 것 같지 않습니까? 카로틴 남자들은 비슷한 구석이 많지요. 그리고 저 역시 오클레앙 백작처럼 금발이고 말입니다. 물론 눈동자 색은 다르지만."

"그래봤자 유사품인 걸요. 진품은 아니잖아요?"

후작은 혀를 찔린 얼굴을 했다. 그가 무어라 말을 하려고 했다. 그러나 문장이 되지 않는 단어만 몇 번 나오고 말았다. 연화는 후작이 조용해질 때를 기다렸다. 뒷짐을 지고 허공을 바라보았다. 뭔가를 회상하며 잔잔한 웃음을 띠웠다.

"저는 혼에서 많은 시간을 보냈어요. 오클레앙 별장에서 말이죠. 풍요로운 시간이었어요. 부족한 것은 없었죠. 아버지 같은 사람과, 어머니 같았던 사람들 사이에서 자랐어요. 비록 친혈육은

아니지만요. 그들은 혼 왕국인이었던지라 제국에 데려올 수 없었지만, 그들을 만나길 바란다면 다시 별장에 들르면 돼요. 나는 그들을 마음 내키는 대로 만날 수 있어요."

"……."

"그리고 저는, 그것으로 충분하다고 생각해요."

연화는 뒷짐을 풀고서 환하게 웃었다. 그러나 순진한 아이인 척 굴어야 하기에, 단순한 단어들을 선택해 늘어놓았다.

"아이는 언젠가 자라서 어른이 되지요. 어른은 홀로 살아갈 줄 알아야 하구요. 그리고 저는 그 시기가 조금 빨랐던 거라고 생각해요."

"……."

"그러니까 부모님이 없어도 괜찮아요. 저는 혼자서도 잘할 수 있으니까요. 그리고……."

그러나 언어 연기엔 한계가 있다. 후작의 눈에 의혹이 완전히 사로잡히기 전, 연화는 바보 흉내를 내기로 했다. 연화는 레온 영애와 맞잡은 손을 휙휙 흔들었다. 레온 영애가 당혹스러워하는 만큼 연화는 헤실거렸다.

"덕분에, 이렇게 좋은 인연을 가질 수 있게 되었잖아요?"

후작이 하하하 웃었다. 무척 유쾌한 웃음이었다. 몇 초 후 그가 웃음을 멈추었다. 그가 턱을 쓰다듬으며 점잖은 양 한마디를 덧붙였다.

"그렇군요. 일리 있는 말씀이십니다."

후작의 연기 실력은 상당했다. 자신의 계획대로 일을 성사시키지 못했음에도 아쉬운 티를 내지 않았다. 그는 정말로 볼일이 있는 사람처럼 홀연히 자리를 떴다.

이후 연화는 레온 영애가 바라는 대로 움직여 주었다. 많은 사람들을 만났고, 별 의미 없는 인사를 주고받았다.

"반갑습니다, 셀리스티나 오클레앙입니다."

"오클레앙 가에 영광이 있기를. 저는 로이엘 바로니첼입니다."

그것이 더없이 기쁜 일인 척 굴었다.

"이렇게 많은 사람들을 만나본 건 처음이에요."

연화가 웃을 때마다 레온 영애는 똑같이 웃어주었다. 오클레앙 영애가 제가 이끄는 대로 움직여 주고 있는데 그녀의 입장에서 이보다 더 좋은 일은 없었다.

레온 영애는 연화의 비위를 대강 맞춰주면서 제가 원하는 행보를 이어나갔다.

연화는 시계를 흘끔 보니 벌써 1시간이 지났다. 이 정도면 충분히 했다 싶은 연화는 다리가 아프다며 찡얼거렸다. 레온 영애는 다 이해한다고 속살거리며 조금은 안타까운 얼굴을 지어주었다.

물론 안타깝다는 말은 진심일 것이다. 연화는 이제 겨우 열 명 남짓한 사람과 인사를 했다. 만날 사람이 많은 레온 영애 입장에서 이보다 더 슬픈 일은 없었다. 그러나 셀리나는 많이 어렸고, 천진난만했다. 그녀는 아무것도 모르는 척 굴었다.

연화는 의자에 앉아서 허공을 쳐다봤다. 정말로 힘든척 잠깐 동안은 아무 말도 않았다. 아까 무슨 이야기를 꺼내며 웃었는지 기억이 가물 해질 때서야 레온 영애를 건드렸다.

"그런데요, 영애."

"네."

레온 영애가 즉각 반응을 한다. 이제 괜찮냐고 묻는다. 연화는 안부를 묻는 말에는 못 들은 척했다. 다리를 주물거리며 시선을 피했다. 조금 더 아픈 척을 하면서 시간을 끌자, 레온 영애가 일어서다 말고 주저앉았다.

레온 영애의 입이 튀어나오려 했다. 연화는 실실 웃었다. 지금부터 할 아부는 그녀의 기분이 저조해야 잘 먹혀든다.

"제가 요즘 카로틴 역사서를 읽고 있어요. 귀족 영애들의 소양이잖아요. 그런데 거기서 초대 레온 후작님 이야기를 봤어요."

"그랬군요."

"정말 대단하다는 생각이 들었어요. 카로틴 건국과 거의 동시에 시작한 가문이란 뜻이잖아요? 그 증좌가 세계수의 가지구요."

"네, 선대의 업적이지요."

연화는 역사서에서 본 내용을 읊었다. 문건에 기록된 내용만 말하는 것이었기에 허위사실은 없었다. 레온 영애의 기분이 들뜨기 시작했다. 그녀의 대답이 길어졌다. 의자에 앉아 실없는 시간을 보내고 있다는 짜증이 옅어지기 시작했다. 그녀의 입꼬리에 웃음이 걸렸다.

연화는 천천히 숫자를 셌다. 하나, 둘, 셋, 그리고 또 하나, 둘.

다시 레온 영애를 끄집어 내릴 때가 왔다. 연화는 호기심을 얼굴 가득 띄웠다. 순진하면서도, 악의는 한 점도 안 느껴지는 표정을 지었다. 큰 눈을 두어 번 깜빡거렸다. 그런 뒤 고개를 좌우로 까딱거렸다.

"한데 귀족들은 이 사실을 잘 모르더군요. 왜일까요?"

연화는 아부하던 입을 아래로 늘어뜨렸다. 호기심과 열망으로 반짝이던 눈을 침울함으로 가득 채웠다. 음울한 척 뒷말을 이었다.

"이렇게 훌륭하고 유서 깊은 가문인데 말이죠. 게다가 후작님도 영애도 모두 좋은 사람인데."

연화가 부러 테일러의 냉대와 케이안의 비틀린 웃음을 언급했다. 레온 영애가 연화를 흘끔거렸다. 기분 나쁜 기억을 들춘 주제에 안타깝다는 얼굴을 하고 있다. 레온 영애는 고개를 내저으면서 의혹들을 털어냈다. 상대는 어린아이다. 겨우 제 허리에 닿을 정도로 작은 어린아이. 상대의 아픈 구석을 찔러놓고 능청을 떨 나이는 아니었다. 하지만 이 모습을 완전한 진심으로 받아들이자니 껄끄러웠다. 레온 영애는 미묘한 대답을 내놓았다.

"그, 글쎄요."

"역사서가 잘못된 건 아닐 텐데 말이에요."

연화가 침울히 덧붙였다.

모르는 척하고 있지만, 두 사람 다 후작가가 왜 이 모양 이 꼴이 되었는지 알고 있었다. 역대 레온 후작들은 남과 다른 재량을 기르기보단 줄서기를 하려고 했다. 아첨과 아부가 그들의 특기였다.

그들의 옆에 꼬이는 것은 후작가란 이름만 보고 오는 날파리와, 아첨을 좋아하는 귀족들 정도다. 어떤 귀족들은 후작가가 떳떳치 않은 방법으로 세를 유지해 나간다며 경멸했다. 하지만 연화는 그들의 생존 방식을 싫어하진 않았다. 원래 세계에도 이런 식으로 살아남은 사람은 많았다. 게다가 이런 자들은 적당히 눈치있고 적당히 무능해 이용하기 쉬웠다. 남을 이용해 먹는 사람들치고 자신이 이용당할 수 있다고 생각하는 자는 많지 않다.

연화는 검지로 입술 끝을 두드렸다. 뭔가를 생각하는 척 드문드문 말을 끊었다 이었다. 오클레앙 영애는 어리숙한 꼬맹이였다. 잘 정리된 문장들을 매끄럽게 이을 수준은 못 되었다.

"몇백 년 전엔 그 어느 가문보다 찬란히 빛났을 텐데. 아쉬워요. 여제를 지척에서 모신 자부심에⋯⋯ 세계수까지 하사받았으니 대단한 영광까지 가지고 있었을 거 아니에요. 그때는 대단한 가세를 가지고 있었겠죠."

연화는 후작가의 과거를 계속 읊었다. 아까는 무작정 후작가를 칭찬했지만, 이번엔 '지금은 안 그렇다'는 전제가 붙었다. 레온 영애는 마냥 기뻐하지 못했다. 그녀가 고개를 떨구었다.

레온 영애는 자신의 가문이 과거처럼 영광스럽지 못한 것에 큰 아쉬움을 갖고 있었다. 연화는 그녀가 가려워하던 부분을 시원하게 긁어주었다. 또, 지금의 후작가에도 과거의 영광이 있음을 알려주었다.

모든 후광은 '세계수의 가지'로 연결되었다. 가지만 강조되지 않도록 사이사이 다른 이야기도 끼워 넣었다. 30분쯤 지났을까. 레온 영애가 갑자기 일어섰다. 그녀의 눈이 자긍심으로 번들거렸다.

"그래요. 선조께선 가지를 하사받으셨어요. 동일 년에 여제께 도움을 준 가신은 모두 일곱이었는데, 가지를 하사받은 사람은 한 명뿐이었죠."

몇 번이나 우려먹은 과거사다. 지겹기 짝이 없었지만 연화는 놀란 척 감탄사를 넣어주었다. 그러자 레온 영애가 안내를 하겠다며 앞으로 걸어갔다. 두 사람은 홀을 가로질러 복도로 나왔다.

파티의 주인공은 후작이지만, 초대장을 보낸 건 영애였다. 그녀는 파티장의 모든 사람과 면식이 있었는데도, 홀의 사람 중 누구도 그녀를 붙들지 않았다. 있어도 없어도 상관없는 사람. 파티장에 모인 사람들은 레온 영애를 그리 인식했다.

"가지는 응접실에 있어요."

레온 영애가 설명을 덧붙였다. 가지는 레온 후작가가 과거 어떤 광영을 누렸는지 보여주는 물건이다. 외부에서 큰 손님이 오면 보여준다고 했다.

연화는 두근두근 설레어하는 심정을 숨기지 않았다. 양팔을 흔들면서 레온 영애를 따라갔다.

응접실은 텅 비어 있었다. 파티가 시작된 지 이제 겨우 2시간이 지났다. 응접실에 관심을 가지는 손님은 없었다. 사용인들은 음식을 만들고 나르느라 바빴다.

레온 영애는 응접실에 들어서자마자 문을 닫았다. 하지만 잠그진 않았다. 그녀는 응접실 구석에 비치된 장식장을 열었다. 고양이나 토끼 따위가 조각된 장식들 사이로 손을 뻗었다.

최근엔 가지를 보러 온 귀족이 없어 가지가 담긴 함은 장식장 깊숙한 곳에 있었다. 그녀가 까치발까지 세우며 함을 꺼내려 낑낑 댔다. 그녀는 함과 고군분투하느라 두 남녀가 속삭이는 걸 듣지 못했다.

"세계수의 가지는 왜 보려 하시는 겁니까."

카를이 인상을 찡그렸다.

"보고 싶으니까요."

연화는 어깨를 한번 으쓱했다. 무슨 문제가 있냐는 듯이.

"그러니까…… 그냥, 이라는 말씀이십니까?"

"그냥은 안 되는 거예요?"

연화가 픽 웃었다. 가지를 보기 위해선 거창한 이유라도 읊어야 한단 말인가. 그녀는 카를에게서 시선을 뗐다.

물론 가지를 봐야 하는 이유는 있다. 설명할 수 없을 뿐이다.

연기에 능숙한 연화도 카를의 얼굴에 대고 '원래 세계로 돌아가는 방법을 알기 위해서' 따위의 말을 태연히 뱉을 자신은 없었다.

"세계수는 역사서에 기록된 것처럼 단순한 신물이 아닙니다. 게다가 가지엔……."

카를의 말이 뚝 끊겼다. 레온 영애가 함을 들고 걸어왔다. 그녀가 겸연쩍은 미소를 흘렸다.

"미안해요. 손님들에게 가지를 보여주는 게 참 오랜만이다 보니."

"별 말씀을 다 하시네요. 너무 설레서 지루할 틈이 없었답니다. 그러면……."

연화는 나무함을 받았다. 황금부엉이가 새겨진 표면을 쓰다듬었다. 옆면에 서명이 되어 있었다. 수백 년 전에 쓰여 졌을 게 분명한 글씨를 읽었다. 유하영. 세 글자가 선명했다.

'차원 이동자이긴 했단 말이지.'

연화는 뚜껑을 열었다. 빨간 보자기 천에 무언가가 둘둘 말려 있었다. 가지였다.

셀리나 팔만큼 긴 가지가 나뭇잎들을 달고서 누워 있었다. 연화는 거칠거칠한 잎을 만져 보다 냄새를 맡았다. 풀냄새와 흙냄새가 났다.

"이건……."

카를이 앗 소리를 냈다. 가지에 감탄해서, 혹은 놀라서 뱉는 소리가 아니었다. 황당함을 애써 눌러 삼키는 소리였다.

확실히 이 가지는 이상했다.

몇 백 년의 세월을 보낸 가지답지 않았다. 지나치게 싱싱했다.

'무엇보다…….'

연화는 이 나무를 알고 있었다. 그 나무는 절대 세계수가 아니었다.

"이거, 떡갈나무 같은데요."

두툼하고 삐죽빼죽한 잎은 영락없는 떡갈나무였다. 혹시 이 세계에선 떡갈나무를 세계수라 부르는 것일까. 연화가 설마 하는 눈으로 레온 영애를 쳐다봤다. 레온 영애는 씩 웃었다. 명쾌히 자백했다.

"맞아요."

당당한 목소리였다. 연화는 무심결에 '그랬구나' 하고 대답할 뻔했다. 날아가려는 정신을 가까스로 붙들었다. 인내를 끌어안고 되물었다.

"세계수는요?"

"없어요."

뭐. 연화가 망연히 레온 영애를 쳐다보았다.

"세계수가 신물인지는 몰라도, 어쨌든 나무잖아요. 나뭇가지가 몇 백 년 동안 멀쩡한 외양을 유지할 리 없는 걸요. 진짜는 오래 전에 썩어 문드러졌죠."

"그럼 떡갈나무는 왜……."

"저희 가문의 가목(家木)이거든요."

"……그렇군요."

연화는 실없는 웃음을 삼켰다. 너무 어이가 없으니까 말이 나오지 않았다. 다행히 표정 관리는 할 수 있었다.

연화는 애써 덤덤한 척했다. 뚜껑을 덮은 뒤 돌려주었다. 세계수의 가지를 보지 못한 것은 애석했지만, 여제의 이름이 유하영인 건 확실해졌으니 소득이 없는 건 아니었다. 게다가 레온 후작가만 세계수를 하사받은 건 아니었다. 기회는 남아 있었다.

하지만 완전히 가라앉지 않은 아쉬움이 툭 튀어나왔다. 미련은 우려로 포장되었다.

"한데 영애. 누군가가 진짜 세계수가 아니라고 항의하면……."

"괜찮아요."

레온 영애가 화사하게 웃으며 덧붙였다.

"중요한 건 '세계수를 하사받았다는 사실'이니까요."

과거의 영광을 상징하는 함이 있으면, 가지 따위는 아무래도 상관없다는 게 레온 영애의 지론이었다. 연화는 그거 참 맞는 말이라며 영혼 없는 동의를 해주었다.

"그럼 이제 홀로 돌아가요. 가능한 한 많은 분들께 인사를 드리고 싶거든요."

"좋은 마음가짐이에요, 영애. 영애는 사교계의 꽃이 될 기량을 가지고 있군요."

레온 영애는 크게 기뻐했다. 겉치레일 것이 뻔한 칭찬을 퍼부었다.

"그런가요?"

연화는 기쁜 척을 해주었다. 사교계의 꽃 따위. 줘도 갖다버릴 칭호라 외치고 싶은 마음을 꾹 눌러 담았다. 상냥한 미소를 지으며 그녀 뒤를 따라갔다.

연화는 응접실 문이 닫히기 전 슬쩍 시계를 봤다. 파티가 시작된 지 3시간이 지났다. 테일러의 인내가 끝나고도 남았을 시간이었다. 파티장에서 퇴장할 때였다. 쉴 수 있다고 생각하자 기분이 좋아졌다.

연화는 들뜬 걸음을 옮겼다. 홀에 도착하는 순간, 테일러에게 수신호를 보낼 것이다. 원치 않은 사람들과 시시한 화두를 옮기던 테일러는 신호를 보자마자 냉큼 달려올 것이다. 인내와 자비는 한 톨도 없는 사람인 척 굴 것이다. 어쩌면 짜증을 낼지도 모르겠다.

복도 끝, 홀 입구에 도착했을 때였다. 레온 영애가 연화를 불렀다.

"영애."

연화는 공상에 빠져있었던지라 한 박자 늦게 대답했다.

"……네?"

연화가 몸을 빠딱 세웠다. 레온 영애는 안심하라는 의미로 싱긋 웃었다.

"별건 아니고. 보름 뒤에 제가 티 파티를 열 예정이거든요. 황녀님께서 하셨던 것처럼 소규모로 열 생각인데. 어때요?"

레온 영애가 한 쪽 눈을 찡긋했다. 그녀는 초대를 하고 있었다.

연화는 오늘 후작가에 온 목적을 달성했다. 이 저택에 볼일은 없었다.

"죄송하지만 다른 일정이 있어서요."

"저런."

레온 영애가 혀를 끌끌 찼다. 아쉬움이 뚝뚝 떨어지는 눈을 하고서 침을 삼킨다. 그녀는 일단 수긍한 체했다. 그러나 3초도 지나지 않아 강요성 짙은 권유를 해왔다.

"일정이 취소되면 연락해요. 영애의 자리는 비워놓을 테니까."

"감사합니다."

연화는 레온 영애 앞으로 한 발을 뻗었다. 바로 테일러와 눈이 마주쳤다. 그가 옆에 있던 사람들을 한 손으로 제치고 걸어왔다.

따로 수신호를 보낼 필요는 없었다. 연화는 활짝 웃으며 걸어가 테일러의 팔짱을 꼈다. 막는 사람은 없었다. 그렇게 세 사람은 유유히 돌아갔다.

연화는 저택에 도착하자마자 다음 계획을 세웠다.

세계수의 가지를 하사받은 가문은 모두 스물세 곳이나, 그중 열네 가문이 멸문했다. 남은 가문은 겨우 아홉 곳이다. 연화는 모든 가문을 방문해 보기로 했다.

오클레앙 영애는 사교계에 입문한 지 얼마 안 된 햇병아리였다. 원하는 사교 모임이 있다고 무턱대고 방문할 순 없었다. 다행히 레온 영애가 이 문제를 해결해 주었다. 그녀는 발이 넓었다. 그녀를 통하면 웬만한 사교 모임은 참석할 수 있었다. 대가로 그녀가 연 모임에 참석해야 했다. 조금 피곤했지만 괜찮았다. 레온 영애는 연화의 비위를 맞춰주는 편이었으니까.

문제는 '세계수의 가지'였다.

9개의 가문 중 6개의 가문은 세계수의 가지가 없다고 했다. 두 가문은 가지를 보관했던 나무함만 보여주었다. 남은 한 가문은 레온 후작가처럼 가목을 보여주었다.

세계수와 관련된 괴담을 늘어놓던 카를은 이제 아무 말도 하지 않았다. 그는 연화가 가지를 보지 못할 거라고 말했고, 그 예상은 적중했다. 손을 뻗었지만 잡히는 건 아무것도 없었다.

세계수의 실체를 확인할 방법도, 돌아갈 방법도 보이지 않았다. 희망이 옅어졌다.

다 포기하면 편해질지도 모르는데, 유하영이란 이름 때문에 희망을 버리지 못했다.

연화는 의기소침해졌다. 우울한 날들이 이어졌다. 그래도 돌아간다고, 나는 갈 수 있다고 스스로를 다독이면서 절망과 싸웠다.

절망은 얄궂었다. 게다가 야비했다. 상냥하고 달콤한 목소리로 유혹한다. 이 세계에 정착하면 좋지 않겠냐고. 셀리나로 사는 것도 나쁘지 않을 거라고도 했다.

절망은 울적하고 외로울 때만 골라 속삭였다.

연화는 유혹에 굴복당하지 않기 위해 부러 일정을 만들었다. 독서에 몰두했고, 난제에 매달렸다. 정신없이 일주일을 보내던 날. 테일러가 황녀의 전갈을 들고 찾아왔다. 황녀가 그녀를 호출했다고. 황녀와 연화의 사이는 약점을 잡은 자와 잡힌 자, 그 이상도 이하도 아니었다. 썩 좋지 않은 관계였다. 두 사람은 티타임이 있은 후 오랜만에 만나게 되었다.

테일러는 같이 황녀를 만나러 가자고 했다. 황녀가 지시한 업무를 보고해야 한다면서. 물론 핑계였다. 테일러는 황녀라는 포식자 앞에 던져질 셀리나가 가여운 것이다.

연화는 테일러의 호의를 받아들였다. 황녀는 제 의중을 쉬이 드러내지 않았다. 신뢰하기 어려운 상대였다. 테일러도 그랬지만, 연화 역시 황녀가 껄끄러웠다. 혼자 만나고 싶은 상대는 아니었다.

연화는 테일러와 함께 황녀궁에 들렀다.

황녀는 테이블 앞에 앉아 있었다. 테일러와 연화는 형식적인 예를 취했다.

황녀는 테일러를 본체만체하고 연화에게 손을 뻗었다. 가까이 앉힌 뒤엔 은근한 물음을 던졌다.

"영애. 요즘 재미있는 일을 하고 다닌다면서요?"

연화는 영문을 모르겠다는 얼굴을 했다. 황녀는 팔짱을 꼈다. 추궁의 침묵을 만들어 연화를 압박했다. 연화는 순진한 척 헤헤 웃었다. 그녀는 바보 연기에 일가견이 있었다. 연화가 어리숙하게 굴면 대다수의 사람들은 계획을 변경했다. 일부는 냉정을 잃고 화를 냈다. 그리고 황녀는, 확실히 보통 사람은 아니었다.

"세계수."

묵직한 한 마디가 떨어졌다. 연화는 웃는 얼굴 그대로 굳었다.

연화는 억지로 입가를 어그러뜨려 웃었다. 가까스로 태연한 척 할 수 있었으나, 타이밍 조절에 실패했다. 황녀는 연화의 당황을 읽어버렸다.

"무슨 말씀을 하시는 건가요."

황녀가 손등으로 턱 아래를 받쳤다.

"영애의 사교 활동은 이상하더군요. 유명 인사만 만나는 것도, 영애를 떠받들어 줄 자들만 만나는 것도 아니더군요. 나이도 가문도 모두 제각각인 인사들을 왜 만나나 했는데. 영애의 행보엔 공통점이 있더군요."

연화는 할 말이 없었다. 상대가 다 알고 따지는데 반박할 수 있을 리 없다. 게다가 사실이었다. 황녀가 허리를 반듯이 폈다. 턱 밑을 받쳤던 손으로 티팟을 잡는다. 쪼로록. 제 앞에 놓인 잔에만 찻물을 가득 붓는다.

"추궁하려는 건 아니에요. 세계수를 조사하는 제국민이 어디 영애뿐이겠어요. 그저."

붉은 입술로 차를 한 가득 머금었다. 젖은 입술로 고혹적인 미소를 그린다.

"그 이유가 궁금해 부른 것뿐이에요."

딱, 딱. 길고 하얀 손가락이 찻잔에 닿을 때마다 자잘한 소음이 일었다.

황녀가 은근한 시선을 던졌다. 그녀는 연화가 이유를 말하길 기다렸다.

황녀의 말대로였다. 이건 추궁이 아니었다. 심문이다.

연화는 잠깐 고심했다. 어떤 대답을 해야 좋을까. 원래 세계로 돌아가고 싶다는 말을 하면 후처리가 귀찮아진다. 다른 변명거리를 생각해야 하는데. 갑자기 쥐어짜내자니 마땅한 게 없었다.

시간이 필요했다. 연화는 테일러를 쳐다보았다.

테일러가 이 눈빛을 알아보았으면 했는데. 그는 황망한 얼굴을 하고 있었다. 어벙한 물음을 던졌다.

"정말로…… 세계수를 조사하고 있었나?"

"네."

테일러가 입을 삐죽댔다.

"나한테는 한 마디도 없이."

"바쁘시잖아요, 공작님은."

연화는 부러 '공작'이란 칭호로 테일러의 뒷말을 끊어냈다. 그는 눈썹을 찡그렸다

테일러가 쿵, 하고 마음에 안 드는 침음성을 냈다. 이내 조용해졌다.

어쨌든 시간은 벌었다. 연화는 의뭉스럽게 웃었다.

"세계수는 아리아드네 여신께서 남겨둔 유일무이한 신물이라죠?"

"그렇죠."

그런 뻔한 사실을 왜 읊는 건가. 황녀가 지긋지긋해했다.

"그리고 여신께선 세상에 기적을 허락하셨죠."

연화는 몽롱한 눈을 했다. 시선을 먼 곳으로 던지면서 헤실헤실 웃었다.

연화가 지금부터 할 말은 매우 뜬금없고 황당한 것이다. 다행히 셀리나가 어리기에 뱉을 수 있었다.

"그 기적을 담고 있는 세계수라면, 죽은 사람 둘 정도는 살려낼 수 있지 않을까 싶어서요."

오클레앙 영애의 입장에서, 살아 돌아오길 바라는 사람은 부모밖에 없다.

"……그런 황당한."

테일러가 테이블을 치며 일어섰다. 황당함으로 크게 뜨여진 눈을 연화 가까이에 들이댔다.

"그대, 진심인가?"

반면 황녀는 즐거워 보였다. 그녀가 온몸을 들썩이며 웃었다.

"아하하하하하하."

애매모호한 미소를 흘리거나, 은근한 눈웃음만 치던 때와는 달랐다. 황녀는 온 사력을 다해 웃고 있었다. 테일러가 연화 쪽으로 숙였던 몸을 틀었다. 그 역시 황녀가 크게 웃는 것은 처음 본 모양이다. 얼떨떨한 얼굴이다.

몇 분 뒤 황녀가 웃음을 멈췄다. 그러나 채 주워 담지 못한 웃음이 계속 새어 나왔다.

황녀가 피식피식 웃으며 등받이에 몸을 기댔다. 나른한 시선을 던지며 찻잔 손잡이에 손가락을 감았다.

"그런 이유라면 저는 막지 않겠어요. 잘해봐요, 영애."

연화는 황녀가 제 연기에 넘어갔는지 아닌지 확신할 수 없었다. 분명한 것은 그녀가 방해할 마음이 없다는 것이다.

"감사합니다."

연화는 기쁜 듯 웃었다. 테일러가 어이없어하는 것이 보였지만 모른 척 했다.

어쨌든 즐거운 이 기분은 진짜니까.

카이스턴 공작은 2황자 수색과 관련된 보고서를 올렸다. 그는 황녀에게서 오클레앙 영애를 보호하기 위해 함께 입성했지만, 명목상의 구실도 가지고 있었다. 보고서는 단정했고 자료는 깔끔히 정리되어 있었다. 방대한 양의 보고서였지만 한 문장으로 축소할 수 있었다.

-2황자를 찾을 수 없었다.

황녀는 한숨을 쉬었다. 제국 제일가는 권력자가 찾지 못했다면, 아무도 못 찾는 것이다. 어쩌면 이미 이 세상 사람이 아닐지도 모르겠다는 생각에 황녀는 착잡한 심경을 삼켰다. 다시는 2황자를 볼 수 없다는 생각을 하자 속에서 뜨거운 감정들이 왈칵 치솟아 올랐다.

첫 감정은 분노였다. 황태자를 찢어죽이고 싶다는 생각이 들었다. 그 다음으론 절망이 찾아왔다. 황성에서 유일하게 정 붙이고 살았던 피붙이가 사라졌다. 마지막으로 찾아온 감정은 갈망이었다. 저는 살아남아야겠다는 마음은, 황제가 되어야 한다는 절박함으로 바뀌었다.

황녀는 서류를 한쪽으로 제쳐 두었다. 카이스턴 공작과 오클레앙 영애는 1시간 전에 황성을 떠났다. 그녀는 할 일이 많았다.

황녀는 고요한 방을 둘러보았다. 넓은 방 가운데에 앉아 있는 것은 그녀뿐이다. 기사는 복도에 있었고, 시녀는 물렸다. 황녀는 검지와 엄지를 모아 튕겼다. 딱, 딱. 두 번만 소리를 낸 뒤 손을 의자 아래로 내렸다. 무표정한 얼굴로 찻잔을 들었다. 다 식은 차를 들이켰다.

찻잔이 완전히 비기 전, 책장이 빙글 돌아갔다. 책장은 검은 무복을 입은 여자를 뱉고 원래대로 돌아갔다. 여자는 황녀와 다섯 걸음 떨어진 곳에 부복했다. 황녀는 잔을 내려놓았다. 턱을 괴고서 여자를 내려다봤다.

"란."

"네."

담담한 목소리엔 고저가 없었다.

"어떤 것 같아요?"

황녀가 문을 가리켰다. 소녀와 남자가 사라졌던 곳이다. 란은 고개를 갸웃했다. 녹안에 의문이 스며들었다.

"어느 쪽을 말씀이십니까."

"어린 쪽이요."

황녀는 란에게 상황을 지켜볼 것을 명했다. 오가는 대화를 메모하거나, 누군가를 눈여겨보라는 말은 하지 않았다. 란은 모든 상황을 단편적인 느낌으로만 기억했다. 그마저도 시간이 지나면 옅어졌을 것들이지만, 아직은 기억하고 있었다.

"육체와 정신 모두 미성숙한 것으로 보입니다. 순수하고 어린 면이 많은 것 같습니다. 하는 말이나 행동으로 보아, 또래 영애들보단 성숙한 듯합니다. 그러나 어린아이로 보였습니다."

"정말 그리 생각하나요?"

황녀가 한쪽 눈썹을 까딱거린다. 뭔가를 확인하듯, 진중한 눈으로 란을 위아래로 훑어 내렸다.

"정말로?"

"왜 그리 물으십니까."

"제 생각은 달라서요."

황녀가 후후 웃었다. 황녀는 눈을 감았다. 오클레앙 영애를 떠올려 보았다.

첫 인상은 그냥 가녀린 소녀였다. 두 다리로 서 있는 것이 기적으로 보일 정도로 약하디약한 소녀였다. 테일러와 함께 있는 것을 봤을 때는, 운 좋게 카이스틴 공작과 연이 닿은 것이라 여겼다. 그게 착각이었음은 나중에 알았다.

소녀는 연기에 능했다. 단순히 표정 관리를 잘하는 게 아니었다. 그녀는 자신이 보여주고 싶은 장면을 계산한 뒤, 그에 맞추어 행동했다. 말하자면 그건 '연극'이었다.

소녀는 대사와 행동을 모두 짠 뒤 필요한 등장인물만 판 위로 끌어올렸다. 교묘하고 은근한 방식으로 원하는 것을 얻어냈다. 당사자들은 자신이 당한 줄도 몰랐다.

'그런 꼬맹이더러 순진하다니.'

황녀는 픽픽 새어 나오는 웃음을 감추지 않았다. 란은 소녀가 순수하고 세상 물정에 어둡다고 했지만, 정말로 뭘 모르는 것은 란이었다. 란은 소녀가 보여준 모든 것이 진짜라고 생각했다. 하지만 틀렸다. 소녀는 순진한 척 가증을 떨고 간 것이다.

'부모님이 보고 싶어 세계수를 찾아다니는 12살이라.'

황녀는 한쪽 입꼬리만 끌어올려 웃었다. 생각할수록 가소로운 변명이었다. 어린아이가 할 법한 말이긴 했지만, 황녀는 소녀의 실체를 알고 있기에 그냥 웃었다.

거짓말임을 알고 있음에도 묵인한 이유는 하나다. 세계수를 찾는 이유를 알 것 같아서였다.

예전엔 아리아드네 교의 신자나 역사학자들만 세계수를 찾아 헤맸다. 그러나 마법학계의 논문이 발표된 요즘, 이세계에 관심을 갖는 자들이 세계수에 눈독을 들였다.

오클레앙 영애가 어느 부류일지는 뻔했다.

'그러니까 이세계에 관심이 있단 말이지.'

소녀가 이세계에 관심을 가지는 이유는 모른다. 알 필요는 없었다.

황녀는 세계수와 관련된 정보를 쥐고 있다. 황녀는 소녀의 소원을 들어줄 수 있었고, 소녀는 황녀의 야망을 들어줄 수 있었다. 협상의 여건이 완성되었으니 그것으로 되었다.

황녀는 허공에 손그림을 그려보았다. 눈 두 개에 코 하나에 입 하나. 사람의 형태만 간신히 갖춘 것이었지만, 황녀는 제 부하가 된 오클레앙 영애를 보았다. 그 뒤엔 황제가 된 자신이 있었다.

소녀는 교활했다. 게다가 자신을 드러내지 않았다. 그러나 소녀는 훌륭한 패가 될 수 있었다. 테일러가 소녀를 제 편으로 만든 것이 증거였다. 방법이 있을 것이다.

황녀는 상념에 잠겨 있느라 감았던 눈을 떴다. 란은 아직도 그녀의 옆에서 부복 중이었다. 그녀가 드물게 고개를 들고 있었다. 날카로운 눈과 시선이 마주쳤다.

"오클레앙 영애가 전하께 결례라도 저질렀습니까?"

"그건 아니고. 그냥, 그녀를 제 부하로 맞아들이고 싶다는 말이었어요."

말 한마디라도 잘못했다간 당장 소녀를 죽이러 갈 기세다. 황녀는 손을 내저었다. 란은 이견을 달지 않았다. 그녀는 충직한 번견(番犬)이었다. 복종하는 법만 알았다.

"전하께서 그리 보셨다면, 그녀는 더없이 적합한 자일 것입니다."

란이 다시 고개를 수그렸다. 황녀는 흡족히 웃었다.

황녀는 란에게 물러가라 손짓한 뒤 보고서를 집어 들었다. 조금만. 아주 조금만 슬픔을 들춰볼 생각이었다. 란이 책장 앞에 섰다. 그녀가 장치를 작동시켰다. 책장이 끼긱, 거친 소리를 내며 돌아갔다.

란이 사라지려고 했다. 뒷모습이 소녀와 닮았다는 생각을 했을 때, 황녀가 그녀를 붙들었다. 그녀가 다시 돌아본다. 의아한 눈이다. 문득, 어떤 잔상이 스쳐 지나갔다.

"아까, 정말로 이상한 거 눈치채지 못했어요?"

"무엇을 말씀이십니까."

"가령 카이스턴 공작이 보고를 올렸을 때 말이죠."

테일러는 무미건조한 얼굴로 보고서를 읊었다. 국내는 물론이고, 국외로 나가기 위해서 꼭 거쳐야 하는 황무지까지 수색했으나 2황자를 찾을 수 없었다고. 테일러는 2황자가 죽든 말든 상관없어 했다. 반면 오클레앙 영애는 미묘한 얼굴이었다. 슬퍼하는 것은 아니었다. 당혹스러움과 의혹이 담긴 표정이었다.

순간적인 표정이었고, 금방 흩어졌다. 하지만 틀림없이, 그 표정은 진짜였다.

란은 잠깐 생각한 뒤 고개를 저었다.

"잘 모르겠습니다."

"하긴, 그 또한 아무래도 상관없는 이야기긴 해요."

2황자는 죽었고 황제가 될 사람은 황녀뿐이다. 계획은 다 세워졌고, 주사위는 던져졌다.

황녀는 자잘한 문제에 상관하지 않기로 했다. 오클레앙 영애가 2황자와 어떤 관계이든 무슨 상관일까. 진범이 황태자란 사실은 변하지 않을 진데. 소녀는 테일러의 편이었고, 테일러는 황녀와 한 배를 탔다. 그렇기에 소녀는 황녀의 아군이었다.

황녀는 자신이 내린 결론에 만족했다.

13
그림자 기사단

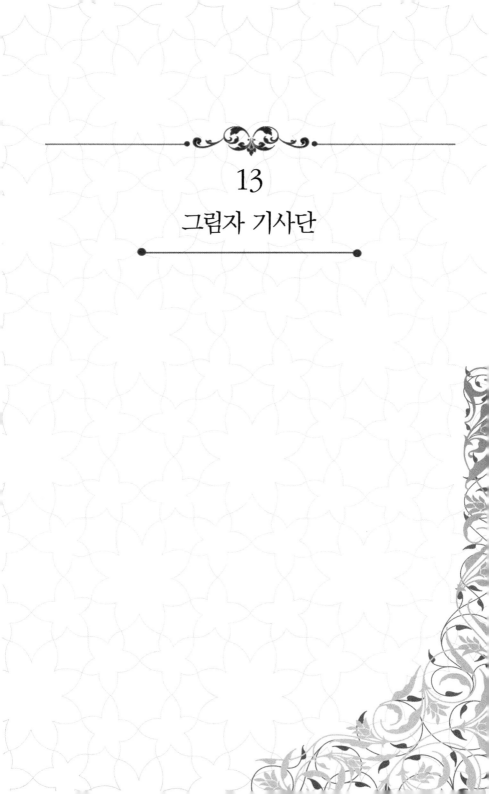

　황녀는 연화를 초대하면서, 마차에 시녀와 기사까지 두어 명 딸려 보냈다. 테일러는 절대 황녀와 개인 접촉을 하지 말라고 했다. 하지만 연화는 황실 기사를 외면할 배짱이 부족했다. 마침 테일러가 영지 시찰을 하러 가서 연화를 막아줄 사람이 없었던 것도 있었다.

　연화는 한숨을 내쉰 뒤 마차에 올라탔다. 투구를 뒤집어쓴 카를이 동석해 줘서 다소 안심이 되었다. 마차는 1시간 가량을 달린 뒤 황성 앞에 멈췄다. 연화는 이리저리 안내받는 대로 움직였다. 정신을 차렸을 때는 황녀의 방 안이었다. 황녀가 인장을 내려놓고 웃었다.

　"어때요?"

　황녀가 말했을 때, 연화는 참으로 오랜만에 후회란 것을 하게 되었다. 그녀는 입술을 깨물었다.

　"대단한 건 아니에요. 그저, 영애의 아버지가 했던 일을 물려받는 것뿐이니까."

황녀가 테이블 위에 인장을 내려놓았다. 한때는 인장의 까만 몸신을 보고 예쁘다고 생각한 적이 있었다. 하지만 지금은 얄궂게만 보였다.

'그놈의 인장.'

연화가 처음 인장을 본 건 오클레앙 저택을 방문했을 때였다. 카를은 인장을 없애라고 했지만, 연화는 후에 쓰임새가 있을 거라며 내버려 두었다.

연화는 제가 떠난 뒤 셀리나의 인생을 황녀에게 맡기면 좋을 거라 생각했다.

그림자 기사단은 폐쇄성이 강한 집단이다. 그만큼 결속력도 강하다. 셀리나를 기사단의 일원으로 만들면, 내부 비밀을 공유하게 될 것이다. 목숨과 인생을 보장받을 길이 생기는 것이다. 셀리나가 함부로 입을 털지 않는 한, 황녀가 먼저 셀리나의 뒤를 때릴 일은 없으니, 판단 자체는 틀리지 않을 지도 모르겠다. 연화가 그녀의 수족이 된다면, 황녀는 이용한 대가를 잘 치러줄 것이다.

문제는 어떻게 살아남느냐에 있는 것이 아니었다. 연화는 어떻게 이용당하는가가 더 중요하다는 걸 깨달았다.

연화는 종이를 뚫을 듯 노려보았다. 전대 오클레앙 백작이 했던 일을 적은 종이였다.

백작의 주 업무는 밀수와 자금세탁이었다. 무기류나 마법 물품처럼 기록과 관리가 엄중한 물건들을 몰래 반입해 황녀에게 넘겨주었고, 출처가 불분명한 돈을 이 루트 저 루트로 움직여 추적을 모호하게 했다. 원래 세계에서도 자금 세탁업자들은 외국 여기저기를 돌아다녔는데, 백작 역시 외국 출장이 잦았다. 그의 별장은 세계 각국에 있었다. 혼 왕국은 그중 하나였다.

백작이 혼 왕국에 있었던 게 단순한 휴가는 아니었던 모양이다.

연화는 쓴웃음을 지었다.

그림자 기사단은 황녀의 비밀 업무를 수행하는 집단이다. 은닉된 만큼 떳떳하지 못한 활동을 할 거라는 건 알고 있었지만 이런 일일 줄은 몰랐다. 도덕성을 염려하는 건 아니었다. 연화 본인의 인생도 깨끗하지는 않다. 하지만 셀리나의 머리를 믿을 수 없기에 문제였다.

연화는 종이를 내려놓았다. 황녀에게 셀리나의 인생을 맡기면 좋을 거라는 생각은 그대로지만, 이런 식으로는 아니었다.

"송구합니다만, 저는 이런 일을 해본 적이 없어서."

황녀는 조금 놀란 듯 눈을 동그랗게 떴다. 이내 잔잔한 웃음을 지었다.

"괜찮아요. 영애는 영특해 일을 빨리 배울 테니까."

연화는 하하 어색한 웃음을 흘렸다. 절대 아니라고 외치고 싶었지만, 점잖은 귀족 소녀는 그래선 안 된다.

연화는 황녀처럼 오묘한 미소를 흘렸다. 부채를 펴 호호 웃은 뒤, 다시 접어 무릎 위에 올려두었다. 철없이 유행을 좇는 영애처럼 보이려고 부러 화려한 디자인으로 맞춘 것이다.

연화는 부러 다리를 흔들었다. 부채 끝에 매달린 루비들이 반짝거리며 영롱한 빛을 토해냈다. 아름다운 보석알들을 손으로 만지면서 다시 고개를 들었다.

황녀와 눈이 마주쳤다. 연화는 최대한 순진무구하고 어리숙한 표정을 지었다.

"저를 너무 고평가하시는 것 같은데요."

"이 궁엔 가족도 친구도 진정한 벗도 없어요. 이곳은 조용한 전쟁터에요. 모두가 살아남기 위해 서로를 이용하고, 배신하다 손을 잡길 반복합니다. 그 아비규환 속에서 제가 어떻게 살아남았을 것 같나요?"

황녀가 웃었다. 아까는 그냥 습관적으로 웃는 것 같았다면, 지금의 미소는 조금 음험했다.

황녀는 온화한 가면을 들어 내면을 보여주었다. 절망을 딛고 섰기에 얻은 어둠이 튀어나왔다. 연화는 저도 모르게 움찔했다.

"저는 제 판단을 믿어요."

황녀가 양손을 가슴 앞에 모으며 간절한 듯 한마디를 흘려 넣었다. 어둠이 사라졌지만 연화는 아무것도 못 본 척했다. 어려 보이도록 검지로 입 옆을 콕 찍으며 고개를 기울였다.

"저는 12살밖에 안 됐어요, 전하."

물론 황녀에겐 통하지 않았다.

"중책에 나이가 무슨 소용인가요. 실력만 있으면 되는 것을."

"하지만, 그……."

"저는 영애에게 부탁하는 게 아니에요. 명령을 하는 거랍니다."

황녀가 턱을 짚었다.

"자리는 많은 일을 가능하게 하지요. 그래서 많은 사람들이 자리에 매력을 느낀 답니다. 권력 앞에 장사 없다는 말이 왜 생겼겠어요?"

참으로 지당한 말이었다. 귀족은커녕 평민도 못 되는 노예 셀리나는 카턴 상단주에게 머리를 조아려야 했다. 샤먼이 저를 버리고 가도 쫓아가지 못하고 황무지에서 죽음을 택할 수밖에 없었다.

홍연화는 셀리나를 살려낼 수 있었다. 귀족 영애로 만들 수 있었다. 셀리스티나의 이름을 얻었다. 그러나 황족이 될 수는 없었기에 황녀의 앞에서 머리를 숙이고 그녀의 말을 들어야 했다.

연화가 할 수 있는 것은 순간을 모면하기 위한 거짓과 잔꾀뿐이다.

"또 이런 말을 할 수밖에 없어 송구합니다. 저는 금전 감각이 없음은 물론, 산수에도 어둡습니다. 어찌 이런 일을 할 수 있겠습니까."

하지만 때로는 그마저도 할 수 없을 때가 있다.

"바보 연기는 그만두죠. 가증스러우니까."

황녀가 혀를 쯧 차더니 다리를 꼬았다. 턱을 비스듬히 들고서 연화를 내려다본다. 차가움을 배제한 목소리는 지극히 이성적이었다.

황녀는 연화를 떠보는 것이 아니었다. 이미 알고 있는 사실을 내뱉는 것이었다.

연화는 멍하니 황녀를 쳐다보았다. '그렇지 않다'며 부정해야 하는데. 어떤 표정이 가장 적합한지 모르겠다. 머리가 하얘졌다.

연화의 얼굴이 일그러졌다. 황녀는 깨진 가면을 보며 웃었다. 그녀가 자리에서 일어섰다.

황녀는 테이블 주위를 돌다 연화 앞에서 멈췄다. 긴 손가락이 연화의 뺨을 감쌌다. 턱을 쥐고 위로 올려 시선을 맞추었다.

"동류끼리는 뭔가 통하는 게 있다고 하죠. 지금 그 말을 쓰면 딱 좋을 것 같은데. 영애 생각은 어때요?"

황녀가 한쪽 눈을 찡긋했다. 연화는 아무 말도 하지 못했다.

연화는 1시간 전에 황녀궁에 왔다. 이번 방문 역시 황녀가 불러서였다.

연화는 테일러와 함께 왔지만, 황녀는 부러 그를 내보냈다. 시시콜콜한 잡일을 시키면 직접 움직이지 않을 것을 알기에 중요 서류 하나가 누락되었다는 말로 그를 보냈다.

테일러는 이를 갈면서도 결국 일어섰다. 떠나기 전 그가 연화의 앞에서 고개를 숙였다. 그녀의 보닛을 바로잡아 주면서 속삭였다.

"절대 방심하지 마."

테일러가 무슨 의미로 그런 말을 하는지는 안다. 하지만 연화는 황녀를 대단찮게 평가하지 않았다. 황녀는 어려운 상대가 맞았지만 소설 속의 인물이었다. 재민이 만들어낸 캐릭터였다. 한계가 존재할 터였다.

한 방 먹는다고 해봤자 황녀의 권력과 힘에 압박당한다고만 생각했다. 연화는 이런 쪽으론 생각해 본 적이 없었다. 연화는 하하하 허망한 웃음을 이었다. 단꿈에서 깨어난 기분이었다. 하지만 그렇게 나쁜 기분은 아니었다.

세상은 넓고, 삶은 유동적이다. 이곳이 원래 세계와 크게 다르지 않다고 생각하면 당연한 일일지도 모른다. 황녀가 연화의 연극을 눈치챘다는 게 대단한 사실은 아니었다. 황녀는 연화가 로아넨 영애 행세를 했음을 알고 있다.

황녀는 동류라고 했다. 자신과 같은 부류라고 했다. 연화는 그 말의 의미가 확 와 닿았다.

연화는 웃음을 멈췄다. 자신의 뺨을 감싸고 있는 손을 떼어냈다. 황녀는 순순히 손을 내려주었다. 하지만 그녀의 시선은 떨어지지 않았다.

연화는 황녀의 파란 눈동자를 직시했다. 청명한 눈동자 안에 숨겨진 어둠을 읽었다.

황녀는 한 때 평온한 삶을 살았을 것이다. 그러나 급박한 상황을 겪고, 이때까지 살아왔던 삶을 버려야 했다. 그러나 자신이 바뀌었음을 쉬이 드러낼 수 없었다. 남몰래 꿈을 키워야 하는 처지였다. 그녀는 진짜 자신과 타인 앞에 보이는 자신을 분리해 왔다.

어떻게 이제까지 못 알아봤을까. 연화는 감탄사 섞인 웃음을 뱉었다.

'내 인생이 바로 그러했는데.'

연화는 대기업 회장의 딸로 태어났지만, 차기 회장으로 자라진 않았다. 홍 회장은 적자계승을 좋아하지 않았다. 그는 자질이 있는 사람이 자리를 맡아야 한다고 생각했다.

원래 연화는 후계자 싸움에 참여할 생각이 없었지만 상황이 그녀의 등을 떠밀었다. 최고의 자리에 오르지 않으면 끔찍한 말로를 걷게 될 거라는 공포가 칼자루를 잡게 만들었다. 하지만 연화와 황녀가 완전히 닮은 건 아니었다. 황태자는 홍진수를 모델로 했으나 감성적인 부분이 있었던 것처럼, 황녀 역시 연화와 미묘한 차이가 있었다.

연화와 달리 황녀는 수시로 가면을 벗었다. 그녀는 자신을 노출해도 목숨은 보전할 수 있는 환경에서 살아왔다. 황태자는 홍진수보단 덜 악랄했다. 황태자와 홍진수의 차이가, 황녀와 연화의 차이를 만들었다.

연화는 크게 치켜떴던 눈을 감았다. 픽 웃으며 똑바로 섰다. 이 상황은 여전히 마음에 들지 않았지만, 재미있긴 했다.

"오래 살지 않아도 별일을 다 겪네요."

"지존이 되겠다고 형이 동생을 죽이는 세상인걸요. 이보다 더 별스러운 일이 있나요?"

연화는 정색했다. 별별 일이 다 일어나는 세상이다. 더 별스러운 일은 당연히 있었다.

연화가 이 세계에 있는 이유가, 사촌의 계략 때문이었다. 저쪽 세계엔 상단주가 되겠다고 사촌동생을 죽이려는 사람도 있었더란다.

"그래서. 영애의 대답은 아직도 그대로인가요?"

황녀가 다시 은근한 물음을 던진다. 그래도 아직은 권유였다. 거절할 수 있었다.

연화는 테이블 위에 손을 짚었다. 오클레앙 전 백작의 업무가 적혔던 종이를 쭉 밀었다. 종이는 테이블 끝까지 밀리더니 황녀가 앉았던 의자에 떨어져 사방으로 흩어졌다.

"이런 일은 하고 싶지 않아서요. 못 본 것으로 하겠습니다."

"그렇군요."

붉은 입술이 납득했음을 알린다. 연화는 인사를 남기고 돌아섰다. 테일러가 돌아오려면 좀 더 기다려야 했다. 마차는 테일러가 가지고 갔다. 연화는 테일러의 볼일이 끝날 때까지 기다려야 하는 처지였다. 그렇더라도 상관없었다. 지금은 이방에서 나가고 싶었다.

문고리를 잡는 순간이었다. 황녀가 손을 두 번 튕겼다. 딱, 딱. 명쾌한 소리가 들렸다. 그다음으론 육중한 가구가 밀쳐지는 소리를 들었다.

"란."

황녀는 딱 한 마디만 했다. 그녀의 수하는 명령을 알아들었다.

연화는 문고리에 손가락을 댄 채로 굳었다. 긴 장검이 연화의 목 아래와 문 사이로 들어왔다. 앞으로 한 발자국만 움직이면 목이 떨어질 것이다. 연화는 몸을 틀었다. 단순히 퇴장을 막는 게 목적이었는지 검은 움직이지 않았다.

연화는 옆을 쳐다봤다. 검은 무복을 입은 여인이 무표정한 얼굴로 서 있다. 황녀의 수하인 모양이다. 명령받은 대로만 움직이는 사람인 모양이다. 그리 중요한 사람은 아닌 듯했다.

연화는 황녀를 보며 입꼬리만 끌어올렸다. 요사스러운 미소를 지으며 얄밉게 덧붙였다.

"제가 누구와 함께 왔었는지 벌써 잊으신 모양이네요."

황녀가 한쪽 눈썹을 까딱했다. 그녀가 쿡 어깨를 떨며 웃었다.

"그것이 영애의 권력은 아니잖아요?"

"전하 역시, 운 좋게 폐하의 딸로 태어난 것일 뿐. 황제는 아니시잖아요?"

황녀가 미간을 좁혔다. 못마땅함이 가득한 눈이다. 상황을 자각시킬 생각이었는데, 너무 나갔다. 연화는 황급히 다음 말을 덧붙였다.

"황제가 되고 싶어서 테일러 씨를 곁에 둔 것이 아니었나요?"

비굴해 보일 거라는 생각이 머리를 스쳤지만 어쩔 수 없었다. 어떤 식으로든 셀리나는 살려야 했으니까.

"저를 죽이면 테일러 씨와 척을 지게 될 거예요."

"그래서 아군이 되라고 제안을 하고 있잖아요, 지금."

황녀가 실실 웃었다. 연화가 두려움을 내비치자 황녀는 만족했다. 그녀는 자신이 상위포식자라는 것을 인정해 주면 만족하는 사람이었다. 그녀는 사람을 다루는 것에 익숙했지만, 때때로 상대방 역시 자신을 다루려 한다는 것을 잊곤 했다.

문은 가로막혀 퇴로는 없고, 카를은 옆방에 있었으나 함부로 부를 수 없었다.

연화가 이 상황에서 벗어날 수 있는 방법은 황녀의 비위를 맞춰 주면서 그녀에게 유리한 쪽으로 협상을 하는 것뿐이다.

다행히 황녀는 완전무결한 사람은 아니었다. 연화가 그러하듯이.

연화는 눈을 서너 번 깜빡였다. 상황이 심각하지 않다는 생각이 들자, 머리가 돌아가기 시작했다. 이성이 돌아왔다.

"저를 수하로 두려는 이유가 뭡니까."

황녀가 천천히 걸어왔다. 구두 굽 소리가 느리게 울러 퍼졌다. 황녀가 연화의 코앞에서 멈췄다. 아까처럼 연화의 뺨을 감싸 쥐는 것 같던 손이 연화의 머리를 감쌌다.

"상대를 똑바로 파악할 줄 아는 머리와, 상대가 누구라도 태연히 웃으며 원하는 것을 얻어내는 그 능력이 탐이 나서요."

황녀가 연화의 머리에서 손을 미끄러뜨렸다. 어깨를 타고 허리를 짚던 손이 연화의 팔목을 타고 손목을 잡았다.

"똑똑한 사람? 물론 많죠. 공부 좋아하는 샌님은 제국에 널렸어요. 권력이 많은 사람? 그 역시 많아요. 하지만 영애 같은 사람은 흔치 않죠."

연화는 눈을 크게 깜빡였다.

"백의 가면을 가진 사람 말이에요."

"……."

"그래서 영애에겐 이런 어두운 일이 맞을 것 같다고 생각했는데. 제가 틀렸나요?"

연화는 아무 말도 하지 않았다. 부인하기엔 이미 너무 늦었다. 황녀는 연화의 귀에 대고 속삭였다.

"약속하건대, 절대 영애에게 불리한 조건은 아닐 거예요."

연화가 가만히 있자, 황녀가 그녀의 손을 놓았다. 뒤로 돌아서는가 싶더니 테이블까지 걸어갔다. 연화가 떨어뜨린 서류 더미를 주웠다.

황녀는 서류를 차곡차곡 정리하더니, 맨 마지막 장만 들고 다시 돌아왔다. 연화의 오른손에 종이를 쥐어 주었다. 종이엔 연화가 황녀의 아래로 들어오면 얻을 수 있는 것들이 적혀 있었다. 목숨을 보장해 주겠다든가, 오클레앙 백작이 되는데 도움을 주겠다는 뻔한 조항부터 페이 지불처럼 중요한 안건도 있었다.

이 세계에 정착할 마음이 없는 연화에겐 아무래도 상관없는 조항이다. 하지만 셀리나에겐 꽤 좋을 것 같았다. 후일을 생각한다면, 누구라도 할 수 있게 패턴화 되어 있는 일을 벌이면 좋을 것 같았다. 그런 일은 연화가 언제 사라지더라도 순서만 알면 쉽게 이어갈 수 있으니까.

셀리나를 위해 할 수 있는 일은 하겠지만, 그렇다고 그녀를 위해 희생하는 삶을 살겠다는 갸륵한 마음을 품은 적은 없었다. 몇 번이나 다짐했듯, 최우선 순위는 언제나 '돌아가는 것'이다. 연화는 맨 마지막 조항을 손으로 훑었다.

-황실 도서관 출입 허가.

제국의 정보는 황실을 통해 한번 걸러진다. 황실이 원하는 정보는 시중에 뿌려지지 않는다. 연화가 원하는 정보를 황실이 가지고 있다면, 연화는 황녀와 손을 잡아야 했다. 원래 세계로 돌아가기 위해선 이 방법밖에 없었던 걸지도 모르겠다.

지난 시간들이 모두 헛고생이었다는 허탈감과, 하지만 이제는 다를지도 모른다는 몹쓸 희망이 오묘한 감정을 만들었다.

연화는 고개를 높이 들었다. 똑바로 황녀를 쳐다봤다. 이 감정을 확실히 정의내릴 수는 없지만, 자신이 거절할 수 없는 조건이 있다는 건 분명했다.

"그래, 세상에서 가장 무서운 게 권력이라던데. 그 말이 맞긴 하네요."

황녀는 홍연화의 사정을 모른다. 그녀에게 중요한 것은 결실뿐이다. 황녀의 눈이 이채로 반짝거렸다. 기대감이었다.

"이제 다른 대답을 해줄 건가요?"

연화는 고개를 끄덕였다. 연화는 아직 선택권을 가지고 있었다. 그녀는 지금 가장 필요한 것을 요구하기로 했다.

"생각할 시간을 주세요."

황녀는 관대했다. 흔쾌히 연화의 숨통을 트여주었다.

연화는 안도의 미소를 지었다.

카이스턴 저택에 있는 사람들은 모두 테일러를 위한 사람들일 뿐, 셀리나를 위한 사람은 아니었다. 당연했다. 그들의 충정의 대상은 카이스턴 공작이었을 테니까. 그래서 카를은 셀리나가 떠날 때 함께 따라나섰다.

"저도 함께 가겠습니다."

셀리나는 몇 초간 뭔가를 생각하더니, 이내 고개를 끄덕였다. 그녀가 무엇을 생각한 것인지는 황녀궁에 도착해서야 알았다.

"여기서 기다려 줘요."

"아가씨."

"필요하면 부를게요."

셀리나는 카를에게 대기할 것을 명했다. 말이 명령이지, 사실은 배려였다.

셀리나는 카를이 황족들과 대면하는 걸 꺼리고 있음을 알았다. 카를은 그리해 줄 필요 없다고 말하지 못했다. 셀리나를 보호하러 왔지만, 결정적인 순간엔 보호를 받고 만다.

"알겠습니다."

용맹한 카를로스는 황무지에서 죽었다. 겁쟁이 카를은 소녀의 보호를 받는 것 외엔 할 수 있는 일이 없었다. 무기력에 짓눌리면서도 자존심은 죽지 않았다. 셀리나는 옆방에서 대기하라고 했지만, 카를은 방문 앞에서 기다렸다.

황녀는 많은 사람들을 거느리고 명령하는 귀한 몸이었다. 방끼리의 방음은 완벽했지만 방과 복도 사이의 방음은 조금 약했다. 큰 소리가 나면 들을 수 있었다.

시작은 나쁘지 않았다. 황녀가 테일러를 보내면서 분위기가 급변했다.

셀리나의 목소리가 높아졌다. 종래엔 금속 소리가 들렸다. 검을 뽑는 소리였다. 카를은 허리춤 옆 허공을 움켜쥐었다. 그는 황녀궁에 들어오면서 검을 반납했다. 맨 손으로 싸워야 할 판이다. 그런데 셀리나는 카를을 부르지 않았다. 위급한 상황이 분명한데도.

'처음부터 부를 생각이 없었던 건가.'

카를은 입술을 깨물었다. 셀리나는 그를 믿지 않았다. 그녀는 항상 떠나는 것을 염두에 두고 있었다. 혼자 생각하고, 혼자 해결하는 것이 그 증거였다.

　방 안의 혼란은 금방 잠재워졌다. 셀리나의 몇 마디에 황녀는 흡족해했다. 상황은 테일러가 도착하기도 전에 마무리되었다. 셀리나는 테일러가 올 때까지 기다렸다가 황녀의 방을 나왔다.

　마차에서 테일러를 기다릴 모양이다. 셀리나는 실 같은 미소를 띠며 나오다 카를을 보았다. 당황은 찰나였다. 그녀는 포커페이스를 유지하며 문을 닫았다.

　주위에 아무도 없는 것을 확인한 뒤에야 카를에게 말을 걸었다.

　"왜 여기 있었어요?"

　카를은 말없이 고개를 숙였다. 셀리나를 지켜주기 위해 복도로 나왔지만, 사실은 아무것도 하지 못했다. 망부석처럼 자리만 지키고 서 있는 것이 그가 한 일이었다.

　카를이 침묵했음에도 셀리나는 무언가를 읽어냈다. 그녀의 눈이 반짝였다.

　"혹시 들었어요?"

　"예."

　카를은 순순히 시인했다. 연화가 눈을 가늘게 떴다.

　"어디서부터 들었어요?"

　"검 뽑히는 소리는 확실히 들었습니다."

　"그런데도 복도에서 기다렸단 말이군요."

　셀리나가 좁혔던 눈을 휘었다. 오묘한 미소를 저으며 턱 아래를 손 등으로 받쳤다.

　셀리나가 화를 내지 않았다는 사실이 카를의 가슴을 미어지게 했다. 일말의 기대도 하지 않았다는 뜻 같았다. 카를이 무어라 말하려 하자, 셀리나가 엄지로 카를의 입술을 막았다.

"저는……."

"힐난하는 게 아니에요. 오히려 칭찬해 주고 싶은 걸요. 잘했어요, 카를."

셀리나가 턱을 받쳤던 손을 뗐다. 카를의 뒤로 손을 뻗었다. 카를의 등을 두드려 주고 싶어 했지만 애석하게도 그녀는 키가 작았다. 그녀는 카를의 허리 부근을 서너 번 두드렸다.

"황녀께선 제 목숨을 위협한 적이 없으세요. 그분은 협상을 바랐을 뿐이죠. 검 뽑는 소리 좀 났다고 카를이 달려들었으면 정말로 곤란해졌을 거예요. 이렇게 웃으면서 걷는 것 자체가 불가능해졌을지도 모르고요."

셀리나는 황녀를 '꿈을 가진 포식자'로 보았다. 자신이 원하는 일을 이루었을 때는 만족하며 배를 두드리지만, 이루지 못하면 상대를 물어뜯어 만신창이로 만든다.

황녀는 강대한 힘으로 상대를 복속시키는 것에 익숙해져 있기 때문이다

발랄한 목소리와 달리 내용은 살벌하기 짝이 없었다.

카를이 가만히 있자, 셀리나가 재차 그의 허리를 두드렸다. 카를이 멈칫하는 사이, 그녀가 뒷짐을 지고서 카를을 제쳐 나갔다. 그러다 문득 뒤를 돌아보며 생긋 웃는다.

"카를도 처세술이 늘었네요. 어느 정도냐면…… 혼자서도 잘 살 수 있을 정도예요."

"……그렇습니까."

셀리나가 저를 떼어놓을 거라는 건 안다. 하지만 그걸 느끼는 것과, 그녀가 직접 언급하는 건 천지차이였다. 속에서 뜨뜻미지근한 것이 치고 올라왔지만 겁쟁이인 자신은 아무 말도 할 수 없었다. 울먹이듯 작게 속삭이는 것 말고는. 카를의 작은 목소리는 셀

리나에게 닿지 않았다.

셀리나가 카를의 손을 잡고 끌었다. 환히 웃으며 속삭였다.

"가요. 마차는 저쪽에 있어요."

카를은 셀리나를 뿌리치지 못했다. 속수무책으로 끌려갔다. 마차를 탔다.

이후 일주일은 평온했다. 황녀는 특별한 말이 없었고, 돌아온 테일러는 일을 하느라 바빴다. 디온은 황녀와 관련된 이야기를 함구했기에, 테일러는 아무것도 몰랐다.

셀리나는 서고에 가지 않았다. 파티에 나가지도, 사람을 만나러 다니지도 않았다. 그녀는 자신의 방에 틀어박혔다. 종이를 보며 상념에 잠겼다. 황녀궁에서 받아온 종이 같은데, 카를에게 보여주지 않으려 해서 그도 굳이 보려 하지 않았다.

그 외에는 특별히 이상한 행동을 하지는 않았다. 식사를 남기거나, 불면의 밤을 새우지 않았다. 그런데도 카를은 이상함을 느꼈다. 셀리나에게서 늘 느껴졌던 것이 사라졌다. 카를은 그것이 뭔지 알아챘다.

'생기가……'

깨달음과 동시에 디온이 나타났다. 요 근래 새벽 운동을 하지 않아 숙면한 디온의 얼굴이 뺀질뺀질했다. 그가 한 손으로 가슴을 짚고 고개를 깊이 숙였다. 입으로는 어떤 말을 하든 행동은 집사스럽게 하는 남자였다.

"저택의 수리가 완료되었다는군요, 아가씨."

"그런가요?"

셀리나가 무심한 눈을 올려 디온을 쳐다보았다. 흥미를 잃은 시선이 아래로 떨어졌다.

"가보시지 않는 겁니까?"

"……."

"언제까지고 이곳에 머무를 수 없다고 하셨잖습니까."

셀리나가 다시 고개를 들었다. 보던 종이는 거꾸로 덮었다. 그녀가 차가운 눈으로 디온을 쏘아보았다.

"제가 어서 가버렸으면 하는 말투시네요."

"……기분 나쁘셨다면 죄송합니다."

"그래요."

셀리나는 디온을 쫓아냈다. 디온은 물러가면서도 셀리나를 계속 흘끔거렸다. 어떤 장난을 걸어도 늘 웃으며 반격하던 사람이 갑자기 성질을 냈다. 디온이 뒷머리를 긁적이며 자신이 뭘 잘못했나 되새겨 보았지만 이유를 알 수 없었다. 그녀에게 너 왜 그러냐고 따질 수는 없는 노릇이다. 그렇다고 카를에게 물을 수도 없었다. 카를은 디온을 싫어했다.

디온은 일단 납작 엎드리는 것을 택했다. 어쨌든 셀리나는 귀족 영애였고 테일러가 극진히 모시고 있는 손님이었다. 집사 된 자로서 손님의 심기를 거스를 수는 없었다.

디온은 루디 편으로 쿠키를 담은 접시를 보냈다. 자신이 무례하게 굴었다면 정중히 사과드린다는 카드도 함께 보냈다. 셀리나는 카드를 확인하고는 그냥 픽 웃었다. 이내 다시 상념에 잠겼다. 쿠키엔 손도 대지 않았다.

루디는 억울한 눈으로 셀리나를 쳐다보았다. 그녀의 입술이 단어를 뱉고 싶어 간질거렸다. 루디는 디온 편이었다. 대신 항변하고 싶은 모양이었다. 그러나 루디는 하녀였기에 한마디도 뱉을 수 없었다. 그녀가 나갔다. 방 안이 고요해졌다.

카를은 셀리나의 맞은편에 앉았다. 특별한 용건이 없어도 그녀의 옆에 앉아 말을 걸 수 있는 건 그의 특권이었다.

"아가씨."

셀리나가 다시 고개를 들었다. 의아함만이 가득 든 눈동자가 카를을 똑바로 응시했다.

"한번 갔다 오심이 어떠십니까."

"카를까지 그 소린가요?"

"너무 저택 안에만 계셨지 않습니까."

디온은 셀리나가 할 일을 만들지 않아서 편한 모양이지만 카를은 아니었다. 생기가 없는 그녀는 죽은 사람이나 다름없다. 무기력한 모양새보단, 나는 언젠가 너를 버리고 떠날 것이니 네가 날 먼저 떠나라며 잔인하게 구는 것을 보는 편이 나았다.

셀리나는 테이블 위를 종이를 쳐다보았다. 눈을 감고서 관자놀이를 눌렀다. 긴 한숨과 함께 눈을 떠 카를을 보았다. 그녀가 심드렁하니 대꾸했다.

"……알았어요."

셀리나가 싫음을 피력했다. 그래도 무표정한 것보단 나았다. 카를은 웃었다.

⚜

테일러는 오클레앙 저택의 수리를 지시했다. 명령을 받은 것은 디온이었다.

디온은 오클레앙 저택을 답사해 대략적인 예산안과 계획을 짰다. 이후 보고서를 부하에게 넘겼다. 실제로 일을 한 건 디온의 부하인 셈이다. 디온은 관리감독만 하면서 세부 사항만 보고받았다. 그러다 가끔 현장을 직접 방문해 상황을 확인하고 인력과 부자재를 사용하는 데 필요한 비용은 오클레앙의 돈으로 지불했다.

돈은 오클레앙 창고에 있었다. 그곳엔 상당한 양의 금품이 비축되어 있었다. 오클레앙 재산으로 집계된 금액의 5분의 1정도밖에 안 되는 금액이었다. 그렇다 해도 엄청난 양이었다. 오클레앙 저택을 수리하다 못해 새로 지을 수 있었다. 저택을 수리하는 데 소요된 시간은 1달이었다. 오클레앙 저택은 물론 부지까지 손보았다는 점에서 상당히 빨리 끝난 편이었다.

"저택의 수리가 완료되었다는군요."

디온이 보고를 하러 왔을 때 연화는 그걸 표면적인 의미로 받아들였다. 먼지를 걷어내고, 지저분하고 위험한 것을 깨끗하고 안전한 것으로 바꾼다.
수리에 '사람'이 포함되어 있을 줄은 몰랐다.
"어서 오십시오, 아가씨."
"뵙게 되어 영, 영…… 뭐더라. 어쨌든 기뻐요."
"아직 정원이 덜 가꾸어졌는지라, 죄송합니다."
"정원 따위 알 게 뭐예요. 식사가 먼저지."
마차에서 내리기 전, 연화는 오클레앙 저택 부지에서 사람들이 왔다 갔다 하는 걸 보았다. 대수롭지 않게 생각한 건 저택 수리를 위한 인부들인 줄 알았기 때문이다. 사용인일 줄은 몰랐다.
낯선 사람들이 저를 아는 척 달려온다. 수많은 사람들에게 둘러싸여 그들의 호의 어린 시선을 받는다니. 홍연화에게는 익숙한 사치지만, 셀리나로선 드문 일이었다.
연화는 눈을 서너 번 깜빡였다. 계산을 좋아하는 머리는 이런 상황도 종합해 정리하려 들었다. 화려한 마차에서 내린 어린 소녀가 내렸고, 장정이 소녀를 호위하듯 서 있다. 유추는 충분히 할 수 있다.

연화는 셀리나를 오클레앙 영애로 만들려고 애를 썼다. 퍼지는 정보를 통제하지 않았다. 저택에 셀리나와 관련된 정보가 얼마나 뿌려졌는지는 모르겠지만, 그녀를 알아볼 만큼의 정보가 깔린 건 확실했다.

연화는 설핏 웃었다. 비어 있는 줄 알았던 저택에 사람이 바글바글하다는 건 놀라운 일이다. 왜 이와 관련된 보고가 없었는지 차후에 따져 봐야겠다.

연화는 일단 귀족 소녀처럼 굴기로 했다. 꼿꼿이 허리를 편 채 모든 사람의 인사를 받았다.

사교계였다면 본 목적을 대지 않거나, 대더라도 두루뭉술히 말했을 터였지만 이곳에선 그럴 이유가 없다.

"오늘은 그냥 저택을 둘러보러 왔어요."

연화는 이곳에 오래 머무르러 온 게 아니었다. 산책을 나온 것뿐이다. 때문에 골 아픈 문제를 풀면서 이것저것 적었던 종이는 물론 필사한 종이도 두고 왔다.

연화는 모든 사람을 물렸다. 카를과 둘이서 저택을 돌기로 했다.

고용인들을 물렸지만, 그들을 쫓아낼 생각은 없었다. 오클레앙은 대저택이다. 혼자서 저택을 관리하는 건 불가능하다. 고용인은 필요했다.

문제는 고용인 자체가 아니다. 그보다 더 내밀한 것이었다.

'믿음이 안 가.'

처음 보는 사람에게 자신의 모든 것을 맡길 수 있는 사람은 없을 것이다. 모든 사람은 상황에 부정적으로 생각하고 대처하도록 만들어졌다. 우리는 뜻밖의 행운보다 느닷없이 들이닥치는 불행에 더 익숙하다. 그러니 낯선 자를 경계하고 의심하는 것은 당연한 일이다.

연화가 염려하는 것은 신변 안전 문제와는 달랐다. 연화도 카를도 제 한 몸을 지킬 능력은 있다. 문제는 두 사람에게 비밀이 있다는 것이다. 연화에겐 셀리나의 과거를 숨겨야 한다는 과제가 있고, 카를에겐 황족에게 쫓기고 있음을 숨겨야 한다는 과제가 있다. 황무지에서는 사람이 없었기에 비밀을 생각할 이유가 없었다.

카로틴 국경에서 수도로 이동할 때도 이렇다 할 문제는 없었다. 연화와 카를은 수많은 여행자 중 한 명에 불과했다.

연화는 수도에서 셀리나를 오클레앙 영애로 만드는 데 성공했다. 자세한 내막 역시 그녀를 포함한 소수의 사람들만 아는 상황이었다. 반면 카를의 문제는 수도에 도착하자마자 눈덩이처럼 커졌다.

수도 사교계 태반이 황실과 맞물려 있다. 카를은 모든 모임에서 얼굴을 가리고 다녀야 했다. 귀족은 물론 귀족 아래 딸린 사람들까지 조심해야 했다. 반면 카이스턴 저택은 안전했다. 디온은 꼼꼼한 집사장이었고, 그는 내부적으로 검증을 마친 사람들만 고용했다.

카이스턴 저택 내의 사람들은 믿을 수 있는 사람들이다. 그들은 카를의 사정을 몰랐다. 그래서 카를도 카이스턴 저택 내에서는 편히 다녔다. 하지만 오클레앙 저택은 다르다. 저택 수리를 담당한 것이 디온이니, 사용인 고용도 그가 담당했겠지만, 그가 카이스턴 저택 관리하듯 내부적인 심사와 검증 절차를 거쳐 사람을 들였을 것 같지는 않았다. 그건 매우 번거롭고 귀찮은 일이니까.

연화는 정원 안쪽 길을 걸었다. 전에 방문했을 때는 나무 밑둥과 이름 모를 잡초만 무성하던 곳이었는데. 제법 화사해졌다.

규모도 커졌다. 다행히 구조는 복잡하지 않았다. 길을 잃을 염려는 없다. 길 안내를 위해 사람이 붙을 이유는 없는 셈이다. 한산하고 적당히 음습한 구석도 있었다. 뒤구린 이야기를 하기에 좋았지만, 누군가가 숨어서 엿듣기에도 좋았다.

연화는 탐지기를 불렀다.

"카를."

주위를 눈짓한 뒤 카를을 쳐다봤다. 카를은 연화가 주는 눈치는 기차게 알아들었다.

카를이 눈을 감았다. 고요한 정적 속에서 귀를 쫑긋 세웠다. 몇 초 후 다시 눈을 떴다.

"아무도 없습니다."

"그래요? 그럼 좀 앉죠."

발이 아플 경우를 대비해서인지는 모르겠지만, 정원 구석구석엔 벤치가 놓여 있었다. 카를은 작게 고개를 끄덕였다.

연화는 벤치에 앉아 등을 기댔고, 카를은 두어 번 더 주위를 둘러본 뒤 앉았다. 쭈뼛대던 것과 달리, 연화의 옆에 꼭 붙어서는 손까지 잡았다. 손잡는 것은 이제 스스럼없이 하게 되었다.

스킨십이 친숙해진 만큼 본론 역시 쉬이 꺼낼 수 있었다.

"카를은 오클레앙에 고용인이 들어왔다는 걸 알고 있었어요?"

"……몰랐습니다."

"그렇죠? 그래서 전 좀 놀란 상태에요."

"마음에 들지 않으셨다면 모두 해고……."

"마음에 안 들었다는 건 아니에요. 그냥 좀 갑작스럽다는 거지."

고용인 조사엔 한계가 있다. 한 번에 많은 고용인을 조사해야 한다는 것보단, 연화 스스로가 이 세계를 잘 모른다는 문제가 더 컸다. 그렇다고 사람을 쓰지 않을 수는 없다. 고용인 문제는 연화가 오클레앙 저택에 들어오기로 한 이상 항시 떠안는 폭탄이 될 것이다. 최대한 조심하고 신경 쓰는 것이 해결책이었다.

"그런데 카를. 실내에서 투구를 착용하는 건 많이 힘들겠죠?"

"완전 무장을 하란 말씀이십니까."

"무장이라기보다는, 얼굴을 가리면 좋겠다는 말인데……."

연화는 턱을 괸 채 눈을 감았다. 투구를 쓴 카를이 실내를 배회하는 걸 상상해 보았다. 우스꽝스러운 건 둘째치고, 무척이나 덥고 답답할 게 뻔했다. 품목을 복면으로 바꾸어도 마찬가지였다.

"아니, 그러느니 모두 해고하는 게 낫겠네요."

연화가 손을 내저으며 상념들을 지웠다. 카를은 오묘한 표정을 했다.

"저를 걱정하신 겁니까?"

"카를은 황족들에게 쫓기는 중이잖아요. 조심하고 또 조심해야 할 텐데요."

"그렇긴 하지만 염려하실 필요는 없습니다. 제 얼굴을 아는 자는 극히 일부입니다."

"그중 한 명이 황녀구요?"

카를이 항변하던 입을 딱 다물었다. 연화는 쐐기를 박았다.

"그리고 황녀는 나를 주시 중이에요."

황녀가 연화에게 시선을 준 이유는 테일러 때문이지만, 지금은 이유가 바뀌었다. 그녀의 시선이 어떤 방향을 바뀔지는 아무도 모른다.

"1달 전 황녀께서 나를 불러 제안을 하셨죠. 저는 시간을 달라

고 했어요. 그리고 지금까지 전 확답을 드리지 않았어요. 황녀께
선 재촉을 하지 않으셨어요. 인내가 많으셔서 그런 것일 수도 있
지만, 그 반대일 수도 있어요."

"……."

"황녀님께서 재촉을 하시지 않는 이유가, 저택에 자신의 귀와
눈을 심어놓아서일 수도 있단 말이에요. 그런 거라면 카를은 어
떻게 할 건가요?"

황녀가 연화에게 손을 내민 건 이용할 수 있다고 생각해서다.
그녀가 셀리나를 적으로 인식하지 않았기에, 연화는 살아남을 수
있었다. 그러나 황녀는 연화를 신뢰하진 않는다. 그런 상대를 붙
들어두는 가장 좋은 방법은 약점을 잡는 것이다.

연화가 로아넨 영애 흉내를 냈다는 것이 약점이 될 수는 있겠지
만, 그걸로 키를 잡기엔 애매한 감이 있다. 테일러가 연루되어 있
기 때문이다. 자칫했다간 테일러를 자극시킬 수 있다.

황녀는 다른 정보가 필요하다. 그러는 데 가장 좋은 것은 과거
를 캐는 것이다. 그러나 셀리나의 과거는 없다. 카턴 상단이 셀리
나가 노예였다는 자료를 없앴으니까. 셀리나는 카로틴에서 새로
태어난 거나 마찬가지다.

남은 것은 지금 다른 약점을 가지고 있지 않나 살피는 일뿐이
다.

"테일러 씨는 저와 카이스턴 가를 분리하기 위해 제가 저택으
로 돌아갈 거란 소문을 냈어요. 그 소문에 살을 붙이기 위해 저택
을 수리했고, 수많은 사람들을 고용했을 거예요. 그렇다면 카를,
황녀 귀에 이 소문이 들어가지 않았을까요? 여기 모인 모든 고용
인들이 단순히 일을 하기 위해 온 사람이라고만 생각하나요? 저
는 회의적이에요."

연화가 비죽거렸다. 카를의 얼굴이 어두워졌다. 그가 무릎을 좁히고 앉았다.

"제게…… 떠나라고 하시는 겁니까?"

"떠날 사람 얼굴은 가려서 뭐 하게요."

귀찮게.

카를이 조금 놀란 눈을 했다. 연화는 팔짱을 꼈다. 얄궂은 미소를 띠고서 내뱉었다.

"물론 떠난다면 잡지 않겠지만……."

"원하신다면 무조건 가리겠습니다."

카를이 양 주먹을 쥐었다. 결연한 목소리에서 의지가 느껴졌다. 연화의 웃음이 어색해졌다.

"아니, 저는 그냥 권고한 건데……."

"누가 옵니다."

카를이 갑자기 일어섰다. 그가 저택 쪽으로 이어지는 샛길을 가늠했다. 집중하듯 눈을 감고 숨을 골랐다. 이내 다시 눈을 떴다.

"몇 명인데요?"

"한 명인 것 같습니다."

재차 물을 필요는 없었다. 오래지 않아 풀들을 제치며 걷는 소리가 들렸다. 연화는 앉은 채로 고개만 틀었다. 카를은 언제 옆에 앉았냐는 듯 근엄한 기사의 폼을 잡았다. 그가 한 손으로 검 손잡이를 잡고서 풀숲을 노려봤다.

이내 형태가 잡혔다. 중년 여성이었다. 손에 바구니를 들고 있었다. 바구니 안에 우유와 샌드위치 등 간단한 요깃거리를 넣고 왔다.

"오신다는 이야기를 못 들어서요…… 그래서 많이 준비는 못했어요."

여인이 눈을 살짝 내리깔았다. 수줍은 목소리로 계획을 늘어놓는다.

예쁜 옷과 맛난 음식, 화려한 장식 등을 이야기했다. 그들은 셀리나를 맞이하기 위해 환영 파티를 준비하고 있었던 모양이다. 귀족 가의 파티는 대게 가주가 사교계 인사들을 초청하면서 시작되지만, 드물게 고용주가 고용인들에게 베푸는 형태의 파티도 있었다.

연화는 대강 고개를 끄덕이며 들어주었다. 파티를 할지 안 할지는 후에 결정하면 된다. 차려지도 않은 상을 엎을 이유는 없다.

설명은 길었지만, 끝은 있었다. 여인은 풋풋한 미소와 함께 다시 고개를 들었다

"아실지 모르겠지만 요 몇 년간 계속 흉년이었거든요. 그래서 다들 먹을거리를 걱정하고 있었어요. 빚내서 자식들 입 채우는 사람도 있었고요. 그런데 어떤 분이 저희 마을에 오시더라고요. 큰 저택에서 일할 사람을 구하고 있다고 했어요. 게다가 경력도 따지지 않는다고 하더군요. 보는 것은 성실성과, 얼마나 오래 일할 것이냐는 점 정도라고 했어요."

여인이 면접을 볼 때를 묘사했다. 수많은 지원자가 있었고, 극소수의 사람 말고는 대부분 합격이 되었다고 한다.

"처음 그 말을 들었을 때는 반신반의 했어요. 여기 온 뒤에야 알게 되었어요. 이렇게 크고 예쁜 저택이 오랫동안 비어 있어서 많은 사람이 필요하다는 것을요. 일자리는 중요하죠. 돈을 주니까. 돈을 경멸하는 사람도, 돈이 없이는 못살아요. 돈이 있어야 먹을 것도 사고 입을 것도 입잖아요."

여인이 검지로 제 입과 옷을 가리켰다. 그런 뒤엔 한쪽 눈을 찡

굿했다. 능청스러워 보이는 행동은 순박함을 깔고 있었다.

"그래서 이 저택을 소유한 사람이 누구인가 궁금했는데, 귀족 아가씨께서 소유하셨다는 걸 알게 됐어요. 혼 왕국에 계시다 얼마 전에 카로틴으로 돌아오셨다는 것도요."

연화가 눈을 깜빡였다. 그녀는 소문을 이야기하는 것이 아니었다. 누군가가 그녀의 귀에 대고 말을 해준 것이다.

"누가 그런 이야기를 하던가요?"

"나이가 좀 있으신 분이었어요. 우리는 모두 그분을 집사장님이라고 불렀어요."

집사장은 저택을 총괄하고 관리하는 자다. 그 역할은 매우 중했다. 디온이 카이스턴 사용인들 사이에서 얼마만큼의 힘을 가지고 있는지만 봐도 집사장의 힘을 알 수 있다. 하지만 연화는 집사장을 뽑은 기억이 없었다. 만난 적도 없다. 그런데 집사장이 그녀 몰래 일을 하고 있다고 했다.

절로 의문이 생겼다. 연화는 집사장에 대해 알아보기로 했다.

대놓고 '나는 그런 놈을 모르니 설명해라'고 할 수는 없었다. 고용인들이 지주처럼 믿고 따르던 남자를 찔러봤자 혼란만 야기하게 될 터였다. 집사장은 저택을 잘 관리하고 있었다. 주인 없는 고용인은 나태해지기 쉽다. 하지만 이 저택의 고용인들은 모두 각자의 규율을 가지고 잘 움직이고 있었다. 집사장은 분명 상당한 내공의 소유자일 터다. 모르는 자라고 해도 무턱대고 적대할 이유는 없었다.

연화는 은근히 유도신문을 했다. 어려운 일은 아니었다. 가상의 인물을 아는 척하면서, 평이한 어조를 유지하며 정보를 캐내는 짓은 몇 번이나 해보았다. 연화는 그녀가 무슨 말을 할 때마다 맞장구를 쳐 주었다. 여자는 순수한 감성의 소유자였다. 연화의 수는 조금도 눈치채지 못했다. 발그레 상기된 얼굴로 연화가 원하는 정보를 줄줄 늘어놓았다.

"그분은 저택에 상주하지 않으셨어요. 바깥에서 출퇴근을 반복하셨죠. 매일 정해진 시간에 방문하셔서 저택 이곳저곳을 살피고 지시하셨어요. 간간히 아가씨 이야기도 하셨어요. 그래서 모두 아가씨를 손꼽아 기다린 거예요. 아가씨를 보자마자 한눈에 알아볼 수 있었던 것도 그 때문이고요."

연화는 정보를 정리해 보았다.

집사장의 이름은 조셉이다. 백발머리에 주름이 자글자글한 노인이었지만, 나이가 지긋한 이답지 않게 정정하다. 일처리 방식은 꼼꼼하다. 아랫사람을 대할 때는 나름의 원칙을 세우며 대했다. 집사장의 원칙은 합리적이라 대부분의 고용인들은 그를 좋아했다.

긴 설명은 한 줄로 요약될 수 있었다. 연화가 아는 사람은 절대 아니었다.

의문은 심란함을 불러왔다. 연화는 어두워지려는 얼굴을 애써 밝게 만들었다. 감정을 숨기고 가면을 쓰는 것은 연화의 특기였다. 그녀는 아직은 고용인들을 어려워하는 아가씨인 척 연기했다. 나이가 나이인 만큼, 낯가림이 심하다는 설정은 잘 먹혀들었다.

"그럼 편히 식사하세요."

여성은 순순히 납득했다. 고개를 숙인 뒤 사라졌다. 카를은 여성이 사라질 때까지 기다렸다.

연화는 카를에게 손짓했다. 그는 주위를 또 살피다가 아까처럼 연화의 옆에 앉았다. 주위에 아무도 없다는 증거였다.

"카이스턴 공작의 짓일까요?"

카를이 의문을 제기했다.

"아니라고 할 수는 없겠네요."

오클레앙 저택과 관련된 안건은 테일러가 처리했다. 세부적인 내용은 아랫사람이 했다 할지라도 총 결정은 그가 내렸으니 무관하다고는 할 수 없을 터였다. 애매모호한 답변에 만족하지 못한 것일까. 카를의 미간에 생긴 주름이 옅어질 기미를 보이지 않았다.

연화는 바구니를 뒤져 샌드위치를 꺼냈다. 퉁퉁한 샌드위치를 들어 카를 손에 쥐어 주었다.

"일단 먹어요. 꽤 정성들인 것 같은데."

카를은 연화를 보던 시선을 아래로 내렸다 바구니 안을 확인했다. 안에 샌드위치가 하나 더 있는 걸 본 뒤, 제 손에 들린 것을 먹었다. 우물거리면서 딱딱한 얼굴로 한마디 했다.

"독은 안 들었습니다."

"그런 거 확인하라고 준 건 아니거든요."

하여간. 가끔 시키지도 않은 짓을 한다니까.

연화는 킥킥 웃으면서 샌드위치를 베어 물었다. 신선한 야채들이 입안으로 밀려들어 왔다. 꽤 맛있었다. 샌드위치를 다 먹은 뒤엔 벤치에 늘어져 풍경을 구경했다. 사방은 고요했다. 중년 여성 이후로 연화에게 다가오는 사람은 없었다.

연화가 빵가루가 묻은 손을 털어내는데, 옆에서 기민한 시선이 느껴졌다.

"제 얼굴에 뭐가 묻었어요?"

연화가 한 손으로 얼굴을 쓸어내렸다. 혹시나 싶지만 역시나 묻어나오는 것은 없었다. 연화가 의문스레 카를을 보았다.

"기분이 나쁘진 않으신 것 같아서 하는 말입니다."

"제 기분은 나빴던 적이 없는데요."

연화가 어깨를 으쓱했다. 당황한 순간들은 있었으나 모두 찰나였다. 기분 나쁜 상태는 오래가지 않았다. 연화는 감정을 오래 담아두는 사람이 아니었다.

"하지만…… 요 며칠 아가씨는 평소와 달라 보였습니다."

"어떻게요?"

"계속 생각을 하셨고, 말을 많이 하지 않으셨습니다. 활력을 잃으신 것 같기도 했습니다."

"제가요?"

연화가 자신을 가리켰다. 카를은 열심히 고개를 끄덕였다. 연화는 잠깐 며칠을 돌아보았다.

카를의 말이 틀리진 않았다. 확실히, 연화는 황녀궁에 들어온 뒤 상념에 잠겨 정신없이 시간을 보냈다. 내면은 복잡했지만 겉으론 내색하지 않았다. 카를이 눈엔 넋 놓은 사람처럼 보일 만했다. 연화는 후후 웃었다.

"다정하네요, 카를은."

자신을 버리려는 사람을 챙겨줄 만큼이나. 카를이 잠깐 코를 씰룩였다. 연화는 하하 웃었다.

"여기 와보자고 한 건 그것 때문이었어요?"

나는 생각도 못했는데. 연화가 한마디를 덧붙였다.

카를의 얼굴이 빨개졌다. 귀밑까지 빨갛게 익어 푹 떨궈졌다. 카를은 곤란한 상황을 오래 끌고 가지 않았다. 요 근래 그는 스킬이 늘었다.

"생각하던 문제는, 잘 풀렸습니까?"

연화는 적당히 넘어가 주었다.

"……그랬다면 참 좋았을 텐데. 안타깝게도 아직은 아니에요."

연화는 끌 혀를 찼다. 세계수의 위치를 알고, 차원을 넘어가는 비밀을 아는 것으로 모든 것이 다 끝나면 좋을 텐데. 셀리나에 카를까지 생각하다 보니 문제가 꼬여 버렸다.

물론 이 사실을 말해줄 수는 없는 노릇이다. 그것도 당사자 앞에서. 그래서 연화는 말을 돌리기로 했다. 아직은 카를보단 연화가 몇 수는 위였다.

연화는 기지개를 쭉 폈다. 바구니와 우유병을 벤치 위에 두었다. 하늘을 보면서 시간을 헤아린 뒤 카를을 보았다.

"아까, 정오에 온다고 했었죠?"

연화가 한마디를 던졌다. 카를은 바로 이해했다. 하지만 납득하지는 않았다.

"그를 만날 생각이십니까?"

"이렇게 일을 잘하는 사람이잖아요. 한편으로 만들어두면 좋을 것 같지 않아요?"

연화가 주위를 손짓한다. 한번 둘러보라는 의미였다.

카를의 눈이 정원 바닥부터 위까지 구석구석 세밀한 곳을 훑었다. 정원의 아름다움은 정원사의 솜씨지만, 세밀한 곳까지 놓치지 않고 잘 정돈된 것은 관리자의 역할이었다.

카를은 반박을 하지 못했다. 대신 어물거렸다. 미심쩍음의 표현이었다.

"하지만, 그······."

"물론 일처리 방식만 보고 결정하겠다는 건 아니에요."

일을 잘한다는 것이 곧 좋은 사람이란 의미는 아니다. 능력이 좋아도 성격이 이상할 수 있다.

유능함과 인성을 혼동하는 사람들이 있는데, 흔한 예시는 학교에서 찾아볼 수 있다. 공부를 잘하면 착한 아이라 속단하는 것이다.

"지금은 한편으로 끌어두면 좋겠다는 마음이 커요. 열 가지 일을 한 가지로 줄여주는 사람은 몇 없거든요."

집사장이 성격까지 좋다면 더할 나위 없지만, 그렇지 않다고 해도 상관없었다. 테일러 역시 장난기 많은 디온을 잘 써먹고 있지 않던가. 품성에 치명적인 흠이 없다면 써먹을 마음이 충만했다.

집사장이 나타나려면 시간이 남았다. 연화는 남은 시간 동안 저택을 둘러보기로 했다.

오클레앙 저택 내부는 깔끔했다. 흰 내벽 중간중간 금장식과 미술품이 놓여 있었다. 장식품의 수가 꽤 많았는데도 화려하다기보다는 단아한 느낌을 주었다. 일전에 방문했던 것과 달리 먼지는 조금도 찾아볼 수 없었다. 낡은 가구도 사라졌다. 저택을 채운 가구의 태반은 처음 보는 것이었다.

복도를 지나가다 가끔 사용인들과 마주쳤다. 모든 사람들은 희고 깨끗한 의복을 입었다. 조금 미숙한 티를 내긴 했지만, 사용인들이 지켜야 할 예법을 교육받았다는 티를 풍겼다. 연화는 오랜만에 응접실에 방문했다. 안엔 아무도 없었다. 조용한 공간을 천천히 구경했다.

응접실 가구는 바뀌지 않았다. 테이블과 장식장의 먼지만 걷혀져 있을 뿐이었다. 하지만 장식장 안에 있던 티세트는 달랐다. 모두 새것이었다. 연화는 하나를 꺼내 구경하다 다시 넣어두었다. 뒤를 돌아 그림을 확인했다.

벽에 걸린 그림 또한 바뀌지 않았다. 연화는 백조를 안은 소년 그림 앞에 섰다. 전처럼 액자를 잡고 젖혀보았다. 전에 한번 들른 적이 있던 통로가 나타났다.

연화는 익숙하게 발을 내디뎠다. 카를이 그 뒤를 따랐다.

줄줄이 걸린 초상화들이 나타났다. 오늘로 두 번째 보는 것인데, 왠지 반가웠다. 연화가 카를을 돌아보며 까르르 웃었다.

"여긴 하나도 바뀌지 않았네요."

카를은 고개만 끄덕여 동의했다. 그는 연화의 말보단 다른 것에 시선이 팔려 있었다. 연화는 그의 시선이 닿는 초상화 앞에 섰다. 오클레앙 전 백작 부인의 초상화였다. 오묘한 미소를 짓는 여인 앞에서 손거울을 꺼냈다. 부채를 맞추면서 함께 맞추었던 것이다. 거울 뒷면엔 화려한 세공이 되어 있었다.

연화는 매끈한 표면에 셀리나의 얼굴을 비추었다. 또렷한 이목구비를 가진 미인이 나타났다. 황녀는 화려한 인상이고, 연화는 세련된 인상인 반면, 셀리나는 청아한 인상을 가지고 있었다.

셀리나의 청아함은 여인 역시 가지고 있었다. 그녀의 청아함은 성숙미와 상충해 오묘한 느낌을 풍겼다.

연화는 거울과 초상화를 서너 번 쳐다보았다. 보면 볼수록 신기했다. 의구심도 피어났다.

"이런 우연이 세상에 또 있을까 싶네요."

대답을 기다렸지만 들려오는 말은 없었다. 연화는 뒤를 돌았다. 카를은 그녀의 뒤에 있었다. 하지만 카를의 얼굴은 굳어 있다. 그가 천장의 구멍을 주시했다. 햇볕이 스며들어와 초상화를 비추는 곳이었다. 그가 의심스러운 눈으로 살필 이유는 없는 곳이었다.

"카를?"

연화가 카를을 살폈다. 갑자기 카를이 검을 뽑았다. 번뜩이는 날로 천장을 겨누었다.

"뭔가 있습니다."

카를은 숨어 있는 사람을 기가 막히게 잡아내는 재주가 있었다. 연화는 카를을 따라 천장을 노려보았지만 아무것도 보이지 않았다.

연화가 고개를 갸우뚱 하는 순간이었다. 카를이 검으로 천장을 쳤다. 나무토막이 떨어졌다.

벽과 달리 천장은 나무로 만들어져 있었다. 나무 안쪽에 벽과 같은 색의 페인트를 발라 티가 나지 않게 했을 뿐이었다. 연화는 구멍 난 천장을 보았다. 천장 위에 사람이 있었다. 그와 눈이 마주쳤다. 오싹한 기분이 들었다.

저번 방문에서 연화가 인물화를 들춰본 이유는 그곳에만 먼지가 없었기 때문이다. 어쩐지 그 이유를 알 것 같았다. 연화는 뒤로 물러섰다. 그와 동시에 위에 있던 사람이 뛰어내렸다.

카를은 연화 앞을 가로막았다. 그가 빼들었던 검을 들어 상대를 겨누었다. 상대는 카를이 검을 겨누든 말든 상관하지 않았다. 연화만을 또렷이 주시했다.

상대는 노인이었다. 상당한 연륜이 있을 것 같은 외모와 달리 눈동자는 푸른빛으로 번뜩였다. 근엄하고 묵직한 느낌을 풍겼다. 그냥 정정한 노인 같지는 않았다. 속에 숨겨진 비수가 많을 것 같았다.

연화는 앗 소리를 냈다. 분명 처음 보는 상대였지만, 그의 이름을 알 것 같았다.

"당신은……."

연화가 입술을 뗐다. 그러나 노인이 한 발 빨랐다. 그가 한쪽 무릎을 땅에 대고 굽혔다. 백발이 자욱한 머리가 숙여졌다.

"이리 뵙고 인사드릴 수 있어 기쁘기 그지없습니다."

집사장 조셉이었다.

✤

"30년 전부터 집사장 일을 하셨다구요?"

"그렇습니다."

"12년 동안 빈 저택을 지키셨구요."

"예."

연화는 찻잔을 들어 올렸다. 갓 끓인 차에서 뜨거운 김이 솟아올랐다. 연화는 차를 후후 불다가 한 모금 머금어보았다. 향긋한 차가 입안에 확 퍼졌다.

연화는 초상화를 좀 더 보고 싶었다. 셀리나와 오클레앙 전 백작 부인이 얼마나 닮았는지 확인하고, 셀리나가 오클레앙 영애일 가능성을 계산해 보고 싶었다. 하지만 조셉이 튀어나와 자기소개를 하는데 옆에서 태연히 초상화 감상을 할 수는 없는 노릇이었다. 게다가 카를이 천장을 부순 것 때문에 사람들이 몰려들어 연화는 밖으로 나와야 했다.

조셉은 손님방으로 연화를 안내했다. 오랫동안 저택을 관리했다는 사람답게 그는 저택 내부를 줄줄 꿰고 있었다. 노쇠한 외모와 달리 움직임은 재빨랐다. 방 이곳저곳을 돌아다니더니 어딘가에서 주전자와 찻잔 등을 찾아 금방 차를 끓여 대령했다.

카를은 연화 뒤에 있었다. 아까처럼 조셉을 공격하진 않았다. 하지만 경계심을 거둔 것은 아니었다. 그는 검 손잡이에 손을 올린 어정쩡한 자세를 취한 채 조셉을 노려봤다.

조셉은 연화의 맞은편에 앉았다. 둥근 탁자엔 의자가 넷 있었고, 그는 카를을 자극시키지 않는 것을 택했다. 그가 카를에게 져서 물러났다는 생각은 들지 않았다. 쓸데없는 싸움을 피했다는 쪽에 가까웠다.

조셉은 평민 출신이라고 했지만, 풍기는 느낌은 노신사에 가까웠다. 그가 오랫동안 귀족을 모셨다는 것은 진실인 듯했다. 그는 귀족 예법에 익숙했다.

연화는 조셉에게 이런저런 것들을 물어보았다. 딱딱한 분위기로 가는 것을 막기 위해 간간히 쓸데없는 질문도 끼웠다. 연화는 12년 전의 오클레앙이 궁금했다. 그가 기억하는 오클레앙 전 백작 부부와 셀리나 사이의 간극이 얼마나 될지도 신경 쓰였다.

이때까지 만난 사람들을 속일 수 있었던 건 그들이 오클레앙가를 모르기 때문이다. 하지만 조셉은 다르다. 그는 인생을 오클레앙에 바친 사람이다. 만만치 않을 것이다.

조셉의 존재를 미리 알았더라면 좋았을 텐데. 재민의 소설엔 '조셉'에 대한 이야기가 없었다. 연화는 조셉을 외부인일 거라 착각한 방심과 간과의 결과가 이것이었다.

연화는 조셉을 한편으로 끌어들여야 했다. 오클레앙 영애로 살려면 그래야 했다.

조셉은 그 누구보다 오클레앙 전 백작 부부를 잘 아는 사람이다. 다른 사람도 아닌 그가 셀리나의 정체성을 걸고넘어지면 상당히 곤란해질 터였다. 물론 조셉은 귀족이 아니니, 그가 연화의 발목을 잡고 늘어진다 한들 한계가 있다. 그러나 조셉과 원만한 관계를 형성할 수 없는 것 자체가 손해였다.

조셉은 근 1달 동안 혼자서 저택 관리를 해왔다. 사용인들은 조셉의 지시를 듣고 따르는 것에 익숙했다. 조셉의 뿌리를 흔들어 봤자 혼란만 야기할 것이다. 다행히 그는 셀리나를 진짜 오클레앙 영애로 대우해 주고 있었다. 12년의 간극에, 처음 만났다는 상황이 그의 판단력을 흐리게 만든 것일지도 모른다.

연화는 '할아버지에게 옛날이야기를 조르는 꼬맹이' 흉내를 내기로 했다. 진짜 오클레앙 영애라 한들 백작 부부의 얼굴은 모를 터였다. 조셉의 존재 또한 몰라도 이상할 것은 없다.

오클레앙 영애는 평생을 귀족 영애로 살았기에 귀족적으로 사고하는 것에 익숙하다. 그러나 법에 정통하지는 못하다. 인맥도 변변찮다. 여러모로 사람을 다루는 것이 익숙지 않다.

오클레앙 영애는 부모님을 그리워하고 있으며, 오클레앙 본 저택에 관심이 많다. 당연히 조셉에게도 관심이 많다. 왜냐하면 그는 그녀의 부모님을 잘 알고 있는 사람이니까. 대화를 이끌어가는 것은 연화였다. 조셉은 먼저 말문을 트지 않았다. 불친절한 것은 아니었다. 묻는 말에는 꼬박꼬박 대답을 했다. 때에 따라서는 길게 설명을 해주었다.

"아버지께서 독서를 좋아하셨다구요?"

"그렇습니다. 저택 밖에 따로 서고를 지으신 것도 그 때문입니다. 주인님께선 매해 많은 양의 책을 사들이셨습니다. 처음에는 서재에 쌓아 두었습니다만, 그것으로는 한계가 있어 밖에 따로 창고를 지어야 했습니다."

오클레앙 저택은 큰 본관에 별관과 창고 세 개가 붙어 있었다. 별관은 본관과 함께 지어졌다. 창고들은 후에 만들어졌다.

오클레앙 백작들은 영지 보단 돈을 관리하는 일에 관심이 많았다. 그중 몇 명은 돈 놀이를 했다. 돈 창고의 존재는 필연적이었다. 4대째 가주가 창고를 두 개 증축했고, 전 백작은 서고만 추가로 만들었다.

전 백작 외에 독서 취미가 있었던 가주는 없었다. 저택의 책 대부분은 전 백작이 구매한 것이었다. 그의 주 관심 분야는 심리학이었다. 전 백작은 인간의 심리를 파헤치는 걸 좋아했다고 한다, 또 성선설과 성악설에도 관심이 많았다. 연화가 관심 가질 만한 책은 아니었다.

연화는 대강 대꾸했다. 관심 없는 주제는 빨리 넘기는 게 나았다.

"그랬군요."

"아가씨께서도 독서를 좋아하신다고 들었습니다."

"제가요?"

연화는 스스로를 가리키며 눈을 동그랗게 떴다. 조셉이 고개를 끄덕끄덕했다. 그런 뒤엔 훈훈한 미소를 짓는다. 모시던 주인과 새 주인의 공감대를 찾았다는 얼굴이다.

반면 연화의 표정은 떨떠름했다. 연화는 책을 좋아하지 않는다. 싫어하는 건 아니다. 즐기지 않을 뿐이다. 책을 많이 읽긴 했지만, 그건 책 속에 담긴 정보를 얻기 위해서이지 읽는 것을 즐겨서가 아니다. 공부를 한 이유가 높은 성적을 받기 위해서일 뿐인 것과 같다.

연화는 눈을 꿈뻑였다. 과거를 짚어보았다.

멀리 갈 필요는 없었다. 방 가득 책을 쌓아놓고 하루 종일 책만 읽던 시간들이 있었다. 물론 그 행위는 다른 목적을 위해서였다. 연화는 제 목적을 밖에 말하지 않았다. 사정을 모르는 자들이 착각할 만했다.

연화는 그렇겠다 말하려던 입술을 깨물었다. 이상한 점이 있었다.

'잠깐만.'

연화가 읽은 책은 모두 카이스턴 가의 것이었다. 책을 읽는 행위도 카이스턴 저택에서 했다. 연화가 책벌레와 같은 시간을 보냈다는 건 황녀조차도 몰랐다.

물론 변수가 있었다. 내부 사람이 말을 해주었을 가능성은 존재한다.

'디온인가.'

디온은 저택 수리를 총괄했다. 조셉은 사용인들을 관리하고 지시했다. 하는 일은 다르지만, 모두 한 저택에서 일어났다. 두 사람의 접점이 없었을 리 없다. 게다가 통하는 구석도 있다. 집사장이란 직종을 가졌다는 것부터 공통분모를 만들어내기 쉬울 터였다.

연화는 두 사람이 격의 없는 대화를 나누는 모습을 상상해 보았다. 디온은 가벼운 사람이지만 정도는 지킬 줄 안다. 조셉은 연화를 모시고 살 사람이니 정보를 털어도 상관없겠다는 생각을 했을 것이다.

갑자기 연화가 입을 다물자 조셉이 미묘한 표정을 했다.

연화는 일단 찻잔을 들어 올렸다. 다 식은 것을 홀짝거리면서 머리를 굴렸다. 조셉이 어떤 정보를 획득했고, 그걸 어떻게 생각하는지 알 길이 없었다. 지금은 주인처럼 대하고 있지만 속은 다를 수도 있다.

조셉을 믿을 수 없고, 그가 어떤 사람인지 파악이 덜 끝났기에 연화는 확신할 수 있는 게 없었다.

정공법이 속 시원하겠지만, 상대가 상대인 만큼 신중해야 했다.

연화는 아까의 주제를 이어나갔다. 연화 자신에 대한 정보는 배제하고, 최대한 오클레앙 전 백작에 초점을 맞추었다. 하지만 또 너무 어색해 보이지 않게 간간히 다른 이야기도 섞었다.

"아버지께선 독서와 승마를 좋아하셨다면, 어머니께선요?"

"마님께선 정원을 좋아하셨습니다. 산책은 물론 초목을 가꾸는 것에도 관심이 많으셨습니다."

"원래는 정원이 저렇게 넓지 않았다면서요?"

"그렇습니다. 정원으로 사용된 부지는 극히 일부였고, 대부분이 승마장이나 대련장 등 운동을 위한 부지였습니다."

"그걸 다 없앴다구요?"

"승마장은 없앴고, 대련장은 저택 뒤 응달로 옮겼습니다. 기사들이 사용하는 곳이었던지라, 없앨 수는 없었습니다."

백작 부부는 연애결혼을 했다. 그들이 결혼하고 죽은 지 오랜 시일이 지났지만, 연애담은 아직도 여러 귀족들 사이에서 오갔다. 그만큼 사교계를 후끈하게 달궜던 이야기였다.

두 사람의 연애는 백작 부인이 사교계에 데뷔한 날부터 시작됐다. 그때 백작의 나이는 열일곱이었다. 가문을 물려받는 게 확실시 된 상황이었다. 젊고 신수 훤한 남성이 미혼이기까지 하니 많은 여성들이 관심을 가졌다. 그중 적극적으로 다가가는 여성이 있었다. 레틴 백작 영애였다.

백작은 결혼을 '의무'로 생각했다. 귀족가의 장남으로 태어난 이상 좋은 가문의 여자와 결혼해 대를 이어야 한다. 결혼에 그 이상의 의미는 없었다. 아무 여자라도 조건에 맞다면 상관없었다. 레틴 백작 영애는 조건에 맞는 사람이었다. 그렇게 가볍게 시작된 관계가 깊어졌다. 두 사람 다 결혼을 전제로 하고 있었으며, 서로의 조건이 마음에 들던 터라 연애를 오래 하지 않고 결혼을 했다.

두 사람의 열애담은 결혼 전보다 후가 더 유명했다. 사교계에서 백작 부부가 보여준 애정 행각은 물론, 백작이 아내를 위해 한 행보들이 하나씩 모여 소문을 만들었다. 그중 재미있는 소문이 둘 있었다. 하나는 백작이 아내를 위해 저택을 개조했다는 것이고, 다른 하나는 부인에게 매일 보석을 선물했다는 것이었다. 두 번째 소문은 오클레앙 가가 부유하지 않다는 사정과 겹쳐 애틋하게 사교계를 달구었다. 하지만 오클레앙 백작들은 지하경제의 큰 손이었다. 전 백작 역시 가업을 이어받았기에 절대 가난하지는 않았다. 그러나 역대 백작들 중 자신들의 경제력을 과시한 자는 없었기 때문에 실상을 아는 이는 몇 없었다.

"주인님께선 출장이 잦으셨습니다. 저택의 승마장은 있으나 마나 한 존재였습니다. 많은 도시와 나라를 이동하면서 말을 원 없이 타실 수 있으셨기 때문에 굳이 승마장을 이용하실 이유도 없었지요. 안 쓰는 공간을 활용하는 것은 당연한 일입니다."

"그럼 보석들은요?"

"주인님께선 알고 지내는 상단들이 많았습니다. 그중 몇이 주인님께 잘 보이고 싶은 마음에 귀한 선물을 바쳤습니다. 대부분 보석들이었고, 장신구도 있었습니다. 주인님께선 뇌물이라 꺼림칙하다며 방치하셨지만, 마님께서는 아깝다며 착용하셨습니다. 그때 사교계에 오클레앙 백작가가 곧 망할 거라는 소문이 돌았습니다. 마님을 은애하던 청년이 퍼뜨린 것이었지요."

연화는 눈을 반짝거렸다. 밝은 소문보단 어두운 소문이 더 재미있다. 이 소문의 결말을 알 것 같아서 더 흥미로웠다.

연화는 깍지 낀 손으로 턱을 받친 채 조셉의 이야기를 경청했다.

"마님께선 가문이 건재함을 알려주기 위해 매일 다른 보석을 착용하셨습니다. 그러나 마님의 의도는 원래 소문과 결합해 변질되었습니다. 사람들은 오클레앙 백작의 사랑에 감탄했고, 마님께서 착용했던 장신구들은 '백작님의 순정'이란 꼬리표를 달고 대유행했습니다. 큰 이문을 얻게 된 상인들은 마님께 더욱 많은 보석들을 선물했습니다."

"그 상인들은 모두 어떻게 되었나요?"

"부자가 되었습니다. 그중 한 명은 작위를 살 정도로 큰돈을 모았다고 합니다."

백작 부인은 자신의 지위와 소문을 이용해 광고를 했다. 그 대가로 많은 장신구와, 수익금 일부를 받았다. 이는 오클레앙 가의 자산이 되었다. 백작 입장으로서는 아내가 가산을 늘여주니 반대할 이유가 없었다.

소문은 구린 면을 끼고 있지만, 이건 상상 외였다. 연화는 헛웃음을 가렸다.

소문의 아이러니함은 나중에 혼자서 실컷 즐기면 된다. 아직은 조셉에게 뜯어내야 할 정보가 많았다. 연화는 관련 있는 화두들을 이어갔다. 목표는 셀리나였다. 셀리나가 오클레앙 영애일 가능성이 손톱만큼이라도 있는지 확인해 보고 싶었다.

확률을 알 수 없는 도박이다. 불확실성과 변수가 많은 상황에서 하면 안 되는 일이었다.

뻔히 알면서도 해보고 이유는, 확실성을 가지고 싶어서였다. 불행으로 가득 찼던 셀리나의 인생에 반전이 있었노라는, 희망의 싹을 틔워보고 싶어서였다.

"아버지께선 상단주들과 많이 친하셨나요?"

"예. 그중 카턴 상단과 아주 친밀한 관계를 맺으셨지요."

연화가 눈을 동그랗게 떴다. 조셉은 연화가 놀란 이유를 알아차렸다. 부드럽게 웃었다.

"아는 이름이실 겁니다. 아가씨께서 혼 왕국에 있을 때 카턴 상단에서 도움을 주었을 테니까요."

도움은 무슨. 카턴 남작은 살아 있지 않은 오클레앙 영애를 살아 있다 거짓말하고 인장을 빼돌린 사람이다. 하지만 그리 말할 수 없어서 연화는 그냥 헛웃음만 지었다.

"그러고 보니, 아이는 만나보셨습니까? 아가씨와 많이 닮았던

가요?"

"아이…… 요?"

"아가씨의 대역 말입니다. 마님께서 돌아가시면서 무산된 계획이니, 이제 그 아이를 대역으로 부를 수는 없지만 말입니다."

연화가 영 알아먹지 못하자, 조셉은 '카틴 남작가와 친하게 지내셨다면'이란 전제를 붙였다. 그래도 이해할 수 없긴 마찬가지였다.

"아이의 이름이 어떻게 되지요?"

"셀리나입니다."

연화는 움찔했다. 설마 조셉이 뭔가 알고 있나 싶어 슬쩍 살폈다. 평이한 얼굴이다. 연화는 자연스럽게 어깨를 늘어뜨렸다.

"하지만…… 셀리나는 남작의 첩의 아이잖아요?"

"맞습니다. 앤이 낳았지요. 참, 앤은 저택에서 일하던 하녀였습니다. 차를 끓이는 솜씨가 뛰어났고 외모가 단정했습니다. 그러다 카틴 남작 눈에 들었지요."

"한데 왜 그분의 아이를 대역으로 두려고 했나요?"

연화가 눈을 깜빡였다. 요즘 카로틴 귀족들은 대역을 잘 두지 않는다. 일반 귀족가는 물론 황태자조차도 대역이 없었다.

"주인님께선 적이 많으셨습니다. 그중 몇은 주인님을 암살하고자 사람을 보내기도 했습니다. 주인님을 죽이는 데 실패한 자들이 마님을 위협하기도 했습니다. 몇 번은 다치기도 하셨지요. 마님께서는 그 위협이 자신의 아이에게 옮겨갈 거라 생각하셨습니다."

"앤의 아이와 제 성별이 달랐을 수도 있잖아요."

"마님께서는 마법사를 통해 자신이 낳을 아이가 여아임을 확인했습니다. 앤의 아이의 성별 또한 확인했습니다. 마님께선 모든 것을 알고 제안하신 겁니다."

"하녀가 순순히 받아들이던가요?"

"카턴 남작에겐 아이들이 있었습니다. 남작 부인이 죽었다 한들 카턴 상단을 이어받는 것은 그들이 될 것입니다. 앤의 아이는 첩의 자식으로 태어나 첩의 자식으로 죽게 되겠지요. 그러느니 제대로 된 귀족 가에서 귀족 영애로 대우받으며 사는 것이 낫지 않겠습니까. 그래서 앤도 동의했습니다."

"그렇…… 군요."

'가짜'라는 단어가 의미심장하게 들렸다. 괜히 찔려서 그런 것일까. 연화는 애써 침착함을 가장하며 가만히 있었다. 갑자기 조셉이 자리에서 일어났다. 공연히 방 안을 돌아다니기 시작했다. 또각또각. 바닥재와 구두 굽이 큰 소리를 냈다.

"저는 12년간 아가씨를 기다렸습니다. 오클레앙 저택을 지키면서, 오클레앙 가가 다시 부흥하길 바라면서 말입니다. 그 일을 할 사람은 한 명뿐이었습니다. 주인님의 피를 받은 아가씨, 단 한 명 말고는."

조셉이 갑자기 연화 앞에 멈췄다. 그가 손을 잡아당겼다. 노예로 지냈다는 증거가 아직 남아 있는, 곱지 못한 손이다. 이 손을 보고 귀히 자란 영애란 생각은 누구도 안 하겠지.

"그런데 지금 생각해 보니 아무려면 어떠냐 싶군요. 눈앞에 가짜가 나타난다 해도, 누가 구별해 내겠습니까."

연화는 멍하니 조셉을 바라보았다. 입으로야 모른다고 하지만, 조셉은 답을 알고 있는 게 분명했다.

"그래서 저를 받아들이시겠다구요?"

"어떻게든 오클레앙 가를 이어가야 하니 말입니다."

"제가 그러기 싫다면요?"

"그렇다면 어쩔 수 없지요. 높은 분들께 조사를 부탁드리는 수밖에."

말이 조사지, 셀리나를 고발하겠다는 거나 다름없다. 이건 조섭의 협박이었다. 연화는 눈을 가늘게 뜨고서 조섭을 올려다봤다. 조섭은 인자한 노인인 양 허허 웃었다.

카를은 검을 뽑아 조섭을 겨누었다. 조섭은 덤덤히 카를의 검을 응시했다. 목을 살짝 치켜 올리기까지 했다. 당장 카를의 검에 목이 떨어져도 괜찮다는 듯이.

상대가 의연하게 나오자 카를이 되레 주춤했다. 검 끝이 바르르 떨렸다.

방 안에 묵직한 공기가 감돌았다. 연화의 이마가 땀으로 흥건히 젖었다. 카를은 연화에게 눈짓했다. 연화가 명령만 한다면, 고갯짓을 까딱하기만 한다면 기분 나쁜 노인을 당장 베어버릴 참이었다.

차라락. 중압감을 누그러뜨리는 소리가 들렸다.

세 사람이 동시에 고개를 틀었다. 응접실 문이 열렸다. 문 앞에 익숙한 은발이 서 있었다.

"여기 있었군."

테일러가 씽긋 웃었다. 그가 연화 옆으로 걸어왔다. 연화의 어깨에 제 팔을 괴고서 조섭을 눈짓했다.

"벌써 만났나?"

연화는 아무 말도 하지 못했다. 조섭이 대신 말을 받았다.

"우연의 선물이었습니다."

"그런가. 그런데……."

테일러가 카를을 눈짓했다. 정확히는 그가 겨누고 있는 검을 쳐다보았다. 그제야 카를이 검을 거두었다.

샤악. 검이 다시 꼽히는 소리가 섬뜩했다.

조셉은 잔잔히 웃었다. 무척 점잖은 웃음이었다.

"제 경거망동으로 아가씨께 미움을 받았습니다."

"자네가?"

테일러가 의외라는 듯 목표를 높였다. 이내 혀를 끌끌 찼다.

"조심 좀 하지."

"그러게 말입니다."

조셉의 입술이 미묘하게 올라갔다.

카를이 재차 검 손잡이를 움켜쥐었다. 당장 검을 뽑을 것처럼 조셉을 노려보았다. 그러나 결국 검은 뽑지 못했다. 카를은 숨을 몰아쉬었다. 몹시 불쾌했다.

"잠깐 나갔다 올게요."

셀리나의 얼굴은 파리했다. 카를의 검 때문인가 했는데, 그것이 치워져도 그녀의 얼굴은 변하지 않았다. 외려 더 안 좋아졌다. 그녀는 당혹스러움을 숨기지 않았다. 게다가 도망가기까지 했다. 표정 관리를 잘하는 그녀답지 않았다.

테일러는 말리지 못했다. 그녀는 카를과 함께 응접실을 떠났다.

방 안이 다시 조용해졌다. 조셉은 다시 의자에 앉았다. 혼자서 남은 차를 홀짝였다.

주인이 좋지 않은 얼굴로 사라졌는데도 태연히 차를 마시는 집사장이라. 수상하기 짝이 없다.

상황 자체는 명료했다. '연화가 카를과 함께 도망갔다'는 사실이 범인을 알려주었다.

테일러는 조셉 옆 의자를 빼 앉았다.

"왜 그랬나?"

"……."

"10년 넘게 기다려 온 주인 아가씨가 아닌가."

"제 성격이 워낙 별나서 말입니다."

"물론 그건 나도 알지만."

셀리나는 조셉의 이름을 잘 모르는 모양이지만 테일러는 아니었다. 근 10년 그는 잠적해 있던 터라 소문이 잠잠해지긴 했지만, 집사들의 세계에선 아직도 유명인사였다. 지금은 디온이 카이스턴 가의 미친 집사로 이름을 날리고 있다. 그러나 조셉의 명성을 따라가려면 멀었다. 테일러는 그러지 못해서 다행이라고 생각했다.

"사실대로 말하는 게 더 좋았을 텐데."

실제로 만난 조셉은 예상보다 더 더러운 성격을 가지고 있었으므로.

"대역은 처음부터 없었다고 말이야."

앤은 임신을 했지만, 출산하지는 못했다. 그녀의 아이는 세상 빛을 보기도 전에 죽었다. 인위적인 낙태였다. 누가 앤에게 낙태약을 먹였는지는 모른다. 그러나 앤도, 카턴 남작도 아이의 죽음을 캐진 않았다. 남작은 자신과 친분 있는 누군가가 아이를 죽였을 거라 생각했다. 그는 사건을 덮고 싶어 했다. 앤은 제 품 안에 아이를 안을 수 있다는 사실 자체에 만족했다.

오클레앙 백작 부인의 딸이었다. 셀리스티나 오클레앙이었다. 그러나 아이는 셀리나 카턴으로 자랐다. 앤은 오클레앙 영애를 남의 아이라 생각하지 않았다. 앤의 아이는 오클레앙 영애로 살아갈 운명이었다. 자신의 딸이 오클레앙 영애고, 오클레앙 영애가 곧 자신의 딸이었다. 앤의 딸이 진짜를 대체할 대역이란 사실만 빼면, 이 전제는 틀리지 않았다.

카턴 남작은 앤이 아이를 데려다 키우는 것을 반대하지 않았다. 하지만 그 아이가 오클레앙 영애로 크는 것은 싫어했다. 하여 앤은 아이에게 셀리나란 이름을 주었다. 대역으로 갈 아이의 이름이자, 셀리스티나란 본 이름의 애칭이었다. 앤은 만족했다.

"머지않아 스스로 깨달으실 거라 생각합니다."

"글쎄, 내 보기엔 영……."

"그렇지 못하더라도 상관없습니다. 이 저택의 모든 것은 아가씨의 것이니까요. 아가씨의 정체성이 무어가 중요합니까."

"얼마 남지 않은 시간 주인으로 모시고 따를 분 아닌가. 솔직히 말하고 화해를 하는 게 나을 텐데."

"옳으신 말씀이십니다."

조셉이 웃었다. 그가 테이블을 짚으며 일어섰다. 갑자기 응접실 문까지 걸어갔다.

테일러는 의문에 찬 눈으로 그의 뒷모습을 쫓았다. 조셉이 문고리를 잡았다. 나가다 말고 뒤를 돌아 테일러와 눈을 마주했다.

"그래서 이제 모시러 갈까 합니다."

조셉이 이상야릇한 미소를 지었다. 꿍꿍이가 많은 얼굴이었다. 종잡을 수 없는 노인인데. 그 모습이 셀리나와 닮아 있었다. 테일러는 웃음을 터뜨렸다.

재미있는 일이 일어날 것 같은 예감이 들었다.

셀리나는 산책로를 돌았다. 시선은 정면을 향했지만, 눈동자에 담기는 것은 아무것도 없었다. 발은 계속 움직이고 있었으나 목적지를 정하고 움직이는 건 아니었다.

산책로는 두 코스로 나뉘어져 있었다. 하나는 저택 끝부터 시작해 정원과 분수대를 돌 수 있게 설계되었고, 다른 하나는 오클레앙 부지 가장자리에 둘러져 저택 전체를 둘러볼 수 있게 설계되었다.

전자는 귀족들의 공간이다. 그러나 후자는 누구나 자유로이 사용할 수 있는 공간이었다. 연화는 후자에 해당하는 길을 걷고 있었다. 산책로 중간에 사용인들과 몇 번 마주쳤다. 셀리나를 알아본 이들이 인사를 건넸다. 그녀는 의례적인 말로 받아주었다.

사용인들은 주인이 응대해 주었다는 것 자체에 만족하고 돌아섰다. 그들은 소녀를 잘 몰랐다. 이상을 감지한 건 카를뿐이다.

셀리나의 걸음엔 일관성이 없었다. 한 곳을 두세 바퀴 도는가 하면, 아예 가지 않는 길도 있었다. 주위를 아주 신경 쓰지 않는 건 아니었다. 카를이 찌르면 반응은 했다.

카를은 연화를 외진 길로 이끌었다.

화려한 꽃밭이 나타났다. 사용인들과 마주칠 확률이 낮은 곳이다.

카를은 주위를 확인했다. 다가오는 인기척이 없음을 안 뒤에야 은근한 목소리로 속삭였다.

"죽일까요?"

셀리나가 뚝 멈췄다. 살짝 트였던 눈이, 의미를 깨닫고 다시 작아졌다.

"됐어요. 뭐 이런 거 가지고."

"죽이는 게 낫지 않겠습니까?"

"적도 아닌 사람을 왜 죽여요?"

연화가 픽 웃었다.

"조셉은 제가 누구인지 알고 있었어요. 그는 저를 고발할 수도, 저의 존재를 함구하고 받아들일 수도 있었죠. 하지만 그는 처음부터 진실을 드러내고 저를 맞아들이는 자에 속했어요. 저를 배반할 의지는 없단 말이죠. 이용할 의사는 있을지 몰라도."

연화가 말하다 중간에 주위를 두리번거렸다. 그녀 또한 카를이 주위 기척을 재고 있다는 걸 안다. 그녀의 행동은 음험한 말을 뱉기 위한 제스처일 뿐이다.

"그리고. 저런 사람 죽여봤자 뒤처리하느라 골 아플 게 뻔하잖아요."

"사람을 죽이면 안 된다는 말은 안 하시는군요."

"아, 그러게요. 카를에게 물들었나 봐요."

"그건 좋군요. 마음에 듭니다."

카를이 웃자, 연화가 그를 따라 웃었다. 긴장감이 조금 누그러진 얼굴이다.

"고민은 잘 해결되었습니까?"

"고민이라……."

셀리나가 턱을 긁적였다가, 고개를 들어 올리며 반색했다.

"제가 고민을 하는 것처럼 보였나요?"

"근래 말수가 급격히 줄어드셨으니까요."

"이런."

나름 조심한다고 했는데. 셀리나가 작게 중얼거렸다.

셀리나가 유난히 티나게 움직인 게 아니었다. 카를은 온종일 셀리나의 곁에 붙어 있기에 작은 변화에도 민감한 것뿐이다. 하지만 그리 말하면 셀리나는 부담스러워하겠지. 카를은 할 수 없는 말을 삼켰다.

"근데 고민이라 할 수 있는지는 모르겠네요."

"왜 그렇습니까?"

"제가 풀어야 할 의무는 없는 문제를 풀려고 노력하는 중이라서요."

카를이 눈을 깜빡였다.

"모른 척해도 되고, 내 일이 아니라고 딱 잡아떼도 되는 그런 문제들요."

"그렇다면, 아가씨께서 상냥하시다는 뜻 아닐까요."

"상냥해요? 누가요. 저요?"

셀리나가 스스로를 가리켰다. 카를이 고개를 끄덕인다. 연화는 핫, 웃음을 터뜨렸다.

"천만에요. 이건 상냥한 게 아니에요."

빚을 지기 싫은 거죠.

셀리나가 카를 가까이 붙었다. 아까처럼 카를의 어깨에 손을 올리는가 싶더니, 오른손만 들어 그의 귓바퀴와 귓볼을 쓰다듬었다. 후 귀에 바람을 불어넣는 것처럼 속삭였다. 오싹 간질한 느낌에 카를이 몸을 움찔했다.

"결혼적령기의 어떤 여성이 남자를 만나요. 같이 밥을 먹었어요. 그런데 남자가 마음에 안 들어요. 다시 안 만나고 싶어요. 그러면 어떻게 하는 줄 알아요?"

"모르겠습니다."

"그 사람이 해주었던 호의를 그대로 갚아줘요. 선물을 받았다면 선물을 돌려주고, 밥을 얻어먹었다면 밥을 사줘요. 그래서 그 사람에게 '전에 받았던 호의를 갚는다'는 핑계로 다시 만날 여지를 끊어버려요. 아무것도 아닌 사이가 되어 헤어지는 거예요."

뺨에 머물던 온기가 멀어졌다. 셀리나가 카를에게서 손을 뗐다. 셀리나가 다시 몸을 틀었고, 카를은 재차 그녀를 붙들었다.

"헤어지지 않으려면 어떻게 해야 합니까?"

"간단해요. '아무것도 아닌 사람'이 안 되면 되죠."

셀리나의 어투는 낭랑했다. 가벼이 말하는 것 같지만 나름 뼈를 담고 있다.

카를은 연화처럼 웃을 수 없었다. 그녀의 말대로였다. 셀리나는 그가 '카를'로서 존재하는 이유이자 전부였다. 셀리나가 카를의 무언가였기에, 그는 그녀를 먼저 떠나지 못했다. 하지만 그녀는 어떨까. 그녀는 자신을 특별하게 생각할까? 그녀 속의 자신은 어떤 의미를 가질까. 아니, 의미가 있긴 할까.

늘 궁금했지만 감히 묻지 못했던 것은, 제 물음이 그녀를 자극시킬까 두려워서였다. 덕분에 네가 필요 없음을 깨달았다며 훌쩍 떠날까 봐서.

모든 사람들은 관계를 맺는다. 관계를 오래 유지하기 위해 자신과 남이 다름을 입증한다. 다르다는 것은 개성이기도 하고 수완과 능력을 의미하기도 한다. 셀리나는 머리가 좋다. 이 말이 꼭 지능이나 재능을 의미하는 건 아니다.

셀리나는 상황 판단력이 뛰어나다. 모든 상황을 분석해 자신에게 유리한 방향으로 인도하고, 필요하다면 외부 요인을 끌어당겨 문제를 해결한다.

정리하자면 처세술이 뛰어난 사람이다. 셀리나는 혼자 살아갈 수 있다.

셀리나의 약점은 신체에 있다. 몸이 약하다는 건 아니다.

셀리나는 황무지에서 살아남을 수 있을 만큼 뛰어난 신체 능력을 가졌다. 하지만 그녀는 12살이다. 셀리나가 짐꾼 노예로서 산전수전 다 겪었다 하나 어쨌든 외관만은 소녀였다. 미성숙한 만큼 신체의 한계가 있었다.

카를이 유일하게 셀리나를 보완해 줄 수 있는 한 가지였다. 셀리나가 카를을 곁에 두는 건 그 이유일 터였고, 그래서 카를은 아직 셀리나에게 쓸모가 있는 존재였다. 그렇기에 카를은 자신의 쓸모를 묻지 않았다.

"그래서 빚을 어떻게 갚아야 하나 생각해 봤는데요."

두 사람은 자연스럽게 정원을 빠져나왔다.

셀리나가 뒤를 가리켰다.

"힌트를 줄 사람을 만난 것 같거든요."

카를은 사람의 인기척을 잘 잡아내지만, 분위기에 감화되어 주위를 잊어버릴 때가 있었다. 카를은 셀리나의 시선을 따라 뒤를 돌았다. 뒷짐을 서고 있는 노인을 발견하고 기겁했다.

"우리 할 말이 많을 것 같아요. 그렇죠?"

은근한 물음은 많은 것을 내포하고 있었다. 조셉은 훈훈한 척 웃었다.

⚜

연화는 응접실에서 도망쳤다. 조셉은 도망자를 잡으러 왔다. 하지만 그에게 잡혀가는 연화는 불쾌한 얼굴이 아니었다. 들떠 있었고, 앞으로 일어날 상황을 기대하는 것처럼 보였다. 조셉은 완력을 쓰지 않아도 되었다는 상황 자체에 만족했다.

"마중 나왔어요?"

"멀리 가신 게 아닐까 걱정이 되어서 말입니다."

무엇보다 두 사람의 대화 자체가 강압적이지 않았다. 연화는 정말로 산책을 나간 것 같았고, 조셉은 아가씨를 모셔오는 집사처럼 굴었다. 카를은 이질감을 느꼈지만 연화가 조셉을 필요로 하는 것을 알았기에 부러 나서지 않았다.

카를은 두 사람과 몇 걸음 떨어진 곳에서 뒤따랐다. 만약을 대비해 검자루를 쥐었다.

테일러는 돌아가지 않았다. 그는 그대로 테이블에 앉은 채로 세 사람을 맞이했다.

테일러는 액체보다 공기가 많이 담긴 잔을 홀짝거렸다. 연화와 눈이 마주치자마자 미묘한 웃음을 흘렸다.

"카이스턴 저까지 갔나 했더니……."

웃음의 용도는 놀림이었다.

"거기까지 갈 이유가 있을까요."

연화는 조셉이 따라준 잔을 우아하게 받았다. 테일러와 달리 그녀의 잔에는 김이 몽글몽글 올라왔다.

"저는 오클레앙 영애인데요."

"……그래. 그사이 뭔가 합의를 했나 보군."

테일러가 쿡쿡 웃었다.

"하지만 완전히 이야기를 끝낸 것 같진 않군."

"……그렇죠."

"좋아. 기다리지."

테일러는 자리를 비켜준다며 방을 나갔다. 가봤자 바로 옆 집무실에 가는 것이기에 연화는 그를 붙들지 않았다. 연화는 조셉에게 눈짓했다. 조셉은 아까처럼 연화 맞은편에 앉았다. 그에게 차를 따라주는 사람은 없었다. 그는 스스로 잔을 채웠다.

연화는 잔을 양손으로 잡았다. 조셉이 티타임의 구색을 맞추고 싶어 하는 것 같아서 차를 받았다. 하지만 마실 생각은 없었다.

연화가 눈썹을 추켜올렸다. 조셉에게 그녀를 아랫사람으로 모시려 하는 의도가 있는지 확인하고 싶었다.

"제가 먼저 말할까요?"

"아닙니다."

조셉은 순순히 고개를 숙였다.

"먼저 사과를 드리겠습니다. 제가 바라는 것은 오클레앙 가의 부흥이고, 아가씨께서 제 소망을 이룰 수 있을 거라 생각했습니다. 제 욕심이 큰 나머지 아가씨께 결례를 범했습니다."

연화는 조셉을 뚫을 듯 쳐다보았다. 조셉은 시선을 아래로 두었다. 굴복해서라기보다는, 그것이 자신의 처지에 맞기에 그리한다는 느낌이었다.

석연찮다는 느낌이 들었지만, 일단은 감춰두었다.

"부흥의 사전적 의미는 단순하죠. 망했던 것을 다시 일으킨다."

연화는 손등으로 오른뺨을 받쳤다. 뺨을 받친 손을 테이블 위에 걸쳐 올렸다. 다른 손은 테이블 위에 올려두었다. 그 상태로 조셉을 보았다. 시선이 비뚜름해졌다.

장갑을 끼지 않은 손이 노예 셀리나를 여과 없이 드러냈다. 하지만 연화는 손을 숨기지 않았다. 조셉이 셀리나를 받아들이기로 했다면, 셀리나의 과거는 그가 감수해야 할 부분이다.

"당신의 사정을 이해할 수 있어요. 수십 년을 몸 바친 가문이 갑작스러운 변고로 망했으니, 전과 같은 위용을 되찾았으면 좋겠다고 생각했겠죠. 가장 좋은 건 오클레앙 전 백작 부부가 살아 돌아오는 것이겠지만. 물리학적으로나 생물학적으로나 불가능한 일이니까. 차선인 가문의 부흥을 생각했을 거예요."

조셉은 말없이 차만 들이켰다. 그는 긍정했다.

"하지만 그 부흥에 '전과 같은 모양새로' 일으킨다는 전제가 달려 있다면. 저는 승낙하지 않을 거예요."

오클레앙 전 백작은 수많은 불법에 손을 댔다. 황녀 때문에 그런 것이 아니었다. 그게 오클레앙 가의 가업이었다. 오클레앙 가는 원래 그런 곳이었기에 황녀는 지저분한 일을 부탁했다.

돈이 얽힌 불법은 마약과 비슷하다. 쉽게 큰돈을 만질 수 있는 데다, 오래 발을 들이면 정상적인 일을 할 방법이 끊긴다. 많은 사람은 그것이 불법임을 알면서도 쉬이 빠져나오지 못한다. 그리고 현재, 오클레앙 가의 주업은 끊겼다. 오클레앙 가와 불법적인 일을 이어주던 사람들은 흩어졌으며, 오클레앙 가를 주적으로 삼던 사람들도 사라졌다.

아무것도 없는 상태에서의 시작. 자유롭지만, 어렵기도 하다. '기반'이란 것을 완전히 새로 창조해야 하니까. 당연히 혼자서 할 수 있는 일이 아니었다. 목표에 자신의 인생을 걸 수 있는 사람이 두엇은 더 필요했다. 연화는 조셉이 그럴 수 있는 사람인지 궁금했다.

조셉은 잔을 내려놓았다. 그가 잠깐 침묵했다.

"변화는 쉬이 이루어지는 것이 아닙니다. 그렇기에 사람들은 변화를 '변혁'이나 '혁신'이란 말로 부릅니다."

주름이 자글자글한 눈이 연화를 응시한다. 긴 세월이 느껴졌다. 순간적이었지만 압도당했다.

연화는 '나는 할 수 있다'는 단순한 말을 하지 못했다. 잠깐의 침묵은 조셉이 긴 이야기를 꺼낼 수 있는 발판이 되었다.

"제가 집사장이 된 이유는 대단치 않습니다. 아버지께서 전대 집사장이었던 덕을 톡톡히 본 것뿐입니다. 아버지께서는 제가 어렸을 때부터 하인으로 일하게 하셨습니다. 귀족으로 태어나지 않은 이상 취업은 해야 했고, 평민이 귀족가의 집사장이 되는 건 대단한 출세였으니 말입니다."

조셉이 씁쓸한 미소를 지었다. 그는 8살 때부터 오클레앙 가에서 일했다.

조셉의 아버지는 아들에게 필요한 것이 경험이라고 생각했다. 그는 조셉이 저택 내의 잡일을 모두 경험해 보게 했다. 조셉은 마구간 하인이나 주방 하인같이 힘들고 궂은일부터 배웠다. 그러면서 간간히 귀족들의 예법을 배웠다.

나이가 찬 뒤엔 손님을 응대하거나 귀족들의 시중을 들었다. 그리고 스물, 조셉은 집사가 되었다.

"주인님께서 태어나셨을 때 저는 이미 성인이었습니다. 집사 일을 하고 있었지만, 아버지께선 제게 주인님의 전속 하인 일도 맡겼습니다. 주인님의 눈에 들어야 집사장 자리에 앉을 수 있을 거라 판단하셨기 때문입니다. 그 판단은 적중했습니다. 제 나이 서른, 아버지께서 돌아가시자마자 저는 집사장이 되었으니까요. 주인님께서는 사용인들 중 저를 가장 의지하셨습니다."

조셉은 어릴 때부터 전 백작을 모셨다. 백작의 어린 시절을 담당했다고 해도 과언이 아니었다. 조셉은 백작의 대부이자, 조력자이자, 충실한 심복이었다.

조셉은 대체로 바쁜 나날을 보냈다. 백작을 도와 은밀스러운 일을 추진하는 것은 내부의 사정이다. 외부에 비친 오클레앙 가는 번듯한 영지를 가진 귀족이었다. 저택은 평소와 다름없이 굴러가야 했고 영지 역시 무난히 운영되어야 했다.

그 세 가지를 동시에 관리하는 것은 어려웠다. 하지만 가끔 휴식을 취할 때도 있었다. 어깨에 올려진 짐이 얼마나 무거운지, 처리해야 할 일거리가 얼마나 많은지를 잊을 수 있는 유일한 시간이었다.

조셉은 차를 마시는 것을 좋아해서 휴식 때마다 차를 끓였다.

집사실에서 차를 들이키고 있노라면 백작이 어떻게 알고 찾아왔다.

가뭄에 단비 같은 시간들이었다. 조셉은 백작과 많은 대화를 나눴다.

"저는 주인님께서 어떤 식으로 가문을 운영하셨고, 어떤 생각을 하셨는지 알고 있습니다."

전 백작은 감정이 결여된 사람이 아니었다. 그의 도덕관념에 문제가 있는 것도 아니었다.

전 백작은 가문의 비밀을 수치스럽게 여겼다. 자신이 불법적인 일에 손을 대야 한다는 사실에 절망했다. 그러나 종래엔 수긍했다. 어쩔 수 없는 선택이었다.

"하지만 바꿀 수 없었습니다. 바뀌지 않았습니다."

오클레앙 백작이 형제들과 사이가 좋지 않은 것은, 그가 성격 파탄자여서가 아니다. 그가 스스로 형제들을 멀리했기 때문이다. 오클레앙 백작은 가문의 업보는 자신만이 이고가야 한다고 생각했다. 누군가는 꼭 오물에 발을 들여야 한다면, 그것이 자신이길 바랐다.

백작의 노력은 결실을 맺었다. 형제들 중 불법적인 일을 하는 사람은 그뿐이었다. 하지만 결과는 좋지 않았다. 어떤 형제도 그의 끔찍한 죽음에 관심을 갖거나 의문을 표하지 않았다. 장례식에 찾아오지도 않았다.

연화는 눈을 두어 번 깜빡였다. 긴 이야기가 끝났다.

연화는 몸을 바로 했다. 오클레앙이 어떤 최후를 맞았든 관심 없었지만, 조셉이 모시던 사람의 죽음이라는 점을 신경 써서 최소한의 예우를 갖춰주었다.

"지난 이야기 잘 들었어요. 얼마나 힘든 일이 있었는지도 잘 알

앉어요. 하지만요."

하지만 백작은 죽어 땅에 묻힌 사람이기에, 다른 것은 하지 않았다.

"그래봤자 과거일 뿐이잖아요. 지금은 아닌걸요."

연화가 어깨를 으쓱했다. 조셉의 미간에 주름이 잡혔다.

"주인님께서도 아가씨처럼 생각하셨던 때가 있었습니다. 젊은 사람들은 대부분 그렇더군요. 무슨 일이든 할 수 있고, 무엇이든 될 수 있을 거라 믿습니다. 하지만 세상 모든 일이 그렇지는 않습니다."

"나이 든 사람들은 대부분 조셉처럼 생각하더군요. 세상은 녹록지 않으니, 개혁보다는 세상에 순응하는 것이 낫다고요. 그들은 자신들의 신념이 불변의 진리라고 믿죠. 하지만 세상은 언제나 변해왔어요. 제자리에 머문 적이 없죠."

연화는 자리에서 일어났다. 갑자기 돌아다니는 연화를 카를과 조셉이 기민한 눈으로 좇았다. 연화는 테이블 주위를 돌다 멈추고 조셉 옆 빈 의자를 밟고 테이블 위에 걸터앉았다. 백작 영애라면 잘 하지 않을 무례한 행동임에도 조셉은 그녀를 제지하지 않았다. 연화는 거기서 희망과 가능성을 읽었다.

"오클레앙 백작은 죽었고, 나는 이전의 오클레앙이 어떠했는지 몰라요."

연화는 테일러가 마셨던 잔을 잡았다. 손가락을 넣어 찻물을 묻혔다. 검지만 움직여 테이블 위에 찻물로 글씨를 썼다.

오클레앙. 백작. 과거. 재미없는 단어들을 늘어놓은 뒤 손을 털었다.

"조셉이 기억하는 과거는 죽었어요. 다시 살릴 수 없어요. 비슷하게 꾸며갈 수 있을지는 몰라도 결국 완전히 같아질 수는 없죠."

연화는 찻잔 고리를 잡고 내용물을 쏟아부었다. 액체의 양은 많지 않았으나, 글씨를 지워 버리기엔 충분했다. 빈 찻잔은 테이블 아무 곳에나 올려두었다. 데구르 굴러가던 것이 손잡이에 걸려 움직임을 멈췄다.

조셉은 말없이 테이블을 응시했다. 정확히는 연화가 지워 버린 글씨들을 응시했다.

과거는 흔적이다. 존재하지만, 부질없는 것이다. 현재는 언제나 과거보다 강렬하다. 그가 연화의 곁에 머무르는 한, 그는 연화가 만드는 현재를 감내해야 한다.

"그런데도 나를 선택했다면. 나를 주인으로 섬기기로 했다면."

조셉이 고개를 들었다. 그가 연화를 응시했다. 흔들리는 동공 속에 새로운 것이 자리 잡혔다.

깨달음, 놀라움, 경탄. 수많은 감정들 속에 연화가 원하는 감정이 있었다. 희망이었다.

"날 믿어요."

어투는 부드러웠고 목소리는 달콤했다. 하지만 그것은 강요였고, 적에게 항복을 받아내기 위한 선언이었다.

조셉은 기꺼이 굴복했다.

"제법인데."

테일러는 쿡쿡 웃었다. 조셉이 셀리나를 시험하고 있다는 건 알고 있었다. 시험의 결과는 정해져 있고, 조셉은 그녀를 받아들일 것이기에 테일러는 그의 행동을 묵인했다.

셀리나가 중간에 자리를 뜬 것은 조금 의외였다. 그녀의 머리에

과부하가 걸린 것이겠거니 생각하고 기다렸다. 머지않아 두 사람이 사이좋은 척 다시 돌아왔다. 서먹함을 그대로 드러내지 못한 것은, 두 사람 다 주위를 지나치게 신경 쓰기 때문이다. 테일러는 그들이 가면을 벗을 수 있게 자리를 비켜주었다.

셀리나는 조셉의 쓰임새와 가치를 계산했다. 그런 뒤 자신과 조셉 사이에 어떤 벽이 있으며, 그가 뭘 원하는지 알아냈다. 이념이 다른 사람과 먼 길을 함께 가려면 조정이 필요하다.

셀리나가 다소 과격한 행동을 하는 이유는, 조셉과의 합의점을 찾기 위해서였다. 그가 어디까지 감내할 수 있으며 최저선은 어디인지 확인하기 위해서였다. 도를 넘을 듯 말 듯 구는 건 셀리나가 조셉을 무조건 가져야 한다고 생각하진 않기 때문이다. 최종 합의에 실패하면 셀리나는 조셉을 버릴 것이다.

시험은 조셉이 먼저 했지만 도리어 시험당한 것은 조셉이 되었다.

조셉은 혈통을 중시한다. 그에게 셀리나는 대체 불가능한 인력이지만, 셀리나는 조셉을 좀 유능한 집사장으로만 보았다. 시험의 리스크는 조셉이 감당하게 됐다. 조셉이 셀리나에게 굴복할 수밖에 없는 이유다.

테일러는 귀를 쫑긋 세웠다. 대화가 어디까지 진척됐는지 궁금했다.

"하실 수 있으십니까."

조셉이 셀리나에게 완전히 넘어갔나 보다.

셀리나는 조셉이 10년 넘게 기다리던 사람이었다. 그는 단순히 셀리나가 어떤 사람인지 알아보고 싶었는지도 모르겠다.

"저는 당신의 '주인님'이 아니에요. 봐요. 얼굴도, 성별도, 나이도, 성격도 모두 다르다구요. 다른 사람이 다른 행동을 하는 건 당연해요. 안 그래요?"

조셉은 침묵했다. 셀리나가 그를 계속 설득하려고 하는 걸로 봐서, 조셉이 어떤 얼굴을 하고 있을지 짐작이 됐다. 테일러는 계속 웃었다.

조셉이 시치미를 떼는 것과, 셀리나가 조셉의 의중을 제대로 짚지 못하고 허둥대는 것 모두 웃겼다. 둘 다 실패를 두려워하고, 그만큼 신중하기에 헛다리를 짚고 있는 것이다.

테일러는 집무실 벽에 기대 있었다.

대부분의 귀족 저택들이 그렇듯, 오클레앙 가도 방음 시설을 기본으로 깔고 있다. 그러나 시설은 테일러의 기감을 이길 수 없었다.

테일러는 온 신경을 벽 너머에 집중했다. 그 때문에 다른 일은 할 수 없게 됐지만, 대화 자체가 재미있었던 터라 다른 것은 신경 쓰지 않았다.

"이해했죠?"

"예."

"그러면 이제……."

종이를 부스럭거리던 조셉이 뭔가를 끼적인다. 계약서라도 쓰는 모양이다. 두 사람이 서류를 나눠가진 뒤 악수를 했다. 대화가 끝났고, 응접실 문이 열렸다.

테일러는 벽에 기댔던 몸을 뗐다. 황급히 의자에 앉아 최대한 태연한 얼굴을 하고 싶었지만, 쉽게 되지 않았다. 그는 본래부터 남의 눈치를 보고 산 적이 없는 사람이었다.

테일러는 셀리나에게 연기를 배웠다. 하지만 완벽히 숙달하진 못했다. 정해진 대사를 읽고 주어진 행동을 하는 것은 할 수 있었다. 그러나 표정까지는 쉬이 되지 않았다.

셀리나는 시간 나는 대로 짬짬이 테일러에게 표정 연습을 시켰다. 눈썹은 어떤 식으러 늘어뜨려야 하고, 눈빛은 어떻게 하며, 손은 어디에 두는지 등을 알려주었다. 테일러는 성실한 데다 의욕까지 넘치는 학생이라서 셀리나의 지령을 따르려 노력했다. 하지만 그에겐 재능이 없었다.

셀리나는 혀를 끌 찼다. 하지만 포기하지 않았다. 그녀는 연기에 도움이 될 만한 조언을 던져 주었다. 그중 하나는 테일러 대뇌 깊숙한 곳에 박혔다.

"생각은 행동에서 나오는 거예요. 표정 관리가 힘들면, 그 상황에 따른 행동을 하세요. 그러면 표정도 자연스레 바뀔 거예요."

행동이 감정을 이끌고, 감정이 표정을 바꾼다. 셀리나의 말은 그랬다.

물론 말만 쉽다. 실천은 어려운 이야기다.

연화의 연기엔 세 가지 기술이 필요하다. 상황을 읽고, 적절한 행동을 파악한 뒤, 최대한 자연스럽게 연기해야 한다. 이 기술 중 어느 하나라도 어긋나면 이상한 행동을 하게 된다.

테일러가 수많은 연기 중 '아무렇지 않은 척하기'를 마스터한 이유는 간단하다. 딴청을 피우는 일은 언제나 할 수 있기 때문이다. 대화를 끊어버리거나 갑작스러운 상황을 회피하기 위한 기술인 만큼, 순간적인 상황만 생각하면 된다. 세 기술 중 '자연스러운 연기'에만 주의하면 되는 것이다.

테일러는 주위를 둘러보았다. 집무실 중앙엔 큰 책상이 놓여 있고, 앞에 책이 몇 권 있었다. 테일러는 빨간 책을 집어 들었다.

테일러는 아무 페이지를 펼치고 읽는 척을 했다. 동시에 문이 열렸다.

"어……."

셀리나는 문을 연 상태로 굳었다. 테일러는 그녀가 왜 그러나 싶으면서도, 연기를 계속 이어나갔다. 타인의 대화를 엿듣는 건 나쁜 행동이다. 예의범절은 쓰레기통에 처박은 듯 행동하는 테일러라도 셀리나 앞에선 신사인 척 굴고 싶었다. 그러나 젠틀 신사로 거듭나기엔 테일러의 연기가 어설펐다. 소품 선정에 실패한 것도 있었다.

테일러는 어색함을 참지 못했다. 그가 아래로 깔았던 시선을 위로 올렸다.

"왜 그래?"

"그 책."

테일러는 책을 잡은 채로 손을 들었다. 자신이 초보적인 실수를 저지르지 않았는지만 확인했다.

"거꾸로 들지 않았다만."

"내용 읽어봐요."

"문제없지."

테일러가 목을 가다듬었다. 그는 페이지 맨 위 첫 줄로 시선을 올렸다.

"그는 거친 손으로 그녀의 옷을 풀어 헤쳤다. 희고 봉긋한 봉우리가 나타났다. 그는 봉우리를 정복한 것으론 만족하지 않았다. 그의 손이 그녀의 치마끈을 풀었다. 그녀는 원초적인 불에 휩싸인 몸을 그에게 휘감았다."

테일러는 뒤늦게 이상을 눈치챘다. 그가 다시 책 표지를 확인했다. 붉은 표지에 금박으로 글씨가 적혀 있었다.

-그들의 뜨거운 밤

테일러는 조용히 책을 내려놓았다. 민망함에 얼굴이 화끈했다.

'백작 이놈은 집무실에서 뭘 읽는 거야!'

끓어오르는 짜증을 집어삼키며 시선을 올렸다. 셀리나는 팔짱을 끼고서 그를 응시했다. 무척 흥미로운 얼굴이다.

"오, 오해다."

테일러는 손을 내젓다가 멈칫했다. 책을 보지 않았다는 말은, 다른 일을 하고 있었다는 뜻이다.

"아…… 아니, 내 말은."

"알아요, 엿들으신 거."

셀리나는 픽 웃었다. 테일러는 괜히 머쓱해졌다. 그는 뒤통수를 긁으며 나왔다.

"그…… 그래."

셀리나의 걸음은 단정했다. 테일러는 착잡해졌다.

처음엔 셀리나가 화를 내지 않아서 다행이라고 생각했지만, 이내 그게 아니란 걸 알았다.

셀리나가 자신의 인간성을 어떻게 생각하고 있으면 그럴 줄 알았다며 순순히 넘어가는 걸까. 인간 이하로 보고 있었던 건 아닐까. 테일러는 그 점이 염려가 됐다.

테일러는 셀리나의 뒤를 캐다 들킨 적이 있다. 물론 그건 실수였다. 카틴 상단과 셀리나의 관계만 알려다 다른 정보까지 긁게 된 케이스였다. 그래도 잘못된 행동이라 생각했기에 용서를 구했다. 다시는 안 그러겠다는 말까지 덧붙였다.

이해득실이 아닌, 도덕심 때문에 자존심을 굽힌 건 그때가 처음이었다. 어설픈 사과였음에도 셀리나는 테일러를 받아주었다. 그는 그걸로 다 됐다고 생각했다. 하지만 그건 착각이었을지도 모른다. 셀리나는 모든 사람에게 친절하지만 그건 불친절한 것보다 친절한 척 구는 게 편하기 때문이다. 상냥한 가면은 사람들과 관계를 정리할 때 요긴하다. 아무 날 훌쩍 떠났다가 필요에 따라 관계를 잇기 좋으니까.

'셀리나가 언제부터 화를 내지 않았지?'

소름이 짝 끼쳤다. 황무지에서의 셀리나는 이렇지 않았다. 국경마을에서의 셀리나 또한 달랐다.

카턴 상단주 남매를 만난 날, 테일러는 '진실'을 요구했다. 셀리나는 그가 믿고 있는 것이 진실이라 말했다. 셀리나는 대답을 회피하려고 그런 말을 던진 게 아니었다. 황무지를 건너며 함께했던 시간과 기억들을 믿으란 의미였다. 진실은 그곳에 있으니까. 하지만 테일러는 재차 진실을 요구했다. 그녀가 사실을 확정해 주길 바랐다. 그러나 셀리나는 그의 요구를 거절했다.

테일러는 토라진 아이처럼 굴었다. 셀리나가 카턴 상단과 사이가 안 좋음을 알면서도, 부러 그들과 함께 가겠노라고 했다. 셀리나는 테일러가 원하는 대로 행동하지 않았다. 그녀는 테일러에게 알아서 하라고 했다.

테일러는 화가 났지만 셀리나는 배신감을 느꼈을 것이다.

이후 테일러는 다시 셀리나를 만났다. 옆에 붙들어두었다. 하지만 전과 같은 관계를 구축할 수는 없었다. 테일러는 '거래'라는 방식으로 그녀를 붙들었고, 그녀는 그에 응했을 뿐이니까.

전처럼 투닥거리거나 장난치면서 지내긴 했지만 셀리나의 속은 다를 수 있다. 그녀는 타인의 욕망을 귀신같이 꿰뚫어보고, 그에 맞춰 가면을 바꿔 쓸 수 있는 사람이다.

화는 나지 않는다. 셀리나의 옆에 머물다 가는 수많은 사람과 자신이 다를 바 없다는 사실이 씁쓸할 뿐이다. 그래도 아직은 기회가 있지 않을까 하고 테일러는 미련을 담았다.

"저기."

"네."

셀리나가 걸음을 멈춘다. 그러나 뒤를 돌아보진 않았다. 그게 대화 단절을 의미하는 것 같아 테일러는 조급한 마음을 쏟아냈다.

"고의는 절대 아니었다."

"그러셨군요."

"그냥 그 늙은이가 좀 위험해 보여서."

"곧 예순인 노인이 위험해 보이셨군요."

셀리나가 쿡 웃었다. 빈정거리는 것이었지만, 테일러는 의견을 피력하기에 정신이 없었다. 미묘한 뉘앙스를 눈치채지 못했다.

"그렇지. 그놈 아주 위험하고 무서운 놈이야."

"테일러 씨보다 더 세요?"

"아니. 그 정도는 아니고."

테일러가 어깨를 으쓱해 보였다. 변명하는 와중에도 자신의 검술을 자랑스러워하는 태도는 죽지 않는다.

"그래도 위험해."

"네, 네."

"조심하라고."

"알아요."

셀리나의 대답이 무척이나 무성의했다. 테일러는 순간적으로 미간을 구겼다 다시 폈다. 지금 그는 그녀에게 머리를 숙이는 중이다. 화를 내서는 안 된다.

"절대 엿들은 걸 정당화하려고 이런 말 하는 거 아니다."

"누가 뭐래요."

"아니, 물론 그대는 아무 말도 안 했지만, 그냥 느낌이."

"착각이겠죠."

"정말로?"

"음……."

셀리나가 검지로 볼 옆을 찍었다. 생각하는 척 구는 건 그녀의 장난이다. 테일러는 부러 화난 척했다.

"왜 머뭇거리는 거지? 똑바로 말해라."

"테일러 씨가 원하는 말을 할까요, 아니면 진실을 말할까요?"

"……두 개가 다르다는 건 잘 알겠군."

셀리나는 하하 웃었다. 그녀는 유쾌한 모양이자만 테일러는 불쾌했다. 그녀의 생각은 알아도 의중을 모른다는 것이 미치도록 답답했다.

테일러는 다시 걸음을 떼려는 셀리나를 붙들었다. 작은 몸은 반항하지 않고 붙들렸다.

음산한 말을 귀에 들이부어도 얌전했다.

"그래도 나는 상관없어. 내가 소름끼친다거나, 기분 나쁘다거나, 짜증 난다고 해도."

테일러는 잠깐 머뭇거렸다. 속에서 뭉글거리던 자존심이 그의 목구멍을 틀어막았다. 그는 심호흡 한 번에 감정을 내리눌렀다. 지금은, 그런 것보다 이 한마디가 더 절실하다.

"다 괜찮아."

셀리나가 테일러에게 붙들린 팔을 흔들었다. 테일러는 순순히 놓아주었다.

테일러를 떠나가 버릴 줄 알았던 셀리나가 뒤를 돌아 손을 뻗는다. 테일러는 기꺼이 고개를 숙여주었다. 그녀는 전혀 안 괜찮은 테일러의 얼굴을 쓰다듬었다. 그녀가 킥킥 웃었다.

"진실 캐기는 그만두신 줄 알았는데."

"진실만큼 명료한 것은 없으니까."

"그건 그래요."

셀리나가 고개를 끄덕였다. 테일러에게 긍정한 것이 아니라 '진실'에 대한 논리에 수긍한 것이다.

테일러는 그게 셀리나와 저 사이의 벽을 나타내는 것 같았다. 테일러는 또 조급해졌다.

"그러니까, 무슨 말이든."

"테일러 씨."

말을 쏟아내려는 입 위에 검지가 얹어졌다. 셀리나의 손이었다. 테일러는 다음 단어를 꺼내려던 그 상태로 굳었다. 셀리나는 은근한 미소를 지었다.

"저는 테일러 씨가 카이스턴 공작이란 걸 알아요."

"……."

"그리고 어떤 말을 해야 테일러 씨 기분이 좋아질지도 알아요."

테일러가 공작인 걸 안다. 그가 얼마나 대단한 권력을 가졌는지 안다. 그의 비위를 맞춰주면 인생이 편해질 것이다. 카로틴의 많은 귀족들이 아는 진실이다. 그러나 셀리나는 그러지 않는다.

할 수 있지만 하지 않는다.

테일러는 눈을 깜빡였다. 생략된 언어들이 머릿속에서 갖가지 언어를 달고 뒤엉킨다. 복잡한 사고는 '특별함'을 낳았다.

테일러는 가슴 밑 어느 부위에서 뭉클함이 올라오는 걸 느꼈다. 셀리나는 테일러의 입을 막았던 손가락을 뗐다. 그녀가 싱긋 웃었다.

"이해했어요?"

"그래."

테일러는 담담한 척 고개를 끄덕였다. 그는 생각의 타래에 잠긴 기분을 조금 더 누렸다. 그 때문에 셀리나가 저를 복도에 버려두고 간 걸 몰랐다. 그는 한 박자 늦게 그녀를 따라갔다. 기분 좋은 흥얼거림이 그 뒤를 따라갔다.

조셉은 연화가 저택에 아예 눌러앉길 바랐다. 기왕 들른 거, 성가신 걸음을 떼지 말라는 것이다.

연화는 저택의 사용인들을 모두 만나보지 못했다. 그들은 연화를 만나고 싶어 했다. 조셉은 고용주인 만큼 사용인들을 돌보는 게 어떠냐는 말을 했으나 연화는 카이스턴 가에 두고 온 짐이 있다는 말로 거절했다.

사실 카이스턴 가에 대단한 짐을 두고 오진 않았다. 옷이야 셀리나는 어차피 성장기이니 얼마 안 있어 다시 사야 할 터였고, 세면도구 같은 생필품 또한 새로 구비하면 그만이었다. 차원 이동을 알기 위해 산 책들을 버리는 건 조금 아깝긴 하지만, 중요한 내용은 머릿속에 넣어두었으니 크게 필요는 없었다. 중요한 건 일기장이었다. 이제까지 일어난 일을 적어둔 일기장엔, 오늘 조셉과의 대화도 기록될 터였다.

여하간 조셉은 재차 권하지 않았다.

마부는 해가 떨어지기 전 아슬한 시간에 왔다. 마차엔 카를이 먼저 다가갔다. 그가 마차에 올라타 안을 둘러보았다. 안전하다는 판단이 선 뒤엔 연화에게 손을 내밀었다. 테일러는 맨 마지막에 탑승했다. 그는 제 마차에 제가 가장 늦게 탄다고 툴툴댔다. 물론 귀담아 듣는 사람은 없었다.

이내 마차가 움직였다. 서너 분 뒤, 카를이 갑자기 말을 걸었다.

"한데 말입니다."

연화는 고개만 돌려 카를을 쳐다봤다.

"아까 왜 그렇게 늦으셨습니까. 집무실은 바로 옆이었잖습니까."

"그랬죠. 그렇기는 한데…….."

연화는 테일러를 눈짓했다. 테일러는 모르는 척 휘파람을 불었다. 연화는 픽 웃었다.

"어린애 땡깡을 받아주고 오느라."

카를의 시선도 테일러에게 향했다. 그의 눈썹이 찌푸려졌다.

"받아줘 봤자 버릇만 나빠집니다."

"안 받아주면 바닥에 드러눕겠다는데 어떻게 해요."

"그럴 때는 진짜 버리고 갈 것처럼 구셔야지요."

카를이 다음엔 꼭 그렇게 하라고 재차 강조한다. 연화는 웃음을 참기 위해 입술을 깨물었다. 그녀가 고개를 숙이며 끅끅대자 테일러가 입을 쭉 내밀었다.

"은근히 사람을 까는 건 좋지 않은 버릇이다."

"누가 뭐라고 했습니까?"

카를이 심드렁히 말했다. 테일러는 몇 초간 어이없다는 눈으로 카를을 응시했다.

"하, 참."

테일러는 이내 머리를 절레절레 흔들고 말아버렸다. 연화는 요즘따라 두 사람이 비슷한 행동을 한다는 생각이 들었다. 물론 이상한 일은 아니었다. 두 사람은 하루 종일 꼭 붙어 있으니까.

테일러는 마차 등받이에 몸을 기댔다. 푹신한 곳에 머리가 닿자 나른한 기분이 들었다. 그토록 거슬리던 카를의 목소리도 자장가로 치부할 수 있을 정도였다.

"그런데 정말 이곳에 다시 들를 생각이십니까?"

"이곳이 뭐 어때서요?"

연화가 어깨를 으쓱했다

"물론 이 저택은 문제가 아닐지도 모르겠지만……."

오클레앙 영애는 오클레앙 저택에 살아야 한다. 아무리 귀족 사회에 무지한 사람이라도 그 말의 합당성을 의심하진 않을 것이다. 그렇기에 카를은 저택 자체를 걸고 넘어가진 않았다.

"그 노인 말입니다."

"조셉 씨요."

"조심하는 게 좋지 않겠습니까?"

이전에 한 번 들었던 말이 또 튀어나왔다. 연화는 눈을 깜빡였다.

"아가씨의 약점을 쥐고 있는 사람입니다."

"그건 카를도 마찬가지인걸요."

"그…… 하지만, 그자는 아가씨의 약점을 이용하려 하잖습니까."

"카를. 이용당하는 게 꼭 나쁜 건 아니에요."

카를이 고개를 갸우뚱한다. 연화는 조근한 어투로 설명했다.

"모든 사람에겐 '한계'가 존재해요. 잘하는 것이 있는가 하면, 못하는 것도 있어요. 모두가 타인을 이용하면서, 그리고 이용당하면서 살아가요. 진짜로 나쁜 건 이용당하는 것 자체가 아니에요. 자신이 이용당한 줄도 모르는 거예요."

테일러가 눈을 떴다. 그가 등받이에서 몸을 일으켰다. 흥미로운 난제에 눈을 반짝이는 아이와 같은 표정을 지었다.

"계속 이용당할 수 있기 때문인가?"

"그 이유도 있고, 이용당한 대가를 받을 수 없기 때문도 있죠."

어린 만큼 어리석었던 홍연화는 이용가치가 있었기에 표적이 되었다. 그녀가 순진무구하고 철없음을 보여줄수록 많은 사람들이 달려들었다. 그들은 그녀의 약점을 파고들었다.

홍연화는 이른 나이에 상처받았다. 하지만 내색해서는 안 되었다. 그 상처 역시 약점이었고, 이용당할 여지가 있었기에. 자신이 세상을 살기에 유리한 사람이라는 걸 알게 된 건 '이용'과 '대가'가 상호작용한다는 것을 안 뒤부터였다. 다가오는 사람이 어떤 의도를 가졌는지 읽고, 적당히 이용할 줄 알게 되었다.

이용한 대가를 잘 챙겨주기만 하면 대부분의 사람들은 이견을 달지 않았다. 무난한 인간관계가 만들어졌다. 조셉은 자신의 조건을 분명히 했다. 저가 뭘 원하고, 뭘 줄 수 있는지 밝혔다. 연화와 조셉은 거래를 했다.

테일러는 가만히 듣고 있다 피식 웃음을 터뜨렸다.

"그대는 정말 그자에게 약점을 잡혔다고 생각하나?"

"무슨 말씀이시죠?"

"나는 저렇게 꼬장꼬장한 늙은이를 본 적이 없거든."

인간은 누구나 늙는다. 제국에 늙은 사람은 많다. 귀족은 물론 평민과 노예까지 수많은 노인들이 있다. 모든 노인들은 각자의 노년을 살며 죽음을 기다린다. 그러나 그들에겐 한 가지 공통점이 있다. 그들이 불변의 신념을 하나씩 가지고 있다는 점이다.

"그런 놈이 고작 '개혁'이나 '혁신'이란 말에 끌린다고? 그럴 리가 없지. 그게 입 발린 소리라는 걸 그놈이 모를까? 그럴 리가. 그놈은 온갖 지저분한 뒤처리는 다 해본 놈이다. 산전수전 다 겪은 놈이라고. 그런 놈이 현실감각 없는 유혹에 끌릴 리 없지.”

테일러가 계속 픽픽 웃었다.

“그놈은 빈 저택을 홀로 지켰다. 새로운 주인을 기다리기 위해서였지. 그동안 많은 귀족들이 그놈에게 제안을 했다. 하지만 놈은 모두 뿌리쳤다. 대단한 충심이었지. 그만큼 오클레앙에 집착했다는 의미기도 하지. 그랬던 놈이 어디서 굴러먹다 왔는지 모를 개뼉다구를 받아들인다고? 오클레앙 가를 부흥시킬 수만 있다면 다 괜찮다면서? 그게 말이 된다고 생각하나?”

“12년 전 사건의 정황을 기억하는 사람은 아무도 없고, 오클레앙 가를 아는 사람도 거의 죽거나 흩어졌어요. 이런 상황에 진실이 뭐가 중요하고, 혈통에 무슨 의미가 있죠?”

오클레앙과 아무 관련이 없던 엘렌도 인장만으로 오클레앙 영애 행세를 할 수 있었다. 이 세계는 그런 곳이었다.

“그리고 제가 진짜 오클레앙 영애라는 증거도 없잖아요.”

“증거가 왜 없어? 여기 있잖아. 그리고.”

테일러가 연화의 얼굴을 가리켰다. 오클레앙 전 백작 부부를 아는 사람을 단박에 납득시킬 수 있는 얼굴이었다.

“세상 어떤 놈이 가짜를 위해 그렇게까지…….”

테일러는 말을 하다 말고 다시 눈을 감아버렸다. 털썩. 육중한 몸이 푹신한 마차 등받이에 파묻혔다.

“뭐, 아니다.”

연화는 테일러를 흘겼다. 왜 말을 하다 마냐는 의미였다.

테일러는 그런 게 있다는 말로 적당히 얼버무렸다. 연화는 그를 찔러도 대답을 얻을 수 없다는 걸 알고 흥미를 잃어버렸다.

조셉과 테일러의 인연은 먼 과거, 테일러가 어린 소년이었을 때부터 출발했다.

테일러의 위엔 배다른 형이 하나 더 있었다. 전 공작부인이 낳은 아들이었다. 공작은 전 공작부인이 죽고 얼마 안 있어 재혼을 했다. 두 번째 공작부인은 전처와 같이 아들을 낳아주었고, 그게 테일러였다. 두 사람 다 정실의 자식임은 분명했기에 공작가를 물려받을 자격이 있었다. 적장자 우선 승계 원칙을 따진다면 형이 우세했지만, 능력을 우선시한다면 테일러가 우세했다.

테일러의 형은 테일러가 검에 재능이 있음이 나타나자 본격적으로 그를 경계하기 시작했다. 테일러가 10살이 되었을 때는, 검한 자루만 쥐게 하고 전쟁터에 내보냈다. 죽어서 돌아오지 말라는 것이었다. 테일러의 아버지는 적장자가 가문을 우선하는 게 옳다고 생각했기에, 테일러의 일은 묵과했다. 테일러는 북쪽 추운 지방에서 성년이 될 때까지 지냈다. 조셉을 만나지 않았다면, 지금도 그곳에서 세월을 죽이고 있었을지 모른다.

조셉은 형이 죽으면 테일러가 공작가의 유일한 계승자임을 알고 그에게 거래를 제안했다. 내용은 단순했다. 형을 제거해 그를 공작으로 만드는 대신, 오클레앙 가와 세력 충돌을 하지 말 것.

카이스턴 가를 장악하던 테일러의 형은, 소위 말하는 '어두운 귀족'들을 제 아래로 두거나 없애며 세력 확장을 하고자 했는데, 그 과정에서 오클레앙 가가 반발을 해서 문제가 생겼기 때문이었다.

다른 귀족들은 카이스턴 가 아래로 들어가는 걸 내심 반겼다. 카이스턴 가는 '어두운 귀족' 중에서는 이름과 영향력이 큰 가문이었으니까. 비록 카이스턴 가에 충성 맹세를 해야 한다는 것과, 영지 세금 일부를 바쳐야 한다는 단점이 있긴 하지만 카이스턴 이름을 얻어서 생기는 추가적인 뒷돈과 거래량을 생각하면 훨씬 이득이었다.

그러나 오클레앙 가는 카이스턴 가에 들어가길 거부했다. 오클레앙 가는 황실의 자금줄이었다. 오클레앙 가가 뒷돈을 만진다는 건 공공연한 비밀이었지만, 그들이 그리 사는 이유는 극소수만 알았다. 오클레앙 가는 진실을 숨기기 위해 카이스턴 가 아래로 들어가길 거부했다.

조셉이 테일러를 찾아 북방으로 왔을 때는 카이스턴 가와 오클레앙 가의 대립이 팽팽할 시기였다. 조셉이 테일러를 찾아왔을 때, 테일러는 냅죽 그 손을 잡아버렸다.

조셉의 제안이 무엇이었는지는 깊이 생각하지 않았다. 피 냄새와 추위에서 벗어날 수 있다면 뭐든 상관없었다.

모든 일은 조셉이 했다. 테일러는 묵과했다.

조셉은 독살을 택했다. 부엌 사용인 몇을 바꾸곤, 카로틴 내부에선 쉬이 구할 수 없는 독을 구해 형의 식사에 넣었다.

형은 천천히 쇠약해지다 죽었고, 독을 넣은 하인은 자살했다.

공작은 사건의 진상을 제대로 조사하지 않고 돌연 테일러를 후계로 지목했다. 천천히, 그리고 빠르게 카이스턴의 업무를 내려놓았다. 그는 진실을 알고 있었을 것이다. 카이스턴 가의 정보를 모으는 것은 집사장이지만, 최종 목적지는 가주의 귀다. 그러나 그는 입을 다물었다. 카이스턴 가의 명목이 끊기는 것을 방지하기 위해서였다.

전 공작은 3년 뒤 숨을 거두었다. 테일러는 공작이 되었다. 그때는 이미 오클레앙 가엔 변고가 일어나 백작가와 세력 다툼을 하지 않겠다 마음먹는 게 무의미했다. 그러나 가문의 명맥이 끊어진 건 아니었다. 혼 왕국에 오클레앙 영애가 있었다.

테일러는 조셉이 가문을 기다리면서 버틸 수 있게 적당한 일자리를 주선해 주었다. 저택을 사용할 수 있게 정기적으로 관리도 했다. 그것으로도 은혜는 갚았다고 생각했기에, 조셉이 오클레앙 영애를 데려오기 위해 잔머리를 굴릴 때는 도와주지 않았다. 그러다 셀리나가 진짜 오클레앙 영애라는 것을 안 뒤엔 조셉을 불렀다. 조셉에 대한 작은 친절이자 셀리나가 제대로 오클레앙 영애로 활동할 수 있게 하기 위함이었다.

10년 넘게 기다리던 주인의 귀환이다. 넙죽 받아들여도 모자랄 놈은 주인을 무려 시험하고자 했다. 물론 받아들이겠다는 결론을 내리고 한 시험이라 제대로 되었다고 할 수는 없겠지만.

"정말 대단한 놈이라니까."

그 인내와 기다림엔 감탄사밖에 안 나왔다.

생각을 이어가던 머리가 무심코 감탄사를 내뱉었다. 연화가 반색했다.

"테일러 씨, 뭐라고 말했어요?"

"아니. 전혀."

테일러는 손을 내저었다. 연화는 실망해서 돌아앉았다. 테일러는 킥킥 웃곤 다시 눈을 감았다. 조금 피곤했지만, 잠들진 않았다. 그는 무심코 고개를 돌렸다. 창문을 들여다봤다.

핏빛 노을이 저물고 있었다.

✤

재민은 긴 한숨을 토해냈다. 숨 쉬는 방향을 따라 회색 연기가 길게 내뿜어졌다. 그는 담배 연기를 서너 번 더 뿜어낸 뒤, 신경질적으로 재떨이에 담배를 비벼 껐다. 재떨이엔 이미 담배꽁초가 한 가득이었다. 베란다 창문을 열 때는 보루였던 담배는 다 해체되어 있었다. 몇 갑은 비었고, 몇 갑은 똥대를 품고서 바닥에 나뒹굴었다.

그중 딱 한 갑, 비닐 포장이 온전한 것이 있었다. 재민은 비닐을 거칠게 벗겨내고 한 개비를 또 물었다. 그러다 문득 생각나 휴대폰을 쳐다봤다. 까만 액정은 고요했다. 기다리는 전화 따위 오지 않는다는 걸 알면서도 액정을 건드려 통화기록을 확인했다.

부재중 통화 0건. 기계는 재민의 청각과 시각에 문제가 없음을 알려주었다. 안도감은 오지 않는다. 씁쓸할 뿐이다.

재민은 익숙한 전화번호를 눌렀다. 요 며칠 동안 짬이 날 때마다 누른 건 연화의 번호였다. 받지 않는다는 것을 알지만 그래도 계속 걸었다. 그러다 이게 뭐하는 짓인가 싶은 회의감이 밀려올 때에서야 전화를 그만두었다. 어제와 같은 저녁이었고, 그저께와 같은 하루였다.

"받아…… 전화. 제발…… 전화, 받아줘. 연화야. 받아줘……."

재민은 베란다 난간에 미끄러지듯 주저앉았다. 힘 빠진 손에서 떨어진 휴대폰은 재민의 무릎 위에 떨어졌다. 재민은 망연한 눈으로 휴대폰을 쳐다봤다. 다 귀찮고 성가시다는 생각이 들었다.

재민은 눈을 감았다. 베란다는 잠을 청하는 곳이 아님을 알지만 상관없었다. 연화는 사라졌다. 어디 있는지도 모르고, 생사조차 알 수 없다.

이런 상황에 자잘한 것을 왜 신경 써야 할까. 재민은 또다시 한숨을 내쉬었다.

하지만 또 잠이 오지는 않아서 그대로 있었다. 오늘 밤도 새게 되나 보다. 재민은 끌 혀를 차면서 해가 뜨기를 기다렸다.

연화가 없는 세상이란 전제가 그대로 유지된다면, 밤보다는 낮이 더 나았다. 부지런히 움직여 몸을 혹사시키는 동안은 비참하다는 생각에서 벗어날 수 있었으니까.

문득 벨 소리를 들었다. 재민은 헐레벌떡 눈을 떴다. 연화인가 싶었던 마음은 '홍 회장'이란 글씨를 보고 가라앉았다. 그래도 일단 전화는 받았다. 눈곱만큼이지만 연화와 닮은 구석이 있는 목소리를 듣기로 했다.

"이재민입니다."

[지금 통화 괜찮겠나?]

"안 괜찮았으면 안 받았을 겁니다."

[그렇겠군.]

담담한 목소리가 전해 들어왔다. 언제 어느 때고 같은 톤을 유지하는 이 목소리를 좋아한 적이 있었다. 과연 연화의 아버지답게 감정 변화가 적은 사람이라고 말이다. 하지만 지금은 아니었다. 그녀가 사라진 상황에서도 그가 침착을 유지한다는 사실이 거슬렀다.

"왜 전화하셨습니까. 연화라도 찾으셨습니까?"

[그런 것은 아니고.]

홍 회장이 말하다 말고 뭔가를 들이컸다. 곧이어 크, 하는 소리와 컵의 얼음들이 짤랑이는 소리를 들었다. 홍 회장은 음주 중이었다.

[재민 군이 말한 대로 진수가 한 짓인 것 같긴 한데.]

"세현 때문에 그놈을 교도소에 못 집어넣겠다는 말씀이시라면 전화 끊겠습니다."

[아니. 그건 아닐세. 세현을 범법자의 손에 넘겨주는 것이야말로 최악의 수니까.]

재민은 혀를 끌 찼다. 홍 회장이 홍진수에게 이렇다 할 제재를 가하지 않는 게 그를 스페어로 여겨서가 아니라, 무죄추정의 원칙에 따라서인 걸 안다. 그는 확실한 것이 나타나지 않으면 움직이지 않는다. 그런 사람임을 알기에 재민은 일단 참았다.

"뒤는 꾸준히 캐고 계십니까?"

[사람은 붙여두고 있네.]

"하지만 성과는 없으시다구요."

홍진수는 눈치가 빠르다. 자신의 신변은 끔찍이 아끼는 놈이라 경호원도 여럿 데리고 다닌다.

홍 회장은 진수의 뒤를 직접 쫓게 하기보다는 진수가 이동하는 경로마다 사람을 배치했다. 그들에게 보고를 받으며 그를 감시했다.

"미행당하고 있는 걸 눈치챈 건 아닙니까?"

[내 쪽에서 붙이는 사람들은 프로니까.]

"그분들이 프로인 건 모르지만, 사람 하나 납치되는 걸 막지 못하는 사람인 건 잘 알겠습니다."

재민이 픽픽 웃었다. 홍 회장은 자신이 모든 것을 통제할 수 있다고 착각한다. 홍 회장은 가진 것이 많은 사람이 맞지만, 소유가 그의 유능함을 증명하는 건 아니다.

연화는 홍 회장이 자신에게 사람을 붙였다는 걸 알고 있었지만 그들이 저를 방해하는 건 아니었기에 무시했다. 특정 상황에선 그들을 이용했다. 위험한 상황에도 안전할 거라고 제 실력 이상으로 과신했다.

[재민 군, 그건······.]

"죄송하지만 아저씨, 제가 오늘 피곤해서요. 먼저 끊겠습니다."

수화기 너머에서 어어, 하는 소리가 들린다. 1달 전의 재민이라면 먼저 홍 회장의 전화를 끊지 않았을 거다. 그것도 무례하게. 하지만 지금 홍 회장의 전화를 끊어 얻을 리스크는 적다. 좋으나 싫으나 홍 회장은 '연화를 찾는다'는 공동 목표를 위해 재민과 손을 잡았다. 오늘 연락이 끊겨도 내일이면 또 전화가 올 테니까.

홍 회장에겐 '연화와 가장 친한 친구'의 정보가 필요할 테니까. 겸사겸사 딸을 잃었다는 상실감도 치유하고 있을 터였다. 연화가 사라지면서 많은 것들이 바뀌었다. 해가 안 뜨거나, 대륙 하나가 사라진 건 아니었다.

변한 건 사람들이었다. 그중엔 홍 회장과 재민의 관계도 있었다. 이전엔 재민이 홍 회장의 무례를 눈감아주는 쪽이었다면, 지금은 홍 회장이 재민을 붙드는 중이었다.

정리된 관계도 있었다. 연화에게 콩고물을 얻으려 재민에게 붙었던 사람들은 그에게서 떨어졌다. 대신 홍진수와 연을 만들기 위해 끙끙거렸다. 홍진수는 바보가 아니었다. 그는 다가오는 사람 중 실속 있어 보이는 사람만 골라 관계를 구축했다. 연화를 기다리며 그에게 적대감을 보이는 자들에게도 손을 내밀었다. 그는 알짜배기가 뭔지 알아보는 사람이었다.

그중엔 재민도 있었다.

재민은 액정 화면을 쓸었다. 아까는 없었던 부재중 통화가 있었다.

〈진드기, 03:15〉

홍 회장과 통화했던 시간이다. 재민은 무시할까 생각하다가, 통화 버튼을 꾹 눌렀다. 뚜르르 통화음이 두 번을 넘기지 않는다. 상대가 전화를 받았다는 걸 알자마자 말했다.

"자수하려고 전화했습니까?"

물론 홍진수는 아랑곳하지 않았다.

[통화 중이던데.]

재민은 제 할 말만 하는 놈이 지긋지긋했다. 끊어버릴까 생각했지만, 결국 받았다. 홍진수에게서 뭔가 정보를 뜯어낼 수 있을지도 모른다는 희망이 문제였다. 물론 희망은 오래가지 않았다. 3초. 홍진수의 목소리를 듣자 짜증이 희망을 지워 버렸다.

"네, 그랬죠."

[누구? 친구? 연화는 아닐 테고. 홍 회장이군? 그렇지?]

"홍진수 씨."

담담한 척 내뱉어지던 목소리 끝이 결국 올라갔다.

"제 인간관계는 그렇게 협소하지 않습니다."

[그러니까 그 늙은이란 거지.]

"왜 그딴 결론입니까."

[전화, 안 끊잖아.]

홍진수가 킥킥 웃었다. 몹시 즐거운 듯 속살거렸다.

[너는 정곡을 찔리면 아무 말도 안 하니까.]

"그거 확인하려고 전화한 겁니까?"

그것도 이 새벽에? 재민이 혀를 내둘렀다. 홍진수는 무슨 소리냐며 첨언한다.

[너도 안 자잖아.]

"그게 당신과 무슨 상관입니까."

[왜 상관이 없지?]

"당연하잖습니까. 당신은 제 친구의 원수입니다. 즉 제게도 원수죠. 아니, 그걸 다 떠나서 우리가 이런 시답잖은 수다를 떨며 시간을 죽일 관계는 아니라 생각됩니다만."

재민과 연화가 아무 사이가 아니었다면, 그는 진수를 그냥 사람으로 생각했을지도 모른다. 풍문으로 그의 악행을 들어도 질 나쁜 기회주의자가 있나 보다, 하고 생각하고 말았을 거다.

지구는 넓고 이상한 사람은 수도 없이 많다. 그들 모두에게 악

감정을 품는 건 쓸데없이 소모적이고 피곤한 일이다. 재민이 진수를 싫어하는 건 별스럽지 않는 이유였다. 그가 연화를 괴롭혀서, 자신도 귀찮게 해서. 게다가 그는 나쁜 놈이었다. 일렬로 놓으면 어색해지는 논리는 '연화의 실종'과 맞물려 강력한 인과를 완성했다.

홍진수가 연화를 죽였을 지도 모르니까.

홍진수는 잠깐 동안 말이 없었다.

재민은 조용히 기다렸다. 화를 내거나 전화를 끊어버리지 않을까 했는데, 과연 그는 평범한 인간의 사고방식으론 이해할 수 없는 사람이었다.

[그거 알고 있나? 우리 만난 이래로 지금 가장 많은 대화를 나눴다는 걸.]

"대화의 양이 어떻든, 제가 당신을 싫어한다는 건 변하지 않습니다."

[연화가 영원히 돌아오지 않는다고 해도?]

목소리가 날카로워졌다. 사실상 홍진수가 자신의 범행을 자백한 것이나 다름없었다. 물론 새삼스러운 사실은 아니었다. 재민은 그냥 피식 웃었다.

"그런 협박이 제게 통할 거라고 생각합니까?"

[나는 협박을 한 적이 없어. 그냥 알려주었을 뿐이야. 앞으로 일어날 미래를. 그리고 그 미래에 어떤 선택을 하는 게 좀 더 유리할지도.]

"살인자와 손을 잡을 생각은 없습니다만."

재민은 빈정거렸다. 홍진수가 설득해서 말을 들었을 거라면, 재민의 행동은 달라졌을 것이다. 하지만 홍진수에게는 어떤 행동도 무의미하다. 그는 자신이 가진 '목표'만 최상으로 생각한다. 외부에서 깔짝거려 봤자 변하지 않는다.

홍진수의 최종 목표는 '세현을 가지는 것'이고 부차 목표는 '연화를 없애는 것'이다. 하여 재민은 홍진수의 속이나 긁기로 했다. 이것도 저것도 안 되니 속이나 풀어보자는 심보였다.

[평생 그 여자를 추억하면서 독수공방이라도 할 셈인가?]

"범죄자와 겸상하느니, 고고함을 지키는 게 낫습니다."

[이 의원님이 참 슬퍼하시겠어.]

"잘 모르시나 본데, 전 제 아버지와 절연한 상태입니다. 절연의 사전적 의미를 모른다면 알려 드리죠."

재민은 고등학교를 졸업하자마자 집을 나왔다. 국회의원의 아들로 살면서 피곤한 일이 너무 많았다. 이 의원의 도움 없이 홀로 서려니 돈이 필요했다. 이래나 저래나 재민은 귀히 자라온 도련님이었다. 급전을 마련할 방법이 없었다. 이 의원은 아들이 곤궁해질 것을 내다봤다. 어련히 돌아오겠지 생각하고 내버려 두었다.

이 의원은 아들의 인맥을 간과했다. 재민은 연화에게 대금을 빌렸다. 그 과정에서 이 의원과 재민의 관계는 완전히 틀어졌다. 물론 둘의 관계가 완전히 끊어진 것은 아니었다. 재민은 어쨌든 이 의원이 '아버지'였기에 완전히 냉정해지진 못했다. 이 의원은 그 틈을 파고들었다.

물론 재민은 선거 유세나 정치자금엔 관심이 없었기에, 바쁘다는 말로 이 의원의 연락을 끊어냈다. 하지만 소식이 끊기진 않았다. 미용사나 운전수 같은 사람들이 들락날락하며 말을 전해주었다. 그러나 그 이상의 교류는 없었다. 두 사람의 관계는 확실히 끊겼다.

홍진수는 잠깐 머뭇거렸다. 그답지 않은 당황이었다. 이내 긴 한숨을 뱉어냈다.

곧 치익, 불붙이는 소리가 들렸다. 그도 새벽 담배를 즐기는 중인 모양이었다.

[그 여자 어디가 그렇게 좋아?]

"당신은 연화를 왜 그리 싫어하는 겁니까?"

[방해되니까.]

"세현을 가지는 데 말입니까?"

재민이 눈썹을 치켜 올렸다. 진수는 후읍, 연기를 빨아들였다 내뱉으면서 풋 웃었다.

[세현은 아직 그 여자의 것이 아니야. 그 여자의 돈, 지위, 위상 모두 그 여자가 운 좋게 홍 회장 딸로 태어나서 가지게 된 것뿐이지. 그 여자가 세현의 후계자가 아니게 되면 신기루처럼 사라질 것들이야. 그런데 딱 하나. 그 여자가 진실로 가진 것이 있어. 그게 뭔지 아나?]

물론 모른다. 재민은 대꾸하지 않았고, 진수는 아까보다 더 깊은 숨을 내쉬었다.

[너.]

"……"

[너는 끝내 내 것이 되지 않겠지.]

"제가 미쳐도 그럴 일은 없을 겁니다."

[알아.]

홍진수가 씁쓸레함이 묻어나오는 한마디를 뱉었다. 늘 여유만만하게 굴던 때와는 달랐다.

[그 여자는 복도 많지.]

"그건 무슨 의미……."

의미 모를 불안함이 들었다. 재민이 한마디 하려는 순간, 뚜욱 뚜욱 통화가 끊겼다.

재민은 액정 화면에 뜬 통화 시간을 쳐다보다 눈을 감았다. 어차피 몸은 베란다 난간에 기대 있었다. 오늘 밤은 이곳에서 새기로 결정했으니 자리를 옮길 필요는 없었다.

재민은 고개를 뒤로 젖혔다. 보라색과 회색이 뒤섞인 요상한 하늘이 눈에 들어왔다. 하늘엔 구름 한 점 깔려 있지 않았다. 아파트 건물은 물론 그 사이로 걸린 달이 잘 보였다.

재민이 있는 베란다 앞은 도로였다. 그 너머에 평수가 다른 아파트가 있었다.

재민은 건물 위에서부터 거꾸로 숫자를 셌다. 위에서부터 세 번째. 연화의 집이었다. 거리 때문에 집 안의 사정은 보이지 않는다. 볼 필요도 없다.

재민이 확인하는 건 연화가 집에 있나 정도였다. 연화는 밤샘 업무를 자주 했고, 새벽 3시는 그녀가 자는 시간이 아니었다. 하지만 지금 그녀의 아파트는 불이 꺼져 있었다. 인기척 하나 남기지 않고 고요에 잠겨 있다.

재민은 어둠을 담은 창문 너머 잘 보이지도 않는 공간을 노려보았다. 이내 폭소를 터뜨리며 고개를 떨구었다.

바보 같았다. 연화가 사라졌다는 걸 아는데, 그녀를 찾아야 한다는 걸 아는데, 데려간 놈이 누군지도 아는데. 어떻게 찾아와야 하는지는 모른다. 어디에 있는지는 더더욱 모른다.

연화를 찾을 수 있을지도 잘 모르겠다. 홍진수는 무슨 짓을 할지 모르는 놈이니까.

연화가 어떻게 되었을 거란 상상은 끝이 없다. 죄다 끔찍한 가정들이었다.

"후우."

재민은 한숨을 내쉬었다. 아무것도 하지 못하는 스스로가 부끄러웠다. 무기력하고 쓸모없다는 생각이 들었다. 재민은 두 무릎을 모으고 그 위에 자신의 얼굴을 파묻었다. 자신이 초라하다는 생각을 하자 또 긴 한숨이 나왔다.

연화는 늘 빛이 났다. 그녀는 확실한 욕망을 가졌고, 그것을 주저 없이 드러냈다. 그리고 연화는 늘 손에 닿지 않는 것을 갈망했다. 그런 사람들은 대체로 현실에 관심이 없었다. 그래서 재민은 일찌감치 연화와 깊은 관계가 되는 것을 포기했다. 그녀를 옥죄어 옆에 붙들어 두는 것보단. 그녀가 필요로 할 때마다 도움을 주며 머물기로 했다. 그게 자신의 역할이라고 생각했다. 하지만 요 근래 후회가 됐다.

'그러지 말았어야 했던 걸지도 몰라.'

연화가 귀찮아하더라도 그녀의 주변을 맴돌면서 계속 따라다닐 걸 그랬다. 그랬더라면, 그녀는 행방불명이 되지 않았을지도 모른다. 그녀를 위험에서 구할 수 있을지도 모른다.

연화가 자신보다 강하다는 것을 알지만, 그래도 자신이 함께 있었다면 뭔가 다르지 않았을까 싶은 생각이 들었다. 결국 하나 마나한 후회였다.

재민은 연화가 남겨두고 간 것들을 관리했다. 연화는 워커홀릭이다. 일에 있어서는 철두철미했다. 하지만 재민은 그녀처럼 꼼꼼히 일할 수는 없었다. 그래도 어깨 너머로 보고 배운 것이 있었기에 얼추 비슷하게 굴릴 수는 있지만 그 상태로 얼마나 버틸 수 있을지는 모른다.

그래서 홍 회장을 쪼았다. 어서 연화를 찾아내라고. 자신은 힘이 없지만, 홍 회장은 아니니까. '연화를 찾는다'는 목표를 같이하는 사람 중엔 홍 회장만큼 강한 사람이 또 없다.

홍 회장은 평소처럼 세현을 굴렸다. 세현은 큰 기업이었다. '딸이 사라졌다'는 이유로 멈출 수 있는 곳은 아니었다. 본사 아래에 계열사는 물론 가맹점까지 딸려 있는 거대 집단을 사적인 일로 내팽개칠 수는 없었다.

홍 회장은 감정 기복이 적은 사람이었다. 외부에서 보는 그는 평소와 같았다. 정시에 출근해 정시에 퇴근하는 회장님. 말수가 적고 성을 내는 일은 더 적은 조용한 회장님. 그런 홍 회장이 매일 밤마다 꼴라가 된다는 건 재민만 안다.

그 이유도 재민만 안다.

재민은 혀를 찼다. 홍 회장이 연화를 잃었다는 것에 얼마나 슬퍼하는지 안다. 하지만 그의 슬픔을 느끼려 할 때마다 그가 자초했다는 생각이 먼저 들었다. 깊이 공감할 수 없었다.

홍 회장은 무능한 사람이 세현을 가지는 것을 싫어했다. 연화를 시험대에 올린 것은 그 때문이다. 홍 회장은 세현이란 왕국이 자신이 죽은 뒤에도 오래도록 남길 바랐다. 기왕이면 자신의 딸이 왕국의 주인이 되길 바랐다.

첫 번째 바람은 강력하고 직접적인 방식으로 선포했다. 두 번째 바람은 마음속에 담아두었지만 홍 회장의 의중을 읽은 사람은 많았다. 그중 대부분은 연화와 함께 시험에 든 사람들이었다.

모두가 홍 회장이 부당하다고 생각했다. 하지만 대게는 체념했다. 원래 세상은 삐뚤어져 있고, 잘못된 관행과 악습은 널려 있다. 자신들의 탈락을 '원래 그리 되었을 것'으로 치부하면 자기 위안이 된다는 점도 한몫했다.

드물게 끝까지 저항하는 사람도 있었다. 홍진수가 그랬다. 그는 '연화'만 특권의 대상이 된다는 것에 분노했다. 그는 연화를 이기기 위해 각고의 노력을 다했다.

홍진수의 노력이 정당했다면 재민도 그를 다르게 보았을 거다.

하지만 그는 부정한 방법을 남발했다. 목적을 이루면 아무래도 좋다는 식으로 굴었다. 반칙을 사용하기도 했다.

재원을 끌어와야 하는 상황에서 사채를 쓰거나, 계열사들을 압박해 거기서 나온 영업실적을 도둑질을 했다.

뻔한 개수작이었음에도 홍 회장은 내버려 두었다. 홍진수만큼 의욕 넘치는 라이벌이 없었기에. 홍 회장은 연화가 '세현에 적법한 사람'임을 보여주려고 했다. 거기에만 너무 신경 쓴 나머지 홍진수를 간과했다.

홍 회장은 홍진수가 세현을 물려받을 수 없게 만들어 버려야 했다. 여지와 희망을 남겨선 안 되었다. 연화가 사라진 지금, 홍진수는 하루가 다르게 날뛰고 있었다. 연화의 실종을 기뻐하거나 세현을 가질 사람은 자신밖에 없다며 악을 쓰는 건 아니었다.

홍 회장은 이미지를 꽤 중시하는 사람이었다. 표면적으로나마 연화의 실종에 유감을 표했다. 하지만 그 실종을 '범죄'와 연관 짓지는 않았다. 세현은 큰 기업이고, 회장은 무거운 직책이다. 그에 부담감을 느꼈을지도 모른다. 홍진수의 주장은 그랬다. 근거로는 몸을 잘 쓰는 성인 여성을 누가 강제할 수 있었겠냐는 논리를 붙였다.

재민은 속이 부글부글 끓었다. 그렇지 않음을 누차 강조했지만 잘 받아들여지지 않았다. 어쨌든 연화가 단증을 가진 건 사실이니까.

재민은 성인 여성의 실종 신고가 그렇게 어려운 줄은 몰랐다.

홍진수는 매일같이 세현 본사에 들락거렸다. 그는 본사의 간부들을 만나 밥을 먹거나 수다를 떨었다. 그는 홍 회장의 조카였으며, 장차 세현을 물려받을지도 모르는 사람이었다. 그에게 막 대할 수 있는 사람은 없었다.

얼마 안 가 홍진수가 세현의 차기 회장이 될 거란 소문이 퍼졌다. 홍 회장은 그의 출입을 막았다. 홍진수는 구시렁댔다. 일을 하고 싶은 순수한 마음을 회장님이 막고 계신다고 말이다.

홍 회장은 간부들에게 홍진수를 만나지 말라 경고한 뒤, 말단 사원의 자리를 만들어 던져주었다. 물론 홍진수는 진짜 일에는 관심이 없었다. 그는 며칠 더 회사를 기웃거리다가 자신이 원하는 대로 되지 않자 발길을 끊었다.

그 과정에서 홍진수의 부모가 깽판을 부리는 일이 있었다. 그들은 홍진수와 달리 무식했다. 그들은 자신들의 욕망을 노골적으로 드러냈다. 어디서 뭘 하는지도 모르는 연화를 기다리느니 자신의 아들에게 세현을 주는 게 낫지 않느냐며 악을 쓰고 드러누웠다. 그 바람에 세현이 시끌벅적했다.

홍진수는 부모를 설득해 데려갔다. 홍진수는 나쁜 놈이지만 잔머리는 잘 돌아갔다. 그는 세현을 시끄럽게 해봤자 자신의 이미지만 나빠질 거란 사실을 알았다. 그러나 홍진수의 부모는 생각보다 끈질겼다. 그들은 진수의 눈을 피해 서너 번 깽판을 놓는 데에 성공했다. 그럼에도 홍 회장은 굳건히 자신의 왕국을 지켰다. 연화의 자리도 계속 남겨두었다.

그 모든 것이 홍 회장이 연화를 사랑하기 때문임을, 재민은 안다. 물론 알기만 한다. 마음으로는 공감이 가지 않는다.

연화가 미래만 보며 달리는 사람으로 성장한 데엔 홍 회장이 한 몫을 했기에.

연화는 어린 나이에 어머니를 여의었다. 홍 회장은 기업을 키우기 위해 그녀를 방치했다.

일에 치여 산 것은 홍 회장의 잘못이 아니다. 하나밖에 없는 딸을 먹여 살리고자 하는 아비의 필사적인 발버둥을 어찌 나쁘다고 할 수 있을까. 하지만 연화에게 '생존을 위해서라면 세현을 가져야 한다'고 가르친 것은 분명 잘못되었다. 그것만이 최선이라고 가르친 것 역시 잘못되었다.

홍 회장은 연화를 사람으로 만들어야 했다. 위험을 계산하기보단, 감지해서 피하는 그런 사람 말이다. 결국 홍 회장은 연화를 계산하는 컴퓨터로 만들어놓았다. 재민은 거기에 물을 부었다.

물 때문에 오작동을 일으키는 듯하던 컴퓨터는 안정을 되찾아갔다. 인간의 감정을 사용할 줄 알게 되었다. 하지만 본질이 '컴퓨터'란 것은 변하지 않는다. 연화는 때때로 감정까지 계산했다.

재민은 그걸 그냥 수용하기로 했다. 그게 연화의 개성이라면, 저가 할 수 있는 일은 받아들이는 것밖에 없다고 생각했다.

재민은 피식 웃었다.

"하긴, 내가 남 탓할 처지는 아니지."

재민은 당장 홍진수를 찾아가 요절을 내고 싶었지만 걸리는 게 많았다. 홍진수의 부모는 빚밖에 없는 처지라 남은 것이 악밖에 없겠지만 재민은 아니었다. 그는 얼굴이 좀 알려진 소설가였고, 연화의 흔적들을 쥐고 있었다. 모든 것을 걸고 도박을 할 수는 없었다.

재민은 끄윽끅 우는 듯 웃는 소리를 냈다.

"이골이 난다. 지긋지긋한 사람들."

웃음 끝엔 긴 한숨을 집어 삼켰다.

"그리고 나도."

한마디 내뱉고 보니 묵직한 피로감이 몰려왔다. 재민은 기지개를 쭉 폈다. 나른한 눈을 깜빡이며 생각했다. 어쩌면 이때까지 못 잤던 잠이 쏟아지는 것일지도 모른다고. 혹은 '투쟁'이란 이름으로 물리쳐 왔던 잠이 '체념'이란 항복에 다시 몰려오는 것일 수도 있다.

뭐가 정답이든, 재민은 잠에 굴복하기로 했다. 그는 눈을 감았다. 고단한 몸은 알아서 편안한 자세를 찾았다.

재민은 베란다 바닥에서 드러누운 채로 눈을 떴다. 등 아래가 딱딱했다. 온몸이 결렸다. 그는 어깨를 주물거리면서 일어나 앉았다.

태양이 뜨거웠다. 베란다 창문으로 쏟아져 들어온 태양빛이 재민을 바싹바싹 굽고 있었다. 그는 땀에 젖은 윗옷을 벗어 바닥 아무 곳에 두었다. 아까부터 띠링띠링 소리를 내는 휴대폰을 집어 들었다.

시간부터 확인했다. 벌써 정오였다. 재민은 뻐근한 어깨를 움직이면서 하품을 했다.

"얼마나 잔 거야……."

새벽 늦게까지 자지 않았던 건 확실한데 언제 잠이 들었는지는 모르겠다. 재민은 머리를 박박 긁으면서 꺼지려는 휴대폰 화면을 터치했다. 부재중 통화에 문자까지 고루고루 쌓여 있다.

그중 대부분은 연화의 회사 사람들이 보낸 것이었다. 임시긴 하지만 어쨌든 그들은 재민을 연화 대용으로 봐주었다.

〈왜 안 오세요?〉

〈지각비는 아메리카노. 알죠? 올 때 아메리카노 인원수 맞춰서 사 오기에요.〉

〈무슨 일 있어요? 혹시 차 먹혀요?〉

〈혹시 사고 났어요? 문자 보면 제발 전화 좀 해줘요 ㅠㅠㅠㅠ〉

〈살아 있는 거죠? 그렇다고만 해줘요. 안 때릴게.〉

재민은 피식 웃었다. 참 귀여운 사람들이다. 이따가 뭘 사면서 달래주면 좋을까. 그는 이런저런 간식거리를 생각하면서 계속 문자 내용을 확인했다. 그중 몇 개는 홍진수에게서 온 것이었다. 그는 내용을 제대로 보지도 않고 문자를 모두 지워 버렸다.

좀 특이한 사람에게서 온 문자도 있었다.

재민은 베란다에 쭈그려 앉아 문자를 서너 번 반복해 읽었다. 보면 볼수록 의미심장했다.

〈필요한 일 있으면 연락해. 물론 나는 네가 이 문자 보자마자 연락하리라는 거 알아.〉

저장되어 있지 않은 번호였다. 하지만 말투로 상대를 알았다. 재민은 반사적으로 답장을 쳤다.

〈무슨 소립ㄴ〉

그랬다가 황급히 지웠다. 그녀는 이혼녀였지만, 어쨌든 상류계급에 속하는 사람이었다. 그녀가 원해서 얻지 못할 정보는 없었다. 게다가 연화의 실종은 대단한 비밀이 아니었다.

중요한 것은 '왜' 따위가 아니다.

재민은 바로 전화를 걸었다. 몇 번 신호음이 가기도 전에 상대가 전화를 받는다. 그는 상대의 목소리를 듣기도 전에 말했다. 별일 하지 않는데도 심장이 거세게 뛰었다.

몹쓸 희망이 뜀박질을 시작했다.

"지금 어딥니까."

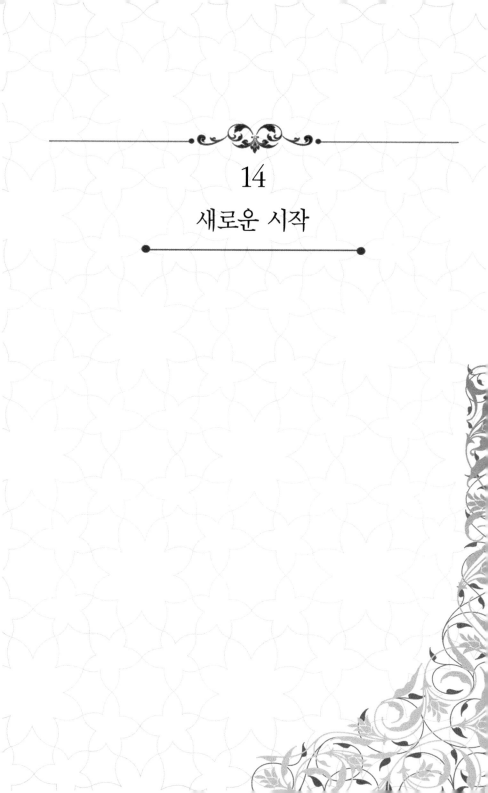

14
새로운 시작

보름 뒤, 오클레앙 저택의 수리가 끝났다. 회백색 시체 같던 저택이 희고 정갈한 빛으로 반들거렸다. 동시에 정원의 단장도 끝났다. 화사한 꽃 내음이 부지를 가득 메웠다.

연화는 수리가 끝난 날 완전히 저택에 돌아왔다. 모든 사용인들의 인사를 받은 뒤, 사용할 방을 정했다. 조셉은 본래 오클레앙 영애가 사용하기로 했던 방을 쓰는 게 어떠냐고 했지만, 연화는 오클레앙 전 백작의 방을 골랐다. 안전한 곳에 자리한 예쁜 방보단, 저택의 중앙에 있어 소식 받기와 명령 전달에 용이한 방이 더 마음에 들었다.

조셉은 연화의 선택을 저지하지 않았다. 조금은 흡족해하는 것 같기도 했다.

카를은 맞은편 백작 부인의 방을 사용하기로 했다. 낯선 것만 가득한 저택에서 연화가 유일하게 신뢰할 수 있는 사람이 카를이다. 가까이에 두는 것이 나았다.

연화는 제 생각을 은근한 형태로 전했다. 카를은 마뜩잖은 눈으로 방 안을 둘러보았다. 방 안에선 이름 모를 여인의 채취가 감돌았다.

카를은 방 중앙에 섰다. 금테가 둘러진 전신거울 앞에 서서 스스로를 들여다봤다. 투구를 벗고 앞머리를 만지다 문득 뒤를 돌아봤다. 머쓱한 얼굴의 연화와 눈이 마주쳤다.

"백작 부인이 쓰던 방이라 하셨습니까."

"그렇다고 하네요."

연화가 어깨를 으쓱했다.

"백작 부인은 백작과 결혼한 사람을 뜻합니까?"

"물론 그렇지만, 카를. 싫다면 제가 다른 방을……."

"아닙니다."

카를이 고개를 내저었다. 드물게도 강한 반응이다. 연화가 눈을 동그랗게 떴다.

"마음에 듭니다."

"……정말로?"

연화의 눈이 가늘어졌다. 투구를 써서 표정은 못 봤지만, 그가 못마땅해하는 건 알았다. 갑자기 마음을 바꾼 이유를 모르겠다.

"아가씨께선 백작의 방에 계시지 않습니까."

"그렇죠."

"그래서 더 마음에 듭니다."

연화는 고개를 갸웃거렸고 조셉은 뒤에서 헛기침을 했다. 확실히 연화의 뇌엔 연애세포가 부족했다.

업무는 다음날부터 보았다. 첫 번째로 공사 대금부터 계산했다.

조셉은 인부들이 통상적으로 받는 금액을 알려주었고, 연화는 거기에 10%의 돈을 조금 더 얹었다. 인부들은 뿌듯한 얼굴로 저택을 떠났다. 그 다음엔 저택에 사용인이 얼마나 배치되어 있고, 그들의 임금이 어느 정도인지 보고받았다. 연화는 재무에 관심이 많았기 때문에 조셉은 최대한 돈과 관련된 이야기들을 해주었다. 그러다 잠깐 휴식할 때가 있었다. 조셉은 흘리듯 십여 년 전의 오클레앙을 알려주었다. 이 세계에 무지한 연화에겐 단꿀 같은 정보들이었다.

오클레앙 사용인은 70여 명이다. 그중 50명은 저택 내부의 살림을 맡았고, 20명은 청소 인력이다. 그 외에 정원사나 요리사, 마부 등 특수 직업군에 속하는 사람들이 있다.

"모두 평민들이고, 출신 성분은 좋지 않습니다만. 근래 든 기근 때문인지 모두 일에 열심입니다. 실력은 몰라도 성실 면에선 그들을 따라올 자가 없을 겁니다."

연화는 한 손으로 턱을 받치며 쿠쿠 웃었다.

"그러니까, 조셉 씨는 그분들이 마음에 든다는 말이네요."

"그렇습니다."

"그렇다면 저는 이견을 달지 않겠어요. 모두 정식으로 채용하죠."

조셉이 감사하다는 듯 고개를 살짝 숙였다. 연화는 미소로 받아주었다.

쓸데없는 일거리를 줄이고 싶었다. 채용 과정에 디온이 관여했다니 무슨 문제가 있겠나 싶기도 했지만. 디온이라면 고용인들의 뒷사정은 잘 파악하고 들였을 거다.

"그래도 사람을 새로 뽑긴 해야 한단 말이죠."

"원치 않으신다면 비서관이나 하녀장 등은 뽑지 않으셔도 됩니다."

연화가 쿡쿡 웃었다.

"그만큼 제가 해야 할이 많아질 테니 잘 감안해서 선택하란 말이군요."

"그렇습니다."

오클레앙 전 백작은 3명의 비서관에, 회계관 2명, 하녀장 1명을 두었다. 집사는 다섯을 고용했는데, 그중 한 명은 집사장이었다. 집사장은 다른 집사들은 물론, 저택 전체를 총괄했다.

"다른 인력은 아무래도 좋지만, 기사는 반드시 뽑으셔야 합니다."

조셉이 뒷짐을 겼다. 그가 창문을 등지고 섰다.

역광 때문일까. 조셉의 얼굴이 음침해 보였다.

"사병을 만드실 필요는 없습니다. 이미 영지에 치안대나 별군이 있습니다. 따로 군대를 키우면 괜한 의심을 사게 될 겁니다."

연화는 고개를 갸웃거렸다. 그녀가 가느다란 손가락으로 토도독, 톡 탁자를 두드렸다. 소음은 그녀의 상념만큼 길게 이어졌다.

"기사는 괜찮단 말인가요?"

"기사는 귀족을 명예롭게 치장하는 장신구에 불과합니다. 과거의 위상이 어떻든, 그것이 현실입니다."

연화는 카를을 쳐다봤다. 조셉이 악의 없이 한 말인 건 안다. 그는 세상을 있는 그대로 까발리는 걸 좋아하는 사람이니까. 그렇기에 연화는 카를이 신경 쓰였다. 그는 한때 기사를 꿈꿨다고 했다. 그의 속이 상하진 않았을까, 염려가 됐다. 그는 저 말을 어찌 생각하고 있을까.

할 수 있다면 조셉과 친하게 지냈으면 좋겠는데, 연화는 투구 너머 보이지 않는 얼굴을 살폈다. 그러다 테이블 아래 가려진 손이 주먹을 쥐고 있는 걸 본 뒤로 생각하는 걸 포기했다.

그 와중에도 조셉의 설명은 이어졌다.

"큰 연회가 있을 때, 용병이나 사병에게 귀족의 호위를 맡길 수는 없습니다. 아가씨께서도 잘 아시리라 생각합니다."

"하지만 이제까지 제 호위는 카를로 충분했는데, 구태여 사람을 더 뽑을 필요가……."

"연회의 주최는 우리가 될 수도 있습니다. 수많은 귀족들을 저자 한 명에게 지키라고 하실 셈입니까."

연화는 말문이 막혔다. 그녀가 오클레앙 영애로 있는 한, 기사가 필요한 순간은 생길 것이다. 그때마다 카를만 부려먹을 수는 없는 노릇이다. 카를이 영원히 제 옆에 머물지도 미지수인 마당에.

"최소 열 명. 최대 오십 명까지 뽑도록 하겠습니다. 일반적인 백작가에선 그 정도의 기사를 두고 있습니다."

"이해했어요. 한데 그 많은 기사들을 어디서 데려올 생각이죠? 그것도 갑자기?"

기사는 단순히 '기사 서임'을 받은 자를 일컫는 말은 아니다. 전문 교육을 이수한 자들만이 서임을 받을 자격이 된다. 기사는 특별한 자격이 필요한 직업군이었다.

조셉은 쿡 웃었다. 그는 기사들에게 감정이 있는 게 분명했다.

"걱정하실 필요는 없습니다. 대륙엔 서임만이라도 받겠다고 골골대는 지망생들이 넘쳐 나니 말입니다."

조셉이 걸어왔다. 연화 주위를 맴도는가 싶더니, 뒤편에서 종이와 펜을 가지고 돌아왔다.

"아가씨께선 그저, 기사를 정식으로 채용하겠다는 공고에 날인만 해주시면 됩니다."

연화는 마른침을 삼키며 고개를 끄덕이며 펜을 휘날렸다.

오클레앙 가에서 기사를 모집한다는 소식은 큰 도시에서 외곽 소도시로 퍼져 나갔다.

백작가 씩이나 되는 곳에서 대규모로 기사를 뽑다니, 이례적인 일이다.

돈 많은 가문들은 가문 내에서 자체적으로 기사를 양성한다. 정식 기사는 견습 기사들 중에서 선별한다. 외부에도 기사 양성 기관이 있지만, 그런 기사를 원하는 귀족은 돈도 없고 유서 깊지도 않아서 기사를 대거 채용할 능력이 없다.

잘못된 소식은 아닐까. 혹 삿된 자들이 장정들을 모아 나쁜 일을 도모하고 있는 것은 아닐까. 대륙 너머에 인육을 먹는 자들이 있다던데, 그들이 사람을 유인하기 위해 퍼뜨리는 헛소문일지도 모른다.

의혹은 '오클레앙 가'에 대한 소문이 퍼지면서 누그러졌다.

"10살 꼬맹이가 백작이 됐다고?"

란돌로크는 제국의 주요 도시 중 하나였다. 도시 중심 큰 길 옆으로 상가가 끝없이 이어졌다. 대부분의 가게는 손님으로 북적거렸다. 밤 장사로 벌어먹는다는 술집도 예외는 아니었다.

케론은 빈 맥주병을 테이블 위에 내려놓았다. 큰 소리에 손님여럿이 케론을 쳐다봤다. 사람들은 뭔가 할 말이 있는 것처럼 돌아보다가도 거구의 사내와 눈이 마주칠 때마다 옹색한 미소를 지으며 시선을 돌리곤 했다.

세이안이 헤헤 실없는 웃음을 지으며 케론의 손등을 간질였더니 그가 질겁하며 손을 물렸다.

"징그럽게, 이게 무슨 짓이냐."

"말조심하자는 얘기죠. 케론 목청이 얼마나 큰지 알아요? 다들 이쪽 보고 있다구요. 조심 좀 합시드아. 예?"

세이안이 주위를 눈짓했다. 케론은 하, 어이없는 웃음을 흘렸다. 그의 덩치가 이목을 끄는 것은 사실이나, 세이안의 촐랑대는 몸짓이나, 시니컬한 시선을 사방에 흘려보내는 라야 역시 케론 못지않았다.

특히 라야는 흔치 않은 여성 용병이었다. 이러나저러나 시선을 모으는 조합이다.

케론은 될 대로 되라는 표정을 지으며 등받이에 몸을 기댔다. 삐걱, 의자가 죽어가는 소리를 냈다.

"귀한 몸께서 용병 나부랭이 잡으러 허름한 술집까지 행차하실 리가 있나."

"물론 귀족 나리들은 엉덩이가 무거워서 오지 않으시겠지만, 아랫것들은 다르잖습니까."

세이안이 테이블을 짚고 일어났다. 그가 몸을 쭉 뻗더니 케론의 코앞에서 속살거렸다.

"그러니, 제발. 말, 말, 말! 조심 좀 하자구요. 여기서 더 힘들어지고 싶지 않다구요."

"그러니까 난 계속 용병 한다니까 그러네. 귀족 놈들 아랫도리 닦아주는 일 따위 절대로……."

"우와, 와, 와와와, 와!"

세이안이 파랗게 질린 얼굴로 일어나 더 큰 목소리로 수선을 떨었다. 케론의 말을 덮으려고 필사적으로 굴었으나 결과적으로 사람들 이목만 더 끌게 됐다.

케론보다 작다 뿐이지 세이안도 장신에 제법 다부진 몸을 가진 사내였다. 그런 자가 부산을 떠는데 눈에 안 띌 리 없었다. 라야역시 찔끔찔끔 마시던 맥주잔을 내려놓았다. 재미있는 구경하는거라고 낙관하기엔 쏟아지는 시선이 너무 많았다.

대부분은 케론의 목소리에 고개를 들고, 세이안의 몸짓에 시선을 틀었다가 라야를 보고 흥미롭다는 표정을 지었다.

라야는 입술을 깨물었다. 소란을 피우고 있는 두 사내보다 가만히 앉아 있는 저를 흘끔거리는 자들이 많은 이유는 하나뿐. 검을 찬 여성이 드물기 때문이다. 호기심에 가득 찬 눈을 번들거리면서도 쉬이 다가오지 않는 건 라야가 싸늘한 분위기를 풍겨서다. 그러나 분위기만으로는 '시선'을 떨쳐 낼 수 없다.

라야는 신경질적으로 웃으며 스테이크용 칼을 잡았다. 허공에서 한 바퀴 돌렸다가, 칼자루를 고쳐 잡고 고기를 푹 찔렀다. 칼날을 뉘이지도 않았는데 고깃덩이가 분리됐다. 그리곤 칼날 끝에 묻은 소스를 할짝대며 주위를 둘러보니, 응시하던 시선들이 못 볼 것을 봤다는 듯 흩어졌다. 라야는 킥킥 웃으며 칼을 다시 내려놨다.

주변 정리가 끝났다. 남은 것은 원인 제거다.

"세이안, 그런 요란스러운 행동이 더 이목을 끈다."

세이안이 테이블에 짚은 손을 떼지 않은 채 몸을 틀고 무척 억울한 듯 라야를 쳐다봤다.

"당신은 제 편입니까, 케론 편입니까."

"당연히 나는."

라야는 중지와 검지손가락을 딱 튕겼다.

"이기는 사람 편이지."

"그럼 제 편이네요!"

"그런가……?"

"그런 거죠!"

세이안은 해사하게 웃었다. 곰 같은 사내가 어린아이처럼 웃는다. 라야는 어이없었지만 화는 내지 못했다. 그녀는 쯧 혀를 차며 고기를 질겅질겅 씹었다.

케론은 못마땅한 얼굴로 빈정댔다.

"그래서 어린애 비위 맞춰서라도 돈만 벌면 장땡이다?"

"케론 씨이이이이!"

세이안이 케론의 양어깨를 붙들었다. 케론은 세이안에게서 벗어나려고 몸을 흔들었다. 중간에 끼인 탁자가 자신의 불행함을 노래하듯 삐걱거렸다.

"우리 돈 없단 말이에요."

"돈이야 벌면 되지 않나."

"어떻게?"

라야가 비틀린 미소를 지으며 일어났다.

"네가 웨스트 가의 차남 엉덩이를 걷어찬 이후로 고액 의뢰가 하나도 안 들어오는데 무슨 수로?"

웨스트 가는 카로틴에 차고 넘치는 남작가 중 하나였다. 차남은 그 흔하다는 남작 작위도 못 물려받는, 여러모로 형편없는 남자였지만, 어쨌든 그는 귀족이었다. 평민인 케론은 그를 함부로 대해서는 안 되었다.

케론이 이름 꽤 날리는 용병이었다면 상황은 달라졌을 것이다. 그러나 케론보다 잘난 용병은 차고 넘쳤다. 귀족들은 같은 값으로 다른 용병을 고용했다.

다행히 케론은 은패를 가진 용병이었다. 잡일로 목구멍에 풀칠은 할 수 있었다.

케론은 하하하 어색한 웃음을 터뜨렸다. 소 눈곱만큼이긴 하지만, 그에게도 양심은 있었다.

"그런 귀족 나부랭이들 호위하는 건 재미없잖나."

"그럼 토벌대에 자원해야지. 왜 용병 길드에서 청승을 떨어."

"토벌대에 들어가면 돈 안 주잖아."

"돈 밝히는 놈이 물주님 비위는 왜 거스르셨대?"

귀족을 호위하는 의뢰는 단순명료하다. 목적지까지 귀족을 안전하게 모시고 가기만 하면 약속된 대금을 받는 것이다. 가끔 까탈스럽게 구는 귀족들이 있다. 사교계에서 받지 못하는 인정 욕구를 엉뚱한 곳에서 해소하는 놈들이었다. 적당히 굽신거려 비위를 맞춰주는 건 어려운 일이 아니다. 운이 좋으면 원래 받아야 할 금액보다 더 큰 돈을 쥘 수도 있었다.

머리와 입이 조금 고단한 대신, 몸은 편한 의뢰가 귀족 호위다. 그런 것을 케론 때문에 못하게 됐다.

케론은 입을 다물었다. 라야는 한 손으로 그의 멱살을 잡고 일으켰다. 거구의 덩치가 쑥 들어 올려졌다.

"그러니 옥수수밭에서 고구마 캐는 소리 하지 마. 죽여 버릴 테니까."

라야의 눈이 번들거렸다. 당장에라도 케론을 집어던질 기세였다. 케론이 고개를 끄덕이자 라야는 손을 풀었다.

철퍽. 거구의 덩치가 허공에서 떨어지며 요란한 소리가 났지만, 이제 호기심으로 시선을 돌리는 사람은 없었다. 잠깐이나마 술집을 점거했던 한기가 자신을 덮치지 않기를 바라며 최대한 몸을 웅크렸다.

"요점만 이야기해 줄 테니 잘 들어."

라야는 손가락을 몇 개 꼽았다.

"첫째, 우리는 돈이 없다. 둘째, 누가 삽질해서 일이 끊겼다. 셋째, 그래서 할 수 있는 일이 별로 없다. 넷째, 그러니……."

"그러니 닥치고 오클레앙 가로 가자?"

케론이 픽 하고 웃자 라야는 그를 등지고 테이블 아래 내려놓았던 배낭을 집어 들어 등에 걸치고 돌아섰다.

"싫으면 꺼져도 되고. 안 말릴 테니."

라야는 카운터까지 걸어갔다. 흰 수염을 배꼽까지 기른 노인에의자에 앉아 졸고 있었다. 라야는 짤랑거리는 소리로 노인을 깨워 제 몫의 술값만 지불하고 나왔다.

세 사람의 인연은 고향 마을에서 시작되었다. 어릴 적 검사가되겠다는 꿈도 함께 꾸었고, 기사 서임도 함께 받았다. 불명예스러운 일로 제명당할 때도, 용병 일을 할 때도 같이했다.

용병으로 구를 때는 혼자보다 여럿이 뭉치는 게 나았다. 용병이 셋 이상 모이면 용병단을 결성할 수 있고 용병단으로 용병 길드에 등록하면 더 많은 의뢰를 받을 수 있다. 하지만 함께해서 얻은 득이 정말 실보다 많았는지는 모르겠다.

케론은 실력 좋은 검사였지만 자존심이 너무 셌다. 그는 무시당하는 것을 싫어했다. 케론은 상대가 누구건 저를 얕잡아보면어떤 식으로든 보복을 했다. 후일 따위 아무래도 상관없다는 듯굴었다. 뒤처리는 라야의 몫이었다.

세이안은 유들유들한 성격에 넉살도 좋았다. 세 사람이 얻는의뢰의 8할이 세이안의 말재간으로 얻어낸 것이었다. 그러나 세이안은 지나치게 덤벙댔다. 중요한 약속을 까먹기도 했고, 물건을잃어버리기도 했다. 그가 의뢰품을 잃어버려서 대금을 못 받은 적도 있었다.

라야는 길게 심호흡을 했다. 혼자가 된다. 한 번도 생각해 본적이 없던 상황이었지만, 라야는 혼자 서 있는 자신을 상상해 보앞다. 밥을 먹거나 잠을 자는 것은 원래도 혼자 해왔던 일이지만 혼자 일하는 자신은 영 어색했다.

'자신 없는데.'

라야는 쓴웃음을 지었다. 어쨌든 저 역시 그들이 필요했다. 혼자보단 함께가 좋았다.

뒤로 인기척이 붙었다. 세이안이 뒤에 있었다. 그가 성큼 걸어오더니 라야의 손을 잡고 끌어당겼다.

"라야!"

"놔."

라야가 손을 거칠게 흔들자 세이안의 손이 떨어졌다. 그들과 함께하겠다는 마음이 굳건하게 선 것과 분노는 별개다.

라야는 막 술집을 나오고 있는 거구의 덩치를 눈짓했다.

"사태가 이렇게까지 된 건 네가 쓸데없이 물러 터져서야. 저 근육덩어리를 어떻게든 간수하겠다고 오만을 떨어서라고. 알았냐?"

세이안은 찔끔거렸다. 반박할 수가 없었다. 그는 고개를 떨구었다.

"굶는 건 세상에서 제일 거지 같고, 노숙하는 건 엿같아. 이제 이런 생활은 지긋지긋해."

라야는 세이안 뒤를 보았다. 케론이 그녀를 주시 중이었다. 라야는 허리에 손을 짚었다.

"그러니까 선택해. 나야, 그 꼴같잖은 자존심이야?"

케론이 아무 말도 하지 않자 라야는 신경질적으로 몸을 틀었다. 거짓말을 하지 못한다는 건 케론의 장점이자 단점이었다.

"흥."

라야는 거친 걸음을 옮겼다. 성이 난 사람처럼 씩씩대는 그녀 옆으로 세이안이 붙었다. 세이안이 처진 강아지 눈을 하고서 매달렸다.

"라, 라야."

"걱정 마."

라야는 픽 웃으며 손가락으로 슬쩍 뒤를 가리켰다. 세이안이 뒤를 돌아보니 느리긴 하지만 케론은 따라오고 있었다.

세이안은 머리를 긁적였다. 그의 입에서 헤헤, 실없는 웃음이 튀어나왔다.

✤

오클레앙 가는 수도 외진 곳에 위치했기에 저택 옆으론 빈 부지가 늘어서 있었다. 모두 오클레앙 가가 소유한 땅이었다.

보통의 귀족들은 저택 옆 남는 부지를 평민에게 대여해 소작료나 임대료를 받는다. 그러나 오클레앙 가의 부지는 황량한 모양새로 남아 있었다.

"좀 이상하군."

가장 먼저 감상을 뱉은 건 케론이었다. 라야는 그의 감상에 몇 자 첨언했다.

"좀이 아니라 많이 이상한데?"

"전 왠지 기분 나쁜데요. 아무것도 없이 혼자 덩그러니. 욕심쟁이 같기도 하고."

세이안이 입을 삐죽 내밀었다. 라야는 아무래도 됐다는 식으로 손을 내저었다.

"귀족들 변덕을 이해할 필요 있어? 돈만 많이 챙기면 되지."

"라야는 언제나 한결같네요."

"돈 때문이 아니라면 누가 이런 곳에 오겠어?"

라야가 키득거렸다. 세이안은 말없이 고개만 끄덕거렸다.

"그런데 전에도 비슷한 걸 봤던 것 같지 않냐?"

"글쎄요, 저는 잘 모르겠는데."

세이안이 고개를 갸우뚱했다. 라야는 흠 소리를 내며 미간을 모았다. 두 사람의 침음성이 깊어질 때 묵직한 저음이 정답을 뱉었다.

"카이스턴 공작."

"아! 그렇네요! 맞아요. 그 저택도 혼자 우뚝 서 있었죠."

세이안이 감탄하며 박수를 쳤고 라야는 비아냥댔다.

"머리는 제일 나쁘게 생긴 게. 별걸 다 기억하고 있네?"

"먼저 말 꺼낸 건 너였다만."

"난 긴가민가하다고 말한 것뿐이다? 너보고 맞추라고 한 적 없다?"

라야가 한쪽 입꼬리를 올리며, 베에 하고 놀리듯이 혓바닥이 살짝 모습을 보였다 들어갔다. 케론은 이를 갈았다. 그러자 당장 주먹이 오가도 이상하지 않을 만큼 분위기가 험악해졌다. 세이안이 얼른 두 사람 사이를 가로막았다. 새우의 처지가 되어 팔딱댔다.

"에이, 또 왜 그래요. 안 싸우기로 했잖아요."

"물론 그랬지. 그런데 저 덩치를 보면 왠지 울컥해서 말이야."

"마찬가지다."

케론이 손가락을 꺾으며 뚜두둑 섬뜩한 소리를 내자 라야는 허리에 꽂았던 단도를 잡고 빙글빙글 돌렸다.

"아, 정말!"

세이안이 왈칵 짜증을 냈지만 두 사람은 이미 전투 태세에 들어간 뒤였다. 둘은 넓은 부지 한가운데에서 자리를 잡았다. 가운데에 있는 세이안만 치우면 되는 상황이다.

케론은 세이안의 어깨를 붙들었고, 라야는 오른팔을 잡았다. 강제로 퇴장되기 전 세이안이 필사적인 움직임으로 손을 뻗었다.

"엇! 저기! 저기 좀 봐요."

라야는 순순히 고개를 돌렸다. 그녀가 흥미로운 표정을 하며 턱을 짚었다.

"흐음?"

반면 케론은 꼿꼿했다. 남의 말 따위 듣지 않겠다는 듯 팔짱을 꼈다.

"세이안. 노력은 가상하지만 그런 개수작은 나에겐 전혀……."

"닥치고 고개 돌려, 근육 머리."

라야가 케론의 정수리 위에 손바닥을 올려 손가락에 힘을 주고 시계 방향으로 돌렸다. 엄청난 악력에 케론의 머리가 돌아갔다.

"크왁!"

우두둑 근육이 틀어지는 섬뜩한 소리도 섞였지만 세이안은 모른 척 휘파람을 불었다.

세이안이 가리킨 건 오클레앙 정문이었다. 평소엔 굳건히 닫혀 있을 문이 오늘은 열려 있었고 문 앞엔 하인이 있었다. 그의 앞엔 나무함이 있었고 그 안엔 무기들이 빼곡했다.

문 안쪽에서 사내 서넛이 걸어 나왔다. 격의 없이 편안한 차림새는 영락없는 용병이었다. 타박이는 걸음 사이로 배웅 소리가 섞였다. 정중한 답례에 돌아보는 사내들은 없었다.

사내들은 자신의 무기를 챙기자마자 저택에서 멀어졌다. 서너 걸음 걷기도 전에 입술을 열기 시작했다. 감탄사도 있었지만 대부분은 불평을 했다.

"별 재수 없는 경우가 다……."

"밖에 가서 말은 하겠나? 쪽팔려서 원."

"신기한 경험 했다고 치면 되지, 뭘 그러나."

도끼를 든 사내가 입을 삐죽였다. 그가 허공에 대고 도끼를 붕붕 돌렸다. 등에 대검을 맨 사내가 그를 말렸다. 레이피어를 찬 사내는 뒤처진 채 천천히 걸었다. 그는 아무 말도 하지 않았다.

"무슨 일일까요?"

궁금함에 세이안의 눈을 반짝였다. 여차하면 그들을 따라갈 기세라 라야가 세이안을 붙들었다.

카로틴 제국엔 서른네 개의 기사 양성기관이 있다. 기관에선 검을 쓰는 법은 물론, 기사도와 귀족 소양 등을 가르친다. 모든 교육을 이수하는데 소요되는 시간은 5년이다.

5년 동안 우수한 성적을 보이면 기관장의 추천장을 받을 수 있다. 명망 있는 귀족 가문들은 내부적으로 키운 견습 기사들만 발탁하지만, 외부에서 우수한 기사가 오면 특별 채용을 했다. 그러나 추천장을 받는 교육생은 극소수였다. 대부분의 교육생들은 기사로 취업하지 못했다. 그들은 현실에 절망하고 다른 길을 찾아 떠났다.

떠난 이들 역시 5년 내도록 검술을 배웠기에, 검으로 먹고 사는 직종을 택했다. 군인이 되는 자도 있었고, 검술 선생이 되는 자도 있었다. 그러나 대부분은 용병이 되었다.

용병은 누구나 될 수 있다. 용병 길드에 이름과 랭킹만 등록해놓으면 된다. 그러다 용병 생활을 관두고 취업을 하고 싶어지면 길드에서 탈퇴하면 된다. 대부분의 지망생들은 언젠가 기회가 오겠거니 희망을 품고 용병이 된다. 그러나 기사가 될 기회는 많지 않다. 오클레앙 가에서 이례적으로 OO명을 채용하겠다는 공고를 냈지만, 대륙의 기사 지망생 수가 얼마나 되는지를 고려하면 경쟁

률이 얼마나 높을지 짐작할 수 있다.

용병들은 길드에서 남보다 빨리 정보를 입수해 좋은 의뢰를 낚아채는 방식으로 살아왔다. 용병으로 일했던 경험이 높을수록 배타적인 성향이 강하다.

코앞의 용병들은 기사 시험을 치러 왔으면서도 용병의 장비를 매고 왔다. 저택 문이 훤히 열려 있고 뒤에 하인이 빤히 쳐다보는데도 상스러운 단어들을 뱉었다. 그들은 용병 생활에 푹 절여진 자들일 것이다. 그런 자들에게 정보를 캐낼 수 있을 리가 없다.

라야는 쓴웃음을 지었다.

"곧 있으면 알게 될 텐데, 왜 물어봐."

"힌트를 얻으면 좋잖아요. 합격하는 데 도움이 될 수도 있고요."

세이안이 어깨를 으쓱거리자 라야는 비죽거렸다.

"그걸 꼭 들어야 아나?"

용병계에선 별일이 다 있다. 그런 곳에서 살아남으려면 특출 난 재주 한둘은 갖춰야 했다. 라야에겐 눈썰미가 있었다.

라야는 용병들을 위아래로 훑어 내렸다. 용병들은 하나같이 개운치 않은 표정을 지었다. 보폭은 느린 것이 성인 남성의 걸음답지 않았다. 어디를 다친 건 아니었다. 그냥 기가 좀 죽은 것뿐이다.

"저놈들은 패배한 거다. 그것도 저보다 약해 보이는 놈에게."

"그렇다면 시험 방식은 대련이겠군요."

"상대가 누구인지는 모르겠지만, 방심하지 않는 게 좋겠어."

세이안은 알았다며 고개를 끄덕였다.

세 사람은 천천히 걸었다. 곧 정문에 다다랐다.

하인이 그들을 보고 넙죽 인사를 했다. 가지런한 손 모양이나 자세에서 교육받은 티가 났다. 그러나 하인이 된 지 얼마 되지 않은 듯 시선 처리가 어설펐다.

하인이 용병들을 뚫어져라 쳐다봤다가 황급히 눈을 내리깔았다. 수줍은 듯 미소를 머금고 물었다.

"손님이십니까?"

"기사를 뽑는다는 말을 듣고 왔다만."

"안쪽으로 들어가시면 됩니다."

하인은 저택 안쪽을 가리켰다. 하인이 가리키는 곳에 흰 별관이 있었다. 그때 입구에서 나온 용병들이 뒤가 구린 얼굴들을 하고서 라야 일행을 지나쳤다. 틀림없이, 그곳이 시험장이었다.

세이안은 들뜬 걸음을 걷다 가로막혔다. 하인이 나무함을 내밀었다. 무기를 넣고 가란 의미다. 세이안은 쯧 한숨을 쉰 뒤 검을 풀었다. 그 와중에 다른 무기들은 건드리지 않으려고 애를 썼다. 라야는 틈새 아무 곳에 검집째로 찔러 넣었고, 케론은 통 옆에서 검을 던져 넣으려 했다. 그러나 케론의 무기가 통 옆면을 맞고 튕겨 나가는 바람에 하인이 그의 검을 줍느라 고생을 했다.

라야가 케론을 노려봤다. 그런 뒤 하인을 눈짓하자 케론은 큼흠, 헛기침을 했다. 라야가 무엇을 바라는지는 안다. 그가 어렵게 입술을 열었다.

"미……."

"그냥 가세요. 그러셔도 됩니다."

하인은 손사래를 쳤다. 케론은 조금 어물쩍거리다 자리를 떴다. 라야는 그의 뒤통수를 노려보았다. 케론은 어깨를 한 번 으쓱이고 말았다. 그녀는 한숨을 쉬며 그를 따라갔다.

시험장은 넓었다. 창문 하나 달려 있지 않은데도 밝았다. 정방형의 공간 위에 마법 등 서너 개가 붙었다.

등 바로 아래엔 소녀가 서 있었다. 소녀는 하인복 차림이었다. 소녀가 세 사람을 보며 활짝 웃었다. 소녀가 고개를 흔드는 대로 길게 늘어뜨린 금발 머리가 움직였다.

"이번에도 세 분이네요. 테스트는 같이 받으실 건가요?"

"물론 그렇……."

라야는 황급히 세이안의 입을 틀어막았다. 세이안이 뭐냐는 눈을 한다. 라야는 그를 무시하고 소녀만 쳐다봤다.

"테스트는 함께 치러야 하나?"

"어차피 평가는 개별적으로 이루어져요. 그러니 편한 대로 하세요."

"그렇다면 난 혼자 하겠어."

세이안이 고개를 마구 흔들었지만 라야는 매몰차게 손을 떨궈냈다. 그러자 그가 경악했다.

"라야!"

"시끄러워. 어차피 평가는 개별적이라잖아. 내가 잘하기만 하면 합격인 거다. 그렇지?"

라야가 소녀를 눈짓했다. 소녀는 눈을 한 번 깜빡였다.

"잘 이해하셨어요, 똑똑한 기사님. 그럼 시험을 치를 준비가 되셨나요?"

"나야 준비가 됐지만. 그쪽은 안 된 듯한데. 시험관도 안 온 듯하고……."

"그럴 리가요. 이쪽도 아까부터 준비 상태였는걸요."

소녀가 씩 웃었다. 그녀가 제 허리에 손을 짚었다.

"제한 시간은 5분. 제게 단 한 번의 타격을 입힐 시 당신의 승리입니다."

라야가 떨떠름한 얼굴을 했다.

"그러니까…… 시험관이 당신이라고?"

"문제 있나요?"

"그야……."

많다. 일단 소녀의 체형부터가 그렇다. 검을 익힌 자라고 볼 수 없었다. 하인 복 아래 비쳐 보이는 가느다란 팔다리로 검은 쥘 수 있을까 걱정이 됐다.

이런 소녀 따위, 한 주먹에 제압할 수 있다. 시험의 상대로는 부적합하다.

라야는 입술을 떼려다 멈칫했다.

'아까 그 용병들.'

굴복을 한 것 같기도, 하지 않은 것 같기도 한 미묘한 얼굴들이 떠올랐다. 그러나 그들은 저택에 남지 않았다. 그것은 방식이 어떻든 그들이 명백히 '패배'를 했기 때문이다.

라야는 가닥가닥 잡혀가는 생각을 정리했다. 상대가 이 소녀라면 이해가 갔다. 이런 소녀에게 지다니, 쉬이 납득하기 어려울 것이다.

'무슨 비기를 숨겨둔 건지는 모르겠지만.'

라야는 소녀를 위아래로 훑었다. 작은 소녀는 라야의 시선을 눈치챘으면서도 그냥 빙긋 웃었다. 왜일까? 라야는 소녀가 자신만만해한다고 느껴 씩 웃었다.

"없지."

"그러시군요."

"것보다, 당신을 한 번이라도 때리면 난 취직 된다, 맞지?"

"이해가 빠르시네요."

소녀가 눈을 휘었다. 다홍빛 눈이 유난히 짙어 보였다. 왠지 모를 한기가 느껴지기도 했다.

라야가 뒤로 물러서자 빈자리에 낯선 남자가 들어왔다. 까만 머리를 가진 장정이었다. 체구는 세이안과 비슷했지만 분위기는 정 반대였다. 푸른 눈과 마주하는 것만으로도 심장이 얼어붙는 것 같았다.

라야는 빳빳이 굳은 채 남자만 쳐다보았다. 정신을 차렸을 때엔 소녀가 제 옆에 다가와 있었다. 그녀가 목검을 내밀었다. 남자는 사라진 뒤였다. 나간 건 아니었다. 벽면 구석에서 지켜보고 있는 건만으로도 싸늘한 분위기가 느껴졌다. 왜 아까는 저 존재감을 느끼지 못했는지 의문이 들 정도였다.

라야는 한기에서 벗어나기 위해 몸을 뒤틀고 억지로 눈을 소녀와 맞췄다. 소녀가 아까처럼 빙글 웃었다. 아까까진 애교스럽다고 생각한 얼굴이 지금은 오싹했다.

"제가 여기서 많은 일을 하고 있어서요. 그래서 상처가 생기면 곤란해요. 양해, 부탁드려도 되겠죠?"

"그 정도야, 얼마든지."

라야는 담담한 척했다. 소녀가 자리를 잡는 것을 보며 저 역시 준비를 했다. 괜시리 허공에 목검을 서너 번 휘둘러 보기도 했다. 참으로 오랜만으로 잡는 목검이었다. 붕붕 소리가 낯익으면서 낯설었다.

"그럼 시작할게요."

소녀가 한마디를 던졌다. 라야는 고개를 끄덕였다.

연화는 모래시계를 뒤집었다. 모래가 떨어지는 것을 확인한 뒤 카를에게 건넸다. 시험의 시작이었다.

라야의 눈이 뒤집혔다. 어떻게든 취직을 하고야 말겠다며 달려들었다. 조셉은 대륙이 기사 지망생 포화 상태라고 했다. 그 말은 사실일 것이다. 연화는 수많은 사람들을 상대했다. 하지만 그녀 같은 사람은 처음이었다.

목검이 빠른 속도로 휘둘러졌다. 간 보듯 설렁설렁 검을 휘두르던 자들과는 달랐다. 연화는 황급히 머리를 숙였다. 목검은 연화의 머리가 있던 자리를 지나갔다. 쎄엑 바람 소리가 소름끼쳤다. 가만히 서 있었다면 머리통이 박살이 났을 것이다.

두 번째 공격은 곧바로 퍼부어졌다. 목검이 연화를 따라 내려왔다.

연화는 가까스로 검을 들어 막았다. 따닥, 나무 두 개가 부딪혔다. 라야가 검 끝에 힘을 주었다. 힘자랑을 하는가 싶더니, 갑자기 검을 위로 빗겨 올렸다.

연화는 제 목에 닿으려는 검을 쳐 내고 뒤로 물러섰다. 목줄기로 흘러내리는 땀을 대충 훔치면서 여자를 쳐다봤다. 라야는 양손으로 목검을 꼭 쥐고서 빈틈을 찾는 사냥꾼의 눈으로 연화를 노려봤다.

'굉장한데.'

연화는 혀를 내둘렀다.

그녀의 실력에 감탄한 것은 아니었다. 검술 실력으로 치면 카를이나 테일러가 몇 수는 위일 것이다. 앞서 시험 본 검사 중에서도 그녀만 한 실력자는 많았다. 하지만 누구도 그녀처럼 열정적이진 않았다.

연화는 땀으로 미끌거리는 목검을 고쳐 잡았다. 그사이 생긴 틈을 본 라야가 달려들었다.

라야의 머리가 정수리에 닿기 전 연화가 검을 내뻗었다. 셀리나는 폭력에 익숙한 아이였다. 그녀의 반사 신경은 쓸 만했다.

따닥, 딱, 따닥.

두 사람은 몇 번 공방을 주고받았다. 공격하는 쪽은 라야였고, 연화는 방어를 했다. 연화는 앞으로도 상대할 사람이 많이 남아 있었다. 쓸데없이 힘을 소비해서는 안 되었다.

연화가 라야의 검을 대강 막아내면서 고개를 들어보니, 라야 뒤로 두 남자가 보였다. 덩치 큰 남자는 팔짱을 낀 채 상황을 관전했다. 진지한 눈동자는 라야에게서 떨어질 줄 몰랐다. 반면 옆에 선 남자는 초조한 얼굴로 입술을 잘근 씹거나 주먹을 꼭 쥐기도 했다. 그는 라야가 아니라 연화를 보고 있었다. 그가 어떤 성격일지 예상이 갔다.

홍연화가 검을 잡은 이유는 제 몸을 보호하기 위해서였다. 한국에선 힘으로 상대를 굴종시킬 수 없다. 먼저 공격당했더라도, 보복하는 순간 유단자라는 이유로 패널티가 붙는 그런 세계에서 쌓은 실력인 만큼, 대단찮은 구석이 없다. 그런데도 연화에게도 지는 검사가 있다면, 그건 실력이 아니라 방심의 문제였다. 여린 셀리나의 몸을 얕잡아봐서다.

그들을 비웃을 생각은 없다. 황무지의 괴물도 방심하다 저세상 문턱을 밟았다. 생존 본능으로 똘똘 뭉친 괴물도 그럴진대, 이성과 지성을 터득한 사람이라고 뭐가 다를까. 외려 라야가 특별하게 보였다. 연화는 웃었다. 5분이란 시간제한을 건 것은, '셀리나'라는 시각 자료에도 굴하지 않고 검을 휘두르는 사람을 보고 싶어서였다.

당황은 찰나다. 시간을 많이 줄수록, 상대는 평정을 되찾을 것이고 실력이 부족한 연화는 질 수밖에 없다.

연화는 한 번 더 검을 고쳐 쥐었다. 얼마나 더 버티면 될까.

연화가 궁리하는 만큼 라야 역시 고민했다. 비수와 같은 시선이 연화를 훑었다.

라야가 달려든 순간, 카를이 끼어들었다. 무심한 얼굴로 라야의 검을 움켜쥐었다. 거세게 돌진하던 걸음이 뚝 멈췄다. 의아한 시선들이 쏟아졌다.

"5분 지났습니다."

"벌써요?"

연화가 눈을 동그랗게 떴다. 카를은 모래시계를 내밀었다. 모래시계 윗부분에 고여 있던 모래는 부스러기 한 점 남기지 않고 아래로 떨어졌다.

라야는 쓴웃음을 지었다. 스르르 손에서 힘이 빠졌다.

"불합격인가?"

"아니요. 합격이에요. 아까 당신의 검이 제 어깨를 스쳤거든요."

거짓말이다. 라야의 검은 연화의 몸 어디도 스친 적이 없었다.

라야의 눈이 흔들렸다. 연화는 씩 웃었다. 꿍꿍이 많은 미소였다.

"만족하세요?"

"······그럭저럭."

수상하다는 이유로 다가온 기회를 걷어차기엔 현실이 너무 구렸다. 용병 일로 번 수입은 줄어든 데다, 오클레앙 가까지 오면서 많은 돈을 경비로 까먹었다. 이의 제기를 하면 기사가 될 수 없을 것이다. 그러고 싶지 않았다.

연화는 시험장을 나가도 된다고 했지만, 라야는 동료들의 시험을 지켜보기로 했다. 연화도 막지 않았다. 그러자 라야는 카를과 최대한 멀리 떨어진 구석에 자리를 잡았다.

연화는 라야에게서 관심을 끊었다. 다음 상대가 코앞에 있었다. 그녀가 손을 내밀었다.

"그럼 두 분은 어떻게 하실 건가요? 함께 시험을 치르실 건가요?"

"둘이서 하녀를 상대하라고? 사양하지."

케론이 쯧 혀를 찼다. 세이안이 옆에서 *끄덕끄덕*했다.

연화는 실소를 흘렸다. 그들은 앞서 지나간 사람들과 다른 게 없어 보여 실망스러움을 애써 감췄다. 손바닥을 쫙 펴 스스로를 짚었다.

"저는 검을 잘 쓰는 사람이 아니에요. 그건 제 체구만 봐도 알 수 있죠. 수련을 한 몸이 아니란 걸. 반면 카를은 진짜 검사예요. 그는 정말로 강하죠. 하지만 시험관은 저예요. 카를은 옆에서 지켜보기만 할 거예요. 왜 시험이 이런 식으로 치러진다고 생각해요?"

케론이 눈을 데구루루 굴렸다. 생각을 거듭하던 눈이 답 앞에서 멈칫한다.

"당신들의 주인은 '기사'를 뽑을 생각이 없나?"

"'기사'의 정의를 다르게 잡은 것뿐이에요. 명령에 충실히 따르는 것 또한 기사 아니겠어요?"

연화는 오클레앙 가의 과거를 지우기로 했다. 더러운 일과는 인연을 끊고, 합법적이고 안전한 일만을 할 것이다. 그러나 그 과정은 절대 순탄하지 않을 거다. 모든 것을 그녀 혼자 구축할 수 없다. 큰일을 이루려면 협조는 필수였다.

함께 머리를 맞댈 자는 소수여도 되지만 아이디어를 현실로 끌어내려면 많은 사람이 필요했다. 그러자면 연화에겐 실행자가 필요했다. 연화의 아이디어를 이세계인의 망상이자, 덜 자란 계집애의 꿈 정도로만 여길 사람은 없어야 했다.

황녀처럼 자신의 말에 절대복종하는 심복을 둘 수도 없다. 그런 자를 만들려면 시간이 많이 걸리는 데다, 중심축이 되는 연화가 사라지면 체계가 무너질 테니까.

연화는 언젠가 이 세계를 떠난다. 그때에도 저택은 알아서 잘 돌아가야 한다. 왕이 없어도 체제를 보전할 수 있는 공화국을 세워야 했다. 기사는 공화국에 필요한 첫 번째 요소이자, 최적의 조건이었다. 기사는 외부에 공개되는 인력인 만큼 은밀한 일은 시킬 수 없다.

물론 상관없었다. 밖에 알려지면 안 될 일은 은밀한 루트로 해결하면 된다.

"그럼 시험을 치르실 건가요?"

연화가 묻자 케론은 생각하느라 잠시 감았던 눈을 떴다. 무뚝뚝한 얼굴에 진지함이 서렸다.

"그러지."

세이안이 기겁했다. 라야야 저렇게 나올 줄 알고 있었기에 놀랍지는 않았다. 하지만 케론까지 이럴 줄은 몰랐다. 마초 중의 마초, 남자 중의 남자라는 그가 꼬챙이보다 더 마른 여자아이에게 달려든다니, 믿을 수가 없었다.

"케론 씨. 아무리 그래도 상대는……."

"외양이 무슨 상관이지? 그녀는 시험관인데."

케론이 픽 웃었다. 라야는 전력을 다해 급소를 봐주지 않고 공격했다. 그러함에도 이기지 못했다. 반면 소녀는 설렁설렁 움직여 라야의 검을 방어했다. 그리고 5분이라는 시간은 생각보다 길다. 소녀가 많은 도전자들을 혼자서 다 상대했다는 것을 감안한다면, 그녀를 쉬이 봐선 안 되었다.

케론이 앞으로 나오자 카를이 목검을 챙겨주었다. 케론은 카를을 몇 초간 응시하다 말았다.

케론이 뒤를 돌아 세이안을 쳐다봤다. 황망한 얼굴을 손으로 쓸어준 뒤엔, 등을 툭툭 토닥였다. 나름 한 덩치 하는 세이안도 케론 옆에 있으니 비실해 보였다.

"미리 말해두는 건데, 혼자 탈락하면 절대 챙겨주지 않을 거다."

"히익."

"잘하라고."

케론은 서너 번 더 세이안의 등을 두드렸다. 격려로 느껴졌던 손이 폭력으로 바뀌는 건 한순간이었다. 세이안은 얼굴을 찌푸리면서 멀어졌다.

케론은 킬킬 웃으며 목검을 잡고 연화 앞에 섰다. 양 무릎을 구부린 뒤 검을 든 손을 약간 앞으로 내밀었다. 다른 검사들은 엉거주춤하다고 말할 자세지만, 케론은 이 자세를 가장 좋아했다.

연화는 그를 물끄러미 쳐다봤다.

"혼자 하실 건가요?"

"그렇다."

"좋아요, 그럼."

연화는 라야와 싸우느라 맺혔던 땀방울을 손 등으로 닦아냈다. 축축한 손은 바지춤에 쓱쓱 문질러 닦았다. 매끈해진 손으로 검을 고쳐 잡으며 카를에게 눈짓했다.

"시작."

붉은 입술이 한 마디를 담았다. 카를이 모래시계를 뒤집었다.

✤

시험은 일주일 동안 치러졌다. 시험관은 셀리나 혼자였다.

오후 2시부터 5시까지. 셀리나는 정해진 시간에만 시험을 보았다. 충분한 휴식을 취했고, 그런 뒤에야 독서를 하거나 서류를 만졌다. 그녀는 스스로를 혹사시키지 않았다.

일주일 동안 셀리나는 백에 가까운 검사들을 상대했다. 태반이 현역 용병들이었다. 유명한 자는 없었다. 좋지 않은 형편을 해결하거나, 못 잊은 꿈을 이루기 위해 온 자들이었다.

셀리나는 자신만의 기준으로 사람을 뽑고 싶어 했다. 방에 앉아 있다 올라오는 보고를 받고 싶은 게 아니었다. 조셉은 너무 위험한 일이라 했다. 셀리나는 조셉의 의견을 참고하여 만약의 사태가 생길 시 제지할 수 있는 사람과 함께하기로 했다.

병사도 기사도 없는 저택에 셀리나가 부릴 수 있는 무인은 한 사람밖에 없다. 셀리나는 예상 가능한 명령을 내렸고 카를은 받아들였다.

셀리나의 시험은 '순간 판단력'을 보는 것이다. 시험 내용은 시험장에 들어온 직후 알아야 했으므로 당연히 밀실이 필요했다. 셀리나는 건물 이곳저곳을 돌며 적합한 공간을 찾아다녔다. 조건은 세 가지였다. 좁고, 외부에서 안을 들여다볼 수 없으며, 눈에 띄지 않을 것. 조건을 모두 만족하는 건 창고뿐이었다.

오클레앙 가의 사용인들은 시험 시작 전까지 창고를 깨끗이 비워냈다. 창고를 가득 메웠던 귀물들은 손님방 몇 곳에 나누어 넣었다.

셀리나는 동전 하나 남기지 않고 깨끗이 비워진 창고를 둘러보았다. 창고엔 창문이 없어서 빛이 들어오지 않기 때문에 천장에 마법 등을 달았다.

카를은 벽을 두드려 방음을 확인하거나, 사각이 어딘지 확인하는 셀리나를 착잡한 눈으로 바라보았다. 뽑힌 기사들은 셀리나의 호위를 대체할 수 있다. 하녀나 하인과 달리, 이제까지 셀리나의 곁에 있는 무인은 카를밖에 없었기에 자신을 곁에 두었다. 하지만 앞으로도 셀리나는 자신만을 곁에 둘까? 기사들을 뽑는 건, 자신과의 관계를 정리하기 위해서가 아닐까 하는 생각을 하고 있는데, 문득 셀리나가 고개를 돌렸다. 카를은 입술을 깨물어 튀어나오려는 감정의 찌꺼기들을 참아냈다.

셀리나가 카를과 눈이 마주치자마자 빙긋 웃었다.

"카를."

"예."

"하나 부탁을 드려도 될까요?"

셀리나는 카를에게 기사들의 시험을 관망하길 원했다. 자신의 곁에 있는 사람 중 가장 믿을 만한 사람이 카를이기 때문이었다. 절망에 물들었던 카를의 심장이 거짓말처럼 쿵쿵 뛰었다.

"제가 필요합니까?"

셀리나는 말이 없었다.

"저는 필요합니다."

"……."

"그래서 말씀, 해주셨으면 좋겠습니다."

당신도 내가 필요하다고, 없으면 안 된다고, 그러니 절대 버리지 않을 거라고. 웅크린 채 숨죽이고 있던 욕망이 일제히 일어났다. 입 밖으로 나오지 못했기에 혈관만 뱅글 타고 말았던 것들이 퇴로를 찾아 내달렸다.

셀리나는 여전히 말이 없었다. 대신 카를을 잡은 손에 힘이 들어갔다. 카를은 웃었다. 그래, 지금은 이것으로 되었다. 카를은 기꺼이 시험 감독을 보기로 했다.

　새 기사가 들어온다 한들 그들은 셀리나와 카를이 먼저 쌓아 놓은 시간을 뛰어넘을 수 없을 것이다.

　셀리나는 시험이 시작되기 전 가리개 하나를 내밀었다.

　"얼굴, 알아보는 사람이 있을지도 모르니까요."

　신원이 확실한 사용인들과 달리, 기사 지망생들은 카를을 알아볼 수도 있다고 셀리나는 생각은 그랬지만, 카를의 생각은 달랐다.

　'들킬 리가 없을 텐데.'

　물론 셀리나에게 이 생각을 말할 수는 없다. 그러려면 셀리나에게 제 정체를 밝혀야 했다. 그럴 수 없는 카를은 가리개를 받아 들었다.

　셀리나는 지망생의 기사도나 예법 등은 조금도 평가하지 않았다. 자신만의 기준으로 합격자를 걸러냈다. 합격한 자는 모두 서른다섯 명이었다. 기사들은 채용된 날부터 합숙소에서 공동생활을 했다. 훈련은 조셉이 맡았다.

　집사 나부랭이가 자신들을 가르치려 든다며 투덜대던 기사들은 사흘 만에 조용해졌다. 이유는 나중에 알았다.

　"아가씨를 기다리는 12년간, 저는 기관의 교육장으로 있었습니다."

　셀리나는 감탄과 경악을 동시에 뱉었다.

　"그러면서 기사들을 왜 안 좋아했어요?"

　"안 그래도 박봉이라 힘든데 추천장 가지고 귀찮게 굴어서 그랬습니다."

　셀리나는 그제야 알아들었다며 고개를 끄덕였다. 조셉은 셀리

나를 흡족한 듯 바라보았다. 손녀를 보는 것 같기도 했고, 주인을
보는 것 같기도 했다.

조셉이 셀리나 앞에 과일 접시를 놓았다. 셀리나가 밥은 걸러도
과일은 남기지 않는다는 걸 알게 된 이례로 조셉은 틈틈이 과일
을 조공했다. 작은 볼이 과일을 담고 우물거리는 것을 흐뭇하게
지켜보다 시선을 돌렸다. 카를을 보는 눈은 냉정했다.

"당신은 어떻게 할 겁니까."

조셉은 대부분의 사용인들에게 반말을 했지만 카를에게는 애
매한 포지션을 취했다.

속사정이 어떻든 셀리나가 가장 많이 의지하는 사람은 카를이
었다. 두 사람은 하루 종일이라도 해도 좋을 정도로 많은 시간을
붙어 보냈기에 조셉은 카를을 막대할 수 없었다.

셀리나는 꼴깍 입에 든 것을 삼켰다. 빈 포크에 사과를 꽂으면
서 말했다.

"카를만 좋다면, 제 옆에 계속 있었으면 좋겠어요."

셀리나는 처음 보는 사람에게도 살갑게 굴었다. 그러나 그녀의
행동 태반은 거짓이었다. 그녀가 진짜로 신뢰하는 사람은 몇 없었
다.

카를은 셀리나의 바운더리 안에 들어간 '몇 없는' 사람이었다.
그 사실을 확인한 순간, 카를의 못난 심장이 거세게 뛰었다. 당분
간은 버려지지 않을 거라는 위로 같지도 않은 말을 속으로 지껄이
며 카를은 쓴 미소를 아래로 삼켰다.

연화의 영향 때문일까, 카를도 표정을 관리할 줄 알게 되었다.

"저는 괜찮습니다."

조셉은 카를을 꿰뚫듯 쳐다보았다. 하지만 그것도 몇 초였다.
그가 흐음, 신음성과 함께 턱을 쓰다듬은 뒤 해결책을 내놓았다.

생각하는 척은 뻥이었고, 미리 말하려고 준비한 티가 풀풀 났
다.

"그렇다면 그를 기사단장으로 두심이 어떻습니까."

"단장…… 요?"

"허울뿐인 직책이라도 가지고 있어야 다른 기사들을 납득시킬
수 있을 테니 말입니다."

셀리나가 의문을 표했다. 그녀는 기사들의 세계를 잘 몰랐다.
조셉은 후후 웃었다.

"기사들에겐 주인을 호위한다는 것만큼 영광스러운 일이 없습
니다. 자신들과 같은 직급의 기사가 고참이라는 이유로 특혜를 받
는다면, 다른 기사들이 용납하지 않을 겁니다."

조셉의 말은 0.01% 정도만 맞았다.

단장이란 말로 납득시킬 수 있는 건 찰나였다.

카를은 다른 기사들과 달리 합숙 생활을 하지도 고된 훈련을
받지도 않았다. 낮은 물론 저녁 늦게까지 셀리나의 옆에 있었고,
밤엔 안주인이 사용하는 방에서 휴식을 취했다.

셀리나는 오클레앙의 일을 처리하느라 바빴다. 그녀는 하루 종
일 자신의 방에 있었다. 다른 기사들은 셀리나 머리끝도 보지 못
했다.

기사들의 불만은 내부에 쌓였다. 하지만 시일이 지나도 문제가
해결될 기미가 없자 불만이 밖으로 줄줄 흘러나오기 시작했지만
셀리나에게 항의하지 못했다. 어쨌든 자신들의 주머니를 채워주
고 기사 작위를 내려준 건 그녀였으므로. 그렇다고 조셉에게 따질
수도 없었다. 조셉은 엄한 교육관이었다. 괜한 소리를 입에 올렸
다간 뺑뺑이에 시달리게 될 것이므로 만만한 건 카를뿐이었다.

기사들은 카를이 저택 밖으로 나오기를 기다렸다. 기사들은

저택 안으로 들어가는 것을 허락받지 못했기에 상대가 나올 때까지 기다려 시비를 걸 수밖에 없었다.

"여어, 단장."

카를은 뒤를 돌아보았다. 닭벼슬을 연상시키듯, 까만 머리의 앞부분만 빨갛게 물들인 남자가 있었다. 셀리나가 채용한 기사 중 한 명이었다.

카를은 콧잔등을 찡그렸다. 근 일주일 동안 세 번이나 이런 일이 있었다. 셀리나의 심부름을 받는 순간에도 잠깐 저들 생각을 했다. 그래도 크게 신경 쓰지 않았던 것은 그들이 성가시게만 했기 때문이다. 무시하면 될 문제였다.

카를은 잰걸음으로 남자를 지나쳤다. 책 창고가 있는 곳에서 셀리나의 방까지는 거리가 좀 되었다. 부지런히 걸음을 놀려야 한다.

카를의 발이 닭벼슬 기사의 앞을 스쳐 지나갈 때였다. 여럿의 목소리가 함께 들렸다.

"겁쟁이."

"쫄다."

"병신."

카를의 시선이 돌아갔다. 건물 뒤로 머리통 두어 개가 더 보였다. 모두 기사들이었다. 카를은 시큰둥한 얼굴로 말했다.

"그런 비난을 받아야 할 이유가 없다고 생각하는데."

"없긴 왜 없어?"

신경질적으로 생긴 기사가 비아냥댔다.

"주인 아가씨 잘 구워삶은 간신 같은 놈이 단장이 됐는데."

"조셉 그 늙은이도 땡볕에서 같이 땀이라도 흘리는데. 당신은 뭐요? 양심은 있소?"

"양심만 없겠냐?"

"실력도 없겠지."

턱수염을 길러 나이가 좀 들어 보이는 기사는 다른 기사들과 달리 말투가 점잖았다. 그는 카를의 행위만을 비난했다. 물론 이역시 비난이긴 했다.

반면 두 남자는 그냥 깐족댔다.

"진짜 궁금한데, 단장은 어떻게 된 겁니까? 아니, 어린애를 어떻게 구워삶은 겁니까?"

"뻔하지. 사탕 한 바구니 안겨주지 않았겠어? 애들 좋아하는 거야 뻔하잖아."

카를의 이마에 혈관 마크 서너 개가 솟았다. 기사 시험을 볼 때 기사도를 안 보고 뽑은 만큼, 저들에게 충성 의식이 없다는 건 안다. 그래도 이건 진짜 심했다.

카를이 눈살을 찌푸렸다.

"나의 주인은 너의 주인이기도 하다. 아가씨를 함부로 모독하지 마라. 시비를 걸고 싶으면 나에게만 해라."

낮게 깔린 목소리가 위압적이었다. 기사들이 움찔했다. 카를은 스스로의 가슴을 짚었다.

"내 실력이 의심스럽다면 대련 신청을 해라. 받아줄 테니."

"……."

"어차피 그것을 하고 싶어서 여기 모여 있었던 것 아닌가."

"히야. 눈치는 좋네. 하긴. 단장이 되려면 뭔가 있긴 있어야 하나 보다. 그치?"

닭벼슬 기사가 억지웃음을 지었으나 자신의 전신을 잠식했던 무서움을 완전히 떨쳐 내진 못했다. 파리해진 입술은 원래 색을 되찾을 생각이 없어 보였다. 점잖은 척 뒤로 빼고 있던 또다른 기사는 후회의 표정을 지었다. 지금 무르면 괜찮지 않을까. 그가 주위를 두리번거렸다.

카를은 상관하지 않았다. 속내가 어떻든 그들을 도발할 만한 행위를 한 건 그 역시 마찬가지다. 봐줄 생각은 없었다.

카를은 한 번은 기사들을 상대해야 한다고 생각은 했었다. 그게 지금이 되리라곤 생각지 못했을 뿐이다. 기사들은 카를에게 많은 불만을 갖고 있다. 제때 해소해 주지 않으면, 후에 큰 문제가 될 것이다.

카를이 신경 쓰는 건 셀리나뿐이다. 작은 소녀는 저에게 언제 떠나도 상관없다고 했지만, 지금의 소녀는 자신을 필요로 했다.

셀리나는 카를이 가져오기로 한 책을 고대하고 있을 터였다.

'최대한 빨리.'

카를은 빠른 걸음으로 걸어갔다. 저택 주변을 둘러본답시고 셀리나와 함께 저택을 한 바퀴 돈 적이 있기에 연무장의 위치는 알았다.

카를이 멋대로 척척 걸어가자 기사들이 엇 소리를 내면서 엉거주춤 따랐다.

연무장은 비어 있었다. 많은 기사들은 휴식을 취하러 갔고, 기사 몇이 남아 개인 훈련 중이었다. 검을 마구잡이로 휘두르던 자가 카를을 보고 눈을 동그랗게 뜨고는 갑자기 맹렬히 검을 휘두르기 시작한다. 연습용 허수아비가 카를이라도 되는 듯이.

카를은 호의적이지 않은 시선을 읽었다. 카를을 싫어하는 사람은 많았다. 은갈치 공작이나 조섭이나 그 외 등등. 그러나 이렇게 노골적인 적의를 느껴본 건 오랜만이었다.

카를은 연무장 한가운데에 섰다. 허리를 짚고서 말했다.

"기다릴 수 있다."

"무슨 헛소리냐?"

"나에게 불만을 가진 사람이 많다는 걸 알고 있다. 모두 덤벼도 좋다. 5분 정도는 기다려 주겠다."

카를의 뒤를 따라오던 기사들은 물론, 연무장의 기사들까지 픽픽 웃었다. 가당치도 않다는 웃음이다. 닭벼슬 기사는 카를에게 삿대질까지 했다.

"넌 네가 진짜 뭐라도 되는 줄 아는 모양인데, 어차피 단장 자리, 그거 네가 아가씨 구워삶아서 얻은 명찰일 뿐이잖아. 그 이상의 의미는 없다는 거 다들 아는……."

"이 자리가 그렇게 탐난다면 직접 쟁취하면 될 것 아닌가?"

"뭐?"

몇몇 기사가 눈을 동그랗게 떴다. 카를은 남의 눈이 뒤집힐 말을 하면서도 덤덤했다.

"내가 너희들에게 지면 단장직을 내려놓음은 물론 아가씨의 옆에서 물러나도록 하지."

"진심이냐?"

회색이 섞인 금발을 가진 남자가 카를을 직시했다. 카를은 눈을 좁혔다. 아깐 구석에서 허수아비나 내려치던 놈이 언제 제 코앞까지 왔는지 모르겠다.

카를은 고개를 끄덕였다.

"잔챙이 몇에게 지는 놈은 아가씨의 호위를 맡을 자격이 없으니까."

"햐, 이 새끼. 어디서 오는 자신감이냐?"

"뭐. 상관없지. 좋아. 나부터 한다. 그 재수 없는 콧대 제대로 꺾어주지."

기사들이 뿔뿔이 흩어지더니, 자신의 무기를 들고 돌아왔다.

같은 모양의 검이었다. 손잡이엔 백조가 새겨져 있다. 오클레앙 기사들에게만 지급되는 비품이었다.

그들은 카를을 보며 이를 갈면서도, 한꺼번에 덤벼들지는 않았다. 자기들끼리 순번을 정하더니 줄을 섰다. 첫 타자는 닭벼슬이었다. 그가 검집을 바닥에 내던지고 카를 앞으로 걸어 나왔다. 파랗게 번뜩이는 날은 관리를 잘한 게 아니라 신품이라서였다. 카를이 눈을 좁혔다.

"목검으로 하는 게 좋을 텐데."

"왜. 피가 무서워서?"

"아가씨께서 피를 보는 걸 싫어하신다."

셀리나는 피 공포증을 가진 사람은 아니었다. 자신이나 남이 쓸데없는 일로 피를 보는 것을 싫어할 뿐이다. 시험 때도 목검을 이용한 건 그 때문이다.

심부름을 간 사람이 늦은 것으로도 모자라 피까지 묻혀 오다니. 셀리나의 미움을 받기엔 딱 좋은 상황이다.

"그래도 진검으로 하겠다면."

카를은 제 허리춤에 매달려 있던 것을 뺐다. 묵직한 무게를 주는 것을 잡았다. 그가 스산하게 웃었다. 몇 사람들의 간을 오그라들게 할 미소였다. 목소리는 미소보다 더 섬뜩했다.

"알아서 조심하는 게 좋을 거다."

"……후우."

라야는 목에 건 수건으로 얼굴을 문질러 닦았다. 수건을 흠뻑 적실 만큼 땀을 흘렸는데도 신체는 계속 물을 흘려보냈다. 라야는 서너 번 수건을 만지작거리다 바닥에 내팽개쳤다.

오전 훈련은 끝났다. 달아오른 몸은 아까 씻었는데도 더웠다.

라야가 느끼는 더위의 반은 날씨 때문이고, 나머지 반은 그녀 자신 때문이다.

라야가 앉아 있는 곳은 기사 합숙소 중 가장 밝은 곳이었다. 가림막 하나 없이 직선으로 뚫고 들어온 햇볕이 라야의 정수리를 달구었다.

'그래도 별수 없지.'

라야는 쯧 혀를 차면서 책을 집었다. 라야가 있는 곳을 제외한 공간은 가림막이 설치되어 있다. 더위를 피하고 싶은 기사들이 설치한 것이다. 그런 곳에서는 책을 볼 수 없다.

라야가 펼쳐든 책은 '카멜로크의 도'였다. 기사 지망생들이 기사도를 배울 때 접하는 책으로 카멜로크라는 기사가 모험을 떠나는 것으로 시작한다. 카멜로크는 수많은 사건에 부딪치지만 '기사도'에 입각해 사건을 해결한다. 교훈적이면서 유치한 구석도 많은 책이다.

라야가 이 책을 보는 이유는 하나다. 조셉이 오후 훈련이 끝난 뒤엔, 기사도 시험을 보겠다고 공고했기 때문이다. 물론 라야는 기사 서임을 받은 적이 있고, 기사도 규율을 줄줄 꿰고 다닌 적도 있었지만 그건 다 옛일이었다. 케론을 따라 용병이 된 이후로는 누구보다 거칠게 살았다.

지금은 오래전에 갖다 버렸던 예법과 기사도가 필요했다. 라야는 조셉의 시험을 통과하고 싶었다.

조셉은 낙오자에게 벌점을 부과하겠다고, 벌점이 쌓인 자는 기사 자격을 잃고 퇴출된다고 했다. 라야는 오클레앙에 남고 싶었다. 그러나 그 목적은 '생활고를 해결'하는 게 아니었다.

조섭은 기사들을 다루는 것에 익숙했다.

단순히 아랫사람을 잘 굴린다는 의미는 아니었다. 기사들의 훈련 방식과 테스트 일정 등을 혼자서 관리했다. '기사'란 직업을 깊이 이해하지 않으면 해낼 수 없는 일이다.

한 기사는 자신이 조섭에게 가르침을 받았다고도 했다. 얼마 안가 조섭이 교육장이었다는 소문이 퍼졌고, 사실임이 증명되었다.

조섭은 나이답지 않게 몸놀림이 좋았다. 기사들 중 조섭을 꺾을 수 있는 자는 없었다.

여태까지 기사들은 늙은 집사장에게 진 것을 수치스러워했으나 조섭의 과거가 밝혀진 순간, 기사들은 패배를 부끄러워하지 않았다.

나이가 무슨 상관인가. 그는 수많은 기사들을 가르친 검술의 달인일 텐데 라고 기사들은 조섭에게 진 것을 정당화했다. 조섭을 인정한 것이다. 조섭은 서열 싸움에서 승리했다.

기사들의 목표도 바뀌었다. 그들은 조섭에게 인정을 받고 싶었다.

라야도 그랬다. 그러나 그 이유는 다른 기사들처럼 '강자에게 제 능력을 인정받고 싶음' 따위가 아니었다. 검사들은 힘이 최고인 세계에서 사는 자들이었다. 그들은 다른 남성보다 여성에 대한 편견이 심했다. 여성은 보호를 받는 약자들이란 생각이 골수 깊숙한 곳에 박혀 있었다.

조섭은 다른 검사들이나 훈련 교관과는 달랐다. 그는 라야를 다른 기사들과 똑같이 대했다. 라야는 다른 기사들과 함께 훈련을 하고 테스트를 받았다. 조섭은 좋은 점은 칭찬을 했고, 잘못된 부분이 있으면 기탄없이 지적했다.

라야는 조셉이 마음에 들었다. 조셉은 라야를 '기사'로서만 대우했다.

라야는 조셉이 있는 오클레앙에, 하루라도 더 많이 머물고 싶었다.

라야는 공부를 좋아하지 않지만 해야 한다면 할 생각이었다. 라야는 책을 넘겼다.

카멜로크가 도적 떼를 만나는 장면이 나왔다. 이 책의 장점은 기사도를 이야기책으로 풀어냈다는 것이고, 단점은 카멜로크의 대사 90%가 설명이란 점이다.

라야는 책 한 장을 가득 채우고도 남아 다음 장까지 침범한 대사를 쳐다보았다. 라야는 오글거려 손발이 꼬이는데, 소설 인물들은 카멜로크에게 감탄한다.

라야는 책을 집어 던지고 싶다고 생각하던 순간 부산스러운 소리를 들었다. 처음부터 깊지 않았던 라야의 집중력은 바로 흩어져버렸기에 결국 책에서 눈을 뗐다.

기사들은 자신들의 무기를 챙겼을 뿐 완전무장을 하지는 않았다. 움직이기 좋은 활동복을 걸친 뒤 신발끈을 단단히 조이고 달려 나갔다.

라야를 따라 책을 펼쳤던 사내들은 온데간데없다.

라야는 고개를 젖혀 시계를 확인했다. 훈련을 시작할 시간은 아니라서 라야는 관심을 끊기로 했다.

'보나마나 쓸데없는 일을 하러 가는 거겠지.'

공식 일정이 없기에 라야는 그들을 내버려 두기로 했다. 그녀는 다시 고개를 떨구었다. 그러다 바로 다시 반짝 쳐들었다. 낯익은 금발머리가 옆을 스쳐 지나갔다. 세이안이었다. 세이안이 손에 검을 들고 움직였다.

세이안은 실없는 일에 매달리는 남자가 아니다. 보통 일은 아닌 모양이다. 라야는 세이안을 붙들었다.

"무슨 일이야?"

세이안이 어리벙벙한 얼굴로 라야를 돌아봤다.

"모르는 건가요?"

"내가 뭘 알아야 하는데?"

라야가 인상을 찡그렸다. 나만 모른다는 억울함에, 아무래도 상관없다는 심드렁함이 섞였다. 세이안은 오묘한 미소를 지었다.

"하긴. 라야는 관심 없을 수도 있겠네요."

세이안이 어깨를 움직였다 팔을 들썩였다 하며 준비운동을 했다.

"밖에서 자유 대련 중이거든요."

"그것 때문에 이렇게 많은 사람들이 나섰다고?"

라야가 의아한 표정을 지었다. 대련은 어제도 실컷 했다.

게다가 곧 있으면 점심시간이다. 점심시간이 끝나면 오후 훈련이 시작된다. 그런 와중에 대련이라니. 라야는 이해가 가지 않았다.

"상대가 누구인지 알면 라야도 깜짝 놀랄걸요."

"기사들끼리 대련하는 게 아니었어?"

"그런 거였다면 저도 라야처럼 공부나 했겠죠."

세이안이 키득 웃었다. 그 역시 라야처럼 용병 생활에 찌들 대로 찌든 사람이었다. 기사도는 오래전에 까먹었다.

세이안은 전형적인 육체파 검사로 그는 활자 읽는 것을 싫어했다. 억지로 책을 외우려 해보았지만 잘 되지 않았다. 조셉에게 지적받은 것은 당연했다.

쌓인 벌점도 상당했다. 이를 해결하려면 라야처럼 책을 읽어야 한다는 그 사실을 세이안 역시 알고 있지만 참을 수가 없었다. 오클레앙에 들어온 이래 오늘만큼 검사의 피가 끓어오른 날이 없었다.

"단장요."

"응?"

"카를 단장이 기사들을 상대해 주고 있어요."

라야가 눈을 동그랗게 떴다. 손에서 놓친 책이 발등을 찍고 굴렀으나 주울 생각은 들지 않았다.

"저택에만 틀어박혀 있던 사람이 뭐 때문에 나왔대?"

"모르죠. 하지만 언젠가는 일어날 일이었잖아요?"

"그건 그래."

라야는 석연치 않은 얼굴로 동의했다.

카를의 직책은 기사단장으로, 기사들의 우두머리였지만, 그의 업무는 오클레앙 영애를 호위하는 것 하나뿐이다. 라야는 카를의 직위에 이의를 달지 않았다. 라야가 카를을 본 건 입단 시험을 볼 때 한 번뿐이었지만, 그가 강하다는 건 분명하니까.

게다가 카를은 오클레앙 영애와 깊은 친분이 있다. 다른 사용인은 물론 조셉마저도 카를만큼 영애와 가깝지는 않다고 했다. 카를은 영애와 함께 카로틴 국경을 밟았다고 하니, 어쩌면 혼 왕국에서부터 함께했을지도 모르겠다.

어쨌든 라야는 카를의 자격이 충분하다고 생각했다.

황실 기사단이나 영지 치안대라면 모를까. 가문의 기사는 주인의 입김이 닿는 자리다.

주인의 심기를 거슬렀다는 이유로 정식 기사가 실업자가 되고, 주인의 호감을 산 것으로 견습 기사가 하루아침에 서임을 받는다. 가문의 기사는 명예직이기 이전에 귀족의 사용인이었다. 하지만 다른 기사들은 다르게 생각했다. 그들은 카를이 부당한 방법으로 단장직을 획득했다고 비난했다.

오클레앙 영애는 그들의 주인이기 이전에 12살 어린애였다. 사리 분별을 못 했을 수 있다. 기사들은 카를의 부당함을 바로잡는 게 진정한 기사도이며, 충심이라 여겼다. 물론 그것은 핑계였다. 그들의 정의는 카를 혼자 영애를 독차지한다는 질투를 기반으로 형성됐다.

기사들이 모두 카를에게 적의를 가진 건 아니었다. 카를과 겨루고 싶어서 나가는 자들도 있었다. 강한 자에 대한 호승심이었다. 무심해 보이지만 날카롭게 주위를 주시하는 눈이나, 옷에 가려져 있음에도 잘 단련된 육체 등은 카를이 그냥저냥 한 검사가 아님을 뜻했다.

세이안은 후자였다. 그는 카를과 진지하게 검을 맞대보고 싶었다.

세이안의 열망은 입단 시험 때부터 시작했다.

세이안은 어린 소녀에게 검을 휘두르고 싶지 않았다. 그녀가 생각보다 강하다는 것을 알아도 생각은 바뀌지 않았다. 세이안은 멍하니 시간을 허비했다. 모래시계가 거의 떨어질 때에야 몸을 움직였다. 라야와 케론을 따라가겠다는 열망으로 검을 휘둘렀다.

기교 없이 근력으로만 밀어붙이는 검은 세이안의 특기였다. 대부분의 용병들은 보고도 못 막는 검이다. 소녀는 대응을 하려고 했지만 늦었다. 라야도 그가 검 한번 휘두르지 못하고 실격할 거라 생각했다. 소녀의 방심은 타당했다.

세이안의 목검이 매섭게 쇄도했다. 소녀의 두개골을 쪼개고 턱관절까지 아작 낼 기세로 움직였다. 목검이 소녀에게 닿는 순간 카를이 나섰다. 후에 세이안은, 그가 검을 뽑는 소리를 듣지 못했는데 정신을 차려보니 카를의 검이 코앞에 있었다고 말했다. 그의 목검은 반쯤 잘린 채였다.

세이안은 어떻게 그런 일이 일어났는지 몰랐다. 그래서 알고 싶었다.

라야는 세이안을 쳐다보았다. 검을 쥔 손이 제법 야무지다. 눈이 강렬한 투지로 빛났다. 용병 생활을 할 때도 보지 못했던 모습이었다.

"그래서 싸우러 가겠다고?"

"흔치 않은 기회잖아요."

세이안이 검을 차며 일어섰다. 그가 같이 가자며 손을 내민다.

"라야 말대로 이번 일 끝나면 다시 저택에 박힐 사람일 테니까요."

거절할 명분은 없었다. 라야는 세이안의 손을 잡았다.

훈련은 끝났다. 조섭은 없었다. 그런데도 연무장은 시끄러웠다.

라야는 연무장을 가득 메운 인파를 쳐다봤다. 기사들만 있는 줄 알았는데, 사용인들까지 몰려 있었다. 사용인들은 연무장 바깥을 둥글게 에워쌌다. 고대 왕국에서 투우사 경기를 보러 온 사람들 같았다.

기사들은 연무장 한쪽에 줄을 섰다. 줄의 의미가 무엇인지는 잠시 뒤에 알았다.

"다음."

카를이 무심히 한마디를 내뱉었다. 카를 앞에 널브러졌던 기사가 수치심으로 얼굴을 발갛게 물들였다. 기사가 물러설 듯 몸을 빼다가 검을 고쳐 쥐고 다시 덤벼들었다. 그러나 결과는 변하지 않았다.

카를은 기사의 옆구리를 거칠게 걷어찼다. 기사가 고통에 신음하며 데굴데굴 굴러갔다.

"다음이라고 했다."

카를이 일렬로 선 기사들에게 눈짓하자 선두에 있던 기사가 나왔다.

그 기사는 다른 동료가 어떻게 패배하는지 지켜봤다. 카를이 운으로 기사단장 직을 따내지 않은 건 알겠다. 방심은 금물이라는 명제를 머릿속 깊이 새겼다. 기사는 검을 잡은 손에 힘을 주었다. 그러나 각오가 무색하게도 일격도 막아내지 못하고 졌다.

"다음."

다음 상대를 부르는 목소리는 덤덤했다. 카를은 많은 기사를 상대했음에도 호흡이 틀어지지 않았다. 그가 전력을 다하지 않았음을 뜻했다. 어쩐지 좀 재미있어 라야는 팔짱을 꼈다. 대련할 생각이 없었던 라야는 구경할 생각에 검을 가져오지 않았다.

카를은 검 등으로만 기사를 공격하는 그 와중에도 급소는 피했다. 이기기 위해 수단 방법 가리지 않는 기사들과 달랐다. 카를은 정공법만을 사용해 연승했다. 기사들은 농락당했다는 자괴감에 사로잡혀 몇 번이고 일어서서 다시 덤벼들었으나 계속 패배했다.

기사들이 전의를 잃기 시작했다. 줄이 반으로 줄어들었어도 카를과 싸우겠다는 기사는 많았다.

긴 은발머리를 올려 묶은 사내가 나왔다.

"네놈의 단장 자리는 내가 받겠다."

"할 수 있다면 해보든가."

카를이 심드렁히 내뱉었다.

라야는 주위를 둘러보았다. 모두 무덤덤하게 상황을 관전하고 있었다. 그건 세이안 역시 다르지 않았다. 모두는 카를이 대련에 단장직을 내걸었다는 걸 알고 있었다. 놀란 건 라야뿐이었다.

"이거 자유 대련이 아니잖아?"

"저 사람이 질 리가 없잖아요."

세이안이 웃으며 대꾸했다. 사실, 카를은 제 앞의 상대를 모두 처치했다. 지는 것은 다른 기사들뿐이다. 카를은 굳건히 서 있었다. 자세는 조금도 흐트러지지 않았다. 체력 역시 그대로였다. 그가 쓰러질 일은 없어 보였다. 라야는 입을 다물었다.

세이안은 기사들 뒤로 가 줄을 섰다. 줄은 꾸준히 줄어들었다. 기사들은 카를의 휘두름 한 번에 나가떨어졌다. 운 좋게 일격의 공격을 받아넘기는 자는 있었지만 세 합 이상 이어나가지는 못했다.

세이안 차례가 되었다. 세이안은 다른 기사들처럼 달려들지 않고 손부터 내밀었다. 악수를 청했으나, 카를은 물끄러미 그의 손을 쳐다보았다.

"내 이름은 세이안이다."

"그런데?"

카를은 무심히 되물었다. 그는 세이안에게 관심이 없어 보였다.

"나는 당신과 정당하게 겨루고 싶다."

세이안은 검을 뽑아 뒤로 물러서면서 자세를 잡았다. 순수한 호승심을 드러냈다. 반면 카를은 심드렁한 표정을 지었다.

"당신이 강하다는 걸 알아. 그래서 하는 말인데, 어디가 부러

져도 좋아. 평생 반병신으로 살아야 한다고 해도 상관없어. 당신과 제대로 겨뤘으면 좋겠어."

"이행할 의무가 없는 요청이다."

카를이 갑자기 검을 휘둘렀다. 그가 힘으로 세이안을 떨쳐 냈다. 세이안은 급습을 당해내지 못하고 나가떨어졌지만 곧바로 벌떡 일어섰다. 맷집으로는 세이안을 따라올 사람이 없었다. 그러나 실력은 형편없었다. 세이안은 카를에게 몇 번이나 얻어맞았다.

카를은 많은 기사를 상대했다. 그중 반은 다시 일어나 재도전을 했다. 카를은 모두를 상대하고도 조금도 지쳐 보이지 않았다. 한 상대가 쓰러지고 다음 상대가 나타나기까지는 틈이 있었다. 그러나 그 틈은 1분도 되지 않았다.

결론은 둘이었다.

그 짧은 시간 동안 회복을 했거나, 원래 체력이 괴물 같거나. 답이 어느 쪽이든 카를이 대단한 건 분명했다.

세이안이 쿨럭 잔기침을 했다. 입가는 물론 인중까지 피범벅이었다.

세이안이 대충 피를 훔쳐 냈다. 그의 가슴이 격하게 오르락내리락했다. 체력이 떨어지고 있다는 증거였다. 세이안은 숨을 고르면서 자세를 다시 정비했다.

"왜 그렇게 조급하게 구는 거지? 일격에 상대를 쓰러뜨려야 할 이유가 있나? 난 천천히 하고 싶은데 말이지."

세이안은 부러 말을 길게 늘어뜨렸다. 아무 말이나 내뱉으며 카를을 살폈다.

순간 카를의 표정이 흔들렸다. 세이안은 그 틈을 노렸다. 정중하게 겨루려던 마음은 사라졌다. 어떤 식으로든 이기고 싶었다. 카를은 검을 살짝 들어 올려 세이안을 막았다. 양손으로 검을 쥔 세이안과 달리 카를은 오른손만 사용했다. 그는 여유가 있었다.

세이안은 양팔에 체중을 실었다. 상당한 무게감이 느껴질 텐데도 카를은 꿋꿋이 버텼다.

세이안이 검에 온 힘을 쏟아 붓느라 무게중심이 흐트러진 지금, 카를은 검을 살짝 들었다 치는 것만으로도 그를 떨굴 수 있었다. 그런데도 카를은 방어만 했다. 일격, 아니면 이격에 상대를 때려 눕히던 카를답지 않았다.

카를의 시선은 세이안을 보고 있지 않았다. 세이안은 미간을 찡그렸다.

'……뭘 보는 거야?'

세이안은 약이 올랐다. 자신은 전력을 다하고 있는데 상대는 아니었다. 카를은 저를 무시했다. 최선을 다하지 않아도 이길 수 있다고 생각하는 것이다!

세이안은 무게중심을 발뒤꿈치로 옮겼다. 손에서 힘을 빼고 뒤로 물러섰다. 카를의 시선이 그를 따라왔다. 그제야 그가 검을 움직였다. 빠른 공격이 이어졌다. 세이안은 방어에 주력했다. 그는 카를만큼 빠르지 못하다. 괜히 공격한다고 나섰다간 얻어맞을 것이다. 그는 오는 검만 막았다.

꼴사납게 넘어지는 건 막았지만, 팔을 찌릿하게 하는 통증까지 막진 못했다.

세이안은 이를 악물었다. 카를은 빠른 속도를 유지하면서 강한 힘을 사용했다. 체력 소모가 심할 것이다. 곧 지치리라. 세이안은 때를 기다렸다. 일순 카를이 멈추었다. 숨을 고르는 건 아니었다.

카를의 시선은 세이안 너머 허공에 닿아 있었다. 아까와 같은 방향이었다.

세이안은 이를 갈았다. 방심하는 카를이나, 그 틈을 노려 공격

해도 성공하지 못하는 자신이나 짜증이 나긴 매한가지였다.

"저쪽에 꿀단지라도 숨겨 놓은 듯 구는군. 아까부터 뭘 자꾸 흘끔거리는 거지? 네 상대는 나 아닌가?"

"그 또한 설명할 이유가 없다고 사려 된다만."

카를이 검을 빗겨 쳤다. 순간적으로 세이안은 검을 놓쳤다. 쩔그렁 소리가 울렸다. 카를은 그에게 손짓했다.

"비켜라."

"내가 덤벼드는 게 싫다면 확실하게 날 이겨. 설렁하게 봐주니까 모두 납득을 못하는 거잖아."

세이안이 비죽 웃었다. 주위의 기사들이 동조하며 카를을 향해 야유를 쏟아냈다. 카를은 눈 하나 깜짝하지 않고 말없이 검을 들어 세이안을 겨누었다.

이 순간에도 카를은 검날을 세우지 않는다. 자신은 끝까지 더러운 수를 쓰지 않고 이겼다고 말하는 것 같았다. 세이안의 얼굴이 붉어졌다. 자신은 비겁하고 상대가 정당하다는 걸 직면하자 부끄러움이 올라왔다. 세이안은 머리를 흔들어 감정을 떨쳐 냈다.

'이제 그런 건 아무래도 상관없어.'

어차피 이미 저지른 일이다. 나중에 카를에게 사과하더라도 지금은 결판을 내고 싶었다. 세이안은 카를에게 손짓했다.

"그러니까 제대로 덤벼. 시시하게 검 등으로 상대를 두들겨 패지 마. 짜증 나고 재수 없어. 단장이랍시고 관용을 베풀지 말라고. 아니면 뭐, 나는 네 실력의 발끝에도 미치지 않으니 그 정도 배려는 해줘도 된다 따위의 시답잖은 생각을 하고 있는 건 아니겠지?"

세이안은 부러 얄밉게 말했다. 상대를 자극시키기엔 충분했을 텐데도 카를은 말이 없었다. 도리어 욱한 건 세이안이었다.

검을 치켜든 순간 소녀의 목소리가 끼어들었다.

"상처 입히기 싫었던 거겠죠."

카를이 검을 아래로 내렸고 세이안은 뒤를 돌아보았다. 기사들을 구경하느라 여념이 없었던 사용인들이 양옆으로 빠지자, 소녀가 사람으로 만든 길 사이로 걸어 들어오고 있었다.

소녀는 발끝까지 덮는 긴 드레스를 입었다. 드레스는 복잡한 장식 없이 수수했으나 고급스러운 원단임을 알아볼 수 있었다. 활동이 많은 사람이 입는 옷은 아니었다. 소녀는 제 허리까지 오는 금발을 늘어뜨리며 섰어왔다. 소녀가 걸음을 내디딜 때마다 사용인들이 머리를 숙였다.

소녀가 카를 앞에 멈춰 서며 빙긋 웃었다.

"카를은 상냥하니까."

카를은 황급히 몸을 수그렸다. 한쪽 무릎은 바닥에, 다른 무릎은 바닥과 수직이 되게 세웠다. 아까까지 맹렬히 휘두르고 있던 검은 제 몸뚱이 옆에 세워두었다.

기사가 자신의 주인에게나 취할 법한 경례였다.

"왜 안 오나 했어요."

"죄송합니다."

"사정은 들었어요. 충분히 이해해요."

소녀는 허리를 굽힌 카를과 엇비슷한 키를 가졌다. 그 정도로 작았다. 그런 소녀가 카를의 머리를 쓰다듬었다. 이상한 장면인데도 사용인들은 조용했고 카를은 담담했다.

카를은 소녀의 손길에 익숙해 보였다.

"결과는 어떻게 되었나요?"

"이겼습니다."

"모두?"

"예."

소녀가 눈을 동그랗게 뜨고 기사들을 둘러보았다. 기사들은 일순 못마땅한 얼굴을 했지만 침묵했다. 아니라고 하기엔 보는 눈이 너무 많았다. 그들의 얼굴이 형편없이 구겨졌다.

소녀가 까르르 웃으며 카를에게 눈을 흘겼다.

책망은 잠시였다. 소녀의 목소리는 여전히 밝았다.

"그건 좀 너무한데요. 티끌만큼이나마 저분들의 자존심을 지켜줘야 하지 않겠어요? 미우나 고우나 이제 한솥밥 먹는 사이가 됐는데."

"제 이름은 아가씨의 명예가 되고, 제 무공은 아가씨의 긍지가 된다고 하지 않았습니까."

카를이 제 가슴에 손을 얹었다. 검을 쥐었던 손이었다. 그가 머리를 잠깐 숙였다 들었다. 소녀와 눈을 맞춘 그의 얼굴이 한결 부드러워져 있었다. 이제까지의 무표정하던 얼굴과는 달랐다.

"두 가지를 온전히 지켜내려면 어쩔 수 없었습니다."

"카를도 꽤 능글맞아졌네요. 아니, 말재주가 좋아진 걸까."

소녀가 오묘한 미소를 지어 보이다, 쯧 혀를 차더니 카를의 머리에서 손을 뗐다. 그리곤 카를의 손을 잡고 위로 일으켰다. 카를이 순순히 일어났다.

"그래도…… 그런 이유가 있었다니 어쩔 수 없네요. 오히려 칭찬해 줘야겠죠? 잘했어요, 카를."

소녀가 픽픽 웃는다. 카를의 입이 호선을 그린다.

카를이 맞잡은 손을 꼼지락거렸다. 그의 손가락이 소녀의 손가락 사이에 맞물려 들어갔다. 두 사람이 깍지 낀 손을 앞뒤로 흔들었다. 소녀가 먼저 몇 발을 내딛다 맞잡은 손을 끌어당기자 그제야 카를이 움직였다. 그가 소녀의 보폭에 맞춰 느릿하게 걷는 모습만 보아도 두 사람이 몹시 친밀하다는 것이 보였다.

카를은 저택에서 나름 직위가 있는 남자다. 사용인들은 물론 기사에게도 막 대하는 조셉이 카를에겐 그러지 않았다. 그런 카를이 깍듯이 대하는 소녀는 저택에 한 명뿐일 것이다.

기사가 황급히 입술을 떼 두 사람을 부르자, 순간 소녀가 걸음을 멈추고 뒤를 돌아보았다.

"저…… 저기."

기사의 목소리가 떨렸다.

기사들이 카를을 질투한 이유는 두 가지다. 하나는 카를이 정당치 못한 방법으로 오클레앙 영애를 구워삶아서 기사단장직을 얻었다는 것이고, 다른 하나는 오클레앙 영애는 저택에서 한 발자국도 나오지 않기 때문에 자신들에겐 카를의 수단을 쓸 기회가 없기 때문이었다.

순수하게 카를과 겨루고 싶어 하는 기사들과 달리, 진짜로 카를을 시기한 기사들은 카를을 고꾸라뜨리면 자신들에게 영애를 호위할 기회가 주어질 거라 믿었다.

이 전제가 성립하려면, 카를을 제외한 기사들은 오클레앙 영애를 몰라야 했다. 그런데 이 자리에 있는 기사들은 모두 소녀의 얼굴을 본 적이 있었다.

"셀, 셀리스티나 오클레앙 아가씨?"

기사는 설마 하면서도 물었다. 아니었으면 좋겠다는 바람이 진득하게 묻어나왔다.

소녀가 배시시 웃으며 손가락으로 스스로를 가리켰다.

"제 이름인데. 문제 있나요?"

있을 리가 없었다. 다만 기사가 굳어버렸을 뿐이다.

"1년 같은 1달이었어요."

연화가 긴 한숨을 뱉어내자 마차가 덜컹이면서 그녀의 숨소리를 집어삼켰다.

연화는 피로감을 떨쳐 내기 위해 제 눈을 비비적거리며 웃었다. 그 웃음은 애잔했다.

연화는 저택 내부 운영은 물론 대외 관계까지 신경 써야 했다. 그야말로 눈코 뜰 새 없이 바쁜 시간들이었다. 다행히 영지는 신경 쓸 필요가 없었다. 영지관리인은 예전과 다를 바 없는 모습으로 영지를 관리하고 있었다. 연화는 영지 문제에 신경을 껐다.

회계사와 비서관까지 들이자 업무량이 다소 줄어, 밀려들었던 서류도 어느 정도 진정되었다. 그러자 연화는 마차에 탑승했다. 목적지는 황성이었고, 만나는 사람은 황녀였다. 그녀와 협상을 하기 위해 만나는 것이니, 결국 이 또한 업무의 연장이었다. 하지만 방에 처박혀 서류를 만지는 것보단 나았다.

연화는 창밖으로 빠르게 지나가는 풍경을 바라보았다. 잠깐이나마 숨 돌릴 틈이 있음에 감사했다. 마차엔 카를을 비롯해서 기사 둘이 함께 탑승했다. 다른 기사들이 카를을 질투하고 있다는 것을 알게 된 이후, 연화는 다른 기사들과도 원만한 관계를 지니려 노력했다. 주인이 한 기사만을 특별히 총애해 곁에 두는 건 확실히 이상한 일이긴 했으니까.

하지만 두 사람이 압도적으로 함께 보낸 시간이 많았기에, 연화가 상태 이상을 보이면 재빨리 눈치채는 건 언제나 카를이었다.

"괜찮습니까?"

수도의 길은 대부분 잘 닦여 있었다. 황성의 길 역시 마찬가지였다. 그러나 오클레앙 앞의 도로는 여전히 거칠거칠했다. 마차가 크게 덜컹일 때마다 연화의 얼굴이 해쓱해졌다. 그녀는 치밀어 오르는 토기를 억지로 참아냈다.

표정은 담담했지만 상태는 최악이었다. 카를은 연화와 많은 시간을 붙어 있던 만큼, 바로 그녀의 상태 이상을 눈치챘다. 카를이 연화를 살피며 걱정스러움이 잔뜩 묻어나는 목소리로 물었다. 연화는 고개를 끄덕이다 말고 반문했다.

"그 말은 제가 해야 할 것 같은데요. 아직 상처 안 나았죠?"

카를은 말없이 고개를 돌렸다. 그가 꿍한 얼굴로 침묵했다. 침묵은 긍정이었다. 연화는 눈을 흘겼다.

카를은 대체로 무표정했다. 그는 컨디션이 저조해도 내색하지 않았다. 그래서 천하무적의 초인으로 보이지만, 그도 상처를 입으면 아파하고 검에 베이면 붉은 피를 흘리는 인간이었다.

카를과 대련했던 기사들은 타박상을 입었다. 카를은 상대 기사를 빠르게 진압하기 위해 검을 몽둥이처럼 휘둘렀다. 기사들은 넘어지거나, 구르면서 상처를 입었다. 반면 카를의 상처 대부분은 멍이었지만 드물게 검에 베인 곳도 있었다. 카를은 기사들을 봐주었지만, 기사들은 전력을 다해 덤벼들었다.

검에 베인 상처는 몇 개 없는 데다, 깊이 베인 것도 아니어서 금방 나았지만 문제는 멍이었다. 카를의 상체는 그를 검으로 제압하려다 실패한 기사들이 내뻗은 주먹으로 엉망진창이었다.

카를보다 실력이 떨어지긴 하나 어쨌든 그들은 무인이었다. 힘으로 상대를 상처 입히는 법은 누구보다 잘 알았다.

연화는 의원을 불러 멍 빼는데 좋은 약을 달라고 했다. 의원은 귀한 아가씨가 사용하는 줄 알고 값비싼 재료를 잔뜩 넣어 약을 만들었다. 약값으로 엄청난 돈이 날아갔지만 약효는 좋았다.

연화는 카를에게 약을 건네주었다. 그런데 카를은 약을 바르지 않았다. 혹시 잊었나 싶어 몇 번 상처를 치료하라 말해줘도 그때뿐이었다. 기사들의 타박상은 나은 지 오래인데 그의 멍은 빠질 줄 몰랐다.

카를이 기사들을 상대할 때 검날을 세우지 않은 이유는, 그들을 오클레앙의 기사라 생각해서였다. 연화는 그의 사정을 깊이 생각하지 않는데도, 그는 늘 연화의 사정을 헤아리고 그녀의 입장에 맞게 행동했다.

카를은 언제나 그랬다. 전력을 다해 성의를 보이면서, 연화가 베푸는 것은 작은 것이라도 쉬이 받지 않는다. 연화는 그 이유를 알았다.

'내가 Give&Take가 익숙한 사람이라고 말했기 때문이겠지.'

카를은 연화와 자신 사이의 계산이 끝나면 이별이 찾아올 거라 생각했다. 그는 필사적으로 연화에게 빚을 지우고, 연화가 자신의 빚을 갚지 못하게 발버둥을 쳤다. 염려할 필요 없다고, 그런 게 아니라고 몇 번 말해보았지만 카를은 귀담아듣지 않았다. 그래서 연화도 카를에게 알아서 약 챙겨 바르라는 말을 하지 않는다.

"옷 벗어봐요."

네가 안 바르면 내가 발라주지. 연화는 투기 가득한 눈을 빛내며 카를에게 손짓했다.

카를은 일말의 망설임도 없이 겉옷을 벗고 셔츠 단추 위에 손을 올렸다. 하나, 둘, 셋 단추가 풀려갔다. 카를은 셔츠도 개어 무릎 위에 놓은 뒤 몸을 틀자 상처는 옆구리에서 시작해 복부와 등으로 이어져 있었다.

카를이 처음부터 순순히 환부를 내보이진 않았다. 그는 연화가 자신의 상처를 살핀다는 상황을 민망해했다. 목적이 치료라지만, 셀리나의 손이 제 맨몸에 닿는 것에 거부감을 느꼈었는데 지금은 덤덤히 받아들였다. 손을 잡을 때와 마찬가지였다. 이런 상황이 익숙지 않은 라야와 세이안은 거북한 표정이었지만 카를은 평소와 같은 얼굴이었다.

연화는 멍을 확인하고 인상을 찡그렸다. 상처는 며칠 전과 비교해 나아진 게 없었다.

연화는 황녀에게 무슨 말을 할까 고민하느라 근 며칠간 카를을 못 챙겨주었나. 그래도 내심 카를이 한 번은 스스로 약을 발랐겠거니 생각했다. 하지만 치료의 기미라곤 조금도 보이지 않는 상처를 보자 어이가 없었다.

연화가 가만히 있자 카를이 손을 내밀었다. 손바닥에 동그란 약통이 올라와 있었다. 연화가 풋 실소를 터뜨렸다.

"이제 아주 자동이네요?"

"싫으시다면⋯⋯."

카를이 손을 거두려 하자 연화는 약을 낚아채고는 크림색 약통의 뚜껑을 열었다.

알싸한 약 향이 코를 찔렀다. 오래전 할머니가 좋은 약이라며 챙겨주었던, 이름도 모르는 간호사 연고와 비슷한 향이었다. 연화는 약을 손등에 조금 덜어낸 뒤 뚜껑을 닫았다.

"싫다는 게 아니잖아요. 약도 만날 들고 다니면서 왜 스스로 안 바르냐는 게 요지죠. 약 바를 때 가만히 있는 걸 보니 치료 행위에 거부감이 있는 것도 아닌 것 같은데. 왜 그래요?"

카를은 침묵했다. 연화는 쯧 혀를 찬 뒤 약을 발랐다.

마차는 한참을 달렸다. 황성에 도착하기까진 시간이 좀 있었음에도 라야와 세이안은 입을 꾹 다물었다. 어색해서 가만히 있나 싶었는데, 자세히 살피니 카를을 열심히 눈짓하고 있었다. 그의 눈치를 보고 있는 것 같긴 한데, 정확한 이유를 알 수 없었다.

"카를한테 궁금한 게 있어요?"

결국 호기심을 이기지 못한 연화가 먼저 말문을 열었다. 라야는 반응이 없었지만, 세이안은 화들짝 어깨를 좁히며 놀랐다.

"예? 아, 아닙니다."

세이안은 눈을 이리저리 굴리면서 연화의 시선을 피했다. 하지만 연화가 서너 번 묻자 결국 실토했다.

"꽤 친해 보이셔서……."

"함께 지낸 시간이 많으니까요."

세이안은 '그렇군요' 따위의 재미없는 대답을 하곤 입을 다물었다. 기사들이 카를과의 실력 차이를 느끼고 시무룩해 있다던데, 어느 정도 사실인 모양이다. 연화는 쓴웃음을 지었지만 수습할 말이 없기에 그냥 입을 다무는 것을 택했다. 함께 지낸 시간은 물론 실력 면에서도 카를이 그들을 훨씬 상회하는 건 사실이니까.

마차가 멈추자 연화는 라야와 세이안이 함께 내렸다. 카를은 마차에 남기로 했다. 의문을 표하는 라야를 위해 한마디를 덧붙였다.

"여러분과도 친해지고 싶어서요."

세이안은 입이 찢어져라 웃었다. 라야는 세이안만큼 격하게 반응하지 않았지만 대신 어깨에 힘이 좀 들어갔다.

몇 번 와보지 않았지만, 황녀궁 지리는 잘 알았다. 세 사람은 황성 안 쪽 좁은 길로 들어갔다.

황녀궁의 정원에 들어섰을 때 낯선 인기척에 라야와 세이안이 멈췄다. 라야가 검 손잡이를 잡았다. 반면, 전방을 직시하는 연화의 태도는 여유로웠다.

나타난 것은 여자였다. 까만 무복을 입고, 긴 머리를 위로 올려 묶은 그녀는 황녀의 그림자 심복 란이었다.

연화는 의외란 얼굴을 했다. 그녀는 란이 스페어 카드라고 생각했다. 중요할 때 내보여 결정적인 우위를 잠식할 때만 사용되지 평소엔 감추어두는 그런 카드 말이다. 하지만 정원엔 연화 일행 외엔 아무도 없었지만 정원은 공개된 장소였다. 그런 곳에서 그림자 심복이 모습을 드러낼 줄은 몰랐다.

연화가 갸웃거리는 동안 란은 코앞에 당도했다.

"따라오십시오."

란이 연화를 지목하고 데리고 온 두 기사는 제지했다. 기사들은 그 의미를 이해하자마자 라야가 바로 반박했다.

"주인을 혼자 보내는 기사는 없다."

"무장해제를 하라면 기꺼이 하겠습니다."

세이안이 검을 내밀었다. 그는 이번에 처음 황성에 와보았지만, 황족을 만나러 갈 때 무장 기사의 출입은 불허된다는 것은 알았다. 기사들이 주인을 따라 움직이려면 무장을 풀어야 한다.

란은 세이안의 검을 받지 않고 도리어 밀쳤다. 그러자 검이 바닥이 떨어졌다. 세이안은 망연한 얼굴로 바닥에 떨어진 검을 쳐다보았다.

란은 무감정하게 말했다.

"전하께선 한 명만 부르셨다."

란이 연화에게만 손가락을 까딱한다. 무례하기 짝이 없는 태도에 라야가 발끈했다.

"하지만 돌아가는 건 둘이겠지?"

라야가 검을 뽑았다. 새파란 검신을 보이며 씩 웃는다.

라야는 아직 기사로서의 사고관을 확립하지 못했다. 그녀에겐 힘으로 원하는 것을 쟁취하는 용병의 세계가 더 익숙했다. 라야가 란에게 눈짓했다.

'한 판 붙자.'

란은 도발에 응했다. 그녀가 검을 뽑자 이내 검 두 개가 챙 소리를 내며 맞붙었다.

두 사람이 상대를 이기기 위해 손에 힘을 주었다. 손등에 힘줄이 두둑 돋아났다. 세이안은 뒤로 물러서 상황을 관망했다. 잠깐의 해프닝으로 끝날 줄 알았던 상황이 해결될 기미가 보이지 않자 세이안은 자신의 검도 뽑으려 했다. 세이안의 검신이 모습을 드러내기 전 연화가 그의 팔을 붙들었다.

"그만둬요."

란은 황녀가 신임하는 부하였다. 황녀와 손을 잡기로 한 이상, 연화는 그녀와 자주 얼굴을 봐야 한다. 싸움의 승패와 상관없이, 그녀와 트러블을 일으키면 곤란해진다.

연화는 란과 라야 사이에 끼어들었다. 그녀는 두 사람 사이에서 잠깐 머뭇거리다, 란의 손을 잡았다. 황녀에게 무슨 언질이라도 받았던 것일까. 란이 손에 힘을 풀었다. 연화가 이끄는 대로 손을 아래로 내렸다. 그러나 세이안과 라야를 주시하는 것은 잊지 않았다.

연화는 빙긋 웃었다. 이번엔 라야에게 눈짓했다.

"귀한 분을 오래 기다리게 해선 안 되겠죠?"

라야가 못마땅함을 한껏 담아 미간을 찡그렸지만 이내 별수 없다는 얼굴을 하곤 검을 집어넣었다. 라야가 검을 치우자 란 역시 자신의 검을 치웠다.

"그럼 마차에서 기다려 주겠어요? 금방 올게요."

"아니오. 여기서 기다리겠습니다."

라야가 말했다. 세이안 역시 동의한다는 듯이 고개를 끄덕였다.

"알았어요."

란도 기사들이 기다리겠다는 것은 막지 않았다. 란은 연화에게 따라오라 손짓했다.

란은 연화를 황녀궁 정문이 아니라 뒷문으로 안내했다. 문은 으슥하고 인적 없는 곳에 숨겨졌다. 황녀가 몰래 귀빈과 접선할 때 뒷문을 사용했다.

란은 조용했다. 란의 걸음은 그녀의 침묵을 닮아 소리 없이 걸었다. 게다가 빨랐다. 연화는 하마터면 란을 놓칠 뻔했다. 마음 같아선 달리고 싶었지만 그녀는 아직 구두를 신고 달리는 스킬을 익히지 못했다. 발을 빨리 놀리는 게 최선이었다.

황녀는 자신의 방에 있었다. 란은 방 앞에서 멈추고 문을 열어 주었다. 연화가 안으로 들어가자 란이 뒤따라 들어오며 문을 잠갔다. 황녀는 화장대 앞에 앉아 있었다. 그녀는 돌봐주는 시녀도 없이 혼자서 제 머리를 빗고 있었다.

연화는 황녀의 긴 머리카락이 결 좋게 찰랑찰랑 움직이는 걸 주시하다 거울 너머 그녀와 눈이 마주쳤다. 그제야 정신이 돌아왔다. 무례하게 남의 방에 들어와 아무 말도 안 하고 머리카락을 쳐다보고만 있었다.

연화가 말을 떼려는 순간이었다. 황녀가 웃었다.

"가까이 와요."

연화는 천천히 걸어가 황녀 뒤에 섰다. 황녀는 거울을 응시한 채로 손만 뒤로 뻗어 빗을 내밀었다. 의미는 명백했다.

연화는 잠깐 머뭇거렸지만, 빗을 받아들고 황녀의 머리를 빗기 시작했다.

특별히 힘을 줄 필요는 없었다. 황녀의 머리는 꽤 길었는데도 엉킨 부분이 하나도 없이 슥슥 손대는 대로 빗이 미끄러졌다.

몇 분이 지났을까. 황녀가 갑자기 말했다.

"영애는 늘 침착하군요."

"권력자에게 순응하는 삶이 편하다는 걸 배웠을 뿐이에요."

황녀가 풋 웃음을 터뜨렸다.

"이제 가면은 안 쓰기로 했나 보군요."

"싫으신가요?"

"전혀요. 솔직해져서 좋네요. 아, 이제 빗는 건 그만하고 장식을 꽂아줬으면 좋겠는데요."

"어떤 것으로 해드릴까요?"

화장대 위에는 다양한 화장품과 액세서리가 올라와 있었다. 황녀는 말없이 티아라를 가리켰다. 티아라는 로즈쿼츠와 다이아몬드가 박혀 있어 제법 화려했다. 연화는 고개를 끄덕이곤 티아라를 집었다. 티아라는 머리띠 형식을 하고 있어 착용이 어렵지 않았다. 연화는 티아라를 황녀의 귀 뒤에 걸어주었다.

화려한 머리 장식에 긴 생머리는 부조화를 일으켜야 하는데, 황녀의 외모가 화려해서 그런지 어색함이 없었다. 황녀는 흡족해했다.

황녀는 이번엔 자신이 머리를 빗어주겠다며, 연화에게 화장대에 앉길 권했다. 친한 여성들이 하는 치장 돕기인지, 아니면 이것도 정치적인 의미가 있는지 생각하고 싶지 않았다. 밖에 세워둔 사람이 있는 만큼 빨리 볼일을 보고 돌아가길 원했다.

연화는 거절하고 테이블 앞에 앉았다. 황녀는 잔잔히 웃곤 란에게 손짓했다.

"그러면 본론으로 넘어가서. 란."

란이 종이를 가져왔다. 황녀가 연화에게 제안을 할 때 주었던 종이였다. 그녀가 펜을 잡았다.

"조건을 바꾸고 싶은데요."

"원하는 게 있나요?"

돈? 아니면 물건? 그것도 아니면 지위? 황녀가 무엇이든 줄 수 있다며 말했다. 물론 황녀는 연화가 말하는 모든 것을 줄 수 있을 것이다. 하지만 그건 모두 후불제 서비스로, 후에 대가가 따른다.

"그런 것들도 중요하지만."

연화는 계약서 중간을 짚었다.

"우선 자금 융통과 관련된 조건을 바꿨으면 해요."

전 오클레앙 백작은 돈을 다양한 루트로 굴려 출처를 지우거나 알아볼 수 없게 만들어 황제에게 지급했다. 오클레앙 백작이 살아 있었을 때 그림자 기사단의 수장은 황제였고, 오클레앙 백작은 기사단에서 '자금'을 관리했기에. 하지만 황제가 2황자의 실종을 막지 못한 자신에게 비탄을 느끼면서 그림자 기사단을 해체했다.

갑작스러운 상황에 혼란스러워하는 세력을 황녀가 흡수했다. 그녀는 기사단의 모든 것을 장악했다. 오클레앙 영애에게 전 백작이 했던 일을 요구하는 건 당연한 수순일지도 모른다. 하지만 이 방법을 사용하려면 오클레앙 백작이 그랬듯 지하경제의 큰 손이 되어야 한다. 지하경제는 별 수법이 판치는 만큼, 돈의 경로를 계산하고 내돌리는 것이 꽤 복잡했다.

이 수법은 사용하고 싶지 않았다.

"전 지저분한 소문에 연루되고 싶지 않아요. 돈은 공식 루트로 드리겠어요."

"하지만 그렇게 되면 영애는……."

"발을 뺄 수 없게 되겠죠."

연화가 씩 웃었다.

"하지만 괜찮아요. 그 정도는 각오했으니까."

귀족들이 이상한 방법으로 황녀에게 돈을 전달하는 이유는, 황녀가 여제에 오르지 못했을 시 생기는 불이익을 피하기 위해서였다.

"전하께선 반드시 여제가 되실 테니까요."

"제 미래를 아는 것처럼 말하네요."

"그냥 그런 감이 왔어요."

황녀는 오묘한 표정을 했다. 그녀가 뭔가를 생각하는 듯 상념에 잠겼다가, 이내 아무럼 됐다는 식으로 고민을 치워 버렸다.

"영애의 의사와 상관없이, 다른 귀족들은 여태까지와 마찬가지로 행동할 거예요. 제가 여제가 될 확률은 낮으니까요. 영애는 재건한 지 얼마 안 된 가문을 운영하면서, 출처가 불분명한 거금을 제게 직접 가져올 셈인가요?"

아직, 황녀의 기반은 그리 튼튼하지 않다. 수상한 짓을 했다간 목 잘리고 성벽에 내걸리는 풀코스를 대접받을 수 있다. 하지만 이를 피할 수 있는 방책은 이미 생각해 두었다.

"아시다시피, 완전히 깨끗한 경로로 돈을 드릴 수는 없어요. 저를 통해 황녀님께 자금을 전달하려는 귀족들이 그것을 원하지 않을 테니까요. 그래서요, 황녀님."

연화는 최대한 여유 있어 보이는 웃음을 지었다.

"저는 '상단'을 하나 운영할 생각이에요."

"장부를 조작할 생각인가요? 귀족들에게 팔지 않은 물건을 산다고 거짓으로 기입한다거나?"

"거기까지 갈 필요가 있을까요. 더 쉬운 방법이 있는데."

뻔한 것을 그럴듯하게 포장하려면 허세가 필요했고, 연화가 지금부터 할 말은 아주 흔하고 닳아빠진 편법에 대한 것이었다.

"전하. 투자라는 말, 들어보신 적 있으세요?"

⚜

연화는 황녀궁을 나왔다. 여름이 물러가고 있었는데도 햇살이 아직 쨍쨍했다. 연화가 미간을 찡그리며 손으로 이마 위에 그림자를 만들었다.

연화는 인상을 찡그리며 걸음을 옮겼다. 그러다 뒤따라오던 걸음이 멈추는 소리를 들었다.

"난 생각도 못한 방법이었다."

연화는 뒤를 돌아보았다. 란이 복잡 미묘한 얼굴을 했다. 연화는 훗 웃었다.

"그런가요?"

"그렇다. 과연 전하께선 탁월한 안목을 가지고 계시는군."

설마 하고 귀를 세웠더니, 황녀에 대한 칭찬이었다. 다른 사람이 저런 말을 했다면 사심이 가득 담긴 것처럼 느껴졌을 텐데, 란이 워낙 무미건조하게 말했기에 그녀가 객관적인 사실을 전달하는 것 같았다.

귀족들의 자금을 투자금으로 받을 생각을 한 건, 이 세계에도 투자라는 개념은 있기 때문이다. 차이점이 있다면, 이 세계의 장부는 원래 세계처럼 꼼꼼하지 않아서 배당금 지불이 제대로 이루어지지 않는다는 거랄까. 수익 보장도 안 되는 데다 투자금을 줬다는 이유로 장부에 이름이 오르기 때문에 사람들은 투자를 기피하게 되었다. 잘 사용하지 않았기에 생소해졌다. 제국에 투자와 관련된 것을 아는 사람은 몇몇 경제학자가 전부였다.

'귀족들은 배당금이 필요하지 않아. 그렇다면 명분만 잘 만들어주면 돼.'

테일러가 상단 일에 개입했다면 어떨까. 카이스턴 가 자체만 해도 자금력이 굉장한 가문이다. 실 소유자가 오클레앙 영애라 할지라도 표면적으로는 망할 일 없는 상단으로 보여 투자할 가치가 충분히 있다.

물론 테일러는 황녀 편을 들기로 했으니, 황녀의 상단에 투자한다는 건 결국 황녀 편을 든다는 것이 되지만 크게 문제는 없었다. 적발될 경우 문제가 생기는 뇌물과 달리, 투자금은 상단에 투자하기 위해 주는 돈이라 문제가 되지 않기 때문이다.

다행히 황녀는 이 의견을 받아들여 주었고, 연화는 실행하면 되었다. 테일러의 도움이 필요했기에, 당연히 다음 목적지는 카이스턴 공작 가였다.

전방에 기사 두어 명이 보였다. 세이안과 라야였다. 그러자 란의 걸음이 멈췄다.

"안내는 여기까지만 해도 되겠지?"

"물론이죠."

연화가 치맛단 끝을 잡고 무릎을 굽혔다. 란은 연화를 보고 미간을 좁힌 채 잠시 서 있다가, 이내 사라졌다.

다음 행선지는 당연히 카이스턴 저택이었다. 연화는 황녀를 만나기 전 자신의 계획을 미리 테일러에게 서신을 보냈다. 준비 기간이 필요한 일이었기 때문이다. 테일러는 도와줄지 여부를 결정해 주겠다고 했다. 이름을 빌려주는 건 명예가 걸린 일이다. 어렵진 않지만, 테일러 나름으로서는 신중을 기해야 할 것이었다. 연화는 조마조마하면서 마차에 올라탔다. 테일러가 긍정적으로 생각해 주길 바랄 따름이었다.

마차는 비포장도로를 신나게 달려 목적지에 도착했다. 저택 입구에 디온이 서 있다 연화 일행을 맞이했다. 연화는 바로 테일러의 방으로 안내받았다.

디온은 안에 테일러가 있을 거란 말만 남기고 사라졌다. 그는 오늘도 바빴다.

연화는 문을 노크했으나 안에서는 누구도 대답하지 않았다. 연화는 조금 더 기다리다가 문을 열고 들어갔다. 테일러는 책상 앞에 앉아 있었다. 그의 옆으로 서류의 기둥이 세 개 있었고, 그는 그중 가장 가까이에 있는 기둥을 열심히 공략 중이었다.

"바빠요?"

연화는 테일러 앞으로 가 물었다. 테일러가 열심히 쓱쓱 움직이던 손을 멈추고 고개만 올려 연화를 쳐다봤다. 테일러가 탐탁지 않음을 눈썹 구부리기로 보여주었지만 그것도 잠시였다. 그는 연화를 맞이하기 위해 자리에서 일어났다.

"늦었군."

테일러는 성가시다는 표정을 바로 지웠다. 그는 반가움을 풀풀 날리며 다가왔다.

"저는 제 시간에 도착했는데요?"

연화가 순진한 척 눈을 깜빡였다. 연화는 앞서 보낸 전보에 오늘 그를 보러 오겠다고 했었다. 그리고 오늘은 아직 끝나지 않았다.

테일러는 픽 웃었다. 작은 아이는 언제나 굳세었다. 그가 연화의 머리를 쓰다듬었다.

"우리가 얼마 만에 다시 보는지 아나?"

"죄송해요. 잘 모르겠네요."

"1달 하고도 보름 만이다. 알고 있나."

그렇게 오래되었나? 연화가 잠깐 과거를 되짚어보니, 오클레앙 일을 해결하느라 시간 가는 줄도 몰랐다.

"어머, 시간이 참 빠르긴 하네요."

"그런 소리를 듣고 싶어서 한 말이 아니다."

"그럼 뭐라고 하죠? 어머나, 테일러 씨 정말 정말 죄송해요. 1달에 보름을 더한 시간 동안 연락도 없고 찾아오지도 않아서. 사례의 의미로 사과 인사를 마흔다섯 번 해드릴게요."

"됐어. 그런 허울뿐인 사과."

테일러는 툴툴댔지만 그의 기분은 나빠 보이지 않았다. 그가 소파를 가리켰다.

"앉아."

소파 앞 테이블은 다양한 서류로 엉망이었다. 일부는 소파 쪽으로 무너져 내렸다. 테일러는 손님맞이가 미흡하다 웃으며 서류를 바닥으로 밀어뜨렸다.

연화는 서류에 침식되지 않은 소파 귀퉁이에 앉았다.

테일러는 얼추 정리를 끝낸 뒤에야 연화 맞은편에 앉았다. 카를은 연화 뒤에 어정쩡한 자세로 섰다. 세이안과 라야가 뭘 어떻게 해야 할지 몰라 갈팡질팡하자 테일러는 그들을 보며 문을 눈짓했다.

"나가 있지 그러나."

두 사람은 인상을 찡그렸지만 연화가 테일러의 의견에 고개를 끄덕였기 때문에, 그들은 문 쪽으로 걸어갔다. 그러다 뭔가 이상함을 눈치채고 뒤를 돌아보았다. 그들의 시선은 카를에게 향했다.

"카를은 있어도 괜찮겠죠?"

카를은 연화의 모 계획을 알고 있는 사람이다. 연화는 그라면 괜찮다고 생각했지만, 테일러는 고개를 저었다.

"변태라면 더더욱 허락할 수 없는데."

"저는 변태가 아닙니다."

"알 게 뭐야."

참으로 오랜만에 듣는 식상한 놀림이었다. 카를은 언제나처럼 발끈했으나, 테일러는 나른한 표정을 지었다. 배부른 고양이 같았다.

테일러가 문 쪽으로 손짓을 한다. 다른 기사들과 함께 나가라는 의미였다. 테일러의 의중을 알 수 없었지만 그가 나쁜 짓을 하려고 이런다는 생각은 들지 않았다. 그것도 문 하나를 사이에 두고.

카를은 테일러를 노려보며 나가지 않으려 하자 연화는 자신이 품 안에 단검을 숨기고 있음을 보여주었다. 카를은 안심했다.

"문 닫고."

나간 사람은 셋이었는데 대답하는 사람은 아무도 없었지만 어쨌든 문은 닫혔다. 탁 소리가 나고, 바깥과 안이 격리되었다.

영원히 소파에 등을 기대고 있을 것 같던 테일러가 몸을 바로 세웠다.

"그래서 상인이 되겠다고?"

"제가 할 수 있는 방법이 몇 없더라구요."

연화가 씁쓸히 웃었다. 그녀는 특출 난 능력이 없었다. 그녀의 인생 목표는 남에게 뒤처지지 않는 것이었다. 그녀는 다양한 것을 배웠지만 하나에 통달하지는 않았다. 그녀가 타인보다 유리한 점은 회사를 꾸려보았고 큰돈을 굴려보았다는 점이다.

연화의 계획은 단순했다. 상단을 세워 황녀의 계획을 도와준 뒤, 세계수와 관련된 정보를 뜯어낸다. 황녀를 만족시켜 주려면 한두 달로는 턱도 없을 것이다. 그래도 제대로 된 방법을 모르던 때보다는 나았다.

"그런가. 뭐……."

테일러는 손가락으로 턱을 받치고 몇 초간 침묵했다. 그가 픽 웃었다.

"잘 어울리는군."

"그런가요."

"너라면 잘할 수 있을 것도 같고."

"칭찬 고마워요."

연화는 오랜만에 진심인 미소를 내보였다. 새로 시작한다는 건 무섭다. 한 치 앞을 볼 수 없어 늘 불안하고 막막했기에 연화는 종종 불안을 내보였다. 그럴 때마다 재민이 등을 토닥여 주었다. 그런데 이 세계에서는 테일러가 그녀의 등을 토닥여 주었다.

물론 테일러의 반응은 '응원'보다는 '재미'에 가까웠지만 없는 것보다는 나았다.

연화는 불안과 설렘이 뒤범벅된 마음을 가라앉혔다. 지금 그녀는 상황 보고를 하기 위해 온 것은 아니다. 그것은 어디까지나 설명일 뿐. 본 목적은 따로 있었다.

자신만의 성에 살며 성 밖의 상대는 깐깐히 심사하는 테일러가, 연화 앞에서는 심사 기준을 낮춰준다. 물론 기준이 낮아진다는 것이지, 성에 들어가는 대가가 없는 것은 아니다. 하지만 지금 연화가 활용할 수 있는 인맥 중에 테일러보다 더 좋은 선택지는 없었다.

"그래서 말인데, 테일러 씨가 상단의 주인이 되어주셨으면 해요."

연화는 품에서 종이를 꺼냈다. 셀리나가 가지고 있는 것 중 테일러의 구미를 당길 수 있는 건 없었다.

연화는 거래 품목으로 가장 보편적인 것을 주기로 했다. 바로 돈이었다. 테일러가 종이를 들고 무심히 읽어 내린다. 연화는 거절의 말이 나올 세라 황급히 다음 말을 덧붙였다.

"물론 운영은 제가 할 거예요."

시스템을 구축하는 것은 어디까지나 연화다. 연화가 바라는 것은 귀찮은 일이 생겼을 때 테일러의 이름으로 자잘한 일을 해결하는 것 정도다.

"내 이름만 필요하단 말이지?"

"대륙에서 테일러 카이스턴이란 이름이 얼마나 유명한지 알잖아요?"

테일러는 남주인공답게 엄청난 유명세를 가지고 있었다. 황녀도 테일러란 이름 때문에 셀리나를 눈여겨봤을 정도였다.

재미있는 것은 일반 연애 소설의 주인공과 달리 테일러는 자신의 가치를 잘 안다는 점이다. 그는 자신의 이름값을 이용할 줄 알았다. 테일러는 한 번 더 계약서를 살폈다.

"상단이 제대로 자리를 잡을 때까지만 빌릴 거예요."

종이는 한 장짜리였다. 쳐다보는데 긴 시간이 걸리지 않는데도 테일러는 종이를 오랫동안 쳐다보았다. 연화는 불안감에 또 한마디를 얹었다.

"싫으면 거절해도 돼요."

"아니. 허락하지. 그 외에는?"

테일러가 단박에 펜을 들어 서명했다. '테일러 카이스턴.' 일곱 글자를 큼직하게 써 넣었다.

연화는 안도했다. 테일러가 조건을 거절했다면, 그녀는 또 황녀를 찾아가 구차한 사정을 늘어놓으며 설득해야 했을 것이다.

"없어요, 일단은."

"좋아. 그럼 그걸로 일 이야기는 치우지."

테일러가 종이와 펜을 밀쳤다. 테이블 구석까지 밀려나간 것이 모서리에서 미끄러져 바닥으로 떨어졌다.

종이는 다른 서류들 사이에 묻혔고, 펜은 데굴데굴 온 바닥이 제 세상인 양 굴러다니다 책상 밑으로 들어가 버렸다. 연화가 그 모습을 황망하게 바라보는데, 별안간 테일러가 소파에 드러누웠다.

"앗?"

풀썩 소리가 날 만큼 빠른 움직임이었다. 연화는 당황했다. 테일러가 쓰러졌나 싶었다. 그녀가 일어나는 순간, 테일러가 눈을 떠 연화를 쳐다봤다.

"실례하지. 오늘은 좀 많이 피곤해서 말이야."

테일러는 팔베개를 했다.

"침대에서 자는 편이 더 낫지 않아요?"

"대낮에 침실로 들어가면 잔소리꾼이 따라와서 일 안 한다고 쪼거든."

테일러가 킥킥 웃으며 다시 눈을 감았다. 그는 무척이나 피곤해 보였다. 과연 그가 공작이긴 한 모양이었다. 연화는 갈 준비를 했다. 따로 챙길 짐은 없었다. 그녀는 테일러의 서명이 제대로 박힌 종이를 다시 접어 품에 넣었다.

일어서는 순간 손이 붙들렸다.

"손님과 대화 중이라고 하면 아무도 안 와."

테일러가 연화를 끌어당겼다. 연화는 별수 없이 테일러 지척까지 끌려갔지만 소파 앞에서 버텼다. 테일러가 힘없는 미소를 흘렸다.

"이상한 짓 안 해. 내게 그 정도의 양심도 없을 것 같나."

연화는 조금 더 생각하다 소파 끝에 앉았다. 테일러가 몸을 다시 일으키더니, 연화의 무릎에 제 머리를 대고 눕고는 다시 눈을 감았다. 그 뒤로는 말이 없었다. 그의 가슴이 일정한 박자로 오르내렸다. 얕지만 고른 숨소리가 들렸다.

연화는 테일러의 얼굴을 물끄러미 쳐다보다 자신의 눈도 감았다. 아까까지는 테일러가 뭘 할까 신경이 곤두섰는데 그가 잠들었다고 생각하자 긴장이 좌악 풀리며 묻어두었던 잠이 쏟아지기 시작했다.

고개가 아래로 숙여지는 걸 알았지만, 참을 수 없었다.

테일러는 눈을 떠서 셀리나를 살폈다. 정면을 보고 있던 머리는 아래로 떨구어진 지 오래였다. 소녀의 머리가 위아래로 흔들렸다.

테일러는 웃었다. 셀리나 앞에서 피곤을 드러내긴 했지만 잘 생각은 없었다. 할 일이 산더미였다. 잠깐 휴식을 하는 사람을 두고 셀리나는 꿈나라로 떠나 버렸다.

테일러는 소파에서 일어났다. 그 바람에 소파가 들썩거렸는데도 셀리나는 눈을 뜨지 않았다. 테일러는 셀리나의 얼굴 앞에서 손을 흔들어보았다. 역시나 미동이 없다.

테일러는 할 일 없는 사람처럼 소파 주위를 맴돌다가 다시 셀리나 앞으로 가서 뺨을 쓸어보았다. 셀리나가 웅얼거리더니 테일러의 손에 뺨을 비빈다. 테일러는 킥 웃으며 손을 거뒀다.

"완전히 잠들었군."

셀리나는 무방비한 모습을 보이기 싫어했다. 그런 소녀가 테일러가 있다는 걸 알면서도 잠이 들었다는 건 그만큼 피곤하다는 의미였다. 테일러는 그녀를 깨우지 않기로 했다.

테일러는 주위를 둘러보았다. 그러나 방 어디에도 셀리나의 몸을 덮어줄 사물이 없었다.

디온은 철두철미하게도 테일러가 집무실에서 잘까 싶어 침구로 쓸 수 있는 물건을 치워 버렸다. 테일러는 고민 끝에 겉옷 단추를 풀었다. 날이 덥지 않아 겉옷은 얇았다. 하지만 이 외에 셀리나 몸 위에 덮어줄 수 있는 것이 없었다. 다행히 셀리나의 체구가 작아서 테일러의 겉옷만으로도 어깨에서 무릎까지가 덮였다.

테일러는 다시 책상에 앉았다. 서류와 함께 서너 시간이 흘러갔다. 문득 목이 뻐근해서 다시 고개를 들었을 때도 셀리나는 여전히 자고 있었다. 창밖은 어둠에 침식당한 지 오래였다. 더 늦기 전에 셀리나가 일어나야 하는데, 그녀는 깰 기미가 없었다.

테일러는 셀리나 앞에 다가가 한참 살폈다. 깨우려다가 돌아섰다. 역시나 제 손으로 깨우긴 싫었다. 테일러는 방문을 열었다. 그의 집무실은 웬만한 소음을 차단할 수 있게 만들어졌다. 문 하나가 열린 것만으로 웅성거림이 들려왔다. 진원지는 셀리나의 기사들이었다.

"그래서. 카이스턴 공작이 왜 단장님더러 변태라고 부르는 건데요? 네?"

"거기엔 별로 중요하지도 않은 사정이……."

"어쨌든 뭔가 사연이 있으니 그런 별명이 붙은 것 아닙니까?"

복도 한가운데엔 카를이, 옆엔 두 기사가 서 있었다. 두 사람이 시답잖은 호기심을 드러내며 카를을 압박했다. 카를은 해명도 변명도 않고 쩔쩔맸다.

테일러는 어이가 없었다. 단장이라는 직책을 가지고 있다면 저런 하잘것없는 시비 따위 권위로 무시하면 될 텐데. 왜 곤경에 처하고 있는지 모르겠다. 물론 도와줄 의리 따위는 없었다. 테일러는 카를의 뒤로 접근해 그의 등을 내려치며 말했다.

"여어, 변태."

카를이 바로 뒤를 돌아 테일러를 보고 얼굴을 구겼다. 테일러는 킥킥 웃었다. 카를은 무척이나 자존심이 상한 얼굴로 테일러를 노려보다 눈을 가늘게 떴다. 그런 뒤 수상스럽단 얼굴로 물었다.

"한데 당신 상의는 어디로……."

"안에."

테일러는 한마디만 했다. 카를이 고개를 비스듬히 꺾었다. 두 기사는 영문을 몰라 테일러를 쳐다봤다. 테일러는 멍청한 그들을 위해 뒷말을 붙여주었다.

"네 주인 데려가라고."

제일 먼저 반응한 건 카를이었다. 그가 테일러를 밀치고 집무실로 들어갔다. 기사들은 한 박자 늦게 그를 따라 들어갔다. 테일러가 혀를 찼다.

"이래서 어린애들이란……."

셀리나는 소위 말하는 애어른이었다. 육체는 어리지만 정신은 완전히 성숙했다. 하지만 어쨌든 아이였다. 근래 들어 키가 자라긴 했지만 그래도 테일러 가슴께에도 오지 못하는 어린아이. 그런 셀리나의 곁엔 정신이 어린 어른들이 붙어 있다.

유아적인 사고를 한다는 게 아니다. 그들의 사고방식이 어른스럽지 못하기에 '어리다'고 칭했을 뿐이다. 쓸데없는 것을 의심하는 점이 그렇다. 게다가 삐치긴 얼마나 잘 삐치는지. 자신이 오해했음을 쉬이 인정하지 않는 것 등 그들은 많은 면에서 고상하지 않다.

하지만 그렇기에, 그들은 셀리나와 잘 어울릴 수 있었다. 역설적이게도.

'그래서 나와는 깊은 관계가 될 수 없었지.'

셀리나는 그들 덕분에 육체적인 단점을 보완하고, 그들은 셀리나 덕분에 정신적인 단점을 보완했다. '서로 필요하다'는 것만큼 인연을 깊게 하는 명분이 또 있을까.

테일러는 눈을 감았다. 그는 몸도 정신도 어른이기에 관대함을 베풀기로 했다.

"뭐. 어른인 내가 참아야지."

테일러의 저택을 방문했던 이후, 조용히 일주일이 지났다. 사건은 오늘 아침 일어났다.

조셉이 봉투를 들고 왔다.

"저택 입구에 버려져 있었습니다."

조셉은 봉투 위에 탐지기를 올려놓았다. 탐지기로는 봉투 안에 수상한 이물질이 있는지 검사할 수 있었다. 가끔 봉투 입구에 독이나 쇠붙이를 장착하는 놈이 있었다. 고전 수법이긴 하지만 수신인이 아무 생각 없이 봉투를 뜯다가 봉변을 당할 수 있어서, 아직도 사용하는 사람이 있었다.

탐지기 앞에 달린 마석이 잠잠한 것으로 보아 특별한 이상은 없는 모양이다. 연화는 봉투를 뜯었다. 안엔 서류 다발이 들어 있었다. 서류를 꺼내기 위해 봉투를 거꾸로 들자 안에서 쪽지가 떨어졌다.

연화는 쪽지를 폈다. 그런 뒤 조셉이 잘 볼 수 있게 쪽지를 내밀었다.

"발신인은 확실히 알겠네요."

카이스턴 가의 문양이 선명하게 박혀 있었다. 그 위로는 테일러의 필적이 있었다. 적합한 상단을 찾아봤으니 확인해 보란 의미였다. 연화가 헤실 웃었다. 조셉의 얼굴은 흐려졌다.

"색출할까요?"

오클레앙 가는 넓은 부지에 혼자 우뚝 세워져 있다. 광활한 평지 사이 장애물은 없었다. 외부인이 봉투를 들고 근방을 어슬렁거리면 당연히 눈에 띄었을 거다. 그러나 조셉은 이상한 기척을 보지 못했다. 내부인 중 누군가의 소행이란 의미다.

"일단 누구인지부터 알아봐 주겠어요?"

테일러가 나쁜 의미로 사람을 심었다면 절대 이런 식으로 내부인의 존재를 노출하지는 않았을 터다. 조셉이 고개를 끄덕였다.

"이참에 끄나풀이 몇 명 있는지 확인해 보는 것도 좋겠지요."

조셉은 티세트를 세팅한 뒤 사라졌다. 연화는 그가 나가는 소리를 들으며 종이를 살폈다. 카를이 연화의 뒤로 다가왔다. 연화는 카를이 볼 수 있도록 종이를 들어주었다.

종이에 적힌 상단은 5개였다. 만들어진 지 3년 안팎의 신생 상단이 대부분이었고, 모두 재정이 어려웠다. 테일러에게 상단을 알아달라는 말은 안 했는데, 자신의 이름이 들어간다고 하니 꽤 신경을 써줬나 보다. 아니면 황녀에 대한 충성심이던가. 뭐가 되었든 일거리는 덜었으니 기분은 좋았다.

연화는 서류를 한 장씩 넘겼다.

상단의 이름. 상단을 설립한 사람의 이름. 상단의 규모. 내부 인원. 주 품목 등 다양한 자료들이 쏟아졌다. 연화는 대강 쓱 훑곤 빠르게 넘겼다.

네 개의 상단을 제친 끝에 마음에 드는 곳을 찾았다.

이름도 미정이며, 주 품목도 없는 곳이었다. 그 외 여러 가지 많은 것이 군데군데 빈 곳이다. 상단주를 비롯한 몇 사람의 정보가 없다면 페이퍼 컴퍼니로 착각했을 터였다. 그만큼 재미있는 상단이었다.

"다행히 찾았네요."

연화는 서류를 내려놓았다.

"선정 기준이 뭡니까?"

"간단해요. 내부에 통솔자가 없을 것."

"그런 걸 서류로 볼 수 있는 겁니까?"

볼 수 없지만 짐작은 가능했다.

"내부 규칙이 잘 잡혀 있다면, 그건 기강을 잡는 사람이 있다는 의미잖아요."

"기강이 잡혀 있는 곳을 매수하는 편이 더 수월하지 않겠습니까?"

틀린 말은 아니었다. 잘 정돈된 상단을 매수한다면, 수고를 덜 들여도 된다.

돈을 생각한다면, 시간과 돈을 적게 투자해 투자금을 회수할 수 있는 상단이 최고다. 그러나 연화는 상단 운영을 직접 하고 싶어 했고, 그래서 문제가 발생했다.

"카를. 내가 사람들 앞에 나타날 때, 그들이 가장 먼저 뭘 보는지 알아요?"

"……모르겠습니다."

연화는 방실 웃으며 스스로를 가리켰다.

"제가 어린애라는 거예요."

어리다는 것은 셀리나의 외형을 뜻한다. 연화는 상황에 따라 이 점을 이용하곤 했다. 그러나 많은 경우 셀리나의 외모는 단점으로 작용한다.

"선입견은 섣부른 판단을 뜻해요. 저 사람은 저럴 거야. 이 사람은 이렇게 행동할 게 틀림없어. 그 사람을 실제로 겪고 판단하기엔 시간이 너무 오래 걸리니까, 머리가 먼저 판단내리는 거예요."

섣부른 판단은 오만 혹은 편견을 부른다. 모두는 잘못된 판단이 잘못된 결과를 불러온다는 것을 안다. 그러나 결과는 언제나 판단이 있은 뒤에 나타나기에 사람은 실수를 한다.

"저에게 상단은 유희예요. 이 상단이 망하면 다른 상단을 사면 돼요. 그런데 상단 사람들에겐 생계가 걸려 있어요. 그런 사람들에게 이제부터 내가 상단주니 날 따르라고 하면, 사람들이 순순히 그 말을 들어줄까요? 아니면 운 좋게 귀족으로 태어난 어린애가 돈 장난을 한다고 생각할까요?"

카를은 꽁한 표정을 했다. 마음에 안 든다는 의미였다. 하지만 그는 그럴 리 없다는 말은 하지 않았다.

카를이 잠시 생각하더니 뭔가 팍 떠올랐다며 눈을 빛냈다.

"아예 처음부터 시작하는 게 어떻겠습니까?"

"그러면 시간이 너무 많이 들잖아요."

이 세계에서는 상단을 등록하려면 복잡한 행정 절차를 거쳐야 했다. 어렵게 상단을 만든다 해도 문제가 끝인 건 아니다. 사람을 모집하고 그들의 임금 등을 정하면 시간이 걸린다.

연화는 지금 당장 상단이 필요했다. 황녀를 지원하는 귀족들에게 투자금을 받아, 황녀에게 배당금으로 지불해야 했다. 그래서 하루라도 세계수의 정보를 얻어야 했다.

"그래도 얼마나 다행이에요. 차선이라도 택할 수 있으니."

연화가 한쪽 눈을 찡긋했다. 그때 노크 소리가 들렸다. 잠깐의 텀을 둔 뒤 조셉이 들어왔다.

"찾았습니다. 메리다라는 하녀입니다."

처음 듣는 이름이었다. 연화는 그 하녀가 어떻게 생겼을까 생각해 보다가 관두기로 했다. 그런 건 아무래도 상관없는 일이다.

연화는 밝게 웃었다.

"잘됐네요. 마침 저도 그분께 볼일이 있거든요."

연화가 손가락으로 딱딱 책상을 두드렸다. 카이스턴 가와 오클레앙 가 사이는 상당한 거리가 있다. 그 사이를 매번 마차를 타고 오갈 수는 없는 노릇이다. 중간 다리가 있다니 고맙게 써먹어줄 생각이었다.

연화는 책상을 두드리던 손가락을 들어 올려 턱을 받쳤다.

이제 제대로 일해볼 때였다.

"그건 저쪽으로 옮겨주세요. 세세하게 정리할 필요 없어요. 그냥 쌓아놔요. 누가 여기까지 와서 상품 구경하겠어요? 그리고 저건 저쪽으로! 아, 그리고 세류는 가만히 있지 말고 식사 준비를 도와요. 그래야 빨리 정리를 끝내고 밥을 먹죠."

지아는 천막 사이를 이리저리 돌아다니면서 지시를 내렸다. 그녀가 지나가는 방향대로 사람들이 꾸벅 고개를 숙이며 대답을 했다.

지아의 상단은 마을 옆 숲에 임시 천막을 쳤다. 보통 규모 있는 상단들은 여관 하나를 잡고 마을 안에 둥지를 튼다. 그래야 장사에 용이하기 때문이다. 그러나 지아의 상단은 돈이 없었기에 마을 밖 노숙을 선택했다.

지아는 땀범벅이 된 이마와 목덜미를 쓸어내렸다. 한참 뒤에야 그녀는 아까부터 한 사람이 보이지 않는다는 것을 눈치챘다. 그녀가 인상을 썼다.

"크렌! 크렌! 하, 젠장. 이 양반 또 안 보이네. 어디 갔어요? 본 사람?"

지아는 올해 갓 20살이 된 여성으로, 부단주로서 일하고 있었다. 상단에서 부단주의 영향력은 보잘것없었다.

부단주는 상단주가 부재중일 때에만 명령을 한다. 그러나 지아는 상단주의 일을 해냈다. 이상한 일이 벌어지고 있는데도 상단 사람들은 지아의 행동을 자연스러운 것으로 인식했다.

이유는 하나다. 상단주 크렌은 일을 안 하기 때문이다.

대답해야 하는 상단주는 조용했다. 대신 장작을 어깨에 메고 가던 남자가 대꾸했다.

"저기 구석으로 들어가던데?"

남자가 왼쪽 구석에 세워진 천막을 가리켰다. 천막 입구는 벌어져 있었고, 안엔 아무도 없었다. 크렌은 천막 뒤에 있었다. 지아가 고개를 갸웃했다.

"저기서 뭘 하는데요?"

"뭘 하긴."

남자가 피식 웃었다.

"저기 그늘이 졌잖아. 자기 딱이잖아?"

텐트 뒤편엔 큰 나무가 있었다. 나무는 불어오는 바람에 맞춰

산들산들 춤을 추었다.

지아는 이를 악물고 나무까지 달려갔다. 과연 크렌은 자고 있었다. 그의 배가 남산만 하게 부풀어 올랐다 꺼지기를 반복했다.

지아는 크렌의 옆구리를 걷어찼다.

"크렌!"

크렌이 느리게 눈을 떠서 지아를 흘겨보다 다시 눈을 감았다. 무성의한 태도에 지아의 목소리가 날카로워졌다.

"상단주가 여기서 놀고 있으면 어떻게 해요?"

"내가 나설 필요 있나? 우리 부단주께서 이렇게 열심히 해주시는데."

크렌이 손을 내저었다. 가서 일하란 소리였다.

지아가 후후 웃었다. 크렌과 함께 일한 지 1년이 넘었다. 게으른 크렌을 다루는 법은 잘 알았다.

지아가 익숙하게 손을 꺾었다. 뚜둑 섬뜩한 소리가 울렸다.

"한 대 맞고 시작할래요, 아니면 지금 시작할래요?"

"그냥 안 하면 안 될까?"

크렌이 비굴하게 웃었다.

"좋아요, 두 대."

지아가 주먹을 말아 올렸다. 주먹이 내리꽂히기 직전 크렌이 튀어 올랐다. 그가 두 손을 들어 올려 항복 자세를 취했다.

"워워, 왜 이래? 난 이제 상단주도 아니라고. 말했잖아."

지아가 크렌을 노려보았다.

크렌은 앵무새처럼 근 며칠 동안 저 말을 반복했다. 상단을 팔았다고. 어떤 골빈 귀족이 상단을 사갔고, 크렌의 빚까지 갚아주기로 했단다.

미친 소리다. 망해가는 상단을 사는 사람이 누가 있단 말인가.

지아는 어리긴 했지만 어쨌든 상인이었다. 크렌이 얼마나 큰 빚을 졌는지는 잘 알았다. 그런 큰돈을 선뜻 내어주는 사람이 있을 리 없다. 그것도 죽어가는 상단을 인수하는 대가로.

'망상이 지나쳐도 정도가 있지.'

지아는 어이가 없었다. 그런 만큼 크렌이 불쌍해졌다.

누가 봐도 상단은 망해가고 있었다. 크렌은 잘해보겠다고 이런저런 일을 벌였지만 하는 족족 망했다. 그만큼 빚은 늘어갔고, 많은 사람들은 크렌과 함께 일하길 거부했다. 현재 상단에 남아 있는 사람들은 크렌에게 받을 돈이 남아 있는 이들뿐이었다.

지아가 길게 한숨을 내쉬었다.

"크렌, 골치 아픈 문제에서 벗어나고 싶은 건 이해해요. 하지만 그런 식의 회피는 좋지 않아요. 말했잖아요. 문제를 외면해서 얻을 수 있는 건 아무것도 없다고."

"거짓말 아니야. 진짜야."

"웃기시네. 누가 이런 곳을 인수한다고 그래요? 네?"

지아의 목소리가 다시 날카로워졌다. 그녀가 주먹에 힘을 주었다.

이런 놈과 대화를 시도하는 게 아니었다. 크렌이 황급히 품에 손을 넣었다. 그가 종이를 꺼내 지아 눈앞에 내밀었다.

"자, 보라고."

지아는 종이를 받아들였다.

종이는 매매 계약서였다. 매도인과 매수인은 물론 매매대금 등이 적혀 있다. 종이의 절반은 크렌의 필체였고, 나머지 반은 처음 보는 사람의 것이었다. 하단부엔 아레디스 사무관의 공증을 받았음을 증명하는 인장이 있었다.

지아의 손이 바들바들 떨렸다. 크렌의 망상인가 싶었는데, 모든 것은 사실이었다. 그는 정말로 상단을 포기한 것이다. 많은 사람들의 꿈과 희망을 집어먹은 결집체를.

지아는 주먹을 꽉 쥐었다. 진정이 되지 않았다. 발끝부터 천천히 분노가 올라왔다. 귓구멍과 머리끝에서 뜨거운 열기가 솟아오르는 것 같았다. 그녀가 주먹을 내질렀다.

"이 양반이 진짜!"

크렌은 반항도 안 하고 얻어맞았다. 그러나 입은 쉼 없이 움직였다.

"으악, 와, 우악! 켁, 헥! 살, 살려줘! 악! 사람 죽는다, 사람! 악! 맞아서 죽는다! 죽어간다!"

크렌의 목소리는 큰 편이었다. 사람들이 일하다 말고 소리의 진원지를 쳐다보았다. 그중 몇은 호기심을 충족시키기 위해 다가왔다. 나머지 반은 실실 웃었다.

지아가 크렌을 한두 번 때린 게 아니다. 상단 일은 매우 힘들었다. 고생은 죽어라 하는데 벌이는 없었다. 다들 알게 모르게 크렌에 대한 분노가 쌓였다. 그들은 지아를 통해 불만을 대리 해소했다.

크렌 역시 이를 알고 있었기에 부러 아픈 척 엄살을 피웠다. 지아는 사람을 때리는 법을 모른다. 그녀의 주먹은 솜 주먹이라 맞아봤자 아프지도 않았다. 그런 지아의 주먹으로는 크렌이 죽을리 없다. 모두들 지아의 만행을 넘어가 주고 있었다. 하지만 오늘은 방해자가 있었다.

남자 하나가 지아의 뒤로 다가가 지아의 양팔을 붙들고 제지했다.

"미안. 죽으면 곤란해서 말이지."

크렌이 머리를 보호하기 위해 올렸던 손을 내렸다. 그가 엉금

기어가 구세주의 다리를 붙들었다.

"흑흑, 넌 천사야. 난 조금 감동 먹었어."

"무슨 소리야. 난 내 돈 삼킨 놈이 죽으면 안 되니까 온 건데."

남자는 떨떠름하게 말했지만, 무서운 말을 들었다는 듯 크렌은 악 소리를 내며 그에게서 후다닥 떨어졌다.

"역시 넌 악마였어! 사탄!"

"돈 앞에 선악 따위가 어딨나. 안 그래?"

남자가 히죽 웃었다. 그가 크렌에게 뜯긴 돈만 2,000골드가 넘는다. 5년 허드렛일을 해서 번 돈이었다. 그런 돈을 크렌이 새 사업을 시작한다기에 맡겼는데, 그 결과는 꽝이었다. 크렌은 상단 비품을 사는 데 그의 돈을 모두 썼다.

실패의 원인이 크렌에게만 있지 않다는 건 안다. 하지만 그건 그거고 이건 이거다. 크렌은 계속 적자만 내고 있었다. 이제 한계였다. 남자는 크렌에게 돈을 받을 수 있다면 지금 다 받아낼 참이었다. 이제 이 지옥에서 벗어나고 싶었다.

"그래서. 돈은 얼마 받으셨나, 단주?"

남자가 크렌의 멱살을 잡았다. 오랜 노숙에 찌든 눈이 번들거렸다.

크렌은 어색하게 웃었다.

⚜

"어서 오세요. '바센의 요람'입니다."

카르바겐은 큰 도시 가운데에 낀 마을로 그 자체는 대수롭지 않은 도시였다. 그러나 거점지로는 이만큼 훌륭한 곳이 없었다. 여행자들과 상인은 모두 이 마을을 한 번씩 거쳐 갔다. 그래서 당연하게도 마을은 숙박업이 발달했다. 큰 도시 못지않게 비싼 여관들도 생겼다. 그중 하나가 바센의 요람이었다.

소녀는 밝게 웃는 얼굴로 손님들을 맞이했다. 바센의 요람은 동대륙의 건축 기술을 이용해 지었다. 서양식 건물만 득시글한 나라에서 드물게 처마와 기와를 가졌다. 때문에 몇 여행자들이 걸음을 멈추고, 숙박비를 물었다가 높은 가격에 기겁하며 돌아섰다.

오늘도 크게 다르지 않겠지. 소녀는 꼬질한 행색을 한 사람들을 쳐다보았다. 숙박료를 말해주면 열에 아홉은 기겁을 하며 꽁무니를 뺀다. 그들을 내쫓으려 힘을 쓸 이유는 없었다.

"식사는 10골드, 숙박은 30골드입니다."

크렌은 뜨악했다.

"과연 기가 막히게 비싸군."

"내가 뭐랬어? 비싸다고 했잖아."

사내들이 와하하 웃었다. 소녀는 비웃음을 애써 억눌렀다.

"좀 더 저렴한 여관을 찾으신다면 안내해 드리겠습니다."

"거 아가씨 성질도 급하네. 조금만 기다려 봐."

크렌이 몸을 틀려는 소녀를 만류했다. 그가 등에 메고 있던 자루를 아래로 내렸다. 자루를 묶고 있던 끈을 풀자 안에서 금화가 나타났다.

소녀는 깜짝 놀랐다. 모양새와 광채로 보아 틀림없는 금화였다. 얼핏 보아 100골드는 넘어 보였다. 그런 것을 산적 떼 같은 사내들이 들고 있었다. 절로 의심이 갔다.

"우리는 상인이야. 상거지 꼴인 건 노숙해서 그래. 다른 이유 없어."

소녀는 수긍했다. 상인이라면 이해가 간다.

"그러시군요. 혹시 식사도 하실 건가요? 한다면 몇 분이⋯⋯."

"당연히 다 먹어야지. 누굴 굶길 수야 있나. 우리는 26명이지만, 여기 덩치들은 혼자서 서너 사람분을 먹어치우니 50인분 정도만 준비해 줘."

크렌이 자신 뒤의 몇 명을 가리켰다. 그들은 모두 짐꾼이었다. 제 덩치의 서너 배쯤 되는 짐을 지고 있었다. 소녀는 그들 중 하나를 쳐다보았다. 그중 하나가 씩 웃으며 가슴 근육을 교대로 움직였다. 소녀는 못 볼 것을 본 얼굴을 하고 이내 시선을 돌렸다.

"알겠습니다. 혹시 주류가 필요하십니까?"

"빼놓을 수 없지."

소녀는 주문서에 '술과 음식 아주 많이'라고 기입했다. 바센의 요람에 들르는 사람은 할 일 없는 부호나, 중형급 이상의 상단 둘 중 하나였다. 물론 둘 다 흔치 않은 부류다. 소녀는 오랜만에 땡 잡았다는 생각을 했다.

"방은 모두 1인실로 준비해 드릴까요?"

"방이 넉넉하다면."

"문제없습니다."

"그럼 부탁하지. 아, 그리고."

크렌이 소매 안에 손을 넣었다 꺼내자 보석이 나왔다. 다이아몬드였다. 소녀는 금화를 봤을 때보다 더 놀랐다. 엄청난 상등품이 나왔다.

"아주 크고 넓은 방을 하나 더 잡아주었으면 하는데."

소녀가 어벙한 얼굴로 보석을 받아 들었다. 남자는 후후 웃었다.

"귀하고 지체 높은 분이 들를 예정이라."

"귀족이십니까?"

"난 아니지만 그분은 그래."

크렌은 킥킥 웃었다. 소녀는 머리를 숙였다.

"차질 없이 준비하겠습니다."

주문서는 특이사항과 주의사항으로 빼곡하게 채워졌다. 남자는 다이아몬드와 골드를 한 줌 자루에서 꺼내 숙박료를 치렀다.

안내는 다른 사람이 했다. 계단을 올라가기 전 짐꾼 사내 하나가 크렌에게 물었다.

"새 단주께서 쓸 방이오?"

"달리 누구겠어."

크렌은 어깨를 으쓱였다.

곧 방에 도착했다. 방은 단정하면서도 고급스러움을 풍겼다. 방 안은 좋은 원목으로 짠 가구들이 알맞은 배치로 놓여 있었다. 크렌은 대충 짐을 풀고 아래층으로 내려왔다. 식당은 넓었지만 가격 탓인지 한산했다. 테이블을 꽉꽉 매운 것은 크렌의 일행들뿐이었다.

그중 하나는 벌써 맥주를 들이켜고 있었다. 그가 안주를 우적이다 말고 크렌을 발견했다.

"이렇게 큰돈이 있었으면 진작 호사 누려보는 건데."

그가 크렌을 째려보았다. 힐난의 시선이다. 크렌은 아하하 어색히 웃었다.

"아까는 돈이 없었어, 진짜야. 속옷까지 다 벗어서 보여줬잖아."

"그래. 땡전 한 푼 없는 알거지였지."

남자가 쯧 혀를 차곤 또 맥주를 들이켰다.

불과 10분 전 크렌의 주머니 사정은 바뀌었다. 새 상단주는 대리인을 보내 지령을 전달했다. 영주관으로 가 대금을 전달받으라

했다. 상단을 인수한 대가로 주는 돈이었다. 크렌 일행은 반신반의하면서 영주관까지 갔다. 그들은 영주가 버선발로 뛰쳐나와 직접 돈을 전해주는 놀라운 경험을 하게 되었다.

영주는 카이스턴 공작과 크렌이 무슨 사이인지 물었다. 때문에 조금 곤란해지긴 했지만 그래도 재미있는 경험이었다.

상인들은 '귀족 이야기에 함부로 입을 놀리면 머리와 몸이 분리된다'는 율법을 알고 있었기에 마을 안에서는 입을 다물었다. 하지만 술이 들어가자 경계심이 누그러졌다. 상인 하나가 영주와 돈 이야기를 꺼냈다. 크렌은 식당 안에 자신들 외에 아무도 없음을 재차 확인했다. 그는 남몰래 안도했다.

이야기는 정처 없이 흘러갔다. 흥미로운 주제도 여러 번 씹으면 재미없어진다. 귀족, 영주, 크렌, 돈, 상단, 빚…… 돌고 돌던 주제가 다시 귀족으로 이어졌다.

"그래서 새 단주님은 언제 오신대?"

크렌은 입안의 음식을 우물거리며 대꾸했다.

"곧 오신다고 하셨다. 하지만 크게 기대하지 않는 게……."

"귀족이시라며. 아무리 못해도 너보단 낫겠지."

하나가 말하자 나머지가 동조했다. 크렌은 욕심이 많은 만큼 귀가 얇았다. 그는 일을 마구잡이로 벌이다가 여러 일을 동시에 망치곤 했다. 최악인 건 일을 수습할 재력이 없다는 점이다.

크렌은 민망해졌다. 그는 고깃덩이 서너 개를 입에 털어 넣고 씹었다.

"한데 아까 공작이라고 했지? 카…… 뭐더라. 아무튼 카 뭐시기 공작이라던데. 영주가 헐레벌떡 허리 굽히는 걸 보니 엄청 대단한 사람이겠지?"

"공작은 명목상 주인이고. 실 주인은 다른 사람이야."

모두는 그럼 그렇지, 식의 얼굴로 고개를 끄덕였다. 상단 일을 시작하는 귀족은 영지 수입이 변변찮아 외부 수입이 필요한 자들 뿐이다. 공작씩이나 되는 귀족이 이런 곳에 자본을 쏟아부을 리 없다. 지아가 크렌 옆에 다가왔다. 다음 단주가 누구일까. 공작이 아니라 하자, 몹시 궁금해졌다.

"그 사람은 만나봤어요? 어땠어요?"

크렌 뒤에서 고기를 자르던 남자가 반응했다.

"빚 다 갚아주고 이 돈은 덤으로 주기로 했다면서?"

"그랬지."

"이야. 벌써부터 호감이 싹트네."

어쨌든 크렌보단 낫다는 의미였다. 사람들이 웃음을 터뜨렸다. 어두운 얼굴을 한 건 크렌뿐이다.

"근데 너무 기대 안 하는 게 좋을지도 몰라. 솔직히 우리 상단에 대단한 가치가 없는 거 알잖아. 나야…… 지금 상황이 급해서 수락하긴 했지만."

"그건 우리가 판단할 일이다."

"그렇지! 그러니 새 단주에 대해 말해보슈."

식당 안은 '누가 새 상단주일까'라는 기대감과 '누가 와도 크렌보다 낫겠지' 하는 낙관론이 섞여 시끌벅적해졌다. 새 상단주는 오는 즉시 크렌의 빚을 갚아주기로 했다. 크렌에게서 받을 돈이 많은 상인들은 모두 들떠 있었다.

크렌은 에라 모르겠다 상태로 입을 열었다. 술이 들어가서 이성이 흐트러진 탓도 있었다.

"큰 저택에 금화가 쌓인 창고를 가지고 있고."

"오오. 역시 부자로군."

"금발의 긴 머리를 한."

몇 남자들이 식사를 멈추었다. 그들이 일제히 크렌을 쳐다봤다.

"긴 머리?"

"여자인감?"

"귀족 영애라시더군."

"흠, 여자가 단주라니……."

"뭐 어때. 일만 잘하면 되지. 요즘은 귀족 영애도 아카데미를 다녀 똑똑하더라만."

움찔하는 건 찰나였다. 하나가 크게 외쳤고, 나머지 역시 '아무려면 어떠냐'를 외쳤다. 그 뒤로 와하하 웃음이 따랐다. 크렌이 그들을 따라 미소 지었다.

"물론 나도 그분의 모든 점이 만족스러워."

그러니 그 미소는 금방 흐려졌다.

"그분이 12살이란 점만 빼면."

곧이어 노크소리가 들렸다. 모든 사람이 입을 다물었다. 낯선 발소리가 들렸다.

곧 문이 열렸고 소녀가 들어왔다. 긴 금발 머리를 늘어뜨린 소녀는 뒤에 사내 하나를 달고 있었다. 소녀는 식당 중앙에 서자, 사내는 소녀와 세 발자국 떨어진 곳에서 걸음을 멈췄다.

다른 설명은 필요 없었다. 모두는 상황을 이해했다.

"여기가 맞나요?"

새로운 상단주가 누구인지.

"지금 어딥니까."

재민은 낯선 번호로 전화를 걸어 한마디만 했다. 저장되지 않은 번호였지만, 상대는 예상했던 사람이었다.

그녀는 소녀처럼 깔깔 웃으며 개인 기사를 보내겠다고 했다. 재민은 아파트 현관에서 기다렸다. 얼마 안 있어 빨간색 페라리가 나타났다.

재민이 사는 아파트에 저런 차를 몰고 다니는 사람은 없다. 재민은 망설임 없이 탑승했다.

이윽고 차는 붉은 벽돌집 앞에서 멈췄다. 정원을 낀, 소담하지만 예쁜 2층짜리 벽돌집이다. 재민이 몇 번이고 보아온 집이기도 했다.

기사는 차를 대문 바로 앞에 세웠다. 그가 먼저 내리더니, 재민이 내리려는 문 앞에 섰다.

"도착했…….."

"내 손으로 엽니다."

재민이 기사에게 비켜라 신호했다. 아버지처럼 제 손으로 차 문 하나 열지 않는 사람이 되긴 싫었다. 기사가 찔끔거리며 옆으로 물러섰다.

재민은 차 문을 거칠게 닫곤 저택 안으로 들어가자, 문 앞에 가정부가 서 있었다. 가정부가 재민에게 살갑게 다가왔지만 그는 날선 음성으로 한마디 했다.

"어디 있습니까?"

주어를 생략했음에도 가정부는 이해했다.

"기다리고 계세요."

"물론 그러시겠죠."

괴상한 문자를 보낸 건 재민이 아니라 그녀니까. 재민은 가정부를 따라갔다.

가정부는 집 뒤편으로 재민을 안내했다.

뒤뜰엔 저택만큼 높은 나무 서너 그루 있었고, 저택과 나무 사이엔 테이블과 의자 두 개가 놓였다. 여자는 그곳에 있었다. 그녀는 노트북 화면을 노려보며 열심히 손을 놀렸다. 그녀는 집필 중이었다. 재민은 말없이 그녀를 쳐다보았다.

그녀는 뻐근한 목을 젖히다 재민을 발견했다. 그녀가 싱그럽게 웃으며 의자를 가리켰다.

"왔으면 앉지 그래? 아니면 서 있는 걸 좋아하니?"

재민은 어깨를 한번 으쓱였다. 그는 그녀의 맞은편에 앉았다.

"앉았으니 설명을 해주시죠."

"이거 말이야? 이게 뭐냐면……."

그녀가 모니터를 눈짓하며 웃었다. 재민이 그걸 묻는 게 아니란 걸 알면서도 능청스럽게 군다.

재민은 휴대폰을 노트북 자판 위에 놓았다. 액정이 반짝 켜지며 문자가 나타났다.

〈필요한 일 있으면 연락해. 물론 나는 네가 이 문자 보자마자 연락할 거라는 거 알아.〉

평소라면 무시했을 문자였다. 그러나 연화는 사라졌고, 홍 회장도 제대로 손을 쓰지 못하는 상황에 다른 방법이 없었다. 재민은 그녀를 찾아왔다.

그녀는 흥미로운 얼굴로 휴대폰을 보았다. 자신과 상관없는 사물을 보듯이. 재민은 부러 휴대폰을 들어 그녀의 얼굴 앞에 내밀었다.

"아니요. 제가 원하는 건 이쪽입니다."

확 가까워진 화면에 그녀가 뒤로 몸을 젖혔다. 그러다 까르르 웃었다.

"성격 많이 급해졌네."

"상황이 급한 겁니다."

재민은 연화가 어디서 어떤 일을 당하고 있을까 걱정되어 입안이 바싹바싹 말랐다. 그러나 초조한 것은 재민뿐이다. 그녀는 연화에게 관심이 없을 것이다.

"하지만 제가 저 문자를 다르게 이해했다면, 여기 있을 이유는 없겠군요."

재민이 자리에서 일어났다. 그가 돌아서는 순간, 가정부가 차를 가져왔다.

가정부는 쟁반을 테이블 위에 내려놓고 손을 뻗어 재민을 붙들었다. 가정부는 재민의 할머니뻘이라, 그는 차마 그녀를 밀쳐 내지 못했다.

그녀가 앉은 채로 손을 뻗었다. 그녀가 재민의 손을 잡았다. 그런 뒤 의자를 눈짓했다.

"일단 좀 앉지 그래? 여기서 시간 좀 낭비한다고 얼마나 달라지겠어?"

"사람은 몇 초 안에 죽을 수도 있습니다."

"그 몇 초가 지금일 것 같아? 진수가 그 애를 죽일 생각이었다면 진작 죽였겠지. 그 아이를 납치한 첫날에, 바로."

그녀는 픽 웃었다. 재민은 인상을 썼다.

"시체는 아직 나오지 않았습니다."

"당연하겠지. 그 아이를 살해해서 이득 볼 사람이 누가 또 있어? 그 녀석은 이 사건을 실종으로 마무리하려고 할 거야. 시체가 나오면 누가 용의자로 의심받겠어? 나라면 그 아이를 감금할 거야. 영원히 세상에 나오지 못하게. 죽였다면 시체는 영원히 못 찾게 숨겼겠지."

"……."

"그리고 하나 더. 네가 정말로 그 아이가 지금 목숨이 위급하다고 판단했다면 내게 오지 않았겠지."

재민의 집에서 이곳까지는 근거리가 아니었다. 차로도 30분을 달려야 도착할 만큼 멀다. 재민은 이 사실을 잘 알고 있음에도 그녀의 초대에 응했다.

재민은 긴 한숨을 내쉬었다. 그녀는 대체로 아이처럼 굴지만, 누구보다 상황을 날카로이 주시할 줄 알았다. 그녀는 '판단력'이 있다는 점에서 연화와 비슷했다. 하지만 욕망이 없기에 달랐다.

연화는 원하는 것이 있고, 꼭 이뤄야 하는 목표가 있지만 그녀에겐 소중한 것이 없다. 그녀에겐 남편은 물론 아들도 모두 흥밋거리에 불과했다. 이런 사람에겐 협박도 회유도 할 수 없다. 이 의원이 그녀와 이혼한 이유는 그녀가 4년간 잠적해서가 아니다. 그녀를 설득해 제 옆에 붙들어둘 방법이 없었기 때문이다.

재민은 포기의 의미로 두 손을 들어 보였다.

"솔직히 말하죠. 저는 연화의 시체라도 찾고 싶습니다. 이 상태가 지속되면 홍진수의 계획대로 될 겁니다. 현 상황은 연화에게, 아니, 홍 회장에게 너무 불리합니다."

홍 회장은 홍진수에게 세현을 물려주지 않으려 할 것이다. 홍진수 역시 이 사실을 잘 알고 있다. 그리고 그는 이를 역으로 이용할 것이다.

홍 회장은 홍씨 성을 가진 사람이라면 누구나 후계자 테스트에 참여할 수 있게 했다. 홍진수에게도 세현을 가질 자격이 있었다. 지금 홍진수는 체면을 차리기 위해 인내하고 있다. 그러나 후엔 홍 회장이 자신의 딸에게 세현을 물려주려고 후계 계승을 미루고 있다는 뒷소문을 퍼뜨릴 것이다.

소문은 상류층 인사들과 주주들, 그리고 연화의 사촌들을 움직일 것이다. 그들이 홍진수를 다음 대 회장으로 인정해 주라고 할지, 재시험을 요구할지는 모른다.

결론이 어느 쪽으로 나든 홍진수는 연화 다음으로 유력한 후보라 모든 상황은 그에게 유리했다. 하지만 홍진수가 살인범이라고 하면 모든 상황은 단번에 뒤집힌다.

그녀는 노트북을 살짝 들어 보였다. 아래에 L자 비닐 화일이 깔려 있었다. 종이가 들어 있는 게 보였지만 무슨 내용인지는 모르겠다.

"그게 뭡니까?"

"홍진수의 건물들. 본인 명의로 소유한 것도 있고, 부모의 명의도 있고. 물론 가명으로 산 것도 빠짐없이 찾아서 넣었지."

재민이 무의식적으로 손을 뻗었다. 그러자 그녀가 손을 뒤로 뺐다.

"그냥 줄 리가 없잖니?"

"원하는 게 뭡니까?"

"그냥 오랜만이니까. 대화를 좀 했으면 해서."

이야기라니 무슨. 재민의 이마에 주름이 졌다.

자신의 어머니긴 하지만, 재민은 그녀를 온전히 이해하기 힘들었다. 정확히는 그녀가 무슨 생각을 하는지를 알 수 없었다. 그녀는 뜬구름 잡는 식의 대화를 많이 했다. 시간이 좀 지나야 알 수 있는, 그런 말들을. 명확한 것을 좋아하는 재민에게 그녀와의 대화는 고역이었다. 하지만 그냥 일어날 수는 없다. 눈앞에 단서를 두고 돌아갈 수는 없었다.

두리번거리던 시선 끝에 노트북이 닿았다. 화면이 켜져 있다.

화면 각도 때문에 내용이 잘 보이지 않았지만, 여자가 무엇을 하고 있었을지는 잘 알았다. 여자는 탁 트인 장소에서 글을 쓰는 것을 좋아했다. 지금도 마찬가지 아닐까.

"좀 더 실용적인 것을 하는 게 더 좋지 않겠습니까?"

재민은 감을 믿고 내질렀다. 어릴 적, 여자의 글을 봐주던 경험이 있어서기도 했다.

"그러렴."

여자는 기다렸다는 듯 노트북을 재민의 앞으로 돌렸다. 처음부터 이걸 바랐었나 싶었다. 미심쩍은 감각이 올라왔지만, 원래도 제 행동은 다 읽어내고 행동하는 사람이었기에 상관하지 않기로 했다.

재민은 원고 첫머리를 읽었다.

이야기는 여자가 다른 세계로 떨어지는 것으로 시작한다. 남자는 원래 세계에 남겨진다. 남자는 여자가 어디로 간 줄 모른다. 그는 여자의 흔적을 찾으려 발버둥 칠 뿐이다. 그동안 여자는 원래 세계로 돌아오기 위해 안간힘을 쓴다. 재민은 이야기 중반쯤에서 읽는 것을 멈췄다.

"전에 썼던 이야기의 2부작입니까?"

"응. 인물만 약간 비틀어서 썼어. 세계관 새로 짜는 거 너무 귀찮잖아."

그녀의 소설 태반은 현대 배경의 로맨스였지만, 서양 판타지 배경 소설이 하나 있었다. 여자가 떨어진 세계는 그녀의 이전 소설에 나왔던 세계와 일치했다. 그녀가 찻잔 손잡이에 손가락을 걸었다.

"그러고 보니 내가 전에 줬던 세계관은 어떻게 했어?"

그녀는 재민을 부려먹으면서도, 답례는 확실히 했다. 물론 그

답례가 꼭 재민의 마음을 충족시키는 건 아니었다. 한 번은 재민은 먹지도 않는 초콜릿을 떠안겨 주었고, 한 번은 엉뚱하게도 서양 판타지 세계관을 주었다. 소재 고갈에 시달리던 재민은 세계관을 요긴하게 써먹었다.

"이미 사용했습니다."

"출간은?"

"아직입니다."

이야기들은 계속 제멋대로 바뀌었다. 알아서 이야기가 진행되기도 했다. 기현상이었지만, 재민은 내버려 두었다. 원고가 알아서 증식한다. 저가 손해 보는 것은 하나도 없었다. 재민은 계속 스크롤을 내렸다. 그녀의 소설이 거의 끝나려고 했다. 여자가 원래 세계로 돌아가는 방법을 찾고, 남자는 여자가 어디에서 사라졌는지 찾아낸다.

엔딩까지는 겨우 서너 페이지 남았다. 그때 여자가 톡 테이블을 두드렸다. 그녀가 재민의 시선을 끌어당겼다.

"그 글. 그 아이에게 보여줬니?"

"예."

"혹시나 했는데. 역시나 그렇네."

그녀가 배시시 웃었다. 재민은 그녀가 무슨 소리를 하나 싶어 쳐다봤다.

"넌 소중한 게 생기면 그 아이에게 가장 먼저 보여주니까."

"······."

"그 아이도 이걸 알아야 하는데."

"저는 큰 욕심이 없습니다."

이 의원에게도, 미용사에게도 말했던 것이다. 재민은 연화에게 대단한 것을 바라지 않았다. 친구로라도 오래 곁에 남아 있을 수 있다면. 지금은 그 소원이 조금 바뀌었다. '살아만 있다면'으로. 그 소원이 '시체라도 가질 수 있다면'으로 바뀌지 않길 바랄 뿐이다.

재민은 인상을 썼다. 마우스 휠을 내리기 전 궁금증이 생겨 다시 고개를 들었다.

"그런데 이 이야기 속 여주인공과 남주인공의 시간은 다릅니까?"

"여주인공이 방법을 찾는 과정이 좀 길어서 말이지. 여주인공은 온갖 노력을 다하는데, 남주인공이 하는 일은 별로 없어. 그래서 그동안 남주인공이 한눈을 팔지 않게 하는 방법이 뭐가 있을까 생각했는데, 둘의 시간을 다르게 조정하는 게 최적이겠더라고. 긴 이별은 망각으로 귀결되니까."

"시간은 얼마나 다릅니까?"

"우리 세계에서 보름이 지나는 동안 여주인공의 세계에서는 1년이 지나."

재민은 다시 마우스 휠을 넘겼다. 엔딩이 코앞이었다. 그때 그녀가 물었다.

"그럼 말이야. 그런 세계에서 100년을 보내고 돌아오면 우리 세계의 시간은 얼마나 흘러 있을까?"

재민은 테이블을 툭툭 두드리며 암산했다. 그 정도 계산은 간단히 할 수 있었다.

"4년이겠죠."

"4년만 보내면 96년밖에 안 되는걸."

"2개월이 더 필요하겠군요."

"그렇지."

여자가 씩 웃었다.

"하지만 1년은 보름밖에 안 돼."

"무슨 소립니까?"

재민이 알쏭한 표정을 했다. 그녀가 재민의 등을 토닥였다.

"그러니 너무 걱정하지 마."

재민은 마지막 남은 엔딩을 보기 위해 마우스 휠을 굴렸다. 드디어 여주인공과 남주인공이 만났다.

여주인공은 1년을 보내고 왔는데 남주인공의 세계에서는 보름밖에 안 지났다. 재민은 맥이 풀렸다. 장난질에 당했다는 생각이 들었다. 그러나 따질 힘은 없었다.

재민은 메모장에 간단한 코멘트를 남겼다. 그녀는 노련하고 경험 많은 소설가였다. 재민이 그녀의 소설을 보고 이상한 점을 짚어내는 건 쉽지 않다.

모든 일이 끝났다. 재민은 키보드에서 손을 뗐다. 그녀는 바로 화일을 넘겨주었다. 재민은 화일을 낚아채듯 받곤 자리에서 일어섰다.

"그럼 이제 가보겠습니다."

"그래."

그녀는 재민을 잡지 않았다. 언제 왔던 걸까. 기사가 곁에 와 있었다. 그가 재민을 안내한다며 앞장섰다. 그녀는 찻잔 끝에 살짝 고여 있던 것을 홀짝였다. 마지막으로 잔을 내려놓으며 웃었다.

"더 필요한 거 있으면 연락하고."

그러나 재민은 이미 떠나고 없었다. 그녀의 목소리는 빈 정원에 공허하게 울렸다.

그녀의 아들은 언제나 성질이 급했다. 그녀는 쓰게 웃었다.

⚜

연화는 식당 한가운데에 섰다. 근래 제대로 쉬지 못한 몸을 마차에 싣고 몇날 며칠을 달렸다. 몸 상태는 최악이었다. 그러나 드러내지 않기 위해 웃었다. 첫인상은 중요하다. 그녀는 병약한 미소녀가 되고 싶지 않았다.

연화는 사람들의 수를 셌다. 서류와 크게 다르지 않음을 확인한 뒤에 카를에게 손을 내뻗자 그가 확성 마법이 걸린 아티팩트를 건넸다.

아티팩트는 돌멩이 모양이었지만, 원래 세계의 확성기와 같은 역할을 했다. 연화는 앞으로 많이 만지게 될 아티팩트를 내려다보았다.

연화는 맨들한 표면을 쓸어본 뒤, 마석 끝에 달린 줄을 목에 걸었다.

"반갑습니다. 셀리스티나 오클레앙입니다."

크게 말하지 않았는데도 목소리가 웅웅 울렸다. 식당 안이 정적에 휩싸인 탓도 있었다.

"여러분을 만나게 되어 제가 얼마나 기쁜지에 대해 설명을 드리고 싶지만, 그런 시답잖은 말을 늘어놓느니 행동으로 증명하는 것이 더 낫겠지요."

연화는 사람들의 이목을 받는 것이 매우 익숙했다. 사람들의 정적과 집중은 상황을 이해하는 데 도움이 되었다.

"오늘 제가 할 일은 두 가지입니다."

연화는 손가락을 두개 꼽아보였다.

"첫 번째는 크렌과 저의 약속을 이행하는 것."

크렌은 새 단주가 자신의 빚을 갚아주기로 했다고 말했었다.

사람들이 환호했다.

상대가 어리면 어떠랴. 옷차림으로 보건대 그녀는 엄청난 부자일 것이다. 연화는 그들의 기쁨이 식을 때까지 기다렸다 말했다.

"두 번째 할 일은 여러분과 저 사이 새로운 약속을 정하는 겁니다."

새로운 술은 새 부대에. 그리고 새로운 상단엔 새로운 규칙이 필요했다.

연화는 씩 웃었다. 그러나 상단 사람들은 영문을 알 길이 없어 고개를 갸웃거렸다. 모두의 시선이 크렌에게 시선이 향했다. 그러나 크렌도 상황을 모르긴 마찬가지였다.

크렌은 어깨를 으쓱거렸다.

재민은 20살이 되자마자 독립을 했다. 이 의원에게서 벗어나고 싶다는 마음이 컸기도 했고 출간 계약을 완료해서인 것도 있다. 그러나 그가 처음부터 잘나가는 작가는 아니었다. 글로 벌어들이는 수입은 형편없었다. 게다가 그의 인맥은 변변찮았다. 결국 그가 손을 벌릴 사람은 연화밖에 없었다.

20살 연화는 세현 회장의 외동딸답게 많은 돈을 가지고 있었다. 그러나 재민의 낯은 연화에게 계속 손을 벌릴 만큼 두껍지 않았다. 그는 연화에게 보증금만큼만 빌리고 출간 계약금은 생활비로 썼다. 물론 그것으로는 서너 달밖에 못 버티기에 알바를 잡았고, 글만으로 생활비를 충당할 수 있다 여겼을 때 알바를 그만두었다.

그렇게 되기까지 꼬박 1년이 걸렸다. 재민은 그때의 상황을 이렇게 말했다.

"더럽게 힘들었지."

재민은 인상을 찡그리면서도 미소를 지었다. 고생의 대가가 행복으로 다가오면 추억의 색깔은 바뀐다더니. 정말로 그런가 보다. 연화는 그때를 물어보고 싶었다. 그러나 물어볼 구실이 없어서 참고 있었다. 그러나 호기심을 해결할 기회가 찾아왔다. 홍 회장은 연화에게 경영을 해보라고 했다. 연화는 생애 처음 다른 사람과 함께 돈을 만지게 됐다. 남의 도움이 필요했다. 그녀는 재민을 찾아왔다.

"그러니까 네가 회사를 차리게 됐단 말이지?"

"말하자면."

재민은 흥미로워했다. 마침 주문한 음료가 완성되어서, 알바생이 연화와 재민의 앞에 아메리카노 한 잔씩을 놓고 갔다. 재민이 빨대를 넣고 음료를 휘젓자 얼음들이 유리컵에 부딪치며 달그락 소리를 냈다. 연화는 카운터 뒤로 들어가는 알바생을 쳐다보았다. 평소에는 별다를 것 없던 일상적인 모습이 오늘은 특별하게 보였다.

"근데 난 알바를 한 번도 해본 적 없거든."

연화가 양 팔꿈치를 테이블 위에 올리고는 깍지 낀 손으로 턱을 받치고서 입을 삐죽였다.

재민은 킥킥 웃었다. 평생 돈 부족한 줄 모르고 살았던 연화가 알바를 해봤을 리 없다. 그렇다고 이제 와서 알바를 할 수도 없는 노릇이다. 그녀는 홍 회장의 시험을 치기 위해 전력을 다해야 한다.

재민은 연화에게 마음의 빚이 있었다. 힘들 때 손을 내밀어준 게 연화밖에 없었다. 그는 연화가 원하는 대로 해주고 싶었다.

"무슨 이야기를 해줄까."

"뭐든 좋지만…… '힘들었다'거나, '이게 문제였다'는 걸 알려줬으면 좋겠어."

연화가 어떤 조언을 얻고 싶어 하는지 알겠다. 재민은 잠시 고민했다. 금방 이야깃거리를 정리해 끄집어냈다.

"내가 식당 알바를 두 번 해봤거든."

연화가 고개를 갸웃했다. 그녀는 식당일에 대해 잘 몰랐다. 재민은 씩 웃으며 덧붙였다.

"서빙 말이야."

연화가 그제야 알은체를 했다.

"첫 번째로 일한 식당은 작은 식당이었어. 두 번째 식당은 첫 번째 식당의 두 배쯤 되는 곳이었지. 엄청 컸어."

첫 번째 식당은 테이블이 일곱 개쯤 되는 식당이었다. 반면 두 번째 식당의 테이블 개수는 서른을 훌쩍 넘겼다. 대형 식당이었다.

"그런데 재미있게도 첫 번째 식당이 더 많은 돈을 벌었어. 첫 번째 가게 입구엔 큰 나무가 있어서 간판이 완전히 가려졌었는데도 말이야."

첫 번째 가게를 찾는 사람들은 동네 사람들이었다. 한 번 온 사람들이 몇 번이고 찾아와 단골이 되었다.

"두 번째 식당이 별로란 뜻은 아니야. 첫 번째 식당이 맛이나 청결도 등 많은 면에서 뛰어났을 뿐이지."

"그렇게 된 이유가 뭐였어?"

"많은 차이가 있겠지만…… 결정적으로 두 번째 식당엔 책임자가 없었어."

두 번째 식당은 위생적인 문제가 있었다. 청소를 안 하는 건 아니었다. 가게를 오픈하기 전 모든 알바생이 바닥을 쓸고 닦았다. 그러나 구석 사각지대, 보이지 않는 곳을 청소하는 사람은 없었다. 더 큰 문제는 창고에 있었다.

식품 창고 구석엔 유통 기한을 훌쩍 넘긴 음식들이 썩어갔다. 알바생 대부분 문제를 알고 있었지만 침묵했다.

"서빙은 내가 하는 일이지. 주방의 일 역시 주방장의 일이야. 하지만 사각지대 청소는? 음식 창고 정리는? 사장은 더러운 것이 보이면 즉각 치우라고 했어. 하지만 그 말이 다였어. 아무도 청소를 하지 않았지."

손님들은 바보가 아니었다. 그들은 본능적으로 자신들이 질 좋은 서비스를 제공받지 못하고 있다는 것을 눈치챘다. 넓은 식당은 늘 한산했다.

"첫 번째 식당에선 누가 청소를 했어?"

"알바생 세 명이 가게를 세 등분해서 각자의 파트를 맡았지. 창고 정리는 사장이 했고."

"그럼 두 번째 식당에선?"

"서빙만 했지. 그마저도 제대로 하지 않았어. 손님이 없었으니까."

연화가 오묘한 표정을 했다. 첫 번째 식당에서는 성실하게 일했던 사람이 두 번째 식당에서 태도를 전환한 이유가 뭘까. 무척 궁금했다.

"두 번째 식당의 사장이 시급을 안 줬어?"

"아니. 시급은 똑같았어."

"그럼 왜……?"

"내가 청소를 한다고 누가 알아주는 건 아니니까. 시급이 올라가지도 않고. 식당이 더럽다는 건 알지만, 양심의 가책은 안 느꼈어. 청소는 내 일이 아니라 생각했으니까. 혼자 궂은일 하기 싫기도 했고."

처음엔 지저분한 것을 발견하고 치웠다. 그럴 때마다 다른 알바생들은 별일을 다 한다는 시선으로 쳐다봤다. 그들은 청소를 안 하는 쪽에 익숙해져 있었기 때문이다. 그들 사이에서 재민은 무안함을 느꼈다. 그러다 차츰 재민도 다른 알바생들과 같아졌다. 같은 돈을 받고, 같은 대우를 받는다면 일을 하는 것보다는 안 하는 쪽이 낫다.

"그때 알게 됐지. 사람은 '내가 안 해도 된다'고 생각하는 일은 절대 하지 않는다는 걸."

이런 식당이 평온히 유지될 리가 없다. 결국 손님 한 명이 클레임을 걸었고 식당에 위생적 문제가 있음이 드러났다.

"사장은 알바생 한 명을 지목해 모든 청소를 하라고 떠밀었지. 그녀가 가게에서 가장 오래 일한 알바생이었다는 이유 하나 때문에. 그 알바생은 1달 만에 그만뒀어."

재민은 어깨를 으쓱였다.

"누군가에게 책임을 지우려면, 그 사람이 납득할 수 있는 설명을 해줘야 해. 납득하지 못한 사람은 부당하다는 생각을 갖지. 한번 쌓인 불만은 사라지지 않아."

두 번째 식당의 사장이 청소 영역을 공평하게 나누어 분배했다면, 1달 만에 일터를 떠나는 사람은 없었을 것이다. 가장 오래 일한 알바생 역시 불만을 품지 않았을 것이다.

"그렇구나. 이야기 잘 들었어. 고마워."

"고마움은 커피값으로 표현해 주지 않겠어? 내가 지갑을 안 들고 와서."

재민이 머쓱해하며 다음에 꼭 밥을 사겠다는 말을 덧붙였다.

"그 정도야 얼마든지."

카페를 통째로 사달라고 했어도 들어주었을 텐데. 재민의 요구는 너무 소박했다. 연화는 그냥 웃어버렸다.

15

상단주

헨리는 목덜미와 이마에 돋아난 땀을 닦았다. 가을이 오고 있었다. 그러나 아직은 무거운 짐을 지고 이동하기에 좋은 날씨가 아니었다.

오전엔 기온이 낮았지만 정오는 아직 후끈했다. 헨리는 가능한 한 해가 뜨기 전 목적지에 도달하고 싶었다. 더워지기 전 무거운 짐을 내려놓고 싶었지만 낯선 길을 헤매다 보니 시간이 지체됐다.

다 포기하고 그냥 쉴까. 아니면 조금만 더 돌아다녀 볼까. 포기와 오기가 뒤섞여 전쟁을 벌였다. 포기가 승기를 잡을 때쯤 헨리는 한 여관을 발견했다. 특이한 건축 양식을 가진 건물이었다.

신기해서 잠깐 들여다보았다. 간판을 보게 된 건 우연이었다.

- 바센의 요람.

그토록 찾아 헤매던 목적지가 코앞에 나타나자 헨리는 눈을 비볐다. 아무 생각 없이 본 건물이 목적지였다니, 믿기 힘들었다. 너무 지쳐서 헛것을 보는 게 아닐까. 헨리는 의심하면서도 건물 주위를 어슬렁거렸다. 어깨가 폭삭 내려앉을 만큼 무거운 짐을 지고 열심히 걸었다. 이곳이 신기루라면, 모든 희망을 접기로 했다.

그때 여관 입구에서 누군가가 걸어 나왔다. 턱선에 맞춰 자른 단발을 가진 여자였다. 여자는 한 손에 종이를, 다른 손엔 펜을 들고 있었다.

여자는 무척 바빠 보였다. 걸음은 느렸지만 시선은 빠르게 움직였다. 종이를 훑었다 주위를 둘러보길 반복했다. 그녀가 뭔가를 확인하고 종이에 끼적였다. 그러더니 다시 여관 안으로 들어서려고 했다.

헨리는 여자를 붙잡았다.

"여기가 오클레앙 상단이 체류하는 곳이 맞소?"

여자가 몇 초간 헨리를 응시했다. 이내 그녀의 시선이 헨리가 지고 있는 짐으로 향했다.

"그, 물건. 팔러 온 건가요?"

"그렇소."

헨리는 고개를 끄덕였다. 여자는 짧게 한마디만 했다.

"들어오세요."

헨리는 여자를 따라 들어갔다. 아까는 힘들고 고되다는 생각이 온 정신을 사로잡아서 다른 생각을 할 수 없었다. 하지만 목적을 달성하고 나니 여유가 생겼다.

헨리는 여자의 뒤통수를 유심히 쳐다보았다. 아까는 경황이 없어 제대로 확인하지 못했는데 다시 보니 무척이나 낯익었다. 상단 일을 하는 여성은 극소수였다. 그중 단발인 사람은 더욱 드물다.

헨리는 기억을 박박 긁어냈다. 이름 하나가 떠올랐다.

"지아······?"

여자가 멈칫했다. 헨리의 기억이 맞았음을 뜻했다. 그는 밝게 웃으며 여자 옆에 다가붙었다. 아는 사람이었다고 생각하자 긴장감이 무너졌다.

"새로운 상단으로 이직한 거요?"

"글쎄요."

새로운 상단주는 크렌이 싸놓은 똥을 치우느라 정신이 없었다. 상단 사람들은 모두 그대로 있었지만, 그 외의 모든 것은 바뀌었다. 이걸 이직이라고 할까, 아니면 이전의 상단에 그대로 머물러 있는 것이라고 말할까 애매모호한 상황이었다.

지아가 말을 흐리자 헨리는 알아서 해석했다. 그가 활짝 웃었다.

"잘됐군. 잘됐어. 새 상단주는 좋은 사람인가 보군? 이런 곳에 숙박을 시켜줄 정도면."

"돈은 많으신 분이니까요."

"그게 세상에서 제일 중요한 거지! 하이고, 잘됐네. 참으로 잘됐어."

"그런······ 가요?"

"적어도 굶어 죽을 일은 없다는 것 아닌가!"

헨리가 큰 소리로 말했다. 지아는 풋 웃었다.

"확실히 그런 걱정에선 자유로워지긴 했죠."

헨리는 세상에서 돈이 얼마나 중요한 것인지 역설했다. 그는 제 나름의 방식으로 새 상단으로 이직한 지아의 기분을 띄워주려 했다.

지아는 일단 웃었다. 원하지 않는 문장들이 쏟아졌지만 어쨌든 호의는 호의기에 달갑게 받아들이기로 했다. 새 상단주가 싫지 않다는 것도 이유 중 하나였다.

"당신을 고용하고 싶어요. 직위는 그대로, 봉급은 세 배로 드릴까 하는데. 어때요?"

소규모의 상단은 상단주 혼자서 경영한다. 부단주를 두는 상단은 중형급 이상의 큰 상단뿐이다. 비상시 상단주의 일을 대행해야 하기에, 경력이 많은 사람이 부단주 자리를 맡는다.

지아가 부단주가 될 수 있었던 건 크렌의 무능함 덕분이었다. 지아는 돈과 관련된 문제는 물론 상단 내부 자질구레한 문제점을 확인하고 처리했다. 그녀는 열심히 일했다. 상단 사람 그 누구도 그녀가 부단주 자리를 맡는 것에 이의를 달지 않았다. 하지만 지아는 자신이 다른 곳으로 이직할 시 이런 대우를 받지 못한다는 걸 알았다.

어린 여성이란 이유로 수많은 상단이 그녀를 거절할 것이다. 겨우 고용이 된다고 해도 부단주 자리에는 오를 수 없을 것이다. 낮은 봉급을 받으며 무의미한 허드렛일을 하며 살게 될 터였다.

크렌의 상단이 팔렸을 때, 돈 문제가 깔끔히 해결되었다는 안도는 잠깐이었다. 미래에 대한 불안감이 밀려 들어왔다. 이제 어디에서 뭘 하면서 먹고 사나. 앞으로 잘될 거라는 희망도 있었지만, 불안감을 떨칠 만큼은 아니었다. 그러던 차에 새 상단주가 제안했다.

지아는 의심스럽다 생각하면서도 거절하지 못했다.

지아는 새 상단주의 행동을 하나 하나 주시했다. 새 상단주를 만난 지 일주일도 안 된 만큼, 그녀의 의중이나 스타일을 완전히 파악할 수는 없었다. 그러나 몇 가지는 확신할 수 있었다.

'나쁜 사람은 아닌 것 같아.'

새 상단주는 새로운 일을 하기 전 늘 지아를 불러 상담했다. 새 상단과 맞는 일인지, 일을 추진할 능력이 있는지 등 여러 가지를 물었다. 지아는 새 상단주가 귀족이라고 들었기에 까탈스럽고 깐깐할 줄로만 알았는데, 순순히 자신이 상단에 대해 모르는 점이 있다는 것을 시인할 줄은 몰랐다.

'마냥 어리기만 한 사람도 아닌 것 같고.'

지아는 짧은 질문만으로 많은 것을 파악했다. 새 상단주는 사람들을 굴릴 줄도 알았다. 적재적소에 사람을 배치할 줄 안다는 게 그 증거였다. 물론 그녀의 생김새는 12살 여자아이, 그 이상도 이하도 아니다. 때문에 많은 상단 사람들은 아직 그녀를 신뢰하지 못했다. 그러나 지아는 생각이 달랐다. 그녀는 마냥 순진한 아이처럼 행동할 때가 많았지만 그건 대다수의 사람들이 어린아이 앞에서 무장을 풀기 때문이었다. 그녀는 사람을 다루는 것에 능해 보였다.

지아는 그녀와 함께 일하고 싶었다. 가능한 만큼, 오래도록. 그녀가 하는 일이 잘되었으면 바랐다.

지아는 제 말에 동의해 달라는 눈빛을 보내는 상인을 쳐다보았다. 새 상단주는 많은 상인들과 괜찮은 관계를 유지하고 싶어 했다. 지아는 적당히 그의 말이 옳다며 띄워주었다. 상인은 헤벌쭉한 상태로 5층 복도까지 올라왔다.

'바센의 요람'은 5층짜리 건물이다. 지하는 주방, 1층은 식당, 2층부터는 객실이 있다.

위로 올라갈수록 방의 크기가 커졌고, 배치된 가구의 숫자와 질 또한 높아졌다. 5층에 상단주가 묵고 있음은 당연했다.

"도착했어요."

지아는 상단주가 있는 문 앞에 섰다. 멀리 갈 필요는 없었다. 새 상단주는 복도와 가장 가까운 방에 있었으니까. 눈에 안 띄는 곳에서 쉴 궁리만 하는 크렌과는 달랐다.

헨리가 문 앞에 서자 지아는 돌아섰다.

"단주님께서 기다리고 계실 겁니다."

"같이 들어가진 않는 건가?"

"일이 바빠서요."

상단주는 상인들을 일대일로 만나길 원했다. 지아는 차갑게 응수한 뒤 계단을 타고 내려갔다. 헨리는 지아의 뒷모습을 보며 어깨를 으쓱였다. 혼자 들어가지 못할 건 없었다.

헨리는 큼큼 헛기침으로 목을 가다듬었다. 노크는 덤이었다.

"계시오?"

얼마 안 있어 대답이 들렸다. 가느다랗지만 또렷한 아이의 목소리였다.

"들어오세요."

헨리는 고개를 갸웃했다. 하지만 심부름꾼 아이의 목소리겠거니 생각하고 납득했다. 노동 시장에서 아이는 저렴한 가격으로 구할 수 있는 인력이었다. 드물지만 멋모르는 아이들을 데려다 잡일을 시키는 상단이 있긴 했다.

헨리는 문을 열었다. 금발을 예쁘게 땋아 두 갈래로 나눠 묶은 소녀가 보였다. 그가 예상하지 못한 것은 소녀가 문 앞이 아니라 테이블에 앉아 있었다는 것이다.

헨리는 느릿하게 걸어오면서 방을 살폈다. 그가 소녀 옆까지 다가왔다.

"저어, 상단주님은……?"

묻는 순간, 창가에 서 있던 사내가 보였다. 키가 무척이나 큰 사내였다. 수련을 많이 한 듯 몸 역시 탄탄했다. 짐꾼이나 농부처럼 단순히 일을 많이 해서 얻은 몸은 아니었다. 그는 단순히 '강함'을 추구하기 위한 수련을 한 것이다.

헨리는 사내에게 다가갔다.

"아, 이분이……!"

"이분이다."

헨리가 손을 내밀어 악수를 청하는 순간이었다. 사내가 소녀의 뒤에 서서 팔짱을 끼면서 악수를 거부했다. 헨리가 얼떨떨한 얼굴로 사내를 쳐다보자 그가 턱짓으로 소녀를 가리켰다.

상단주는 어린 소녀였다.

헨리는 잠깐 허공 너머 창문을 바라봤다. 5층 창문 밖으론 연하늘빛 하늘 외엔 보이는 게 없었다. 현실 회피는 5초 만에 끝났다. 그는 믿을 수 없다는 얼굴로 소녀를 쳐다봤다.

소녀는 무척이나 부유해 보였다. 소녀의 부유함이 차림새에만 국한된 건 아니었다. 오랫동안 검을 잡은 게 분명한 사내가 소녀를 호위하고 있는 것만 보아도 알 수 있었다.

주종관계를 유지하기 위해서는 서로에 대한 신뢰가 필요하다. 하지만 돈 역시 중요하다. 사내는 타고난 무인이었다. 그를 고용하려면 엄청난 돈이 필요할 것이다. 헨리는 그녀에게 상단을 소유할 재력이 있음을 인정했다. 그러나 상황을 이해하기엔 더 많은 시간이 필요했다.

'지아가 어린애 밑에서 일한다니.'

지아는 잔정이 많았다. 크렌이 형편없는 상단주라는 것을 알면서도 곁에 머물며 뒤처리를 해주었다. 그녀는 어떤 일을 맡든 성실하게 해냈다. 그만큼 책임감 있는 사람이었다.

그런 사람이지만, 고용주 복은 끔찍할 정도로 없는 모양이었다.

헨리는 혀를 끌 찼다. 그래도 일단 오늘은 행상으로 왔기에, 지아를 오래 생각하지는 않았다. 그의 물건을 사줄 사람은 소녀였다.

헨리는 사근사근한 웃음을 띠며 짐을 풀었다. 괜찮아 보이는 것들을 골라 소녀 앞에 내보였다. 소녀는 한 손으로 팔을 괴고서 그의 행동을 흥미롭게 지켜보았다.

"그걸 팔러 온 건가요?"

"예, 그렇습니다."

헨리가 꾸벅 고개를 숙였다. 그런 뒤 물건을 몇 개 집어 들어 소녀 앞에 내보였다. 어릴수록 세상에 대한 경험이 적다는 것이 일반적인 상식이었다. 헨리는 소녀들을 구워삶아 싸구려 장신구들을 비싸게 팔아본 적이 있었다.

헨리는 머리꽂이를 집어 들었다. 나비와 꽃장식이 조화롭게 박혀 있었다. 요즘 카로틴에서 유행하는 디자인이었다.

"이건 세르판의 장인이 만든 것입니다. 물론 유명하지 않은 사람인 만큼 비싼 가격을 받지는 못합니다만, 솜씨는 나쁘지 않습니다. 수도에서 이만한 실력을 가진 세공사를 만나긴 힘들 겁니다."

"글쎄요……."

소녀는 시큰둥했다. 그녀가 손을 내밀었다.

헨리는 얼떨결에 상품을 건네주었다. 소녀가 핀을 이리저리 돌려본 뒤 다시 헨리에게 돌려주었다. 1분도 안 되는 짧은 시간이었는데도 소녀는 상품 파악을 끝냈다.

"보석은 상등품인 것 같지만, 접합부가 영 엉성하네요. 유행을 따르려고 이상한 장식을 붙이다 보니 이렇게 된 것 같은데…… 하여간, 그렇게 좋은 물건으로는 안 보이는데요."

"그······ 그렇습니까?"

헨리가 뜨악한 심정을 숨기며 애써 웃었다. 그 역시 알고 있던 결함이었고, 덕분에 상품을 싸게 매수할 수 있었다. 하지만 어린 소녀는 속아 넘어가 줄 줄 알았다. 헨리는 머뭇거리다 변명의 타이밍을 놓쳤다.

소녀는 다른 상품을 집었다. 헨리는 소녀의 손을 쳐다보았다. 가느다랗고 긴 손이었다.

부유한 소녀들은 액세서리를 많이 착용한다. 보석은 부를 과시할 수 있는 기본적인 수단이다.

헨리는 열 손가락 가득 반지를 끼운 소녀들도 여럿 만나보았다. 하지만 약지에 반지 하나만 끼운 소녀는 처음 봤다.

헨리는 반지를 유심히 쳐다보았다. 장미 모양의 반지는 매우 컸다. 하지만 보석의 세공 정도를 보아하니 상당히 실력 있는 장인의 수제품이 틀림없다. 그때 소녀가 또 상품을 내려놓았다. 다른 상품을 집어놓기 전, 잠깐의 찰나 헨리는 반지 안쪽에 새겨진 각인을 봤다.

'마담 베르샤!'

베르샤는 수도에서 가장 유명한 보석 장인이었다. 수많은 귀족들이 그녀에게서 액세서리 하나를 얻어보겠다고 줄을 섰다. 하지만 베르샤의 물건을 손에 넣기 위해서는 재력은 물론 인맥도 필요했다. 소수의 귀족만이 예약에 성공한다. 반년의 대기 기간을 거쳐야 주문품을 받을 수 있다.

마담 베르샤가 유명한 만큼, 그녀의 세공품을 흉내 낸 가품들이 시장에 나돌았다. 그러나 소녀의 물건이 가품으로는 보이지 않았다. 가품이라면 저 세공을 설명할 방법이 없다.

소녀가 어떻게 베르샤의 진품을 얻었는지는 모르지만 그것만 보아도 보통 사람이 아니라는 건 분명했다. 헨리의 얼굴이 파래졌다. 이런 사람을 속이려 했다. 후를 감당하기 어려울 것이다. 헨리가 문을 눈짓하며 나갈까 말까 고민했다.

그때 소녀가 씩 웃으며 마지막 상품을 내려놓았다.

"하지만 세상엔 이런 보석을 사는 사람도 있겠죠."

헨리가 반짝 고개를 들었다. 소득 없이 돌아가나 했는데. 아직 희망이 남아 있었다.

"해서 말인데……."

소녀가 입꼬리를 끌어올렸다. 헨리가 거절하기 힘든 제안을 내밀었다.

"저와 진지하게 거래를 터볼 생각 없나요?"

연화는 보석의 결함을 지적하면서도, 값을 내려깎지는 않았다. 바가지를 피했을 뿐이다.

연화는 시세대로 값을 치렀다. 카로틴에서 보석 세공품들이 얼마에 거래되는지는 이미 지아에게 물어서 알고 있었다. 거래는 문제없이 성사되었다.

오늘 장사하고 내일 접을 생각이라면 물건값을 후려치는 것도 좋을 것이다. 원가를 깎아 차익을 남기는 것은 장사의 기본이다. 그러나 오래 장사를 할 생각이라면 쓸데없는 분쟁으로 남을 요소는 최대한으로 줄이는 게 좋다. 정직은 고비용이지만, 고효율이다.

상인은 흡족한 얼굴을 했다. 그가 꾸벅 고개를 숙였다. 연화는 그를 배웅했다.

물론 방문까지 만이었다. 계단에서부터 상단 밖까지는 지아가 안내해 줄 터였다.

"또 뵈었으면 좋겠습니다."

"저 역시 그래요."

연화는 문을 닫았다. 카를이 뒤로 다가왔다.

"보석을 더 사들일 생각이십니까?"

"아뇨. 이제 저걸로 끝이에요."

상품을 필요 이상으로 많이 사봤자 짐만 될 뿐이다. 운반할 수 있는 양은 정해져 있다. 필요 이상으로 사들여 봤자 창고에게 썩히게 될 뿐이다. 게다가 보석을 사들인다는 핑계로 상단 사람들에게 휴식을 내렸다. 이만하면 되었다. 이제 일을 할 때였다.

연화는 반지를 뺐다. 그녀는 손에 차는 액세서리를 싫어했다. 서류를 만지거나 필기를 할 때 등등 반지나 팔찌는 거추장스럽기만 했다. 그러함에도 오늘 반지를 낀 것 이유는 셀리나의 손에 흉터가 있기 때문이다. 셀리나가 귀족 영애로 나고 자라지 않았기에 가지고 있는 결함이었다.

셀리나는 어린 만큼 상처 회복력이 빨랐다. 자잘한 상처들은 사라졌다. 그러나 치료 시기를 놓쳐 흉이 된 상처들까지 치유되진 않았다.

상처는 손등과 손가락 사이에 있었다. 다행히 큰 반지를 끼면 가려지는 위치였다.

연화는 테일러와 내통 중인 하녀를 불러 말을 전하게 했다. 가지고 있는 보석 중 가장 투박하게 생긴 것을 달라고 했다. 셀리나의 손가락 크기를 감안해, 작은 것으로 달라는 말도 빼놓지 않았다. 그랬더니 장미 반지가 왔다. 어릴 때 먹던 반지 사탕보다 더 큰 반지였다. 끼면 흉터는 확실히 가려졌기에 만족했다.

연화는 반지를 책상 위에 올려두었다. 테일러는 반지를 가져도 된다고 했지만, 그럴 생각은 추호도 없었다. 오래 끼고 다니기엔 좀 민망했다.

사실은 반지가 아니라 장갑을 갖고 싶었다. 가볍고 화려해서 귀족 소녀가 흔히 착용하는 레이스 장갑으로. 하지만 셀리나의 손이 너무 작았던 터라 시중의 장갑이 맞지 않았다. 그렇다고 셀리나의 손이 클 때까지 무방비하게 있을 수는 없는 노릇이었다.

최선은 장갑을 맞춤으로 제작하는 것이다. 그러려면 재단사에게 손을 보여주어야 했다. 유감스럽게도 연화에겐 아직 믿을 만한 재단사가 없었다.

연화가 반지를 뚫어지게 쳐다보았다. 슬슬 재단사를 고용할 때가 되긴 했다.

그때 문이 열리며 지아가 들어왔다.

"모두 모였습니다."

지아는 연화 앞에서는 딱딱한 태도를 고수했다. 홍연화일 적 그녀를 어려워하는 사람은 많았다. 지아에게 연화는 친밀하지 않은 상관이었다. 편히 대하는 게 이상했다. 이런 사람들을 공략하는 법은 의외로 간단하다.

"수고했어요."

"뭘요. 다들 밥 때 되니까 모인 건데요."

입을 삐죽거리며 뒤돌아서는 지아의 뺨이 조금 붉었다. 연화는 잠깐 웃곤 그녀를 따라 계단을 내려갔다.

연화는 천천히 걸어 식당 왼편 벽을 등지고 섰다. 원래는 메뉴판이 걸려 있는 곳이다. 그러나 1시간 동안은 메뉴판을 치우게 했다. 메뉴판이 있던 자리에 공허한 못이 남겨져 있었다.

연화는 짝짝 손뼉을 쳐 이목을 모았다.

"이제부터 앞으로의 일정을 이야기할 거예요. 최대한 간략하게 할 테니 잠깐만 집중해 줘요. 크렌, 지도를 걸어주세요."

구석에서 대기하고 있던 크렌이 걸어와 세계지도를 벽에 걸었다. 연화는 빨간 잉크를 묻힌 펜으로 지도에 줄을 죽 그었다. 수십 번 연습한 것이었기에 단번에 깔끔히 선을 그릴 수 있었다.

"우리의 이동 경로예요."

"경로가 상당히 길어 보입니다만……."

모두가 어벙한 얼굴을 하는 가운데, 상인 하나가 손을 들었다.

"당연하죠. 우리는 혼 왕국으로 갈 거니까요."

연화는 씩 웃으며 고개를 끄덕였다.

"카로틴은 대륙의 유일한 제국이자, 문화의 중심이 되는 곳이에요. 그런 나라에서 유행하는 물건, 특히 귀금속은 혼 왕국에서 인기 있는 품목이죠."

"중계무역을 하시겠다는 말씀이십니까?"

"그래요."

이곳에 있는 상인들은 한 번도 국외로 나가본 적이 없다. 그러나 그들에게도 듣는 귀는 있었다. 혼 왕국 사람들이 카로틴 보석에 환장한다는 건 그리 귀한 정보가 아니었다. 나라 사이를 갈라 놓는 황무지를 건너는 일이 힘들기에 다들 알고만 있었을 뿐이다.

오래전부터 중계무역은 큰돈을 쉬이 만질 수 있는 방법 중 하나로 알려져 왔다. 물론 그만큼 위험수당도 크지만, 새 상단주가 돈으로 자잘한 문제를 해결해 준다면 말이 다르다. 황무지를 잘 아는 길잡이와, 상단을 호위해 줄 용병들을 고용하면 된다.

상단 사람들이 기대 섞인 눈으로 연화를 쳐다보았다.

새 상단주가 무슨 말을 하든 흘려들을 생각이었던 그들의 시선이 변했다. 그녀의 의견은 대단히 참신하지는 않았다. 오히려 뻔한 쪽이었지만 그래서 이해하기엔 쉬웠다.

"혼 왕국에선 보석 원석들을 사 올 거예요. 혼에선 원석들이 아주 저렴하니까요."

연화가 후후 웃었다. 덥수룩한 수염을 단 남자가 손을 들었다.

"혹, 상단 내에 금속 세공사를 둘 생각인감?"

"그럴 생각은 없어요."

상단 내에 세공사를 고용하면 관리인을 두어야 한다. 당장 처리해야 할 일이 산더미인데, 자잘한 일거리를 늘릴 수는 없었다.

"하지만 세공사들과 직거래를 할 수는 있죠. 그들에게 아주 저렴한 가격으로 원석과 금속들을 제공하고, 대가로 그들의 상품을 저렴한 값에 인수해 독점 판매하는 거예요. 엄청난 이문을 남길 수 있지 않을까요?"

이번엔 아까의 남자가 의문을 제기했다.

"카로틴엔 수많은 보석 세공사들이 있습니다. 모든 기술자들의 물품을 독점하긴 어렵습니다. 차익을 기대하기도 어렵고요."

"맞아요. 카로틴에선 어렵죠. 하지만 다른 나라에선 다르잖아요."

카로틴을 제외한 대다수의 나라에선 보석 세공을 업으로 택하는 자가 드물었다. 타국에서 세공사가 인기 없어진 이유는 하나, 사치품을 살 수 있는 귀족들이 카로틴 스타일 세공품을 좋아하기 때문이다. 능력이 있는 세공사들은 카로틴으로 넘어가게 되었고, 그럴 능력이 없는 자들은 일을 그만두었다.

여러 나라 중, 혼 왕국은 보석을 되팔기에 좋은 나라였다. 카로틴 세공품을 비싸게 사주는 것과 달리, 보석 원석을 싼 가격에 쉽게 구매할 수 있기 때문이었다.

그러자 꽁지머리를 한 남자가 눈을 동그랗게 떴다.

"카로틴에서 장사를 하지 않을 생각이십니까?"

"할 거예요. 다만 보석 세공품을 '카로틴'에서 팔지 않을 뿐이에요."

연화가 혜실 웃었다. 카로틴은 대륙에 유행을 전파하는, 문화의 중심지였다. 하나 그렇다 해서 타국의 물건을 수입하지 않는건 아니었다. 카로틴 귀족들이 환장하는 무역품도 존재했다.

"혼 왕국은 향수, 유브라데는 술이 유명하죠?"

한마디 덧붙인 것만으로도 모두는 이해했다. 자잘한 설명은 필요 없었다.

연화는 크렌에게 손짓해 지도를 떼게 했다. 크렌은 지도를 차곡차곡 접었다. 정리가 어느 정도 끝난 뒤엔 허리에 손을 짚고 좌중을 둘러보았다.

"미리 말해두는 건데, 가기 싫은 사람은 떠나도 상관없어요."

의욕이 없는 사람과 함께해 봤자 고단할 뿐이다.

"하지만 한 가지는 약속할게요. 저와 함께하신다면 절대 실패는 없어요."

연화는 뒤돌아섰다. 혹 여관을 나가고 싶은 사람이 있다면 눈치 보지 말고 편히 나가란 의미였다. 그러나 그녀가 계단까지 걸어가는 동안 일어서는 사람은 아무도 없었다. 그녀는 뒤를 돌아보았다. 모든 사람들이 제자리에 착석해 있었다. 그녀의 입술이 호선을 그렸다.

"좋아요."

새로운 기회는 새로운 방법을 타고 흘러갔다.

이번엔 혼 왕국이었다.

⚜

하영은 재민의 코멘트들을 읽었다. 새삼스러울 게 없는 말들이 적혀 있었다. 재민이 하영의 글을 깊게 읽진 않았다는 의미였다. 그래도 일반적인 플롯 구조에 따라 소설의 흐름이 어떻게 어긋났는지 알려주고 있었기에, 맥락을 파악하는 데 도움은 되었다.

하영은 코멘트 중 의미 있어 보이는 것 몇 개만 추려낸 뒤 꼭 개선해야 할 것 같은 부분들을 몇 번이고 확인했다. 코멘트를 어떻게 반영해 글을 살릴까 고민했다. 그러다 문득 잡음을 들었다. 하영이 고개를 들었다. 곤란한 얼굴을 한 가정부와 눈이 마주쳤다.

"상당히 시끄럽네. 이게 무슨 일?"

누군가가 안으로 들어오려고 완력 행사 중이었다. 하영은 번잡한 것을 싫어했다. 그녀는 저택에 많은 사람을 두지 않았다. 보디가드는 없었다. 운전기사가 경호 역을 겸하고 있었다. 그가 침입자를 막으려 고군분투 중이었다. 그러나 상대를 제대로 물리치지 못했다.

운전기사가 비실해서는 아니었다. 냉정하게 내칠 수 없는 상대가 서 있었을 뿐이다. 그가 쩔쩔매는 소리가 들려왔다. 그가 얼마나 곤혹스러워하는지 알겠다.

"그게, 손님께서……."

공기 너머로 타인의 목소리가 들렸다. 무척이나 익숙한 목소리였다. 하영은 핏 웃었다.

"아, 그 사람이 왔어?"

한 번은 찾아올 줄 알았다. 그는 욕망으로 가득한 사람이니까. 하지만 현실주의자기도 했다. 꽃이 다 진 다음에야 볼 줄 알았다.

하영이 눈짓하자 가정부가 고개를 숙이고 물러섰다. 오래 기다리지 않아 소음이 멎었다. 소란을 일으켰던 남자가 하연의 지척까지 다가왔다. 하영이 그를 본체만체하자 그가 큰소리를 냈다.

"유하영!"

부전자전이란 말은 이럴 때 쓰는 건가 보다. 하영은 조급해 보이는 옆선을 가진 그를 보며 웃었다. 두 사람을 서로를 지독하게 싫어했지만 한편으론 많이 닮아 있었다.

"당신도 좀 앉지 그래? 아니면 오랜만에 나와 싸우고 싶은 거야?"

하영이 의자를 가리켰다. 이 의원은 못마땅함을 잔뜩 드러내면서 의자에 앉았다. 그의 인내는 휴지 조각보다 못했다. 그가 의자에 앉자마자 말했다.

"그 애가 왔다 갔나?"

"그거 물으러 왔어?"

하영이 픽 웃었다. 이미 알고 있으면서 왜 묻냐는 시선이다.

가정부는 손이 느리다. 테이블 위엔 아직 찻잔 두 잔이 놓여 있었다. 한 잔은 하영의 것이 아니었다. 이 의원은 쯧 웃었다.

"……아니."

재민이 왔다 갔다는 건 보고로 알고 있었다. 그녀의 말대로, 아는 것을 확인할 필요는 없었다. 이 의원은 긴 거리를 달려온 보람을 찾기로 했다.

"그 애가 여기 온 이유."

이 의원은 팔짱을 끼고서 다리를 꼬았다. 하영이 미묘한 웃음을 흘렸다. 그는 눈에 힘을 주었다. 두루뭉술하게 넘어가려는 태도에 휘말리면 아무것도 얻지 못한다.

"알고 싶은데."

이 의원이 묵직한 한마디를 내려놓았다. 하영은 큰 소리로 웃었다.

진중하게 목소리를 깔고 있는 것과 달리, 이 의원은 아는 것이 없다. 지금 상황에서 우위를 선점한 건 하영이었다. 하영은 자신의 지위를 만끽하기로 했다.

하영 역시 다리를 꼬며 별로 대답하고 싶지 않은 질문을 되받아쳐 주었다.

"왜 왔을 것 같아?"

남자가 인상을 찡그렸다.

"네가 불러서겠지."

"그렇게 생각했다면, 당신이 나를 찾아오진 않았겠지."

하영은 팔꿈치를 괴었다. 그녀가 은근한 눈으로 이 의원을 쳐다보았다. 그러자 그의 눈이 흔들렸다. 다른 사람에게서도 쉬이 보였던 반응이지만, 그는 절대 이런 감정을 느끼지 못할 줄 알았다. 그래서 파악하는 데 시간이 좀 걸렸다.

"뭘 불안해하지?"

이 의원은 재민과 다르다. 그에겐 연화를 찾을 마음이 없으니 조급해할 이유 또한 없다.

"아니면, 이걸 보고 싶어서 그런 거려나?"

하영이 생긋 웃으며 휴대폰을 켰다. 반짝 액정이 켜지며 문자가 나타났다. 재민을 한달음에 달려오게 했던 문구였다. 남자의 얼굴이 그러졌다. 그가 자리에서 벌떡 일어나는 바람에 테이블 위에 있던 물건들이 일제히 들썩였다.

"실례했군."

씹어 발기듯 한마디를 내뱉었다. 이 의원이 돌아서는 순간 가정부가 차를 들고 나타났다. 타이밍 하나는 기가 막히게 잘 잡는 사람이었다. 가정부가 테이블에 차를 내려놓자 이 의원은 몇 초 동안 그녀를 쳐다보았다. 그러자 가정부가 우는 얼굴을 했다.

"벌써 가시려고요?"

"……."

"막 끓인 건데."

가정부가 안절부절못해했다. 가정부는 나이가 많은 여성으로 남자의 어머니와 비슷한 또래이기도 했다. 이 의원은 꿍 못마땅한 소리를 내며 앉았다. 그러자 가정부는 헤헤 웃었다.

"대추차예요. 기관지가 약한 분께 좋죠."

이 의원은 차를 받아 들었지만, 마시진 않았다. 그가 눈을 조금 크게 뜨고 의외란 시선으로 하영을 보았다.

"별걸 다 기억하는군."

하영은 선선히 웃었다.

"어쨌든 10년을 함께 살았잖아."

이혼을 하기 전, 하영은 결혼생활을 유지하기 위해 노력했었다. 그중 하나는 남자의 습관이나 버릇을 기억하는 것이었다. 남자는 툭하면 감기에 걸리곤 했다. 큰 체구와 달리 그는 허약했다. 그는 환절기 때마다 대추차와 생강차를 마셨다.

남자가 오묘한 시선을 던졌다.

"……날 싫어하기만 한 줄 알았는데."

"물론 싫어했지."

여자가 후후 웃었다.

"넌 지나치게……."

"가부장적이었으니까."

"응."

하영은 즉답했다. 남자의 얼굴이 찌그러졌다. 늘 무덤덤한 가면을 쓰던 사람이 '싫음'을 만면에 드러내고 있다. 드문 기회였다. 여자는 한마디를 더 놓았다.

"게다가 늘 비겁하고."

"내가?"

"아직도 재민이와 화해하지 못했잖아."

하영이 또 웃었다. 깔보는 듯한 웃음이었다.

"그 애는 늘 나를 찾아와. 매년, 내가 부르든 부르지 않든. 하지만 당신을 찾아간 적은 한 번도 없지."

남자의 미간에 깊은 골이 패였으나 재민과 그 사이에 패인 골보단 얕았다.

혈연으로 묶인 끈은 얄팍하다. 남보다 못한 부모가 존재하는 이유다. 관계가 계속 이어지려면 서로 간의 존중이 필요하다. 그러나 재민과 이 의원 사이엔 이 단어를 반입할 수 없었다.

이 의원은 재민이 소설가의 삶을 걷는 것을 싫어했다. 자신처럼 정치의 길을 걷길 바랐지만, 재민은 제 아비가 재벌들의 비위를 맞추는 것을 비굴하게 보았다.

재민은 이 의원의 정치 인생을 혐오했다. 두 사람은 서로의 처지를 이해하려고 하지 않았다. 최소한의 시도조차 없었다. 두 사람의 사이가 좋아질 기미는 없어 보였다.

재민과 하영의 사이는 달랐다. 재민은 하영의 직업을 혐오하지 않았다. 그녀를 좋아하진 않았지만, 그녀가 가정보다 일을 선택한 것을 이해해 주었다. 하영 역시 재민을 있는 그대로 받아들여 주었다.

재민과 하영 사이엔 어떤 가식도 존재하지 않았다. 거짓이 필요 없는 관계였기에. 하지만 재민이 이 의원을 만족시키려면 그가 원하는 가면을 써야 했다. 어릴 때는 '어쩔 수 없다'는 굴레 안에 갇혀 그에게 복종하고 살았다. 그러나 나이가 들면서 재민은, '더는 그러고 싶지 않다'는 생각을 하게 되었다.

그 순간 둘의 관계는 박살 났다. 재민이 이 의원의 경제권에 묶이지 않게 되면서, 남자가 재민을 제 마음대로 휘두를 방법이 사라진 것이다. 나중에라도 그가 재민을 이해해 주었다면 둘의 관계는 달라졌을 거다. 그러나 그는 끝내 자존심을 굽히지 못했기에 문제는 현재 진행형으로 계속되고 있었다.

"솔직하지 못한 당신 대신, 내가 솔직해져 볼까."

하영이 검지를 손끝에 가져다 댔다. 미묘한 웃음이 새어 나왔다.

"당신이 세현의 후계 싸움에 관심이 있을 리 없지."

남자와 이혼한 지 10년이 넘은 하영도 추측할 수 있다. 하물며 20년을 그와 함께 산 재민이 이걸 모를까.

"승자가 누구든 무슨 상관이야. 이기는 사람이 내 편이지."

정치인 인생은 선거와 함께 피고 진다. 지방선거가 얼마 남지 않은 지금, 쓸데없는 분쟁거리에 끼어들어 봤자 좋을 건 없다. 이 의원은 싸움에 끼어들지 말아야 했다. 관전이 최선이었다.

"어차피 세현의 회장에겐, 더러운 똥 치워주는 정치인이 필요할 테고."

많은 사람들이 정치와 경제를 분리하려고 했지만, 성공하지 못했다.

"그러니 당신은 이 싸움이 어떻게 끝나든 상관없을 거야. 하지만 재민이는 달라. 그 애는 권력과 재력과는 아무 상관 없이, 자신이 지키고 싶은 것을 위해 진흙탕에 뛰어든 거야."

"그러니까 왜 그러냐고!"

이 의원이 갑자기 빽 고함을 질렀다. 하영이 움찔할 만큼 큰소리였다.

"위험하잖아!"

이 의원이 주먹으로 테이블을 치자, 반쯤 남아 있던 대추차가 쏟아지며 그의 바지를 적셨다. 꽤 뜨거울 텐데도 이 의원은 신경 쓰지 않았다. 당황해하는 건 가정부 하나뿐이었다.

가정부가 행주를 가져와 건네자 이 의원은 대충 받아 바지를 문질렀다. 그러다 뭔가를 떠올리고 얼굴을 굳혔다. 그가 손을 멈추고 행주를 내팽개쳤다. 행주가 흙투성이 바닥에 뒹굴었다.

"홍 회장 딸이 어디로 사라졌는지도 모르면서! 무모하긴!"

"당신 역시 연화가 어디 있는지 모르긴 마찬가지잖아."

"그래도 나한테 도움을 청했어야지. 가족 싸움에 제 발 저리는 홍 회장이 아니라, 세상 모든 일과 떨어져 고고한 척하는 여류 소설가가 아니라, 정계 싸움에 이골이 난 나한테!"

이 의원은 계속 씩씩댔다.

"회장 딸 유하영이 할 수 있는 일이야 뻔하지. 홍진수가 있을 법한 주소를 뿌려주는 게 다잖아. 아니야? 그 정도는 나도 해줄 수 있었다고. 나도……."

"당신이 안 해줄 거라고 믿었나 보지."

하영은 팔짱을 꼈다. 순간 이 의원이 시무룩해지며 고개를 숙였다.

"아들이 내미는 손을 내가 어떻게 뿌리쳐. 내가……."

"본인도 못하는 걸 애한테 강요할 셈이야?"

남자의 자존심은 쓸데없이 높았다. 그는 자신이 늘 옳지는 않으며, 재민의 생활 방식을 이해해 줘야 한다고 생각은 했다. 하지만 그건 머리로만 일어나는 일이었다. 그의 딜레마였다.

이 의원의 본심을 안 사람들은 재민과 그 사이를 빙글빙글 돌았다. 문제를 해결하기 위해 안간힘을 썼다. 그래봤자 그건 어디까지나 도움에 불과할 뿐 해결책은 되지 못했다.

문제는 당사자들끼리 알아서 풀어야 한다.

"하…… 젠장."

이 의원은 길게 한숨을 내쉬며 머리카락 사이에 손가락을 찔러 넣고 머리를 흔들었다. 그는 머리가 복잡할 때마다 습관적으로 이런 행동을 하곤 했다.

한참 뒤 이 의원이 다시 고개를 들어 하영을 쳐다본다. 그는 몹시 피곤해 보였다.

"그래서. 혼자 가게 내버려 뒀나?"

"괜찮아. 당신 생각보다 강한 아이니까."

"아니야. 약해빠졌어. 싸움만 하면 만날 진다고."

남자는 우울한 목소리로 중얼거렸다. 하영은 혀를 찼다.

"누구 닮아서 그 모양이람."

순간 두 사람 사이에 미묘한 기류가 흘렀다. 먼저 선수를 친 것은 남자였다.

"난 아니다."

"난 지는 싸움은 안 하는 사람인데."

하영이 남자를 쳐다보았다. 남자 역시 지지 않으려는 듯 하영의 시선을 피하지 않고 마주 보았다. 두 사람 사이에 불꽃이 튀었지만 승부는 나지 않았다. 그렇게 5분이 지났다.

두 사람은 합의하기로 했다. 남자가 하영 너머 허공을 보며 중얼거렸다.

"……어디서 저런 게 튀어나왔는지 모르겠군."

"그러게."

하영이 고개를 끄덕였다. 학창 시절 체육은 늘 '가'였었다는 사실은 비밀로 하기로 했다.

잠깐 침묵의 시간을 가졌다. 그 틈에 가정부가 새로운 대추차를 끓여 나왔다. 이 의원은 새 차가 테이블 위에 놓이기 전 손바닥으로 막고는, 물기가 남은 바지를 털며 일어섰다. 하영이 그를 따라 일어섰다.

"가나?"

"그래. 간다."

이 의원이 고개를 끄덕였다. 처음 이곳에 올 때의 조급함은 사라졌다. 뭔가 체념한 얼굴이었다. 하지만 어딘가 모르게 후련해 보였다.

"뭘 하려고?"

"경찰 불러야지."

하영이 헛웃음을 쳤다.

"홍진수가 그 정도 대비도 안 해놓았을 것 같아?"

"권력 앞에 장사 없다고 하잖아."

이 의원이 킥 웃었다. 반면 그의 눈은 착 가라앉아 있었다. 자식을 지키기 위한 아비의 눈이었다.

하영은 이 의원이 세현의 뒤를 마냥 닦기만 하지 않았다는 걸 알았다. 그는 세현의 약점도 많이 쥐고 있었다. 그중엔 꽤 치명적인 것도 있었다. 하영이 픽 웃었다.

"완전히 노선을 정했나 보네?"

"멍청한 아들놈이 여왕님이 좋아 미치겠다는데 어쩌겠어."

이 의원은 입을 쭉 내밀었다. 불만스러움의 표시였지만 그는 아들의 연애 사업을 방해할 생각은 없어 보였다.

하영은 손을 들었다. 마중이었다.

"그런가…… 그럼 잘 가."

이 의원은 고개만 끄덕인 뒤 돌아섰다. 그러나 몇 걸음도 채 떼지 않고 멈추더니 뒤를 돌아보았다. 아직 자리에 서 있던 하영과 눈이 마주쳤다. 그의 입술이 천천히 열렸다.

"내가 만약……."

미련이 진득하게 남은 목소리가 흘러나왔다. 이 의원은 침묵했지만 하영은 속에 담긴 목소리를 읽을 수 있었다. 그는 가정을 이야기하고 있었다.

내가 솔직했었더라면.

내가 상냥했었더라면.

내가 인내했었더라면.

"다르게 행동했다면, 우리는……."

하영은 주먹을 꽉 쥐었다. 그는 언제나 저돌적이었다. 저 내키는 대로 행동하는 사람이었다. 그걸 남자답다고 생각했던 때가 있었다. 자신만 참으면 관계를 유지할 수 있을 거라는, 가당찮은 착각을 하던 때가 있었다.

하영은 그를 정말 사랑했었다. 그러나 그가 변하지 않을 거라고도 생각했다. 덕분에 사랑을 끝낼 수 있었다. 미련 한 점 남기지 않고 깨끗하게. 그런데 그가 제 앞에서 이렇게 약한 소리를 할 줄은 몰랐다. 과거를 되짚고 후회하는 말을 할 줄은 정말로 몰랐다.

하영은 픽 웃었다.

"어차피 불가능하잖아, 그거."

그와는 완전히 끝났다. 이혼 도장은 찍은 지 오래다. 두 사람은 남남이 되었다. 남자는 굳은 얼굴로 고개를 끄덕였다.

"그렇군."

이 의원이 돌아섰다. 하영은 다시 테이블로 돌아갔다.

노트북 화면이 껌뻑거렸다. 소설 속 여주인공은 원래 세계로 돌아갈 방법을 찾는다. 노력과 열정은 모두 그녀의 것이었다. 남자는 그녀가 사라진 빈 공간을 볼 뿐, 아무것도 하지 않는다. 그러나 이야기는 이야기일 뿐이다.

현실은 달랐다. 현실에 남겨진 사람들은 하영의 생각보다 더 바쁘고 빠르게 움직였다. 간절하고 애달픈 자신의 소망을 위해서, 현실에는 수많은 이야기가 있다. 그러나 그녀가 결론지을 수 있는 이야기는 제가 쓴 소설뿐이다. 그러함에도 그녀는 제가 쓰지 않은 이야기의 결말을 알 것 같았다.

"잘 되겠지."

하영은 웃으며 노트북을 덮었다.

아직 후끈한 어느 정오의 하루였다.

16
기억과 저주

셀리나의 인생은 불행했다. 흙바닥을 기어가는 벌레의 인생을 사는 것 같았다. 행복했던 순간을 떠올려 보려 해도, 아주 오래전에 꾸었던 꿈을 회상하듯 희미한 감각만 떠오르다 사라졌다. 남는 건 아무것도 없었다.

셀리나는 상단의 노예였다. 무거운 짐을 들고 먼 거리를 이동했다. 그녀의 주인은 대상단을 거느린 부자였다. 그러나 주인의 부는 그와 그의 가족들에게만 국한된 것일 뿐, 짐꾼 노예에 불과한 소녀와는 아무 상관이 없었다. 소녀는 부의 한 조각도 맛볼 수 없었다.

연화는 눈을 끔뻑였다. 제 것이 아닌 상식들이 머리로 밀려들어 왔다. 이상하게도 낯설지가 않았다.

셀리나는 천천히 팔다리를 움직여 봤다. 입고 있는 것은 누더기였다. 깔고 있던 것은 짚단이었다. 확인하자마자 머리 위로 그림자가 졌다. 노예 한 명이 뒷짐을 지고서 셀리나를 내려다봤다. 그가 빽 외쳤다.

"일어나!"

'이건 또 뭐야?'

연화는 노예의 얼굴을 확인했다. 오클레앙 영애를 노예가 깨우러 오다니. 그것도 이렇게 무례한 언사라니. 말도 안 되는 상황이다. 그런데 몸은 착실히 움직였다. 제 것이 아닌 듯, 부지런하고도 빠르게 행동했다.

셀리나는 작은 손으로 깔고 누웠던 짚단을 모았다. 그런 뒤 천막 뒤로 걸어갔다. 10여 분쯤 걸었을까. 외양간이 나타났다. 소들이 여물을 먹다 말고 소녀를 쳐다본다. 키가 작아서일까. 소들이 위압적으로 보여 연화는 움찔했다. 그러나 몸은 소들을 무심히 지나쳤다.

외양간 옆 칸에 짚단을 쌓아놓는 곳이 있었다. 작은 손이 짚단을 올려놓고 돌아섰다. 다행히 외양간의 주인은 일어나지 않았다.

셀리나가 뒤돌아서니 다시 천막들이 보였다. 소녀는 천막들 사이를 바지런히 걸었다.

가운데 크고 화려한 천막은 상단주 가족의 것이었다. 두툼하지만 투박한 천막은 기사들과 상인들의 것이었다. 노예들에겐 얇고 구멍 난 천막이 주어졌다. 노예들은 바람 들어오는 천막 안에 쪼그려 누웠다. 싸구려 모포를 덮고 선잠을 잤다. 그러나 셀리나에겐 그마저도 주어지지 않았다. 왜냐하면 이곳의 노예들은 그녀를 싫어했으니까.

조금 늦게 연화는 상황을 파악했다.

'이건 셀리나의 기억.'

노예들의 얼굴이나 상황 등 모두 셀리나의 과거를 가리키고 있었다.

연화는 셀리나의 기억을 엿볼 수 있었다. 과거의 인물과 마주칠 때마다 단편적으로 잠깐잠깐 기억의 조각이 나타나곤 했다. 그러나 그 외의 기억은 단단히 잠겨져 있었다.

아쉽다고 생각했다. 그러나 굳이 기억의 상자를 열려고 하진 않았다. 셀리나의 과거를 되찾지 않는다 해서 일상이 불편하지는 않았기 때문이다. 연화가 셀리나처럼 행동하지 않는다고 누구도 그녀를 나무라지 않았다. 셀리나를 기억하고 떠올리는 사람은 아무도 없다.

이 세계에서, 셀리나는 죽어야 할 사람이었기 때문에. 그러나 연화는 늘 궁금함을 가지고 있었다. 셀리나는 어떤 일을 당했기에 부당한 대우를 참고만 살았던 걸까. 그 호기심도 근래 들어선 사그라들었다.

자신의 세계로 돌아가는 것, 연화로 성공하는 것이 더 중요하다고 생각했기에.

이런 마당에 갑자기 셀리나의 기억을 보게 됐다. 뜬금없었지만 황당하다는 마음은 금방 사라졌다.

셀리나는 노예 천막 사이를 걸어갔다. 빵과 수프를 나눠주는 노예가 보였다. 노예 옆으로 수많은 노예들이 줄을 섰다. 아침 배식이었다.

셀리나가 줄 맨 끝에 서 있는 와중에도 수많은 노예들이 다가왔다. 노예들은 셀리나를 흘끔 본 뒤 밀치고 앞에 섰다. 모든 노예들이 셀리나를 무시하는데, 소녀는 담담했다. 소녀는 사람들이 밀치는 대로 밀려났다.

어느 순간부터는 오는 노예가 없었다. 카턴 상단에 노예가 많긴 했지만 한계가 있었다. 셀리나는 마지막으로 배식 노예에게 다가갔다.

빵이 가득 담겨 있던 통이 텅 비어 있었다. 수프 그릇 역시 마찬가지였다. 셀리나는 힘없이 터덜터덜 걸었다. 셀리나가 배를 곯았다 한들 상단주가 그녀의 사정을 봐주는 일은 일어나지 않는다. 다행히 상단이 출발하기 전까지는 시간이 있었다. 그녀는 외양간까지 걸어갔다. 운이 좋으면 주인 몰래 소 밥을 훔쳐 먹을 수 있다.

걸음을 옮기면서 식사 중인 노예 몇과 눈이 마주쳤다. 노예들은 배식으로 빵 하나씩을 받아야 했다. 그런데 어떤 노예들은 빵을 두 개씩 들고 있었다. 그들은 셀리나의 손이 비어 있음을 알면서도 제 입으로 빵을 우걱우걱 가져갔다. 셀리나는 그들에게 아무 말도 하지 않았다. 화를 내는 건 연화뿐이다.

'치사해……!'

그 와중에도 셀리나는 열심히 움직였다. 다시 외양간까지 왔다. 그러나 외양간엔 이미 농부가 이미 와 있었다. 그가 여물통에 밥을 채워주면서 소의 식사를 관망했다.

오늘 아침은 굶을 팔자인 모양이다. 셀리나가 한숨을 쉬며 돌아섰다.

"굼벵이. 거기서 뭐 하냐."

셀리나는 헙 숨을 들이켜며 두어 발자국 물러섰다. 역광 속에서도 오웬의 오렌지빛 머리칼이 돋보였다. 셀리나는 많은 노예 중에서 그를 가장 무서워했다. 그는 노예 중 가장 덩치가 크고 힘이 셌다. 연화 역시 이 사실을 알고는 있었지만, 실제로 셀리나가 그를 얼마나 무서워하는지 체감하지는 못했다. 연화에게 있어 오웬은 덩치 큰 다혈질 바보에 불과했으니까.

셀리나의 온몸이 굳었다. 손끝 하나 움직일 수 없었다. 뻣뻣하게 굳은 채 겨우 오웬을 올려다보았다. 그러나 작은 키로는 오웬과 시선을 마주치기도 힘들었다.

셀리나가 볼 수 있는 것은 오웬의 튀어나온 배 정도였다. 셀리나의 호흡이 거칠어졌다. 세상이 빙글 돌아가는 게 느껴질 만큼 엄청난 패닉이 찾아왔다.

오웬은 주위를 두리번거렸다. 아무도 없다는 것을 확인한 뒤 그가 씩 웃었다.

셀리나가 이상함을 감지했다. 그녀가 고개를 갸웃했다. 그때 오웬이 빵을 내밀었다. 셀리나는 답삭 빵을 받아들였다.

"난 배부르니까, 너 처먹어."

오웬은 바로 돌아서서 누가 볼세라 겁난다는 듯 황급히 사라졌다. 셀리나는 선 자리에서 빵을 앙 베어 물었다.

'독 들어 있는 거 아냐?'

셀리나가 처음으로 연화의 말에 반응했다. 그녀가 고개를 저었다.

"안 들어 있어."

'그걸 어떻게 알아?'

오웬을 믿는 것은 아닐 테고. 배고프니 일단 먹고 보자는 건가. 연화가 의심스러운 말들을 뱉었다. 돌아오는 대답은 매우 허무했다.

"독은 비싸."

'아…….'

노예들은 사유재산이 없다는 간단한 사실을 잊고 있었다.

빵은 텁텁하고 맛이 없었다. 그러함에도 셀리나는 빵을 꼭꼭 씹어서 다 먹었다. 빵가루가 묻은 손을 대충 털었다. 땡땡 종소리가 들렸다. 노예들을 모으는 소리였다.

셀리나는 터벅터벅 걸어갔다. 짐꾼 노예들은 창고에서 자신의 짐을 배당받아야 한다. 곧 셀리나 차례가 왔다. 오웬이 히죽 웃으며 다가왔다. 네모난 나무 상자 안에 쇳덩어리가 잔뜩 들어 있다. 상자 한 면엔 끈 두 개가 달려 있었다. 어깨에 둘러메는 용이었다.

이건 노예용 짐가방이었다. 오웬이 짐가방을 치며 셀리나를 눈짓했다.

"네 몫이다. 밥을 먹었으면 밥값을 해야지."

'말도 안 돼. 이런 걸 들 수 있을 리 없잖아!'

무게를 재지 않아도 알겠다. 셀리나 몸무게의 서너 배는 되어 보였다. 도리질을 치는 연화와 달리, 셀리나는 망설임 없이 상자 옆에 달린 끈을 어깨에 멨다. 끙 소리를 내면서 끈을 꽉 움켜쥐었다. 허벅지와 뒤꿈치에 바짝 힘을 주면서 일어섰다.

셀리나는 겨우 무게중심을 잡을 수 있었다. 다른 노예들을 따라 발을 떼려는데, 오웬과 라시안이 그녀를 막아섰다.

라시안이 팔짱을 끼고서 셀리나를 훑어보며 비죽거렸다.

"거뜬하네?"

"이제 익숙해진 거겠지."

그렇게 말하며 오웬은 셀리나의 가방에 짐 서너 개를 더 넣었다. 뭘 넣는지는 모르겠다. 하지만 소리로 보아 틀림없이 쇳덩어리였다. 어깨가 빠질 것 같은 느낌이 왔다. 셀리나가 휘청거렸다.

'넘어진……!'

예상과 달리 셀리나는 발뒤꿈치로 하중을 옮기면서 버텼다.

"잘 드네?"

라시안이 킥킥 웃었다. 그가 손에 든 것을 내보였다. 무거운 추였다.

"어디까지 버티나 볼까?"

라시안이 셀리나의 짐가방에 추를 넣으려 했다.

'도망가!'

외침이 무색하게 셸리나는 꿋꿋이 버텼다. 도망가 봤자 갈 곳은 없었다. 모두 한솥밥 먹고 사는 노예였다. 순간을 모면해 봤자 나중에 보복당할 뿐이다.

라시안은 히죽거리며 셸리나의 가방 안에 짐을 넣었다. 무척 신나 보인다. 주변 노예들이 빙 둘러서서 구경할 뿐, 말리는 자는 없었다. 셸리나는 이를 악물고 버텼지만, 결국은 넘어졌다.

가방에 담겨 있던 쇳조각들이 흩어지자, 노예들이 호들갑을 떨며 피했다. 셸리나는 바로 일어나지 못하고 허둥댔다. 짐이 완전히 쏟아진 것도 아니라서 일어서기 힘들었다.

주위가 시끌벅적해지자 샤먼이 행차했다. 그가 다가오자 다른 노예들이 눈치껏 사라졌다. 미적거리는 것은 셸리나뿐이다. 그가 인상을 쓰며 채찍을 들었다.

"일어나라."

쫘악-.

"악!"

셸리나는 비명을 지르며 땅을 뒹굴었다. 거칠거칠했지만 큰 흠은 없었던 손에 긴 상처가 생겼다. 셸리나는 손을 움켜쥐고 바들바들 떨었다. 샤먼은 싸늘한 눈으로 셸리나를 바라보다 뒤돌아섰다.

"저녁은 굶어라."

'악질……!'

셸리나는 한참 버둥거린 끝에 짐가방과 육신을 분리하는 데 성공했다. 그녀는 혼자 바닥에 떨어진 짐들을 주워 넣었다. 그런 뒤 짐가방 앞에 쪼그려 앉아, 몇 번 버둥거리고 휘청거린 끝에 겨우 일어설 수 있었다.

짐꾼 노예의 일상은 가혹했다. 셀리나를 비롯한 모든 노예들은 아침부터 저녁까지 종일 걸어야 했다. 휴식 시간은 없었다. 처음엔 셀리나를 보며 비아냥거리던 노예들도 곧 조용해졌다. 너무 힘들다 보니 절로 입이 다물어지는 것이다.

고됐지만 어쨌든 시간은 흐르고 저녁 시간이 되었다. 노예들은 모든 짐을 창고용 천막에 넣고 배식을 받으러 갔다. 셀리나는 아무 생각 없이 음식 냄새를 따라 걸었다. 아침과 같은 음식이 보였다. 허기진 배는 음식을 원했지만 먹을 수 없었다.

셀리나는 아무 생각 없이 줄을 서려다 아차 하며 돌아섰다. 그러다 또 오웬을 만났다.

"먹고 싶냐?"

오웬은 빵과 수프를 들고 있었다. 그가 셀리나를 보며 히히 웃었다. 다른 노예들 역시 셀리나를 비웃었다.

'널 놀리는 거야. 그냥 가자.'

처음으로 셀리나가 연화의 말을 따랐다. 그녀가 뒤돌아서서 걸었다. 그때 오웬이 킥 웃었다.

"자. 처먹어."

셀리나가 뒤를 돌아보았다. 오웬이 수프가 담긴 그릇을 바닥으로 기울었다. 물에 가까운 뜨거운 액체가 바닥에 떨어졌다. 셀리나는 망연한 얼굴로 바닥을 쳐다봤다. 오웬은 축축해진 땅을 가리키며 킥킥 웃었다.

"뭘 보고만 있어? 원하는 걸 줬잖아."

저런 것, 먹을 수 있을 리 없다. 연화가 이를 갈았다. 저 때문에 저녁을 굶게 된 아이에게 저런 장난을 치다니. 나쁜 놈이다. 절로 욕설이 튀어나왔다.

'저 새끼가.'

반면 셀리나는 조용했다. 그녀가 수프를 쳐다보았다. 연화는 그녀를 채근했다.

'덤벼들어! 싸우면 이길 수 있다고!'

"못해."

셀리나가 고개를 저었다.

'내가 가르쳐 줄게. 싸우는 법. 저 녀석들 엄청 약해.'

"나는 더 약한걸."

'한 번 싸워보면 생각이 달라질지도 모르잖아.'

"그래도 못해."

'왜?'

연화는 정말로 궁금했다. 셀리나가 왜 그들에게 대항하지 않는지. 수준 낮은 장난과 말도 안 되는 요구에 굴복한 이유가 뭔지. 정말 무섭다면, 그들을 담담히 쳐다보지 못할 것이다. 그들에게 억지로 굴복당하는 것이라면 속에 분노를 담고 있을 것이다. 그러나 셀리나는 초연했다. 중죄인처럼 모든 불합리를 받아들였다. 그 이유가 이런 것일 줄은 몰랐다.

"난 쓸모없는 아이니까."

'그럴 리가!'

연화는 헛웃음을 터뜨렸다.

"정말이야. 저 사람들은 만날 그러는걸. 밥벌레 셀리나, 식량이나 축내는 식충. 카턴 상단에서 가장 쓸모없는 버러지."

셀리나가 자조적으로 중얼거렸다. 어린아이가 스스로를 힐난하는 것치곤 너무 험했다.

"덤벼들다니. 그런 일은 할 수 없어. 하면 안 돼. 해봤자 실패할걸. 저 사람들은 나보다 덩치도 크고, 나이도 많아. 이길 수 있을리가 없어. 덤벼봤자 질 거야."

'아니야! 아니라고! 야, 어디가, 야!'

셀리나가 수프가 있는 곳까지 걸어갔다. 그녀는 오웬이 시키는 대로 흙을 핥을 생각인가 보다. 끔찍한 광경이었다. 곧이어 축축한 흙냄새가 끼쳐 왔다. 연화는 도리질을 쳤다.

'하지 마!'

목구멍이 아릴 정도로 외쳤다. 순간 눈이 반짝 떠졌다.

연화는 주위를 두리번거렸다. 짚단은 온데간데없었다. 눈 뜨자마자 고급 이불이 보였다. 주위 눈 닿는 모든 곳에 고급 가구들이 있었다. 어떤 것은 오클레앙 가문에 있는 것보다 더 좋아 보였다.

연화는 상황 파악을 끝냈다. 노예의 기억은 끝났다. 현재로 돌아왔다.

연화는 거친 숨을 몰아쉬었다. 흙바닥에서 허우적거렸던 과거는 꽃 비단길을 걷는 현재와는 너무나 큰 차이가 있었다. 적응하기 힘들었다.

연화의 뒤로 그림자가 졌다. 연화는 반사적으로 몸을 웅크렸다. 그녀의 뒤에 서 있는 건 오웬이 아니라 카를이었다. 그가 연화의 목덜미에 돋아난 땀을 닦아주었다.

"악몽을 꾸셨습니까?"

카를이 연화를 살피며 조심스럽게 묻는다. 연화는 피식 웃었다. 그의 얼굴을 보자 긴장감이 풀려 길게 심호흡을 하며 거칠어졌던 호흡을 진정시켰다.

이제까지 셀리나의 기억은 추억의 사진을 보듯 드문드문 장면으로 떠올랐었다. 직접 체험하듯 3D의 형태로 본 건 이번이 처음이었다. 이제까지 없었던 일이 일어난 이유가 뭘까? 생각해 봤자 당장은 답을 알 수 없는 문제였다.

연화는 몽롱함을 쫓아내기 위해 눈을 여러 번 깜빡였다.

"글쎄요. 이걸 악몽이라고 해야 할지, 아니라고 해야 할지⋯⋯."

어쨌든 셀리나가 겪었던 일인데, 단순히 악몽이라 치부해도 되는 걸까 싶어 연화는 머뭇거렸다.

"기분이 나빴으면 악몽인 겁니다."

"단순하네요."

"그래서 불쾌하셨습니까?"

"네."

셀리나가 얼마나 힘들었는지 체감할 수 있었다. 두 번 다시 겪고 싶지 않을 만큼 끔찍한 일들이었다. 카를이 쯧 혀를 차고는 탁자 위 주전자에서 물을 따라 건네주었다.

"과로하셔서 그런 꿈을 꾼 것일지도 모릅니다."

"일리 있네요. 카를은 늘 열심이니까."

"⋯⋯예?"

카를이 한 박자 늦게 농담을 눈치챘다.

"저는 별로 하는 일이 없습니다만."

"저도 그랬는걸요."

연화가 어깨를 으쓱였다. 오클레앙 저택에서 잡무에 시달리는 것보다는 지금이 훨씬 나았다. 그때는 일거리가 밀려 있어서 할 일이 많았지만, 지금은 상단의 일에만 집중하면 되었다. 업무의 양이 다를 수밖에 없다.

연화는 침대보를 걷고 일어섰다. 그러다 말고 미묘한 표정을 지었다.

"그나저나 이거 좀 찝찝한데⋯⋯."

자면서 땀을 많이 흘렸기 때문일까. 온몸이 찝찝했다. 연화는 창밖을 쳐다보았다. 아직 해는 뜨지 않았다.

"일단 샤워부터 하고⋯⋯."

화장실까지 걸어가는 순간 문이 발칵 열렸다. 연화는 물론 카를까지 깜짝 놀라서 문을 쳐다봤다.

"큰일 났습니다!"

들어온 것은 지아였다. 그녀는 잠이 깨지 않은 듯 반쯤 풀린 눈을 하고 있었다. 두꺼운 외투 사이로 잠옷이 보였다. 그녀는 정신이 없어 보였다. 연화가 눈을 크게 떴다.

"무슨 일인가요?"

"도둑입니다! 창고에 도둑이 들었습니다!"

연화가 상단을 인수한 지 일주일밖에 안 지났다. 게다가 타국으로 떠날 계획을 짜고 있었다. 유지 관리비가 드는 창고를 짓는 건 비효율적인 일이었다. 연화는 창고를 갖지 않으면서 짐을 보관할 방법이 뭘까 고민했다.

마침 여관 주인이 상단 손님들을 위한 창고가 있다고 했다. 연화는 그곳에 보석들을 보관했다.

세 사람은 계단을 내려갔다. 창고로 달려갔다.

해도 뜨지 않은 새벽이었다. 어슴푸레한 공기가 느껴졌다. 그런데도 창고 앞에 많은 사람들이 있었다. 햇불을 든 자도 있었다. 덕분에 창고 근방이 훤했다.

문 앞엔 크렌이 서 있었다. 시무룩한 얼굴이었다. 오늘의 창고지기는 크렌이었다. 사람들이 그를 빙 둘러싸고 한마디씩 내뱉었다. 격려는 없었다. 조롱과 장난이 반쯤 섞인 말들이 떨어졌다.

크렌은 어쩔 줄 몰라 하면서도 사람들의 말을 받아쳤다.

"아니…… 난, 그냥, 진짜 잠깐, 아주 잠깐 눈 붙였어! 그것뿐이라고!"

"하이고. 정말 잠깐 잠드셨다. 그렇죠?"

지아가 비아냥거리는 사람들 무리에 합류했다. 크렌이 지아를 보고 목청을 높였다.

"정말 잠깐이야, 젠장! 아주 잠깐이었다고!"

"잠깐인데 보석이 참 많이도 사라진다, 그치?"

"낸들 알아! 그놈들이 마법이라도 부렸나 보지."

크렌이 입을 삐죽였다. 여러 사람이 웃음을 터뜨렸다.

"푸하하. 마법이래."

"세상에. 도둑질하는 마법사가 어디 있어? 바보 크렌."

마법사들은 모두 소속처가 있다. 국가소속 마법사는 전투 특화 마법사들이다. 학문 수양을 목표로 하는 마법사들은 학회에 소속된다. 어중간한 실력을 가진 마법사들은 생활 마법을 배워 상인과 결탁해 자잘한 마법 물품들을 만들어냈다. 크든 작든 마법 재능을 가진 자는 먹고살 길이 보장되어 있다. 도둑질 따위를 할 리가 없었다.

"제기랄! 말이 그렇다는 거잖아, 말이!"

크렌이 빽 소리를 쳤다. 상인들이 그의 반응을 재미있어하며 계속 찔러댔다. 조용해질 기미는 없어 보였다.

연화는 큼 헛기침을 했다. 단번에 사람들의 시선이 쏠렸다.

"물건이 얼마나 사라진 건가요?"

"상단주님!"

크렌이 헙 소리를 내며 엎드렸다. 그의 얼굴이 파래졌다. 그는 유독 연화를 어려워했다.

낯선 사람을 만나면 경계심이 올라간다. 불안과 의심은 인간이라면 누구나 가지고 있는 원초적인 반응이다. 그러나 인간은 사회성 동물이기도 하다. 자주 부딪치다 보면 경계심이 누그러지기 마련이다.

연화가 상단의 모든 사람들과 친밀해진 건 아니었다. 아직 데면데면하다. 그러나 낯을 가리거나 마냥 어색해하는 단계는 지났다. 그러나 크렌만은 처음과 같은 태도를 유지했다.

연화는 과거를 떠올려 보았다.

"상단을 사고 싶은데요."

연화는 테일러가 보내준 서류에서 가장 마음에 드는 상단을 짚었다. 만남은 바로 이루어졌다.

처음엔 크렌과 공증인만 더해 셋이서 만났다. 크렌이 상단을 팔아넘겼다는 사실을 숨기고 싶어했기 때문이다. 연화가 자신이 귀족임을 밝히자, 크렌은 지나치게 예를 차렸다. 그는 연화를 어려워했다. 대수롭지 않게 생각했던 건 그때가 첫 만남이었기 때문이다.

두 번째 만남은 지아와 함께했다. 연화는 상단의 이름을 정하거나, 행로를 정하는 등 크고 작은 일을 결정한 뒤 두 사람을 불렀다. 직책을 주기 위해서였다.

지아에게 부단주 자리를 주는 것은 쉬웠다. 하지만 크렌에겐 무엇을 해주어야 할지 알 수 없었다. 연화는 턱을 긁적였다.

"당신에겐 무슨 자리를 줘야 할지 모르겠네요."

크렌은 말없이 고개를 숙였다.

"상단주 자리는 내가 가졌으니, 그걸 줄 수는 없고……."

지아에 대한 평은 아주 좋았다. 성실하다. 부지런하다. 꼼꼼하다. 연화는 잘하는 사람을 끌어내리지 않기로 했다. 외려 지아의 직위를 보전해 주는 게 이득이었다. 상단 사람들에게 자신의 자리도 유지될 거라는 안정감을 줌은 물론, 새로운 상단에 적응하는 시간도 줄여줄 테니까. 그러나 크렌은 달랐다. 사람들은 그를 게으름뱅이라 칭했다. 하는 일이 없다고도 했다. 그래도 그를 활용할 방법이 있지 않을까 해서, 그에게 하고 싶은 일이 있냐고 물었다.

크렌은 말없이 고개를 숙였다. 그의 눈은 죽어 있었다. 그는 무기력한 남자의 표본이었다.

'그냥 자를까.'

아무짝에도 쓸모없는 남자를 끼고 있어봤자 머리만 아플 뿐이다. 하지만 어쨌든 크렌은 상단주였다. 지아는 물론 모든 상단 사람들은 그가 데리고 온 사람들이었다. 무작정 내칠 수는 없었다. 연화는 그에게 선택권을 주기로 했다.

"머물고 싶어요, 떠나고 싶어요?"

머뭇거렸지만, 크렌은 확실히 대답했다.

"……머물고 싶습니다."

연화는 크렌에게 잡일을 주었다. 심부름꾼으로 쓰기도 하고, 회계 일을 시키기도 했다. 크렌이 뭘 잘하는지 알아보기 위해서였다.

크렌은 열심히 하려고 했다. 결과가 그의 능력을 따라오지 못했을 뿐이다. 앉아서 서류 보는 일을 못한다면 몸을 쓰는 일을 하는 게 어떻겠냐고 말했더니 결과가 이것이었다.

크렌은 큰 죄를 지은 사람처럼 안절부절못해했다. 연화는 그를 위로하지 않았다. 지아에게 손짓했다. 지아는 눈치가 좋았다. 그녀가 보석을 매입하면서 챙겨두었던 영수증들을 내밀었다.

연화는 목록과 물품을 일일이 대조했다. 많은 물건을 사들이진 않았기에, 어떤 물건들이 사라졌는지 알 수 있었다. 연화는 없어진 물건들의 영수증을 따로 뺐다. 합산은 금방이었다.

"돈으로 따지면 500골드 정도 되겠군요."

크렌의 얼굴이 파래졌다. 그 돈이 있으면 '바센의 요람' 특실을 두 개나 더 잡을 수 있다.

문득 목소리가 울렸다.

"나는 실패할 거야."

연화는 인상을 찡그렸다. 완전히 잠에서 덜 깨서 그런가. 무엇을 해도 안 될 거라던 슬픈 목소리가 반복해서 들렸다.

'설마 그것 때문에……?'

재수 없는 꿈을 꿨기 때문에 이런 일이 일어나는 것일까. 연화는 잠깐 생각했다. 그러다 손을 털면서 픽 웃었다. 이렇게 비논리적인 생각을 하다니. 피곤해서 머리가 어떻게 됐나 보다.

'까짓 실패 좀 하면 어때.'

원하는 것은 대부분 손에 쥘 수 있었던 홍연화도, 수많은 실패와 마주해야 했다. 게다가 상황이 심각한 건 아니었다. 모든 보석을 도둑맞은 것도 아닌 데다 해결 방법까지 있었다.

연화가 사들인 보석들은 모두 장인들이 만든 것으로, 각인이 새겨져 있었다. 시중에 풀리는 즉시 알아볼 수 있다. 상황은 연화에게 유리했다.

연화는 크렌의 어깨를 두드렸다.

"걱정 마요. 찾을 수 있으니까."

"정말입니까?"

크렌이 반색했다.

"네. 대신 크렌의 도움이 필요한데……."

연화가 입가에 손가락을 대며 말했다.

"도와주시겠죠?"

"물론입니다!"

대답하는 목소리가 무척이나 우렁찼다. 연화는 헤실 웃었다.

테오는 흙바닥에 나동그라진 자세로 고개만 들었다. 지금 일어난 상황을 이해할 수 없었다. 그는 앉은 자리에서 눈만 깜빡였다. 저를 볼 때마다 돈 덩어리라며 환대하던 노인은 온데간데없었다. 몸을 사리는 장물아비가 그 자리를 대신했다. 노인이 손을 내저었다.

"가!"

"아니, 이 영감이…… 갑자기 왜 이래?"

샤샤 역시 목소리를 높였다.

"사준다고 했잖아요. 모두 사준다고 했으면서 왜 말을 바꾸는 거예요?"

"안 산다고! 아니, 못 사! 꺼져! 젠장. 밤톨만 한 것들하고 장물 장사라니. 더러워서 원."

노인이 퉤 침을 뱉곤 문을 닫았다. 오밤중에 문 닫히는 소리가 요란했다. 테오는 엉덩이를 문지르며 일어섰다. 5년, 짧지 않은 시간동안 도둑질을 하면서 많은 장물아비들과 연을 터왔다.

배부르진 않지만, 고달프지도 않은 생활을 이어왔었다. 일이 틀어졌다고 느낀 건 어제부터였다.

"제기랄, 저 영감이 뭐 잘못 먹었나. 왜 이래?"

테오가 뒷머리를 긁적였다. 출처 없는 보석일수록 싸게 매수할 수 있다며 좋아하던 노인이었는데. 태도가 완전히 바뀌었다. 딴 사람을 보는 것 같았다.

샤샤가 울먹였다.

"그 보석들 때문이에요. 그걸 가져오면서 일이 꼬였어요. 그걸 가져오는 게 아니었는데…… 지금이라도 주인을 돌려주면……."

"돌려주고 난 뒤엔 어떻게 할 건데? 너랑 나랑 손잡고 같이 하하호호 감옥에 들어가면 되는 거야? 그사이 동생들은 굶어 죽고? 그거 참 행복한 엔딩이네, 앙?"

테오가 주먹을 들어 올려 때리는 시늉했다. 샤샤는 움찔하면서도 할 말은 했다. 울음 섞인 목소리가 갈라졌다.

"이대로 있어도 굶어 죽는 건 마찬가지잖아요! 이건 저주가 틀림없어요! 그렇지 않고서야 어떻게 이런 일이 일어나겠어요?"

"하! 저주였으면 고작 이 정도로 끝날 것 같아?"

테오가 픽 웃었다. 그 또한 저주가 걸린 물건 이야기를 들은 적이 있었다. 갑자기 눈이 멀거나, 하늘에서 떨어진 번개에 맞아죽거나. 모두 목숨과 관련된 것들이었다. 장물아비들이 등을 돌리는 저주는 들어본 적이 없었다.

"이건 저주가 아니야."

샤샤가 눈을 동그랗게 떴다. 어린 샤샤는 뒷골목이 어떻게 돌아가는지 모른다. 테오는 길바닥 생활이 길었기에 주워들은 이야기가 많았다.

"그날, 우리는 귀족의 물건을 훔쳤던 거야."

장물아비들은 도둑들이 빼낸 귀물들을 매수해 귀족들에게 넘긴다. 그들에게 중요한 것은 도둑이 아니라 귀족들이다. 도둑은 많지만, 장물을 사줄 귀족은 적으니까. 장물 거래는 불법이었지만 암암리에 이루어졌다. 거물 귀족이 지하 시장을 유지했기 때문이다. 그는 시장을 흐르게 했다.

그자가 테오를 자신의 세계에서 쫓아냈다.

근래 테오가 한 일은 도둑질밖에 없다. 대단한 귀족님을 거스르게 한 이유가 있다면 그뿐이다.

테오는 이를 갈았다.

"재수 없는 놈들. 그렇게 많이 가지고 있었으면서! 요만큼 잃는다고 굶는 것도 아니면서! 이까짓 게 뭐가 어때서! 젠장, 빌어먹을!"

테오가 들고 있던 자루를 내팽개쳤다.

지나가다 특이하게 생긴 여관을 봤다. 비싼 여관이라는 건 알고 있었기에, 돈 많은 부자들이 머물겠거니 생각했다. 그들이 보석을 취급하는 상단이란 건 나중에 알았다.

보석이 담긴 상자들과, 졸고 있는 문지기를 봤을 때는 횡재했다고 생각했다. 훔치던 도중 문지기가 깨는 바람에 모든 보석을 훔치진 못했다. 그러나 자루에 담은 보석만으로도 몇 달은 충분히 먹고 살 수 있었다.

기쁜 생각은 얼마 가지 못했다. 만나는 장물아비마다 모두 거래를 거절했다. 이미 팔았던 보석도 다시 사가라며 돈을 앗아갔다.

보석은 귀하고 아름다운 것이지만, 씹어 먹을 수는 없다. 테오에겐 돈이 필요했다. 돈이 있어야 동생들을 먹여 살릴 수 있다. 돈으로 바꾸지 못하는 보석은 화려한 쓰레기에 불과했다.

테오가 씩씩거리며 바닥을 걷어찼다. 그 와중에 자루를 걷어차지 못하는 것은, 보석을 사줄 장물아비가 어딘가에 있을지도 모른다는 미련을 버리지 못해서였다.

문득 샤샤가 고개를 들고 한 곳을 바라보았다. 테오 역시 그를 따라 고개를 들었다.

발자국 소리가 들렸다. 둘이었다. 하나는 보폭이 작았고, 한 명은 컸다. 아이와 어른이었다. 발자국 소리 속에 목소리가 섞였다.

"인상착의가 이렇단 말이죠."

"예."

"그런데 제 앞에 이거랑 똑같은 사람이 보이는데요."

소녀가 깔깔 웃었다. 그녀가 한 손에 들고 있던 종이를 내리며 테오와 샤샤를 눈짓했다. 그리곤 눈을 비비적거렸다.

"하하. 근래 일을 너무 많이 했나 봐요. 헛것이……."

"그거, 제 눈에도 보이는 것 같습니다만."

순간 소녀가 웃는 것을 멈췄다. 남자가 굳은 얼굴을 했다. 잠깐의 침묵이 흘렀다.

소녀가 천천히 걸어왔다. 테오는 소녀를 노려보았다. 연분홍빛 실내 드레스는 수수했지만, 군데군데 놓인 자수는 이름 있는 장인의 솜씨였다. 목에 걸린 목걸이 역시 값비싼 것이었다. 도둑질은 테오의 안목을 길러 놓았다.

틀림없었다. 소녀는 귀족이었다.

테오와는 본질적으로 다른 태생을 지닌.

'재수 없어.'

테오가 주먹을 꽉 쥐었다. 소녀는 테오를 본체만체하고 뒤로 다가섰다. 떨어진 자루를 줍더니 입구를 풀었다. 귀해 보이는 차림새와 달리 자루를 잘도 풀었다.

소녀가 물건을 확인했다. 그것으로도 모자라 자루에 손을 넣으려 했다. 테오는 소녀를 밀치고 자루를 사수했다.

소녀는 힘없이 나동그라졌다. 통쾌했던 기분은 잠깐이었다. 남자가 다가와 소녀를 일으켰다. 귀족이라면 응당 데리고 있다는 호위기사였다.

소녀는 남자의 손을 잡았다. 드레스 단을 턴 뒤, 테오에게 손을 내밀었다.

"제 물건 같은데…… 주시겠어요?"

"바보냐? 그렇게 순순히 넘겨주게?"

"물론 그러지 않을 거라 생각했어요. 도둑질은 타인의 물건을 부당한 수법으로 갖고 싶을 때 저지르는 범죄니까요. 그래서 이런 걸 준비했어요."

소녀가 짝짝 손뼉을 쳤다. 샤샤가 불안한 눈으로 주위를 둘러보았다.

언제부터 있었던 것일까. 사방에서 장정들이 몰려왔다. 한 덩치 하는 자들밖에 없었다. 테오의 어깨에서 힘이 축 빠지면서 자루가 툭 떨어졌다. 소녀는 자루를 회수하며 장정들에게 지시했다.

"애들이니까, 너무 험하게 다루진 말죠."

"아가씨께서도 아직 어리십니다만……."

"어머, 그렇네요. 그럼 그냥 경비대에 넘길까요?"

테오가 인상을 썼다. 소녀가 후후 웃었다. 혀를 배죽 내밀며 말했다.

"농담이에요."

소녀는 호위기사에게 걸어갔다. 남자는 소녀가 건네는 자루를 받아들였다. 소녀는 비어 있는 남자의 손을 끌어당겼다.

"밤 산책이 너무 길었네요. 어서 가요."

남자가 고개를 끄덕이며, 소녀의 보폭에 맞춰 걸었다. 두 사람이 멀어져 갔다.

테오는 멍하니 서 있다 어깨를 내리누르는 손길을 느꼈다. 도망가야 한다는 걸 알았지만 몸이 움직이지 않았다. 도망가 봤자 금방 잡힐 거란 걸 아는 머리는 움직이는 것을 거부했다.

테오는 한숨을 내쉬었다.

좀도둑 하찮은 인생이 이렇게 막을 내리려나 보다 싶었다.

⚜

"도와주시겠죠?"

크렌을 부려먹는 방법은 쉬웠다. 운을 띄우듯 한마디만 하면 되었다. 그는 자신 때문에 물건들을 도둑맞았다는 죄책감에 시달려 있었다. 연화가 자신을 해고하지 않고 부려먹으려 한다는 것에 오히려 감사를 표했다.

연화는 크렌에게 용병을 모아오라 시켰다. 크렌은 과거 용병이었던 과거를 잘 살려 일을 완수했다.

그동안 연화는 황녀에게 편지를 썼다. 도둑 때문에 일정이 지체될 수 있다는 내용과 함께 황실의 이름을 빌려 권력 행사를 해도 되겠냐고 물었다. 뒷말은 장난으로 붙인 말이었는데, 흔쾌히 그러라는 답이 돌아왔다.

자신과 손을 잡은 보람을 느끼게 해주겠다나 뭐라나. 그렇다면 기꺼이 사용해 주기로 했다. 연화는 먼저 장물아비부터 잡았다. 귀중품을 훔친 도둑은 장물아비에게 물건을 파니까.

아직 장물로 훔친 물건들이 팔리지 않은 것을 확인한 뒤엔, 장물아비들을 겁박해 물건을 사들이지 못하게 했다. 이 일은 아주 쉬웠다. 연화가 누구고, 도둑맞은 물건이 누구의 것인지만 설명하면 되었으니까. 그리고 오늘은 물건을 도둑맞은 지 사흘째 되는 날이다.

연화는 발소리에 뒤를 돌았다. 크렌이 들어오면서 창고 문이 살짝 열렸다 닫혔다.

"확인해 봤어요? 어떻게 됐어요?"

"모두 막혔습니다."

"그렇군요. 잘했어요."

연화는 밝게 웃었다. 크렌이 따라 웃었다.

"그런데. 난 왜 잡아두는 거지."

걸걸한 목소리에 크렌이 고개를 들었다. 노인이 크렌과 눈을 마주치자 크음, 가래를 넘기는 소리를 냈다. 노인은 장물아비들이 매입한 보석을 관리하는 사람이었다. 그가 있기에 장물아비들이 뒤를 걱정하지 않았다. 그가 있어야 장물 거래가 활성화된다.

연화는 노인을 묶지 않았다. 다만 창고에서 나갈 수 없게 했을 뿐이다.

"말했잖아요. 높으신 분들의 명령이라고."

노인은 도둑과 장물아비에게 명령할 수 있는 사람이었다. 뒷세계의 우두머리냐면, 그건 아니었다. 그래도 중간 보스라 할 수 있는 사람이었다.

그것밖에 안 되는 사람이라서 황녀의 인장으로 붙잡아둘 수 있
었다.

"놈들의 인상착의를 불었으니 이제 된 것……."

"아직 못 잡았으니 된 게 아니죠."

연화가 팔짱을 꼈다.

노인의 얼굴이 파래졌다. 그럼 난 언제까지 여기 있어야 하는
거야. 절망과 가까운 얼굴로 중얼거렸다.

"걱정 마요. 잡는 즉시 석방시켜 줄 테니."

"그 말을 어떻게 믿나!"

"믿기 싫어요? 그럼 계속 여기 있어도 돼요."

연화가 돌아서자, 노인이 황급히 말했다.

"나는 도둑에게 물건을 훔쳐오라 지시한 적 없다! 다 그놈들이
멋대로……."

"알아요."

연화가 다시 뒤를 돌았다.

"하지만 당신이, 그리고 당신의 수하들이 장물을 사들이고 있
기에 제가 이런 피해를 입었어요. 이에 조금도 책임감을 느끼지
않으세요?"

노인은 말없이 고개를 돌렸다.

"좋아요. 여기서 사람이 얼마나 오래 살 수 있는지 시험해 보는
것도 좋겠지요."

"기, 기다려!"

노인이 손을 뻗어 나가려는 연화의 옷자락을 잡았다.

"날 붙잡아봤자 너에게도 좋을 건 없을 텐데."

"잠깐 사이 생각이란 걸 하게 되셨나 보네요. 축하해요."

"조건을 말해라. 분명 원하는 게 있을 테지."

"뭘 것 같아요?"

연화는 의자를 끌어당겨 앉았다.

"돈? 역시 돈인가?"

"유감이네요. 돈은 제가 더 많이 가지고 있어요."

연화는 쿡쿡 웃었다.

"그렇다면 권력? 그래. 역시 그거군! 예부터 권력 마다하는 놈 없다고 했다."

"그것도 제가 더 많이 가지고 있다고 생각하지 않으세요?"

연화는 창고를 가리켰다. 그런 뒤 아까의 서류를 들어 보였다.

"뭘 원하지? 어물거리지 말고 빨리 말해라."

결론은 오래전부터 정해져 있었다. 별것 아닌 부탁을 길게 끈 건, 쉬이 승복하지 않았던 노인 때문이다.

"제 조건은 간단해요. 우리의 일을 방해하지 않는 것. 며칠 전에 말했듯, 그것뿐이에요."

며칠 전 노인은 그냥 코웃음만 쳤다. 도둑들 손을 어떻게 잡을 거냐면서. 그러나 지금, 그는 천천히 고개를 끄덕였다.

"……알았다."

"협상 성공이군요."

연화는 창고 문을 똑똑 두드렸다. 수신호를 받은 사람이 문을 열었다.

"티티, 밖으로 안내해 줘요."

잠깐의 정적 뒤, 사람이 들어왔다. 그가 노인의 한 팔을 자신의 어깨에 걸쳤다. 노인은 나가면서 소녀에게 고개를 숙였다. 감사하다는 인사가 희미하게 옅어졌다. 곧 문이 닫혔다.

크렌은 노인이 앉았던 의자에 대신 앉았다.

"이렇게 쉽게 풀어주실 거면서. 왜 잡아두셨습니까?"

"우리는 몇 번이고 이 마을에 들러야 하니까요. 장사를 하기 위해죠. 저자 역시 그걸 잘 알고 있어요. 우리는 서로 공생해야 해요. 저 사람을 윽박질러서 무리한 조건을 받아봤자 얼마나 오래 유지할 수 있을까요. 그러느니 쉽고 간단한 조건이 나아요."

크렌은 긴 한숨을 내쉬었다.

"그걸 꼭 이런 식으로 성취했어야 했습니까?"

"내가 약한 모습이니까."

크렌이 멈칫했다. 연화는 자신이 처음 등장했을 때, 그가 상단 사람들에게 자신의 어린아이로 소개한 것을 아직 기억하고 있었다.

"속이야 어찌 되었든 겉은 어린 여자애니까 다들 얕잡아보잖아요."

"아니……."

"크렌도 그랬구요."

지금은 안 그런데. 크렌은 그 한마디를 건네지 못하고 쩔쩔맸다.

"괜찮아요. 이 모습엔 장점도 있으니까."

연화는 킥킥 웃었다. 우울했던 분위기는 사라졌다. 그녀는 크렌의 손을 잡아끌어 창고 밖으로 이끌었다.

세상엔 수많은 문제와, 수많은 대처 방식이 존재한다. 연화는 도둑들이 소년들이라는 것을 알고, 일단 잡기로 했다. 그리고 성공했다.

소년들이 생각보다 어렸기에 경비대에 넘기진 않았다. 하지만 그냥 놓아줄 수도 없었다. 소년들을 놓아주면, 그들이 다시 도둑질을 하지 않는다고 누가 장담할까. 소년들의 두 번째 범죄는 이전보다 더 신중하고 치밀하게 진행될 것이다. 지금과 같은 방법으로 그들의 범행을 잡을 수 없음은 물론이다.

어떤 어른들은 그랬다. 나쁜 아이는 교화할 수 있다고. 그러나 연화는 개과천선을 믿지 않았다. 이유 없는 용서와 관용으론 나쁜 아이를 바꾸지 못한다.

연화에게 몹쓸 짓을 했던 학생들은 끝까지 반성하지 않았다. 그중 한 명은 보복 시도까지 했다. 소년 법정에 섰던 가해 학생들은 더없이 착한 모범생인 양 앉아 있었다. 판사는 범행 동기를 물었고, 가해자 부모들은 앵무새처럼 같은 말을 되풀이했다. 애가 뭘 잘 몰라서 그렇다. 내가 잘 가르치겠다. 그러나 그들은 자신들이 '나쁜 짓'을 한다는 걸 알고 있었다. 그들이 몰랐던 것은 결과였다.

선생들도 이런 문제는 모른 척하니까.

애한텐 달려올 엄마가 없으니까.

애는 왕따를 당해도 혼자 참으니까.

애는 혼자고 우리는 여럿이서 함께하니까.

괴롭혀도 벌을 받지 않겠지.

그러나 벌은 그들을 폭격했다. 가해자들은 충격으로 눈물을 흘렸다. 그들의 부모는 그걸 참회의 눈물이라고 했지만 틀렸다. 그건 벌을 받을 스스로에 대한 걱정과 연민에서 나오는 것이었다.

가만히 참고 살아야 했던 피해자가 감히 그들을 고발했다. 받지 않아도 될 벌을 받게 되었다. 가해자는 보복심으로 불탔지만 연화는 그들보다 약하지 않았다. 그녀는 나름의 방식으로 보복 시도를 물리쳤다. 연화를 괴롭혀 봤자 처벌이 기다릴 걸 자각시켜

주자, 해코지 시도가 없어졌다. 그렇다고 가해자들이 착한 아이가 된 건 아니었다. 그들의 표적이 다른 여자아이로 바뀌었을 뿐이다.

도둑 소년들은 다르다. 그들에겐 '가난'이란 동기가 있다. 재미라든가, 유흥이라는 동기보다는 건전한 편이다. 연화가 그들을 겁주면, 그들은 기꺼이 다시는 도둑질을 하지 않겠노라 할 것이다. 그러나 그렇게 얻어낸 선언은 의미가 없다. 그런다고 소년들의 가난이 사라지지 않을 테니.

연화는 종이를 꺼내 이것저것 적어보았다. 다양한 문장이 쏟아졌다. 그러나 주제는 하나였다. 이 문제를 어떻게 해결할까? 소년들을 어떻게 대하면 좋을까? 미친 척 풀어줄까 아니면 혼내줄까? 혼내준다면 어느 정도가 좋을까? 가볍게 얼러볼까 아니면 겁을 잔뜩 집어먹게 해서 두 번 다시 도둑질을 못하게 만들까? 아니, 당장 타국으로 떠나야 할 우리에게 소년을 훈계할 시간이 있긴 한가? 등등.

어느 순간 머리가 막혔다. 종이에 생각을 끼적이던 손이 멈췄다. 억지로 쥐어짜 보려 했지만 무리였다. 머리가 멍하고 눈꺼풀이 뻑뻑했다. 더는 안 된다. 이제 자야 했다.

연화는 뒤를 돌아보았다. 뒷짐을 지고 있던 카를과 눈이 마주쳤다. 악몽 때문인지 체력 때문인지는 모르겠지만, 카를은 잠이 없는 편이었다. 아침에도 일찍 깼다.

"카를, 내일 일찍 깨워줄 수 있나요? 그러니까…… 카를이 일어나는 시간에 날 깨워주면 돼요."

"그러겠습니다."

카를은 흔쾌히 대꾸했다. 연화는 넙죽 잠자리에 들었다. 그로부터 몇 시간 만에 연화는 카를의 목소리를 듣게 되었다.

"아가씨."

나지막한 목소리가 연화의 귀를 간질였다. 연화는 뭉그적거리다 눈을 비비면서 일어났다.

"아, 벌써 아침이에요?"

"예."

"그렇구나…… 아침이구나……."

연화는 팔을 위로 쭉 뻗으며 기지개를 켰다. 일은 많이 했지만, 밤잠 설쳐 본 적은 참으로 오랜만이었다.

"피곤하시면 좀 더 주무시는 것이……."

"괜찮아요. 꿈의 세계를 다녀온다고 좋은 수가 생길 것 같진 않거든요."

연화는 책상에 앉았다. 간밤의 흔적들 앞에서 잠깐 고민을 거듭했다. 피로가 걷힌 머리가 돌아가기 시작했다.

1시간 뒤. 연화는 카를에게 종이를 내밀었다. 간단한 대사와 표정 등 연기와 관련된 것이었다.

"이거 크렌한테 가져다줄래요?"

카를은 팔짱을 끼고, 종이를 받는 걸 거부했다.

"요즘 그자와 자주 지내시는 것 같습니다."

"왜요. 질투 나요?"

카를은 침묵했다. 하지만 그의 뺨 언저리가 붉어졌다. 연화는 후후 웃었다.

"이용하는 것뿐인데도요?"

"이런 일은 저도 할 수 있습니다."

카를이 종이를 낚아채며 말했다. 연기 자체는 중요하지 않았다. 어렵지도 않았다. 크렌의 적성 찾기와 관련된 작은 이벤트였을 뿐이다. 연화는 씩 웃으며 탁자에서 일어섰다.

"……좋아요. 한번 맡겨보죠."

그렇기에 카를이 해도 상관은 없었다.

연화는 간밤의 흔적들을 가볍게 구겨 쓰레기통에 넣었다. 실내 드레스 위엔 가벼운 가운만 걸치고 문을 나서자 카를이 뒤따라왔다.

연화는 단걸음에 창고까지 내려갔다. 창고는 건물 밖에 있었다.

창고엔 창문이 없었다. 사방은 벽돌로 되어 있고, 문은 철문이었다. 사람을 가두기에 이보다 더 좋은 장소는 없었다.

연화가 창고 앞에 섰다. 남자는 창고 문에 기댄 채 하릴없이 시간을 죽이고 있다 카를을 발견했다. 그는 연화를 보고 헐레벌떡 정신을 차렸다. 연화는 열어주는 문 안으로 들어섰다.

어제는 여기서 노인을, 오늘은 소년 둘을 만나게 됐다. 노인은 부티가 났지만 소년들은 꾀죄죄했다.

창고 한가운데에 탁자와 의자 두 개가 있었으나 소년들은 무엇에도 손을 대지 않았다. 소년들은 지저분한 바닥에 모포를 깔고 누워 있었다. 그중 하나가 발소리를 듣고 깼다.

소년이 아직 잠의 세계를 배회 중인 다른 소년을 흔들어 깨웠다. 연화는 의자에 앉아서 그 모습을 지켜보았다.

"좋은 아침이죠?"

두 소년이 연화를 무척이나 피곤하고 짜증 나 죽겠다는 얼굴로 노려보았다. 그중 나이가 많아 보이는 소년이 외쳤다.

"너한테나 좋은 아침이겠지!"

"음…… 확실히 안색이 안 좋아 보이네요. 도둑들의 시간은 밤이라서인가요?"

연화가 쿡쿡 웃었다.

"그런데 저는 밤엔 머리가 잘 안 돌아가는 사람이거든요. 그래서 아침 일찍 일어나려고 노력했어요. 그러니 양해해 주지 않겠어요?"

소년이 입을 삐죽였다. 불만 가득한 입술이 움직이더니, 개뿔 등의 호의적이지 않은 단어를 포함해 알아먹을 수 없는 욕을 퍼부었다. 카를이 발끈해서 앞으로 나서려 하자, 연화는 그를 살짝 막아섰다. 아무 일도 없었던 것처럼 생글 웃는 것은 덤이다.

"차분해지란 말이에요. 골 아픈 문제를 처리하기 싫은 내가, 당신들을 경비대에 넘겼을 수도 있잖아요."

순간 소년들의 표정이 변했다. 어린 소년의 눈은 기대감으로 반짝였고, 다른 소년은 의심스러운 눈을 했다.

"경비대에 넘기지 않을 거라고?"

"네. 저희는 여기 오래 머물 생각이 없어요. 더 정확히 말하자면, 타국으로 떠날 예정이었어요. 물건을 도둑맞지 않았다면 벌써 출발하지 않았을까요."

"그래서. 이게 나 때문이라는 거야?"

소년이 스스로를 가리켰다. 연화는 즉답했다.

"네."

입구 쪽에서 상황을 관망하고 있던 사내가 뒤통수를 긁으며 다가와 말했다.

"아가씨 상당히 직설적이십······."

"사실이잖아요?"

연화는 단박에 대답하자 남자는 바로 물러났다.

"물론 그렇긴 합니다만······."

남자가 물러서자마자 소년이 벌떡 일어났다. 소년은 연화보다 키가 컸다. 그가 연화를 노려보며 몸을 꼿꼿이 세웠다. 나름 위압적으로 보이기 위해 애를 썼다. 그러나 두려움에 찬 목소리를 숨기는 데엔 실패했다.

"우리를 어떻게 할 거지?"

"저도 잘 모르겠어요."

"생각하고 온 거 아닌가?"

"생각했지만 잘 모르겠어요."

연화가 배시시 웃으며 혀를 내밀었다.

"경비대에 당신들을 넘기려면 조사관 앞에서 조서를 써야겠죠. 그러느라 상당한 시간이 지체될 테니, 그러기 싫고. 그렇다고 그냥 풀어주자니 당신들이 또 우리 물건을 훔칠 것 같고."

"안 훔쳐!"

"하지만 이미 훔쳤었잖아요."

연화가 고개를 갸우뚱했다. 소년의 얼굴이 붉어졌다.

"너희 건 안 훔쳐! 그러면 되는 거 아니야?"

"다른 사람들 물건은 계속 훔치시겠단 뜻이군요?"

"무슨 상관이야? 어차피 네 일 아니잖아."

"그럴 리가요. 제 일이에요."

연화가 눈을 크게 떴다. 세상에서 가장 말 안 되는 말을 들은 것처럼. 그녀가 천천히 말했다.

"저희는 보석을 주 상품으로 취급하는 상단이에요. 보석들을 훔쳐 장물로 팔겠다는 건, 언제가 되었든 결국은 우리 상단의 물건도 훔치겠다는 의미죠."

현재 상단의 규모는 매우 작다. 내부의 작은 문제가 생기더라도, 연화가 즉각 알아차릴 수 있을 만큼. 그러나 앞으로 생길 문제도 이렇게 해결할 수 있을 거라 생각하진 않는다.

상단이 망하지 않는 한 몸집은 커지기 마련이고, 갖가지 문제가 생길 거다. 그때가 되면 큰일을 처리하느라 시시콜콜한 문제엔 손도 못 댈 거다. 그렇게 되기 전에 작은 문제를 손 써두는 게 나았다. 다시 같은 문제가 발생할 경우를 대비해 매뉴얼을 만들기도 하지만, 당장 써 먹을 수 있는 방법은 아니었다.

연화는 옆을 올려다봤다. 카를과 눈이 마주쳤다. 그녀는 순진한 척 눈을 깜빡이며 물었다.

"카를. 경비대에 끌려간 도둑은 어떻게 된다고 했죠?"

"손목을 잘라 버린다 들었습니다."

"그럼 그냥 우리가 잘라 버릴까요?"

"뭐? 무슨 소리 하는 거야?"

소년이 빽 외쳤다. 더 어린 소년은 벌써 제 손목이 잘린 줄 아는 듯했다. 그는 소매 안으로 제 손을 감추었다. 연화는 계속 생글거렸다.

"손목이 잘리면 물건은 못 훔칠 거 아니에요."

"뭐? 그건 안⋯⋯."

"왜죠? 붙어 있어봤자 도둑질이나 할 손 아닌가요? 그런 것에 무슨 가치가 있죠?"

소년이 주먹을 꽉 쥐고 연화를 노려보았다. 나름의 억울함을 담고서 크게 외쳤다.

"내가 도둑질을 왜 하게 된 줄 알아?"

윽박지르거나 큰소리를 내서 감정의 문을 열려는 사람이 있다. 그런 사람의 말을 들어주고, 동조하는 건 드라마에서나 있는 일이다. 연화는 어깨를 으쓱였다.

"그걸 제가 왜 알아야 해요? 제 일 아니잖아요."

소년의 얼굴이 찌그러졌다. 연화가 그의 말을 똑같이 흉내 낸 것이다.

연화는 카를의 소매를 끌어당겼다. 다른 손으로는 입을 가리며 얕은 하품을 했다.

"피곤하네요. 빨리 자르고 내보내요. 잠이나 더 자야겠어요."

연화는 카를에게 눈짓했다. 카를은 몇 초 뒤에야 의미를 눈치챘다.

"그러지 말고 기회를 주는 게 어떻겠습니까?"

"기회라니…… 설마 그냥 풀어주자는 건 아니겠죠?"

"물론 아닙니다. 거리의 아이들은 일거리를 찾지 못해서 나쁜 일에 빠져들게 됩니다. 저 역시 저렇게 어린아이가 이런 일을 저지른 게 마음에 들지는 않지만…… 그래도 한번 기회를 주시는 게 어떻습니까. 상단에 잡일은 많잖습니까."

연화는 카를을 끌어당겼다. 그러자 카를이 슬쩍 고개를 숙였다. 연화는 작게 속삭였다.

"티 나요, 카를."

책 읽는 듯 말투가 무척이나 딱딱했다. 연화의 지적에 카를이 얼굴을 붉혔다.

"연습하겠습니다."

카를이 헛기침을 했다. 그런 식으로 어색함을 표출하면 더 티가 나는데 라고 생각하며 연화는 소년들을 쳐다봤다. 다행히 소년들은 이상함을 눈치채지 못한 듯 작은 소년은 카를의 말에 동조하기까지 했다.

"맞, 맞아요! 우리는 일거리가 없어서 이런 일을 하게 된 거예요. 이렇게 어린애들은 써줄 수 없다고…… 가는 곳마다 퇴짜를 맞아서……."

"글쎄. 우리 상단에도 애들에게 시킬 일은 없는걸요."

연화는 턱을 긁적였다. 그녀가 소년들은 본체만체하곤 카를에게 말을 걸었다.

"생각해 봐요. 쟤들을 짐꾼으로 쓸 수 있어요? 아니면 장사꾼? 둘 다 이상하잖아요."

"심부름꾼이 필요하다고 하시지 않았습니까? 그 물건, 직접 옮기기엔 번거로우시잖습니까."

창고 구석에 빠져 있던 남자가 어벙한 얼굴을 했다. 그에겐 금시초문이었다. 그러나 연화는 진지하게 고민하고 있던 척했다. 그녀가 옳다구나 고개를 끄덕였다가도 다시 고민 가득한 얼굴로 돌아갔다. 그녀가 소년들을 손가락질했다.

"하지만 정말 중요한 물건인데…… 저 녀석들이 빼돌리면 어떻게 해요?"

"이번엔 안 그럴 겁니다. 한 번 따끔한 맛을 봤으니 제대로 하겠죠."

카를이 검 손잡이를 잡고 살짝 검을 들었다 놓았다. 칼집 사이 드러난 쇠붙이에 소년들이 몸을 움츠렸다.

잠깐의 정적이 흐른 뒤, 나이 많은 소년이 연화의 눈치를 보며 말했다.

"손목을 자르지 않는다면…… 하겠다."

"이건 정말 중요하고 대단한 일이에요. 그래서 아주 높은 착수금을 줄 거예요. 완수하면, 완수금도 있구요. 하지만."

돈을 받을 수 있다는 말에 소년의 입이 벌어졌다. 연화는 허리에 손을 짚었다.

"신뢰와 각오를 보여줄 수 없는 사람을 고용할 순 없어요."

연화는 소년을 지그시 응시했다. 사실상 다른 선택지는 없으니, 강요인 셈이다. 소년은 현실에 순응하기로 했다. 그래도 그의 얼굴은 어둡지 않았다.

"내가 뭘 하면 되지?"

곧, 예정된 시계추가 돌았다.

✤

연화는 소년들을 신뢰하진 않았기에 정말로 중요한 것을 맡기진 않았다. 그래서 이래도 저래도 상관없는 일을 시켰다. 카를은 카이스턴 가에 전달해 줄 서신에 장미 반지를 얹은 것이 과하다고 했지만, 연화는 '장미 반지'는 필요한 물건이 아니라 잃어버려도 상관없다고 생각했다. 하지만 소년들에겐 귀한 물건이다.

연화가 소년들에게 반지를 준 건 순전히 여흥이었다. 보석을 걸고 하는 작은 장난이기도 했다. 테일러에게 제대로 서신이 전달되었다면, 소년들은 어떤 식으로든 답신을 받을 것이다. 그리고 전달되지 않아도 상관없었다. 장미 반지는 소년들의 일용할 양식으로 쓰일 테고 테일러는 다른 루트로 연화가 제국을 떠났다는 것을 알게 될 테니까.

연화가 어느 쪽이어도 상관없는 도박을 한 건, 소년들을 그냥 풀어주고 싶지 않아서였다. 좀도둑과 장물아비가 판치는 바닥에서 '동정심 넘치는 어린 소녀'라는 의미를 남기고 싶지 않았다.

그렇게 소년들을 떠나보낸 다음엔 본격적으로 떠날 준비를 했다.

나라와 나라를 이동하려면 수많은 절차를 거쳐야 했다. 원래 세계에선 여권이나 비자 등 자잘한 문제를 해결해야 했는데, 이곳도 크게 다르지 않았다.

지금의 상황은 더욱 절차를 필요로 했다. 연화는 상단주로서 수많은 사람과 물건을 끌고 가야 했다. 그러나 이곳은 과연 소설 속의 세계였다. 이 세계의 절차는 원래 세계보다 권력과 돈의 영향을 많이 받았다.

연화의 상단은 이틀 만에 출입국 허가를 받았다. 짐만 싸면 떠날 수 있을 정도였다. 이례적인 일에 크렌이 놀라서 연화를 찾아왔다.

"원래 이렇게 빨리 떠날 수 있는 겁니까?"

"아마, 아니겠죠."

연화가 쿡 하고 웃자 크렌이 미묘한 얼굴을 했다.

"이거 꼭…… 높으신 분들이 아가씨 뒤를 봐주고 있는 것 같습니다?"

"네."

사실이 그랬다. 연화는 황녀에게 필요한 무기를 밀수입하기 위해 떠나는 것이었다. 연화의 출입국 허가가 빨리 난 것은 황녀의 입김 덕분이다.

크렌의 얼굴이 파리해졌다.

"농담으로 한 말이었습니다만……."

"저는 진담이었는데요."

크렌이 비틀하더니 천천히 멀어져 갔다. 그는 국경 마을에 도착할 때까지 가까이 오지 않았다. 연화 역시 그에겐 특별한 용건이 없었기에, 둘의 사이는 조금 서먹해졌다.

정적을 좋아한 것은 카를이었다. 그는 기분 좋음을 티 내며 연화의 뒤를 따라갔다.

국경 마을까지 가는 길은 무난했다. 도둑은 물론, 흔하다는 산적조차 나타나지 않았다. 황무지가 코앞이었다. 연화는 마지막 마을에서 여관을 잡았다. 그곳에서 황무지를 건널 준비를 해야 했다. 길잡이와 용병은 물론, 식량이나 옷 등 자잘한 생필품을 구비하기로 했다.

연화는 황무지를 다녀온 경험이 있었다. 그것도 아무 준비 없이, 무방비로.

그때는 카로틴에 도착해야 산다는 생각만 했다. 인원은 셋. 소수인 데다 무거운 짐은 없었다. 무작정 걷기만 하면 되었다. 그러나 지금은 그때와 입장도 상황도 다르다. 연화는 수많은 사람들을 챙겨야 했다. 내가 괜찮으면 너도 괜찮을 거란 마인드는 위험했다.

연화는 지도를 들여다보며 혼 왕국에서 어떤 경로로 움직일지를 고민했다. 생각은 이전부터 하고 있었기 때문에, 새삼 깊은 고민거리가 되지는 않았다. 지금 하는 생각은 정리에 불과하다.

카를이 뜨거운 김이 올라오는 차를 따라 연화와 자신의 앞에 놓았다. 연화는 찻잔을 한 손으로 쥐고, 다른 손으론 지도를 가리켰다.

"일단 수도는 들르지 않을 거예요."

카를이 눈을 크게 떴다.

"왜입니까?"

"카틴 상단은 혼 왕국 귀족들 대부분을 포섭했으니까요. 혼 왕국의 수도는 그들의 아지트예요. 적의 아가리에 들어갈 이유가 있을까요?"

"하면, 어디로 가실 생각이십니까?"

카를이 고개를 갸웃했다. 연화는 호호 불어 찻잔의 김을 쫓아낸 뒤, 차를 호로록 마셨다. 따뜻한 차가 목구멍으로 넘어가 식도를 따뜻하게 덥혔다.

"귀족들과 부호들이 많이 살면서, 수많은 외국인이 드나드는 곳으로. 그래서 이국의 상단이 하나 더 추가된다고 해도 크게 이상하지 않은 곳으로 갈 거예요."

중계무역상은 드문 존재지만, 그런 마을엔 중계무역상이 굴러다니는 자갈처럼 많을 것이다. 품질 경쟁은 물론 가격 경쟁까지 붙어 수익을 남기기 힘들 거다.

"차익을 남기려면 독특한 경로를 뚫는 것이 좋지 않겠습니까?"

"장사의 정설은 그렇지만, 우리는 다른 일을 위해 가는 거잖아요."

연화 상단의 주목적은 중계무역이 아니다. 밀수였다. 그러려면 번잡한 도시를 가야 했다. 그런 마을에선 많은 무기를 숨기기 쉽고, 많은 물자와 사람이 오가는 만큼 검열도 까다롭지 않다.

물론 모든 무역항구가 이런 것은 아니었다. 경비대가 눈에 불을 켜고 감시하는 마을도 있었다. 그러나 연화는 자유로운 도시가 어디인지 꿰뚫고 있었다. 그건 황녀의 도움이었다. 하지만 연화는 밀수 전용 상단을 키울 생각이 없었다. 밀수를 하는 건 황녀의 비위를 맞춰주기 위해서일 뿐, 그 이상도 이하도 아니다. 주목적은 연화가 사라지더라도 잘 굴러갈 상단을 위해, 중계무역 루트를 뚫는 것이다.

"미래를 위해 외국 상단이 들르지 않는 도시를 방문해 볼 생각은 있어요. 하지만 그건 나중의 일이고. 지금 둘러볼 곳은 항구 마을과 국경 근처 대도시예요. 그리고……"

연화는 큼직하고 유명한 도시들을 서너 개 짚었다. 혼 왕국은 작은 나라이다 보니 유명 관광지가 밀집되어 있었다. 연화가 짚은 길은 상단들은 물론 여행자들 또한 많이 거쳐 가는 곳이었다.

유명한 명소만 짚어가던 손이 비틀렸다. 연화의 손가락은 구불구불한 산등선을 이어 올라갔다. 이윽고 한 점을 짚었다.

"여기."

카를이 고개를 갸웃했다.

"오클레앙 소유의 별장이 있는 곳이에요."

"피해가실 생각이십니까?"

연화는 오클레앙과 직접적인 관련이 있는 것을 피해왔다. 그녀의 정체를 판명할 수 있는 사람은 이 세상에 없을 텐데도 그랬다.

이번에도 크게 다르지 않겠지. 카를은 그렇게 예상했고, 빗나갔다.

"아니요. 한번 둘러볼 생각이에요."

별장을 관리하는 사람이 단 한 명이라도 있었다면, 연화는 마음을 고쳐먹었을 것이다. 그러나 현재 오클레앙 별장은 비어 있다.

변고가 일어난 날 저택에 있던 사람은 모두 죽었다. 그 뒤 사람이 죽은 저택이란 소문이 돌면서, 아무도 가까이 가지 않았다. 백작 일가가 죽은 지 12년이나 지났다. 당연히 현장은 남아 있지 않을 것이다. 하지만 인적이 끊긴 흉가가 된 만큼, 건질 것이 있지 않을까 하는 작은 기대가 됐다.

"뜻밖의 보물을 발견하게 될지도 모르고요."

연화가 정말로 궁금한 것은 오클레앙 영애의 행적이었다. 별장에서 태어났지만, 그 뒤 그녀가 어떻게 되었는지는 모른다. 지금은 연화가 오클레앙 영애인 척 행세하며 살고 있었다. 그러나 어딘가에 진짜가 살고 있다면 대비를 해야 했다.

카를은 탐탁지 않은 얼굴로 고개를 끄덕였다. 그런 걸 왜 찾아다니는지는 모르겠다는 얼굴이었지만 토는 달지 않았다.

이후 카를과 연화는 일상적인 대화를 했다. 지나가다 들은 소문이나 재미난 농담 등을 하다 노크 소리를 들었다. 상단 사람들이 중간중간 등장해서는 생필품을 얼마나 구했으며, 그러느라 돈이 얼마나 들었고, 그 다음으론 무엇을 하러 갈지 등을 보고했다.

최종 보고는 지아가 했다.

지아와 연화는 상단 내 딱 둘 있는 여성이었다. 여관방이 부족할 때는 둘이서 한 방을 사용하곤 했다. 또 지아는 부단주였기에, 상단에 일이 생길 때마다 즉각 연화에게 보고하곤 했다. 마음만 먹으면 거리를 벌릴 수 있는 크렌과는 달리, 많이 부딪칠 수밖에 없는 사이였다.

그런데도 지아는 연화를 꺼려 했다. 귀족이라는 벽을 철거하지 못했다.

"내일 바로 출발하면 돼요."

"그렇군요. 고마워요, 지아."

지아가 얼굴을 붉혔다. 그녀는 크렌과 많이 비슷했다.

"쉬세요."

크렌과 다른 점이 있다면, 그가 바로 꽁무니를 뺄 때 지아는 주위를 한 번 둘러본다는 점이었다. 연화는 손인사를 했고, 지아는 사라졌다.

곧 어둠이 찾아왔다. 시골 마을의 작은 여관엔 마법 등이 없었다. 방을 밝히려면 촛불을 켜야 했다. 연화는 특별한 일정이 없었던 터라 숙면을 택했다.

카를은 옆방으로 건너갔다. 완전한 정적이 찾아왔다. 연화는 테이블 위에 올려놓았던 지도를 대강 정리한 뒤 잠자리에 들 준비를 했다.

연화가 잠옷으로 갈아입고 돌아선 순간이었다. 똑똑 노크소리가 들려왔다.

문에서 나는 소리가 아니었다. 연화는 창문에 매달린 그림자를 발견했다. 그녀는 벗어놓았던 옷 사이에서 단검을 집어 들었다. 단검을 품 안에 넣은 뒤 창문에 손을 댔다.

빗장을 열자마자 창문이 젖혀지며 밖에 서 있던 형체가 안으로 뛰어 내려왔다.

연화는 형체를 살폈다. 매우 낯익은 형체였다.

란이었다.

"빨리도 움직이더군. 하마터면 놓칠 뻔했어."

란이 가쁜 숨을 몰아쉬었다. 연화는 테이블 위에 있던 물병을 갖다 주었다. 그러나 란이 받지 않았기에 다시 테이블 위에 올려 두었다.

"무슨 일이신가요?"

이곳은 황성이 아니다. 수도는 더더욱 아니었다. 이런 곳에 황녀가 있을 리 없다. 그런데도 란이 이곳에 왔다.

란이 가쁜 호흡을 가라앉히지 않고 바로 말했다.

"내일 귀족 한 명이 이리로 올 거다."

"어떤 귀족을 말씀하시는 건가요?"

"가족도 친척도 없는 소녀가 먹고 살기 위해 상단을 인수했다는 소문을 들은 한 귀족이 끓어오르는 동정심을 감출 수 없어 당신 상단에 투자하기로 했다더군. 겸허히 받아들이도록 해. 그 귀족은 남은 게 돈밖에 없거든."

란의 어투는 고저가 없는 편이었다. 그래서일까. 어떤 말을 해도 냉정하게 들렸다. 그런 사람이 웬일로 비꼬는 어투를 썼다. 연화는 쿡쿡 웃었다.

"재미있는 소문이네요. 출처는 어딘데요?"

"어디일 것 같나?"

란이 어깨를 으쓱하며 대답을 회피함으로써 답을 알려주었다.

'황녀가 그런 소문을 내고 다닌단 말이지.'

소문엔 두 가지 이점이 있다.

오클레앙 영애가 완전히 자신의 편이 되었음을 알리고, 비밀리에 자신을 지지하는 귀족들에게는 새로운 자금 루트를 알린다. 많은 귀족 중 하나가 뭔가를 눈치채고 연화와 접선할 모양이다. 물론 동정심은 같잖은 헛소리일 테고.

란은 창문을 열고 사라졌다. 더 이상의 볼일은 없다는 듯이. 열린 창문에서 불어오는 바람을 제외하고, 사람이 왔다 간 흔적은 없었다.

연화는 다시 창문을 닫았다. 내일 올 손님을 맞이하기 위해선 일찍 일어나야 했다. 이번엔 귀족 영애가 아니라 상단주로서 만나는 것이니 과한 치장은 필요 없었다.

필요한 것은 인간으로서의 단장과, 귀족 이름자만 들어도 펄떡 뛰어오르는 상단 사람들에게 간단한 설명을 해줄 시간이었다.

다음 날 아침, 연화는 모든 사람들을 식당에 불러 모았다. 연화의 예상과 달리 반응은 잠잠했다. 귀족의 손님으로 귀족이 온다. 대부분 당연하게 받아들였다.

연화는 자신의 방에서 손님을 기다렸다. 고대했던 사람은 점심때 모습을 드러냈다.

귀족이 오기 전 종자라는 남자가 먼저 나타났다. 귀족을 태운 마차는 30분 뒤에 느릿하게 도착했다. 감색 마차는 대단한 구석이 없었다. 종자는 제 주인이 왔다면서 쪼르르 마차까지 달려가 문을 열었다.

"보르텡 백작이십니다."

귀족은 보폭이 빨랐다. 금방 연화가 있는 방까지 올라왔다. 곧

문이 열렸고, 연화는 일어섰다.

연화가 만나야 할 사람은 보르텡 백작이었다. 자신의 영지에 틀어박혀서 여생을 보내는, 늙고 돈 많은 귀족이었다. 갓 카로틴 수도에 상경해 소수 귀족과 교류를 시작한 귀족 영애와는 면식이 없었다. 즉 연화는 모르는 사람이었다. 그래야 했다.

그런데 연화는 이미 백작의 얼굴을 본 적이 있었다. 연화뿐만이 아니었다. 카를은 빳빳이 굳은 얼굴로 상대를 응시했다.

연화는 발랄히 웃으면서 자리에서 일어났다.

"어머, 이게 누구실까."

"나다."

테일러가 허리에 손을 짚었다. 오랜만에 본 그는 더 뻔뻔해져 있었다.

"보르텡 백작이시라면서요."

"그래."

테일러가 고개를 끄덕였다.

"……공작위는 어떻게 했어요?"

"잘 가지고 있지."

테일러가 신분패를 내보였다. 테일러의 이름과 신분을 증명하는 각인이 선명히 새겨져 있었다.

"하면, 보르텡 백작님은 어디 계세요?"

테일러가 스스로를 가리켰다.

"여기."

"가짜 말구요."

"마차에."

테일러가 창문을 가리켰다. 연화는 창문을 열고 마차를 유심히 보았다. 마차엔 작은 창문이 있었다. 안에서 사람의 기척이 느껴졌다.

"안에서 대기 중이다."

연화가 감탄사를 뱉었다.

"테일러 씨 정말 나쁜 사람이네요. 노인의 마차를 습격한 것으로도 모자라, 방치까지 하다니."

"그대는 날 완전히 나쁜 놈으로 생각하기로 한 모양이군. 당연히 백작과 합의해서 온 거다."

테일러가 뾰로통한 얼굴을 했다.

"보르텡 백작은 내 가신이다."

"하지만 그분, 동부에 영지를 가진 분이라고 들었는데요."

연화의 고개가 기울어졌다.

동부의 수장은 루만티온 후작이다. 그는 테일러와 적대 관계다.

귀족들은 자신의 의지에 따라 주군을 정할 수 있다. 그러나 자신의 관할지와 적대 관계에 있는 자와 군신 계약을 하지는 않는다. 미래가 고달파질 가능성이 높기 때문이다.

테일러가 크크 웃었다.

"내 능력이지."

"루만티안 후작이 공작님을 싫어하시는 이유를 알겠네요."

"테일러 씨라고 불러라. 그리고 그놈과는 그전부터 사이가 안좋았어."

연화는 피식 웃어버렸다. 뻔뻔한 모습을 오랜만에 봐서 그런가. 그냥 유쾌했다.

"저, 저, 저기……."

뒤에서 당황스러운 목소리가 들렸다. 연화는 목소리를 따라 시선을 돌렸다. 무려 테일러를 손가락질하고 있는 크렌을 발견했다.

"왜 그래요, 크렌?"

"그냥 손님이 오신다고 하셨잖습니까."

"손님이잖아요."

연화가 어깨를 으쓱였다.

"백작의 탈을 쓴 공작 손님 말입니까?"

"크렌도 많이 솔직해졌네요."

"솔직한 게 아니라 놀란 겁니다!"

크렌이 부들거렸다. 그는 정말로 백작쯤 되는 귀족을 예상했던 모양이다.

"개인적인 친분을 가진 분이에요."

"카이스턴 공작과 말입니까?"

테일러가 한 박자 늦게 시선을 틀어 크렌을 봤다. 무감정했던 눈동자에 호기심이 돌았다.

"나를 아나?"

"모를 리가 없잖습니까! 물론 공작님은 저를 모르시겠지만!"

크렌이 펄쩍 뛰었다. 그의 반응은 경악보단 경애에 가까웠다. 그가 테일러를 손가락질했던 손가락을 쫙 폈다. 그 상태로 고개만 숙였다. 그의 입에서 테일러 찬양이 줄줄 샜다.

"대륙의 제일 검이자, 제국의 첫 번째 기사님이 아니십니까! 듣기로는 은빛 칼날의……."

"닥쳐. 한마디만 더 하면 죽이겠다."

언제 테일러가 움직였는지 모르겠다. 아까까지만 해도 의자에 앉아 있던 사람은 크렌 앞에 서 있었다.

테일러의 허리춤에 꽂혀 있던 검은 어느새 뽑혀 크렌의 목을 겨누었다. 크렌이 놀라며 뒤로 목을 젖히자 테일러는 그를 흘기듯 보았다. 한심함을 담은 시선과 함께 검을 거두었다.

크렌은 검이 사라지고도 한참 동안 꼿꼿한 자세를 유지했다. 잠시 후 그가 숨을 급격히 들이마셨다. 연화는 조금 놀란 눈으로 두 사람을 지켜보았고, 카를은 구석에서 둘을 관망했다. 그는 이 럴 줄 알았다는 류의 표정을 짓고 있었다.

"디온 그놈은 도대체 뭘 하고 다니는 건지……."

테일러가 긴 한숨을 쉰 뒤 다시 자리에 앉았다. 그가 뒤로 밀려 간 의자를 앞으로 당기다 말고 연화를 보며 덧붙였다.

"그리고 너도."

내가 뭐. 연화가 테일러를 쳐다봤다.

테일러가 뒤를 보자 크렌이 그와 눈이 마주치자마자 움찔하며 뒤로 물러섰다. 그러자 테일러가 흥 하고 코웃음을 쳤다.

"손님이 왔는데도 꼿꼿이 서서 자리를 버티고 있는 것도 충분 히 실례인데, 헛소리까지 지껄일 수 있는 입까지 갖췄다니. 간이 배 밖에 나온 놈인 줄 알았는데 의외로 배포는 작군. 저런 놈을 왜 곁에 두는 거냐."

크렌은 이를 악물었지만, 테일러에겐 한마디도 못했다. 그가 연화를 보며 항변을 하려 했다.

"저, 아가……."

"미안해요. 자리 좀 비켜주시겠어요?"

크렌이 눈을 크게 떴다. 연화는 한쪽 눈을 찡긋했다.

"테일러 씨가 낯가림이 심해서요."

순간 분위기가 바뀌었다. 크렌의 눈이 가늘어지더니 한심하다 는 얼굴로 테일러를 쳐다보았다. 카를은 피식 웃었다. 테일러는 펄쩍 뛰었다.

"난 아니다!"

"네네, 낯가림 심하지 않은 테일러 씨. 저 사람이 자리를 비켜주는 동안 기다려 주지 않겠어요? 과자 좀 먹으면서요. 아이, 착하다.”

연화는 과자 하나를 테일러의 입에 물려주었다. 테일러는 순순히 받아먹으면서도 툴툴댔다.

“애 취급하지 마라. 나보다 훨씬 어리면서.”

연화는 테일러의 정수리 위에 손을 올려 테일러가 했던 것처럼 그의 머리를 쓰다듬었다.

셀리나는 12살 꼬맹이였지만, 연화는 셀리나보다 10살이 많았다. 실제 나이로 치면 테일러와 연화는 동갑이라 그런지 위화감은 크게 없었다.

테일러는 천천히 눈을 깜빡였다. 그의 얼굴이 풀어졌다. 주인의 쓰다듬음을 받는 고양이 같았다.

“하지만 그건 좋군.”

연화는 테일러의 머리에서 턱으로 손을 미끄러뜨렸다. 손가락으로 그의 턱을 간질였다.

“이건요?”

“그건 전혀.”

테일러가 고개를 흔들어 연화의 손을 털어냈고 그 반응에 그녀는 깔깔 웃으며 손을 거두었다.

장난치는 사이 크렌은 사라지고 없었다. 연화는 손을 내미느라 잠시 기울어졌던 몸을 바로 했다. 우아한 숙녀처럼 찻잔 손잡이를 휘어 감았다.

“그래서. 황녀께서 뭐라 하시던가요?”

“과연 그대는 눈치가 빠르군.”

“테일러 씨는 심술이 많으신 분이 맞지만, 아무 이유 없이 떼를 쓰는 분이 아니란 건 알아요.”

테일러의 눈썹이 꿈틀했다.

"못 본 사이 어휘 사용이……."

"다채로워졌죠?"

연화가 웃었다. 테일러는 긴 한숨을 내쉬었다가 곧 '알게 뭐람' 식의 표정을 하곤 품을 뒤적여 종이 쪼가리를 내밀었다. 자세히 보니 수표였다.

"상단 운영을 위한 돈이다."

수령인은 셀리스티나 오클레앙. 발행처는 카트렐리나였다. 카트렐리나는 대륙 3대 은행 중 한 곳이다. 연화는 혼 왕국의 은행점 중 한 곳에 들러 수표를 현금화하면 된다.

명목은 상단을 위한 투자금이지만, 실제로 이 돈을 가지게 되는 사람은 황녀.

연화는 잘 알아들었다는 의미로 고개를 끄덕이며 수표를 챙겼다.

"네, 황녀님께 잘 전해 드릴게요."

"어느 정도 떼먹어도 상관하지 않으신다고 하셨다."

연화가 눈을 동그랗게 떴다.

"전 백작도 그랬었으니."

"어머, 제 아버지는 정말 대단한 분이셨군요."

연화가 부채로 입가를 가리며 웃었다. 새삼 백작에 대한 호기심이 치솟았다. 테일러는 연화의 반응은 아랑곳하지 않고 품에서 두 가지를 더 꺼냈다.

"이건, 무기상의 위치다."

하나는 지도였고.

"이건 내 선물이고."

하나는 장미 반지였다.

연화는 지도를 집어 들다가, 갑자기 튀어나온 반지에 움찔했다.

요 며칠간 떨어져 있느라 존재를 잊고 있던 물건이었다. 간만에 본 반지의 위용이 대단했다. 연화는 어색히 웃으며 반지를 테일러 쪽으로 밀었다.

"필요 없어서 돌려 드린 거예요."

"처음부터 네게 주려고 산 거였다."

"처음부터……?"

테일러의 뉘앙스가 이상했다. 연화가 멍하니 따라 했다.

"주문 제작품이다."

테일러가 연화의 손을 눈짓했다.

"어차피 그 손엔 반지가 필요할 테니까."

연화는 테일러를 따라 시선을 내렸다. 그의 눈은 정확히 셀리나의 흉터를 주시했다. 셀리나가 노예였기에 가진 흉이었다. 연화는 종종 잊기도 하는 것을, 그는 늘 기억하고 있었나 보다.

연화는 반지를 움켜쥐었다. 마음에 안 든다는 말을 할 수 없었다.

"……고마워요."

테일러는 흐뭇하게 웃었다.

"그리고 변태."

테일러의 미소는 턱을 치켜세우면서 사라졌다. 그가 카를을 쳐다보았다.

"네놈을 위한 선물도 준비했다."

연화가 의문스레 테일러를 보았다. 카를은 느리게 걸어 연화 옆에 섰다. 그 상태로 몇 초가 지났다.

테일러가 갑자기 피식 웃음을 터뜨렸다. 그가 연화에게 손짓했다.

"미안하지만, 잠깐 자리를 비켜주지 않겠나."

"저, 말인가요."

연화가 손가락으로 스스로를 가리켰다. 테일러는 고개를 끄덕였다.

"아주 중요한 선물이라서 말이지."

연화는 잠깐 동안 테일러를 응시했지만 수상한 분위기는 느껴지지 않았다. 그랬기에 자리를 비켜주기 위해 일어섰다. 그러다 카를과 눈이 마주쳤다. 카를이 불만 가득한 얼굴로 연화가 있던 자리에 앉았다.

"멀리는 못 나가요."

"문 앞에 있어도 돼."

"……좋아요."

연화는 문고리를 잡았다. 나가려고 발을 뗐으면서 괜히 미적거렸다.

"카를, 무슨 일이 생기면 단호하고 큰 목소리로 싫다고 말해야 해요."

미묘한 불안감을 장난으로 덮어보았다. 바로 테일러의 반격이 따라왔다.

"넌 뭘 걱정하는 거냐."

"글쎄요. 뭘까요."

연화가 혀를 내밀었다.

"수상한 뉘앙스를 풍기지 마라."

테일러는 타박했다. 그러나 그의 목소리는 조금도 진지하지 않았다. 테일러는 연화의 농담에 익숙해져 있었다.

연화는 문을 닫았다.

여관 복도엔 아무도 없었다. 연화는 문 앞에 기대앉아 혹 무슨 소리를 들을 수 있지 않을까 싶어 귀를 쫑긋 세웠다. 엿듣는 건 나쁜 버릇이라는 것을 알면서도 몹쓸 호기심을 죽이지 못했다. 그러나 고요한 정적 외에는 어떤 소리도 들리지 않았다. 시골구석에 세워진 여관에서도, 특실은 방음 처리를 해주나 보다.

연화는 하품을 했다. 가만히 서 있자니 지루했다. 불안감을 밀어내자, 낙관적인 생각이 올라왔다. 테일러는 공작이자 정치인이니 최악의 상황을 만들지 않을 것이다. 연화가 문밖에 서 있는 것을 뻔히 알고 있지 않나. 안도가 졸음을 몰고 와 연화는 하품을 하다 눈을 감았다.

나흘 전. 저녁.

디온이 들어와 짧은 휴식을 방해했다. 하필 저녁을 먹고 나른함에 몸을 맡기는 때였다.

"주인님, 빈곤해 보이는 손님들이 찾아왔습니다."

"기부금 없다고 해."

테일러는 지긋한 얼굴로 손을 내저었다.

카이스턴 가는 권력과 부의 정점에 서 있는 가문이었다. 어떤 귀족들은 가문의 위상을 높인답시고 여기저기 자선 사업을 벌이기도 했지만 테일러는 실리에 따른 지출만 감당했다.

세간에선 그런 테일러를 냉혈한이라 불렀지만 물론 상관없었다. 인망이 어떻든 카이스턴 가는 부자였다. 내일은 어제보다 더한 부를 거머쥘 터다. 이는 테일러가 돈을 다룰 때마다 되새기는 법칙 중 하나였다. 디온은 그것을 누구보다 잘 알았다.

디온이 천천히 다가왔다. 집무실 책상 앞에 무릎이 부딪쳐서야 걸음을 멈췄다.

"저도 그런 말로 내쫓을 수 있을 줄 알았습니다만······."

디온이 책상 위에 주먹을 올려놓았다. 새끼손가락부터 손가락을 폈다. 손이 만든 어둠에 싸여 있던 보석이 빛을 받아 반짝였다.

"이걸 좀 보시죠."

테일러는 눈을 휘둥그레 떴다. 반지가 필요하다는 셀리나에게 보냈고, 그녀가 착용했다는 보고까지 받은 물건이었다. 즉 이곳에 있어선 안 되는 물건이었다. 그런데 있었다.

테일러는 반지를 집어 들었다. 크기나 모양새는 물론, 안쪽에 새겨진 각인까지 똑같았다.

"······설마 같은 물건이 하나 더 있지는 않겠고."

마담 베르샤는 이름값 때문에 유명해진 사람이 아니었다. 그녀의 작품들은 정밀한 손기술이 필요했기에 귀족들의 입소문을 탄 것이다.

테일러는 한숨을 쉬며 반지를 내려놓았다. 그가 디온을 올려다보았다.

디온이 서글서글한 눈매를 휘었다.

"용건은 주인님 앞에서 털어놓겠다더군요."

"성가신 놈들이군."

디온이 고개를 끄덕였다. 여차하면 내쫓겠다는 의미를 잔뜩 담고서 물었다.

"어찌할까요?"

"일단 들여보내."

찜찜함은 해소되지 않았지만 지시는 빨리 내렸다. 디온이 물러가고, 얼마 지나지 않아 소지품 검사를 마친 꼬맹이 둘이 집무실 안으로 밀어 넣어졌다. 소년들은 당황하면서도 주위를 두리번거리는 것을 잊지 않았다. 미숙한 눈길이 집무실 여기저기를 훑었다. 마지막으로 테일러를 발견하고 소년들이 목을 움츠렸다. 테일러는 소년들을 노려보았다.

오랫동안 씻지 않아 엉겨 붙은 채로 굳은 머리카락과 땟국이 흐르는 몸뚱이. 다 튼 손가락. 불쾌한 냄새. 긴 시간 길거리 생활을 했음이 분명한 몰골인데, 의외로 옷은 멀쩡하다. 골격은 작았지만, 아주 마른 편은 아니었다. 의식주 중 '의'와 '식'은 해결할 수 있다는 의미다.

'도둑 아니면 앵벌이겠지.'

길거리 아이들이 돈을 벌 방법은 몇 없다. 신분이 불확실하니 취업은 어렵고, 나이가 어리니 용병도 무리다. 그러니 비합법적인 일에 손을 댈 수밖에 없다.

어느 쪽이 답이든 베르샤의 반지를 쥘 자격은 없기에 테일러는 실소를 터뜨렸다.

거리엔 이런 소년들이 썩어 넘쳐 난다. 그중 일부는 귀족의 물건을 탐하려고 덤벼든다. 그러나 셀리나가 이런 소년들에게 당할 것 같지는 않았다. 셀리나 본인도 약하지 않거니와, 그녀의 옆엔 카를이 있었다. 인정하고 싶진 않지만 그는 꽤 강했다.

그렇다면 결론은 하나였다.

'이 녀석들에게 셀리나가 직접 반지를 쥐여줬다는 것.'

셀리나는 소년들의 등을 떠밀어서 공작가로 오게 했다. 어떻게 그리할 수 있었는지는 궁금하지 않다. 그녀는 원하는 것을 제 뜻대로 성취할 수 있는 사람이니, 궁금한 것은 '왜'뿐이다. 왜 소년들을 이용했는가. 반지는 왜 돌려보냈나. 풀리지 않는 의문이 쌓였다.

테일러가 다시 반지를 집어 들었을 때 소년이 큼큼 헛기침을 했다.

테일러는 바로 고개를 들었다. 눈이 마주치자마자 큰 소년이 어깨를 움찔했지만, 긴장감을 누그러뜨리려는 듯 심호흡을 한 뒤 곧 한 발을 내디뎠다.

"아, 안녕하십니까, 공작님. 제 이름은······."

"필요 없다. 자기소개 따위."

소년의 용기는 단번에 사라졌다. 그는 질린 얼굴로 굳었다.

"이 물건을 가지게 된 경위나 설명해라."

테일러가 책상을 손가락으로 두드렸다. 도도톡, 톡. 반복적인 리듬이 서너 번 지나가고 난 뒤에야 물러나 있던 소년이 앞으로 다가왔다.

"저희는 그 물건을 가진 적이 없습니다."

테일러의 눈썹이 치켜 올라갔다.

"이걸 가져온 것은 어디까지나 지령을 받았기 때문일 뿐. 탐한 적은 없습니다."

"심부름? 누구의······?"

"이것을 보여 드리면 바로 아실 거라고 하셨습니다."

소년이 품에 손을 넣었다. 옆에서 상황을 지켜보고 있던 디온이 혹여 칼이 나올까 싶어 신경을 곤두세웠다. 테일러는 쯧 혀를 찼다. 살기는 한 줌도 내비치지 않는데, 설마 무기가 나올까. 품에서 나온 것은 서신 한 장이었다. 예상대로였다. 테일러는 비웃었고, 디온은 입을 삐죽이며 물러섰다.

테일러는 봉투를 찢어발기듯 열고 내용물을 집었다.

—전달될까 안 될까 결과가 궁금하지만, 일단 편지부터 쓸게요. 만약 이 편지를 보고 있다면, 테일러 씨. 사과드릴게요. 좋은 종이를 사용하지 못한 것을 용서해 주세요. 카이스턴 공작가의 격에 맞지 않는 서신이겠지만, 그래도 새 종이를 사용하기 위해 노력했어요.

사실은 황녀께 편지를 보내고 싶었어요. 그런데 어머나, 생각해 보니까. 저 심부름꾼들로는 무리겠더라고요. 황성의 경비가 오죽 대단한가요. 그러니 테일러 씨가 황녀께 말을 전해주셨으면 해요. 제가 곧 국경을 넘는다구요. 아시다시피 입국 절차가 좀 까다롭잖아요.

추신. 반지는 돌려 드려요. 제겐 필요 없는 물건 같아서요.

발신인이 누구인지는 적혀 있지 않았지만 말투가 보낸 사람이 누군지 짐작게 했다.

테일러는 어이가 없어서 또 웃었다. 소년들은 제 할 일을 다 했다는 듯, 공손히 두 손을 모으고서 테일러를 바라보았다.

디온이 그들을 눈짓하며 물었다.

"어찌할까요?"

"내보내."

디온은 장난기가 많은 부하긴 했지만, 필요할 때는 주인의 심기를 적절히 헤아렸다. 그가 소년들의 뒷덜미를 잡고 끌어냈다. 곧 문이 닫혔다. 집무실이 조용해졌다.

테일러는 이마를 짚었다. 펜은 바닥에 떨어진 지 오래였다.

틀림없이 셀리나였다. 그녀가 아니고서야 누가 이런 방법을 사용할까. 귀족적인 사고관으로는 생각도 할 수 없는 방법이다. 셀리나의 안부는 궁금하지 않았다. 제 채취를 잔뜩 담은 편지를 쓰면서, 편지가 안 올 가능성까지 잴 여유를 부린 사람이다. 무사하지 않을 리 없다.

정말로 궁금한 것은 이번에도 '왜'였다. 왜 저런 소년들과 접점을 가졌을까? 먹고 살기 위해 더럽고 지저분한 일에 손대는 자들이었다. 귀족 영애로도, 상단주로도 만나기 좋은 상대는 아니었다. 거래 상대로는 더더욱 꽝이었다.

혹 그녀가 길바닥 생활을 하는 걸까.

아니, 그럴 리가. 돈은 충분히 들고 갔다고 했다. 그렇다면 돈이 모자랐나. 그럼 더 가져다주어야겠다. 그러는 김에 다른 꼬맹이들과도 접선했는지 알아보고. 물론 셀리나가 어련히 잘하긴 하겠지만.

테일러는 상념 중에 고개를 들었다. 문이 열리는 소리를 들었다. 나갔던 디온이 다시 들어왔다. 그가 테일러의 눈치를 살피며 말했다.

"조사해 볼까요?"

과연 테일러의 부하는 눈치가 빨랐다.

"최대한 빨리."

테일러는 재빨리 대답했다. 성급한 대답이었다. 그러나 그의 부하의 성격이 더 급했다. 디온은 이미 사라지고 없었다.

테일러는 헛웃음을 쳤다. 그는 잡생각으로 지저분해진 머리를 틀어냈다. 바닥에 떨어진 펜을 주웠고, 바람에 날아갔던 종이를 잡아챈 뒤 책상에 앉았다.

일은 저녁에 끝났다. 그때쯤 디온의 조사도 끝났다. 그가 정리된 문서를 내밀었다.

"그냥 좀도둑이더군요."

테일러는 종이를 넘겼다. 소년들은 흔한 거리의 아이들이다. 서류는 소년들의 사연을 구구절절 나열했지만 테일러는 대충 넘겼다. 재미없는 사연은 보고 싶지 않았다.

원하던 자료는 끝자락에 있었다.

-오클레앙 상단이 물품을 도둑맞음. 피해 금액은 500골드. 바센의 장물아비들이 협박을 당함. 아르켄 마루말로가 납치됨. 용병들 다수가 이동. 금발 머리의 소녀가 소년들을 포획. 다음 날 아침 흑발의 사내가 소년들을 데리고 나옴. 이후 수도로 이동. 길을 물어본 정황이 있음.

"이건……."

보고서의 신인 디온에게도, 하루 만에 보고서를 만드는 건 무리였나 보다. 대충 휘갈겨 쓰느라 정리되지 않은 문장들이 턱턱 걸렸다. 그래도 중요한 정황은 적혀 있었고, 충분히 이해할 수 있었다.

테일러는 '흑발의 사내' 부분을 짚었다. 묘사된 것은 머리털 하나뿐이지만, 누구인지 알 만했다. 전체적으로 큰 의미는 없는 보고서였다. 참으로 하잘것없고 하찮은 도둑의 일대기가 여기 있었다.

테일러는 불쏘시개로 쓸 서류가 있는 곳에 보고서를 던지려다 멈칫했다. 그는 종이를 다시 책상 위로 끄집어 올렸다. 카를로 추정되는 부분을 짚고 또 짚었다.

셀리나의 옆에 어떤 식으로든 붙어 있으려고 안간힘을 쓰던 남자가 떠올랐다. 그는 테일러와는 대차게 싸우면서, 셀리나와는 대립각을 세우지 않으려고 부단히 노력했다.

카를이 도둑 소년들을 놓아주었다면, 셀리나가 그걸 원했기 때문이다. 그는 셀리나의 수족이나 마찬가지였으니.

……처음 만났을 때부터 말이다.

"그러고 보니 참 이상하군."

테일러는 황무지에서 카를을 만났다. 카를은 의식이 없었던 테일러에게 입맞춤을 하려던 중이었다. 그의 성적 취향 때문은 아니었다. 그때도 그는 셀리나의 명령을 이행 중이었다.

셀리나는 아랫사람을 부리는 게 익숙해 보였고, 카를은 저보다 어린 사람의 명령을 묵묵히 수행했다. 둘의 관계는 한 치의 어긋남 없이 딱 들어맞았다.

또, 셀리나는 자신의 신분을 모른다. 카턴 상단주 남매를 만났을 때는 타인의 입을 통해 신분을 확정하려고 했으며, 오클레앙 저택에 방문할 당시에는 저택에 저를 알아볼 사람이 있는지 따지고 살폈다. 조셉이 나타나자 협상을 통해 자신의 지위를 보장받으려 했다. 하나같이 정통한 후계자라면 절대 하지 않을 행동들이다.

셀리나는 자신의 신분에 자신이 없다.

이렇게 생각하자 테일러는 카를을 이해할 수 없어졌다. 카를과 셀리나는 주종관계가 아니었다. 그는 왜 셀리나가 무엇을 하든 상관하지 않고 옆에 붙어 있는 걸까. 심지어 카를은 용병도 아니었다. 고용인과 피고용인의 사이도 아니란 뜻이다.

셀리나와 카를의 관계는 단어 몇 개로 정의 내릴 수 없었다. 카를은 셀리나 자체에 집착했다. 셀리나 역시 독립적인 척 굴면서도 알게 모르게 카를에게 의지했다. 두 사람 사이엔 오랜 시간 친밀감을 쌓은 사람 사이에서만 오갈 수 있는 감정이 느껴졌다.

하지만 조셉은 카를을 몰랐다. 그렇다면 카를은 오클레앙 가문의 심복도 아니었다.

생각을 거듭할수록 미궁으로 빠져들었다. 답을 알고 싶어 이런저런 추측을 덧붙였지만, 그것 때문에 더 답을 알 수 없어졌다.

테일러는 셀리나를 완벽히 파악하지 못했다. 그래도 그녀를 캐야겠다는 생각은 들지 않았다. 그녀를 파악할 수 있는 실마리는 많았고, 문제를 풀 수 있는 조각들이 있었다. 그녀가 왜 그렇게 행동했고 생각했는지 이해할 수 있었다.

그러나 카를은 아니었다. 그를 추정할 수 있는 단서는 여기저기 뿌려져 있었지만, 지극히 단편적이고 편협했다. 영원히 맞출 수 없는 퍼즐처럼 조각들이 죄다 어긋나 있었다.

테일러는 손을 들었다. 디온이 나가다 말고 멈칫했다.

"하나. 더 해줬으면 좋겠는데."

이참에 셀리나 곁에 붙어 있는 남자를 알아보는 것도 좋을 것 같았다.

디온은 다시 사라졌다. 이번엔 좀 오래 걸렸다.

디온은 이틀이 지난 점심시간에 불쑥 나타났다. 늦게 나타난 주제에 손에 들린 종이는 몇 장 없었다. 테일러가 못마땅한 눈으로 서류를 쳐다보았다. 디온은 어깨를 으쓱였다

"기록이 없더군요."

테일러는 보고서를 넘겼다. 기록은 카로틴 국경 마을에서 시작했다. 남자는 어느 날 갑자기 어린 소녀와 공작을 대동하고 나타났다. 그러다 공작과 헤어졌고, 소녀를 모시며 수도로 이동했다. 지금은 오클레앙 기사단장으로서 활동 중이다.

모두 테일러가 아는 정보뿐이다. 그의 호기심을 풀어줄 정보는 없었다.

"하늘에서 뚝 떨어진 사람 같군요."

"세상에 그런 인간이 어디 있나."

테일러가 미간을 찡그렸다. 그는 불확실한 것을 믿지 않는 사람이다.

"인간이 아니면 그럴 수 있죠."

"헛소리."

테일러는 피식 웃었다. 디온은 고개를 숙였다.

"더 조사해 보겠습니다."

테일러는 손짓으로 디온을 내보냈다. 디온은 며칠 뒤에 다시 나타났지만 여전히 빈손이었다.

디온의 정보 수집 능력은 최상이었는데, 거기에 카이스턴 가의 권세까지 얹어지면 웬만한 정보는 다 구할 수 있었다. 그런 디온이 남자 하나의 뒤를 캐지 못해서 쩔쩔맸다. 그건 정말로 정보가 없는 것이다.

테일러는 턱을 괴었다. 미간에 주름이 그어졌다.

이 세상에 혼자 살아가는 사람은 없다. 흔적을 감추고 싶어 하는 사람은 있지만, 먹고 살아가는 과정에서 필연적으로 흔적을 남길 수밖에 없다. 부분적인 공백도 아니고. 이렇게 완전히 과거가 지워진 사람은 처음 봤다.

"이상하군. 이럴 리가 없을 텐데."

"정 궁금하면 직접 가서 물어보면 되지 않겠습니까? 왜 여기서 꽁하니 있는 겁니까. 답지 않게."

"점잖지 못한 행동이잖나. 남의 뒤를 캐다니."

다른 사람이라면 상관하지 않았을 것이다. 하필 카를이 셀리나의 부하였기에 문제가 됐다. 간접적으로 자신의 뒤를 팠다는 것을 알았을 때도 불쾌해하던 셀리나였다. 그의 부하를 대놓고 캤다고 말하면, 당연히 좋아하지 않을 것이다.

"뭘 걱정하십니까. 늘 제멋대로 하시면서."

디온이 혀를 내밀었다. 테일러는 그를 노려보았다. 하지만 다른 수가 없는 건 사실이었다. 테일러는 잠깐 고민했다가 외투를 집어

들었다. 단추를 끼우자 디온이 어이없는 웃음을 흘렸다.

"나 참, 결국 이러실 거면서."

디온이 비죽거리며 따라왔다. 테일러는 몸을 반쯤 틀었다. 재미있어하는 디온을 보자 짜증이 올라왔다. 예정에 없던 계획을 툭 내뱉었다.

"황성에 들르는 거다."

"황성만 말입니까?"

"……버릇없는 놈."

테일러는 디온의 이마에 딱밤을 날렸다. 디온은 아프다면서도 킬킬 웃었다.

테일러는 결국 황성에 들렀다. 출랑거리는 부하 앞에서 체면 구기고 싶지 않았다.

황성 안에서 만날 사람은 한 명밖에 없었다. 황제는 정무회의에 참석하지 않는 공작에게 관심이 없었고, 황태자와는 사이가 안 좋았다.

황녀는 테일러를 달갑게 맞았다. 언제나처럼 차를 대접받았고, 시답잖은 대화를 나누었다. 대화는 새로운 용건으로 끝났다.

"공, 기왕 온 거 제 심부름 좀 해주세요."

황녀는 셀리나에게 전해주라며 봉투를 내밀었다. 테일러는 내용물은 제대로 보지 않고 황성을 빠져나왔다. 셀리나는 상단을 운영 중이다. 거기에 황녀의 입김이 닿았음을 안다. 보나 마나 이 서류는 그와 관련된 것일 거다. 대강 추측이 되자 내용물이 궁금하지 않았다.

디온은 마차에 올라타면서 봉투를 곁눈질했다.

"소년들을 시킬까요?"

테일러는 도둑 소년들을 내보내라 지시했고, 디온은 따랐다.

소년들은 어딘지 모를 거리를 떠돌고 있을 터였다. 그러나 디온은 하루 만에 소년들을 잡아올 능력이 있었다.

테일러는 바로 부정했다. 신뢰할 수 없는 소년들이었다. 중요 서류를 맡기기엔 부적절했다.

"아니. 내가 직접 가겠다."

"세상의 비밀 한 조각을 채려면 직접 가시는 게 좋을 것 같긴 합니다만…… 너무 눈에 띄지 않겠습니까?"

테일러는 잠깐 생각해 보았다. 부하의 뒤를 캔 것으로도 모자라, 사업장에 나타나 크게 소란까지 일으킨다라. 그만한 민폐가 또 없을 터였다. 하여, 테일러는 가신 중 한 명의 신분을 뒤집어쓰기로 했다. 본래 귀족이란 신분 자체가 독특한 것이라 주위를 끌긴 하지만, 카이스턴 공작이란 이름보다는 나았다. 셀리나는 상단을 인수한 젊은 귀족 영애로 활동하고 있었다. 귀족 신분을 사용하는 것 자체의 부담은 없었다.

결심을 내리자 다음 문제가 남았다. 어떤 귀족의 이름을 빌릴 것인가.

서부의 귀족들은 테일러의 서신 한 통이면 가문의 문양이 박힌 마차는 물론, 인장까지 들고나올 것이다. 영지도 지척이라 소요되는 시간도 짧다.

그러나 서부 귀족으로 행차할 수는 없었다. 서부 귀족의 이름을 대는 건 뒤에 테일러가 서 있음을 자백하는 거나 다름없다. 서부령은 테일러의 왕국이나 마찬가지였다.

오클레앙 가와 카이스턴 가 사이를 유심히 보는 귀족은 한둘이 아니었다. 괜한 구설수는 피하는 게 좋았다

테일러는 동부의 가신 중 하나에게 연락을 취했다. 테일러의 가신은 전국 곳곳에 흩어져 있었지만, 대부분의 사람들은 동부엔

테일러의 힘이 약할 거라 착각했다. 동부의 수장 가문과 카이스턴 가는 카로틴 건국 때부터 원수지간이었기 때문이다.

계획을 실현하는 것은 쉬웠다. 보르텡 백작은 어떤 이견도 달지 않고 카이스턴 저택으로 달려왔다. 테일러는 국경 마을까지 마차를 달렸다.

셀리나가 어디 있을지는 뻔했다. 카로틴 국경 검문소가 설치된 마을은 세 곳이다. 세 마을 다 황무지를 두고 오밀조밀하게 붙어 있다.

테일러는 일단 도착한 뒤에 마을을 뒤지려 했다. 때마침 나타난 황녀의 부하가 그의 수고를 덜어주는 덕분에 셀리나를 일찍 만나게 되었다. 감사한 마음으로 찜찜함을 덮었다.

간만에 본 셀리나는 전보다 안색이 좋아져 있었다. 수수한 드레스를 입었는데도 부티가 났고, 피부엔 윤기가 흘렀다. 전과 같은 것은 반짝 빛나는 눈 하나뿐이었다.

셀리나와 대화하는 것은 즐거웠다. 그러나 진짜 용건은 카를에게 있었다. 일단 그녀를 내보냈다.

"미안하지만, 잠깐 자리를 비켜주지 않겠나."

셀리나는 미묘한 얼굴로 사라졌다. 곧 방문 닫히는 소리가 들렸다. 둘만 남는 것은 순식간이었다. 카를이 인상을 잔뜩 쓰면서 의자에 앉았다. 그는 의자 끝에 엉덩이만 대충 걸터앉았다.

"뭡니까."

카를이 미간을 좁혔다.

"혹시 무서운 이야기 좋아하지 않나 해서."

테일러는 카를을 잘 모른다. 그러나 몇 가지 확신하는 사실이 있었다.

카를은 셀리나를 신경 쓰고 있고, 셀리나는 불확실한 것을 싫어한다는 것이다. 어떤 사정과 이유로 셀리나의 옆에 신원 미상자가 붙었는지는 모른다. 그러나 두 사람의 관계를 유지하는 데 안간힘을 쓰는 쪽이 카를이란 건 안다.

테일러는 보고서를 테이블 위에 내려놓았다. 돌돌 말아서 소매 안에 숨겨왔기에 종이가 많이 구겨져 있었다. 그래도 글씨를 읽는 데엔 무리가 없었다.

카를은 테일러를 한껏 노려본 뒤 종이를 움켜쥐었다. 그가 천천히 종이를 폈다.

서류 앞쪽을 읽은 카를은 테일러를 올려다봤다. 그가 다시 고개를 떨구어 글씨를 읽었다. 잠시 뒤 그가 종이를 와그작 구기면서 테이블 위에 던지듯 내려놓았다.

"내 뒷조사를 했……."

"그게 중요한 게 아닐 텐데."

테일러가 씩 웃었다. 카를은 바보가 아니었고, 눈치가 없는 편은 더더욱 아니었다. 그는 문을 눈짓했다. 셀리나가 저기 있다.

협박을 할 생각은 아니었다. 불쾌감에 가까운 호기심이 문제였다. 원하는 것 대부분은 가질 수 있는 공작의 자리에 앉았음에도 가질 수 없는 게 있었다. 그걸 꽉 쥐고 있는 남자가 질투 났다. 그뿐이었다. 그래서 테일러는 카를을 조금 골려주고 싶었다. 그뿐이었는데, 이렇게 대단한 반응을 보게 될 줄은 몰랐다.

"그렇지 않나?"

카를의 얼굴이 새하얘졌다.

⚜

이 세상에 '이상하다'는 말을 딱 한 사람에게만 써야 한다면,

카를은 기꺼이 테일러에게 그 말을 쓸 것이다. 그 정도로 그는 이상했다. 해명했음에도 꼬박꼬박 변태라는 호칭을 쓰는 것이나, 셀리나와 함께 다니는 저를 미묘한 얼굴로 쳐다보는 거나, 셀리나에겐 유난히 약해지는 것 등 수상한 점은 한둘이 아니었다.

테일러가 셀리나를 좋아하는 건 안다. 하지만 그 감정이 어느 정도인지는 모른다.

셀리나 곁에만 있으면 다른 건 상관없는 카를과 달리, 테일러는 셀리나와 좀 떨어져 있어도 괜찮은 듯 보였다. 하지만 다시 만날 때마다 떨어져 있던 시간을 아쉬워하며 투덜댔다.

셀리나를 대하는 태도 또한 달랐다. 어느 날은 세상 그 누구보다 셀리나를 생각해 주다가도, 다음 날엔 맞잡은 손을 놓았다. 셀리나를 저 좋을 대로 데리고 다니며 이용하기도 했다. 그는 종잡을 수 없는 남자였다.

테일러가 일관성을 유지하는 일은 딱 하나. 저를 변태라고 부르는 것뿐이다.

믿을 수 없는 남자가 저와의 독대를 청했다. 마주 보는 것 자체가 불쾌한 남자가 그의 뒷조사를 했다고 한다. 다행스럽게도 종이엔 셀리나와 만난 이후의 행적만 적혀 있었다. 순간 안도와 미래의 불안감이 겹쳤다.

이 보고서를 읽은 사람은 누구라도 카를의 이전 행적을 궁금해하게 될 것이다. 셀리나는 카를이 과거를 숨기는 걸 비밀스러운 일을 맡았나 보다 여겼다. 그러나 그런 사람들조차도 행적을 이리 말끔히 지우진 못한다.

그래도 다행히 깊이 아는 것 같지는 않았다. 카를은 눈을 이리저리 굴려 부러 불안스러운 티를 냈다.

"왜 이러는 겁니까."

안도와 달리 테일러가 자신의 뒷조사를 했다는 사실 자체는 불쾌했다.

"거슬려서."

테일러는 눈 하나 깜짝하지 않고 말했다.

"네놈 같은 수상한 자가 셀리나 곁에 얼쩡거리는 게 거슬린다는 말이다."

카를의 미간이 잔뜩 구겨졌다. 셀리나는 카를을 곁에 두려 했기에 그는 기꺼이 남았다. 두 사람이 관계를 맺는 데 그 이상의 것은 필요 없었다.

아무것도 아닌 부외자가, 저 변태가 끼어들 자리는 없었다.

"당신이 무슨 자격으로……."

"왜 자격이 없다고 생각하지?"

테일러가 나른하게 웃었다.

"당신은 셀리나가 필요하지도 않잖습니까. 셀리나도 당신이 꼭 필요하지는 않다고 했습니다."

"애들이 다 그렇지 않나. 걸어 다닐 수 있으면 자기가 다 큰 줄 알지."

그래서 뭐 어떻다는 건지. 카를은 코웃음을 쳤다.

"당신이 키운 것도 아니잖습니까."

"물론 내가 키우진 않았지. 하지만 이제부턴 키워볼 생각이다."

"이건 뭔 개소리……."

"난 카로틴에서 황제 다음으로 권력을 가진 사람이다. 부유하기로는 황제를 뛰어넘지. 거기에 대륙 제일 검이란 칭호도 가지고 있다."

"그래서 셀리나의 대부라도 되겠다는 겁니까?"

"귀엽게 생긴 얼굴로 '아버지' 소리 한 번 들으면 재미있을 것 같지 않나? 생긴 것과 달리 무정한 편이라 그런 말 하는 걸 싫어할 것 같지만."

셀리나가 아버지…….

아직 어리고, 부모를 찾아도 이상하지 않을 나이이다. 한데 셀리나가 그런 단어를 입에 올린다는 게 잘 상상이 가지 않았고 도리어 거부감이 들었다. 카를은 양팔을 감싸 쥐었다. 오한이 올라오는 자신과 달리 테일러는 즐거워 보였다. 혹시 그는.

"혹시 그런 취향이었습니까?"

이 괴리감을 즐기고 있는 것일까.

"변태는 넌데 왜 자꾸 날 그 자리에 끼워 넣지?"

테일러는 정색했다.

이후 몇 마디를 더 나누었지만 기억나지 않았다. 정신이 들었을 때는 여관 밖이었다. 테일러가 마차에 올라탔고, 셀리나가 손을 흔들었다. 배웅이었다. 카를은 옆에 서서 의례적인 인사말을 뱉었다.

"카를, 괜찮아요?"

이 모습이 이상해 보이긴 했던 모양이다. 셀리나가 걱정스러운 눈을 하고서 그를 살폈다. 카를은 느릿하게 대꾸했다.

"예. 괜찮습니다."

'아니오. 괜찮지 않습니다.'

카를은 속으로 나오는 말을 삼켰다. 언제나와 같이 거짓말을 했다. 아직 테일러는 그의 비밀을 알아내지 못했다. 그래서 그는 태연함을 가장할 수 있었지만 과연 언제까지 그럴 수 있을까.

카를은 애써 웃었다.

근래에 거짓말을 많이 했기 때문일까. 오늘 밤, 신은 벌을 주었다.

"누가 네놈의 도움 따위 바라는 줄 아느냐."

오랜만에 꾸는 악몽이었다. 주체는 늘 그렇듯 형이었다. 그러나 이전의 악몽과는 달랐다. 형은 어린아이가 아니었고, 카를 또한 성인이었다.

배경은 인적 없는 우물가가 아니었다. 형은 황태자의 방에 있었고, 카를은 무릎 꿇고서 그를 올려다봤다. 형은 카를을 볼 때마다 지겨워 죽겠다는 얼굴을 했다. 오만상을 찡그리고서 날카로운 말들을 퍼부었다.

"하찮고 하잘것없는 놈. 계승권을 포기했다고 내가 네놈을 다정히 대할 거라 생각하지 마라! 그야말로 착각이다!"

형은 음식에 독을 타 넣거나 암살자를 들여보내는 등 갖은 수법을 써 카를을 죽이려 했다. 그러나 어느 순간부터 형은 그를 죽이는 시도를 끊었다.

황태자의 적의는 카를을 직접 괴롭히고 핍박하는 것으로 바뀌었다. 옆에 사람이 지나가건, 누가 언짢은 눈으로 바라보건 신경 쓰지 않았다. 그는 카를을 짓밟고 제 아래에 꿇리는 것에서 묘한 만족감을 느꼈다.

"황위 계승권은 네놈이 가지고 있는 유일무이한 가치였다. 그런 것을 제 손으로 놓은 네놈은 무가치하다."

황태자는 카를의 무릎 위를 구둣발로 짓뭉갰다. 카를은 무릎이 눌리는 아픔보다 심장이 떨어지는 충격에서 벗어나려고 몸부림쳤다.

형에게 도움이 되고 싶었다. 황좌 따위, 저에겐 필요 없었다. 어릴 때처럼, 아무것도 몰랐던 때처럼 그와 사이좋게 지내고 싶었다. 형에게는 지배자의 자리가 어울렸다. 카를은 세상의 지존이 될 형의 옆에 오래 머물고 싶었다. 그게 소원의 전부였다. 그랬었다.

그때의 자신은 뭐라고 했더라. 절망감과 한탄을 가득 담은 하소연을 했던 것 같은데. 정확히 어떤 말이었는지는 모르겠다.

어쨌든 카를은 지금도 말하고 싶었다. 이 마음을 전하고 싶어서 아무 말이나 외쳤다. 그러다 어느 순간 목이 탁 막혔다. 카를은 가슴을 내려쳤다. 가슴을 꽉 메이게 하는 이것을 들어내고 싶었다.

분명 가슴을 쳤는데. 눈물이 흘러내렸다.

과거, 이것이 최상의 꿈이라 생각했던 때가 있었다. 기억이 눈물과 함께 뭉개졌다.

카를은 희뿌연 시야를 걷어냈다. 축축한 것을 손등으로 서너 번 뭉개고 나자, 눈앞에 있던 형체가 잡혔다.

"정신이 들어요?"

침대 앞에 의자가 있었다. 셀리나가 보였다. 그녀는 한 손으로 카를의 손을 잡고, 다른 한 손으로는 그의 눈물을 닦아주었다.

카를은 주위를 둘러보았다. 가구나 침대와 이불보 등 모든 것이 잠자리에 누웠을 때 보았던 것들이었다. 이곳은 카를이 숙박하기로 한 방이었다.

카를이 의문스러운 시선으로 셀리나를 보았다. 셀리나가 어깨를 으쓱했다.

"……비명소리가 들려서요."

카를은 얼굴을 붉혔다. 악몽은 계속 꾸고 있었지만, 셀리나와 함께하면서 악몽의 강도가 옅어졌다. 악몽에 대한 두려움도 흐려졌다. 그래서 좀 안심하고 있었다.

셀리나는 어색함을 누그러뜨리려는 듯 하하하하 큰 소리로 웃었다.

"그렇게 큰소리는 오랜만이었다구요."

셀리나가 황무지 때를 상기시켰다. 카를은 민망해져서 시선을 돌렸다.

셀리나는 조금 더 웃어주곤 의자에서 일어나 방을 나서려 했다. 카를은 손을 뻗었다.

당신에게 쓸모 있는 사람이길 바란다. 당신의 비밀이 밝혀지는 그 순간까지도, 당신의 곁에 남을 수 있었으면 좋겠다. 그리 말하면, 정말로 갈 곳이 없다고 말하면 셀리나는 그러라고 할지도 모른다. 테일러는 그녀가 무정하다고 했지만 카를은 그녀의 속이 사실 무르다는 것을 알고 있었다. 무정해 보이는 모습은 방패에 불과했다.

할 말을 정해놓고도, 입 밖으로 내지 않았다. 아니, 못했다. 셀리나의 빈틈을 파고들어 그녀를 붙드는 건 비겁한 짓이라고 심장이 나직하게 까발려서.

"많이…… 늦었네요."

셀리나는 고개를 갸웃했다가, 방긋 웃으며 카를의 등을 두드렸다.

"잘 자요."

이렇게 나약하고 무가치한 데다 용기까지 부족한 자신은, 언제

까지 소녀의 곁에 남아 있을 수 있을까. 알 수 없었다. 그래서 무
서웠다. 카를은 몸을 웅크리고서 눈을 감았다.

아무것도 이룰 수 없는 밤은 쓸데없이 깊었다.

〈3권으로 계속〉